HEYNE
JUBILÄUMS
REIHE

In derselben Reihe erschienen außerdem als Heyne Taschenbücher:

Frauenkrimis · Band 50/90
Hinter dem Schleier · Band 50/94
1000 neue Witze zum Totlachen · Band 50/95
Glücklich und zufrieden · Band 50/98
Psycho · Band 50/101
König Artus · Band 50/106
Lachen ist ansteckend · Band 50/107
Shadowrun · Band 50/109
Bitte lächeln · Band 50/113
U-Boot · Band 50/114
Notfall · Band 50/119
Star Trek spezial · Band 50/121
Zärtliches Feuer · Band 50/122
Thriller · Band 50/123
Liebe und Macht · Band 50/124
Macht der Leidenschaft · Band 50/127
Nichts als die Wahrheit · Band 50/128
Rache ist Weiblich · Band 50/129
Akte X · Band 50/130
Männer · Band 50/132
Liebe für ein ganzes Leben · Band 50/133
Mord am Golden Gate · Band 50/134
Herzerfrischend heiter · Band 50/135
Der Fluch · Band 50/136
Liebe · Band 50/137
Erotik · Band 50/138
Schlesinger, Blöde Männer · Band 50/139
Hochspannung · Band 50/140
Zauber der Leidenschaft · Band 50/141
Der U-Boot-Krieg · Band 50/142
Verrat · Band 50/144
Fantasy · Band 50/147

HEYNE
JUBILÄUMS
REIHE

Kämpfe des Herzens

Zwei leidenschaftliche Liebesromane

WILHELM HEYNE VERLAG
MÜNCHEN

HEYNE JUBILÄUMSBÄNDE
Nr. 50/146

QUELLENHINWEIS

Johanna Lindsey SÜNDIGE LIEBE/*Glorious Angel*

Aus dem Amerikanischen von Uschi Gnade
(Der Titel erschien bereits in der Reihe
»Der große Liebesroman« mit der Band-Nr. 28/67.)

Samantha James DIE ANDERE BRAUT/*Gabriel's Bride*

Aus dem Amerikanischen von Gisela Stobbe
(Der Titel erschien bereits in der Allgemeinen
Reihe mit der Band-Nr. 01/9902.)

Umwelthinweis:
Dieses Buch wurde auf chlor- und säurefreiem Papier gedruckt.

3. Auflage

Printed in Germany 1999
Umschlagillustration: Donald Case/Agentur Schlück
Umschlaggestaltung: Atelier Ingrid Schütz, München
Satz: Buch-Werkstatt GmbH, Bad Aibling
Druck und Bindung: Elsnerdruck, Berlin

ISBN 3-453-14826-6

http://www.heyne.de

INHALT

JOHANNA LINDSEY

SÜNDIGE LIEBE

1

Angela Sherrington warf das nächste Scheit in den Herd. »Eine solche Blödheit!« fluchte sie und sah finster auf die Funken, die auf den Boden sprühten.

Wenn sie nur nicht so dumm gewesen wäre, verschwenderisch mit den Streichhölzern umzugehen! Jetzt war sie gezwungen, das Feuer Tag und Nacht am Brennen zu halten. Seit ihr die Streichhölzer letzte Woche ausgegangen waren, war es höllisch in dieser Bruchbude zu leben, die Angela ihr Zuhause nannte.

Angela warf noch einen verärgerten Blick auf das Feuer und trat dann auf die kleine Veranda vor der Hütte, die nur aus einem Zimmer bestand. Sie hoffte auf eine Brise, aber es waren mindestens siebenundzwanzig Grad. Sie verfluchte sich noch einmal. In dem betrüblichen Jahr 1862 waren Streichhölzer rar. Der Krieg hatte eine Knappheit an allen Notwendigkeiten bewirkt, und es würde ihr nichts anderes übrigbleiben, als vorsichtiger zu sein.

Die Sherringtonfarm, falls man sie überhaupt als Farm bezeichnen konnte, war keine Meile vom Fluß, dem Mobile, entfernt, und lag nur einen halben Tagesritt von der Stadt gleichen Namens, der größten Stadt von Alabama. Die Felder die die Farm umgaben, waren in letzter Zeit kahl. Die Scheune mit den zerbröckelnden Wänden und dem lecken Dach war leer. Das Haus war einmal verputzt gewesen, aber inzwischen kostete es einige Anstrengung, die wenigen Farbflecken zu sehen, die noch verblieben waren. Zwei Korbstühle in jämmerlichem Zustand und eine Lattenkiste, die als notdürftiger Tisch diente, standen auf der Veranda.

Widerwillig ging Angela ins Haus zurück und fing an, auf dem Küchentisch Teig zu kneten. Die Hitze zermürbte sie, und dazu kamen das Feuer, das hinter ihr loderte, und die Sonne, die sich durch das Fenster vor ihr ergoß. Gleichzeitig zermürbte sie die Sorge um ihren Vater. Er war gestern nach Mobile gefahren, um den Rest ihrer Maisernte zu verkaufen. Er hätte gestern nachmittag zurückkommen sollen, doch Angela hatte zum vierten Mal in ihrem Leben die Nacht ganz allein verbracht. Es war traurig, aber wahr, daß es sich alle vier Male nach Kriegsausbruch so zugetragen hatte.

Mit einem tiefen Seufzer sah Angela durch das gesprungene Fensterglas auf das rote Feld. Das Feld hätte heute morgen gepflügt werden müssen, damit Erbsen und Limabohnen angepflanzt werden konnten. Sie hätte sich selbst an diese Aufgabe gemacht, wenn sie mehr als nur einen Maulesel besessen hätten. Doch dem war nicht so, und ihr Vater hatte die alte Sarah vor den Wagen gespannt. Diese alte Lederhaut, wo steckte er bloß?

Angela war eine ganze Weile vor Tagesanbruch aufgestanden. Um diese Zeit putzte sie am liebsten das Haus, im Sommer die einzige Tageszeit, zu der es kühl genug war. Ihr Heim war bescheiden, aber niemand konnte ihr nachsagen, daß es nicht sauber war.

Angela wischte sich den Schweiß von der Stirn. Sie bemühte sich, ihre Sorgen zu vergessen, aber es gelang ihr nicht. Die drei anderen Male, die er über Nacht fortgeblieben war, war er zu betrunken gewesen, um seinen Wagen zu finden. Sie hoffte, daß er auch diesmal nur betrunken war und keinen Streit angefangen hatte.

Angela konnte für sich selbst sorgen. Das bereitete ihr keinen Kummer. Selbst wenn ihr Vater zu Hause war, war er oft betrunken und lag im Bett. Sie haßte es, aber sie konnte nichts tun, um ihn vom Trinken abzuhalten. William Sherrington war ein Trunkenbold.

Aus bloßer Notwendigkeit hatte sie gelernt, Wild zu jagen. Andernfalls wäre sie ohne weiteres verhungert, während sie darauf wartete, daß er aus seiner Betäubung erwachte. Mit nur einem Schuß konnte sie ein Kaninchen im Lauf treffen.

Ja, sie konnte für sich selbst sorgen, aber ihr war trotzdem unwohl zumute, wenn ihr Vater fort war.

Nach einer Weile hob das Geräusch eines näherkommenden Fuhrwerks ihre Stimmung. Es war auch an der Zeit! Und jetzt, nachdem ihre Bangigkeit schwand, trat ihre Wut zutage. Diesmal würde sich ihr Vater einiges anhören müssen.

Doch es war nicht die alte Sarah, die um die hohen Zedern getrottet kam. Zwei graue Stuten zogen einen staubigen, schlammbespritzten Wagen. Und diesen Wagen lenkte der letzte Mensch auf Erden, den sie jetzt sehen wollte.

2

Billy Anderson brachte seine Stuten zum Stehen. Er hatte sie angetrieben, als sei ihm eine Armee von Yankees auf den Fersen. Die Chance, auf die er gewartet hatte, hatte sich heute morgen unerwartet ergeben, als er erfahren hatte, daß William Sherrington betrunken auf der Straße zusammengebrochen war und seine Tochter allein zu Hause saß. Billy grinste bei dieser Erinnerung.

Der Tag war angebrochen wie jeder andere. Die heiße Sommersonne hatte schnell alle Spuren der kühlen Nacht verwischt. Es würde ein glühend heißer Tag werden, ein Tag, der jedem an den Nerven zehrte, ein Tag, der für Gereiztheit sorgen würde. Billy streckte sich träge und wischte sich den Schlaf aus den Augen. Ehe er den Laden seines Vaters aufsperrte, warf er einen Blick auf die Straße. Hausierer boten ihre Waren feil, Diener eilten zum Markt, und Kinder spielten, solange sie noch die Möglichkeit dazu hatten, denn bald würde die Hitze alle nach Hause scheuchen, um in den schattigen Räumen Zuflucht zu suchen.

Es war nicht allzu anders als vorher, dachte Billy. Zumindest war es in Alabama nicht wie in anderen Südstaaten, in denen Kämpfe ausgefochten wurden. Das Heer der Nordstaaten war nicht bis Alabama gekommen. Hier war der Krieg für viele Menschen etwas Unwirkliches.

Billy schnaubte. Yankees waren Feiglinge – das wußte jeder, der einigermaßen Verstand besaß. Es war nur eine Frage der Zeit, bis die Konföderierten den Krieg gewinnen würden. Dann würde sich alles wieder normalisieren. Und Billys Vater wäre seine Schulden los.

Ein tiefer Seufzer entrang sich ihm, und Billy streckte sich in dem Bestreben, den Schlaf von seinem schmächtigen Körper abzuschütteln. Er trat an den langen Tisch, auf dem sich Stoffballen häuften, und faßte den stumpfen Kattun an, der schützend über den teureren Stoffen lag. Es war lange her, seit auch nur von dem billigen Kattun etwas verkauft worden war.

Die Zeiten waren allgemein schlecht, aber lange würde es einfach nicht mehr dauern – das konnte nicht sein. Eines Tages würde dieser Laden Billy gehören. Ihm stand der Sinn nicht nach dem Kaufmännischen. Ihm stand überhaupt nach wenig der Sinn – bis auf das Huren.

Billy grinste, und seine braunen Augen umzogen sich mit Lachfältchen. Er schlenderte zu der langen Theke hinüber, auf der die Kasse stand, und ließ sich schwerfällig auf den dreibeinigen Hokker nieder. Er fuhr sich mit den Händen durch das rotbraune Haar und kippte den Stuhl nach hinten, bis sein Rücken an den Regalen lehnte; dann legte er die Füße auf die Theke.

Sam Anderson hätte der Schlag getroffen, wenn er seinen Sohn so vorgefunden hätte, aber Sam Anderson würde sich in der nächsten Stunde noch nicht unten zeigen, denn er hatte eine lange Nacht mit seinen Kumpanen verbracht. Billys Vater mochte Karten und Würfel und alles andere, worauf man wetten konnte, und Billy gelang es mit Mühe und Not, den Mund zu halten, wenn sein Vater jedesmal von neuem sagte: »Nur ein einziger satter Gewinn, und wir sind unsere Schulden los.« Doch Sam Anderson hatte das Glück nicht auf seiner Seite, nicht so, wie es vor dem Krieg gewesen war. Er verlor und borgte unentwegt, verlor mehr und borgte mehr.

Billy war sofort hellwach, als die winzigen Glöckchen über der Tür bimmelten. Er riß vor Erstaunen die Augen auf, als zwei junge Frauen mit rüschenbesetzten Sonnenschirmen, die von ihren Handgelenken baumelten, eintraten, und er die neunzehnjährige Crystal Lonsdale erkannte, die arrogante Prinzessin der Schattenplantage. Sie hatte ihre Freundin Candise Taylor bei sich. Billy musterte sie eingehend. Crystal mit ihren großen blauen Augen und dem schimmernden blonden Haar war einfach toll. Für seine Begriffe eine Spur zu mager, aber dennoch unbestritten eine Schönheit und eine der begehrtesten Frauen im Umkreis von Mobile.

Candise Taylor war ein paar Jahre älter als Crystal und hatte rabenschwarzes Haar, das ordentlich hochgesteckt unter ihrem Kapotthütchen verschwand, und ihre verblüffend blauen Augen hatten die Farbe der ersten Morgendämmerung. Sie war die Tochter des besten Freundes von Jacob Maitland und zu Besuch aus England hier. Sie war ebenso bezaubernd wie Crystal, doch ihr Gesicht war zarter und ihr Auftreten freundlich.

Billy trat vor die Theke und ging den beiden modisch gekleideten jungen Frauen entgegen. Die eine trug Rosa, die andere Blau. Er wünschte, er wäre nicht so schlecht angezogen.

»Kann ich Ihnen zu Diensten stehen, meine Damen?« fragte er wohlerzogen, und auf seine schmalen Lippen trat ein charmantes

Lächeln. Crystal sah ihn kurz von der Seite an und wandte sich dann ab. »Das glaube ich kaum. Ich kann mir nicht vorstellen, was Candise in diesem Laden will.«

»Es schadet nie, wenn man vernünftig einkauft, Crystal«, entgegnete Candise schüchtern.

Candise wirkte ziemlich verlegen, wenn auch nicht annähernd so sehr wie Billy, der ihnen nachsah und hörte, wie Crystal verdrossen sagte: »Also wirklich, Candise! Dein Vater ist genauso reich wie meiner. Als Mr. Maitland mich gebeten hat, dich beim Einkaufen zu begleiten, wäre ich im Traum nicht darauf gekommen, daß du in einen solchen Laden gehen würdest!«

Billy stellten sich vor Wut die Haare auf. Diese dämliche, arrogante Ziege! Am liebsten hätte er Crystal Lonsdale auf die Straße geworfen. Aber er wußte, daß sein Vater ihn ausgepeitscht hätte, wenn er dieses Mädchen auch nur komisch angeschaut hätte. Sie hatte zuviel mit der Familie Maitland zu tun. Jacob Maitland war ein äußerst vermögender Mann. Zudem gehörte er zu den Leuten, in deren Schuld Sam Anderson stand.

Billy schlich sich wieder hinter die Theke und ließ sich auf seinen Hocker fallen. Verstohlen sah er den beiden jungen Frauen nach, und seine Sommersprossen waren deutlich zu sehen, denn sein Gesicht war blaß vor Zorn.

Billy hätte alles dafür gegeben, so reich wie Jacob Maitland zu sein. Er hatte die Maitlands immer beneidet. Er konnte sich noch genau an den Tag vor fünfzehn Jahren erinnern, an dem die Maitlands in Mobile eingetroffen waren. Er war mit seinem Vater zum Hafen gegangen, um eine Warenlieferung für den Laden abzuholen. Ein großes Schiff hatte gerade angelegt, und Jacob, seine Frau und die beiden Söhne stiegen aus, die einzigen Passagiere dieses prächtigen Schiffes. Ihre reiche Kleidung, die großartige Kutsche, die sie erwartete, und die zahllosen Kisten voller Besitztümer erfüllten Billy mit Ehrfurcht.

Es wurde allgemein gemunkelt, Jacob Maitland habe seine Finger in so vielen Geschäften, daß er zu den reichsten Männern auf der ganzen Welt gehörte. Er besaß Land und die verschiedensten Unternehmen, Minen und Eisenbahnen und zahllose andere Investitionen über die ganze Welt verstreut. Fest stand jedenfalls, daß Maitland einer der reichsten Männer von Alabama war.

Dieser Mann hätte während des Kriegs nicht im Süden bleiben müssen. Er hätte überall auf Erden leben können, und dennoch empfand er sich jetzt als Südstaatler, der sich entschieden hatte, im Süden zu bleiben und den Süden zu unterstützen. Er unterstützte ihn auch – sowohl mit Geld als auch durch seinen jüngeren Sohn Zachary, der zur Armee gegangen war. Bradford, der ältere Sohn, war hiergeblieben, um sich um die Belange der Familie zu kümmern. Diesen Kerl beneidete Billy am meisten: Bradford Maitland. Er hatte jede Menge Geld, lebte ganz so, wie es ihm zusagte, und reiste auf der ganzen Welt herum.

Wie glücklich konnte man sich schätzen, ein Maitland zu sein! Wie sehr sich Billy wünschte, er sei einer von Jacob Maitlands Söhnen. Wie oft hatte er davon geträumt, dieser Familie anzugehören. Er hing diesen albernen Träumen nicht mehr nach, doch der Neid war geblieben.

Billy wurde abrupt aus seinen Gedanken gerissen.

»Also hör mal, da kauft sogar Gesindel wie die Sherringtons ein«, höhnte Crystal.

»Meinst du den armen Mann, den du mir gezeigt hast? Den, der auf der Straße gelegen hat?«

»Dieser widerliche Säufer, der betrunken auf der Straße umgefallen ist. Ja, William Sherrington. Wußtest du, daß sie nur eine Meile von Golden Oaks entfernt wohnen?« fragte Crystal ihre Freundin geringschätzig. »Ich begreife nicht, warum Jacob Maitland einen solchen Mann sein Land bestellen läßt.«

»Es ist einfach ein Jammer«, wagte Candise zu sagen.

»Um Himmels willen, Candise! Du bemitleidest aber auch jeden. Jetzt laß uns gehen, ehe uns jemand hier sieht.«

Ein hämisches Grinsen trat auf Billys Lippen, als er den beiden Mädchen nachsah, die den Laden verließen. Ja, ihr kleinen Prinzessinnen, lauft nur, ehe einer eurer schicken Freunde euch in diesem elenden Laden sieht. Diese Hexe!

Sein Blut hatte sich geregt, als er gehört hatte, was die beiden über Angela Sherringtons Vater erzählten. Von dieser wilden, temperamentvollen Range war er schon seit langem besessen. Sie war zwar gerade erst vierzehn Jahre alt, doch in letzter Zeit war sie angenehm füllig geworden. Sie war die hübscheste weißhäutige Südstaatlerin, die er je gesehen hatte.

Billy hatte sie kaum wiedererkannt, als sie vor ein paar Monaten in den Laden gekommen war. Aus dem dürren kleinen Balg mit den strähnigen braunen Locken war ein süßes Mädchen geworden, dessen Rundungen sich gerade ausbildeten. Auch ihr Gesicht hatte sich verändert. Angela Sherrington war durchaus hübsch. Ihre Augen waren dunkle violette Tümpel, die unter dichten, rußigen Wimpern versteckt waren. Billy hatte nie zuvor Augen dieser Farbe gesehen. Sie konnten einen einfangen und in Bann halten.

Von diesem Tag an hatte Billy des öfteren die Sherringtonfarm aufgesucht und sich in dem Zedernwäldchen versteckt, das eine dichte Mauer vor der Hütte der Sherringtons bildete. Er beobachtete sie bei der Feldarbeit mit ihrem Vater. Sie trug enge Hosen und ein Leinenhemd mit hochgekrempelten Ärmeln. Billy konnte seinen Blick nicht von ihr losreißen.

Ungeduldig erwartete er, daß sein Vater herunterkommen würde, weil er nicht eher fortgehen konnte. Nach Verlassen des Ladens vergewisserte er sich, daß William Sherrington noch dort lag, wo Crystal ihn gesehen hatte.

Jetzt war Billys große Stunde gekommen. Schon der Gedanke an Angela, die jetzt ganz allein in dieser Hütte weilte, bereitete ihm einen Schmerz in den Lenden. Jetzt würde er sie sich nehmen! Er konnte direkt spüren, wie sie sich unter ihm wand. Bei ihr würde er der Erste sein, und das zählte viel. Bei Gott, er konnte es nicht erwarten!

Billy hielt die Stuten an und sprang vom Wagen seines Vaters.

»Keinen Schritt weiter, Billy Anderson!«

Billy lächelte. Sie wollte sich wehren, und das würde nur um so mehr Spaß machen.

»Ist das die rechte Begrüßung, Angela?« fragte er empört.

Er starrte das Gewehr an, das sie auf ihn gerichtet hatte, doch dann glitten seine Blicke über ihre schlanken Hüften, die durch die Hose betont wurden, und zu ihrem engen Hemd hinauf. Ihre Brüste zeichneten sich nur zu deutlich unter dem groben Stoff ab. Offensichtlich trug sie nichts unter dem Hemd.

»Was hast du hier zu suchen, Billy?«

Er sah in ihr Gesicht, das schmutz- und mehlverschmiert und dennoch hübsch war, und schließlich suchte er ihren Blick. Was er in ihren Augen sah, überraschte ihn. War es Humor? Lachte sie ihn aus?

»Ich wollte nur einen Besuch machen«, sagte Billy und fuhr sich mit einer Hand nervös durchs Haar. »Ist dagegen etwas einzuwenden?«

»Seit wann kommst du zu Besuch? Ich dachte, du seist von der Sorte, die sich immer nur hinter Bäumen versteckt, weil sie sich nicht raustraut«, entgegnete sie.

»Das weißt du also?« fragte er schmeichlerisch, obwohl sein Erröten ihn verriet.

»Ja, ich weiß es. Ich habe oft gesehen, wie du dich da drüben versteckt hast«, sagte sie und wies mit einer Kopfbewegung auf die Zedern. »Warum hast du mir nachspioniert?«

»Weißt du es nicht?«

Sie riß die Augen auf, die um einige Schattierungen dunkler zu werden schienen; sie nahmen ein verblüffendes Blauviolett an. Jede Spur von Humor war verschwunden.

»Hau ab, Billy! Hau ab!«

»Du bist nicht sehr gastfreundlich, Angela«, sagte er bedächtig, ohne das Gewehr, das sie fest in der Hand hielt, aus seinen dunkelbraunen Augen zu lassen.

»Du bist ein unerwünschter Gast, und ich sehe keinen Grund, zu jemandem wie dir gastfreundlich zu sein.«

»Ich wollte dich doch nur besuchen und ein Weilchen plaudern. Warum legst du dieses Gewehr nicht weg und ...«

»Du hast bereits zugegeben, warum du gekommen bist, Billy. Erzähl mir jetzt keine Märchen«, sagte sie kühl. »Dieses Gewehr werde ich nicht aus der Hand legen, und daher frage ich dich, warum du deinen dürren Arsch nicht wieder in die Stadt bewegst. Da gehörst du hin.«

»So, du bist also eine rotzfreche kleine Göre, nicht wahr?« höhnte er.

Sie lächelte und zeigte ihre strahlend weißen Zähne. »Vielen Dank, Billy Anderson. Wenn das nicht das netteste Kompliment ist, das ich je bekommen habe.«

Er entschloß sich, es anders zu probieren.

»Na gut. Du weißt also, warum ich hier bin. Wieso bist du dann so abweisend? Ich bin nicht nur auf ein kurzes Vergnügen aus. Ich werde für dich sorgen. Ich bringe dich in einem Haus in der Stadt unter. Du kannst diese kleine Farm verlassen und ein bequemes Leben führen.«

»Und was willst du von mir für dieses bequeme Leben haben?« fragte sie.

»Du kennst meine Antwort auf diese Frage.«

»Ja, ich kenne sie«, gab sie zurück. »Und meine Antwort lautet nein.«

»Wofür, zum Teufel, sparst du dich auf?« fragte Billy, auf dessen sommersprossigem Gesicht sich Gereiztheit und Bestürzung widerspiegelten.

»Ganz bestimmt nicht für jemanden wie dich.«

»Deine einzige Aussicht besteht darin, einen Kleinbauern zu heiraten und für den Rest deines Lebens genauso weiterzuleben wie bisher. Willst du das wirklich?«

»Ich kann nicht klagen«, antwortete sie ausweichend.

»Du lügst!« fauchte er und ging auf sie zu.

»Komm mir nicht zu nah, Billy!«

Ihre Stimme wurde schrill. Sie sah ihm direkt in seine zornigen Augen. »Ich sage dir offen, daß ich andernfalls auf dich schieße, ohne mit der Wimper zu zucken. Ich habe die Schnauze von Jungen voll, die glauben, ich sei mühelos zu haben. Zum Teufel, die meisten von euch bemühen sich gar nicht erst – ihr packt einfach zu. Das kenne ich schon, hast du gehört? Ich habe nicht die Kraft, mich ständig zu wehren. Aber dieses Gewehr hat die Kraft. Es kann dir deinen eingebildeten Kopf abknallen. Also, hau lieber ab, ehe es dazu kommt!«

Er wich zurück. Der Zorn in ihrer Stimme sagte ihm, daß sie es ernst meinte.

Verdammt noch mal!

»Dich bekomme ich noch, Angela. Denk an meine Worte!« rief er ihr zu, als er mit verkniffenem Mund wieder auf den Wagen kletterte. »Bei mir hast du es mit einem Mann zu tun und nicht mit einem kleinen Jungen!«

Sie lachte. »Ich habe noch nie auf einen Mann geschossen, aber einmal muß man einen Anfang machen. Komm nicht zurück, Billy, sonst bist du der Erste.«

»Ich komme zurück«, versicherte er. »Und ich werde der Erste sein, nur nicht in der Hinsicht, von der du sprichst. Ich werde dich bekommen, Angela Sherrington, das verspreche ich dir.«

Billy Anderson tobte seinen Zorn auf der Rückfahrt ohne jede Rücksicht an den beiden unglücklichen grauen Stuten aus.

3

Angela knallte die Tür zu und schob den Riegel vor. Dann ließ sie sich mit schmerzlich hämmerndem Herzen gegen die Tür fallen. Rasender Zorn packte sie wie jedesmal, wenn sie es mit Jungen wie Billy zu tun hatte. Wofür hielten diese Jungen sie eigentlich, für eine Hure? Natürlich taten sie das. Warum hätten sie es sonst immer wieder versucht?

Angela seufzte unzufrieden. Ihr wurde klar, daß sie allein die Schuld traf. Sie hatte es genossen, sich mit jedem Jungen zu prügeln, der es gewagt hatte, sie zu necken. Und das war es gewesen – sie hatten sie geneckt. Damals war es nur eine Kraftprobe gewesen. Doch jetzt wurde es zunehmend schwerer, in diesen Kämpfen zu gewinnen. Dieselben Jungen, die sie mit blutenden Nasen weggeschickt hatte, waren jetzt fast zu Männern herangereift.

Angela hatte nie viel mit Mädchen anfangen können, da sie ohne eine Frau im Haus aufgewachsen war. Statt dessen hatte sie sich mit Jungen herumgetrieben, bis sie die ständigen Neckereien nicht mehr ertragen konnte. Bald würden die Mädchen ihres Alters nichts mehr mit ihr zu tun haben wollen. Und die farbigen Mädchen gingen ihr aus dem Weg, weil sie weißhäutig war. Die einzige Freundin, die sie hatte, war Hannah, die gutherzige Hannah.

Ein Klopfen ließ Angela zusammenfahren. Sie packte das Gewehr mit beiden Händen. War Billy zurückgekommen?

»Ich bin es, Kind. Der Junge ist weg.«

Als sie Hannahs Stimme hörte, riß Angela eifrig die Tür auf und stampfte mit dem Fuß auf die Veranda.

»Dieser elende Schurke hat sich doch wahrhaft erdreistet …«

»Ich wissen, Missy, ich wissen.« Hannah war von Angelas Zorn bestürzt und wollte sie beschwichtigen. »Der Junge ist auf der Straße an mir vorbeigekommen, und ich habe gesehen, wie er gewendet hat, um hierherzukommen. Also bin ich durch die Bäume und hab' mich hinter dem Haus versteckt, wenn Hilfe nötig ist. O Gott, das gefällt Master Maitland gewiß nicht. Ganz gewiß nicht«, murmelte Hannah vor sich hin.

»Was?«

»Nichts, Missy, nichts weiter«, sagte Hannah eilig. Sie legte ihren Arm um Angela und setzte sich mit ihr auf die Stufen. »Ich glaube, du bist wohl erwachsen geworden. Jawohl, gewiß bist du das.« Angela wunderte sich einen Moment lang darüber, daß Hannah Jacob Maitland erwähnt hatte, aber vielleicht hatte sie sich auch einfach verhört. Sie ging nicht darauf ein.

Angela hatte Hannah vor fünf Jahren kennengelernt, als die ältere Frau aus dem Zedernwald gekommen war und gesagt hatte, sie hätte sich verlaufen und sei vor Hitze fast ohnmächtig. Angela hatte darauf bestanden, daß sie ins Haus kam und sich ausruhte. Anschließend hatte sie Hannah den Rückweg nach Golden Oaks gezeigt.

Angela konnte beim besten Willen nicht verstehen, wie sich eine Dienerin aus Golden Oaks verlaufen konnte. Sie brauchte doch nur am Fluß entlang zu gehen. Die Plantage lag ganz dicht am Fluß und war vom Ufer aus deutlich zu sehen.

Eine Woche darauf kam Hannah zu Angelas Erstaunen mit einem Sack Mehl und einem Korb voller Eier wieder. Sie sagte, das sei der Lohn dafür, daß Angela ihr das Leben gerettet hätte. So sehr Angela auch protestieren mochte – Hannah bestand darauf, in ihrer Schuld zu stehen. William Sherrington fand die ganze Angelegenheit höchst sonderbar und sah keinen Grund, die Lebensmittel nicht anzunehmen. Essen war Essen, und davon hatten die Sherringtons nie zuviel.

»Wenn das Mädel glaubt, uns etwas schuldig zu sein, wer sind wir dann, nein zu sagen?« hatte William lachend gefragt. »Das ist was anderes, als wenn wir milde Gaben annehmen.«

Von da an kam Hannah einmal im Monat und brachte jedesmal etwas mit. Erst waren es Lebensmittel, doch seit der Krieg ausgebrochen war, brachte sie Stecknadeln, Salz, Streichhölzer und Stoffe mit. Die meisten armen Leute mußten jetzt ohne diese Dinge auskommen.

Alles, was Hannah mitbrachte, stahl sie aus dem Haushalt der

Maitlands und schwor bei Gott, daß diese Dinge niemals vermißt würden. Jeden Monat nahm ihr Angela das Versprechen ab, nicht mehr zu stehlen, doch jeden Monat brach Hannah ihr Versprechen von neuem.

Angela empfand tiefe Zuneigung für Hannah, ihre einzige Frauenbekanntschaft. Es spielte keine Rolle, daß sie nicht dieselbe Hautfarbe hatten. Sie waren einfach zwei Frauen, ein junges Mädchen und eine plumpe Frau, die dreimal so alt war, und sie setzten sich zusammen und plauderten.

Charissa Sherrington war ein Jahr nach Angelas Geburt davongelaufen. Sie hatte versucht, Angela mitzunehmen, doch der Vater hatte sie alle beide gefunden und Angela wieder nach Hause gebracht, vielleicht in der Hoffnung, Charissas Rückkehr erzwingen zu können. Doch Charissa war nicht nach Hause gekommen.

Manchmal fragte sich Angela, wie es gewesen wäre, wenn ihr Vater sie nicht gefunden hätte. Noch öfter fragte sie sich, wo ihre Mutter jetzt wohl sein mochte. Ihr Vater hatte sie allein aufgezogen, und von daher rührten ihre unweiblichen Gewohnheiten.

So kam es, daß Angela Hannah die meisten ihrer mädchenhaften Überlegungen anvertraute, die sie einer Mutter erzählt hätte, Dinge, bei denen sie nicht im Traum darauf gekommen wäre, mit ihrem Vater darüber zu reden. Zu diesen Dingen gehörte, daß sie sich einbildete, in Bradford Maitland verliebt zu sein. Aber das war natürlich schon im letzten Jahr gewesen, ehe Hannah ihr die schreckliche Wahrheit über Jacob Maitlands ältesten Sohn erzählt hatte.

»Der Junge, ist das der einzige, der dich belästigt?« fragte Hannah jetzt.

»Billy ist der einzige, der zu uns rauskommt, aber er ist nicht der einzige, der mich beleidigt.«

Das Weiße in Hannahs Augen wurde runder. »Wie meinst du das, Kind?«

Angela war es immer peinlich gewesen, Hannah gegenüber die Keilereien zu erwähnen, in die sie häufig mit Jungen geriet. Doch nach dem heutigen Schock zählte Peinlichkeit nicht mehr.

»Ich wehre mich jetzt schon lange gegen diese jungen Esel, die mich dauernd anfassen wollen.«

»Gütiger Himmel, Miß Angela!« rief Hannah aus. »Warum hast du mir nicht eher davon erzählt?«

»Es passiert mir nur in der Stadt. Da kann ich auf mich aufpassen. Aber ich will mich nicht mehr schlagen. Von jetzt an benutze ich das!« sagte Angela und nahm das Gewehr ihres Vaters in die Hand.

»Wer sind die Jungen, die dich belästigen?«

»Irgendwelche Jungen, die ich schon kenne, soweit ich zurückdenken kann.«

»Aber wie heißen sie?« bohrte Hannah.

Angela legte nachdenklich die Stirn in Falten. »Judd Holt und Sammy Sumpter«, sagte sie und fügte dann hinzu: »Und die Brüder Wilcox und auch Bobo Deleron. Die sind es. Gelegentlich habe ich mich gezwungen gesehen, ihnen eine zu scheuern.«

Hannah schüttelte den Kopf. »Und der, der heute hier war? Wie heißt der, Missy?«

»Billy Anderson. Aber warum fragst du nach den Namen?« sagte Angela, deren Wut sich gelegt hatte.

»Nur so«, sagte Hannah ausweichend. »Wo ist dein Papa? Warum ist er nicht rausgekommen und hat diesen Billy Anderson verjagt?«

»Er ist über Nacht in der Stadt geblieben und bis jetzt noch nicht zurückgekommen.«

»Soll das heißen, daß er dich ganz allein gelassen hat?«

»Ja, aber ...«

»Mein Gott!« rief Hannah aus und zog sich auf die Füße. »Ich müssen gehen!«

»Warte, Hannah! Hast du ganz zufällig Streichhölzer mitgebracht?« rief Angela ihr nach.

»Ja, sie sind in dem Korb auf der Veranda«, erwiderte Hannah, die bereits nach Golden Oaks zurückeilte.

Angela schüttelte den Kopf. Was war bloß in Hannah gefahren? Billys Auftauchen schien sie noch mehr als Angela zu erbosen.

Billy Anderson hieb mit seiner kurzen Peitsche auf die grauen Stuten ein und ließ seine Wut auf dem ganzen Weg nach Mobile an ihnen aus. Er würde Angela nie verzeihen, daß sie ihn zum Narren gemacht hatte. Er konnte sich nicht erinnern, jemals zuvor so aufgebracht gewesen zu sein, außer vielleicht im letzten Jahr, als ihn sein Vater in seinem Zimmer eingeschlossen hatte, weil er sich als

Freiwilliger melden wollte, und mit seinen damals siebzehn Jahren hatte er nichts lieber gewollt, als sich in die Schlacht zu stürzen und als Held zurückzukehren.

Aber das war noch schlimmer. Angela hatte ihn als einen Feigling hingestellt. Wenn sie auch nur ein Wort darüber verlauten lassen sollte, daß sie ihn mit einem Gewehr vertrieben hatte, würde er sie umbringen. Er hätte ihr dieses Gewehr abnehmen und ihr den Hintern versohlen sollen. Dann hätte er sie auf den Boden werfen und sich das holen können, weswegen er gekommen war.

Auf seinem rücksichtslosen Ritt, mit dem er den Ort seiner Demütigung möglichst schnell hinter sich zurücklassen wollte, hätte Billy fast ein entgegenkommendes Fuhrwerk gerammt. Er fluchte lauthals und errötete, als er sah, wer in dem Wagen saß. Crystal Lonsdale und Candise Taylor sahen ihn kaum an, als sie an ihm vorbeifuhren. Der Anblick der beiden rief ihm den Vormittag wieder ins Gedächtnis.

Wahrscheinlich lachte Angela jetzt über ihn, ganz wie diese Crystal. Lange würde sie nicht mehr lachen. Er würde Angela noch kriegen. Sie würde ihn kein zweites Mal zum Narren halten.

4

Hannah rannte fast, als sie die halbe Meile nach Golden Oaks zurücklief. Sie ging nicht durch die Hintertür, sondern durch den Haupteingang und eilte sofort auf das Arbeitszimmer ihres Herrn zu. Gütiger Gott, Master Jacob würde die Wände hochgehen.

Hannah hörte Candise Taylor und Crystal Lonsdale, die im Salon Backgammon spielten. Candise und ihr Vater weilten seit zwei Wochen als geschätzte Gäste in Golden Oaks, doch bald würden sie wieder nach England fahren. Crystal Lonsdale war schon seit einigen Jahren ein regelmäßiger Gast auf Golden Oaks, und ihr Bruder Robert ging seit noch längerer Zeit ein und aus. Robert hatte sich gemeinsam mit Zachary, Jacobs jüngerem Sohn, bei Kriegsausbruch den Truppen von Alabama angeschlossen. Unter Braxton Bragg verteidigten sie die Küste zwischen Pensacola und Mobile. Robert war dort geblieben, um die Bucht von Mobile zu bewachen, aber Zachary war mit Bragg gezogen, als dieser den Befehl über die Armee von Tennessee übernahm. Gott beschütze sie, dachte Hannah wie schon so oft.

Hannah klopfte leise an die Tür des Arbeitszimmers und trat auf Jacob Maitlands Geheiß ein. Sie stand vor dem Schreibtisch, an dem Jacob über seinen Rechnungsbüchern brütete wie jeden Nachmittag. Da er bisher noch nicht aufgeschaut hatte, um zu sehen, wer in sein Zimmer getreten war, blieb Hannah geduldig stehen.

Sie wußte, daß Jacob sich erzürnen würde, und das war schlimm. Vor ein paar Jahren hatte er einen leichten Schlaganfall erlitten, und von da an sollte er jede Aufregung vermeiden. Seine geschäftlichen Angelegenheiten überließ er jetzt größtenteils anderen.

Hannah würde sterben, wenn Jacob Maitland etwas zustieß. Sie erinnerte sich nur zu gut daran, wie es gewesen war, ehe er nach Golden Oaks kam und das Land, das Herrenhaus und auch die Sklaven gekauft hatte. Es waren Zeiten andauernder Angst gewesen, Angst davor, daß Familienmitglieder in andere Gegenden verkauft werden könnten, Angst vor der Peitsche.

Jetzt fühlten sich die Sklaven nicht mehr wie Sklaven, und das war ganz allein Jacob Maitlands Werk. Hannah wußte, daß es nichts gab, was sie nicht für Jacob Maitland getan hätte. Er hatte ihr ein neues Leben geschenkt, ihr die Selbstachtung zurückgegeben. Wichtiger war noch, daß er ihr ihren Erstgeborenen zurückgegeben hatte, ihren Sohn, den man ihr genommen und vor achtzehn Jahren verkauft hatte, als der Junge vier war. Jacob hatte den Jungen gefunden und ihn zu Hannah zurückgebracht.

Hannah kannte Jacobs Überzeugung. Sie wußte, daß er ihnen allen die Freiheit geschenkt hätte, wenn es nicht notwendig gewesen wäre, den Eindruck zu machen, daß man mit den Auffassungen der Südstaaten konform ging, wenn man hier leben wollte. Doch in diesem Krieg unterstützte er in Wahrheit den Norden.

Natürlich fiel Jacob nicht auf, daß Hannah all diese Dinge und noch mehr wußte. Nur sie und ihre Familie wußten davon, denn Luke, ihr Ehemann, war Jacobs persönlicher Diener, der hörte, was Jacob im Schlaf sprach. Doch ihre Familie hütete diese Geheimnisse. Einmal war Hannah bei Angela versehentlich etwas herausgerutscht, was niemand wissen durfte. Doch Angela war ein braves

Mädchen. Sie wußte, zu welchen Tragödien es geführt hätte, wenn sie dieses Geheimnis einem anderen gegenüber gelüftet hätte. Hannah war sicher, daß Angela das nicht tun würde.

Jacob hatte immer noch nicht von seinen Büchern aufgeschaut, doch Hannah blieb geduldig stehen, und während sie wartete, ruhten ihre braunen Augen liebevoll auf ihm. Er war ein gutaussehender Mann von achtundvierzig Jahren, der nur an den Schläfen leicht ergraut war. Im übrigen war sein Haar so schwarz, daß es manchmal blau wirkte. Und erst seine Augen! Bei Gott, dieser Mann hatte schaurige Augen. Hannah war sicher, daß der Teufel, falls er jemals auf die Erde kommen und sich zeigen sollte, Augen wie Jacob Maitland haben würde. Sie waren von einem hellen Goldbraun, vorausgesetzt, er war nicht zornig. Und bei all seiner Güte hatte dieser Mann Temperament. Und wenn er sich erhitzte, wurden diese Augen zu reinen goldgelben Flammen, die bereit waren, denjenigen, den sie anfunkelten, zu verbrennen.

Von Jacob Maitlands beiden Kindern sah nur Bradford seinem Vater ähnlich. Zachary war ebenso groß wie sein älterer Bruder und sein Vater, ziemlich genau einen Meter achtzig, doch Zachary hatte die Augen und das Temperament seiner Mutter geerbt. Er war nicht annähernd so unternehmungslustig wie sein Bruder.

Jacob Maitland sah jetzt auf und runzelte leicht die Stirn. »Wieso bist du so früh zurück? Sie war doch zu Hause oder etwa nicht?«

Hannah hörte Jacob Maitland immer gern sprechen. Er konnte sich so gut und genau ausdrücken. Schon vor Jahren hatte sie versucht, seine Sprechweise zu imitieren, doch ihre Familie hatte sich in einem Maß darüber lustig gemacht, daß sie sich veranlaßt sah, es aufzugeben.

»Ja, sie ist zu Hause.«

»Nun, wie geht es ihr? Läßt sie sich immer noch von dir versprechen, mich nicht zu bestehlen?« fragte Jacob amüsiert.

»Ich bin gegangen, ehe sie Gelegenheit dazu hatte«, sagte Hannah und rang immer noch nervös die Hände.

»Stimmt etwas nicht, Hannah?« fragte Jacob Maitland und kniff die Augen zusammen. »Raus mit der Sprache.«

»Vielleicht sollten wir raus zu den Ställen gehen, Master Jacob, weil ich nämlich das Gefühl habe, Sie werden Ihre Stimme erheben, und die jungen Damen sind aus der Stadt zurück und sitzen im Salon. Sie werden es sonst mitanhören.«

»Raus mit der Sprache!«

Hannah holte tief Luft und begann zu zittern, weil sie sah, daß diese goldbraunen Augen bereits in Flammen standen.

»Missy Angela ist heute morgen fast vergewaltigt worden«, platzte Hannah heraus und erwartete mit weit aufgerissenen Augen den Ausbruch des Unwetters.

»Sie ist was?« fragte er und sprang augenblicklich auf. »Wie konnte das passieren, wenn ihr Vater da ist?«

»Er war nicht da.«

»Ist – ist Angela etwas passiert?«

»O nein, Sir. Sie hat sich den jungen Lümmel mit ihrem Gewehr vom Leib gehalten. Aber er hat sie gewiß gewollt. Er hat gedroht, daß er sie noch kriegt. Sie hat sich nicht gefürchtet, aber närrischer war sie als ein nasses Huhn.«

»Was muß das für ein Junge sein, der versucht, ein Kind zu vergewaltigen?« fragte Jacob und ließ sich erschöpft auf seinen Stuhl fallen. »Ich kann das einfach nicht begreifen.«

»Ich habe schon versucht, Ihnen zu erklären, daß sie erwachsen wird«, erinnerte ihn Hannah vorwurfsvoll.

»Sie ist doch erst vierzehn Jahre alt. Zum Teufel, sie ist noch ein kleines Kind.«

Hannah erinnerte ihn nicht daran, daß »Kinder« in Angelas Alter heirateten und selbst schon Kinder bekamen. »Sie haben sie seit dem bösen Streit zwischen Ihnen und ihrem Papa nicht mehr gesehen. Die kleine Missy ist recht hübsch geworden.«

Jacob schien sie nicht zu hören. »Wie heißt dieser Junge? Bei Gott, er wird noch wünschen, er wäre tot!«

»Billy Anderson.«

»Du meinst Sam Andersons Sohn?« fragte Jacob erstaunt.

»Ja.«

»Gibt es noch andere, die schon versucht haben, Angela zu belästigen?« fragte Jacob.

»Ja. Und gerade das macht mir solche Sorgen, weil die arme kleine Missy manche Nächte ganz allein da draußen verbringen muß.«

»Wieso?«

Hannah senkte die Augen und sprach flüsternd weiter. »Ihr Papa läßt sie ganz allein, wenn er über Nacht in Mobile bleibt. Jedenfalls hat er das letzte Nacht getan.«

»Dieser Halunke!« Jacob sprang wieder auf die Füße und warf dabei seinen Stuhl um. In den Tiefen seiner Augen brannte ein loderndes Feuer. »Sag Zeke, er soll mein Pferd nehmen und in die Stadt reiten. Er soll mir Sam Anderson *und* William Sherington bringen. Und sag ihm, daß er reiten soll, als sei der Teufel hinter ihm her! Kapiert, Hannah?«

»Ja.« Zum ersten Mal lächelte sie.

»Nun geh schon! Komm anschließend wieder, und erzähl mir den Rest.«

Erst kurz vor Einbruch der Dämmerung torkelte William Sherrington unangemeldet in Jacobs Arbeitszimmer. Seine Kleider waren verschmutzt und krumplig und seine ausgeleierten Hosen fleckig. Sein leuchtend rotes Haar war in der Mitte gescheitelt und mit einem widerlich riechenden Öl an den Kopf geklatscht. Durch das Weiß seiner Augäpfel zogen sich Adern, die mindestens so rot waren wie sein Haar.

»Was, zum Teufel, soll das heißen, daß Sie mich durch Ihren Nigger holen lassen?« legte William Sherrington los. »Ich habe Sie vor fünf Jahren gewarnt, daß ich ...«

»Halten Sie den Mund, Sherrington, und setzen Sie sich!« knurrte Jacob. »Vor fünf Jahren haben Sie mich erpreßt und mir gedroht, zu meinen Söhnen zu gehen und ihnen von Charissa und mir zu erzählen, wenn ich Sie Angela nicht nach Ihrem Gutdünken großziehen lasse. Damals habe ich einen Rückzieher gemacht, als Narr, der ich war, doch zu der Zeit war Angela noch nicht in Gefahr.«

»Wieso Gefahr?«

Jacob stand von seinem Stuhl auf, sein Gesicht eine Unwetter verkündende Maske. »Glauben Sie, Sie können sie unbeaufsichtigt zu Hause lassen und Ihre Sauftouren machen, ohne daß ihr etwas passiert? Ich hätte Ihnen nicht Zeke auf den Hals hetzen sollen, sondern das Gesetz.«

William Sherrington erbleichte unter seiner sonnengebräunten Haut. »Was ist denn passiert?«

»Nichts – für diesmal, aber das ist nicht Ihnen zu verdanken.

Angela wäre beinah von diesem jungen Affen vergewaltigt worden – Billy Anderson. Vergewaltigt, um Gottes willen! Sie haben mir gedroht, Sherrington, aber jetzt verspreche ich Ihnen eines: Wenn Sie dieses Mädchen noch einmal allein lassen, bringe ich Sie ins Gefängnis. Das ist mein letztes Wort. Und glauben Sie bloß nicht, ich könnte das nicht arrangieren.«

»Jetzt hören Sie mal ...«

Jacob zog die Augenbrauen hoch, und William verstummte. »Wollen Sie mir erzählen, daß ich mich irre? Daß Sie Angela nicht sich selbst überlassen haben?«

William Sherrington sah unbehaglich auf seine Füße. »Na ja, vielleicht war ich ein bißchen zu lässig, aber schließlich kann das Mädchen für sich selbst sorgen.«

»Mein Gott, sie ist erst vierzehn! Sie sollte gar nicht erst in die Lage kommen, für sich selbst sorgen zu müssen! Sie sind absolut ungeeignet, sie großzuziehen, und das wissen Sie ebensogut wie ich!«

»Sie können sie mir nicht wegnehmen. Ich brauche sie – ich will sie bei mir haben. Sie ist das einzige, was ich noch habe, seit ihre Mutter mir davongelaufen ist«, sagte William pathetisch.

»Ich habe mich erboten, sie in eine Schule zu schicken. Dieses Angebot besteht weiterhin. Dort wäre sie am besten aufgehoben«, sagte Jacob, obwohl er wußte, daß sein Angebot auf Ablehnung stoßen würde.

»Wir nehmen keine Almosen an, Maitland. Das habe ich Ihnen oft genug gesagt. Angela braucht keine Schulbildung. Sie wäre hinterher nur unzufrieden mit dem, was sie hat.«

»Sie sind ein Dummkopf, Mann!« rief Jacob wütend aus. »Ein verbohrter Dummkopf!«

»Mag sein, aber Angie bleibt bei mir, und wenn Sie versuchen sollten, sie mir wegzunehmen, mache ich mächtigen Stunk.«

Jacob seufzte. »Sie haben meine Warnung gehört, Sherrington. Falls Angela auch nur irgend etwas zustoßen sollte, geht es Ihnen ans Leder.«

Jacob sah William Sherrington nach, der aus seinem Zimmer stapfte. Wenige Minuten später stieg erneut Wut in ihm auf, als Hannah Sam Anderson ankündigte.

5

Die Sonne war untergegangen, als Angela in der Stadt eintraf. Sie war den ganzen Nachmittag gelaufen und hatte sich dicht am Fluß gehalten, um jede Begegnung zu vermeiden. Sie liebte den Fluß. Im Februar letzten Jahres hatte er sie und ihren Vater bis nach Montgomery gebracht, wo Jefferson Davis als erster Präsident der Konföderierten vereidigt worden war. Bis dahin war Angela nie so weit von zu Hause fort gewesen. Es war schrecklich aufregend. Doch gleichzeitig hatte damals die Unzufriedenheit ihres Vaters eingesetzt.

William Sherrington war ein waschechter Südstaatler, dort geboren und dort aufgewachsen, und nichts wollte er lieber, als für seine Heimat kämpfen. Aber er war zu alt. Und er war ein Trinker. Die Armee wollte ihn nicht.

Nach dieser Ablehnung trank er zunehmend mehr und schwor den Yankees Rache. Die Nordstaatler hatten es ihm noch nie angetan, doch jetzt haßte er sie inbrünstig. Angela fühlte, daß auch sie sie hassen mußte, aber sie wußte nicht so recht, warum. Sie konnte nicht verstehen, wie Leute, die einmal Freunde gewesen waren, einander jetzt einfach umbringen konnten. Es erschien ihr völlig unsinnig.

Angela haßte den Krieg. Was ihn ausgelöst hatte und warum immer noch gekämpft wurde, war ihr gleich. Sie wußte nur, daß der Krieg daran schuld war, daß sie Bradford Maitland nicht mehr liebte. Sie haßte ihn inzwischen. Was blieb ihr anderes übrig, als ihn zu hassen? Hannah war die Wahrheit entschlüpft – daß Bradford nicht in Europa war, wie allgemein angenommen wurde, sondern daß er auf der Seite der Union kämpfte. Hannah hatte sich erst wieder gefaßt, als Angela geschworen hatte, das Geheimnis für sich zu behalten. Dabei konnte es Bradford nicht schaden, wenn sie es weitererzählte, denn er war nicht da. Jacob hätte es geschadet, und das wollte sie wirklich nicht. Doch jetzt haßte sie Bradford. Und noch verhaßter war ihr die Tatsache, daß sie Bradford Maitland hassen mußte.

Als sie die Stadt erreichte, wurde Angela klar, daß ihr Vater inzwischen schon zu Hause sein konnte. Vielleicht aber auch nicht. Und nach dem, was sich heute zugetragen hatte, wollte sie die

Nacht nicht allein zu Hause verbringen. Es würde ihr nichts ausmachen, am Fluß entlang wieder zurückzulaufen, solange sie ihr Gewehr hatte.

Der Himmel hatte ein dunkles Purpur angenommen, und die Straßenlaternen waren bereits eingeschaltet. Angela hatte ziemlich klare Vorstellungen davon, wo sie ihren Vater finden konnte. Sie kannte die Spelunken, in denen er sich gern aufhielt, und auch ein gewisses Bordell, das er immer aufsuchte, wenn er in die Stadt fuhr.

Sie ging ins Hafengebiet. Sie trug ihr neuestes Kleid, denn Hannah hatte ihr eingeschärft, daß junge Frauen nicht in Hosen in der Öffentlichkeit rumliefen. Das Kleid war schon zu klein geworden – es spannte über ihren Brüsten und war zu kurz –, doch das machte ihr nicht viel aus.

In ihrem hellgelben Baumwollkleid durchkämmte Angela die Straßen nach dem Wagen ihres Vaters und der alten Sarah. Sie versteckte sich in dunklen Gassen und hielt sich von Betrunkenen und anderem Gesindel fern. Eine Stunde verstrich, und dann ganz langsam die nächste.

Als sie einen menschenleeren Teil der Hafenanlagen erreichte, ihre letzte Hoffnung, war sie erschöpft. Hier gab es ein Bordell, von dem sie wußte, daß ihr Vater schon dort gewesen war. Am Ende der Straße sah sie etwas, das sein Wagen hätte sein können, aber sie war sich nicht sicher. Mit wachsender Hoffnung rannte sie auf den Wagen zu. Aber Angela blieb ruckartig stehen, als eine starke Hand nach ihrem Arm griff.

Das Gewehr fiel ihr aus der Hand, und sie fing an, zu schreien. Doch als sie Bobo Deleron sah, schloß sich ihr Mund. Sie hatte Bobo seit dem letzten Winter nicht mehr gesehen. Er war gewachsen und überragte sie jetzt bei weitem. Auf seinem quadratischen Kinn wuchsen Bartstoppel, und mit seinen dunkelgrauen Augen, die unter schmalen Brauen lagen, sah er sie belustigt an.

»Wohin so eilig, Angie? Hast du mit diesem Gewehr da jemanden erschossen?«

Bobo war nicht allein, und Angela stöhnte, als sich ein älterer stämmiger Jugendlicher ihre Waffe aufhob und genauer betrachtete.

»Dieses Gewehr ist nicht abgefeuert worden, Bobo«, sagte der Junge. »Aber es ist ein schönes Stück.« Dann sah er auf und grinste, während er seine Blicke über Angela gleiten ließ. »Und die da auch.«

»Ja, das weiß ich selbst«, sagte Bobo fast mißgünstig. »Das ist Angie Sherrington.« Während er ihren Namen aussprach, gruben sich seine starken Finger in ihren Arm, und sie wimmerte auf. »Angie stammt von Leuten ab wie du und ich, Seth, aber sie hält sich für was Besseres. Stimmt's, Angie?«

»Das habe ich nie behauptet, Bobo Deleron, das weißt du ganz genau.«

»Nein, aber du benimmst dich so.«

In Bobos Stimme schwang Zorn mit, und Angela war unwohl zumute. Sie roch seine Schnapsfahne und erinnerte sich an das letzte Mal, als sie mit ihm gerungen hatte. Damals hatte sie ihm direkt zwischen die Beine treten müssen, um ihn abzuschütteln, und er hatte geschworen, ihr das heimzuzahlen. Ihr wurde zunehmend bewußter, daß es dunkel und niemand in der Nähe war.

»Ich – ich muß meinen Papa treffen, Bobo«, sagte Angela mit einer Stimme, von der nur ein leises Quieken blieb. »Du solltest mich also lieber sofort loslassen.«

»Wo ist dein Papa?«

»Dort drüben.«

Sie deutete mit ihrer freien Hand auf den Wagen, auf den sie zugelaufen war, doch jetzt war sie nähergekommen und mußte feststellen, daß es gar nicht der Wagen ihres Vaters war.

»Sieht ganz so aus, als sei dein Papa in Ninas Haus, und da ist er bestimmt noch eine Weile beschäftigt.« Der ältere Junge kicherte in sich hinein. »Warum bleibst du nicht hier und leistest uns Gesellschaft, Kleines?«

»Wenn es euch nichts ausmacht, hole ich jetzt meinen Papa und fahre mit ihm nach Hause.« Angela bemühte sich um eine ruhige Stimme, aber sie wußte, daß die Angst zu hören war, die sie empfand.

Bobo war einfach zu groß geworden. Er mußte mindestens siebzehn sein. Bobo war wütend – und er war nicht allein.

Sie mußte schleunigst von hier fort. »Kann ich jetzt mein Gewehr wiederhaben? Ich muß wirklich gehen.«

Sie streckte die Hand nach dem Gewehr aus, doch Bobo riß sie zurück. »Was meinst du, Seth?« Sein Freund grinste.

»Ich finde«, sagte Seth, »daß eine so schöne Waffe der guten Sache dienen sollte, und ich werde bald eingezogen. Insofern ist es nur recht, wenn ich sie behalte.«

Angela riß vor Schreck die Augen auf. »Das könnt ihr nicht machen! Ohne das Gewehr würden Papa und ich verhungern!«

Seth kicherte. »Übertreibst du nicht ein bißchen, Kleines? Wenn du einen Papa hast, der sich Nina leisten kann, dann wirst du schon nicht verhungern.«

Angela wandte sich mit flehentlichem Blick an Bobo. »Bitte, Bobo! Sag ihm, daß wir ohne dieses Gewehr nicht leben können. Wir haben kein Geld, um ein neues zu kaufen.«

Doch Bobo war mehr als nur ein wenig betrunken. »Halt den Mund, Angie. Er kann dein verdammtes Gewehr haben, und dich kann er auch haben, sobald ich mit dir fertig bin.«

Noch war nicht alles verloren. Bobo hielt sie fest, und Bobo war betrunken. Sie wartete, bis er den ersten Schritt machte; dann riß sie sich mit einem Ruck los und rannte davon. Aber Bobo war schnell. Seine Finger griffen nach ihrem Haar und packten zu.

»Laß mich los!« kreischte sie und fand endlich die Sprache wieder. »Laß mich los, du dämlicher Feigling! Ich werde dir ...«

Bobos Lachen ließ sie verstummen. »Wenn das nicht die alte feuerspeiende Angie ist, wie ich sie kenne! Das Mädchen, das eben noch gebettelt hat, hätte ich kaum wiedererkannt.«

»Du elendes Schwein! Laß meine Haare los!« rief Angela, und als das nichts nutzte, holte sie zu einem Faustschlag aus.

Doch Bobo fing den Schlag ab und drehte ihr den Arm auf dem Rücken um. »Du wirst mir kein zweites Mal die Nase blutig schlagen, Angie.« Er zog ihren Kopf an den Haaren zurück und zwang sie, ihn anzusehen. »Du wirst gar nichts tun, sondern dich jetzt ordentlich bumsen lassen. Das wäre im letzten Winter schon fällig gewesen, aber damals ist es dir gelungen, vor mir auszureißen, nicht wahr?«

Angela fing an zu schreien, aber Bobo ließ ihr Haar los und preßte ihr seine Hand auf den Mund. In diesem Moment trat Seth hinter sie, hob ihren Rock hoch und ließ eine verschwitzte Hand zwischen ihren Schenkeln nach oben gleiten.

»Wollen wir ewig hier stehenbleiben und quatschen, oder kommen wir langsam zur Sache?« fragte Seth.

»Finger weg, Seth«, warnte Bobo. »Erst habe ich ein Hühnchen mit ihr zu rupfen. Was dann noch bleibt, kannst du haben.«

Seth trat einen Schritt zurück. »Sieh mal, Bobo, bist du sicher, daß von dem Mädchen noch was übrig bleibt, was sich lohnen könnte?«

»Vielleicht ist sie ein bißchen zerrupft, aber toll wird sie immer noch sein. Dieses Mädchen hat Zunder.« Bobo kicherte und preßte sie an sich. »Die legt sich nicht hin und spreizt ihre Beine für uns. Sie wird bis zum Schluß kämpfen. Aber während sie kämpft, kriegt sie das ab, was ihr zukommt.«

»Ich weiß nicht, Bobo«, sagte Seth kopfschüttelnd. »Ich halte nichts davon, ein Mädchen fertigzumachen, das mir nichts getan hat.«

Bobo drehte Angela in seinen Armen um, damit Seth ihr ins Gesicht sehen konnte, doch er nahm seine Hand nicht von ihrem Mund. Seine andere Hand lag jetzt auf einer ihrer kleinen Brüste und drückte schmerzhaft zu. Angela wand sich.

»Sieh sie dir an«, befahl Bobo. »Du willst sie doch haben, oder etwa nicht? Du wirst auch nicht der sein, der ihr wehtut. Das mache ich. Du bist noch nicht lange genug hier. Sonst wüßtest du, was für ein Biest die Kleine ist. Es gibt viele Jungen, die sich freuen, wenn sie hören, daß sie endlich doch eine Keilerei verloren hat.«

Er zerrte sie in eine enge Gasse, die nur wenige Meter entfernt war, und Angela versuchte zum letzten Mal, sich zu befreien. Sie machte den Mund auf und hieb ihre Zähne in Bobos Handrücken. Er schrie vor Schmerz auf und ließ sie los, und ihre Füße trugen sie wieder auf die etwas breitere Straße und direkt in Seths Arme. Sie wehrte sich rasend, um aus seinem kräftigen Griff loszukommen, die sie festhielten.

»Halt still, Mädchen. Ich tue dir nichts.«

Das war nicht Seths Stimme. Durch den Tränenschleier vor ihren Augen sah Angela, daß der Mann, der sie festhielt, gut gekleidet war und keineswegs einen alten Overall trug wie Seth. Endlich kam Hilfe! Sie brach erneut in Tränen aus und begrub ihr Gesicht an der breiten Brust des Mannes und ließ sich gehen.

»He, Mister. Vielen Dank, daß Sie die Kleine aufgehalten haben, aber jetzt geben Sie sie mir wieder«, rief Bobo.

»Wovor fürchtet sie sich so?« fragte der Mann mit ruhiger Stimme. Einen Arm hatte er schützend um Angela gelegt, und mit dem anderen strich er beschwichtigend über ihr Haar, denn als sie Bobos Stimme hörte, hatte sie angefangen zu zittern.

»Ach, so ein Quatsch. Wir haben nur ein bißchen Spaß gemacht, und dann hat sie mich plötzlich gebissen.«

»Warum?«

Angela trat einen Schritt zurück und sah in das Gesicht ihres Retters auf, um ihm alles zu erklären. Doch die Worte blieben ihr im Hals stecken, als sie in die hellen goldbraunen Augen sah, die sie fragend musterten. Trotz der Dunkelheit erkannte sie diese Augen.

»Du wirkst zu Tode erschrocken, Mädchen. Jetzt bist du sicher. Niemand wird dir etwas tun.«

Angela konnte nicht sprechen. So nah war sie Bradford Maitland nie gewesen.

Bradford lächelte. »Was ist hier passiert? Hast du den Jungen wirklich gebissen?«

Angela brachte mit Mühe hervor: »Es mußte sein. Sonst hätte er mich nicht losgelassen.«

»Erzähl keine Lügenmärchen«, drohte Bobo.

Angela wirbelte zu ihm herum, und ihre Augen sprühten Zornesfunken. »Du hältst den Mund, Bobo Deleron! Ich bin deiner Gnade nicht mehr ausgeliefert, und derjenige, der hier lügt, bist du.« Sie wandte sich wieder zu Bradford um, und die Betroffenheit in seinen Augen ließ ihren Zorn schmelzen. Sie fing wieder an zu weinen. »Er – er wollte mich vergewaltigen. Alle beide. Und der andere wollte das Gewehr von meinem Papa behalten. Ohne das Gewehr verhungern wir.«

Bradford zog Angela wieder an sich, doch gleichzeitig griff er in seinen Mantel und zog eine Handfeuerwaffe. Er richtete sie auf Seth, dessen Augen vor Angst hervortraten.

»Laß das Gewehr fallen«, sagte Bradford leise, aber bestimmt. »Und dann gehst du ein paar Schritte zurück.«

Seth tat, was ihm gesagt wurde, aber Bobo war zu aufgebracht, um sich einschüchtern zu lassen. »Sie sollten sich lieber raushalten, Mister. Dieses Mädchen ist nichts als weißes Lumpenpack und geht Sie nicht das geringste an. Außerdem lügt sie. Niemand wollte ihr was tun.«

»Vielleicht sollten wir diese Entscheidung dem Sheriff überlassen«, schlug Bradford freundlich vor.

»Das ist nun wahrhaft nicht nötig.« Bobo machte einen schnellen Rückzieher. »Niemandem ist etwas zuleide getan worden.«

»Ich glaube, das Mädchen ist anderer Meinung«, entgegnete Bradford. »Was meinst du, Schätzchen? Sollen wir den Sheriff holen?«

Angela flüsterte an seiner Brust: »Ich will nicht noch mehr Ärger machen.« Doch dann fügte sie heftig hinzu: »Sie können Bobo sagen, wenn er mir noch einmal zu nahe kommt, jage ich ihm eine Kugel in den Kopf.«

Zu Seths und Bobos Kummer brach Bradford in schallendes Gelächter aus.

»Ihr habt es selbst gehört«, sagte Bradford kichernd. »Daher schlage ich vor, daß ihr schleunigst abhaut, ehe sie merkt, daß das Gewehr in ihrer Reichweite ist und sie bereut, daß sie euch diesmal recht ungeschoren für das davonkommen läßt – was ihr nicht getan habt«, vollendete er seinen Satz nach einer kunstvollen Pause.

Bobo brauchte keine Sekunde, um zu verschwinden, und Seth folgte ihm eilig.

Angela hegte keine Rachegelüste. Seit Bobo und Seth fort waren, schien es entsetzlich ruhig auf der Straße zu sein. Der einzige Laut, den sie vernehmen konnte, war ihr Herzschlag. Oder war es seiner? Sie fühlte sich so unglaublich wohl, daß sie die ganze Nacht lang so stehenbleiben und sich an Bradford Maitlands großgewachsenen Körper lehnen wollte. Doch sie wußte, daß es so nicht ging.

Sie trat zurück und wollte ihrer Dankbarkeit Ausdruck verleihen, doch Bradford musterte sie mit einer Mischung aus Heiterkeit und Neugier, und wieder einmal erlahmte ihre Zunge.

»Es entspricht mir nicht, Frauen aus Ungelegenheiten zu erretten«, bemerkte er nachdenklich. »Gewöhnlich muß man sie vor mir retten. Warum bedankst du dich nicht dafür, daß ich dich vor einem schlimmeren Los als dem Tod bewahrt habe? Du bist doch Jungfrau, oder etwa nicht?« fragte er frei heraus.

Seine Frage schockierte sie und riß sie aus ihrem Schweigen. »Ja … und ich … ich danke Ihnen.«

»Das ist schon besser. Wie heißt du?«

»Angela«, entgegnete sie zögernd und fand es immer noch schwierig, mit ihm zu sprechen.

»Nun, Angela, du weißt doch sicher, daß du nicht allein auf die Straße gehen solltest, und am allerwenigsten in diesem Teil der Stadt?«

»Ich – ich mußte meinen Papa suchen.«

»Hast du ihn gefunden?«

»Nein, ich denke mir, daß er inzwischen schon nach Hause gefahren ist«, antwortete Angela nicht mehr ganz so unsicher.

»Ich denke, du solltest es ihm nachtun, meinst du nicht?« sagte er und hob ihr Gewehr auf. »Es war mir ein außerordentliches Vergnügen, Angela.«

Ihr blieb nichts anderes übrig, als sich umzudrehen und wieder zum Fluß zu gehen. Doch es dauerte nicht lange, bis er an ihrer Seite war.

»Ich werde dich nach Hause bringen«, erbot er sich mit leicht gereizter Stimme. Es kam ihr vor, als hätte er das Gefühl, sie nach Hause bringen zu müssen, ohne wirklich Lust dazu zu haben.

»Ich komme schon allein zurecht, Mr. Maitland«, entgegnete Angela mit stolz erhobenem Kinn.

Bradford grinste. »Das glaube ich dir aufs Wort, Angel«, sagte er obenhin. »Aber ich fühle mich inzwischen verantwortlich für dich.«

»Mein Name ist Angela«, bemerkte sie mit befremdlich ruhiger Stimme.

»Ja, ich weiß. Wo wohnst du überhaupt?« fragte er geduldig und mit einem warmen Lächeln.

Ein Stich fuhr durch ihr Herz. Er hatte sie absichtlich Angel genannt!

»Ich wohne auf der anderen Seite von Golden Oaks.«

»Um Himmels willen, warum hast du mir das nicht gleich gesagt? Komm mit.« Er nahm ihren Arm und brachte sie zu seinem Wagen. »Ich war gerade auf dem Weg nach Golden Oaks, als du … mir in die Arme gelaufen bist.«

Bradford Maitland sagte kein Wort, bis sie die Stadt hinter sich gelassen hatten und in gemäßigtem Tempo die Uferstraße entlangfuhren. Der Weg war menschenleer. Der Mond war hinter dicken grauen Regenwolken verborgen. Schwärze umgab sie auf ihrer Fahrt.

»Du wolltest die ganze Strecke laufen?« fragte Bradford ungläubig.

»So weit ist es nicht.«

»Ich weiß, wie weit es ist, Angela. Ich bin diese Strecke schon gelaufen, und dazu braucht man fast einen Tag. Du wärst wahrscheinlich nicht vor dem Morgen zu Hause angekommen.«

»Das hätte auch nichts ausgemacht.«

Er lachte herzlich über ihre selbstsichere Antwort und fragte dann: »Woher kanntest du meinen Namen?«

»Sie müssen sich wohl vorgestellt haben«, erwiderte sie nervös.

»Nein, das habe ich nicht. Du kennst mich, nicht wahr?«

»Ja«, antwortete sie flüsternd, fügte dann achtlos hinzu: »Wie kommt es, daß Sie in Alabama sind? Sie spionieren doch nicht etwa für den Norden?«

Sie fiel fast vom Sitz, als Bradford den Wagen ruckartig zum Stehen brachte. Dann packte er sie an den Schultern und drehte ihr Gesicht zu sich.

»Spionieren? Wie kommst du auf solche Ideen, Mädchen?«

Er wirkte so wütend, daß Angela sich fürchtete, etwas zu sagen. Sie hätte sich am liebsten die Zunge abgebissen, weil sie ihn derart erzürnt hatte.

»Antworte mir!« forderte er jetzt. »Wie kommst du dazu, meine Loyalität in Frage zu stellen?«

»Ich stelle Ihre Loyalität nicht in Frage, Mr. Maitland«, sagte Angela schwach. »Ich weiß, daß Sie letztes Jahr der Unionsarmee beigetreten sind.« Sie spürte, wie er erstarrte, und fügte schnell hinzu: »Als ich davon hörte, fand ich es ganz schrecklich, aber inzwischen ist es mir gleich.«

»Von wem hast du es gehört?«

»Hannah hat es mir erzählt. Es war keine Absicht, aber es ist ihr herausgerutscht.«

»Hannah?«

»Aus Golden Oaks. Hannah ist meine beste Freundin. Sie machen ihr doch keinen Ärger, weil sie es mir erzählt hat? Das ist etwas anderes, als wenn ich es jemandem erzählen würde. Und das werde ich nicht tun. Ich wüßte auch nicht, warum. Wenn Sie mich fragen, ist dieser ganze Krieg ein Wahnsinn. Sie kämpfen auf der einen Seite und Ihr Bruder auf der anderen – es ist verrückt. Aber heute abend haben Sie mir geholfen, und ich würde Ihnen um keinen Preis schaden wollen. Ich werde niemandem erzählen, daß Sie ein Yankee-Soldat sind. Ich schwöre es Ihnen.«

»Wenn du erst anfängst zu reden, dann redest du wie ein Wasserfall, Angela.« Sein Tonfall war wieder lockerer, und er ließ ihre Arme los.

»Ich will nur, daß Sie wissen, daß Ihr Geheimnis bei mir gut aufgehoben ist. Sie glauben mir doch, oder?« fragte sie flehentlich.

Er nahm die Zügel in die Hand, und sie fuhren weiter. »Das muß ich wohl. Ich nehme an, du hältst mich für einen Verräter?«

»Ich kann nicht einsehen, warum Sie ausgerechnet zu diesen Yankees halten müssen«, sagte sie finster. Dann lief ihr Gesicht dunkelrosa an. Glücklicherweise war es so dunkel, daß er ihre Verlegenheit nicht bemerken konnte. »Aber das ist wohl Ihre Angelegenheit.«

Bradfords Heiterkeit kehrte zurück. »Eigentlich ist das alles ganz einfach. Ich bin kein Südstaatler. Meine Familie hat nur die letzten fünfzehn Jahre im Süden verbracht. Vorher habe ich im Norden gelebt und eine Weile auch im Westen. Sogar nachdem mein Vater uns damit überraschte, daß er Golden Oaks gekauft hatte, und als die Familie schon hierhergezogen war, habe ich den größten Teil der letzten Jahre in der Schule und in Geschäften im Norden verbracht. Ich glaube nicht an Sklaverei. Und was noch wichtiger ist: Ich glaube nicht an eine geteilte Nation. Wenn man zuläßt, daß Staaten sich lossagen und neue Nationen bilden, was sollte dann alle anderen Staaten davon abhalten, es ihnen gleichzutun? Wir würden als ein zweites Europa enden. Nein, meine Loyalität gehört dem Norden und der Union.«

»Aber Ihr Bruder ist zu den Konföderierten gegangen«, rief ihm Angela ins Gedächtnis zurück.

»Zachary ist ein Heuchler«, erwiderte Bradford, und seine Stimme war plötzlich eisig. »Er hat sich aus Gott weiß welchen Gründen den Konföderierten angeschlossen, aber mit Loyalität hat das nichts zu tun.«

»Seit wann sind Sie zurück? Ich meine …«

Bradford kicherte. »Du bist wild entschlossen, herauszufinden, warum ich hier bin, nicht wahr?« sagte er zutraulicher. »Nun, das ist kein großes militärisches Geheimnis. Ich bin heute auf einem der großen Blockadebrecher angekommen, damit du es genau weißt. Ich gehöre gegenwärtig nicht mehr zur Armee. Ich bin während der siebentägigen Schlacht in Virginia verwundet worden, und deshalb hat man mich aus dem Dienst entlassen.«

»Aber Ihnen fehlt doch nichts mehr?« fragte sie erschrocken.

»Nein. Ich habe mir eine Brustverletzung zugezogen, und es wurde angenommen, daß ich nicht mehr davon genesen würde. Aber wie du siehst, habe ich diese Militärärzte zum Narren gehalten.«

Angela kicherte. »Das freut mich sehr.«

»Aber«, fügte er nachdenklich hinzu, »ich werde wieder ausrücken, sobald man Ersatz für meinen alten Truppenbefehlshaber gefunden hat. Wir haben uns nie von Angesicht zu Angesicht gesehen, und trotzdem hat er mir stärker zugesetzt als der Feind. Bis dahin habe ich sozusagen Urlaub von der Front. Zum Teufel, ich erzähle dir mehr, als ich sollte. Du hast eine Art, mir Sachen aus der Nase zu ziehen, Angel.«

Sie war wieder restlos in Bradford Maitland verliebt. Dies war der glücklichste Tag ihres Lebens.

»Jetzt habe ich wirklich genug über mich geredet«, sagte Bradford. »Erzähl mir von deiner Familie.«

»Meine Familie? Es gibt nur mich und meinen Papa.«

»Wer ist das?«

»William Sherrington.«

Angela sah, wie Bradford die Stirn runzelte. »Dann war Charissa Stewart deine Mutter?«

»So hieß sie, ehe sie meinen Papa geheiratet hat«, antwortete Angela überrascht. »Aber woher wissen Sie das?«

»Du bist also Charissa Stewarts Tochter«, bemerkte er kühl und ging nicht auf ihre Frage ein.

»Haben Sie meine Mutter gekannt?«

»Nein, zum Glück habe ich diese – Frau nie getroffen«, entgegnete Bradford und verfiel in Schweigen.

Angela starrte seine großgewachsene Silhouette in der Dunkelheit an. Was sollte das heißen: »zum Glück«? Hatte sie wirklich Zorn in seiner Stimme gehört? Nein, das hatte sie sich gewiß nur eingebildet.

Angela schloß die Augen, ließ sich von dem Holpern des Wagens sachte wiegen und dachte daran, wie sie Bradford Maitland zum ersten Mal gesehen hatte. Es war drei Jahre her. Sie war damals elf gewesen und Bradford zwanzig. Er hatte die Sommerferien zu Hause verbracht. Sie war mit ihrem Vater in die Stadt gefahren, um das Getreide zu verkaufen, doch es war ihr langweilig geworden, ihn am Marktplatz zu erwarten, und sie hatte sich entschlossen, nach Hause zu gehen. In der Nacht zuvor hatte es heftig geregnet, und während sie die Uferstraße entlanglief, machte sie sich einen Spaß daraus, den Schlamm- und Wasserlaken auszuweichen.

Und dann war er auf einem schnellen schwarzen Hengst vorbeigeritten, auf dem Weg zur Stadt. Ganz in Weiß gekleidet auf diesem gewaltigen schwarzen Tier sah er aus wie eine Art Racheengel. Als er an ihr vorüberritt, bespritzte sein Pferd ihr gelbes Kleid ganz mit Schlamm. Bradford hatte sein Pferd angehalten und war zu ihr zurückgetrabt. Er hatte ihr eine Goldmünze zugeworfen, sich entschuldigt und gesagt, sie solle sich ein neues Kleid kaufen. Dann war er davongaloppiert.

Von dem Moment an, in dem sie in sein schönes Gesicht aufgeblickt hatte, war sie verliebt. Sie sagte sich immer wieder, daß es albern war, sich einzureden, sie sei verliebt, denn sie wußte nichts von diesen Dingen. Vielleicht verehrte sie ihn auch nur. Doch was auch immer es sein mochte, es war einfacher, es Liebe zu nennen.

Diese Goldmünze besaß sie immer noch. Sie hatte ein kleines Loch hineingebohrt und ihren Vater gebeten, ihr eine lange Kette zu kaufen, damit sie sich die Münze um den Hals hängen konnte. Wie schon seit drei Jahren hing diese Kette jetzt um ihren Hals und ruhte zwischen den beiden kleinen Hügeln ihrer Brüste. Sie hatte sie selbst dann noch getragen, als sie sich entschlossen hatte, Bradford Maitland zu hassen, weil er sich der Union angeschlossen hatte. Doch jetzt haßte sie ihn nicht mehr. Sie würde ihn nie mehr hassen können.

Nur allzu bald war sie zu Hause. Sie sah Bradford nach und blieb noch lange auf der Veranda stehen und erinnerte sich an seine Abschiedsworte.

»Paß auf dich auf, Angela. Du bist zu groß geworden, um allein durch die Gegend zu bummeln!« Dann hatte er die Zügel genommen und war abgefahren.

»Bist du es, Kleines?«

Angela sah William Sherrington finster an, als er die Tür öffnete.

»Ja, ich bin es, Papa.«

»Wo bist du gewesen?«

»Ich habe dich gesucht«, fauchte sie wütend, obwohl sie mehr als erleichtert war, ihn zu Hause vorzufinden. »Wenn du gestern abend nach Hause gekommen wärst, hätte ich dich nicht zu suchen brauchen.«

»Das tut mir wirklich leid, Angie«, entgegnete er mit einer Stimme, die fast ängstlich klang. »Es wird nicht mehr vorkommen. War das Billy Anderson, der dich eben nach Hause gebracht hat?«

»Um Himmels willen, nein!« rief sie aus. »Es war Bradford Maitland.«

»So, das war aber nett von ihm. Angie, ich verspreche dir, daß ich dich nicht mehr allein lasse. Wenn ich in die Stadt fahre, kommst du mit mir. Ich weiß, daß ich dir in letzter Zeit kein guter Papa war, aber von jetzt an werde ich es sein. Das verspreche ich dir.«

Er stand kurz vor den Tränen, und ihr gesamter Zorn verflog. »Komm ins Haus, Pa. Du weißt doch, daß ich keinen anderen Papa will als nur dich.« Sie ging auf ihn zu und drückte ihn kräftig. »Geh jetzt schlafen. Wir müssen morgen früh das Feld umpflügen.«

6

Statt nach Golden Oaks fuhr Bradford weiter die Uferstraße entlang zur Schattenplantage, zu seiner Verlobten Crystal Lonsdale.

Crystal hatte nicht den leisesten Schimmer von seinen Aktivitäten der letzten eineinhalb Jahre – oder zumindest nahm er das an. Nach seiner Unterhaltung mit Angela Sherrington war er sich seines Geheimnisses jedoch nicht mehr sicher.

Falls Crystal noch nichts wußte, würde sie es bald erfahren, denn ein weiterer Grund für seine Heimkunft war neben dem Wunsch, seinen Vater zu sehen, sein Vorhaben, reinen Tisch mit Crystal zu machen. Besser jetzt als nach dem Krieg. Er wollte Crystal Zeit geben, sich mit seinem Standpunkt vertraut zu machen. Wenn er dann nach dem Krieg zurückkehren würde, stände einer sofortigen Eheschließung nichts mehr im Wege.

Bradford bog auf den Kiesweg ein, der zur Schattenplantage führte. Es war nicht die angebrachte Tageszeit für einen Besuch, doch er hatte diesen Zeitpunkt in der Hoffnung gewählt, Crystals Vater und nach Möglichkeit auch Robert aus dem Weg zu gehen. Crystal gegenüber zu bekennen, wem seine Loyalität galt, war die eine Sache. Sie war die Frau, die ihn liebte und ihn niemals verraten würde. Doch sich der übrigen Familie gegenüberzustellen, grenzte an Selbstmord. Er hätte sogar als der Spion erschossen werden können, für den ihn die kleine Sherrington gehalten hatte.

Er war kein Spion und hätte auch niemals einer sein können. Bradford besaß zuviel Ehrgefühl.

Im unteren Stock des Hauses brannte noch Licht, und als Bradford sich der Eingangstür näherte, hörte er die leisen Klänge eines Klaviers. Er runzelte die Stirn und fragte sich, ob Crystal wohl Gäste hatte.

Der alte Rueben, der Negerbutler der Lonsdales, öffnete auf Bradfords Klopfen die Tür und trat überrascht zurück.

»Sind Sie es wirklich, Mr. Brad? Mein Gott, Miß Crystal wird sich sicher freuen, Sie zu sehen.«

»Das hoffe ich doch, Rueben«, sagte Bradford grinsend. »Ist sie im Salon?«

»Ja. Sie können gleich reingehen. Ich glaube kaum, daß Sie bei diesem Wiedersehen eine Anstandsdame wünschen.« Rueben grinste. »Und sie wird es auch nicht wollen.«

»Sie ist also allein?«

»Ist sie.«

Bradford ging durch die Eingangshalle und blieb nur einen Moment stehen, ehe er die Tür zum Salon öffnete. Crystal saß am Klavier und war in rosa und weiße Seide gekleidet.

Sie spielte ein häufig gehörtes Stück, das er nicht wiedererkannte. Alles in diesem Raum versetzte ihn in die Vergangenheit zurück, einschließlich Crystal. Sie hatte sich kein bißchen verändert. Sie war noch immer die schönste Frau, die er je gesehen hatte.

Sie war so vollkommen in ihre Musik vertieft, daß sie seine Anwesenheit nicht bemerkte. Und als sie das Stück zu Ende gespielt hatte, entrang sich ihr ein tiefes Seufzen.

»Ich hoffe, dieser Seufzer gilt mir«, sagte er leise.

Crystal stand auf. Es dauerte einige Sekunden, ehe sie seinen Namen rief und in seine Arme flog.

Bradford küßte sie ausgiebig. Sie erwiderte seinen Kuß, jedoch nicht annähernd so lange, wie er es sich gewünscht hätte. Sie ließ sich nie sehr lange von ihm in den Armen halten. Doch zugleich war ihr Verhalten insofern ausgesprochen widersprüchlich, als sie ihn in ihr Bett gelassen hätte, wenn von seiner Seite aus auch nur die leiseste Andeutung gefallen wäre. Er war derjenige, der ihnen Zurückhaltung auferlegt hatte.

Jetzt bedauerte er sehr, daß er vor dem Krieg ganz der anständige Gentleman gewesen war. Hätte er sie damals genommen, so wäre sie jetzt willfähriger und seinem Standpunkt gegenüber aufgeschlossener gewesen.

»O Brad.« Sie machte sich von ihm los und sah vorwurfsvoll zu ihm auf. »Warum hast du keinen meiner Briefe beantwortet? Ich habe so oft geschrieben, daß ich schon seit langem nicht mehr mitzählen kann.«

»Ich habe nie einen Brief von dir bekommen.«

»Dein Vater hat gesagt, du hättest meine Briefe wahrscheinlich nicht erhalten wegen der Blockade und so, aber ich habe trotzdem gehofft, sie wären angekommen«, entgegnete sie. Dann kniff sie die Augen zusammen, stemmte die Hände in ihre schmalen Hüften und sagte finster: »Und wo bist du gewesen, Bradford Maitland, als ich auf meiner Reise durch England gekommen bin? Ständig habe ich darauf gewartet, daß du auftauchst, aber vergebens. Zwei Jahre, Brad – ich habe dich seit zwei Jahren nicht mehr gesehen!«

»Meine Geschäfte führen mich von einem Ort zum anderen, Crystal. Und außerdem haben wir Krieg«, erinnerte Bradford sie sanft.

»Glaubst du, das wüßte ich nicht? Robby hat sich gemeinsam mit dem ganzen Jungvolk aus dieser Gegend gemeldet. Er ist hiergeblieben, um Fort Morgan zu bewachen, aber ich sehe ihn kaum noch. Dein Bruder hat sich auch gemeldet. Und was ist mit dir? Nein, dir sind deine Geschäfte wichtiger.« Er setzte zu einer Erklärung an, doch sie sprach weiter. »Es hat mich schrecklich in Verlegenheit gebracht, nicht zu meinen Freundinnen sagen zu können, daß mein Verlobter gemeinsam mit dem Rest unserer tapferen Männer für unsere Sache kämpft.«

Bradford nahm sie an den Schultern und sah ihr ins Gesicht. »Ist es dir so wichtig, Crystal, was deine Freundinnen denken?« fragte er scharf.

»Natürlich ist es mir wichtig. Es geht doch nicht an, daß mein Gemahl als Feigling gilt, oder?«

Bradford spürte Gereiztheit in sich aufsteigen. »Wie wäre es mit einem Mann, der mit der Union sympathisiert? Wäre das in deinen Augen schlimmer als ein Feigling?«

»Ein *Yankee*!« Sie schnappte vor Entsetzen nach Luft. »Sei nicht albern, Brad. Du bist ein Südstaatler, ebenso wie ich. Darüber Witze zu machen, finde ich nicht komisch.«

»Und was, wenn es kein Witz ist?«

»Hör auf, Bradford. Du machst mir angst.«

Er hielt sie am Arm fest, um sie an ihrem Zurückweichen zu hindern. Er hatte genau durchdacht, was er ihr erzählen würde, etwas über eine geteilte Nation, etwas Einfühlsames, was Lincoln gesagt hatte, doch all das war Bradford im Moment entfallen.

»Ich bin kein Südstaatler, Crystal. Ich war es nie, und das weißt du wohl.«

»Nein!« schrie sie und hielt sich die Ohren zu. »Ich will dir nicht zuhören! Ich will es nicht wissen!«

»Doch, du wirst zuhören, verdammt noch mal!« Er zog ihr die Hände von den Ohren und umschlang sie so, daß sie sich nicht von der Stelle rühren konnte. »Hast du wirklich erwartet, daß ich für etwas kämpfe, woran ich nicht glaube, daß ich dafür kämpfe, etwas aufrechtzuerhalten, obwohl ich absolut dagegen bin? Wenn mich mein Glaube dazu führen würde, Partei zu ergreifen, Crystal, dann wäre es nicht für den Süden. Das solltest du respektieren.«

Bradford seufzte. Er hatte im Moment keine Möglichkeit, ihr die volle Wahrheit zu sagen, daß er bereits für die Union gekämpft hatte und es weiterhin tun würde. Sie würde Alarm schlagen, und er käme niemals lebendig aus Mobile raus. Er versuchte verzweifelt, sich verständlich zu machen.

»Crystal, wenn ich nicht zu meinen Überzeugungen stehen würde, wäre ich kein Mann. Siehst du das denn nicht ein?«

»Nein!« entgegnete sie hitzig und versuchte, sich von ihm loszureißen. »Ich sehe nur, daß ich die besten Jahre meines Lebens vergeudet habe – an einen Yankee-Sympathisanten! Wenn du mich nicht augenblicklich losläßt, schreie ich!«

Er ließ sie sofort los, und sie taumelte zurück und funkelte ihn böse an. »Unsere Verlobung ist gelöst. Ich würde nie und nimmer einen Mann mit solchen ... solchen ... oh! Selbst, wenn du nicht für den Norden kämpfst, bist du ein Yankee. Und ich verabscheue alle Yankees!«

»Crystal, du bist jetzt außer dir, aber wenn du erst genügend Zeit gehabt hast, darüber nachzudenken ...«

»Mach, daß du fortkommst!« fiel sie ihm ins Wort. Ihre Stimme war schrill und hysterisch. »Ich hasse dich, Bradford! Ich will dich nie mehr sehen! Niemals!«

Er wandte sich ab, um zu gehen, doch in der Tür drehte er sich noch einmal um. »Zwischen uns ist es nicht aus, Crystal. Du wirst trotzdem meine Frau werden, und nach dem Krieg kehre ich zurück, um es dir zu beweisen.«

Er ging, ehe sie etwas erwidern konnte. Eigentümlicherweise dachte er an die kleine Sherrington. Sie hatte ihn verstanden. Sie verdammte ihn nicht. Dagegen die Frau, die ihm ihre Liebe bekannt hatte, verstand ihn nicht.

Doch mit Crystal Lonsdale war er noch nicht fertig. Eines Tages würde er zurückkehren und ihr verständlich machen, worum es ging.

7

Angela Sherrington saß auf einem der beiden alten Korbstühle auf der kleinen Veranda und blickte versonnen auf das kahle Feld vor dem Haus. Vor ihrem geistigen Auge sah sie das Feld voller Getreide, so, wie es noch vor einer Woche ausgesehen hatte. Würde sie es jemals wieder bewachsen sehen? Würde auch nur irgend etwas jemals wieder so werden wie früher?

Bradford Maitlands goldene Münze drückte sich in ihre Handfläche. Sie gab ihr Trost, wenn sie dessen am meisten bedurfte. Und im Moment hatte Angela Trost nötiger denn je zuvor.

Sie trug noch immer das dunkelbraune Baumwollkleid, das sie

heute morgen bei der Beerdigung getragen hatte. Sie hätte gern Schwarz getragen, doch sie besaß kein schwarzes Kleid.

Diese letzte Woche war wie ein böser Traum vorübergegangen. Sie hatten das Glück, dieses Jahr eine gute Ernte eingebracht zu haben, und um alles zu verkaufen, waren drei Fahrten in die Stadt angefallen. Angela war jedesmal mit ihrem Vater gefahren, denn er hatte sein Versprechen von vor drei Jahren gehalten und sie nie mehr allein gelassen. Drei lange Jahre war es her. Die Zeit war schnell vergangen, meistenteils tragisch, doch für Angela ereignislos. Die Jungen, die sie immer geneckt und sich mit ihr gebalgt hatten, belästigten sie nicht mehr, und Bobo hatte sich ihre Warnung zu Herzen genommen, ihr nie mehr nahe zu kommen. Ihr Vater hatte ihr sogar erlaubt, noch einmal allein herumzustreifen wie früher, statt sie ständig im Auge zu behalten. Ja, die Jahre waren ereignislos verlaufen, bis dieses Jahr 1865 gekommen war.

Vor einem Jahr hatte die Union in der Schlacht um die Bucht von Mobile einen bedeutenden Sieg errungen. Die Kämpfe hatten Alabama schließlich doch noch erreicht. Nur wenige Tage nach der verheerenden Schlacht hatte sich Fort Gaines ergeben. Und Fort Morgan, das direkt gegenüberlag, hatte sich nach einer achtzehntägigen Belagerung ebenfalls ergeben. Die Yankees hatten endlich in Alabama Fuß gefaßt.

Sechs Monate später erfolgte die Belagerung von Fort Blakely und Spanish Fort. Und dann, im April dieses Jahres, acht Monate nach der Schlacht um die Bucht von Mobile, hatten die Unionstruppen unter dem Befehl von General E.R.S. Canby die Landstreitkräfte der Konföderierten vernichtend geschlagen und Mobile besetzt.

Wie durch ein Wunder war die kleine Farm der Sherringtons verschont geblieben. Während dieser schrecklichen Zeit hatte ihr Vater das Haus mit Brettern verrammelt, und sie hatten abgewartet und sich gefragt, ob man sie ausräuchern würde. Würde die Ernte verloren sein? Oder war es um ihr Leben geschehen? Doch die Gefahr ging vorüber, und der Wiederaufbau begann.

Für Angela zog der verlorene Krieg keine persönlichen Folgen nach sich. Sie hatte nie einen Sklaven besessen. Sie besaß auch kein Land und stand somit nicht vor Steuerforderungen, die sie nicht zahlen konnte. Auch würde das Land, das sie bewirtschafteten, nicht einfach verkauft werden, denn der Verpächter war finanziell abgesichert.

Zudem war Angela nicht so wie viele feine Damen des Südens durch Armut zu schockieren, denn sie kannte nichts als Armut. Sie und ihr Papa waren immer zurechtgekommen.

Frank Colman, ein alter Freund und Trinkkumpan ihres Vaters, hatte sie an jenem Tag in dem Wagen gefunden, in dem sie ihren Vater erwartete. Sie hatte sofort geahnt, daß sich etwas Entsetzliches zugetragen hatte, denn Frank konnte ihr nicht gerade ins Gesicht sehen. Er erzählte ihr von der Schlägerei, in die sich ihr Vater eingelassen hatte; eine Kneipendiskussion mit einem Yankee über den Krieg, hatte Frank gesagt. Es kam zu einem Krawall – andere Männer mischten sich ein – jeder schlug um sich – ihr Vater stürzte – schlug mit dem Kopf auf einen Tisch – und starb im selben Augenblick.

Sie war den ganzen Weg zur Bar gerannt und hatte William Sherrington auf den Sägemehlspänen gefunden; er lag schmutzig und blutverschmiert von der Schlägerei dort, tot.

Als sie völlig ungläubig neben ihn auf den Boden fiel, gingen ihr die vielen Male durch den Kopf, die sie über sein Trinken gestritten hatten, all die harten Worte, die sie ihm im Lauf der Jahre deswegen an den Kopf geworfen hatte.

Sie war auf dem Fußboden liegengeblieben und in Tränen ausgebrochen, und die Männer, die um sie herumstanden, waren mit beschämten Gesichtern zurückgewichen, während sich Kummer und Wut aus ihr ergossen.

Ihr Vater war heute morgen begraben worden. Jetzt war sie ganz allein auf der Welt, mutterseelenallein. Was sollte sie anfangen? Diese Frage hatte sie sich nun schon so oft gestellt, doch sie fand keine Antwort.

Sie nahm an, daß sie jederzeit Clinton Pratt heiraten könnte. Er hatte sie im Lauf des letzten Jahres viele Male gefragt, und sie war sicher, daß er sie wieder fragen würde. Clinton war ein netter junger Mann, der auf einer kleinen Farm weiter oben am Fluß arbeitete. Oft kam er zu Besuch und unterhielt sich mit ihr. Seine Gesellschaft machte ihr Freude, aber heiraten wollte sie ihn nicht.

Sie liebte ihn nicht.

Eine neue Tränenflut brach aus ihr hervor. *O Pa, warum mußtest du mich verlassen? Ich will nicht allein sein, Pa! Ich fühle mich allein nicht wohl!*

Am liebsten wollte sie bleiben, wo sie war. Hier war sie zu Hause. Sie hatte die gute alte Sarah. Sie konnte die Farm selbst bestellen, dessen war sie sich sicher. Aber das hing natürlich nicht von ihr ab, sondern von Jacob Maitland. Vielleicht würde er sie nicht auf der Farm bleiben lassen, weil er nicht glaubte, daß sie sie allein bestellen konnte.

Doch wahrscheinlich würde sie so oder so Bescheid bekommen, denn Jacob Maitland war heute morgen zur Beerdigung erschienen, um sein Beileid auszudrücken, und er hatte ihr gesagt, daß er sie später zu Hause besuchen würde. Es mußte ihr gelingen, ihn davon zu überzeugen, daß sie es allein schaffte. Es mußte einfach gelingen!

Jacob Maitland fuhr in der schmuckesten Kutsche vor, die Angela je gesehen hatte. Sie war neu, mit glänzender schwarzer Farbe angemalt und hatte üppige grüne Samtsitze.

Es hieß, Jacob Maitland sei so reich, daß der Krieg spurlos an seinem Vermögen vorübergegangen war. Er war nie von den Erträgen seiner Plantage abhängig gewesen. Während des Krieges war sein Land so gut wie nicht bestellt worden. Daher wunderten sich die Leute zum einen darüber, daß er in den Süden gekommen war, und zum anderen fragten sie sich, warum er während des Krieges in Golden Oaks geblieben war, statt nach Europa zu gehen, wo seine eigentlichen Einnahmequellen lagen.

Als Angela noch ein Kind war, hatte er sie häufig auf der Farm besucht und ihr jedesmal Süßigkeiten mitgebracht, manchmal auch ein kleines Spielzeug. Angela hatte immer geglaubt, er käme, um auf seinem Land nach dem Rechten zu sehen. Vor acht Jahren war es dann zu einem hitzigen Wortwechsel zwischen ihrem Vater und Jacob gekommen. Damals hatte Angela fest damit gerechnet, daß sie auf die Straße gesetzt würden, doch so weit kam es nicht. Allerdings war Jacob Maitland von da an nicht mehr auf die Farm gekommen. Sie hatte nie herausgefunden, worüber sich die beiden gestritten hatten. Sie vermißte diese Besuche.

Er war ein guter Verpächter, das ließ sich nicht leugnen. Selbst wenn ihre Ernte nicht gut ausfiel, beschwerte er sich nie. Während des Krieges hatte er darauf bestanden, einen geringeren Anteil für sich zu beanspruchen. Deshalb fühlte sich Angela doppelt schuldig, wenn sie die Lebensmittel annahm, die Hannah ihm stahl.

Trotzdem fürchtete sich Angela jetzt vor ihm.

»Angela, meine Liebe, ich versichere dir mein tiefstes Mitgefühl für den Verlust deines Vaters«, setzte Jacob Maitland an. »Du mußt jetzt wohl eine große Leere empfinden.«

»Ja, ich fühle mich leer«, entgegnete Angela flüsternd und mit niedergeschlagenen Augen.

»Ich kannte deinen Vater seit fast achtzehn Jahren«, fuhr Jacob mit sanfter Stimme fort. »Er hat diese Farm schon bearbeitet, als ich nach Alabama kam.«

»Dann haben Sie meine Mutter auch gekannt?« fragte Angela neugierig, und in ihre Augen kam Leben.

»Ja, ja, ich habe sie gekannt«, erwiderte Jacob mit einem abwesenden Blick in den Augen. »Sie hätte damals vor vielen Jahren niemals allein in den Westen gehen sollen. Sie ...«

»In den Westen?« unterbrach ihn Angela ganz aufgeregt. »Dorthin ist sie gegangen? Das hat Pa mir nie erzählt.«

»Ja, in den Westen ist sie gegangen«, antwortete Jacob betrübt. »Weißt du, daß du das genaue Abbild deiner Mutter bist?«

»Pa hat immer gesagt, ich hätte ihre Augen und ihr Haar«, antwortete Angela fröhlich. Sie wurde lockerer.

»Es ist viel mehr als nur das, meine Liebe. Deine Mutter war die bezauberndste Frau, die ich je gesehen habe. Sie besaß eine solche Grazie, eine Zerbrechlichkeit, und sie war von erlesener Schönheit. Du bist ihr völlig gleich.«

»Sie machen sich über mich lustig, Mr. Maitland. Ich bin nicht graziös, und zerbrechlich bin ich gewiß nicht.«

»Mit der entsprechenden Übung wärst du graziös«, entgegnete Jacob mit einem zärtlichen Lächeln.

»Übung? Oh, Sie meinen so was wie eine Schule?« fragte sie. »Dafür habe ich nie Zeit gehabt. Pa hat mich hier gebraucht, damit ich ihm helfe, die Farm zu bestellen.«

»Ja. Jetzt zu dieser Farm, Angela. Da nun dein Vater nicht länger unter uns weilt, möchte ich ...«

»Bitte, Mr. Maitland«, fiel ihm Angela ins Wort, denn sie fürchtete sich vor dem, was er jetzt sagen würde. »Ich kann diese Farm allein bestellen. Solange ich zurückdenken kann, habe ich Papa geholfen. Ich bin stärker als ich aussehe, ich bin es wirklich.«

»Was, um Himmels willen, geht in deinem Kopf vor, Kind? Ich kann dich doch nicht allein auf dieser Farm lassen«, rief Jacob überrascht aus und schüttelte den Kopf.

»Aber ich ...«

Jacob hob die Hand, um ihr Einhalt zu gebieten. »Ich will kein Wort mehr davon hören. Jetzt sieh nicht so erbärmlich drein, meine Liebe. Ehe du mir ins Wort gefallen bist, wollte ich dir sagen, daß ich möchte, daß du zu uns nach Golden Oaks ziehst.«

Ein ungläubiger Blick breitete sich in Angelas Gesicht aus. »Wieso?«

Jacob Maitland mußte lachen. »Sagen wir einfach, daß ich mich für dich verantwortlich fühle. Schließlich kenne ich dich von Geburt an, Angela. Ich habe gemeinsam mit William Sherrington gewartet, während deine Mutter dich geboren hat. Außerdem möchte ich dir gern helfen.«

»Aber was ist mit Ihrer Familie? Und wohnen nicht schon viel zu viele Diener in Ihrem Haus?«

»Unsinn«, entgegnete er. »Die Dienstboten wohnen nicht im Haus, Kind. Und meine Familie wird dich willkommen heißen. In dieser Hinsicht brauchst du nichts zu befürchten.«

»Wenn Sie nicht der netteste Mann sind, den ich je kennengelernt habe!« sagte Angela, und wieder traten Tränen in ihre Augen.

»Dann ist doch alles geregelt, meine Liebe. Ich lasse dich jetzt allein, damit du deine Sachen packen kannst, und in zwei Stunden schicke ich die Kutsche hierher, um dich abzuholen.«

8

Angela war sicher, daß sie dieses Treffen mit Jacob Maitland nur geträumt hatte. Doch zwei Stunden später fuhr die glänzend schwarze neue Kutsche vor, um sie abzuholen, und sie wußte, daß es Wirklichkeit war.

Das einzige, woran sie auf der kurzen Fahrt zu ihrem neuen Zuhause denken konnte, war, daß sie Bradford Maitland jetzt näher sein würde. Sie war nie über diese Vernarrtheit ihrer Kindertage hinausgewachsen. Wenn möglich liebte ihn die siebzehnjährige Angela noch mehr, als sie es mit vierzehn getan hatte.

Hannah hatte ihr erzählt, daß Bradford nicht mehr bei der Armee war, doch er war noch oben im Norden, um die Firma Maitland in New York zu führen. Zachary war zu Hause, denn Ende 62 hatte man ihn wegen einer Beinverletzung aus dem Krieg zurückgeschickt. Prompt hatte er Miß Crystal Lonsdale geheiratet, und beide lebten jetzt auf Golden Oaks.

Angela erinnerte sich daran, wie sie Golden Oaks vor zehn Jahren anläßlich des Todes von Jacob Maitlands Frau zum ersten Mal gesehen hatte. Ihr Vater war hingegangen, um sein Beileid auszudrücken, und hatte die kleine Angela mitgenommen. Darauf folgten die vielen Male, die Angelas Vater einen Teil der Ernte in Maitlands Speicher abgeliefert hatte, und in den vergangenen Jahren hatte sie ihn stets begleitet. Doch sie war bisher nie in dem gewaltigen Herrenhaus gewesen. Und jetzt würde sie dort arbeiten!

Angela empfand es nicht als herabsetzend, daß sie nun eine Dienerin sein sollte. In diesem feinen Haus zu arbeiten, würde bedeutend leichter sein, als das Ackerland zu bestellen. Und als Dienerin der Maitlands würde sie Bradford oft sehen, wenn er nach Hause kam. Zwar würde er ihre Liebe nie erwidern können, doch sie würde wenigstens in seiner Nähe sein, und nur das zählte.

Die Kutsche fuhr vor dem Haus vor, und Angela blickte zu den acht riesigen dorischen Säulen auf, die die breite Galerie an der Vorderfront des Hauses säumten. Doch dann schweifte ihr Blick zu jemandem, der aus einem der oberen Fenster schaute. Die Gardinen wurden eilig zugezogen, und Angela war unwohl zumute. Wer hatte ihre Ankunft beobachtet?

»Willkommen auf Golden Oaks, Angela«, sagte Jacob Maitland, der aus dem Haus getreten war, um sie zu begrüßen.

»Vielen Dank, Sir«, entgegnete Angela mit einem scheuen Lächeln, doch dann leuchteten ihre violetten Augen auf, als Hannah hinter Jacob auf der Galerie erschien.

»Missy Angela, ich bin ja so froh, daß Sie hierherkommen wollen!« rief Hannah in ihrer gewohnten Überschwenglichkeit. »Leid hat es mir schon getan, als ich von Ihrem Papa gehört habe, aber jetzt bin ich erleichtert, daß sich jemand um Sie kümmert.«

»Mr. Maitland war sehr freundlich zu mir.«

»Bitte, Angela, ich möchte, daß du mich Jacob nennst. Schließlich sind wir alte Freunde.«

»Einverstanden, Sir – ich meine, Jacob.«

»Das ist schon viel besser.« Jacob lächelte freundlich. »Hannah wird dir dein Zimmer zeigen. Ermüde sie nicht mit deinem Geschwätz, Hannah. Angela hat einen anstrengenden Morgen hinter sich, und ich möchte, daß sie sich heute nachmittag ausruht.« Er wandte sich wieder an Angela. »Wir haben schon zu Mittag gegessen, meine Liebe, aber Hannah wird dir etwas auf dein Zimmer bringen lassen. Zum Abendessen wirst du rechtzeitig gerufen. Mein Sohn Zachary hat die Angewohnheit des Südens angenommen, sich nach dem Mittagessen hinzulegen, und ebenso hält es seine Frau. Das liegt an der Hitze. Du wirst die beiden heute abend sehen.«

»Kommen Sie, Missy«, sagte Hannah und hielt die Tür auf. »Ich hab' Ihnen ein Zimmer auf der kühlen Seite des Hauses hergerichtet. Man sieht auf den Fluß, und es weht ein leichter Wind, wenn überhaupt Wind geht.«

Angela folgte Hannah in die Eingangshalle und eilte sich, um mit ihr Schritt zu halten, als sie auf die große, gewundene Treppe am Ende des Raumes zuging. Sie hatte keine Zeit, stehenzubleiben und die wunderbaren Bilder anzuschauen, die an den weißen Wänden hingen, und sie konnte auch nur einen flüchtigen Blick durch die offenen Türen werfen, an denen sie vorbeikamen.

Die Treppe führte auf einen langen Gang, der über die gesamte Breite des Hauses reichte, und an jedem Ende war ein weit geöffnetes Fenster, das das Tageslicht und einen manchmal aufkommenden Lufthauch einließ. Von dem Gang gingen acht Türen ab, vier auf jeder Seite. Hannah wandte sich über der Treppe nach links und blieb abwartend vor der letzten Tür an der Rückfront des Hauses stehen.

Angela eilte weiter, ohne vor den Porträts der Ahnen zu verweilen, die den Gang säumten. Sie blieb erst abrupt stehen, als ein Paar goldbrauner Augen sie von der Wand aus anblickte. Das Bild wies eine bemerkenswerte Ähnlichkeit auf, denn dem Künstler war es gelungen, das stolze, hochgereckte Kinn, die hohen Wangenknochen und die gerade, schmale Nase, die festen, lächelnden Lippen, die hohe Stirn und die dichten, leicht gebogenen Augenbrauen, die so schwarz wie sein Haar waren, einzufangen. Es war ein ausgezeichnetes Porträt von Bradford Maitland

»Das ist wirklich ein schönes Bild von Master Jacob. Ich fand schon immer, es sollte im Arbeitszimmer hängen«, sagte Hannah, die jetzt neben Angela vor dem Bild stand.

»Aber ich dachte, es sei Bradford.«

»Nein, Kind, das ist Master Jacob, als er noch jünger war. Das Bild von Master Bradford hängt unten in der Eingangshalle. Wenn man sie zusammen sieht, könnte man meinen, jemand hätte zwei Bilder von ein und demselben Mann gemalt – bis auf die Augen. Bradford hat ein bißchen mehr Feuer in den Augen, weil er nicht wollte, daß das Bild gemalt wird, und das sieht man gleich. Er wollte, daß das Bild weit weg von seinem Zimmer hängt, und sein Zimmer liegt an diesem Ende des Hauses.«

»An diesem Ende?«

»Ja«, sagte Hannah und kicherte fröhlich. »Ich dachte, Sie hätten gern das Zimmer ihm gegenüber – das heißt, falls sich der Junge jemals entschließen kann, wieder nach Hause zu kommen.«

Die Tatsache, daß sie nicht bei den anderen Dienstboten, sondern im Haus wohnen würde, verblüffte Angela. Sie konnte es nicht verstehen. Vielleicht war Jacob Maitland auch nur allzu vorbedacht, denn sie würde die einzige weiße Dienerin sein.

Das Zimmer, das jetzt das ihre sein sollte, schockierte Angela. Dieser eine Raum war größer als das Haus, in dem sie ihr ganzes Leben verbracht hatte. Die Wände waren in zarten Lavendeltönen und dunklen Purpur- und Blauschattierungen gehalten, und das ganze Zimmer duftete nach Lavendel. Etwas so Schönes und Edles hatte sie noch nie gesehen. Und dieses Zimmer sollte ihr gehören!

Der Fußboden war zu solchem Hochglanz poliert worden, daß sich in ihm wahrhaftig die schöne, kostbare Einrichtung spiegelte. Das massive Bett hatte vier hohe Pfosten mit einem Rüschenbaldachin darüber und war mit blauem und lavendelfarbenem Taft überspannt. Die Vorhänge waren aus dunkelblauem Samt und im Moment geschlossen, damit die nachmittägliche Hitze nicht eindringen konnte. In einer Ecke stand ein bequemer Sessel, und im übrigen war das Zimmer mit einem großen Sofa, einer Kommode und Tischen eingerichtet. Wie sollte sie sich jemals daran gewöhnen, in einer solchen Umgebung zu leben?

»Bist du sicher, daß dieses Zimmer für mich bestimmt ist?« fragte sie flüsternd, und wieder trat Ungläubigkeit in ihre schönen Augen.

Hannah lachte. »Master Jacob hat gesagt, daß ich eins der leeren Zimmer aussuchen kann, und ich habe dieses ausgesucht. Die Zimmer sind ohnehin alle gleich. Ich weiß, daß das nicht das ist, was Sie gewohnt sind, Missy, aber jetzt sind Sie hier, und Sie werden sich einfach daran gewöhnen müssen. Sie brauchen sich keine Sorgen mehr zu machen, und das macht mich froh. Jetzt tun Sie, was der Master gesagt hat, und ruhen sich aus.« Mit diesen Worten ging Hannah aus dem Zimmer.

Ruhen? Am hellen Nachmittag? Wie hätte sie ruhen können?

Eine kleine Brise ließ die schweren Gardinen flattern, und Angela trat ans Fenster und zog sie zur Seite. Den Fluß konnte man mühelos zu Fuß erreichen, und sie stellte sich vor, wie es sein mochte, einfach dort zu sitzen und den stattlichen Dampfschiffen nachzusehen. Hinter dem Haus lag ein bezaubernder Garten, und der Duft von Jasmin und Magnolien stieg zu ihr herauf.

Auf dieser Seite des Hauses lagen weite, leicht gewellte Rasenflächen, und hinter dem Haus, auf dem Weg zum Fluß, erstreckten sich Wiesen, auf die alte Eichen und üppige Weiden ihren Schatten warfen. Die Dienstbotenunterkünfte und der Stall lagen zur Rechten des Hauses in einem schattigen Zedernwald. Es war ein Bild von atemberaubender Schönheit.

Es klopfte an der Tür, und ein hellhäutiges Negermädchen in Angelas Alter trat mit einem beladenen Tablett ein und stellte es wortlos auf einem Tisch ab. Angela lächelte das Mädchen verlegen an, als es ging. Sie wußte nicht, wie sie sich den anderen Dienstboten gegenüber verhalten sollte, doch sie wollte sich mit ihnen anfreunden. Sie hoffte, sie würden nichts gegen ihre Anwesenheit im Haus einzuwenden haben.

9

Angela verbrachte den Nachmittag damit, ruhelos in dem großen Schlafzimmer auf und ab zu gehen. Sie hatte sich aufs Bett gelegt und versucht, sich auszuruhen, doch einem Mädchen, das nie Müßiggang gekannt hatte, war das unmöglich. Wenn sie nichts zu tun hatte, schleppten sich die Minuten dahin.

Warum hatte man ihr keine Arbeit gegeben? Sie fragte sich, worin ihre Pflichten wohl bestehen mochten, denn Mr. Maitland hatte diesen Punkt vergessen. Würde sie nur eine Einzelperson bedienen? Sie hoffte, daß genügend Arbeit anfiel, um sie zu beschäftigen. Doch in erster Linie wollte sie, daß Jacob Maitland nicht bereute, sie zu sich genommen zu haben.

Diese Zeitverschwendung ist einfach lächerlich, dachte Angela. Es mußte etwas geben, was sie tun konnte.

Sie öffnete die Tür und trat auf den Korridor. Die Stille war unheimlich, wenn man bedachte, daß dieses Haus voller Familienangehöriger und Dienstboten war. Sie ging ein paar Schritte und sah dann lächelnd zu dem Porträt Jacob Maitlands auf. Neugierde führte sie in die große Eingangshalle, und sie blieb vor Bradfords Porträt stehen. Als sie ihm gegenüberstand, schnappte sie nach Luft. Das war nicht der Bradford Maitland, den sie in ihrer Erinnerung mit sich trug. Dieser Bradford mit dem dunklen sonnengebräunten Gesicht und dem wirren Haar ließ Angela an einen Seeräuber denken, sogar an einen indianischen Wilden, der gnadenlos töten konnte. Dieser Bradford war ein gefährlicher Mann.

Angela zitterte. Diesen Bradford hatte sie nie gesehen. Oder doch? Hatte Bradford an jenem Abend so ausgesehen, an dem er sie vor Bobo gerettet hatte? Sie schüttelte den Kopf.

Sie wußte es nicht.

Angela drehte sich schaudernd um und ging weiter.

Der erste Raum, den sie betrat, war das Eßzimmer. Mit einem langen Tisch, an dem zehn Leute Platz gefunden hätten, und den hochlehnigen Stühlen mit den gepolsterten Sitzen war es recht beeindruckend. Zwei Türen führten aus dem Eßzimmer. Eine stand offen. Dahinter lag ein großer leerer Raum, der sich fast über die gesamte Breite des Hauses erstreckte. Angela öffnete die andere Tür und stand in einer roten Backsteinküche, die erst kürzlich an das Haus angebaut worden war. Eine Frau von gewaltigen Proportionen rollte auf einem großen Tisch einen dünnen Teig aus. Ein junges Mädchen stand neben ihr und schälte Pfirsiche. Ein kleiner Junge, der ihr bis zum Ellbogen reichte, fragte, ob er einen Pfirsich bekommen könnte.

»Sie müssen das kleine Mädchen sein, von dem mir Hannah erzählt hat«, sagte die große Frau strahlend, als sie Angela bemerkte. »Was kann ich für Sie tun, Missy?«

»Gibt es einen Lappen, den ich benutzen kann?« fragte Angela.

Die Frau sah sie verwundert an und deutete dann mit einem mehlbestäubten Finger auf eine Tür. »In dieser Kammer sind jede Menge Lumpen – von Miß Crystals alten Kleidern.«

»Danke«, erwiderte Angela schüchtern und öffnete die Tür.

In der kleinen Kammer waren Reinigungsutensilien für den Haushalt gelagert. Auf dem Boden stand eine Kiste mit Lumpen, doch Angela erschrak angesichts der Stofflappen, die sie darin fand. Die Kiste war mit Seide, Samt, Taft und anderen edlen Geweben gefüllt. Wie konnten derart teure Stoffe in einer Lumpenkiste enden? Sie nahm ein weißes Leinentuch und ging ins Eßzimmer. Da es sich als staubfrei erwies, trat Angela in das angrenzende Zimmer. Später sollte sie erfahren, daß es das Damenzimmer für den Aufenthalt am Vormittag war. Der Raum war nicht groß, und die Möbel reichten gerade für die Familienmitglieder aus. Wände, Vorhänge und die Einrichtung waren in Weiß und den verschiedensten Nuancen von Hellblau gehalten.

Der Boden war fleckenlos, ebenso die Tische, doch Angela fand Staub auf einer großen Vitrine, in der Hunderte von kleinen Statuetten standen, und sie machte sich an die Arbeit. Die kleinen Glasfigürchen bezauberten sie, und sie ging zart mit ihnen um, wenn sie sie von der Stelle bewegte. Nach wenigen Minuten summte sie vor sich hin. Sie freute sich, eine Beschäftigung gefunden zu haben.

»Siehst du, Robby, ich habe dir doch gesagt, daß ich jemanden in diesem Zimmer gehört habe.«

Angela wirbelte schnell herum, und ihre Augen begegneten Crystal Maitlands verächtlichem Blick. Ihr Bruder Robert sah Angela mit einer Mischung aus Erstaunen und Vergnügen an und musterte sie mit seinen dunkelbraunen Augen. Angela kannte Crystal nur von Hannahs Beschreibungen, doch Robert hatte sie schon gelegentlich in der Stadt gesehen. Er war ein schlanker, mittelgroßer Mann von etwa fünfundzwanzig Jahren mit hellblondem Haar wie seine Schwester und ausgeprägten, aristokratischen Zügen. Crystals Bruder war Zachary Maitlands engster Freund und verbrachte mindestens soviel Zeit in Golden Oaks wie auf seiner eigenen Plantage.

»Sie macht sich wenigstens nützlich«, fuhr Crystal fort, als sei Angela nicht im Zimmer.

»Oh, ich bin sicher, daß dein verehrter Schwiegervater etwas wesentlich Nützlicheres mit der kleinen Waise vorhat«, sagte Robert trocken.

»Also wirklich, Robby, ich habe dir doch gesagt, daß ich davon nichts hören will. Vater Maitland würde es nicht wagen, sie als seine Mätresse ins Haus zu bringen«, erwiderte Crystal schroff.

»So, würde er das nicht?« fragte Robert mit hochgezogenen Augenbrauen. »Schau sie dir doch an. Sie ist hübsch, das kannst du nicht leugnen, und in diesem Haus fehlt es weiß Gott nicht an Bediensteten. Vielleicht ist der Alte schon so vertrottelt, daß er glaubt, wir würden den wahren Grund, aus dem er das Mädchen zu sich genommen hat, nicht ahnen.«

»Jetzt hör aber auf!« sagte Crystal verärgert. »Wenn ich dir auch nur den geringsten Glauben schenkte, würde ich sie eigenhändig vor die Tür setzen. Aber ich glaube nicht an diesen Unsinn. Außerdem werde ich dafür sorgen, daß sie vollauf beschäftigt ist und sich ihren Unterhalt verdient. Es ist doch ganz nett, ein weißes Dienstmädchen im Haus zu haben, vorausgesetzt natürlich, daß sie höflich ist. Sie war nämlich früher recht wild.«

»Auf mich wirkt sie recht zahm«, entgegnete Robert, und auf seine Lippen trat ein Grinsen, während er Angela kühn musterte.

Angelas Wangen flammten auf. Störte es die beiden denn gar nicht, daß sie danebenstand?

»Du heißt also Angela, nicht wahr, Mädchen?« fragte Crystal, die ihren Ärger über den Bruder jetzt gegen Angela richtete.

»Ja.«

»Nun, Angela, geh, und hol mir ein Glas Limonade, und bring es in den Salon. Aber eil dich.«

Angela ging wortlos an den beiden vorbei und eilte in die Küche. Sie war immer noch dunkelrot. Hannah stand in der Küche und lächelte Angela bei ihrem Eintreten voller Wärme an.

»Tilda hat gesagt, Sie seien schon einmal hier gewesen, aber ihr habt euch noch nicht richtig vorgestellt«, sagte Hannah behutsam. »Das hier ist Tilda, die beste Köchin, die wir haben.«

»Es freut mich sehr, Sie kennenzulernen, Tilda«, sagte Angela ernst.

»Mich auch, Missy. Es wird bestimmt schön, Sie bei uns zu haben.«

Angela wäre gern noch geblieben und hätte geschwatzt, doch sie hatte Angst, Crystal Maitland warten zu lassen. »Kann ich ein Glas Limonade haben?« fragte sie eilig.

»Sie können alles haben, was Sie wollen«, sagte Tilda entgegenkommend. »Dort drüben auf dem Abstelltisch steht ein Krug. Lassen Sie mich schnell meine Hände abwischen. Dann hole ich Ihnen ein Glas.«

Tilda trat an den Tisch und goß ein großes Glas Limonade ein. Angela bekam schon vom Zuschauen Durst. Sie nahm das Glas, bedankte sich und eilte aus der Küche. Sie ging direkt in den Raum rechts neben der Eingangshalle, dem einzigen Raum, dessen Tür noch offenstand, und sie fand Crystal und Robert, die entspannt auf einem großen grünweißen Sofa saßen.

Crystal nahm das Glas und probierte die Limonade. Dann zog sie ein langes Gesicht. »Die Limonade ist nicht genügend gezuckert, Mädchen! Nimm sie wieder mit, und komm erst wieder, wenn sie wirklich süß genug ist.«

Angela nahm das Glas und verließ den Raum, doch sie hielt vor der Tür inne, als sie hörte, daß Robert Lonsdale in schallendes Gelächter ausbrach.

»Seit wann bist du ein Leckermäulchen?« fragte Robert kichernd.

»Das war ich noch nie. Aber ich sagte dir doch, daß ich dafür sorge, daß sie sich ihren Unterhalt verdient«, antwortete Crystal, die jetzt ebenfalls kicherte. »Mit dem Mädchen werden wir zu guter Letzt noch viel Spaß haben.«

»Ja, vielleicht dehne ich meinen Besuch hier doch noch ein wenig aus«, sagte Robert nachdenklich und fügte dann hinzu: »Natürlich nur, um mir diesen Spaß nicht entgehen zu lassen. Ich wußte gar nicht, daß du einen solchen Hang zur Grausamkeit hast, Schwesterchen. Wenn der Alte wüßte, was …«

»Sei still, Robert«, fauchte Crystal. Dann lächelte sie heimtückisch. »Vater Maitland wird nichts davon erfahren.«

Angela stand kurz vor den Tränen, als sie in die Küche zurückeilte. Wie konnte man bloß absichtlich brutal sein, einfach zum Spaß!

»Könnten Sie die Limonade noch ein bißchen nachsüßen?« fragte sie und bemühte sich, nicht zu zeigen, wie aufgebracht sie war.

»Tildas Limonade ist immer gut gezuckert«, antwortete Hannah überrascht. »Wenn Sie mehr Zucker wollen, werden Sie bald fett, Missy.«

»Oh, die ist doch nicht für mich«, sagte Angela schnell. »Die Limonade ist für Miß Crystal.«

»Warum holen Sie sie ihr?« fragte Hannah und legte die Stirn in Falten.

»Sie hat mich dazu aufgefordert.«

»Und dann hat sie gesagt, daß die Limonade nicht süß genug ist?«

»Ja.«

»Mein Gott, was bildet sich das Mädchen ein!« rief Hannah aus. »Sie warten hier, Missy. Sie sehen Tilda zu, wie sie die Pfirsichtorte macht, und sonst tun Sie gar nichts. Ich bringe Miß Crystal die Limonade. Sie warten etwa zehn Minuten, und dann kommen Sie ins Arbeitszimmer von Master Jacob. Er wird Sie sprechen wollen.«

Zehn Minuten später öffnete Hannah die Tür des Arbeitszimmers, und Angela trat besorgt ein. Der große Raum reichte bis zur Rückseite des Hauses, und die rotgoldenen Strahlen der untergehenden Sonne strömten durch die Fenster in der Rückwand. Eine Wand war vom Boden bis zur Decke mit Büchern bedeckt, an einer anderen stand ein großer Gewehrschrank. Auf Holzsockeln standen ausgestopfte Tierköpfe, und an den Wänden hingen Bilder von Wildpferden und weiten Steppen. Die bodenlangen Gardinen waren dunkelbraun und die Möbel mit schwarzem Leder überzogen. Es war ein eindeutig männliches Arbeitszimmer.

»Hannah, sag den anderen, daß sie mich im Eßzimmer erwarten. Ich werde mich um ein paar Minuten verspäten«, sagte Jacob.

»Ja«, erwiderte Hannah und schloß mit einem wissenden Lächeln auf den Lippen die Tür hinter sich.

Jacob ging um seinen Schreibtisch herum und führte Angela zu einem langen Sofa. »Meine Liebe, es ist etwas geschehen, was ich nicht verstehen kann, und ich glaube, daß du mir dabei behilflich sein kannst.«

»Ich möchte Ihnen gern behilflich sein, Sir«, entgegnete Angela eifrig.

»Hannah hat mir gesagt, du seist in die Küche gekommen, um ein Glas Limonade zu holen, und kurz darauf seist du zurückgekommen, um die Limonade nachzusüßen. Ist das richtig?«

»Ja, Sir.«

»Stimmt es auch, daß die Limonade für meine Schwiegertochter war?«

»Ja, Sir.«

»Hat sie dich gebeten, ihr die Limonade zu holen, oder hat sie dich dazu aufgefordert?« fragte Jacob.

»Das macht doch keinen großen Unterschied«, gab Angela zurück.

»Was von beidem hat sie getan, Angela?«

»Wenn ich mich recht erinnere, hat sie mich dazu aufgefordert«, antwortete Angela demütig. Was hatte sie falsch gemacht?

»Und warum hast du ihr die Limonade gebracht?«

»Warum ich das getan habe? Oh, ich weiß, Sie haben gesagt, ich solle mich ausruhen, und ich hatte nicht vor, mich Ihren Wünschen zu widersetzen, aber ich bin es einfach nicht gewohnt, zu ruhen, Sir. Ich mußte mich mit irgend etwas beschäftigen, und deshalb bin ich nach unten gegangen, um zu sehen, ob ich mich nützlich machen kann. Ich habe Möbel abgestaubt, und dann ist Miß Crystal gekommen und hat mir gesagt, daß sie die Limonade haben will. Sie haben mir zwar noch nicht gesagt, worin meine Pflichten bestehen, aber ich dachte mir, es kann nichts schaden, wenn ich mit meiner Arbeit anfange. Es tut mir leid, wenn ich Sie erzürnt haben sollte, Mr. Maitland.«

»O Angela, was soll ich bloß mit dir anfangen?« sagte er lachend. »Noch eine Frage, meine Liebe: Hat meine Schwiegertochter dich als Dienstmädchen behandelt?«

»Sie hat mich so genannt, als sie mit ihrem Bruder über mich sprach. Aber das ist eine alberne Frage, Mr. Maitland. Sie müssen Ihrer Familie doch gesagt haben, warum Sie mich zu sich genommen haben.«

»Das habe ich allerdings getan«, sagte er seufzend. »Doch offensichtlich habe ich die Situation nicht deutlich genug erklärt. Komm mit, wir gehen jetzt zum Abendessen.«

»Wollen Sie, daß ich bei Tisch auftrage?«

»Nein, du wirst mit der Familie zu Abend essen«, sagte Jacob geduldig.

»Aber das geht doch nicht!« Angela war außer sich. »Ihre Familie wird das nicht mögen!«

»Ich bin das Oberhaupt dieses Haushalts, Angela. Meine Familie mag stur und verdorben sein, doch mein Wort ist Gesetz. Außerdem dachte ich, wir hätten uns darauf geeinigt, daß du mich Jacob nennst«, erinnerte er sie mit einem sanften Lächeln.

Als sie in der Tür standen, wandten sich ihnen aller Augen zu. Angela spürte, wie ihre Handflächen feucht wurden. Sie verstand nicht, was das alles sollte. Warum bestand Jacob darauf, daß sie heute mit seiner Familie zu Abend aß? Das mußte auf Ablehnung stoßen.

Sie merkte die dumpfe Stimmung bereits jetzt, bloß weil Jacob gewagt hatte, sie in das Eßzimmer mitzubringen.

»Haben wir einen Gast, Vater?«

Zachary Maitland hatte diese Frage gestellt. Angela hatte Zachary noch nie gesehen, doch die Ähnlichkeit, die er mit seinem Vater aufwies, überraschte sie nicht. Abgesehen von den hellgrünen Augen erinnerte er sie an Bradford.

»Warum fragst du?«

»Weil ein Teller mehr auf dem Tisch steht«, mischte sich Crystal ein.

»Das zusätzliche Gedeck ist für Angela bestimmt«, entgegnete Jacob und sah jeden einzelnen der Anwesenden an, um die Wirkung seiner Worte abzuschätzen.

»Du willst doch nicht im Ernst sagen, daß sie mit uns ißt – bloß weil sie weiß ist«, rief Crystal empört aus. »Etwas so Widersinniges habe ich noch nie gehört!«

»Es ist einfach absurd, Vater«, fiel Zachary ein. »Was werden die anderen Dienstboten denken!«

»Jetzt reicht es!« sagte Jacob deutlich. Er hatte in einem Befehlston gesprochen, der sofort Schweigen bewirkte.

»Ich habe die Absicht, es euch zu erklären«, fuhr Jacob mit gemäßigter Stimme fort. »Doch Robert, mein Junge, sei erst so gut, Angela deinen Platz abzutreten. Ich möchte, daß sie neben mir sitzt.«

Robert sah in Jacob Maitland einen zweiten Vater. So war es schon, seit er und Zachary sich vor zwölf Jahren näher angefreundet hatten. Er kam dieser Aufforderung wortlos nach.

»Du gehst wirklich zu weit, Vater Maitland. Wieviel sollen wir sonst noch hinnehmen?«

»Du wirst alles hinnehmen, was ich wünsche, meine Liebe. Ich glaube, daß meine Wünsche in diesem Haus immer noch Gesetz sind.«

Jacob führte Angela zu ihrem Platz, rückte ihr den Stuhl zurecht und nahm dann am Kopfende des Tisches Platz. Angela hielt furchtsam die Lider gesenkt.

»Ich habe euch einiges zu sagen«, setzte Jacob mit ruhiger Stimme an. »Ich habe euch alle gestern darüber informiert, daß einer meiner Pächter verschieden ist und seine Tochter als Waise zurückgelassen hat. Ich habe euch auch gesagt, daß ich mich für Angela Sherrington verantwortlich fühle, da ich ihren Vater viele Jahre gekannt habe, und daß ich sie nach Golden Oaks bringen werde, damit sie bei uns wohnt. Angela habe ich genau dasselbe erzählt. Jetzt frage ich mich, wie auf Erden ihr alle, Angela inbegriffen, zu der Schlußfolgerung gekommen seid, ich würde sie als Dienstmädchen hierherbringen?«

»Du willst doch damit nicht etwa sagen, daß das nicht der Grund ihres Hierseins ist?« fragte Zachary ungläubig.

»Mit Sicherheit nicht!«

»O Gott! Dann hat Robby also doch recht gehabt!« Crystal schnappte nach Luft. »Wie kannst du es wagen, deine Mätresse hierherzubringen und vor unseren Augen mit ihr zu protzen?«

»Um Gottes willen!« legte Jacob los, in dessen Augen plötzlich Flammen standen. »Wie kommt ihr bloß auf solche unglaublichen Ideen? Wenn ich so taktlos wäre, meine Mätresse in mein Haus zu bringen, dann wäre ich auch so taktlos, euch darüber zu informieren. Und da ihr dieses geschmacklose Thema bereits angesprochen habt, will ich euch sagen, daß ich allerdings eine Mätresse habe, die eine schöne Wohnung in der Stadt hat. Sie ist Ende Dreißig, eine bezaubernde Witwe, die nicht den Wunsch verspürt, sich wieder zu verheiraten, obwohl ich sie darum gebeten habe. Die Tatsache, daß ihr mich für wollüstig genug haltet, ein Kind in Angelas Alter zu verführen, ist unverzeihlich!«

»Warum hast du sie dann hierhergebracht?« fragte Crystal trotzig.

Jacob seufzte. »Angela soll ein Mitglied dieser Familie werden, und ich erwarte von euch, daß ihr sie als solches behandelt.«

»Das ist doch wohl nicht dein Ernst?« fragte Zachary lachend.

»Ich war in meinem ganzen Leben noch nicht ernster. Ich kenne Angela, seit sie auf der Welt ist, und ihr Wohlergehen hat mir immer am Herzen gelegen. Ich fühle ihr gegenüber wie ein Vater, und genau das wäre ich ihr gern, wenn sie es zuläßt. Ich möchte ihr den Vater ersetzen, den sie verloren hat.«

Mittlerweile liefen die Tränen über Angelas Wangen. Alle Fragen, die sie sich gestellt hatte, waren von Crystal und Zachary gestellt und längst beantwortet worden. War es denn möglich? Wieso sollte das Glück ihr so hell erstrahlen?

»Du mußt mir verzeihen, Angela, daß ich dir all das nicht schon in meinem Arbeitszimmer gesagt habe, doch ich wollte es nur einmal sagen«, sagte Jacob zärtlich und fuhr dann fort: »Es tut mir auch leid, daß ich mich nicht deutlicher ausgedrückt habe, als ich mich nach dem Begräbnis mit dir unterhalten habe. Gibst du mir jetzt, nachdem du weißt, daß ich für dich sorgen will, deine Einwilligung?«

»Ich wäre eine Närrin, ihr freundliches Angebot abzulehnen, Mr. Maitland – ich meine, Jacob«, sagte sie. Sie mußte sich zusammennehmen, um nicht in weitere Tränen auszubrechen.

»Großartig!« Er sah herausfordernd in die Runde. Als niemand mehr etwas sagte, lächelte er und rief mit dröhnender Stimme: »Tilda, du kannst jetzt das Essen bringen.«

10

Die Nacht war lang, denn Angela hatte Schwierigkeiten, einzuschlafen. Sie verbrachte Stunden damit, sich an jedes Wort zu erinnern, das Jacob am Eßtisch gesagt hatte.

Crystal haßte sie. Daran bestand für Angela kein Zweifel. Das mit Robert Lonsdale war eine ganz andere Geschichte. Er war anfangs überrascht gewesen, doch dann hatte Angela Heiterkeit an ihm entdeckt. Er hatte sie den ganzen Abend über angeschaut, als sei sie eine Stute, die zum Verkauf stand und taxiert werden mußte. Sie mußte sich vor Robert in acht nehmen, soviel stand fest.

Mit fortschreitender Nachtstunde machte sich Angela Sorgen um Bradford. Wie würde er reagieren? Ihr war plötzlich aufgefallen, daß ihm ihre Anwesenheit ebenso unlieb sein konnte wie seinem Bruder Zachary.

Beim Einschlafen dachte sie an ihren Vater. Er war mürrisch gewesen und hatte oft zu tief ins Glas geschaut, aber sie hatte ihn geliebt. Ihre Kindheit war hart, aber sie hätte alles dafür gegeben, jetzt mit William Sherrington zu Hause sein zu können. Sie weinte sich in den Schlaf.

»Morgen, Missy.« Hannah machte sich bestens gelaunt im Zimmer zu schaffen. »Die Sonne scheint schon seit einer Weile. Sie schlafen doch sonst nicht so lange, oder?«

Angela machte die Augen auf, und Tageslicht flutete ins Zimmer. »Wie spät ist es?«

»Kurz nach acht.«

»Acht!« Angela sprang schnell aus dem Bett und lief zum Schrank.

»Wozu so eilig, Schätzchen?«

Angela blieb abrupt stehen, als sie merkte, daß kein Grund zur Eile bestand. Sie hatte keine Hausarbeiten zu erledigen.

»Ich muß vergessen haben, wo ich bin.«

Hannah lachte fröhlich. »Sie werden sich schnell genug an das bequeme Leben gewöhnen. Das einzige, worüber Sie sich Gedanken machen müssen, ist, ob Sie Ihr Frühstück unten einnehmen wollen, oder ob ich es auf einem Tablett nach oben bringen lassen soll.«

»Essen die anderen unten?« fragte Angela zaghaft.

»Nur Mr. Lonsdale. Master Jacob hat schon vor einer ganzen Weile gefrühstückt, und Miß Crystal frühstückt auf ihrem Zimmer.«

»Und Zachary?«

»Der ist heute morgen in die Stadt gefahren«, erwiderte Hannah. »Er hat dort ein Anwaltsbüro. Jetzt, nachdem der Krieg vorbei ist, versucht er, es wieder aufzubauen.«

»Dann werde ich wohl zum Frühstück runtergehen, Hannah«, sagte Angela. Solange sie nicht mit Crystal oder Zachary und deren offensichtlicher Ablehnung konfrontiert war, bestand kein Grund, in ihrem Zimmer zu bleiben. »Ich kann einfach nicht faul herumsitzen.«

»Braves Mädchen. Es wird viel Übung brauchen, jetzt, wo Sie nicht mehr viel zu tun haben. Nach dem Frühstück möchte Master Jacob Sie in seinem Arbeitszimmer sehen.«

»Habe ich schon wieder etwas falsch gemacht?«

»Nein, Goldkindchen, er will sich nur mit Ihnen unterhalten«, erwiderte Hannah schnell, und Angela war wieder wohler zumute. »Jetzt schicke ich Eulalia nach oben, damit sie Ihnen das Haar richtet und Ihnen beim Anziehen behilflich ist. Sie wird Ihre Zofe sein, oder mögen Sie sie vielleicht nicht?«

»Aber ich …«

»Jetzt sind Sie aber still«, fiel ihr Hannah ins Wort, der Angelas Einwände bekannt waren. »Sie werden jetzt eine Dame sein, und Damen tun *nichts* selbst. Sie werden sich an viel gewöhnen müssen, Kind.«

Eine Weile später trug Angela ein steifes grünes Baumwollkleid mit einem ebenso groben Hemd darunter. Sie hätte viel lieber ihre alte, abgenützte Hose und ihr Leinenhemd getragen. Doch Hannah hatte diese alten Kleidungsstücke weggeworfen.

Angela hatte erfolglos versucht, sich dagegen zu wehren. Sie hatte auch eine halbe Stunde lang mit dem Mädchen, das ihre Zofe werden sollte, gestritten. Eulalia hatte Anweisung von Hannah erhalten, Angelas Haar in eine schickliche Frisur zu bringen. Ihr Haar reichte einige Zentimeter über ihre Schultern, und sie war es gewohnt, es in ordentlichen Zöpfen oder als Pferdeschwanz zu tragen. Diese Schlacht hatte sie gewonnen, und ihr kastanienbraunes Haar war säuberlich mit einem grünen Band zurückgebunden.

Als sie voller Nervosität ins Eßzimmer trat, saß Robert noch dort und nippte schwarzen Kaffee.

»Ich dachte schon, du kämst nicht mehr runter«, sagte Robert, und bei ihrem Anblick trat ein warmes Lächeln auf seine Lippen. »Ich bin froh, daß ich doch noch gewartet habe.«

»Es tut mir leid, daß ich so lange gebraucht habe. Haben Sie schon gegessen?« Angela wünschte, er würde sie nicht so anstarren.

»Ja, und es war eine erfreuliche Mahlzeit. Tildas Kochkunst zieht mich schon seit Jahren immer wieder nach Golden Oaks. Sie hat mir diesen Ort zu einem Zuhause fern der Heimat gemacht, wenn ich das so sagen darf. Doch jetzt muß ich zugeben, daß Golden Oaks eine weitaus größere Attraktion erworben hat«, setzte er bedeutungsvoll hinzu.

Angela errötete zu ihrem Leidwesen. »Ich weiß nicht, wovon Sie sprechen«, sagte sie unbeholfen. »Aber wenn Sie Ihre Mahlzeit beendet haben, möchte ich Sie nicht aufhalten. Sie haben sicher Wichtigeres zu tun, als mir Gesellschaft zu leisten.«

Er lachte herzlich. »Mein liebes Mädchen, ich habe Zeit zur Genüge, und ich wüßte nicht, wie ich sie besser verbringen könnte als mit dir.«

Angelas Gesicht lief rot an, und sie setzte sich und lud sich eilig etwas zu essen auf ihren Teller. Sie merkte, daß es ihr ein leichtes sein würde, Robert als Verbündeten zu gewinnen, doch sie fürchtete, das Opfer, das von ihr erwartet wurde, sei zu groß.

»Müssen Sie nicht eine Plantage führen, Mr. Lonsdale?« fragte sie betont.

»Nein, nicht solange mein Vater noch am Leben ist. Mein Vater kann meine Hilfe nicht gebrauchen, und, offen gesagt, bin ich froh darum. Der Krieg hat seinen Reichtum zwar gewaltig vermindert, aber die Steuern für die Schattenplantage konnte mein Alter gerade noch zahlen, und er kommt recht gut allein zurecht. Es ist fast so, als hätte es diesen Krieg nie gegeben. Ich gehe meinen Beschäftigungen nach und verbringe meine Zeit mit angenehmen Dingen.«

Seine Faulheit brachte Angela auf die Palme. »Zweifellos mit Trinken und Spielen. Die Söhne von Pflanzern sind alle gleich.«

»Nicht alle«, gab Robert grinsend zurück. »Manche haben weniger Glück als ich.«

Sie starrte ihn entgeistert an. Er hatte ihre Aussage als Kompliment aufgefaßt und nicht als Sarkasmus, den sie beabsichtigt hatte. Er war wirklich unerträglich. Sie hatte geglaubt, die Sorte Männer, die jeden Tag zu ihrem persönlichen Vergnügen verbrachte und anderen die Arbeit überließ, sei mit dem Krieg ausgestorben. Doch anscheinend hatte sie sich geirrt. Robert Lonsdale war einer dieser Männer.

»Vielleicht hast du Lust, heute morgen auszufahren?« fuhr Robert selbstsicher fort. »Und dir die Schattenfarm anzuschauen? Vater hat beträchtliche Reparaturen durchgeführt, und sie ist wirklich wieder recht schön geworden. Während der letzten Kriegsjahre war sie heruntergekommen, weil die meisten Sklaven davongelaufen sind, als die Zeiten schlecht wurden. Aber sie sind schon bald wieder zurückgekommen, als sie herausgefunden haben, daß die Vorstellung der Yankees von Freiheit wesentlich schlechter ist als das, was sie vorher hatten.«

Angela faßte sich wieder. Robert konnte nichts dafür, daß er so war, und sie brauchte ihn als Freund und nicht als Feind. Sie hielt die beißenden Worte zurück und lächelte ihn statt dessen strahlend an. Sie war dankbar, eine Entschuldigung zu haben und sein Angebot ablehnen zu können.

»Ich würde mir sehr gern die Schattenplantage mit Ihnen ansehen, Mr. Lonsdale, aber Jacob wünscht mich nach dem Frühstück zu sprechen. Vielleicht klappt es ein anderes Mal, wenn es Ihnen recht ist.«

Er sah sie einen Moment lang finster an und lächelte dann wieder zuvorkommend. »Sicher klappt es ein anderes Mal; und mit dem Mr. Lonsdale ist es aus, Angela. Du mußt mich Robert nennen – ich bestehe darauf.«

11

Kurz darauf fuhr Jacob Maitland mit ihr nach Mobile. Sie legten den Weg in einer bequemen geschlossenen Kutsche zurück, in die die heiße Sonne nicht eindringen konnte.

Das Außmaß von Jacob Maitlands Großzügigkeit war ihr noch nicht bewußt geworden. Als er zu ihr gesagt hatte, er wolle wie ein Vater zu ihr sein, hätte sie im Traum nicht geglaubt, daß er vorhatte, sie mit allem zu beschenken, was seine übrige Familie als selbstverständlich hinnahm.

»Angela«, hatte er an jenem Morgen begonnen, »ich weiß, daß

du mir gestern gesagt hast, du hättest nie Zeit für einen Schulunterricht gefunden. Nun arbeitest du aber nicht mehr. Hättest du jetzt Lust, in die Schule zu gehen?«

Sie seufzte mit Bedauern. »Jetzt bin ich zu alt, um in die Schule zu gehen.«

»Unsinn«, entgegnete Jacob lächelnd. »Zum Lernen ist man nie zu alt. Außerdem habe ich nicht von einer öffentlichen Schule für Kinder gesprochen, meine Liebe. Ich meinte eine Privatschule für junge Frauen.«

»Ich kann doch nicht mal meinen Namen schreiben.«

»Ich werde es einrichten, daß dir ein spezieller Hauslehrer sämtliche Grundlagen beibringt, und dann kannst du mit den anderen Mädchen zur Schule gehen. Die Entscheidung liegt aber selbstverständlich ganz bei dir.«

»Aber ich würde schrecklich gern gehen«, sagte sie eilig. »Ich habe mich schon immer gefragt, was die Leute an Büchern so interessant finden.«

»Das kannst du jetzt selbst herausfinden. Und vielleicht hast du Lust, mir bei meinen Rechnungsbüchern zu helfen, wenn du nach Hause kommst.«

»Oh, ich würde Ihnen schrecklich gern helfen, ganz gleich, wobei, Mr ... Jacob.«

»Fein. Jetzt müssen wir uns also für die Schule entscheiden. Es gibt eine große Auswahl, hier und oben im Norden. In Massachusetts gibt es eine gute Schule. Eine der Lehrerinnen an dieser Schule, Naomi Barkley, war eng mit deiner Mutter befreundet. Deine Mutter hat diese Schule selbst besucht, als sie in deinem Alter war.«

»Meine Mutter ist im Norden zur Schule gegangen?«

»Ja. Massachusetts war ihr Zuhause, bis sie nach Alabama kam und deinen Vater heiratete.«

Angela war wie vor den Kopf gestoßen. »Das wußte ich gar nicht ... ich meine, Pa hat es mir nie erzählt. Ich dachte immer, sie sei hier geboren. Woher wissen Sie das alles?«

Jacob zögerte, ehe er mit Bedacht antwortete: »Ich habe selbst auch in Massachusetts gelebt. Ich habe heute noch geschäftlich dort zu tun. Mein Vater war mit Charissas Eltern bekannt. Vor der Depression von 1837 waren sie wohlhabende Leute. Kurz darauf sind sie gestorben und haben deine Mutter ohne einen Penny zurückgelassen. Charissa hat eine Weile als Gouvernante gearbeitet, und dann ist sie hierhergekommen.«

»Warum ist sie hierhergekommen?«

»Nun, ich weiß nicht, ob ... vielleicht wirst du es verstehen, wenn du älter bist.«

Er kannte den Grund, aber er wollte ihn ihr nicht sagen. Sie konnte die Antwort nicht aus ihm herausquetschen. Sie war einfach nicht dazu in der Lage. Aber sie wollte es unbedingt wissen.

»Um wieder auf die Schule zu sprechen zu kommen«, fuhr Jacob fort. »Ich bin der Ansicht, daß die Schulen im Norden besser sind. Meine Söhne sind beide im Norden zur Schule gegangen. Aber die Entscheidung liegt bei dir. Ich könnte dich auch nach Europa schicken, aber ich dachte mir, du würdest vielleicht doch lieber die Heimat deiner Mutter sehen.«

»Ja, und wie«, sagte Angela aufgeregt. »Mir ist die Schule in Massachusetts am liebsten.«

»Du bist also nicht gegen den Norden eingestellt?«

»Nein, Bradford – ich meine, Ihr ältester Sohn hat für den Norden gekämpft. Ich habe nichts gegen Nordstaatler.«

Jacob sah sie stirnrunzelnd an.

»Woher weißt du, daß Bradford für die Union gekämpft hat?«

Angela erbleichte. Wie hatte ihr das bloß herausrutschen können?

»Ich – ich ...« Ihr fiel keine plausible Erklärung ein.

Jacob sah, wie sehr sie außer sich geraten war, und er lächelte schnell, um sie zu beruhigen. »Schon gut, Angela. Mich hat nur gewundert, daß du es gewußt hast. Jetzt, nachdem der Norden gewonnen hat, spielt es ohnehin keine Rolle mehr, wer davon weiß.« Er wechselte das Thema. »Du wirst in etwa zehn Tagen abreisen müssen, Angela, und das heißt, daß uns nicht mehr viel Zeit bleibt. Wir werden heute in die Stadt fahren, um beim Schneider Maß nehmen zu lassen. Ich habe mich erkundigt, und es heißt, daß siebzehn Kleider für ein Schuljahr angemessen sind. Uns bleibt nicht mehr genügend Zeit, um so viele Kleider hier anfertigen zu lassen, und im Norden wird die Auswahl an wärmeren Stoffen ohnehin größer sein. Miß Barkley, die Frau, die ich bereits vorhin erwähnt habe, wird dir daher behilflich sein, deine Garderobe nach deiner Ankunft zu vervollständigen.«

Angela war schockiert. »Aber ich brauche doch keine ...«

Er nahm ihren Einwand vorweg. »Ich habe dich gebeten, dich als Tochter ansehen zu dürfen, Angela«, fiel er ihr liebevoll ins Wort. »Dasselbe täte ich auch für Zacharys Frau, also laß es mich bitte auch für dich tun. Falls es dir unangenehm sein sollte, dann sieh es einfach so, daß ich einer armen Näherin helfe, die auf diesen Auftrag angewiesen ist.«

So kam es, daß sie jetzt auf dem Weg in die Stadt waren, um Schnittmuster und Kleiderstoffe auszusuchen, die einer jungen Dame von siebzehn Jahren angemessen waren. Anschließend kauften sie alle Accessoires, die sie nach Jacobs Ansicht brauchte. Sie suchten genau die Geschäfte auf, in deren Auslagen sie einst so sehnsüchtig gestarrt hatte. Koffer, Hüte und Schuhe wurden gekauft, Toilettenartikel und warme Jacken für die kühleren Temperaturen, denen sie bald ausgesetzt sein würde. Die Geldbeträge, die den Besitzer wechselten, machten Angela ganz benommen. All das geschah wirklich, und es geschah ihr, Angela Sherrington!

12

Nach drei Wintern in South Hadley, Massachusetts, hätte Angela sich eigentlich an die Kälte gewöhnt haben müssen, doch sie hatte es nicht. Sie glaubte auch nicht, sich je daran gewöhnen zu können. Den anderen Mädchen dagegen schien es nichts auszumachen, denn die meisten kamen aus den Nordstaaten.

Abgesehen von Naomi Barkley, die sie weitaus mehr als Tochter, denn als Schülerin behandelte, hatte Angela keine Freundinnen in der Schule. Angela hatte die Hoffnung, eine Freundin zu finden, längst aufgegeben. Es lag nicht an ihr. Sie hatte sich sehr bemüht, nett zu sein, aber die anderen Schülerinnen faßten eine spontane Abneigung gegen sie. Es lag an ihrem Südstaatenakzent, und die meisten Mädchen hatten im Krieg Brüder oder Vater verloren. Sie gaben dem Süden die Schuld an diesem Krieg, und somit auch ihr.

Angela wünschte sich zwar, es wäre anders gewesen, doch im ersten Jahr gelang es ihr, mit der Feindseligkeit zu leben, die ihr allseits entgegenschlug, denn sie hatte Naomi, und Angela vertiefte sich ganz ins Lernen. Dennoch verlor sie als Zielscheibe des Spotts manchmal die Fassung. Sie schockierte die anderen Mädchen mit ihrer Kenntnis von Schimpfwörtern. Angela warf ihnen Flüche an den Kopf, bei denen die Mädchen rot anliefen. Es machte ihr Spaß, die anderen zu schockieren. Das war ihr einziges Ventil.

Erfreulicherweise erfuhr Angela durch Naomi mehr über ihre Mutter. Sie erfuhr sogar die Dinge, zu denen sich Jacob Maitland nicht hatte äußern wollen, den Grund ihrer Mutter, Springfield, Massachusetts, zu verlassen.

Charissa war dreizehn gewesen, als die Welt ihrer Eltern in der Depression von 1837 zerbröckelte. Es gelang ihren Eltern, sie weiterhin zur Schule zu schicken, und was die Armut und die ständig steigenden Schulden betraf, ließ man sie im dunkeln. Sie entdeckte die Wahrheit erst nach dem Tod ihrer Eltern im Jahr 1845. Da Charissas Familie und die Maitlands gute Freunde gewesen waren, nahm sich Jacobs Mutter der Tochter ihrer verstorbenen Freunde an. Als Jacobs Mutter 1847 starb, wurde Charissa Gouvernante bei einer Bankiersfamilie.

Naomi sah sie damals gelegentlich, und Charissa hatte ihr gestanden, in einen verheirateten Mann verliebt zu sein, dem es unmöglich war, seine Frau und seine Kinder zu verlassen. Sie wollte nicht sagen, wer dieser Mann war, doch Naomi nahm an, daß es sich um den Bankier handelte. Aufgrund der Hoffnungslosigkeit ihrer Romanze verließ Charissa Springfield und ging nach Alabama.

Angela fragte sich, warum Jacob ihr die Wahrheit nicht hatte sagen wollen. Sie war wirklich alt genug, um das zu verstehen.

Auf einem der häufigen Ausflüge der Mädchen nach Springfield drückte sich Angela in den Eingang eines Ladens und wartete, bis die anderen Mädchen ihre Einkäufe getätigt hatten. Sie hätte heute wirklich nicht mitgehen sollen, denn sie hatte viel für die Schule zu tun. Doch sie brauchte noch ein wenig blaues Strickgarn, um einen Pullover fertigstellen zu können, den sie für Naomi strickte.

Angela zog sich die Kapuze ihres Umhangs tiefer ins Gesicht und spürte den Pelzbesatz kalt auf ihrer Haut. Sie wünschte, die anderen Mädchen würden sich beeilen.

Plötzlich erregte ein Zwischenfall ihre Aufmerksamkeit. Schräg gegenüber, auf der anderen Straßenseite, waren zwei kleine Jungen in Streit geraten. Angela sah erschrocken zu, wie ein Junge den anderen anstieß und sie anfingen, sich zu prügeln. Doch in diesem Augenblick kam ein großer Mann hinzu und sagte etwas zu den Jungen. Sie hörten augenblicklich auf, sich zu verprügeln und rannten in verschiedene Richtungen davon.

Der Mann kam ihr irgendwie vertraut vor, und sie sah ihn sich genau an.

Angela schnappte nach Luft und erregte damit die Aufmerksamkeit von Jane und Sybil, die gerade aus dem Laden traten.

»Kennst du diesen Mann, Angela?« fragte Jane.

Angela drehte sich zu den beiden um, und aus ihrem Gesicht war jede Farbe gewichen. Es waren fast fünfeinhalb Jahre her, seit sie Bradford Maitland zum letzten Mal gesehen hatte. Aus irgendeinem geheimnisvollen Grund, über den in der Familie nicht gesprochen wurde, war er seit dem Sommer 62 nicht mehr nach Golden Oaks zurückgekehrt. Was tat er in Springfield?

Sybil kicherte und flüsterte Jane etwas zu, woraufhin Jane die Augen aufriß. Angela achtete jedoch nicht auf die beiden, sondern starrte auf das braune Gebäude an der anderen Straßenseite. Sie war ganz in der Vergangenheit verloren. In all diesen Jahren war kaum ein Tag vergangen, an dem Angela nicht an Bradford gedacht hatte, und nun hatte sie ihn endlich wiedergesehen.

Jane packte Angela am Ärmel. »Warum gehst du nicht rüber und besuchst ihn? Das ist es doch, was du willst.«

»Ich ... das könnte ich nie«, stammelte Angela.

»Natürlich kannst du das«, sagte Jane mit einem Schimmern in den Augen. »Wir sagen, daß du eine Freundin getroffen hast, die angeboten hat, dich zur Schule zurückzubringen.«

»Aber das ist gelogen.«

»Wir behalten dein Geheimnis für uns, Angela«, bot Sybil ermutigend an. »Du kannst schließlich immer noch eine Kutsche mieten, um zur Schule zurückzufahren, wenn dein Freund dich nicht hinbringt. Es ist noch früh am Nachmittag. Bis zum Abendessen wird dich niemand vermissen. Jetzt geh schon rüber.«

Angela drückte Jane ihr kleines Päckchen in die Hand und ging langsam über die Straße.

Als sie vor den Stufen stand, die in das braune Gebäude führten, gingen ihr plötzlich Vorbehalte durch den Kopf. Es war dreist und unbedacht, einem Mann nachzulaufen. Was würde Bradford sich denken?

Angela drehte sich schleunigst um und wollte zum Laden zurücklaufen. Aber die Mädchen waren schon fort. Warum sollte sie es nicht probieren? Es wäre albern gewesen, nicht mit Bradford zu sprechen.

Angela stieg die Stufen hinauf und klopfte vernehmlich an die Tür. Nach einem Moment wurde die Tür von einem großen Mann mit aufgekrempelten Hemdsärmeln und einer Weste geöffnet. Zwischen seinen Zähnen steckte eine Zigarre, und er wartete darauf, daß sie etwas sagen würde. Als sie nichts sagte, packte er sie am Arm, zog sie ins Haus und schloß die Tür hinter ihr.

»Damit die Kälte draußen bleibt, Schätzchen«, sagte der Mann barsch, doch seine Stimme war freundlich.

Es dauerte ein paar Sekunden, bis sich Angelas Augen an die schummrige Beleuchtung im Eingang gewöhnt hatten, aber sie konnte den Raum neben der Eingangshalle deutlich sehen. Er war hell erleuchtet und mit Männern und kostspielig gekleideten Frauen angefüllt, die an großen Tischen saßen. Ein Spielcasino! Rauchwolken trieben durch die hohen Flügeltüren, und Lachen, Stöhnen, Rufe und Flüche vermischten sich miteinander. Angela sah, daß die Eingangshalle und der Raum dahinter dunkelrote Wände hatten, an denen unzüchtige Bilder hingen.

Der Mann, der hinter Angela stand, erschreckte sie, indem er ihr den Umhang abnahm. »Da Sie nicht in Begleitung sind, müssen Sie das neue Mädchen sein, das Henry rüberschicken wollte. He, Peter!« rief er. »Geh zu Maudie, und sag ihr, daß das neue Mädchen da ist. Ihre Jacke sollten Sie mir auch geben, Schätzchen. Bei uns ist es angenehm warm, und wir wollen doch die Schätze nicht verstecken. Sie können sich zwar gut anziehen, aber viele Worte scheinen Sie nicht zu machen. Kommen Sie, Maudie wartet schon.«

Angela war sprachlos. Für welches neue Mädchen hielt man sie? Sie hätte erklären sollen, was sie hier wollte, doch der Mann zog sie hinter sich her. Er brachte sie in ein Zimmer, das dem Raum gegenüberlag, in dem die Spieler ein Vermögen gewannen oder verloren, und er ließ sie allein, ohne noch ein Wort zu sagen.

Es war ein großes Zimmer, in dem Frauen in leuchtenden Seiden- und Satingewändern sich auf weichen Plüschsofas räkelten. Sogar die Wände waren mit Samt bespannt. An der rückwärtigen Wand war eine merkwürdige kleine Treppe, und dort entdeckte Angela Bradford, der gerade mit einer hübschen Rothaarigen, die sich bei ihm eingehängt hatte, nach oben gehen wollte. Er sah sie ebenfalls und blieb abrupt stehen. Ihr Herz schien nicht mehr zu schlagen, und auf ihren Handflächen bildete sich Schweiß. Erkannte er sie nach all diesen Jahren?

»He, Maudie, ich habe es mir anders überlegt«, sagte Bradford. »Ich nehme das neue Mädchen.«

Maudie warf einen Blick in Angelas Richtung und sah dann lächelnd zu Bradford auf. »Schon recht mit der Neuen, mein Herr. Aber die kostet zusätzlich.«

»Zum Teufel«, brummte Bradford. »Hab' doch ein bißchen Mitleid. Ich habe an deinen Tischen schon ein Vermögen verloren.«

»Tut mir leid, der Herr, aber für die da besteht große Nachfrage. Die kommt Sie teuer.«

»Also gut, wieviel?«

»Das Doppelte«, antwortete Maudie.

Maudie kam auf Angela zu, während die Rothaarige von Bradfords Seite wich und mit einem schmollenden Ausdruck auf ihrem stark geschminkten Gesicht die Treppe hinunterging. Angela wurde klar, daß alle diese Frauen Prostituierte waren.

Es würde schwierig werden, alles zu erklären und heil wieder rauszukommen. Doch vielleicht hatte Bradford sie erkannt und wollte sie aus ihrer peinlichen Lage erlösen. Er würde einen Weg finden, sie von diesem Ort fortzubringen, dessen war sie sicher. Sie eilte auf ihn zu, und er legte einen Arm um ihre Taille. Als sie die Treppe hinaufgingen, roch Angela seine Schnapsfahne.

»Bradford heiß' ich, meine Liebe, und schau bloß, daß du auch wert bist, was ich für dich bezahlt habe«, sagte er und ließ seine gelblich braunen Augen über ihren Körper streifen.

Sie fürchtete sich, gerade jetzt etwas zu sagen, und ließ sich von ihm zu einem Zimmer im oberen Stockwerk führen. Bradford schloß die Tür. Seine nächsten Worte raubten ihr den Atem.

»Du kannst dich schon entblättern, während ich uns einen Drink mixe. Maudie hat Schampus bereitgestellt.«

Vielleicht hatte sie ihn mißverstanden. »Du bist bereits betrunken, Bradford. Findest du nicht, daß es reicht?«

»Jetzt zieh schon deine hübschen Fetzen aus. Warum muß ich dir eigentlich sagen, wie du deine Arbeit zu machen hast?«

Angela war außer sich. Er hatte sie nicht erkannt! Er hatte nicht die leiseste Vorstellung, wer sie war! Er hielt sie für eine Prostituierte! Was sollte sie bloß tun?

»Du verstehst mich nicht, Bradford. Ich ...«

Sie versuchte, ihren Grips zusammenzureißen, doch in dem Moment kam Bradford mit langen Schritten auf sie zu und bog ihr Gesicht zurück. Angela wich vor ihm zurück, als sie die gelben Flammen in seinen Augen sah. Das war der Bradford, dessen Porträt sie gesehen hatte. Sie empfand eine unergründliche Angst, als er sie an den Schultern packte.

»Was, zum Teufel, ist mit dir los, Mädchen? Wenn du glaubst, deine Kunden mit dieser aufgesetzten Angst erregen zu können, dann hörst du am besten gleich damit auf. Bei mir wirkt das nicht. Jetzt zieh endlich dein Kleid aus.«

»Ich ... das kann ich nicht«, stammelte Angela in tiefster Verwirrung.

Plötzlich lachte er laut heraus, und in seinen bernsteinfarbenen Augen tanzten Lichter.

»Warum, zum Teufel, hast du das nicht gleich gesagt?«

Er drehte sie um und fing an, ihr Mieder aufzuschnüren. Angela merkte, daß er ihre Weigerung mißverstanden hatte. Er hatte angenommen, sie könne ihr Kleid nicht ohne seine Hilfe ablegen. Sie stand regungslos dort, während seine Finger die Bänder aufschnürten. Sie fürchtete sich vor jeder Bewegung. Würde es ihr noch gelingen, ihn aufzuhalten, nachdem er so weit gegangen war? Und dann wurde ihr ganz schlagartig bewußt, daß sie gar nicht wollte, daß er aufhörte. Hunderte von Malen hatte sie von einem Augenblick wie diesem geträumt, davon, daß sie und er allein sein und sich lieben würden.

Er war der Mann, den sie all diese Jahre über geliebt hatte, und in eben diesem Augenblick wollte auch er sie besitzen. Sie wollte seine Hände auf ihrem Körper spüren, seine Küsse schmecken, und sei es auch nur dieses eine Mal.

O Gott, warum nicht? An dieses eine Mal mit ihm würde sie sich ihr Leben lang erinnern können. Sie konnte ihm ihre Liebe geben, wie sie es sich immer gewünscht hatte. Sie würde sich ihm freizügig hingeben und sich für kurze Zeit vormachen, daß auch er sie liebte.

Bradford beugte den Kopf und küßte die zarte Haut an ihrem Hals. Seine Nähe ließ sie erzittern.

»Tut mir leid, daß ich dich erst angeschrien habe, Schätzchen, aber ich hatte schon Angst, du würdest nicht mitspielen.«

»Heißt das, daß du mich nicht zwingen würdest, wenn ich nicht wollte?« fragte sie und drehte sich um, um ihm ins Gesicht zu sehen.

»Nein, zum Teufel!« brummte Bradford beleidigt.

Zu ihrem Erstaunen nahm er sie in die Arme und küßte sie mit einer solchen Heftigkeit, daß sich ihr der Kopf drehte. Es war ihr erster Kuß, und sie bekam ihn von dem Mann, den sie schon immer geliebt hatte! Sie fühlte sich schwach und fröhlich zugleich, und eine seltsame Erregung stieg in ihr auf.

Plötzlich lockerte Bradford seinen Griff, und sie blieb atemlos zurück. »Verdammt noch mal, ich komme mir vor wie an einem anderen Ort und in einer anderen Zeit.«

Er zog sie sachte aus, und als sie nackt vor ihm stand und nur noch eine goldene Münze zwischen den üppigen Hügeln ihrer Brüste hing, bewegte ihn dieser Anblick tief. Langsam zog er die Nadeln aus ihrem Haar und ließ die braunen Locken zart auf ihre Schultern fallen. Er küßte ihre Augen und ihr Gesicht und streichelte zärtlich ihre Lippen, ehe er sie auf seine Arme hob und sie zum Bett trug.

Angela hatte Angst, sie könnte nicht wissen, wie sie sich verhalten sollte, aber Bradford führte sie in alles ein. Er ging zart mit ihr um, als er ihren Körper mit der Berührung seiner Hände und seiner Lippen vertraut machte. Sie empfand keine Scham, als er sie erforschte. Schon bald konnte sie ihn streicheln und kosen und selbst seine Männlichkeit mit ihrer Hand umschließen und sich durch sein lustvolles Stöhnen erregen lassen.

Als er sich schließlich auf sie legte, war Angela bereit, größtmögliche Genüsse auszukosten, doch auf das, was folgte, war sie nicht vorbereitet. Wie Feuer durchströmte sie ein Schmerz. Sie biß die Zähne zusammen, und nur ein Keuchen kam über ihre Lippen. Doch er sah fragend auf sie herunter.

»Habe ich dir wehgetan?«

»Nein«, versicherte sie ihm eilig.

»Warum dann die Nägel in meinem Rücken?« fragte er grinsend.

»Es tut mir leid. Ich habe nicht gemerkt, daß ...«

»Du brauchst dich nicht zu entschuldigen. Es kommt nicht oft vor, daß ich eine leidenschaftliche Frau finde. Es scheint sogar mein Schicksal zu sein, immer die eisigsten Mädchen auf Erden zu erwischen – bis heute.«

Er küßte sie noch einmal und fing an, sich wieder in ihr zu bewegen. Der Schmerz war jetzt vergangen. Es tat so gut, ihn in sich zu fühlen, seinen Körper bei jedem Eintauchen zu spüren. Nur zu bald stieß er tiefer in sie hinein und hörte dann auf. Sie bedauerte zutiefst, daß es vorbei war. Sie erwartete, daß er zur Seite rollen würde, doch das tat er nicht. Er blieb auf ihr liegen und atmete schwer. Dann fing er wieder an, sich in ihr zu bewegen.

Sie war begeistert, daß es doch noch nicht vorüber war, daß er noch in ihr war und sie liebte. Dann wuchs ein völlig neues Gefühl in ihr heran, etwas grundsätzlich Verschiedenes zu dem bisher Erlebten. Das Gefühl wurde intensiver, nahm immer mehr zu und gipfelte in einem absoluten Hochgenuß. Sie hatte eine gänzlich neue Welt betreten.

Er küßte sie zärtlich und flüsterte ihr ins Ohr: »Wenn ich nicht so müde wäre, würde ich dich den ganzen Nachmittag lang und auch die Nacht hindurch noch lieben. Beim nächsten Mal.«

Mit einem schweren Seufzer entzog er sich ihr und legte sich neben sie auf den Bauch. Seine Augen waren geschlossen, und der Schlaf ereilte ihn schnell. Angela starrte seinen muskulösen Körper an, so schlank und vollkommen, dann sein Gesicht, das sich im Schlummer entspannt hatte.

Jetzt war alles vorbei, und Angela wußte, daß sie diesen Ort verlassen mußte, ehe Maudie einen neuen Kunden für sie fand. Sie glitt behutsam aus dem Bett, um Bradford nicht zu wecken. Dann sah sie den Blutflecken auf dem Damastbettlaken. Sie keuchte angesichts dieses Beweises ihrer Unschuld und deckte Bredford und diese Spuren hastig mit der Zudecke zu. Dann ging sie zu dem Wasserkrug, der in einer Ecke des Zimmers stand, und wusch sich.

Sie nahm sich noch die Zeit, ihr Haar aufzustecken und ein paar Ringellöckchen lose herunterhängen zu lassen, denn sie mußte so aussehen, wie sie die Schule verlassen hatte. Dann begann sie, ihre Kleider wieder anzuziehen, doch sie mußte schon bald feststellen, daß sie ihr Kleid nicht selbst zuschnüren konnte. Sie brauchte dringend etwas, um ihren unverschnürten Rücken zu bedecken, und es war nichts im Zimmer als seine Silberbrokatweste, sein weißes Rüschenhemd und sein Mantel. Sie zog die Weste über ihr Kleid. Dann dämmerte ihr, daß sie ihre eigene Jacke und ihren Umhang zurücklassen mußte. Sie konnte nicht einfach die Treppe hinuntergehen, um ihre Sachen zu holen. Sie betete, es möge einen anderen Ausgang aus diesem Gebäude geben als den durch Maudies Zimmer.

Angela trat neben das Bett, um einen letzten Blick auf den Mann zu werfen, der dort schlief. »Ich liebe dich, Bradford Maitland, und ich werde dich immer lieben«, flüsterte sie.

»Was?« murmelte er, ohne seine goldbraunen Augen zu öffnen.

Angela zog scharf die Luft ein. »Nichts, Bradford. Schlaf jetzt weiter.«

Mit einem tiefen Atemzug verließ sie eilig das Zimmer und schloß leise die Tür hinter sich. Dann suchte sie an der Rückseite des Gebäudes nach einem sicheren Ausgang, den sie verzweifelt zu finden hoffte.

13

Angela kam am späten Nachmittag zur Schule zurück und ging direkt in ihr Zimmer, ohne bemerkt zu werden. Dort blieb sie bis zum Abendessen. Bis dahin war ihr freudiger Nachmittag unentdeckt geblieben.

Als sie an jenem Abend zum Essen herunterkam, wußte Angela, daß die Mädchen einen Temperamentsausbruch wegen des Streichs von ihr erwarteten, den sie ihr gespielt hatten. Sie überraschte sie mit einem Lächeln und herzlichen Grußworten. Sie wußte, daß die anderen vor Neugier starben.

Am späteren Abend, als Angela gerade am Einschlafen war, wurde Bradford Maitland einige Meilen entfernt in Springfield rauh aus seinem Schlummer geweckt.

»Das ist ja heiter!« kreischte Maudie, als sie ins Zimmer platzte und Bradford aus dem Schlaf riß. »Kaum erledigt man ein paar Einkäufe, ißt eine Kleinigkeit zu Abend und kommt dann zurück, muß ich hören, daß Sie das Mädchen den ganzen Tag hier oben hatten!« Sie unterbrach sich und sah sich im Zimmer um. »Wo, zum Teufel, ist sie?«

Bradford zuckte die Schultern. »Ich habe sie gebeten, zu bleiben, aber es ist ihr wohl zu langweilig geworden, mir beim Schlafen zuzusehen. Ist sie nicht unten?«

»Wäre ich etwa hier oben, wenn sie unten wäre?« erwiderte Maudie schnippisch. »Was, zum Teufel, haben Sie mit dem Mädchen angestellt, wenn sie sofort wieder davongelaufen ist?«

»Halt den Mund, Frau, und laß mich erst mal wach werden«, knurrte Bradford.

»Ich gehe nicht, ehe ich rausgefunden habe, was hier vorgefallen ist.« Maudie blieb eisern am Fußende des Bettes stehen.

»Jetzt hau schon ab, damit ich mich anziehen kann.«

»Hier wird sich nicht geziert, mein Herr«, entgegnete sie mit einem tiefen Kichern. »Ich habe schon Hunderte von Männern gesehen, die nichts anhatten. Sie sind auch nicht anders als die anderen.«

Bradford fluchte tonlos. Er hatte nicht die Absicht, sich dieser fetten alten Hure zu präsentieren. Er packte die Zudecke, wickelte sie sich um die Taille und ging zu dem Stuhl, auf den er seine Kleider geworfen hatte. Dann stellte er sich hinter den Stuhl, um sich anzuziehen.

»Was, zum Teufel, ist das?« kreischte Maudie plötzlich. »Ich wette, das hätten Sie mir gar nicht erst erzählt, was? Sie wollten sich davonschleichen, ohne dieses Extra zu bezahlen!«

»Was für ein Extra?« fragte Bradford seufzend.

»Sie war Jungfrau – als ob Sie das nicht gewußt hätten! Und hier auf dem Bett ist der Beweis.«

Bradford starrte den Flecken an, und plötzlich zogen sich seine Augen gefährlich zusammen. »Was soll das heißen, Maudie? Das Mädchen war eine Prostituierte – sie hat genau gewußt, was sie tut!

Würdest du mir freundlicherweise erklären, wie ein Mädchen Prostituierte und Jungfrau zugleich sein kann?«

Maudie trat einen Schritt zurück, denn die Flammen, die in seinen Augen tanzten, waren ihr nicht geheuer. Trotzdem wollte sie sich keineswegs betrügen lassen.

»Hat das Mädchen geblutet, bevor Sie sie genommen haben?« fragte Maudie rasch.

»Nein.«

»Wie erklären Sie mir dann diesen Blutfleck mitten im Bett, wenn das Mädchen keine Jungfrau war?«

Bradford sah sich den Fleck noch einmal an und runzelte nachdenklich die Stirn. War das möglich? Dann fiel ihm ein, wie der Körper des Mädchens plötzlich steif geworden war und sich ihre Nägel in seinen Rücken gegraben hatten. Außerdem war sie ängstlich und nervös gewesen.

»Gütiger Himmel!« brauste er auf. »Wie, zum Teufel, kommt sie dazu, ihre Jungfräulichkeit einfach so wegzuwerfen? Sie hat noch nicht einmal Geld dafür bekommen – das Geld hast du!«

»Das stimmt, mein Herr, aber nicht genug. Nicht genug für eine Jungfrau.«

»Ich habe nicht um eine Jungfrau gebeten«, erinnerte er sie scharf. »Und ich habe auch nicht die Absicht, zu zahlen, weil dieses kleine Mädchen zufällig doch eine war.«

»Machen Sie jetzt keinen Fehler, mein Herr. Sonst sind Sie in meinem Club nicht mehr willkommen«, sagte Maudie im Tonfall äußerster Entrüstung.

»Was hatte dieses Mädchen überhaupt in deinem Haus zu suchen, wenn du nicht wußtest, daß sie Jungfrau war?« fauchte er.

»Ich habe ein neues Mädchen erwartet, und ich dachte, sie sei es. Sie ist ohne Begleitung gekommen, und sie hat nichts gesagt, als ich sie Ihnen gegeben habe. Sie wollte es so haben. Weiß der Himmel, warum, aber sie wollte gesprengt werden. Und es gibt genügend Männer, die dafür ein Vermögen hingelegt hätten.«

»Sie ist also noch nicht mal eines deiner Mädchen, und trotzdem versuchst du, noch mehr Geld aus mir rauszuholen.«

»Sie wird eines meiner Mädchen sein, sobald ich sie finde. Dieses Mädchen ist eine Goldgrube. Wahrscheinlich ist sie in mein Haus gekommen, weil sie ins Geschäft einsteigen will. Aber die Sache ist die«, sagte Maudie und fuchtelte mit einem dicklichen Finger durch die Luft, »daß sie hierhergekommen ist, um ihren ersten Mann zu haben, und für alles, was in meinem Haus geschieht, werde ich bezahlt.«

Bradford schüttelte den Kopf, aber er zog seine Brieftasche heraus, entnahm ihr fünf Einhundertdollarnoten und ließ sie auf den Stuhl fallen. »Reicht das?«

Sie kam rüber und hob das Geld auf, während Bradford sein weißes Rüschenhemd anzog. »Es wird wohl reichen müssen«, gab sie zurück und steckte die Scheine zwischen ihre gewaltigen Brüste. »Ich weiß gar nicht, warum Sie erst soviel Wirbel gemacht haben.«

»Du hast mir an den Tischen schon mehr als zehntausend rausgezogen. Das Mädchen hätte eigentlich auf Kosten des Hauses gehen müssen.«

»Zum Teufel, für Sie ist das doch nur ein Klacks. Ich habe gehört, die Maitlands können es sich leisten, täglich soviel zu verlieren.«

»Das steht hier nicht zur Diskussion, Maudie«, sagte Bradford und griff nach seiner Weste. »Herr im Himmel!« Er sah sich um, doch er hatte sich nicht getäuscht. »Das Mädchen hat meine Weste gestohlen!«

Maudie lachte lauthals. »Sie werden wohl heute einfach nicht für ihre Verluste entschädigt, mein Herr.«

»Warum hat sie ausgerechnet meine Weste genommen und nicht meine Brieftasche? Da sind mehr als fünftausend drin.«

»Vielleicht hat das arme Kind sein Herz an Sie verloren und wollte ein Andenken haben. Wahrscheinlicher ist allerdings, daß sie die Brieftasche nicht gefunden hat oder so dumm war, daß sie nicht wußte, wo sie danach suchen sollte. Kommen Sie wieder vorbei, wenn Sie das nächste Mal in der Stadt sind. Nach dem kleinen Mädchen wird große Nachfrage bestehen, und wenn Sie glauben, daß sie ihren hohen Preis wert ist, sorge ich dafür, daß Sie sie wieder haben können.«

»Sie ist es wert, Maudie, und ich werde sie noch öfter haben«, erwiderte Bradford mit einem Grinsen auf den Lippen, als er seinen Mantel nahm und zur Tür ging. »Aber dafür zahle ich dir nichts. Ich werde sie vor dir finden, Maudie; darauf kannst du dich verlassen.«

»Schurke«, rief sie ihm nach, doch er rannte bereits die Treppe hinunter, und ihre Flüche gingen in seinem Gelächter unter.

Bradford begab sich augenblicklich zu David Welk, seinem Rechtsanwalt in Springfield, holte den armen Mann aus dem Bett und gab ihm eine genaue Beschreibung von Angela. Sie besprachen, wie man die gesamte Stadt durchsuchen konnte. Welk organisierte sogar einen Mann, der bei Maudie Wache stehen sollte – nur für den Fall, daß das Mädchen doch an diesen Ort zurückkehren würde. Es war dringend erforderlich, daß Bradford am kommenden Tag wegen geschäftlicher Angelegenheiten nach New York zurückkehrte; andernfalls wäre er geblieben und hätte bei der Suche mitgeholfen. Er wollte möglichst schnell zu Ergebnissen kommen.

Bradford haßte Unklarheiten. Was hatte das Mädchen dazu gebracht, das zu tun, was sie getan hatte? Sie hatte ihn in dem Glauben gelassen, sie sei eine Hure und war dabei doch nie zuvor mit einem Mann zusammengewesen. Und warum hatte sie seine Weste genommen und nicht sein Geld?

Er mußte sie finden. Er wollte Antworten auf seine Fragen haben.

Aber weit mehr noch als alles andere wollte er sie. Allein der Gedanke an sie wühlte ihn auf. Er war noch nicht am Ende mit ihr. Ob so oder so – auf irgendeine Weise würde er sie wiederbekommen.

14

Als Bradford seine Wohnung in New York betrat, fand er ein Telegramm von David Welk und eine Nachricht von seiner Verlobten Candise Taylor vor. Er ließ den Brief unbeachtet liegen und riß eilig Davids Telegramm auf.

> HABE DAS MÄDCHEN GEFUNDEN. HEISST ANGELA. HABE GRUND ZUR ANNAHME, DASS SIE DAS LAND BALD VERLASSEN WIRD. VERHALTENSMASSNAHMEN ERBETEN.

»Verdammt noch mal!« fluchte er laut vor sich hin.

Er konnte gerade jetzt nicht wieder nach Springfield fahren, oder jedenfalls nicht in den nächsten Tagen. Und wenn das Mädchen bis dahin verschwunden war? Er durfte ihre Spur unter keinen Umständen verlieren.

Bradford kritzelte eilig Instruktionen für David auf einen Zettel und schickte einen Dienstboten damit los. Bradford hoffte, sich darauf verlassen zu können, daß David seine Anweisungen ausführen würde. Während er schrieb, frohlockte er: *Angela ... sie heißt Angela!*

David Welk stieg vor dem Bahnhof aus seinem Wagen und durchsuchte die Menschenmengen nach dem Mann, der mit Nachdruck nach ihm hatte schicken lassen. Endlich fand er den Mann, der ihm aus dem Bahnhofsgebäude zuwinkte. David eilte auf ihn zu.

»Und? Wo ist sie?« fragte David.

»Gleich da drüben, Sir. Neben der älteren Frau in Grün«, entgegnete der Mann. »Ich hätte nicht gedacht, daß Sie rechtzeitig ankommen würden. Der Zug fährt in etwa zehn Minuten ab.«

»Ist ein Polizist in der Nähe?«

»Direkt neben dem Eingang steht einer.«

David seufzte. »Holen Sie ihn.«

Als der Mann, den er engagiert hatte, um Angela zu überwachen, sich anschickte, seine Anweisung auszuführen, zog David Bradfords Telegramm aus der Tasche und las es noch einmal.

> STELLEN SIE DAS MÄDCHEN UNTER BEOBACHTUNG. FALLS SIE VERSUCHT, DAS LAND ZU VERLASSEN, MÜSSEN SIE SIE AUFHALTEN. VERHAFTUNG, FALLS ERFORDERLICH.

David schüttelte den Kopf. Ein beklagenswertes Vorgehen. Doch Bradford hatte ihm von der gestohlenen Weste erzählt. Insofern gab es einen Grund. Außerdem fiel ihm keine andere Möglichkeit ein, das Mädchen auf legale Weise hier festzuhalten, als sie zu verhaften.

Angela umarmte Naomi Barkley zum Abschied. »Vielen Dank, daß du mich zum Zug gebracht hast.«

»Vergiß nicht, mir zu telegraphieren, damit ich dich abholen kann, wenn du zurückkommst.«

»Das ist nicht nötig, Naomi«, protestierte Angela.

»Unsinn. Ich habe ohnehin nichts Besseres zu tun. Bist du sicher, daß du es dir nicht anders überlegen und deine Weihnachtsferien mit mir verbringen willst? Ich hätte dich schrecklich gern bei mir.«

Angela grinste und schüttelte den Kopf. »Du kennst mich doch. Mir ist jede Gelegenheit recht, vor diesem eklig kalten Wetter davonzulaufen.«

»Dann solltest du dich jetzt eilen, Liebes. Der Gepäckträger wartet schon darauf, dein Gepäck einzuladen.«

»Angela.«

Angela drehte sich um. Sie konnte sich nicht erinnern, den Mann, der hinter ihr stand, jemals gesehen zu haben. »Ja?«

»Sie heißen doch Angela?«

Sie sah den Mann erstaunt an. Zwei weitere Männer standen hinter ihm. Einer von beiden war ein Polizist.

»Wer sind Sie?« fragte sie argwöhnisch.

»Ich bin Anwalt, Miß.«

Angela riß die Augen auf. O Gott, Jacob war etwas zugestoßen – sie wußte es sofort.

»Sie bringen schlechte Nachrichten?«

»Heißen Sie Angela?« fragte der Mann beharrlich.

»Ja, ja«, sagte sie besorgt.

Der Anwalt drehte sich zu dem Polizisten um und bat ihn zu sich. »Der Name stimmt, und die Beschreibung paßt auf sie. Verhaften Sie sie.«

Angela schnappte nach Luft.

In diesem Augenblick stellte sich Naomi vor Angela und funkelte den Polizisten böse an. »Wagen Sie nicht, dieses Mädchen anzurühren! Sie ist Schülerin und auf dem Weg nach Hause, um dort ihre Weihnachtsferien zu verbringen. Dieser Herr ist offensichtlich einem groben Irrtum erlegen.«

»Ich fürchte, Sie täuschen sich, Madam«, sagte David. Ihm war nicht wohl zumute. »Das Mädchen hat einem meiner Klienten ein Kleidungsstück gestohlen. Mein Klient hält sich gegenwärtig nicht im Lande auf, doch er wird bei seiner Rückkehr entscheiden, ob er Anklage erhebt oder nicht.«

»Das ist ja grotesk!«

»Ich bin Ihrer Ansicht, Madam, und die ganze Angelegenheit ist mir äußerst unangenehm. Aber es liegt kein Irrtum vor.«

Naomi drehte sich zu Angela um, die totenblaß geworden war.

»Angela?«

Angela war sicher, daß sie in Ohnmacht fallen würde. Bradford wollte sie ins Gefängnis stecken, weil sie seine Weste gestohlen hatte!

»Ich – ich habe etwas genommen, was mir nicht gehört hat ... es mußte sein«, sagte Angela mit ängstlicher Stimme. »Aber ich hätte es zurückgegeben, wenn ich gewußt hätte, wo ich – den Gentleman erreichen kann. Sie können den Gegenstand haben.«

»Ich fürchte, dazu ist es zu spät, Miß«, sagte David Welk. »Hier liegt eine strafbare Handlung vor.«

»Aber ich bin keine Diebin«, protestierte Angela schrill. Ihre Angst nahm zu. »Ich habe die verfluchte Weste nicht genommen, weil ich sie haben wollte. Ich habe sie an diesem Tag gebraucht, um ... um ...«, stammelte Angela.

Wie sollte sie das erklären? Der Anwalt mußte die ganze schmutzige Geschichte kennen. Aber Naomi wußte nichts davon, und Angela konnte es ihr unmöglich erzählen.

Der Polizist nahm Angelas Arm mit festem Griff und führte das Mädchen ab. Naomi lief hinterher und rief: »Angela, ich werde an Jacob telegraphieren, und er wird das alles ausbügeln.«

»Nein!« schrie Angela und sah sich nach Naomi um. Der Polizist wartete, bis Naomi sie eingeholt hatte. »Nein, Jacob darf nichts davon erfahren.«

»Er kann dir helfen, Liebes.«

»Nein!«

»Jacob ist ein verständnisvoller Mann.«

»In dem Fall wird er kein Verständnis haben. Ich kann es dir nicht erklären – aber sag ihm bitte nichts!«

Naomi schüttelte den Kopf. »Ich muß ihn verständigen, Angela. Er ist dein Vormund.«

Angela holte tief Luft. Sie würde es Naomi sagen müssen.

»Naomi, die Weste, die ich genommen habe, gehört Bradford Maitland, Jacobs Sohn.«

»Dann ist er für diese Sache verantwortlich?«

»Ja. Und wenn Jacob das herausfände, würde er toben. Dazu kommt, daß er eine Erklärung verlangen würde, und die kann ich ihm nicht geben.«

»Aber wie konnte dir Bradford das antun? Du gehörst zu seiner Familie! Außerdem redest du seit ich dich kenne nur über ihn. Ich hatte das sichere Gefühl, daß du rasend in ihn verliebt bist.«

»Es spielt keine Rolle, was ich empfunden habe. An dem Tag, an dem wir uns in Springfield getroffen haben, hat Bradford mich nicht erkannt. Und selbst, wenn er mich erkannt hat, weiß er nicht, daß sein Vater mein Vormund ist. In all den Jahren, seit Jacob mich zu sich genommen hat, war er nicht mehr zu Hause.«

»Warum hast du ihm nicht gesagt, wer du bist?«

»Er hat geglaubt ... o Naomi, frag mich nicht nach jenem Tag! Ich dachte, ich würde mich mein Leben lang gern daran erinnern, aber jetzt wünschte ich, es wäre nie passiert.«

Sie wünschte außerdem, sie hätte Bradford Maitland nie gesehen. Gütiger Gott, warum hatte sie ihm nicht gesagt, wer sie war! Dann säße sie jetzt nicht in dieser Patsche.

»Ich werde mich mit diesem Anwalt unterhalten«, schlug Naomi vor und riß Angela aus ihren Gedanken.

»Nein!«

»Er arbeitet doch für Bradford und vielleicht auch für Jacob, und deshalb muß man ihm sagen, daß du Jacobs Mündel bist.«

»Dann wird er es als seine Pflicht ansehen, Jacob zu informieren, und ich möchte lieber sterben, ehe Jacob erfährt, was ich getan habe«, sagte Angela jämmerlich.

»Angela, du scheinst zu vergessen, daß Jacob dich an Weihnachten zu Hause erwartet.«

»Du kannst ihm sagen, daß ich krank geworden bin und nicht kommen kann und daß ich statt dessen bei dir bleibe. Bitte, Naomi, tu das für mich. Ich bin sicher, daß ich mich selbst aus diesem Durcheinander winden kann, ehe die Ferien vorbei sind. Die Schule braucht also nichts davon zu erfahren und Jacob auch nicht. Für das, was Bradford getan hat, gibt es keinen Grund, und das werde ich ihm klarmachen, wenn er zurückkommt.«

Naomi seufzte. »Angela, ich verstehe nichts von alledem, aber ich werde dich decken. Nur wider besseres Wissen, aber ich werde es für dich tun.«

15

Bradford fuhr in einer gemieteten Kutsche mit David Welk zum Gefängnis. Bradford war wider Erwarten länger in New York aufgehalten worden, und das Mädchen verbrachte bereits den dritten Tag hinter Schloß und Riegel. Sie war Schülerin und ging in eine exklusive Mädchenschule. Bradford hätte es nie geglaubt, aber eben dort hatte David sie gefunden, und sie hatte den Diebstahl eingestanden. Ja, das war das Mädchen.

»Ich hatte wirklich gehofft, es würde nicht dazu kommen«, sagte Bradford versonnen, als sie ihr Ziel erreichten. »Aber andererseits kann sich das auch zu meinem Vorteil auswirken. Zweifellos wird sie recht dankbar sein, wenn ich ihre Freilassung befürworte. Haben Sie ein Haus auf dem Land gefunden?«

»Ja.«

»Ein abgeschiedenes Privathaus?«

»Ja, *ja*«, erwiderte David reichlich verdrossen. »Und ich muß Ihnen sagen, daß ich Ihre Pläne nicht billige, Bradford.«

»Wieso? Ich werde die Einwilligung des Mädchens bekommen. Ich werde gegen kein Gesetz verstoßen, David.«

»Aber gegen die Moral.«

Bradford lachte.

»Wir sind da«, sagte David eingeschnappt. »Wissen Sie, was ich nicht verstehe, ist, daß die Eltern des Mädchens nicht hier waren.«

»Ist jemand von ihrer Verhaftung unterrichtet worden?« fragte Bradford.

»Ich nehme an, daß sich die Anstandsdame, die mit dem Mädchen zusammen war, darum gekümmert hat.«

Bradford zuckte mit den Schultern. »Vielleicht ist es ihren Eltern ganz egal. Jedenfalls werden sie sie nicht mehr hier vorfinden, falls sie noch kommen sollten. Sie brauchen übrigens nicht auf mich zu warten, David. Ab jetzt komme ich allein zurecht.« Dann fügte er hinzu: »Ich nehme an, das Haus, daß Sie gefunden haben, ist mit allem Nötigen ausgestattet?«

»Ja«, erwiderte David. »Eine Kutsche und zwei Braune stehen im Stall bereit. Sie werden sich allerdings selbst darum kümmern müssen, da Sie mich nicht beauftragt haben, Dienstboten einzustellen.«

»Sie haben Wunder vollbracht, David, und das in so kurzer Zeit. Ich danke Ihnen.«

»Bedanken Sie sich nicht bei mir. Für Ihre Zwecke war kein Anwalt nötig. Eine erfahrene Dame hätte das ebensogut erledigen können.«

»Miß Smith.«

Angela hatte ihren Blick an die Decke geheftet und zählte zum hundertsten Mal die Sprünge, während sie ausgestreckt auf einer schmalen Liegestatt lag. Sie war in ihrem ganzen Leben noch nicht so wütend gewesen. Sie war rasend vor Zorn. Sie hatte drei Tage Zeit gehabt, um diese Wut zu nähren.

»Angela Smith!«

Sie holte Luft und setzte sich auf. Sie durfte nicht vergessen, daß sie Smith als ihren Namen angegeben hatte. Einem reinen Impuls folgend hatte sie, was ihren Namen und alle anderen persönlichen Angaben betraf, gelogen, um die Schule nicht in den Skandal zu verwickeln.

Sie stand eilig auf, als die Tür geöffnet wurde und ein Wärter in die Zelle trat. »Stehen Sie nicht rum, Mädchen«, sagte er ungeduldig. »Kommen Sie mit.«

»Wohin?« fragte sie mit Bedacht.

»Sie werden freigelassen. Der Mann, den Sie ausgeraubt haben, hat sich entschieden, keine Anklage zu erheben. Er will Sie nur für ein paar Minuten sehen. Er wartet draußen.«

»Ach was, tut er das?« sagte Angela eisig. Sie nahm den einen kleinen Koffer mit Kleidungsstücken zum Wechseln, den sie behalten hatte. Ihr übriges Gepäck hatte Naomi mitgenommen. Dann ging Angela mit starrem Blick auf den Ausgang zu. Man hielt sie auf, jedoch nur, um ihr ihren Umhang und ihre Jacke auszuhändigen. Sie zog beides schnell über und verließ das Gebäude.

Die strahlende Morgensonne blendete sie, als sie durch die Tür trat. Die Sonnenstrahlen und der kürzlich gefallene Schnee tauchten einen Moment lang alles in ein verschwommenes Weiß, und sie mußte stehenbleiben, um die Orientierung zu finden. Sie kniff die Augen zusammen und schirmte sie mit einer Hand gegen die Sonne ab, und endlich sah sie ihn wenige Meter vor sich neben einer kleinen Kutsche stehen.

Sie ging auf ihn zu, wobei sie sich betont Zeit ließ, und richtete ihren Blick fest auf sein Gesicht. Er lächelte. Er lächelte tatsächlich! Das war der Auslöser. Sie blieb dicht vor ihm stehen, und ihre Hand sauste durch die Luft und landete hart auf seiner kalten Wange.

Bradford war vollkommen überrumpelt. »Wofür war das?«

»Das wagst du noch zu fragen!« schrie sie wütend. »Wenn ich eine Waffe zur Hand hätte, würde ich auf dich schießen. Ich schwöre bei Gott, daß ich dich totschießen würde!«

»Senk deine Stimme, verdammt noch mal, ehe die Polizei rauskommt und dich wieder verhaftet.«

»Ja, wirf mich ruhig wieder ins Gefängnis!« brauste sie auf. »Du kannst ja sagen, ich hätte dich tätlich angegriffen.«

Bradfords Augen verengten sich zu Schlitzen. »Steig in die Kutsche.«

»Das werde ich mit Sicherheit nicht tun!«

Er packte sie am Arm und stieß sie grob durch den Wagenschlag. Dann warf er ihr den Koffer nach. Er stieg eilig ein, und der Fahrer fuhr augenblicklich los.

Angela verzog sich auf den Sitz ihm gegenüber und funkelte ihn mordlustig an. »Du wirst diese Kutsche sofort anhalten und mich rauslassen! Ich weigere mich, mit dir in einem Wagen zu fahren!«

»Halt den Mund, Angela Smith, und hör auf, so zu tun, als hätte ich dir Unrecht getan. Du hast mich bestohlen, erinnerst du dich? Ich hätte dich im Gefängnis verrotten lassen können.«

Angela hatte das Gefühl, in ihrer Kehle ziehe sich eine Schlinge zusammen. Ihre Unterlippe fing an zu zittern, und in ihre Augen traten Tränen.

»Du hättest nicht so grausam sein müssen«, sagte sie mit einem winzigen Stimmchen. »Ich wollte die Weste zurückgeben, aber dein Anwalt wollte sich nicht damit begnügen. Und überhaupt war es deine Schuld, daß ich deine Jacke genommen habe!«

»Meine Schuld? Das ist ja lächerlich.«

»Meinst du?« Ihr Körper wurde starr, und in ihren Augen funkelte erneut der Zorn. »Ich hätte dich an jenem Tag gebraucht, weil ich mein Kleid nicht allein schließen konnte, aber du warst ja eingeschlafen. Deshalb habe ich deine verdammte Weste gebraucht.«

»Deshalb hast du sie also genommen?« Bradford lachte. »Meine

Liebe, einen Stock tiefer waren jede Menge Frauen, die dir sicher mit Freuden behilflich gewesen wären.«

»Ich konnte doch nicht runtergehen und riskieren, dieser entsetzlichen Maud in die Arme zu laufen.« Angela war völlig entgeistert.

»Du bist also geflüchtet und hast glücklicherweise deine Jacke und deinen Umhang zurückgelassen.«

»Glücklicherweise?«

»Weil wir dich dadurch gefunden haben. Ich habe einen Mann dorthin geschickt für den Fall, daß du noch einmal zurückkommst, und er hat die Kleidungsstücke gefunden, die du zurückgelassen hast. Du kannst froh sein, daß er sie sich geschnappt hat, ehe Maudie sie gefunden hat.«

»Ich würde nicht von Glück sprechen, wenn dieser Umstand dich zu mir geführt hat«, fauchte Angela, deren Zorn ihr dunkle Röte ins Gesicht trieb.

»Wäre es dir lieber, wenn Maudie dich gefunden hätte? Sie war nämlich entschlossen, dich zu suchen.« Als sie stumm blieb, grinste er. »Das dachte ich mir. Jedenfalls war in deiner Jackentasche ein Zettel, Mathematiknotizen, die auf ein Blatt Schulpapier geschrieben waren. Mein Detektiv ist daraufhin in die Schule gegangen und auf die Beschreibung hin, die er gegeben hat, hat man dich erkannt.« Als sie immer noch nichts sagte, seufzte er. »Ich wollte dich nicht verhaften lassen, Angela. Ich wollte nur, daß du hier bist, wenn ich zurückkomme.«

Angela brauchte ihre gesamte Willenskraft, um ihn nicht wieder zu schlagen. »Willst du damit sagen, daß ich die letzten drei Tage nicht deshalb im Gefängnis verbracht habe, weil ich deine Weste genommen habe, sondern weil du sichergehen wolltest, daß ich hier bin, wenn du zurückkommst? Von allen verachtungswürdigen, ekelhaften ...«

»Das genügt«, fiel ihr Bradford ins Wort. »Wenn du darüber reden willst, was verachtungswürdig ist, dann laß uns über dich reden. Du gehst in eine exklusive Schule, du kommst offensichtlich aus guten Verhältnissen, und dennoch bist du in ein Bordell gegangen, um dich zu prostituieren.«

»Das habe ich nicht getan!« keuchte Angela.

»Wie sonst würdest du das nennen?« fragte er sie scharf. »Willst du etwa leugnen, daß ich für dich bezahlt habe? Oder willst du behaupten, ich hätte dich vergewaltigt?«

»Was ich getan habe, entschuldigt nicht, was du getan hast!«

»Ich habe dir an jenem Tag etwas genommen, was ich nicht erwartet und worum ich auch nicht geboten habe, und im Endeffekt hat mich das Ganze weitere fünfhundert Dollar gekostet.«

»Wovon sprichst du?«

»Von deiner Jungfräulichkeit.«

Angela schnappte nach Luft.

»Ich finde, daß du mir eine Erklärung schuldig bist. Was hattest du an einem Ort wie diesem zu suchen?«

Jetzt fühlte sich Angela in die Enge getrieben. »Ich habe dich draußen gesehen, und ich – ich glaubte, dich zu erkennen. Ich wußte nicht, um was für einen Ort es sich handelt. Ich wollte einfach nur mit dir reden.«

»Nun, schließlich haben wir auch miteinander geredet, oder etwa nicht?« sagte er sarkastisch. »Und dabei war ich gar nicht der Mann, den du zu kennen glaubtest, oder?«

»Nein, du bist mit Sicherheit nicht der Mann, für den ich dich gehalten habe«, erwiderte Angela, und nur sie selbst verstand, was mit diesem Satz gemeint war.

»Warum hast du dich nicht einfach entschuldigt und bist gegangen, sobald du deinen Irrtum erkannt hast?«

»Ich ...« Sie konnte nicht weiterreden, nicht, ohne ihm die Wahrheit zu sagen.

»Was ist los mit dir?« fragte er höhnisch. »Schämst du dich, einzugestehen, daß du einfach ein bißchen Spaß und Abenteuer gesucht hast? Es gibt viele Mädchen wie dich, die von beiden Welten nur das Beste wollen, aber so verwegen wie du sind die wenigsten.«

Angela errötete heftig. »Du irrst dich! Ich war nicht auf der Suche nach Spaß und Abenteuern.«

»Dann klär mich bitte auf. Wenn es dir nicht schlicht und ergreifend darum ging, deine Jungfräulichkeit loszuwerden, um ein promiskuitives Leben zu führen, warum hast du dich mir dann gegeben?«

Angela riß sich zusammen. »Ich brauche deine Fragen nicht zu beantworten.«

Bradford sah sie finster an und zuckte dann mit den Schultern. »Ich nehme an, daß es für den Moment genügt. Aber ich verspreche dir eins: Ich werde die Antworten bekommen, die ich haben will, ehe ich mit dir fertig bin.«

Ehe er mit ihr fertig war? Was sollte das heißen? Es klang wie eine Drohung.

Plötzlich wurde ihr bewußt, wieviel Zeit schon vergangen war, und als sie aus dem Fenster der Kutsche sah, merkte sie, daß sie auf dem Lande waren. »Wohin bringst du mich?« fragte sie ihn verstört.

»Du wirst eine Weile mein Gast sein.«

»Das werde ich mit Sicherheit nicht.«

»Angela, setz dich wieder.« Bradford schüttelte den Kopf. »Ich sollte es wirklich besser wissen und mir nicht anmaßen, das Verhalten einer Frau vorauszusagen.«

»Wovon sprichst du?«

»Von dir, meine Liebe. Ich war ganz sicher, daß du mir dankbar sein würdest, weil ich keine Anklage erhebe, und daß du mit Freuden meinem Vorschlag zustimmen würdest, den Rest deiner Ferien mit mir zu verbringen. Ich bin sogar so weit gegangen, ein Haus auf dem Land für uns zu besorgen. Dorthin fahren wir im Moment.«

»Du kannst in dieses Haus fahren oder auch auf der Stelle tot umfallen, wenn es nach mir geht. Und ich fahre nach South Hadley und bete zu Gott, daß ich vergessen kann, dich je gesehen zu haben«, sagte sie schroff.

»Was ist aus dem Mädchen geworden, das sich solche Sorgen gemacht hat, mir nicht zu gefallen?« fragte er scharf.

Angela errötete und sah aus dem Fenster. Sie konnte ihm nicht ins Gesicht sehen. »Dieses Mädchen hat drei elende Tage im Gefängnis verbracht und herausgefunden, was für ein Lump du bist.«

»Laß es mich wieder gutmachen, Angel«, sagte Bradford leise.

Angela wandte ihm ihre dunkelvioletten Augen zu. »Kannst du denn nicht verstehen, daß ich dich verachte? Du hast kein Recht dazu, mich zu entführen. Und dafür, daß du mich ins Gefängnis gesteckt hast, hasse ich dich!«

»Du kennst mich nicht gut genug, um mich hassen zu können, Angela.«

»O doch«, erwiderte sie kühl.

Er beugte sich auf seinem Sitz nach vorn und griff nach ihrer Hand, aber sie entzog sie ihm eilig. »Sieh doch ein, daß es mir leid tut, wie ich die Dinge bisher gehandhabt habe. Ich will mich nicht mit dir streiten, und ich will dir nichts Böses tun. Ich will dich. Deshalb bin ich hier. Nur deshalb habe ich mir diese Mühe und diesen Ärger gemacht.«

Angela sagte nichts darauf. Ganz langsam lehnte sich Bradford zurück und beobachtete sie schweigend. Während der weiteren Fahrt blieben beide stumm.

16

Angela zeigte wenig Interesse an ihrer neuen Umgebung. Das weiträumige Schlafzimmer war warm und behaglich; im Kamin brannte ein Feuer, und ihre nackten Zehen versanken in dicken Teppichen. Es war ein luxuriös ausgestattetes Zimmer, doch sie empfand es nur als ein weiteres Gefängnis.

Es war völlig unfaßbar, daß sie hier war, doch es war so. Die Tür war von außen abgeschlossen, und die Fenster lagen zwei Stockwerke hoch – und schon bald würde sich Bradford zu ihr gesellen.

»Du wirst jetzt eine Weile für mich dasein, ob du willst oder nicht«, hatte er gesagt, nachdem er sie in das riesige Landhaus gezerrt und sie die Treppe hinaufgetragen hatte. »Ich gebe dir den heutigen Nachmittag Zeit, darüber nachzudenken, und du wirst feststellen, daß du nichts daran ändern kannst. Um deiner selbst willen hoffe ich, daß du dich verständiger zeigst, wenn ich heute abend wieder zu dir komme.«

Der Nachmittag hatte sich dahingeschleppt. Angela war rasend vor Wut auf und ab gelaufen und hatte sich die Kehle heiser geschrien, um ihre Freilassung zu fordern. Was es noch schlimmer, was es geradezu unerträglich machte, war, daß sie die Vorstellung, mit Bradford zusammenzusein, noch vor wenigen Tagen in Ekstase versetzt hätte.

Sie trug alle verfügbaren Waffen – Bücher, Vasen, eine Uhr und zwei kleine Eisenstatuen – zusammen und stapelte sie auf dem Bett, um augenblicklich damit um sich zu schmeißen, wenn sich die Tür öffnete. Falls er sich davon nicht abschrecken lassen sollte, würde sie ihn sich mit dem eisernen Feuerhaken, der vor dem Kamin stand, wenigstens vom Leib halten.

Bradford hatte den größten Teil des Tages im unteren Stockwerk verbracht und war auf und ab geschritten. Er wußte, daß er kein Recht dazu hatte, das Mädchen gegen ihren Willen hier festzuhalten, daß er dafür ohne weiteres selbst im Gefängnis enden konnte. Doch das war ihm gleich. Er war wahrhaft bereit, diesen Preis zu zahlen.

Den Spätnachmittag verbrachte er damit, ein Abendessen zu bereiten. Es verzog das Gesicht, als er einen Blick auf das Chaos zurückwarf, das er in der Küche angerichtet hatte. Kurz darauf stellte er ein beladenes Tablett auf einem Tisch neben Angelas Zimmer ab und trat zur Tür, um sie aufzuschließen. Es belastete sein Gewissen, daß er sie eingeschlossen hatte, aber etwas Besseres war ihm nicht eingefallen. Er sagte sich, daß sie eine gewisse Zeit brauche, um sich zu beruhigen. Schließlich hatte sie ihre Arme schon für ihn geöffnet. Sie mußte ihn gemocht haben.

Kein Laut drang aus dem Zimmer. Bradford drehte den Schlüssel im Schloß um und öffnete die Tür. Er trat erschrocken zur Seite, als ein Gegenstand an seinem Kopf vorbeisegelte und hinter ihm auf dem Fußboden zerschmetterte. Als er Angela sah, die wurfbereit mit einem Buch in der erhobenen Hand hinter dem Bett stand, verließ er eilig das Zimmer und schloß die Tür hinter sich.

Er runzelte die Stirn. Es würde Schwierigkeiten geben.

»Das nutzt dir nichts, Angela«, rief er durch die Tür. »Ich komme trotzdem rein.«

»Wenn du das tust, wird es dir morgen schlechtgehen.«

»Ich habe dir etwas zum Essen gebracht. Du mußt etwas essen.«

»Ich habe schon öfter nichts gegessen. Von dir nehme ich nichts.«

Bradford schüttelte den Kopf. Während des Krieges hatten viele Menschen nichts zu essen gehabt. Er stellte sich die Frage, wo Angela Smith diese harten Jahre wohl verbracht haben mochte. Es gab so vieles, was er über dieses Mädchen wissen wollte, und er war entschlossen, alles über sie zu erfahren. In den nächsten Tagen würde er alles herausfinden, was er wissen wollte.

Er sah sich im Flur nach einem Schutzschild um. Sein Blick fiel auf das Tablett, und er räumte es schnell ab. Dann hielt er es vor sich hin, öffnete langsam die Tür und steckte seinen Kopf ins Zimmer. Eine Vase streifte das Tablett, und ein Buch prallte von seinem Oberschenkel ab, ehe er das Bett erreicht hatte.

Angela stand starr mit einem eisernen Feuerhaken in der Hand da. Er lachte. »Du gibst also nicht auf, Angel?«

»Nenn mich nicht so!« rief sie, ehe sie ausholte.

Sein Reaktionsvermögen war gut ausgebildet. Er sprang zur Seite und packte ihr Handgelenk, ehe sie den Schürhaken ein zweites Mal hochheben konnte.

»Und womit kämpfst du jetzt?« fragte er, nachdem er ihr die Waffe aus der Hand genommen hatte.

»Damit!« Sie hob die andere Hand, um ihn zu schlagen, aber er fing auch diese Hand in der Luft.

»Und was kommt jetzt?« fragte er kichernd.

Er zog sie an sich und riß sie mit sich auf das Bett. Als er auf sie herunterblickte, grinste er über den Zorn, der in ihren Augen funkelte, die jetzt von einem dunklen Blauviolett waren.

»Spiel nicht verrückt, Angel. Bekämpf mich nicht mehr.«

»Du kannst mich nicht einfach hier festhalten!« fauchte sie ihn an. Er ignorierte ihre Worte, beugte sich über sie und begrub sein Gesicht in ihrem Nacken. Angela keuchte, als seine Lippen eine Gänsehaut auf ihren Armen verursachten. Sie zitterte, als seine Beine sich fest gegen ihre preßten. Sie versuchte, ihre Hände freizumachen, doch er hielt sie fest und fiel mit unverminderter Härte über ihre empfindliche Haut her.

»Hör auf«, protestierte sie mit schwacher Stimme. »Bitte!«

Zur Antwort machte sich Bradford über ihre Lippen her. Sie spürte, wie ausgehungert er war, und sie fühlte sich von seiner Gier überwältigt. Dann spürte sie ihre eigenen Gelüste aufsteigen. Sie versuchte verzweifelt, daran zu denken, daß sie ihn haßte. Wütend warf sie sich vor, daß seine Berührung sie hätte abstoßen müssen. Statt dessen krümmte sie ihren Rücken, um ihm näher zu sein, und sie verfluchte die Kleider, die sie voneinander trennten.

»Lieb mich, Angel«, flüsterte er heiser, und seine Lippen streiften über ihre Kehle. »Sei mein, wie du schon einmal mein gewesen bist. Noch nie habe ich etwas so sehr begehrt wie dich.«

»Nein«, stöhnte Angela mit einem letzten Rest von Widerstand.

»Doch«, murmelte er.

»Ja«, stöhnte sie.

17

Nach diesem ersten Mal empfand sie die Woche, die sie gemeinsam in dem wunderschönen Landhaus verbrachten, als ein einziges Freudenfest. Er konnte nicht genug von ihr kriegen, und ihr erging es mit ihm ebenso. Schnell wurde ihr bewußt, daß sie sehr leidenschaftlich war. Bradford brauchte sie nur zu berühren, und schon begehrte sie ihn.

Ihm dagegen wurde bald bewußt, daß sie nicht über die Vergangenheit reden wollte. Als er sie einmal wirklich ausfragte, war sie verärgert und verstört. Sie würde ihm nie erzählen, wer sie wirklich war. Dazu war es jetzt zu spät. Wenn er es gewußt hätte, wäre er wütend geworden, und sie hätte ihn verloren.

Bradford versuchte nicht mehr, sie auszuhorchen. Dennoch unterhielten sie sich ausgiebig. Er erzählte ihr vom Krieg und von den Schlachten, die er gewonnen oder verloren hatte.

»Das Potomac-Heer war das beste«, sagte Bradford, als sie vor dem Feuer Glühwein tranken. »Im Sommer 63, als es von General George Meade befehligt wurde, bin ich wieder dazugestoßen. Unter dem alten George kämpfen zu dürfen, war eine Ehre, Angel. Man konnte nicht umhin, die Courage dieses Mannes zu bewundern. Wir haben Lee in Gettysburg geschlagen und die Aufständischen gezwungen, sich wieder nach Virginia zurückzuziehen. Das war ein Festtag. Aber es gab nicht nur glorreiche Siege – bei manchen Schlachten konnte sich einem der Magen umdrehen. Es war ein regelrechtes Gemetzel.«

Bradfords Gesichtsausdruck änderte sich bei dieser Erinnerung. An jenem Nachmittag sprach er nicht mehr über den Krieg, doch am nächsten Tag setzte er seine Geschichte fort.

»Nach dem Gemetzel am Cemetery Ridge habe ich bis zum Kriegsende unter Little Phil bei der Kavallerie gedient.«

»War er auch General?«

»Generalmajor Sheridan. Er war ausgezeichnet. Unter ihm wurden viele entscheidende Schlachten geschlagen, und 65 traten wir dann wieder auf Lees Armee. Zum Teufel, wir wußten, daß die Niederlage des Südens bereits feststand, aber Lee wollte es sich nicht eingestehen. Im April zwangen wir Lee zur Kapitulation, indem wir ihm den Rückzug abschnitten.«

»Ich wünschte, der Krieg hätte damals geendet«, bemerkte Angela, die daran dachte, daß erst nach Lees Kapitulation Canby Mobile besetzt und Wilson Alabama überfallen hatte.

»Nach dem Sieg bei Appomattox hat es nicht mehr lange gedauert, bis die übrigen Truppen des Südens auf dem Absatz kehrtgemacht haben. Aber warum hast du das gesagt, Angel? Du warst doch hier oben im Norden in Sicherheit, oder?«

»Ja, natürlich«, log sie eilig. Angela hatte es Naomi zu verdanken, daß sie ihren Südstaatlerakzent verloren hatte. Sie war froh, daß Bradford als selbstverständlich voraussetzte, daß sie aus dem Norden kam. Sie wollte ihn zwar nicht belügen, doch eine regelrechte Lüge war etwas anderes als eine verschwiegene Wahrheit.

An jenem Tage erklärte ihr Bradford, inwiefern der Krieg ihn verändert habe. Damit erklärte er zugleich, warum er sie so hochfahrend behandelt hatte.

»Dieses ganze Töten, zuzusehen, wie Freunde erschossen werden, junge Menschen sterben zu sehen – das hat mir bewußt gemacht, wie kurz das Leben eigentlich ist, und wie unsicher. Im Lauf des Krieges habe ich beschlossen, den Rest meines Lebens voll auszukosten, falls ich den Krieg lebendig überstehen sollte. Keine Kompromisse, nie das Zweitbeste. Und genau das habe ich auch getan. Alles, was ich mir in den Kopf gesetzt habe, habe ich mit Ausdauer auch bekommen. Wenn es nicht sein muß, besteht kein Grund, sich mit weniger zufriedenzugeben. Dich habe ich doch auch bekommen, oder?« Er grinste.

Ja, er hatte sie bekommen, und sie war gewillt, ihm bis ans Ende der Welt zu folgen. Aber er bat sie nicht darum. Er setzte voraus, daß sie weiterhin zur Schule gehen würde, und als die Ferien vorüber waren, brachte er sie dorthin.

An jenem Tage fühlte Angela sich elend, bis er erklärte, er werde wiederkommen, wenn die Schule für die Sommerferien schloß.

Als die ersten Blumen für Angela Smith in der Schule eintrafen, war Angela hingerissen. Sie konnte die Blumen nicht für sich beanspruchen, und sie wurden zurückgeschickt, aber sie wußte zumindest, daß die Blumen von Bradford kamen und daß er sie nicht vergessen hatte. Noch dreimal schickte er Blumen, doch sie gingen jedesmal an den Absender zurück. Dann trafen keine Blumen mehr ein. Das störte sie nicht. Sie hatte nicht von ihm erwartet, daß er weiterhin Blumen schicken würde, die nicht ankamen. Schließlich waren Blumen mitten im Winter geradezu lachhaft teuer.

Doch dann kam der Sommer, und wer nicht kam, war Bradford.

18

Zachary Maitland klopfte an die Tür zum Arbeitszimmer und öffnete sie, ohne eine Antwort abzuwarten. »Vater, wenn du einen Moment Zeit hast, würde ich mich gern mit dir unterhalten.«

»Ich kann wirklich nur einen Moment erübrigen«, erwiderte Jacob, der hinter dem Schreibtisch saß. »Ich möchte mit diesen Abrechnungen fertig sein, wenn ich das Haus verlasse, um Angela abzuholen.«

»Das, was ich mit dir bereden möchte, betrifft Angela, Vater. Es ist an der Zeit, daß dir klar wird, was du eigentlich tust«, sagte Zachary, während er sich auf den lederbezogenen Stuhl neben dem Schreibtisch setzte.

»Klar geworden ist mir, daß einer meiner Söhne ein Snob geworden ist – ganz wie seine Frau«, entgegnete Jacob gereizt. »Ich dachte, ich hätte dich besser erzogen, Zachary.«

»Deine Wortwahl mißfällt mir aufs äußerste.«

»Das habe ich angenommen, aber ich halte ›Snob‹ tatsächlich für das richtige Wort. Es beschreibt dich und Crystal absolut treffend. Es ist ein Jammer, daß du nicht so sein kannst wie dein Schwager – obwohl ich fürchte, daß er seine Meinung über Angela nur geändert hat, weil er in sie verliebt ist.«

»Er ist ein verblendeter Narr, aber das wird schon vorübergehen«, gab Zachary trocken zurück.

»Wirklich?« fragte Jacob und schloß seine Bücher für heute. »Mir scheint, daß du der Narr bist, wenn es um die Liebe geht. Du hast deine Überzeugungen über Bord geworfen, um Crystal für dich zu gewinnen.«

»Ich bin der Meinung, daß ich lange genug hier gelebt habe, um mich dem Süden verbunden zu fühlen«, entgegnete Zachary empört. »Ich habe für eine gute Sache gekämpft und nicht um Crystals willen meine Zugehörigkeit verleugnet.«

»Wen versuchst du zu überzeugen, Zachary, mich oder dich selbst? Crystal und Robert standen auf der Seite des Südens, weil sie nie etwas anderes als den Süden gekannt haben. Aber du hast nicht mehr an die Sache des Südens geglaubt als Bradford oder ich. Mein älterer Sohn hatte wenigstens den Mumm, für seinen Glauben zu kämpfen, selbst wenn es ihn teuer zu stehen gekommen ist.«

»Ist es meine Schuld, daß Crystal die Verlobung gelöst und gesagt hat, sie wolle ihn nie mehr sehen, als sie entdecken mußte, daß er mit dem Norden sympathisierte? Ich hätte es ihr schon eher sagen können, und ich habe es nicht getan!« rief Zachary aus, um sich die tiefsitzende Furcht vor seinem älteren Bruder nicht anmerken zu lassen. Ihm war jedesmal unwohl zumute, wenn sein Vater auf dieses Thema zu sprechen kam. »Bradford ist selbst schuld, daß er sie verloren hat, und nicht ich!«

»Crystal hat eine übereilte Entscheidung getroffen, aber du hast ihr keine Zeit gelassen, es sich noch einmal zu überlegen. Als du erfahren hast, daß Bradford für die Union kämpft, warst du vom selben Augenblick an hinter dem Mädchen her. Du hast dich den Konföderierten angeschlossen und nur gewartet, bis deine Zeit gekommen ist, denn du wußtest, was geschehen würde, wenn sie von seinen Sympathien erfuhr. Bist du je auf den Gedanken gekommen, daß sie dich nur geheiratet haben könnte, um Bradford zu kränken?«

»Sie liebt mich, Vater, und ich liebe sie.«

»Vielleicht könnte ich das glauben, wenn mir Enkel den Beweis erbrächten. Du bist jetzt seit sechs Jahren mit dieser Frau verheiratet! Aber ich sehe nur, daß diese sogenannte Liebe zwischen dir und Crystal Bradford von seiner Heimat fernhält.«

»Ich halte ihn nicht davon ab, nach Hause zu kommen, und das tut auch Crystal nicht. Bradford ist im Norden geblieben, weil er dort bleiben will«, sagte Zachary verbissen, doch er konnte seinem Vater nicht direkt in die Augen schauen.

»Er ist nicht dort geblieben, weil er dort bleiben will, Zachary«, sagte Jacob seufzend. »Er kommt nicht nach Hause, weil er fürchtet, er könnte dich umbringen, wenn er dir von Angesicht zu Angesicht gegenübersteht. Er hat Crystal so sehr geliebt, daß er sie zu seiner Frau nehmen wollte. Sie hatten eine Auseinandersetzung, und sie hat die Verlobung gelöst. Aber das hätte sich mit der Zeit wieder eingerenkt. Er war immer noch entschlossen, sie zu heiraten, wenn er zurückkommt, und das hast du genau gewußt. Glaubst du, daß er dir je verzeihen wird?«

Nein, dachte Zachary, er wird mir nie verzeihen. Dem Himmel sei Dank, daß er sich entschieden hat, in der Ferne zu bleiben. Zachary lebte in der ständigen Angst, Bradford könne eines Tages nach Hause kommen. Zachary stand beim Gedanken an das aufbrausende Temperament seines Bruders Todesängste aus.

»Ich bin gekommen, um mit dir über deine werte Angela zu reden, und nicht über Bradford«, sagte Zachary erbittert.

»Ah, ja. Du willst also die alten Streitpunkte wieder aufwärmen. Oder sollte es neue geben? Zachary, was hast du eigentlich gegen Angela?«

»Ich habe nichts gegen sie persönlich. Sie ist ein sehr nettes Mädchen, und ich wünsche nur ihr Bestes, aber ich wünsche es ihr woanders. Jedesmal, wenn sie in den Ferien nach Hause kommt, geht es wieder mit dem Klatsch und den Gerüchten los, und selbst wenn sie schon wieder in der Schule ist, geht es noch monatelang so weiter.«

»Du wagst es, mir wieder mit diesen Gerüchten zu kommen, obwohl du diesen Klatsch erst ins Rollen gebracht hast? Wenn du in diesem ersten Sommer, in dem Angela nach Hause gekommen ist, nicht deine Frau unter den Arm genommen und mit ihr in die Stadt gezogen wärst, wäre keines dieser Gerüchte auch nur aufgekommen! Nur deine Trotzhandlung, Zachary, in die Stadt zu ziehen, bis Angelas Ferien vorbei waren, hat die Leute dazu gebracht, zu glauben, du wolltest deine Frau vor Unmoral in diesem Haus bewahren. Du hast es vorgezogen, der Fieberwelle in der Stadt tapfer entgegenzutreten, um nicht mitansehen zu müssen, welche Sünden in deinem eigenen Heim begangen worden sind – das hast du die Leute glauben gemacht.«

»Ich werde mit Crystal reden, Vater, aber das ändert nichts an dem Klatsch. Es ist schon schlimm genug, daß unsere Freunde hinter unseren Rücken über dich und Angela reden, aber daß sie sich im letzten Sommer mit dir in diesem Haus eingeschlossen hat und nicht ausgehen wollte, hat alles noch schlimmer gemacht. Angela ist noch gar nicht hier, und der Klatsch hat schon begonnen.«

»Mir ist scheißegal, was die Leute reden! Das habe ich dir bereits gesagt«, sagte Jacob mit erhobener Stimme. Seine Geduld war am Ende.

»Uns ist das keineswegs egal. Was glaubst du, wie wir uns vorkommen, wenn wir in die Stadt fahren und die Leute uns anstarren? Sie bemühen sich gar nicht mehr, zu flüstern. Weißt du, was sie sagen? Daß du dir eine mittellose kleine Weiße herangezogen und zu dir ins Haus genommen hast, damit sie dir nachts dein Bett wärmt. Daß du sie in eine gute Schule geschickt hast, damit sie dir keine Schande macht. Daß du sie mit Geschenken überhäufst, damit sie dir nicht mit einem Jüngeren davonläuft. Und jetzt bemitleiden die Leute Robert, weil er das Pech hatte, sich in die Mätresse eines reichen Mannes zu verlieben«, höhnte Zachary. »Macht dir das wirklich gar nichts aus?«

»Nein«, gab Jacob wütend zurück und entschloß sich, dem Gespräch eine Wendung zu geben. »Da es dir allerdings soviel ausmacht, sollte ich vielleicht deinem Schwager meine Erlaubnis erteilen, Angela um ihre Hand zu bitten. Robert hat mich bereits daraufhin angesprochen.«

»Das kann doch nicht dein Ernst sein!« Bei diesem Gedanken war Zachary erbleicht. »Ich lasse doch nicht meinen besten Freund das Mädchen heiraten, mit dem du die ganzen letzten Jahre über geschlafen hast!«

»Zachary, du Idiot!« brauste Jacob auf und sprang in einem Wutanfall auf die Füße. »Du glaubst also auch an all diese dreckigen Lügen! Ich dachte, ich hätte dir vor Jahren erklärt, daß … daß …«

Jacob hielt sich die Hände aufs Herz. Ein stechender Schmerz in seiner Brust machte es ihm unmöglich, weiterzureden. Er fiel auf seinen Stuhl zurück. Sein Gesicht wurde plötzlich weiß, und er bekam kaum noch Luft.

»Vater!« schrie Zachary außer sich vor Schrecken. »Vater! Ich hole Dr. Scarron. Ich werde reiten wie der Teufel, Vater, aber halt so lange durch!«

19

Angela wartete unruhig auf dem Kai. Sie saß auf einem der großen Koffer, in denen ihre Winterkleider waren. Schon vor einer Stunde hatte sie den Passagierdampfer verlassen, und Jacob sollte längst hier sein, um sie abzuholen.

Ihr Magen knurrte erbost, aber sie wollte sich nicht den Appetit verderben, da Jacob sie zum Abendessen einladen würde. Wenn sie von der Schule nach Hause kam, ging er immer in ein gepflegtes Restaurant mit ihr, bevor sie nach Golden Oaks fuhren. Im letzten Jahr hatte sie das in ihrem Elend wegen Bradfords Ausbleiben nicht wirklich zu schätzen gewußt, doch dieses Jahr würde sie es genießen. Ihre lang anhaltende Traurigkeit war vorbei.

Eine leichte Brise wehte ihr eine vereinzelte Locke ins Gesicht, die sie wieder unter ihren weißen Hut stopfte. Sie war ganz in Weiß gekleidet, bis hin zu den Schuhen und ihren Seidenstrümpfen. Darum war sie jetzt froh, denn es war ein sehr heißer Nachmittag.

Auf dem Kai wimmelte es von Menschen, und Angela versuchte, sich auf die Leute zu konzentrieren, doch es gelang ihr nicht. Sie fragte sich wiederholt, wie man sie wohl dieses Mal in Golden Oaks empfangen würde. In den letzten drei Jahren hatten sich Zachary und Crystal bei ihren Besuchen zu Hause die meiste Zeit von Golden Oaks ferngehalten. Aber diesmal kehrte sie nach Hause zurück, um dort zu bleiben, und Hannah hatte ihr im letzten Sommer gesagt, daß Zachary niemals dauerhaft aus Golden Oaks ausziehen würde, und jetzt würde sich Angela gegen Crystal behaupten müssen. Angela freute sich keineswegs darauf.

Warum konnte Crystal sie nach all diesen Jahren nicht akzeptieren? Ihr Bruder Robert akzeptierte sie doch auch. Angela konnte sich ebenso gepflegt ausdrücken wie das ältere Mädchen. Angela hatte eine wesentlich bessere Ausbildung genossen als Crystal, die die Schule mit vierzehn verlassen hatte. Und Angela wußte sich bei gesellschaftlichen Anlässen zu benehmen. In jeder äußerlichen Hinsicht waren sie einander gleichgestellt. Warum also konnte Crystal sie nicht akzeptieren? Würde Crystal Angela ihre ärmliche Herkunft zeitlebens vorhalten?

»Na, sieh mal einer an. Wenn das nicht die feine Dame ist. Gerade in Ferien, was?«

Angela fuhr zusammen, drehte sich um und sah Billy Anderson ins Gesicht. Er trug einen makellosen blaugrauen Tweedanzug, und bei Billys Anblick riß sie die Augen auf. Seit dem Tag vor sieben Jahren, als er versucht hatte, sie zu vergewaltigen, hatte sie ihn nicht mehr gesehen. Sie hatte sich oft gefragt, was wohl aus Billy geworden war. Bei den Ausflügen in die Stadt, die sie im Lauf der Jahre häufig in Begleitung von Robert Lonsdale oder Jacob unternommen hatte, hatte sie gelegentlich Sam Anderson, seinen Vater, gesehen, aber niemals Billy. Es sah fast aus, als sei er aus Mobile verschwunden.

»Dir hat es doch nicht die Sprache verschlagen, Angela?« fragte er und verzog verächtlich die Lippen.

»Nein, ich … es wundert mich nur, dich zu sehen«, erwiderte sie nervös.

Er lachte über ihren ängstlichen Blick, den sie nicht verbergen konnte. »Fürchtest du dich vor mir, Angela? Wie ich sehe, trägst du kein Gewehr mehr mit dir rum.«

Sie wich vor ihm zurück. »Was willst du, Billy?«

»Nur einen freundschaftlichen Plausch«, sagte er, und in seiner Stimme schwang Sarkasmus mit. »Schließlich warst du noch nie freundlich zu mir.« Plötzlich wurden seine braunen Augen dunkler. »Ein geschickter Zug von deiner Seite, daß du mich bei Maitland Senior verpetzt hast, damit er meinem Vater droht, die Hypothek nicht zu verlängern, wenn ich dich nicht in Ruhe lasse. Pa hat mich zu meinem Onkel in den Norden geschickt, und ich mußte unter diesen verfluchten Yankees leben – und das sogar, während der Krieg noch wütete! Und das alles nur deinetwegen, Angela Sherrington!«

In seinen Augen stand ein erbitterter Haß, der sie zurückschrecken ließ. Sie bekam kaum noch Luft. »Damit hatte ich nichts zu tun, Billy. Ich habe ihm nie etwas von diesem Tag erzählt. Ich kannte Jacob Maitland damals kaum.«

»Dafür kennst du ihn jetzt um so besser, stimmt's?«

»Was willst du damit sagen?«

Er überhörte ihre Frage und maß sie mit seinen Blicken. »Du bist sogar noch hübscher geworden, als ich erwartet hatte. Außerdem bist du wesentlich klüger, als ich dachte. Du hast dir hohe Ziele gesteckt und sie auch gründlich verfolgt.« Jetzt grinste er. »Nicht, daß ich es dir vorwerfen würde. Wie ein Familienmitglied in einem schönen Gutshaus zu leben, ist natürlich besser, als in einem winzigen Stadthaus zu wohnen, wie ich es dir angeboten habe. Ich nehme an, es spielt auch keine Rolle, daß Jacob Maitland von seinem Alter her dein Vater sein könnte, jedenfalls dann nicht, wenn er dich so modisch einkleidet.«

»Ich finde, diese Unterhaltung hat inzwischen lange genug gedauert!« sagte Angela scharf. Sie wandte sich ab, um zu gehen, doch er packte sie am Arm und wirbelte sie zu sich herum.

»Laß mich los, Billy!«

»Diesmal sind keine Drohungen zu befürchten. Mein Pa hat nämlich seine Schulden bei Jacob Maitland abbezahlt«, sagte er höhnisch, und seine Finger gruben sich in ihren Arm. »Aber das macht ohnehin keinen Unterschied mehr, weil ich nichts mehr mit meinem Pa zu tun haben will. Ich habe es in New York selbst zu etwas gebracht – dank Onkels Tod, der mir für meine Gesellschaft in seinen letzten Lebensjahren dankbar war. Ja, ich bin recht gut gestellt.« Er packte ihren anderen Arm und schüttelte sie. Dann zwang er sie, ihn anzusehen. »Inzwischen könnte ich dir mehr bieten, Angela. Da du jetzt zu einer Dame erzogen worden bist, würde ich dich vielleicht sogar heiraten.«

Plötzlich packte Angela die Wut. Sie riß sich aus Billys Griff los und funkelte ihn aus dunkelvioletten Augen an.

»Du würdest mich vielleicht sogar heiraten? Dann habe ich dir Neuigkeiten zu erzählen, Billy Anderson!« fauchte sie. »Meine Antwort ist dieselbe wie damals! Eins möchte ich ein für allemal klarstellen: Du ekelst mich an! Ich würde nie auch nur einen Moment lang in Betracht ziehen, deine Mätresse zu werden. Und was eine Ehe betrifft, so würde ich eher einen heruntergekommenen Landstreicher heiraten als dich! Da du es vor so vielen Zeugen nicht wagst, mir etwas zu tun, schlage ich vor, daß du jetzt gehst. Jacob wird jeden Augenblick hier sein.«

Er lachte hämisch, als hätte er sie nicht gehört. »Glaubst du, ich fürchte mich vor diesem Alten? Im Augenblick bist du sicher, aber es wird ein nächstes Mal geben. Was ich gesagt habe, als wir uns das letzte Mal gesehen haben, war mein Ernst. Ich habe vor, dich zu bekommen. Im Lauf der Jahre habe ich immer wieder über dich nachgedacht. Erst habe ich dich gehaßt – ich glaube, inzwischen hasse ich dich noch mehr. Aber das wird alles nur um so besser machen, wenn ich dich endlich habe. Und ich werde dich bekommen, Angela. Ganz gleich, wie lange es dauert – eines Tages wirst du mir zu Willen sein. Es sei denn, du stirbst vorher.«

Er sah sie noch einmal lange und durchbohrend an. Dann tippte er an seinen Hut und ging.

Angela war tief erschüttert. Würde sie nach all diesen Jahren wieder in Furcht leben müssen? Nein! Sie stand nicht mehr allein auf der Welt. Sie hatte die Maitlands. Jacob würde sie beschützen.

In diesem Augenblick fuhr die glänzend schwarze Kutsche, die ihr so vertraut war, vor, und sie drängte die Begegnung mit Billy Anderson in ihren Hinterkopf zurück.

Doch zu ihrer Begrüßung stiegen Robert Lonsdale und seine Schwester aus der Kutsche und nicht Jacob.

Ihre ernsten Gesichter brachten deutlich zum Ausdruck, daß etwas nicht stimmte. Sie fühlte sich an den Tag erinnert, an dem ihr Vater gestorben war.

»Wo ist Jacob?« rief sie entsetzt aus.

»Er hat einen schlimmen Anfall gehabt, Angela … das Herz.« Robert brachte ihr die Nachricht so schonend wie möglich bei. »Der Arzt sagt, daß alles wieder gut wird, wenn er die Dinge leicht nimmt. Er muß im Bett bleiben, bis er wieder zu Kräften gekommen ist.«

Vor Erleichterung traten ihr Tränen in die Augen. Es hätte schlimmer kommen können. Trotzdem hatte man im Alter von fünfundfünfzig Jahren keine allzu großen Chancen, einen Herzanfall zu überleben. Gütiger Gott, laß ihn nicht sterben! betete sie stumm.

»Nimm's nicht so schwer«, sagte Crystal trocken. »Wahrscheinlich wird er wieder. Du brauchst dir jetzt noch keine Sorgen um deine Stellung in Golden Oaks zu machen. Noch verlierst du sie nicht.«

Angela schnappte nach Luft. Robert mischte sich aufgebracht ein: »Das war vollkommen überflüssig, Crystal!«

»Natürlich«, sagte Crystal, »aber ich konnte es mir einfach nicht verkneifen.« Sie kicherte. »Falls Vater Maitland doch irgendwann etwas zustoßen sollte ...«

Sie ließ ihre Worte hinter sich herwehen, drehte sich um und stieg wieder in die Kutsche. Angela starrte ihr nach, und anstelle von Tränen trat blanke Wut.

20

David Welks Büro war geschmackvoll eingerichtet. Ein Mahagoni-Schreibtisch und kleine Tische, cremefarbene Stühle und ein Sofa, und die Wände schmückten Porträts der Präsidenten. Eine kleine Bar, die freizügig bestückt war, stand unaufdringlich in einer Ecke des Raumes.

Hinter dem großen Schreibtisch war ein großes Aussichtsfenster, von dem aus man auf einen Garten in voller Blüte sah. Ein sommerlicher Sturm braute sich zusammen, und ein frischer Wind wütete durch die zarten Blumen und sandte wirbelnde Blütenblätter und Laub an dem Fenster vorbei.

Bradford Maitland beobachtete ungeduldig, wie sich der Sturm zusammenbraute, und hoffte, daß er es bis in sein Hotel schaffen würde, ehe der Sturm losbrach. Nach langen Monaten, in denen kein Fortschritt zu verzeichnen war, hatte einer von Welks Detektiven Angela gefunden. Bradford war sofort aus New York herbeigeeilt, jedoch nur, um zu erfahren, daß David sich nicht in der Stadt aufhielt und erst an jenem Abend zurückkehren würde. Er hatte sich für sechs Uhr mit David in dessen Büro verabredet.

Als es auf sieben Uhr zuging, hatte Bradford seinen dritten Bourbon mit Wasser getrunken und trommelte mit den Fingern auf seine Schenkel, ohne es zu merken. Es blitzte, ein Signal für das Einsetzen des Sturms. Bradford sprang aus seinem Stuhl auf, als die Tür sich endlich öffnete und David, immer noch in Reisekleidung, langsam eintrat.

»Verdammt noch mal, David!« fauchte Bradford gereizt. »Glauben Sie, ich hätte nichts Besseres zu tun, als in Ihrem Büro rumzusitzen und mich zu betrinken, während ich auf Sie warte?«

David Welk lächelte müde. Er sah bei weitem älter aus als Vierzig. Er zog Hut und Mantel aus, ehe er sich erschöpft auf den Stuhl hinter seinem Schreibtisch fallen ließ.

»Ich wollte *Sie* ausschelten, aber Sie kommen mir immer zuvor«, sagte David seufzend und schüttelte den Kopf. Er beugte sich vor und zog die Augenbrauen zusammen. »Ich glaube, ich werde es trotzdem tun. Bradford, Sie verfluchter Kerl! Müssen Sie mich immer außerhalb der üblichen Arbeitszeiten beanspruchen? Jetzt komme ich gerade noch rechtzeitig zum Abendessen nach Hause, und was höre ich? Daß ich Sie hier treffen muß. Wenn Sie mich nicht von meiner Familie fortholen, dann läuten Sie mich mitten in der Nacht aus dem Bett!«

»Ich bezahle Sie dafür, daß Sie verfügbar sind. Daher können Sie keine Entschuldigung erwarten«, gab Bradford zurück.

David warf die Arme theatralisch in die Luft. »Nichts liegt mir ferner, als zu erwarten, daß sich Bradford Maitland nach den üblichen Bürostunden richtet! Auch daß er sich nach irgend etwas anderem richtet.«

Endlich lehnte sich Bradford zurück und grinste. »Einige meiner besten Geschäfte sind um Mitternacht geschlossen worden. Und das in wesentlich erheiternderer Umgebung als Ihrem Büro, wenn ich das hinzufügen darf. Hiermit betrachte ich den Austausch von einleitenden Höflichkeiten als abgeschlossen«, sagte er und lächelte, als David schluckte. »Wo ist sie?«

»Finden Sie nicht, daß Sie ziemlich rasch zur Sache kommen?«

»Sie wissen selbst, wie lange ich schon auf diese Auskunft warte«, erwiderte Bradford, der immer noch lächelte. »Heraus damit.«

»Die Neuigkeiten – entsprechen ganz und gar nicht Ihren Erwartungen, Bradford«, sagte David, dem unbehaglich zumute war. »Ich fürchte, ich habe Sie verfrüht benachrichtigt.«

Bradford richtete sich steif auf. »Sie haben das Mädchen doch gefunden? Erzählen Sie mir bloß nicht, daß Sie ihre Spur verloren haben!«

»Nun ... ja ... und nein. Ich will damit sagen, daß wir ein Mädchen gefunden haben, auf das die Beschreibung zutrifft. Sie ist verheiratet und lebt jetzt in Maine. Während der fraglichen Zeit hat sie hier gelebt, und sie heißt auch Angela, wie das Mädchen, das sie suchen – sie ist sogar im selben Alter.«

»Und wo liegt das Problem?«

»Sie ist zwar ein nettes Mädchen – aber nicht das richtige.«

»Nett war meine Angela auch, verdammt noch mal!« knurrte Bradford erbost. »Bloß weil sie ...«

»Sie verstehen mich nicht, Bradford«, sagte David eilig. »Das Mädchen, das wir gefunden haben, ist die Tochter eines Ministers. Sie ist sehr streng erzogen worden.«

»Was macht das für einen Unterschied? Ich habe Ihnen doch gesagt, daß meine Angela weder eine Hure noch eine Diebin war. Das mit der Weste war ein Irrtum.«

»Ich weiß, ich weiß. Aber dieses Mädchen hat eine dreijährige Tochter. Wir haben überprüft, ob es sich auch wirklich um ihr eigenes Kind handelt. Sie haben doch gesagt, das Mädchen sei noch Jungfrau gewesen, als Sie sie kennengelernt haben.«

»Na gut«, sagte Bradford seufzend. »Ich habe diese Reise wohl umsonst unternommen.«

»Es tut mir leid, Bradford«, entschuldigte sich David. »Ich habe Ihnen ein Telegramm geschickt, sobald ich wußte, daß wir wieder auf einer falschen Fährte waren. Anscheinend hat es Sie nicht mehr rechtzeitig erreicht.«

»Leider nicht«, bemerkte Bradford niedergeschlagen. Seine Hochstimmung war verflogen. »Etwas Ermutigendes können Sie mir nicht berichten?«

»Ich fürchte, nein, Bradford.«

»Eine neue Spur?« fragte Bradford hoffnungsvoll. »Einfach etwas Neues – irgend etwas?«

David wand sich unbehaglich. Er respektierte Bradford Maitland, denn wenn es um Geschäfte ging, war Bradford ein Genie. Aber er hatte das Gefühl, daß Bradford seine Fassung verlor, wenn es um diese undurchsichtige Angela ging.

»Ich muß sie finden, David.«

»Geben Sie auf, Bradford. Diese Zeit und diese Mühen kann das Mädchen kaum wert sein – und auch nicht diese Kosten.«

»Sie ist es wert«, sagte Bradford versonnen. Seine Augen verloren sich in weiter Ferne, als er an die sanften Rundungen, die hypnotischen violetten Augen, die zarte Schönheit und das sonnige Lächeln dachte. »Sie ist noch viel mehr wert.«

David, der wünschte, er könnte Bradford Mut zusprechen, sagte: »Es gab in dieser Schule ein Mädchen, auf das die Beschreibung paßt, aber sie kam aus dem Süden, und Sie sagten damals, es sei überflüssig, diesem Hinweis nachzugehen, da Ihre Angela unmöglich aus den Südstaaten kommen könne. Diese Frau namens Barkley sagte zudem aus, es habe in jenem Jahr in der ganzen Schule kein Mädchen namens Smith gegeben. Sie sollten wirklich aufgeben.«

»Nein.«

»Nun gut, Bradford«, sagte David seufzend. »Falls Sie die Detektive, die ich engagiert habe, weiterhin unbedingt bezahlen wollen, dann liegt das bei Ihnen. Ich habe Ihnen einen Rat gegeben, und mehr kann ich nicht für Sie tun. Nur noch ein letztes Wort: Halten Sie nicht an Ihren Hoffnungen fest. Zuviel Zeit ist inzwischen vergangen. Es gibt beim besten Willen keine Anhaltspunkte mehr, denen wir nachgehen könnten.«

»Es gibt noch den, den wir von vornherein ausgeschieden haben. Wenn sonst nichts mehr bleibt, dann suchen Sie im Süden weiter.«

»Wie Sie wünschen«, entgegnete David und stand auf, um die Zusammenkunft zu beenden.

Als er in seinem Hotel ankam, wurde Bradford bereits von einem Portier erwartet. »Dieses Telegramm ist soeben für Sie eingetroffen, Sir«, sagte der Mann lächelnd.

»Vielen Dank«, entgegnete Bradford und sah gelangweilt auf das Stück Papier, das er für das mit Verzögerung eingetroffene Telegramm von David Welk hielt. Doch es enthielt nicht die Nachricht, die er erwartet hatte.

IHR VATER HATTE HERZANFALL. KRITISCH.
KOMMEN SIE SCHNELL. DR. SCARRON.

21

Drei Wochen nach Jacob Maitlands Anfall traf Hannah im Gang vor seinem Schlafzimmer auf Angela. »Schläft der Herr, mein Kind?« flüsterte Hannah, als Angela die Tür zu Jacobs Zimmer schloß.

»Ja, aber ich glaube, wir sollten Dr. Scarron rufen«, flüsterte Angela mit tiefer Betroffenheit.

»Was ist passiert?« fragte Hannah und riß die Augen auf. »Hat sich sein Zustand verschlechtert?«

»Ich weiß es nicht«, erwiderte Angela, und in ihre violetten Augen trat ängstliche Sorge. »Er hat brav gegessen, und dann ist er eingeschlafen. Aber schon nach wenigen Minuten hat er geredet wie im Delirium.«

»O Missy«, sagte Hannah und lachte erleichtert auf. »Das ist kein Grund zur Sorge. Master Jacob spricht oft im Schlaf. Das war schon immer so.«

»Bist du sicher?«

»Klar doch. Erinnern Sie sich nicht? Sonst hätte mein Luke doch nicht rausgefunden, daß Master Bradford für den Norden kämpft. Vor langer Zeit habe ich ihn selbst im Schlaf reden hören, als er auf dem Sofa in seinem Arbeitszimmer eingenickt war.«

Auf dem Weg zur Küche dachte Angela darüber nach, was Jacob im Schlaf gesagt hatte. Jacob hatte dreimal den Namen ihrer Mutter gerufen; sonst nichts, nur Charissa. Sie hatte geglaubt, er hielte sie für ihre Mutter. Doch nach dem, was Hannah ihr gesagt hatte, glaubte sie es nicht mehr. Jacob träumte von Charissa Sherrington. Aber weshalb?

Zu Angelas Erstaunen trat in diesem Augenblick Crystal in die Küche. »Hier bist du also, Angela. Ich habe dich überall gesucht.«

Angelas Neugier regte sich sogleich, denn Crystal tat immer ihr Bestes, um ihr aus dem Weg zu gehen. »Solltest du dich etwa nach meiner Gesellschaft sehnen?« fragte sie.

Crystal setzte ein falsches Lächeln auf. »Ja, schon, ich meine, ich hatte wirklich die Absicht, mich mit dir zu unterhalten.« Sie setzte sich Angela gegenüber und sagte ohne jede Vorrede: »Ich finde, du solltest deine Zeit nicht so oft mit meinem Bruder verbringen. Die Leute reden schon.«

»Wie lautet der Klatsch diesmal, oder sollte ich mich vor der Antwort fürchten?«

»Hm … das ist ja auch egal«, erwiderte Crystal gereizt. Ihr aufgesetztes Lächeln schwand. »Es ist nur so, daß Robert unmöglich eine ihm angemessene Frau finden kann, wenn er seine Zeit mit dir verschwendet – mit dir verbringt.«

»Solltest du darüber nicht lieber mit Robert reden?« fragte Angela. Ihr Geduldsfaden war am Zerreißen.

Crystal stand auf, schenkte sich eine Tasse heiße Schokolade ein und setzte sich wieder. »Du kannst mir glauben, daß ich das getan habe. Robert hört nicht auf Vernunft. Es wird Zeit, daß er sich häuslich niederläßt und eine Familie gründet.«

»Das ist nicht meine Sache, Crystal.«

»Natürlich ist es deine Sache!« fauchte Crystal. »Dich will er doch heiraten! Aber daß das unmöglich ist, siehst du wohl selbst ein.«

»Soll das heißen, daß Robert mich heiraten will?«

»Er sagt, er hätte sich in dich verliebt. Er hat bereits mit Jacob gesprochen.«

»Seit wann weißt du, daß Robert mir gegenüber so empfindet?« fragte Angela.

Sie konnte es nicht verstehen. Robert hatte ihr zahllose Avancen gemacht, und es hatte ihr Spaß gemacht, ihn mit Neckereien abzuwimmeln, aber sie wäre im Traum nicht darauf gekommen, daß es ihm ernst sein könnte.

»Drei Jahre ist es mindestens her. Er hat darauf gewartet, daß du deine vier Jahre Schule abschließt«, entgegnete Crystal. »Willst du etwa sagen, daß du wirklich nicht wußtest, was er empfindet?«

»Nein, ich habe es nicht gewußt. Ich wünschte, du hättest es mir früher gesagt; dann hätte ich ihn viel eher entmutigen können. Verdammt noch mal!« rief Angela aus, die sich im Moment vergaß.

Crystals blaue Augen wurden kugelrund. »Du willst ihn nicht heiraten?«

»Ich liebe ihn nicht, Crystal, und deshalb kann ich ihn unmöglich heiraten.« Doch sie hatte Robert gern und bedauerte zutiefst, ihn verletzen zu müssen.

»Das ist ja wunderbar. Ich meine … Na ja, schon gut. Robert wird darüber hinwegkommen. Einen Ball müßten wir geben – das einzige Mittel, damit Robert seine törichte Vernarrtheit vergißt. Es ist schon lange her, seit die Maitlands ihren letzten Ball gegeben haben.«

»Ihr habt vor zwei Jahren einen Ball gegeben«, rief ihr Angela ins Gedächtnis zurück.

»Ja, aber der Ball war nicht halb so prächtig, wie er hätte sein können. Die Leute kamen damals gerade erst wieder auf die Füße, und die Verluste durch den Krieg waren immer noch zu spüren. Jacob wollte natürlich auch nicht, daß wir alles zu schick arrangieren, damit den Leuten in der Umgebung nicht zu bewußt wird, daß ihm der ganze Krieg nichts anhaben konnte. Aber jetzt ist die Lage wieder besser. Was meinst du dazu?«

»Zu dem Ball oder zur allgemeinen Lage?« fragte Angela spöttisch.

»Du weißt genau, wovon ich spreche. Wir hätten eine Menge zu tun, wenn wir einen Ball vorbereiten würden«, erwiderte Crystal. Bei dem Gedanken, sich in einem prunkvollen neuen Ballkleid vorzuführen, wurde sie ganz aufgeregt.

»Das ist anzunehmen.«

»Das ist eine ausgezeichnete Gelegenheit für Robert, jemand anderen kennenzulernen. Für dich natürlich auch. Du kommst nicht mit vielen jungen Männern zusammen, solange Robert und Jacob ständig deine Zeit beanspruchen. Mach dir um Robert keine Sorgen. Ein Ball ist genau das Richtige. Nichts hilft einem schneller, eine alte Liebe zu vergessen. Eine neue Liebe ist das beste Mittel.«

Angela lächelte. Sie war in der unglücklichen Lage, es besser zu wissen. Wenn eine Liebe stark genug ist, verliebt man sich nicht so leicht in jemand anderen. O ja, das wußte Angela nur allzu gut.

Am folgenden Tag machte ihr Robert einen Heiratsantrag, und Angela lehnte so schonend wie möglich ab. Er schien ihre Abweisung mit seiner üblichen guten Laune hinzunehmen, doch in seinen Augen stand mehr als nur eine Andeutung von Schmerz. Angela hoffte, er werde sich schnell wieder verlieben.

Es war eine Ironie des Schicksals, daß sie seinen Kummer verstand, ohne ihm sagen zu können, weshalb.

22

Bradford Maitland zahlte seine Rechnung und verließ das Hotel in Mobile. In der kurzen Zeit, die seit seiner Ankunft am gestrigen Tage verstrichen war, war er von mehr verblüfften Blicken gemustert worden, als zu erwarten gewesen war. Was war mit diesen Menschen los? Hatten sie erwartet, daß er nie mehr zurückkommen würde?

Nun gut, vielleicht würde sich durch seine Rückkehr der Gesprächsstoff ändern. Möglicherweise vergaßen die Leute den Klatsch, den er sich gestern abend angehört hatte. Konnte er wirklich glauben, was die Leute über seinen Vater und das junge Mädchen erzählten, das als seine Mätresse galt? Kein Wunder, daß dem alten Mann das Herz versagt hatte!

Auf den Straßen war zu dieser Vormittagsstunde nicht viel los, und Bradford hatte keine Schwierigkeiten, einen Landauer zu mieten, der ihn nach Golden Oaks brachte. Er lehnte sich in der Kutsche zurück, entspannte sich und ließ sich von der Sonne bräunen. Plötzlich wurde ihm bewußt, wie sehr ihm New York und das Leben, das er dort geführt hatte, verhaßt war. Er hatte nur noch nachmittags gearbeitet, die Nächte mit Trinken und Spielen verbracht und eine nicht nennenswerte Affäre nach der nächsten gehabt. Er vermißte die Morgensonne auf seinem Gesicht, die stechende Sonne des Südens, und nicht die kalte nördliche Sonne. Er vermißte es, durch freies Feld zu reiten. Aber am meisten vermißte er seinen Vater.

Es war sieben Jahre her, seit Bradford sein Elternhaus betreten hatte, an diesem späten Abend im Jahre 62, als er von Crystal gekommen war. Sieben lange Jahre. Mit dreißig hatte er seine Fähigkeit unter Beweis gestellt, das Imperium der Maitlands zu regieren, obwohl er vor dem Krieg nicht die Absicht gehabt hatte. Damals wollte er nichts anderes als Crystal heiraten und mit ihr an die texanische Grenze ziehen. Doch der Krieg und sein Bruder hatten diese Träume vereitelt, oder doch zumindest die meisten.

Er würde trotzdem auf die Ranch der Maitlands in Texas gehen. Sogar schon bald, doch vorher mußte er seinen Vater aufsuchen. Er konnte nur hoffen, daß Zachary und Crystal ihm aus dem Weg gehen würden.

Gestern hatte er sofort nach seiner Ankunft Dr. Scarron aufgesucht, um sich vollständig unterrichten zu lassen. Als er das Haus des Arztes verlassen hatte, war eine Last von seinen Schultern genommen. Sein Vater würde wieder gesund werden.

Er runzelte die Stirn. Haßte er Crystal inzwischen, oder liebte er sie immer noch? Er zweifelte daran, daß von seiner Liebe noch etwas übrig war, doch seine Bitterkeit war nicht geschwunden. Diese süße südliche Schöne hatte sich so sehr zu ihrer Liebe zu ihm bekannt, daß sie willens gewesen wäre, sich ihm vor ihrer beider Eheschließung hinzugeben. Warum hatte er bloß den Kavalier gespielt? Er hätte sie nehmen sollen. Vielleicht wäre es leichter gewesen, sie zu vergessen, wenn er eine einzige Nacht mit ihr verbracht hätte.

Bradford kam wieder in die Gegenwart zurück, als der Landauer unter den gewaltigen immergrünen Eichen hindurchfuhr, die die lange Auffahrt säumten. Er lächelte. Das große weiße Gutshaus sah aus wie früher, noch immer Teil der alten Welt, unverändert, unberührt durch den Krieg. Aber im Innern würde es anders sein. Für die Bewohner von Golden Oaks hatte die Zeit nicht stillgestanden. Wie viele der alten Dienstboten würde er noch vorfinden? War Robert Lonsdale immer noch ein ständiger Gast? Hatten Zachary und Crystal Kinder? Wie viele? Bradford wünschte jetzt, er hätte seinen Vater nicht gebeten, sich in seinen Briefen jeder Äußerung über die häuslichen Verhältnisse zu enthalten.

Bradford bezahlte den Fahrer und ließ seine Reisekoffer vor dem Eingang stehen. Ohne anzuklopfen trat er ins Haus. Dann blieb er regungslos in der breiten Eingangshalle stehen. Die einzigen Laute, die zu hören waren, kamen aus der Küche, ein leicht vernehmliches Klappern von Töpfen und Pfannen.

Bradford stieg langsam die Treppe hinauf, um seinen Vater aufzusuchen. Er hoffte, daß sich sein Vater nicht zu sehr verändert hatte. Der Herzanfall konnte bleibende Spuren hinterlassen haben.

»Master Zachary, wieso sind Sie schon aus der Stadt zurück? Ist etwas nicht in Ordnung?«

Bradford drehte sich auf der Treppe um und sah Hannah mit einem nassen Handtuch in der Hand in der Tür zum Eßzimmer stehen. Ihr Gesichtsausdruck verletzte ihn.

»Sieh mich nicht so erstaunt an, Hannah. Ich muß daraus wohl schließen, daß niemand erwartet hat, ich würde jemals wieder einen Fuß in dieses Haus setzen – dich inbegriffen.«

»Ja … ich … ich meine, nein, Sir«, stammelte sie. Ihre braunen Augen waren so groß wie Untertassen.

»Sag niemandem, daß ich hier bin, Hannah, denn ich bin nur gekommen, um Vater zu sehen. Ist er in seinem Zimmer?«

Sie nickte zögernd, und Bradford drehte sich wieder um und stieg die Treppe hinauf. Hannah starrte ihm fassungslos nach. Er klopfte an die Tür seines Vaters, wartete auf eine Antwort und trat dann in das sonnendurchflutete Zimmer.

Sie sahen einander lange an, ohne zu sprechen. Bradford freute sich, daß sein Vater so gut aussah. Das junge Mädchen, das er sich zugelegt hat, scheint ihm gutzutun, dachte Bradford amüsiert.

»Es ist eine lange Zeit vergangen, mein Sohn. Verdammt noch mal, eine verflucht lange Zeit«, sagte Jacob barsch. Seine Augen leuchteten freudig auf. »Meine schlechte Gesundheit ist wohl das einzige Mittel, dich nach Hause zu bringen. Aber wenigstens bist du wieder da, wo du hingehörst. Ich weiß, daß mir nicht mehr viel Zeit bleibt, und ehe ich sterbe, will ich Frieden unter meinen Kindern sehen. Das ist nicht zu machen, solange du nicht hier bist.«

»Da ist gar nichts zu machen, Vater. Außerdem bleibe ich nur eine Nacht«, sagte Bradford widerstrebend und sah, daß der Glanz in Jacobs Augen matter wurde. »Und selbst das ist zu lang, denn meine Wut könnte aufflackern. Lebt Zachary hier?«

»Ja.«

»Dann hat es keinen Sinn, auch nur darüber zu reden. Ich bin nur gekommen, um dich zu sehen, und nicht meinen Bruder und seine Frau. Jetzt sag mir, was deinen Anfall eigentlich ausgelöst hat. Das wollte mir Dr. Scarron nicht sagen.«

»Es ist meine eigene Schuld«, entgegnete Jacob, den seine eigenen Unzulänglichkeiten ärgerten. »Zachary und ich haben uns wieder einmal über Angela gestritten, und ich habe die Fassung verloren. Ich hätte wissen sollen, daß ich mich nicht aufregen darf. Der Arzt hat es mir wirklich oft genug gesagt.«

»So, sie heißt also Angela? Es ist erstaunlich, wie viele Mädchen so heißen«, bemerkte Bradford trocken. »Was hat Zachary bloß? Ist er zu spießig, um deine Mätresse im Haus zu akzeptieren?«

»Um Himmels willen, Bradford! Du hast diesen widerlichen Klatsch also gehört? Und sofort glaubst du, es sei wahr!«

»Solange es niemandem wehtut, ist nichts daran auszusetzen, daß man sich eine junge Mätresse hält«, entgegnete Bradford. »Das kommt doch häufig vor.«

»Verdammt noch mal, Bradford, das habe ich nicht von dir erwartet!« Jacob erhob die Stimme.

»He, reg dich nicht auf«, beschwichtigte ihn sein Sohn, der jetzt auf der Hut war. »Ich wollte dir nur zu verstehen geben, daß ich nicht darüber zu Gericht sitze, wie du dein Leben führst. Du bist verwitwet, und niemand erwartet das Zölibat von dir. Aber wenn es sich mit dem Mädchen und dir anders verhält, wie verhält es sich dann?«

»Es tut mir leid, daß ich außer mich geraten bin, aber ...«

»Das sollte dir auch leid tun!« schalt Bradford. »Hast du mir nicht gerade eben erzählt, daß du dich nicht mehr aufregen darfst?«

»Ich weiß, ich weiß. Aber mit diesem Geschwätz lebe ich jetzt seit vier Jahren, und mir ist es zwar egal, was die Leute von mir halten, aber Angela gegenüber ist es nicht fair. Sogar Zachary glaubt es, und er ist der verfluchte Dummkopf, der diese Gerüchte erst hat aufkommen lassen!«

»Das verstehe ich nicht.«

»Wie willst du das auch verstehen? Du hast dir schließlich verbeten, daß ich dir in meinen Briefen über die Vorgänge hier im Haus berichte.«

Bradford seufzte. »*Touché.* Tut mir leid.«

»Jetzt erkläre ich dir erst einmal die Sache mit Angela. Als William Sherrington vor vier Jahren starb, stand Angela vollkommen allein da. Ich habe ...«

»Einen Moment mal!« sagte Bradford sichtlich überrascht. »Sprichst du von diesem dürren kleinen Mädchen, dessen Vater dein Land bestellt hat?«

»Exakt. Ich kenne Angela von Geburt an. Ihre Mutter, Charissa, und ich waren von Kindheit an miteinander befreundet. Charissas Eltern, die Stewarts, waren mit unserer Familie befreundet, als wir noch in Springfield wohnten. Ich habe mich jedenfalls aufgrund der familiären Beziehungen für Angela verantwortlich gefühlt. Außerdem mochte ich das Mädchen. Kannst du das verstehen?«

»Aber gewiß doch«, log Bradford.

Er wußte alles über Charissa. Er erinnerte sich schmerzlich an die vielen Nächte, in denen sich seine Mutter an seiner Schulter ausgeweint hatte, weil es eine andere Frau in Jacobs Leben gab. Sie hielten sich für so klug, sein Vater und Charissa Stewart. Sie waren so sicher, daß niemand von ihrer Affäre wußte. Doch Samantha Maitland wußte es; sie hatte es von Anfang an gewußt. Sie sprach mit niemandem außer Bradford darüber. Ihm hatte sie ihre Schande und ihren Kummer eingestanden.

Anschließend hatte er seinen Vater noch lange Zeit gehaßt, und besonders verhaßt war ihm die Frau gewesen, die seiner Mutter soviel Herzeleid bereitet hatte. Ihretwegen war Jacob mit seiner gesamten Familie nach Alabama gezogen, nur um in ihrer Nähe zu sein. Aber endlich war Charissa Stewart, die inzwischen mit William Sherrington verheiratet war, verschwunden. Seine Mutter war wieder froh geworden. Und im Lauf der Jahre hatte Bradford seinem Vater verziehen.

Heute war es Bradford gleich, ob sein Vater ein Dutzend Frauen hatte, denn Samantha Maitland war tot. Aber Bradford konnte einfach nicht glauben, daß sich sein Vater die Tochter seiner alten Liebe zur Mätresse genommen hatte. Das war einfach unfaßbar.

Jacob sprach weiter. »Ich habe Angela vor vier Jahren in meinem Haus aufgenommen, nicht aus Nächstenliebe, sondern um ein gleichberechtigtes Mitglied der Familie aus ihr zu machen. Ich habe sie auf eine Schule geschickt. Sie konnte ihren eigenen Namen nicht schreiben. Heute ist sie eine intelligente junge Frau, die in diesem Jahr ihren Abschluß mit Auszeichnung bestanden hat. Ich würde Angela alles geben, was sie will, aber sie bittet mich um nichts. Den größten Teil ihres Lebens hat sie damit zugebracht, mit ihrem Vater die Farm zu bewirtschaften. Sie ist eine nette und liebe junge Frau, wenn auch manchmal ihr Temperament mit ihr durchgeht. Sie ist inzwischen einundzwanzig und recht hübsch.« Jacob lächelte mit Wärme. »Genaugenommen kenne ich sogar nur eine einzige Frau, die es an Schönheit mit ihr aufnehmen kann, und das ist ihre Mutter.«

»Ich nehme an, es gibt noch mehr zu erzählen«, sagte Bradford, der das Thema wechseln wollte.

»Es geht um Zachary und Crystal. Sie haben Angela von Anfang an nicht gemocht, und sie haben ihr das Leben nicht angenehm gemacht. Sie können sie nicht leiden, weil ich sie aufgenommen und wie eine Tochter behandelt habe. Ich wollte immer eine Tochter«, sagte Jacob versonnen, ehe er fortfuhr. »Dein alter Freund Robert hat sich übrigens in Angela verliebt – zumindest sagt er das – und will sie heiraten.«

»Wie schön für Robert.«

»Ich bin mir nicht so sicher, ob das eine gute Idee ist«, sagte Jacob eilig. »Ich habe versucht, es Robert auszureden, weil er – nun ja, der Junge scheint mir nicht das ausreichende Verantwortungsgefühl zu besitzen. Nein, ich glaube, es wäre nicht gut, wenn die beiden heiraten würden. Zachary ist völlig entsetzt von dieser Vorstellung, und ich bin sicher, daß er sein Bestes tun wird, dagegen zu arbeiten, falls Angela einwilligen sollte, Robert zu heiraten. Wie ich bereits sagte, hat Zachary das ganze Gerede mehr oder weniger ausgelöst. Jedesmal, wenn Angela von der Schule nach Hause kam, selbst an Weihnachten, ist er mit seiner Frau in die Stadt gezogen und hat damit den Eindruck vermittelt, daß er Crystal vor der Unmoral seines Vaters beschützen will. Er hat gesagt, er richte sich nur nach den Wünschen seiner Frau, die nicht bereit sei, mit Angela unter einem Dach zu wohnen, aber da bin ich mir nicht mehr so sicher. Nicht, seit ich erfahren mußte, daß er Angela wirklich für meine Mätresse hält.«

»Das ist allerdings eine verfahrene Situation«, bemerkte Bradford kopfschüttelnd. »Kannst du die Sache nicht durch eine Art öffentliche Meldung klarstellen?«

»Ganz gleich, was ich auch sagen würde – das Gerede würde weitergehen. Das weißt du auch.«

»Tja«, sagte Bradford mit einem verschmitzten Funkeln in den Augen, »wenn ich morgen abfahre, könnte ich Angela in die Stadt mitnehmen. Ein leidenschaftlicher Kuß in der Öffentlichkeit, wo es jeder sehen kann, und man sollte meinen, daß das Gerede sich in Zukunft in anderen Bahnen bewegt. Das wäre allerdings nicht gut für meinen Ruf. Ich bin nämlich verlobt, Vater. Candise Taylor wird auch keine schlechtere Ehefrau abgeben als eine andere.«

»Liebst du sie denn?«

»Nein. Nach der Liebe habe ich jetzt lange genug erfolglos Ausschau gehalten. Und falls ich mich irgendwann doch noch verlieben sollte, nehme ich an, daß es mir jederzeit möglich wäre, diese Frau zu meiner Mätresse zu machen.« Er verkniff es sich, zu sagen: »Wie der Vater, so der Sohn.«

»Das gefällt mir nicht, Bradford.«

Bradford zog die Augenbrauen hoch. »Was von beidem? Daß ich mir eine Mätresse halten würde oder daß ich Candise Taylor heiraten will?«

»Ich hatte gehofft, du würdest aus Liebe heiraten«, entgegnete Jacob betrübt. »Ich habe es nicht getan, und ich habe es immer bereut.«

Bradford spürte den Zorn vergangener Zeiten wieder in sich aufwallen. »Warum hast du Mutter dann geheiratet?« fragte er bitter.

»Weil mein Vater darauf bestanden hat«, antwortete Jacob. Schwere Erinnerungen drückten ihn nieder. »Er war ein Mann, dem es Genugtuung bereitet hat, das Leben anderer Menschen zu manipulieren, insbesondere meines. Ich hatte damals keine Bindung, und deshalb habe ich nachgegeben. Du mußt wissen, daß meine Ehe mit deiner Mutter keineswegs ideal war. Aus diesem Grund habe ich nie darauf beharrt, daß du heiratest.«

»Jetzt habe ich mich entschlossen, zu heiraten, und ich dachte, daß dir meine Wahl gefallen würde, aber du bist nicht wirklich glücklich darüber, oder?«

»Wenn es dich glücklich machen würde, würde es mich auch glücklich machen. Aber du hast bereits zugegeben, daß du Candise Taylor nicht liebst.«

Bradford seufzte. »Es gab außer Crystal noch ein Mädchen, das ich geliebt habe und mit dem ich glücklich geworden wäre, aber sie ist spurlos aus meinem Leben verschwunden. Ich habe die Hoffnung aufgegeben, sie jemals wiederzufinden, und trotzdem versuche ich es noch.« Er stand auf und ging im Zimmer auf und ab. »Ich kann doch nicht ewig warten.«

»Um Himmels willen, Bradford, du bist erst dreißig!«

»Ja, aber soll ich weiterhin auf das richtige Mädchen warten, wenn es aussieht, als würde ich es nie mehr finden? Candise ist sehr hübsch. Sie ist ruhig und schüchtern ... Wir sollten eigentlich recht gut miteinander auskommen. Wer weiß, vielleicht verliebe ich mich doch noch in sie.«

In diesem Moment klopfte es an der Tür, und als Jacob antwortete, trat Robert Lonsdale völlig aufgewühlt ein. Er schenkte Bradford, der die Hälfte seines Gesichtes schnell mit einer Hand bedeckt hatte, keinerlei Beachtung. Robert wandte sich an Jacob.

»Ich dachte, es würde Sie interessieren, daß sie mich zurückgewiesen hat, Sir.« Robert ging im Zimmer auf und ab.

»Wovon sprichst du, mein Junge?« fragte Jacob, obwohl die Antwort auf der Hand lag.

»Angela! Sie hat meinen Antrag ausgeschlagen. Sie hat gesagt, daß sie mich nicht liebt und daß sie einen anderen liebt. Ich möchte nicht respektlos erscheinen, Sir, aber dieser andere sind wohl Sie, oder etwa nicht? Sie ist in Sie verliebt, weil Sie so freundlich zu ihr waren.«

»Sei nicht albern, Robert«, entgegnete Jacob geduldig. »Angela ist für mich eine Tochter.«

»Wer außer Ihnen sollte es denn sein?«

»Wahrscheinlich jemand, den sie in der Schule kennengelernt hat.«

»Nun gut, ganz gleich, wen Angela zu lieben glaubt – ich gebe nicht auf!«

»Wenn Angela dir nicht zugetan ist, wäre das aber das Beste, was du tun kannst, Robert.«

»Sie müssen verzeihen, Sir, aber so leicht kann ich nicht aufgeben«, sagte Robert nachdrücklich. »Ich will keine andere Frau als Angela!«

»Weiß sie, wie sehr dich das aus der Fassung bringt?« fragte Jacob besorgt.

»Natürlich nicht! Das könnte ich ihr nie sagen.«

»Wo ist Angela jetzt?«

»Ich habe sie bei Susie Fletscher gelassen. Susie hat uns eingeladen, über Nacht dort zu bleiben. Ich war so außer mir, daß ich nicht bleiben konnte, doch Angela hat die Einladung angenommen. Ich nehme an, daß sie im Lauf des morgigen Nachmittags zurückkommt. Ich sage Ihnen eins, Sir: Ich werde Angela heiraten. Und deine Argumente will ich nicht mehr hören, Zachary. Selbst wenn wir die besten Freunde sind …«

Robert unterbrach sich, als Bradford sich endlich umdrehte und ihm ins Gesicht sah. Im ersten Augenblick erhellte sich Roberts Gesicht vor Freude, aber dann warf er Bradford einen finsteren Blick zu und verließ ohne ein weiteres Wort das Zimmer. Bradford lächelte, da es schien, als habe er es nicht etwa mit Abneigung von seiten seines alten Freundes, sondern mit verletztem Stolz zu tun

»Ich glaube nicht, daß er dich haßt oder dich jemals gehaßt hat, Bradford. Robert konnte nur wie alle deine früheren Freunde einfach nicht verstehen, warum du zur Union gegangen bist, um gegen den Süden zu kämpfen. Der Krieg hat viele Bande gebrochen, sowohl persönliche als auch in bezug auf unser Land. Die persönlichen Verluste mögen unheilbar sein, aber dem Land geht es besser als zuvor. Ich glaube, daß Robert jetzt nur verlegen war.«

»Ich hoffe, du hast recht, Vater«, sagte Bradford und lächelte halbherzig. »Aber aus unserem kleinen Plan wird nun wohl nichts. Ich reise morgen früh ab, und daher habe ich keine Gelegenheit, Angela zu sehen und sie in die Stadt mitzunehmen.«

»Kannst du nicht länger bleiben?« fragte Jacob und sah Bradford hoffnungsvoll an.

»In diesem Haus wird schon genug gehadert. Ich möchte nicht noch meinen Teil dazu beitragen. Ich werde nach Texas gehen, und darauf freue ich mich schon. Du weißt doch, daß unsere alte Ranch im Krieg zerstört worden ist, aber ich glaube kaum, daß es allzu lange dauert, dort alles wieder instandzusetzen. Bis ich meine Braut hole, soll alles fertig sein. Die geschäftlichen Angelegenheiten oben im Norden habe ich Jim McLaughlin übergeben, aber die Entscheidungen treffe immer noch ich, wenn du nichts dagegen hast.«

»Was kann ich noch sagen, wenn du es so haben willst? Doch, ja, ich will, daß du die Geschäfte weiterhin führst. Ich möchte nicht, daß du sie aus den Augen verlierst, denn nur zu bald wird ohnehin alles dir gehören. Ich wünschte trotzdem, du würdest ein bißchen länger bleiben – wenigstens für ein paar Tage.«

Bradford stand langsam auf und drückte seinem Vater die Hand. »Ich würde gern bei dir bleiben, ganz im Ernst, aber es ist besser, wenn ich Zachary gar nicht erst sehe. Und Crystal will ich ganz bestimmt nicht sehen. Wo sind die beiden überhaupt?«

»Zachary ist mit Crystal in die Stadt gefahren, um einen Einkaufsbummel mit ihr zu machen. Diese Frau liebt es über alles, mein Geld auszugeben. Die beiden sind wohl kaum vor dem Abend zurück.«

»Ich kann direkt froh sein, daß ich ihnen heute morgen nicht über den Weg gelaufen bin. Ich komme heute zum Abendessen zu dir rüber, Vater, und wir können uns auch heute nachmittag noch unterhalten. Aber im übrigen werde ich mich in meinem Zimmer aufhalten. Es tut mir leid, daß es nicht anders geht.«

23

Bradford verabschiedete sich von seinem Vater, der noch einmal versuchte, ihn zum Bleiben zu überreden. Doch Bradford ließ sich durch nichts dazu bewegen, länger in Golden Oaks zu bleiben, denn dann wäre eine Konfrontation mit Zachary unvermeidlich gewesen. Bradford mußte sich offen eingestehen, daß er nicht sicher war, wie er reagieren würde, wenn sie einander gegenüberstünden. Es schien ihm das Beste, es nicht herauszufinden.

Es war ein strahlender Sommermorgen mit wolkenlosem Himmel. Bradford schlenderte zu den Ställen.

»Ich bin soweit, Master Brad«, sagte Zeke, der neben der Kutsche stand.

»Ich habe mich entschlossen, auf einem der Hengste in die Stadt zu reiten, Zeke«, entgegnete Bradford heiter. »Du kannst mit dem Wagen hinterherfahren.«

»Wird gemacht.«

Es machte Spaß, endlich wieder einmal zu reiten. Das Reiten und die fortschreitende Genesung seines Vaters versetzten Bradford in gute Laune. Als er den Weg zur Stadt erreichte, ließ er Golden Oaks und seine Bewohner hinter sich und wandte seine Gedanken Texas zu. Zeke folgte ihm langsam.

Nach wenigen Meilen ritt Bradford langsamer weiter, als er den einsamen Reiter sah, der ihm in schnellem Tempo entgegenkam. Der Reiter war noch weit entfernt, und er konnte noch nicht genau sagen, ob auf der grauen Stute ein Junge oder ein Mädchen saß, denn der Reiter trug lange Hosen und ein weißes Rüschenhemd mit bauschigen Ärmeln. Doch schon bald sah er, daß die Haare die einer Frau waren, lange Locken, die wild im Wind wehten, und die Morgensonne verlieh dem braunen Haar einen rostroten Schimmer.

Mit solchem Haar, entschied Bradford, mußte der Reiter ein junges Mädchen sein. Als jedoch die Entfernung abnahm und er die wohlgeformten Rundungen ausmachen konnte, merkte er, daß es sich um eine ausgewachsene Frau handelte. Warum auf Erden trug sie Männerkleidung?

Schnell verringerte sich die Entfernung, die zwischen ihnen lag, und plötzlich erstrahlte sein Gesicht vor Freude und Ungläubigkeit. Als sie an ihm vorbeiritt, sah sie zu ihm hinüber, zog ihr Pferd abrupt an den Zügeln und fiel beinah aus dem Sattel. Sie drehte sich um und musterte ihn über die Schulter, und man konnte ihr ansehen, daß sie ebenso bestürzt war wie er. Doch dann, so plötzlich, daß er es kaum glauben konnte, grub sie dem Pferd ihre Fersen in die Seiten und schoß davon.

Bradford jagte hinter ihr her und holte sie innerhalb kürzester Zeit ein. Er griff nach ihren Zügeln und brachte beide Pferde zum Stehen.

»Du *bist* es!« rief Bradford. »Warum bist du nicht stehengeblieben?«

Ohne eine Antwort zu erwarten, sprang Bradford von seinem Pferd und zog sie von ihrer grauen Stute und in seine Arme. Er drückte sie an sich, sagte nichts mehr, zog ihren Körper dichter an sich, erinnerte sich daran, wie sie sich anfaßte und erinnerte sich an die zahllosen Nächte, in denen er von ihr geträumt hatte. Er hatte schon angefangen, zu glauben, es habe sie nie wirklich gegeben. Aber es gab sie, und sie war hier.

Es verging einige Zeit, bis er leise fragte: »Hat Jim McLaughlin dich hierhergebracht?«

»W-wer?« stammelte sie.

Er spürte ihre Furcht nicht. »Mein Rechtsanwalt. Ich habe ihm gesagt, wenn er dich finden würde, sollte er dich direkt zu mir bringen, ganz gleich, wo ich auch bin. Es hat wahrhaft lange genug gedauert, dich zu finden, Angel.«

Angela wurde schlagartig bewußt, daß er weder wußte, warum sie hier war, noch wer sie war. Die Erleichterung machte sie ganz benommen. Aber warum war er so glücklich, sie zu sehen? In jenem Sommer hatte er es versäumt, sie abzuholen.

»Warum hast du dir die Mühe gemacht, nach mir zu suchen? Du hast mir klar zu verstehen gegeben, daß du auf deine Kosten gekommen bist und nichts mehr mit mir zu tun haben willst«, sagte Angela bitter.

»Wovon sprichst du?« Bradford war schockiert. »*Du* warst verschwunden.«

»Das ist nicht wahr. Ich habe noch eine Woche nach Beginn der Sommerferien auf dich gewartet, aber du bist nie gekommen.«

Er zog sie wieder an sich und umschlang sie fest.

»Himmel, Angel, was haben wir bloß an Mißverständnissen angerichtet! Ich dachte, du seist davongelaufen. Als die Blumen, die ich dir geschickt habe, zurückkamen, bin ich nach South Hadley gefahren, um nachzusehen, was passiert ist. Ich bin in deine Schule gegangen, aber dort gab es keine Angela Smith.«

»Ich ...«

O Gott, was sollte sie bloß sagen? *Natürlich gab es dort keine Angela Smith. Angela Smith existierte nicht.*

»Was ist los, Angel? Sag mir, wie es gekommen ist, daß wir soviel Zeit getrennt voneinander vergeudet haben.«

Zeke kam näher und hielt die Kutsche neben ihnen an, ehe Angela eingefallen war, was sie darauf hätte sagen können.

»Missy Angela, warum sind Sie so angezogen? Was ist dem hübschen roten Kleid passiert, das Sie gestern getragen haben?«

Angela trat vorsichtshalber zurück, als Bradford von ihr zu Zeke und dann ganz langsam wieder zu ihr schaute. Verstehen zeichnete sich auf seinem Gesicht ab, und seine Augen wurden heller und heller, bis sie wie Feuerstrahlen durch sie hindurch zu dringen schienen.

Angela geriet in Panik. Sie wandte sich eilig an Zeke und suchte krampfhaft nach etwas, womit sie Bradfords wachsenden Zorn beschwichtigen konnte.

»Jemand hat sich letzte Nacht, während ich geschlafen habe, mit einer Schere an meinem Kleid zu schaffen gemacht, Zeke. Wahrscheinlich war es einer der Dienstboten der Fletschers, aber nur um das herauszufinden, wollte ich nicht länger dort bleiben. Susies Kleider waren mir zu klein, und daher hat ihr Bruder Joel mir etwas geliehen. Sag niemandem etwas davon, Zeke. Jacob würde nur außer sich geraten und ...«

»Auf jetzt, Angels Sherrington!« Bradfords Stimme schnitt ihr Plappern ab. »Du wartest hier, Zeke. Und *du*!« Er grub seine Finger in ihren Arm. »Du kommst mit!«

Bradford zog sie hinter sich her in die Wälder neben dem Weg, und Zeke blieb zurück; auf seinem Gesicht spiegelte sich deutlich Bestürzung. Als sie weit außer Sicht- und Hörweite waren, blieb Bradford stehen und riß sie herum.

»Warum?« wütete Bradford. Seine Augen schossen Flammen. »Warum, zum Teufel, bist du mir an jenem Tag zu Maudie gefolgt und hast mir dann nicht gesagt, wer du bist?«

»Du – du hast mich nicht erkannt. Du hast gedacht, ich sei …«

»Zum Teufel damit, was ich gedacht habe!« brauste er auf. »Was hätte ich denn denken sollen? Du wußtest also von Anfang an, wer ich war?«

»Ja.«

»Warum hast du mich dann für dich bezahlen, mich mit dir schlafen und dir deine gepriesene Unschuld von mir nehmen lassen? Warum?«

»Bradford, du tust mir weh.« Angela versuchte, sich seinem Griff zu entwinden, aber daraufhin packte er nur fester zu, und sie schrie vor Schmerz auf.

»Ich habe Tausende dafür ausgegeben, daß man dich sucht, und während all der Zeit hast du sicher in deiner Schule gesessen. Du warst doch die ganze Zeit dort, oder nicht? Kein Wunder, daß dort keine Aufzeichnungen über eine Angela Smith zu finden waren. Warum hast du mich belogen? Warum, zum Teufel, konntest du mir nicht einfach sagen, wer du bist?«

»Hör auf, Bradford! Du würdest es niemals verstehen!« rief Angela aus, und über ihre Wangen strömten Tränen.

»Dann sag mir eins!« legte er wütend wieder los. »Du hast gewußt, daß ich dich will. Ich hätte dir alles gegeben, was du dir nur hättest wünschen können, aber langsam verstehe ich, daß mich mein Vater in dieser Hinsicht geschlagen hat.« Er stieß sie voller Abscheu von sich. »Das ist es doch, oder? Du hast deinen Spaß mit dem Vater und dem Sohn gehabt, nicht wahr?«

»Das stimmt alles überhaupt nicht«, sagte Angela gebrochen.

»Verdammt noch mal, ich will die Wahrheit wissen! Du hast dich von mir lieben lassen, und ich muß wissen, warum!«

»Ich – ich kann es dir nicht sagen.«

»Du wirst es mir sagen! Bist du eine Hure? Wie viele andere Männer hat es seit mir gegeben?«

»Keinen ... O Gott, es hat keinen anderen gegeben!« Inzwischen schluchzte sie.

»Warum dann mich?«

»Du – du haßt mich jetzt, Bradford, und deshalb kann ich dir nicht sagen, warum. Ich kann es einfach nicht!«

Sie wand sich frei und lief davon. Sie stolperte durch Gebüsch und Geäst, bis sie den Weg erreichte. Haltlos schluchzend stieg sie auf ihr Pferd und ritt in Richtung Golden Oaks. Gütiger Gott, jetzt haßte er sie, wie sie es immer befürchtet hatte.

24

Angela verbrachte den Rest des Tages in ihrem Zimmer und weinte bitterlich.

Es war unsinnig, darüber nachzudenken, was hätte sein können. Er haßte sie. Ihre Weigerung, ihm eine Erklärung abzugeben, hatte ihn nur noch zorniger gemacht. Aber wie hätte sie ihm sagen können, daß sie ihn liebte, wenn er nur das Schlimmste von ihr annahm? Wie hätte sie ihm sagen können, daß das der Grund war, aus dem sie mit ihm geschlafen hatte? Er hätte ihr niemals geglaubt. Er hätte sie ausgelacht, wenn sie ihm die schlichte Wahrheit gesagt hätte.

Jacob suchte sie im Lauf des Nachmittags auf, da sie zu Hannah gesagt hatte, sie fühle sich nicht wohl. Er erzählte ihr von Bradfords Besuch und klagte, daß er seinen Sohn nicht überreden könne, länger zu bleiben.

Sie fragte sich, ob das nicht das Beste sei. Die Vorstellung, Bradford noch einmal sehen zu müssen, hatte sie erschreckt. Jetzt war er also auf dem Weg nach Texas.

Gegen Abend trat Eulalia in ihr Zimmer und schwatzte munter drauflos. »Mein Gott, das ganze Haus steht auf dem Kopf. Dieses Tohuwabohu, weil Master Brad gestern abend zu Besuch war. Die anderen drehen alle durch, weil er hier war und sie nichts davon gewußt haben. Er kommt und geht, einfach so.« Eulalia kicherte vor sich hin, während sie ein grünes Taftkleid mit goldbestickten Besätzen am hochgeschlossenen Kragen und den Säumen bereitlegte.

»Ich brauche das Kleid nicht. Ich gehe heute nicht zum Abendessen runter.«

»Doch, Sie gehen runter. Das ist der erste Abend, an dem Master Jacob wieder am Kopfende sitzt, und Sie sollten selbst wissen, daß Sie heute anwesend sein müssen.«

»Ja, natürlich. Ich habe gar nicht mehr daran gedacht«, sagte Angela seufzend. Sie überließ Eulalia alles Weitere.

Sie kam sehr gut mit Eulalia aus, wenn man bedachte, daß die beiden sich unentwegt miteinander stritten. Eulalia war fest überzeugt, daß sie genau wußte, was das Beste für Angela war. Eulalia hatte meistens recht, aber das hätte Angela ihr gegenüber nicht zugeben können, ohne den ewigen Kleinkrieg zu gefährden, den sie beide so sehr genossen.

Eine Weile später ging Angela die Treppe hinunter und trat ins Eßzimmer. Crystal und Zachary saßen bereits dort. Kurz darauf kam Robert dazu, aber Jacob fehlte noch.

»Du hast dir reichlich Zeit gelassen, bevor du runtergekommen bist, Angela«, sagte Crystal ungeduldig

»Es reicht, Crystal«, sagte Zachary. »Vater ist noch gar nicht da. Du kannst Angela nicht vorwerfen, sie hätte uns aufgehalten. Denk bitte daran, worüber wir uns unterhalten haben.«

»Hast du vergessen, was ich dir gesagt habe, Zachary Maitland?« fragte Crystal trotzig. »Die Drohungen deines Vaters bringen mich noch lange nicht dahin, zu heucheln.«

»Vater spricht keine leichtfertigen Drohungen aus, Crystal«, entgegnete Zachary. »Du solltest daher meinen Rat befolgen und deine Zunge im Zaum halten, wenn du dir nicht selbst ins Fleisch schneiden willst.«

»Wag es nicht, mir zu drohen!« fauchte Crystal, und ihre blauen Augen wurden eisig. »Ich sage, was ich will, und ich sage es, wann ich will – auch wenn es um die da geht!«

Robert schlug mit der Faust auf den Tisch. »Ihr haltet jetzt alle beide den Mund! Und hört auf, über Angela zu reden, als ob sie gar nicht da sei!« rief er.

»Bitte schrei nicht so, Robert«, bat ihn Zachary. »Das geht dich nun wirklich nichts an.«

»Ich möchte heute abend nicht noch weitere Zankereien auslösen«, sagte Angela seufzend. Sie sah Crystal direkt an und sagte mit fester Stimme: »Unsere Standpunkte sind allgemein bekannt, aber heute ist Jacob zum ersten Mal wieder aufgestanden, und deshalb sollte dieser Abend erfreulich für ihn verlaufen.«

»Habe ich gerade meinen Namen gehört?« Jacob trat strahlend ein.

»Wir haben uns gerade über deine Gesundheit unterhalten, Jacob«, bemerkte Angela eilig. »Du hättest dich wirklich nach dem Vorschlag des Arztes richten und noch einen Tag lang im Bett bleiben sollen.«

»Unsinn, mir geht es gut«, erwiderte Jacob. »Glücklicher könnte ich gar nicht sein.«

»Was hat dein Glück mit deiner Gesundheit zu tun?« fragte Crystal gelangweilt.

»Alles«, sagte Jacob fröhlich.

»Hat dich Bradfords Besuch glücklich gemacht?« fragte Zachary sarkastisch.

»Ja, so könnte man es sagen.«

»Hat ... hat er etwas über mich gesagt?« wagte sich Zachary schüchtern vor. »Hat er gesagt, was er heute darüber denkt?«

»Warum fragst du ihn nicht selbst?«

Mehrere der Anwesenden schnappten überrascht nach Luft, als Bradford in der Türöffnung erschien; ein heiteres Lächeln spielte um seine Lippen. Er war sehr ruhig, und seine Augen waren von einem hellen Goldbraun. Ganz unverhohlen musterte er der Reihe nach alle Anwesenden. Zachary war totenbleich geworden. Crystal siedete vor Wut. Robert schlug die Augen nieder und wich Bradfords Blicken aus. Jacob war der einzige, der glücklich war, seinen ältesten Sohn zu sehen.

Die Dienstmädchen servierten jetzt das Essen, und Bradford setzte sich dem Kopfende des Tisches gegenüber, ohne ein weiteres Wort zu sagen. Das Schweigen dauerte an, bis Crystal voller Nervosität auf den bevorstehenden Ball zu sprechen kam. Jacob drückte seine Zustimmung aus und ließ den Frauen bei der Vorbereitung freie Hand. Crystal redete während der gesamten Mahlzeit darüber, was alles vorbereitet werden mußte. Sie wirkte äußerst angespannt und wiederholte sich mehrfach. Als das Dessert serviert wurde, war das Thema restlos erschöpft.

Bradford sprach während der Mahlzeit nicht. Gelegentlich warf ihm Angela furchtsam verstohlene Blicke zu. Meistens fand sie seinen Blick kühl auf Zachary und Crystal gerichtet. Die beiden mieden Bradfords Blicke, und keiner von beiden richtete auch nur ein Wort an ihn. Auch Robert war ungewöhnlich schweigsam, doch er beobachtete die anderen mit einem amüsierten Grinsen und wartete ab.

»Nun, Robert«, sagte Bradford schließlich und wandte seinem alten Freund die gesamte Aufmerksamkeit zu, »hast du nichts zu sagen? Noch nicht einmal ein schlichtes ›Der Teufel soll dich holen‹?«

»Bradford!« rief Jacob aus.

»Ich versuche nur, die Luft zu reinigen, Vater, und irgendwo muß ich anfangen«, erklärte Bradford. »Ich bin sicher, daß die Damen meine Ausdrucksweise entschuldigen werden.«

»Ich bin froh, daß du wieder da bist, Bradford«, setzte Robert mit breitem Grinsen an. »Ich hatte lange Gewissensbisse, weil ich dich mißverstanden habe. Wenn du es mir gestattest, würde ich mich gern für alle Beschimpfungen entschuldigen, mit denen ich dich bedacht habe, als du gar nicht hier warst und dich nicht verteidigen konntest.«

Bradford lachte. »Ich kann mir gut vorstellen, mit welchen Namen du mich bedacht hast. Ist inzwischen wenigstens ›Verräter‹ von deiner Liste gestrichen?«

»Ja«, sagte Robert grinsend. »Du hast dich lediglich hinter deine Überzeugungen gestellt. Was sonst könnte ein Mann auch tun?«

»Eben. Und dennoch gibt es Männer, die nicht soweit gehen«, sagte Bradford versonnen schmunzelnd und starrte auf das Tischtuch. Dann hob er seinen Blick erneut und lächelte. »Du hast dich nicht im geringsten verändert, Robert. Ich sehe, daß dieses alte Haus bei dir immer noch mehr Anklang als dein eigenes Zuhause findet. Aber inzwischen gehörst du wohl zur Familie?«

Robert räusperte sich. »Ich denke, schon.«

Bradford lachte über die zögernde Antwort. Dann wandte er seine Aufmerksamkeit Zachary zu, und sein Lachen verflog augenblicklich.

»Hast du nichts zu sagen, Bruder?«

»Ich liebe sie, Bradford«, erwiderte Zachary mit rauher Stimme. »Was soll ich sonst noch sagen?«

»Natürlich. In der Liebe und im Krieg ist alles erlaubt, was? fragte Bradford mit eisiger Stimme und verkniffenen Lippen. »Und wie steht es mit dir, Crystal? Kein Wort der Begrüßung für den Mann, von dem anzunehmen war, du würdest ihn heiraten?«

»Natürlich, Bradford. Was soll das alles? Guten Tag«, sagte Crystal mit einem reizenden Lächeln, das schnell verflog.

»Soweit die Begrüßung«, kommentierte Bradford trocken. Er sah Angela an, und seine Augen nahmen wieder ihr gewohntes Goldbraun an. »Du hast dich allerdings verändert und bist nicht mehr das dürre Kind, das ich vor sieben Jahren getroffen habe, Angel.«

»Sie heißt Angela«, fauchte Crystal.

»Ja, ich weiß«, entgegnete Bradford wendig, ohne Crystal anzusehen.

Angela wäre am liebsten aus dem Zimmer gerannt, aber das hätte Jacob nicht verstanden. Sie bekam Hitzewallungen vor Nervosität. Sie zog die goldene Münze aus ihrem Ausschnitt heraus, schloß ihre Hand fest darum und betete um den Mut, den ihr diese Münze einst gegeben hatte. Was wollte Bradford mit diesem Spiel bezwecken? Warum war er hier und nicht auf dem Weg nach Texas? Und warum, um Himmels willen, stand sie solche Todesängste aus?

»Ein ungewöhnliches Schmuckstück«, fuhr Bradford in seinem Spiel fort und ließ sie keine Sekunde aus den Augen. »Ich habe einmal eine schöne junge Frau getroffen, die eine ebensolche Kette trug. Wo hast du diese Münze her, Angel?«

Eulalia, die stumm das Geschirr abräumte, kicherte über Bradfords mutwilligen Gebrauch des Namens Angel, doch die übrigen Anwesenden waren deutlich verärgert, Jacob inbegriffen.

»Ein Mann auf einem schwarzen Pferd hat mir die Münze gegeben, als ich elf Jahre alt war«, antwortete Angela zögernd. »Er … er hatte mein Kleid mit Schlamm bespritzt und mir die Münze gegeben, damit ich mir ein neues kaufe.«

»Das muß ein zauberhafter Anblick gewesen sein«, bemerkte Crystal.

Bradford ließ Crystals Bemerkung unbeachtet und fuhr fort. »Du hast die Münze also behalten, statt dir ein neues Kleid zu kaufen? Warum?«

»Spielt der Grund eine Rolle?« fragte Angela ausweichend. »Ich habe mir in diesem Alter einfach nichts aus Kleidern gemacht.«

»Du hast die Münze aber auch nie für etwas anderes ausgegeben«, drängte Bradford. »Warum nicht?«

Angela kam es vor, als rückten die Wände um sie herum zusammen. Sie stand auf. Sie konnte einfach nicht mehr.

»Dürfte ich mich entschuldigen, Jacob? Mir geht es heute nicht besonders gut.«

»Natürlich, meine Liebe. Soll ich Dr. Scarron holen lassen?« fragte er besorgt.

»Nein, nein, morgen früh geht es mir sicher wieder besser.«

Sie ging eilig aus dem Zimmer, ohne auch nur gute Nacht zu sagen, und rannte die Treppe hinauf. Sie warf sich auf ihr Bett und ließ den Tränen freien Lauf, die sie den ganzen Abend über zurückgehalten hatte.

Warum, um alles auf der Welt, war Bradford zurückgekehrt? Er hatte nur alles viel schlimmer gemacht.

25

Angela hatte sich lange gefragt, warum Bradford nie mehr nach Hause gekommen war. Jetzt wußte sie es – er liebte Crystal. Er hatte sie schon vor dem Krieg geliebt, und er liebte sie immer noch. Er war in die Frau seines Bruders verliebt!

Angela stand auf und lief im Zimmer auf und ab, während sie darauf wartete, daß Eulalia mit der Küchenarbeit fertig war und heraufkam, um ihr aus dem Kleid zu helfen. Doch es bestand kein Anlaß zur Eile. Angela würde heute nacht keine Ruhe finden.

Würde er in dem Zimmer ihr gegenüber schlafen? Würde er Jacob alles erzählen?

Allmählich gewann der Zorn die Oberhand. Er hatte nicht das Recht, so grausam zu ihr zu sein.

Als Eulalia endlich kam, ging Angela immer noch auf und ab.

»'schuldigung, daß ich spät bin, Missy. Sie warten schon lange?«

»Ja!« fauchte Angela, aber darauf achtete Eulalia nicht weiter.

»Ich habe Tilda beim Abwasch geholfen. Ich kann doch nicht

wissen, daß heute alle früh in ihre Zimmer gehen«, sagte Eulalia und fing an, Angelas Kleid aufzuschnüren.

»Alle?«

»Bis auf Master Jacob und Master Brad. Die sitzen im Arbeitszimmer, trinken und reden über Geschäfte.«

O Gott, stöhnte Angela in sich hinein. Er würde es Jacob erzählen. Sie wußte es einfach!

Angela strengte sich an, ihre angespannten Nerven zu beruhigen.

»Könntest du mir noch mal Wasser für ein Bad raufbringen, Eulalia? Es war heiß heute.«

Eulalia kicherte vielsagend. »Tilda hat das Wasser schon aufgesetzt. Sie waren nicht die einzige, die heute abend Grund gehabt hat, zu schwitzen, Missy«, bemerkte sie und hastete aus dem Zimmer.

Eine Stunde später stieg Angela in die große Wanne mit dem nach Rosen duftenden Wasser und versuchte, sich zu entspannen. Sie bemühte sich, an nichts zu denken und nur der fröhlichen Melodie zu lauschen, die Eulalia summte, während sie Angelas Nachthemd bereitlegte und die Bettdecke zurückschlug. Doch dann öffnete sich die Tür, und beide zuckten verblüfft zusammen.

»Das ist das falsche Zimmer, Master Brad!« quietschte Eulalia überrascht, ehe sie sich vor die Badewanne stellte, um Angela vor Bradfords Blicken zu verbergen.

»Wie heißt du, Mädchen?« fragte er. Er blieb in der Tür stehen.

»Eulalia.«

»Nun, Eulalia, warum haust du nicht schleunigst ab?«

»Sie können doch nicht einfach reinkommen! Master Jacob wird einen Anfall kriegen!«

»Er wird nichts davon erfahren, Eulalia«, sagte Bradford gelassen. »Mein Vater würde sich nur aufregen, und das wünsche ich nicht.«

Eulalia drehte sich zu Angela um. »Missy, warum schreien Sie nicht oder tun sonstwas, damit er weggeht?«

»Auch das noch!« rief Bradford ungeduldig aus und trat ins Zimmer. Er nahm Eulalias Ellbogen und zog sie mit festem Griff zur Tür.

»Es ist alles in Ordnung, Eulalia. Mach dir keine Sorgen. Er will nur mit mir reden«, rief Angela, ehe Bradford die Tür zumachte und sie von innen verschloß.

Angela ließ sich tiefer in die Wanne sinken. In ihrer Magengrube ballte sich die Angst, aber gleichzeitig war sie wütend. Wie konnte er es wagen, sie zu kompromittieren, indem er in ihr Zimmer kam?

»Was willst du, Bradford?«

Während er antwortete, trat er hinter sie. »Ich will mit dir reden. Wobei du das Reden weitgehend übernehmen wirst.«

»Das kann ich nicht. Ich habe es dir doch schon gesagt. Geh jetzt aus meinem Zimmer, ehe ich Eulalias Rat befolge und schreie!«

»Du wirst nicht schreien, sondern reden, Angel«, sagte er zärtlich und ließ einen Finger sachte über ihren Hals gleiten.

Gänsehaut breitete sich auf ihren Armen und ihrem Rücken aus. »Nicht, Bradford, bitte nicht!« rief sie, sowie ihr wieder in Erinnerung kam, was seine Berührung bei ihr auslöste. Angela schmolz dahin, und nichts als ihre Furcht blieb zurück. Sie fürchtete sich nicht vor seinem Zorn, sondern vor der seltsamen Macht, die er über ihren Körper hatte.

»Warum? In Springfield hast du auch nichts gegen meine Berührungen einzuwenden gehabt«, erinnerte er sie.

»Das war etwas anderes. Damals wußtest du nicht, wer ich bin«, antwortete sie nervös.

»Wieso, zum Teufel, macht das einen Unterschied?« fragte er.

»Bradford, bitte! Laß mich erst aus der Badewanne steigen und mich anziehen. Dann können wir uns unterhalten.«

»Nein! Und erzähl mir bloß nicht, daß du dich deiner Nacktheit schämst. Ich glaube dir nämlich kein Wort«, sagte er hart.

»Warum bist du zurückgekommen?« rief Angela verzweifelt aus.

»Deinetwegen«, antwortete er schlicht und stellte sich seitlich neben die Wanne. »Nimmst du diese Halskette nie ab?« fragte er und hob die goldene Kette über das Wasser.

»Nein!« fauchte sie und riß sie ihm aus der Hand.

»Warum hast du die Münze behalten, Angela?«

»Das geht dich nichts an, Bradford, und außerdem spielt das keine Rolle«, antwortete sie.

»Es spielt eine Rolle, weil ich dir diese Münze gegeben habe.« Er belächelte ihr Staunen. »Als du erklärt hast, wie du zu dieser Münze gekommen bist, habe ich mich daran erinnert. Hast du geglaubt, ich würde mich nicht daran erinnern?«

»Es ist zehn Jahre her«, sagte sie und schlug die Augen nieder. »Ich habe nicht erwartet, daß du dich noch daran erinnerst.«

»Und meine Weste, hast du die auch noch?« fragte Bradford mit ironischem Stirnrunzeln.

»Sie liegt in der obersten Kommodenschublade, falls du sie wiederhaben willst«, erwiderte sie unwillig.

»Ich will die Weste nicht haben, Angel. Ich will ein paar Antworten.«

Er beugte sich herunter, hob sie aus der Wanne und trug sie schnell zu ihrem Bett. Er fing an, sich auszuziehen, und Angela griff nach einem Nachthemd, um ihre Blöße zu bedecken.

»Tu das nicht, Bradford!« flehte sie ihn ernstlich an. »Bitte, tu es nicht!«

»Wieso nicht? In unserem kleinen Unterschlupf hast du dich recht willig gezeigt. Ich wollte dich damals, und ich will dich jetzt.«

»So nicht!« rief sie. »Nicht im Zorn!«

»Ich habe deinen Zorn schon einmal geschmolzen, erinnerst du dich?« fragte er unwirsch und ließ sich auf sie fallen. Er zog das störende Nachthemd zwischen ihnen heraus. »Jetzt wirst du versuchen, meinen Zorn zu schmelzen.«

Angela war zwischen Begehren und Verzweiflung hin und her gerissen, und sie ließ ihren Tränen freien Lauf. Sein Körper drückte sich dicht auf den ihren.

»Sag mir, warum du es getan hast, Angela. Warum hast du dich mir dieses erste Mal gegeben?« fragte er zärtlich flüsternd, und seine Finger beschrieben Kreise um ihre straffen Brüste.

»Warum mußt du mich derart quälen?« Die Augen, die sie öffnete, um ihn anzusehen, waren schillernde violettblaue Tümpel. »Reicht es denn nicht, daß du mich jetzt haßt?«

»Ich hasse dich nicht, Angel«, sagte er liebevoll. »Ich gebe zu, daß ich heute morgen wütend war, aber das bedeutet keineswegs, daß ich dich hasse. Ich will nur wissen, warum du es getan hast. Du hast mir deine Jungfräulichkeit gegeben, und ich möchte wissen, warum. Ich glaube, daß du mich zu einem Zweck mißbraucht hast, von dem du mir nichts erzählen willst.«

»Du lügst nur, damit ich dir sage, was du wissen willst! Aber ich kann es nicht, Bradford«, sagte sie mit jämmerlicher Stimme. »Ich kann es nicht, weil du mir niemals glauben würdest.«

»Was muß ich noch tun?« brummte er zornig. Er verlor die Geduld mit ihr. »Muß ich es aus dir herausprügeln?«

Angela riß die Augen auf. »Na gut!« schluchzte sie. »Ich liebe dich, verdammt noch mal, ich liebe dich!«

Bradfords leises Lachen streifte ihr Ohr. »Das habe ich vermutet, Angel, aber ich mußte es von dir selbst hören.«

26

Angela erwachte ruckartig. Sie rechnete damit, Bradford neben sich im Bett zu finden, aber sie war allein. War alles nur ein Traum gewesen?

Es war zu schön, um wahr zu sein. Sie erinnerte sich ganz genau an alles, daran, wie sie Bradford gesagt hatte, daß sie ihn liebte, und daran, sein glückliches Lachen zu hören, als er es hörte. Dann liebte er sie so zartfühlend wie beim ersten Mal. Anschließend hatten sie sich unterhalten. Sie hatte ihm alles erklärt, ihm erzählt, wie sich ein elfjähriges Mädchen verliebt hatte und wie diese Liebe im Lauf der Jahre stärker geworden war. Sie erzählte ihm, was sie an jenem Tag in Springfield empfunden hatte, wie sehr sie sich einen Tag des Glücks gewünscht hatte, koste es, was es wolle. Er lauschte ihr gebannt und stellte nur wenige Zwischenfragen.

Dann hatte er ihr erzählt, wie sehr er sie gesucht hatte, ihr von seinen zahllosen Reisen durchs Land berichtet. Er sagte, er habe ständig an sie gedacht, von ihr geträumt und auf den Tag gehofft, an dem er sie wiederfinden und sie zu der Seinen machen könnte.

»Jetzt habe ich dich gefunden, und ich lasse dich nie mehr gehen, Angel«, hatte Bradford gesagt, Worte, die sie zur glücklichsten Frau auf Erden gemacht hatten. Dann liebten sie sich wieder, diesmal freudig und leidenschaftlich.

Sie redeten die ganze Nacht, erfuhren viel voneinander und trauerten um die Zeit, die sie verloren hatten. Dann schlief Angela in Bradfords Armen ein. Oder sollte sie die ganze Zeit geschlafen haben? Konnte wirklich alles so geschehen sein, wie sie es in Erinnerung hatte?

»Missy, daß Sie so lange schlafen, habe ich noch nie erlebt«, sagte Hannah, als sie in das verdunkelte Zimmer trat.

»Meine Güte! Warum ist Eulalia heute morgen nicht gekommen und hat mich geweckt?« fragte Angela mit weit aufgerissenen Augen.

»Es ist gleich eins, und die anderen haben schon zu Mittag gegessen«, sagte Hannah und kicherte fröhlich. »Master Bradford ist gekommen und hat Eulalia weggejagt – und mich hat er auch weggejagt. Er hat gesagt, daß er Sie letzte Nacht lange wachgehalten hat, um über alte Zeiten zu reden. Und daß Sie schlafen sollen, bis Sie von allein aufwachen.«

»Hat er das wirklich gesagt?« fragte Angela aufgeregt.

»Ja, genau so hat er es gesagt.«

»O Hannah, ich liebe dich!« rief Angela und schlang der älteren Frau die Arme um den Hals.

»Ich liebe Sie auch, mein Kind, das weißt du doch. Ich sehe, daß Sie so glücklich wie ein neugeborener Säugling sind. Das ist gut so, sehr gut ist das. Mit der Zeit werden Ihre Wünsche wahr.«

»Sie sind wahr geworden, Hannah, und wie wahr sie geworden sind! Wo ist Bradford jetzt? Ist er unten?«

»Er sitzt im Eßzimmer und trinkt Kaffee«, entgegnete Hannah und öffnete die Vorhänge, um das Tageslicht einzulassen. »Er wartet auf Sie, um Ihnen beim Essen Gesellschaft zu leisten.«

»Warum hast du das nicht gleich gesagt?« rief Angela und stürzte auf ihren enormen Kleiderschrank zu. Sie wählte ein cremefarbenes glänzendes Baumwollkleid aus.

»Keine Hast, mein Kind. Dieser Mann läuft nicht davon.« Hannah lachte wieder.

Angela trug die Goldmünze zur Abwechslung über ihrem Kleid, und sie steckte sich ein paar baumelnde goldene Ohrringe, die dazu paßten, an. Sie hatte nicht vor, weitere Zeit damit zu vergeuden, ihr Haar aufzustecken, und daher band sie es nur mit einem Samtband zurück und ließ ihre rostroten Locken wellig über den Rücken hängen.

Angela lief eilig die Treppe hinunter und besann sich erst wieder auf einen gesetzten Gang, als sie vor der Tür des Eßzimmers stand. Sie öffnete die Tür und blieb atemlos stehen. Bradfords warmes Lächeln machte sie schwach. Er stand auf und ging auf sie zu. Dann zog er sie in seine Arme und küßte sie. Er drückte sie dichter an sich und benahm ihr den Atem mit seinen kräftigen Armen. Dann lösten sich seine Lippen von den ihren, und er lockerte seinen Griff. Aber er gab sie nicht gänzlich frei.

»Ich habe dich doch wahrhaftig jetzt schon vermißt, Angel«, sagte Bradford lachend. Er hielt sie mit einem Arm fest und bog ihren Kopf zurück, um ihr ins Gesicht zu sehen. Dann küßte er sie wieder, doch diesmal zarter als zuvor. »Ich muß feststellen, daß ich jede Minute mit dir verbringen will. Es war mir zuwider, heute morgen von dir fortzugehen, aber ich dachte, es wäre dir unangenehm, wenn man mich in deinem Zimmer gefunden hätte.«

»Hannah hätte es verstanden. Sie hat immer gewußt, was ich für dich empfunden habe.«

Angela erinnerte sich daran, wie oft sie Hannah nach Bradford gefragt hatte. Jetzt verstand sie, warum die ältere Frau nie über ihn reden wollte. Sie hatte gewußt, daß Angela ihn liebte und daß er mit Crystal verlobt war. Die gute Hannah.

»Dagegen Eulalia«, fuhr Angela lächelnd fort, »wäre wahrscheinlich recht schockiert gewesen.«

»Vielleicht wird dieses dreiste Mädchen in die andere Richtung schauen, wenn sie mich in deinem Zimmer findet, nachdem ich publik gemacht habe, daß wir heiraten.«

»Heiraten?« keuchte Angela. Bradford heiraten!

»Um Himmels willen, Angela, sieh mich nicht so überrascht an!« Bradford grinste. »Was hast du denn geglaubt, als ich dir gesagt habe, daß ich dich nie mehr gehen lasse?«

»Ich – ich hätte nicht gedacht, daß du mich heiraten willst«, stammelte sie.

»Und warum nicht? Ich will dich doch nicht geheimhalten, Angel.«

»Ich dachte nur, daß du Crystal immer noch liebst. So, wie du gestern beim Abendessen mit ihr gesprochen hast, war ich ganz sicher.«

Bradford seufzte, doch seine Augen leuchteten in einem warmen Gold, als sie zärtlich über ihr Gesicht glitten. »Ich habe Crystal geliebt, aber das ist lange her, Angela. Sie hat diese Liebe zerstört, als sie meinen Bruder geheiratet hat. Crystal war ein Teil meiner Jugend, und ich habe lange gebraucht, um über sie hinwegzukommen. Aber du bist meine Zukunft, und ich will dich für den Rest deines Lebens lieben und dich glücklich machen. Erlaubst du mir das? Wirst du mich heiraten, damit alle Welt weiß, daß du mein bist?«

»O Bradford, ja! Ja!« rief sie aus, und in ihren Augen brannten Freudentränen, als sie sich ihm an den Hals warf und ihn dicht an sich drückte.

»Dann werde ich heute beim Abendessen bekanntgeben, daß wir beide heiraten werden. Es wird keine lange Verlobungszeit geben, meine Schönheit. Ein oder zwei Wochen reichen aus.«

»Nein!« sagte sie scharf und überraschte ihn mit dieser plötzlichen Schärfe.

»Um so besser, dann heiraten wir eben gleich morgen«, sagte Bradford grinsend. »Vater wird allerdings enttäuscht sein, daß er keine Zeit hat, eine große Hochzeit vorzubereiten.«

»Nein, Bradford, so habe ich es nicht gemeint. Ganz im Gegenteil. Wir können es vorläufig niemandem sagen.«

»Warum, um Himmels willen, nicht?« fragte er bestürzt. Dann hellten sich seine Augen gefährlich auf, und seine Finger gruben sich automatisch fester in ihre Taille. »Du hast mich doch nicht etwa gestern nacht belogen?«

»Nein, Bradford, nein!« versicherte sie ihm schnell, und sie konnte erleichtert feststellen, daß die Flammen aus seinen Augen verschwanden. »Ich liebe dich mit jeder Faser meines Herzens. Alles, was du willst, will ich auch.«

»Warum willst du dann nicht, daß ich unsere baldige Hochzeit heute abend bekanntgebe?« fragte er.

»Deine Familie würde es nicht verstehen, Bradford. In den Augen der anderen kennst du mich erst einen Tag lang.«

»Meine Familie weiß, daß wir uns vor sieben Jahren getroffen haben.«

»Du warst damals schon ein Mann, aber ich war noch ein kleines Mädchen von vierzehn Jahren. Wenn mir dieses Treffen auch die Welt bedeutet hat, so wird doch deine Familie niemals glauben, daß du dich damals in mich verliebt hast. Zu der Zeit hast du Crystal noch geliebt und hattest vor, nach dem Krieg zu ihr zurückzukehren. Wenn wir sagen, daß wir uns seit da an nicht mehr gesehen haben, würde deine Familie es nicht verstehen.«

»Aber wir haben uns zwischendurch getroffen, Angel«, murmelte Bradford mit gesenkter Stimme und verzog seine Mundwinkel zu einem diabolischen Grinsen, als er sie näher an sich zog.

»Bradford!«

Er lachte hämisch. »Ich nehme an, daß wir dieses zauberhafte Zusammentreffen für uns behalten müssen, meinst du nicht?« fragte er im Spaß. Dann wurde seine Stimme zu einem heiseren, kehligen Flüstern. »Sogar ich selbst habe angefangen, daran zu zweifeln, daß ich dich in jener Dezemberwoche ganz für mich gehabt habe – bis gestern. Gestern habe ich wieder angefangen zu leben.«

»Ich auch, mein Geliebter«, gab Angela zurück, und ihr Herz wollte vor Freude zerspringen. »Du verstehst doch, warum wir noch warten sollten, ehe wir es den anderen sagen?«

»Nein«, sagte er schlicht. »Ich werde meiner spießigen Familie einfach erzählen, daß ich dich zu Beginn deiner Schulzeit in Springfield getroffen habe. Ich werde sagen, daß ich dich im Lauf der Jahre oft besucht und daß ich mich in dich verliebt habe, aber daß du in deinem Wissensdurst erst deine Schule beenden wolltest, ehe du mich heiratest. Und jetzt, nachdem du fertig bist, bin ich hierhergekommen, um dich zu meiner Frau zu nehmen. Das entspricht zwar nicht ganz der Wahrheit, aber es klingt zumindest glaubwürdig. Bist du damit nicht einverstanden?«

»Damit würden wir deinen Vater verletzen. Er wird sich fragen, warum ich diese Besuche nie ihm gegenüber erwähnt habe und ihm auch nicht gesagt habe, daß ich dich liebe. Er wird sich fragen, warum du ihm nie etwas über uns beide geschrieben hast. Und wenn das, was du der Familie erzählst, glaubwürdig klingen soll, warum bist du dann in den letzten vier Jahren Golden Oaks ferngeblieben, obwohl ich jeden Sommer hier war? Das wird alle wundern. Deine Geschichte wird Jacob zutiefst verletzen.«

»Angela, die Geschichte, die ich ausgeheckt habe, ist nur für Zachary und Crystal bestimmt, und nicht für meinen Vater. Er ist nicht so leichtgläubig wie die anderen.«

Sie riß die Augen auf. »Du willst Jacob doch nicht etwa die Wahrheit erzählen?«

Bradford seufzte. »Warum mußt du immer nach Schönheitsfehlern suchen, Frau? Du hättest besser doch das ungebildete Bauernmädchen bleiben sollen. Dann würdest du mich morgen heiraten.«

»Dann hätten wir uns nie mehr getroffen, und ich wäre als alte Jungfer gestorben und hätte dich bis ins Grab geliebt.«

»Diesen Gedanken kannst du begraben, Angel«, sagte er grinsend. »Du wirst meine Frau werden, daran besteht kein Zweifel. Wenn du es wünschst, werden wir warten, aber nicht länger als einen Monat. In einem Monat wird die Familie wissen, daß ich mich hoffnungslos in dich verliebt habe. In Wahrheit hat es einen Tag gedauert – den Tag, an dem du mir deine Unschuld gegeben hast.«

»Hast du mich damals wirklich geliebt?« fragte sie, und ihre Augen waren violette Tümpel, als sie zu ihm aufsah.

»Ja, aber das habe ich bis gestern nicht gewußt. Ich dachte, daß ich dich nur heiß begehre, aber es ist soviel mehr als nur das. Du wirst die Mutter meiner Söhne sein, die Herrin meiner Ländereien, die Königin meines Herzens. Du bist die Frau, die alle anderen aus meinem Herzen verbannt hat. Ich will mit dir alt werden und dich auf ewig lieben, Angela.«

»Eine glücklichere Frau hat es nie gegeben«, flüsterte Angela und streifte seinen Mund mit ihren Lippen; sofort wurde sie von einem flammenden Kuß gefangengenommen, der alle Wunder der vorangegangenen Nacht wieder an die Oberfläche brachte.

»Ich werde unsere Verlobung am Tag nach Crystals Ball bekanntgeben, und in der darauffolgenden Woche werden wir heiraten. Lieber Gott, sag mir, wie ich diese Wartezeit ertragen soll. Du bist eine grenzenlose Versuchung für mich. Ich bringe nicht den Willen auf, dir zu widerstehen, Angel.«

»Das erschien dir gestern nacht auch gar nicht nötig«, neckte sie ihn liebevoll.

»Aber so ist es nicht richtig, Angela. Wir werden uns jetzt zurückhalten müssen. Wie soll ich diese vielen Nächte überleben, in denen ich mich danach sehne, dich neben mir im Bett zu haben und doch zugleich zu wissen, daß ich warten muß?«

Bradford hatte Angelas Zorn erregt. »Also wirklich, Bradford, ihr Männer seid wirklich manchmal ausgesprochen albern. Mit einer Frau zu schlafen, ist in Ordnung, aber wenn man ihr einen Heiratsantrag gemacht hat, ist sie tabu? Ist es das?«

Er sah sie beschämt an. »So ähnlich wird es wohl sein.«

»Du hast es mit einer Frau zu tun, die nicht gewillt ist, zu warten, Bradford«, sagte sie finster. »Mein Bett ist dein Bett.«

»Ist das dein Ernst?«

Ihre Züge wurden sanfter. »Meine Liebe beugt sich keiner Konvention«, murmelte sie heiser und zog ihn dichter an sich. »In den ersten siebzehn Jahren meines Lebens habe ich gelernt, mich dessen nicht zu schämen, was ich will.«

Er sah sie verblüfft an, und seine dichten schwarzen Brauen trafen sich fast über seinen goldbraunen Augen. »Meinst du es wirklich ernst? Liebst du mich so sehr, daß du mir lange Nächte des Leidens ersparst?«

»Meine Liebe kennt keine Grenzen, und jedes Wort war ernst gemeint. Ich könnte es nicht ertragen, dir fern zu sein, weil es gesellschaftlich von mir erwartet wird. In meinem Herzen sind wir schon verheiratet. Und ich würde alles, was ich habe, dafür geben, für den Rest meines Lebens jeden Morgen in deinen Armen zu erwachen.«

»Was machen wir mit deiner Zofe? Vielleicht wäre es besser, wenn du in mein Zimmer kämst. Ich habe mir noch keinen Diener ausgesucht, und dazu besteht auch wirklich kein Grund.«

»Nein. Ich müßte Eulalia belügen, und ich lüge nicht gern. Am besten erzähle ich ihr alles.« Angela lachte heiter. »Sie kann nicht allzu schockiert sein, denn sie trifft sich jede Nacht mit dem jungen Todd, einem der Erntearbeiter. Außerdem ist sie deinem Vater sehr zugetan. Sie würde sich eher die Zunge abbeißen, als ihn zu verärgern.«

»Hält sie denn auch zu dir?«

»Ich denke schon. Wenn man uns trotzdem auf die Schliche kommt, wird Jacob darauf bestehen, daß du das einzig Richtige tust, was heißt, daß wir nur um so eher heiraten könnten. Aber wenn du lieber leiden willst, mein Geliebter, dann weise ich es von mir, dein Leiden zu verkürzen«, sagte Angela und grinste.

»Du bist eine Hexe«, sagte er und lachte, »und ein Engel, beides zugleich. Wenn ich nun versuchen würde, mich als Gentleman zu verhalten, würdest du mir dann meinen Willen lassen?«

»Weil dein Wille auch mein Wille ist«, murmelte sie.

»Dem Himmel sei Dank, daß nicht alle Frauen furchtsame, schüchterne Wesen sind.«

Hannahs fröhliches Kichern bewirkte, daß Bradford Angela losließ. »Ich dachte, daß das Geschirr schon abgeräumt werden kann. Ihr seid schon wieder so in eure Vergangenheit vertieft, daß ihr vor lauter Reden vergessen habt, Tilda zu sagen, daß sie das Essen bringen soll.« Hannah sah die beiden wissend an.

»Nicht die Vergangenheit, Hannah. Die Zukunft – und was für eine prachtvolle Zukunft es werden wird«, sagte Bradford vergnügt.

Es gab nur ein Problem, und das war Candise Taylor. Er mußte die Verlobung auflösen. Diese Vorstellung war ihm unangenehm. Er hatte zwei Jahre ihres Lebens vergeudet, in denen sie auf ihn gewartet hatte. Und jetzt mußte er ihr sagen, daß er eine andere Frau liebte.

27

Seit Bradford Maitland dort wohnte, war Golden Oaks nicht mehr wiederzuerkennen. Jacob war bester Laune. Selbst der Umgang mit Crystal war nicht mehr ganz so schwierig.

Niemand fragte Bradford, was ihn veranlaßt hatte, in Golden Oaks zu bleiben und nicht nach Texas zu fahren. Jedes Familienmitglied hatte seine Gründe, dieses Thema nicht anzuschneiden, und so verging ein Tag nach dem anderen, und niemand wußte, wie lange er bleiben würde.

Doch Angela wußte es. Nach der Hochzeit würden sie zu ihren Flitterwochen aufbrechen, die sie über das Meer in ein Land führen würden, von dem Angela bisher nur gelesen hatte. Bradford hatte diese Wahl getroffen, und sie hatten sich ausführlich darüber unterhalten, während sie einander in den Armen lagen. Sie würden nach England reisen, ein großes Gut aufsuchen, das Jacob dort besaß.

Sie würden ein oder zwei Monate in England bleiben und dann nach Amerika zurückkehren, um nach Texas zu gehen.

Für Angela vergingen die Tage schnell. Sie lebte in einem Zustand der beständigen Seligkeit, und wenn sie allein war, fragte sie sich, ob denn auch alles wirklich so war, doch wenn Bradford sie in die

Arme nahm und sie liebte, wußte sie, daß sie nicht träumte. In der ersten Woche gab Bradford der Familie zu verstehen, daß er sich für Angela interessierte. Er wandte ihr einen Großteil seiner Aufmerksamkeit zu, verwickelte sie am Eßtisch in Gespräche und brachte ihr das Pokern bei. Vormittags ritt er mit ihr über den Grund der Maitlands, reiches Land, auf dem wieder Zuckerrohr und Baumwolle wuchsen. In dieser ersten Woche wurden die Einladungen zum Ball gedruckt und abgeschickt, und die Zusagen trafen rege ein.

In der zweiten Woche führte Bradford Angela in die Stadt zum Abendessen aus und lud bewußt keinen Dritten dazu ein. Das entging der Familie keineswegs, am allerwenigsten Robert.

Zwei Wochen vor dem Ball traf Jim McLaughlin aus geschäftlichen Gründen aus New York ein, und er wurde aufgefordert, zu bleiben. Am Tag darauf wurde in Golden Oaks ein Besucher aus Texas empfangen.

Angela stand in der Tür des Damensalons und musterte neugierig den Besucher. Der Mann überragte Bradford um mindestens fünfzehn Zentimeter, und Bradfords große Gestalt nahm sich im Vergleich geradezu zierlich aus. Der Teint des Mannes war sonnengebräunt. Sein goldenes Haar war in der Mitte gescheitelt wie Bradfords Haar, aber es war wesentlich länger und fiel ihm auf die breiten Schultern. Der Mann trug Wildlederkleidung.

»Ich würde dich überall wiedererkennen, Bradford, aber wie ich sehe, erinnerst du dich nicht an mich. Ich kann es dir nicht vorwerfen. Es ist fast fünfzehn Jahre her, seit wir gemeinsam durch die Prärie geritten sind.«

Bradford runzelte einen Moment die Stirn, doch dann rief er aus: »Grant Marlowe! Also da hol mich doch … Du warst erst zehn, als ich nach Alabama zurückgekommen bin.«

»Ja, und du warst fünfzehn. Es sieht so aus, als sei ich der einzige, der sich sehr verändert hat. Ich bin gewachsen, und es schien ganz so, als würde ich nicht mehr damit aufhören.«

Bradford sah seinen alten Freund von oben bis unten an und lachte herzlich. »Es sieht so aus, als hättest du seit damals einen Meter zugelegt. Aber für dich muß diese Größe auch recht praktisch sein. Ich wette, in ganz Texas gibt es niemanden, der sich gern mit dir anlegen würde.«

»Das ist schon wahr, aber es ist auch hinderlich. Im ganzen Westen finde ich keinen Hasen, der sich nicht zu Tode ängstigt, ich könnte ihm im Bett die zarten Knochen brechen.«

Bradford räusperte sich und wies ihn auf Angelas Anwesenheit hin. Als Grant seinem Blick folgte, wurde er rot unter seiner gebräunten Haut.

»Ver ... verzeihen Sie bitte, Ma'am«, stammelte Grant und rieb sich nervös die Hände an den Schenkeln. »Ich war so froh, Brad wiederzusehen, daß ich Sie nicht bemerkt habe.«

Angela lächelte bezaubernd und starrte in diese dunkelgrünen Augen. »Das macht gar nichts, Sir. Wirklich nicht.«

»Angela, das ist Grant Marlowe, ein guter Freund aus früheren Zeiten«, sagte Bradford. »Angela ist ein Mündel meines Vaters. Und der Herr, der zögernd auf der Treppe steht, ist zugleich ein alter Freund der Familie und der Bruder meiner Schwägerin. Komm her, Robert.«

Robert trat näher und schüttelte Grant die Hand, doch Grant schenkte ihm nur flüchtige Beachtung. Seine meergrünen Augen wanderten zu Angela zurück. Sowohl Robert als auch Bradford bemerkten es.

»Was führt dich hierher, Grant?« fragte Bradford, als sie ins Frühstückszimmer traten. »Ich habe deinen Vater erwartet. Ist er mit dir gekommen?«

»Nein, deshalb bin ich ja hier. Pa und ich haben den Krieg beide ohne einen Kratzer überstanden. Und eine Woche, nachdem wir wieder nach Texas gekommen sind, hat ihn dann eine Klapperschlange erwischt.«

»Das tut mir aufrichtig leid. Phil Marlowe war einer der besten Männer, die ich je kennengelernt habe. Ich hätte ihn auf der Ranch gebraucht«, sagte Bradford seufzend.

»Das dachte ich mir schon«, entgegnete Grant. »Ich war Vorarbeiter auf einem kleinen Streifen Land bei Fort Worth, als ich gehört habe, daß du Pa sehen willst. Ich dachte mir, der alte Jacob wollte JB endlich wieder instandsetzen, und deshalb bin ich hierhergekommen, um zu fragen, ob er mich gebrauchen kann. Für deinen Pa würde ich von einem Tag zum nächsten jede andere Arbeit aufgeben.«

»Ich bin sicher, daß Vater sich darüber freut, aber er hat sich mittlerweile aus allen Geschäften zurückgezogen. Wenn du die Stellung annehmen willst, würdest du für mich arbeiten.«

»Das paßt mir noch besser in den Kram«, sagte Grant grinsend.

»Gut. Es gibt viel zu tun, und bis ich komme, wirst du die Leitung allein übernehmen. Ich werde in vier bis fünf Monaten nach Texas kommen. Glaubst du, daß du es bis dahin schaffst?«

»Ich werde mein Bestes geben, damit es klappt«, sagte Grant eifrig. »Wann fange ich an?«

»Du kannst dich in etwa zwei Wochen wieder auf den Weg nach Texas machen«, antwortete Bradford. »Bis dahin gibt es viel zu besprechen, und du kannst auch gleich bis zu dem Ball bleiben, den meine Schwägerin auf die Beine stellt. Vielleicht findest du bei der Gelegenheit gleich eine Frau, die du nach Texas mitnehmen kannst.«

»Das wäre allerdings das Warten wert«, sagte Grant lachend und sah wieder zu Angela hinüber.

Bradford ging mit Grant zu seinem Vater, und Angela und Robert blieben allein im Zimmer zurück.

»Du bist mir in letzter Zeit aus dem Weg gegangen, Angie, und ich muß mit dir reden.«

Erst vor wenigen Tagen hatte Bradford darüber gesprochen, wie Robert im Haus herumschlich. Sie hatten beschlossen, daß Robert als erster von ihnen beiden erfahren mußte, und Angela hatte darauf beharrt, daß sie es ihm erzählen wollte.

»Damit solltest du dich nicht belasten«, hatte Bradford zu ihr gesagt. »Das übernehme ich.«

Angela war außer sich geraten. »Schließlich bin ich diejenige, die Robert heiraten will!«

»Und ich bin derjenige, den du heiraten wirst!« Er hatte so scharf reagiert, daß Angela den Atem angehalten hatte.

Sie sah ihn hitzig an und wies mit einem steifen Finger auf ihre Tür. »Raus mit dir, Bradford Maitland! Noch sind wir nicht verheiratet, und ich bin gar nicht so sicher, ob wir es jemals sein werden!«

»Was?«

»Du hast gehört, was ich gesagt habe!« schrie sie. »Falls du vorhaben solltest, mich zu verhätscheln und mich für den Rest meines Lebens vor jeder Kleinigkeit zu beschützen, dann kannst du es glatt vergessen!«

»So! Na gut!« hatte er zurückgegeben und war aus dem Zimmer stolziert.

Doch nach wenigen Minuten war er zerknirscht zurückgekommen. »Können wir nicht wenigstens darüber reden?«

»Für Diskussionen bin ich immer zu haben, Bradford«, sagte Angela steif. »Aber darum ging es vorhin nicht. Du hast mir mein Verhalten diktieren wollen.«

»Tut mir leid, Angel, aber ich war bei meinem Vater, als Robert ihm erzählt hat, daß du seinen Heiratsantrag abgelehnt hast. Er hat gesagt, er würde nicht aufgeben.«

»Ich habe Robert gesagt, daß ich einen anderen liebe, aber ich habe ihm nicht gesagt, daß du es bist«, erwiderte sie leise. »Wenn er erfährt, daß ich dich heiraten werde, muß er mich vergessen. Aber es ist meine Sache, ihm das mitzuteilen.«

Er zog sie in seine Arme. »Du hast gewonnen«, sagte er grinsend. »Aber glaub nicht, daß Robert dich vergessen wird. Kein Mann, der dich liebt, könnte dich jemals vergessen.«

Er drückte sie fest an sich und sagte dann reumütig. »Ich fürchte, bei zwei so aufbrausenden Temperamenten wie den unseren, kriegen wir unseren Anteil an Streitereien ab. Aber solange jeder Zank so ausgeht wie dieser, kann uns nichts passieren.«

Er küßte sie und zeigte ihr dann auf die Weise, die sie am schönsten fand, daß er sie liebte. Jetzt erinnerte sie sich mit einem heimlichen Lächeln an diese Nacht. Ja, zweifellos würde es immer wieder zu Streit kommen, aber solange es so genüßlich ausging, war alles gut.

Jetzt war Robert endlich auf sie zugekommen, und sie mußte sich ihm stellen.

»Was gibt es, Robert?«

»Mir gefällt nicht, daß du soviel Zeit mit Bradford verbringst«, sagte Robert grob und kam somit direkt zur Sache. »Du scheinst die Aufmerksamkeit, die er für dich aufbringt, zu genießen. Ich habe dich noch nie so glücklich erlebt.«

»Ich habe gedacht, du wünschst mir, daß ich glücklich werde, Robert«, sagte Angela mit sanfter Stimme.

»Das tue ich auch, aber so geht es nicht! Du hast mir gesagt, daß du einen anderen liebst und mich deshalb nicht heiraten kannst – und jetzt das! Ist dein Herz so schnell umzustimmen? Bist du jetzt in Bradford verliebt?«

Angela seufzte. Sie sagte Robert so klar und einfach wie möglich, daß sie Bradford schon immer geliebt habe. In Roberts Gesicht spiegelte sich Zorn, und als sie zu Ende geredet hatte, lief Robert ohne ein Wort aus dem Haus. Wenige Minuten darauf stand Angela am Fenster und sah, wie Roberts Pferd im Galopp die Eichenallee zum Uferweg hinunterstürmte.

Am Nachmittag desselben Tages traf ein weiterer Besucher für Bradford ein. Courtney Harden war ein geschäftstüchtiger Mittdreißiger mit rotblondem Haar und stechenden Augen. Bradford mochte diesen Mann nicht und hatte Harden kürzlich aus einem Spekulationsgeschäft entlassen.

Bradford hatte Courtney Harden in New York kennengelernt, und Harden hatte ihn ersucht, als Geldgeber in eine Kette von Hotelrestaurants einzusteigen. Zu diesem Zeitpunkt war Bradford mit anderen Angelegenheiten beschäftigt gewesen – hauptsächlich mit der Suche nach Angela – und er hatte sich, ohne seine üblichen Vorsichtsmaßnahmen, einverstanden erklärt und keine Nachforschungen über Courtney Harden anstellen lassen.

Harden hatte die geeigneten Räumlichkeiten für die Hotelrestaurants gefunden und die Leitung übernommen. Doch wenige Monate, bevor er nach Mobile gekommen war, hatte Bradford die Information erhalten, daß jemand dieses Namens in Prostitution und Rauschgiftgeschäfte verwickelt war. Bradford hatte es vorgezogen, die Angelegenheit nicht vor Gericht zu bringen, sondern Harden aus seiner Anstellung zu entlassen.

Harden hatte Bradfords Aufenthaltsort ausfindig gemacht und forderte seine Wiedereinstellung als Hotelmanager. Bradford unterrichtete Courtney Harden in wenigen Worten über seine Möglichkeiten – entweder er nahm die Entlassung an, oder Bradford würde ihn verhaften lassen. Mit üblen Drohungen, daß Bradford dieses Vorgehen noch bereuen würde, verließ Harden erbost das Haus.

An jenem Abend ging Bradford wütend in Angelas Schlafzimmer auf und ab.

»Ich hätte ihn niemals einstellen sollen!« brauste Bradford auf.

»Sprichst du von Grant?«

»Ja, verflucht noch mal!« schrie er und drehte sich zu ihr um. »Ich habe bemerkt, wie er dich angesehen hat, und du hast ihm gegenüber auch nicht direkt gleichgültig gewirkt! Du findest ihn attraktiv, oder?«

»Ja, das finde ich tatsächlich«, erwiderte sie lächelnd. »Grant ist ein äußerst angenehmer Anblick, aber mein Herz ist bereits vergeben.«

»So?«

»Du bist eifersüchtig!« sagte sie lachend.

»So ein Quatsch!«

»Bradford, bist du dir meiner immer noch nicht sicher? Um Himmels willen, ich liebe dich jetzt schon seit zehn Jahren.«

»Ich muß immer wieder daran denken, wie du mir zwischendurch entschlüpft bist.«

Sie grinste. »Wenn du dich recht erinnerst, bin ich dir nur einmal davongelaufen, und zwar, weil ich wieder in die Schule mußte.«

Sie trat langsam auf ihn zu und schlang ihm die Arme um den Hals.

»Ich werde dich nie mehr verlassen, Bradford«, flüsterte sie leise. »Dich liebe ich und keinen anderen.«

»Du warst nie mit einem anderen Mann zusammen, Angela. Wie soll ich wissen, ob du nicht in den Armen eines anderen dein Herz verlieren könntest? Vielleicht würde dir ein anderer Mann besser gefallen als ich.«

»Jetzt hör aber auf, Bradford Maitland. Ich spreche von Liebe, und du sprichst von Lust«, sagte sie finster und zog sein Gesicht zu ihren Lippen.

»Ich sehe doch selbst, daß sich das beides sehr gut miteinander verträgt«, sagte er und lachte befreit auf. Er hob sie auf die Arme und trug sie schnell zu ihrem Bett.

Auf Angelas großem Bett war kein Raum für Zorn oder Eifersucht, nur für die Ernsthaftigkeit der Liebe. Bradford zog sie langsam aus und ließ sie dabei keine Sekunde aus den Augen. In seinem Blick stand solche Leidenschaft, daß schon allein dieser Anblick sie erregte. Sie wollte, daß er sich beeilte, und sie hatte das Gefühl, es nicht erwarten zu können, seinen Körper zu spüren. Doch Bradford schien das Zusammenkommen ihrer Körper heute in jeder Nuance auskosten zu wollen.

Endlich waren ihre Kleider um das Bett verstreut, und Bradford zog sie in seine Arme. Wo er sie berührte, prickelte ihre Haut, und er berührte sie überall.

Endlich tastete er sich zu ihren Brüsten vor, legte seine Hände darauf und knetete sie zart, ohne seinen Blick von ihren Augen zu lösen. Dann senkte er seinen Kopf und saugte spielerisch erst an einer, dann an der anderen der weichen Rundungen.

Angela hielt es nicht mehr aus. »Bradford!« keuchte sie. »Willst du mich um den Verstand bringen?«

Er hob den Kopf und streifte zärtlich ihre Lippen. »Wieso sagst du das, Angel?«

Sie sah den Schimmer in seinen Augen und wollte schreien. Statt dessen umfing sie seinen Kopf mit ihren Händen und zog seinen Mund auf ihre Lippen, um ihm zu verstehen zu geben, was sie wollte.

Bradford spürte ihr Verlangen und genoß es sehr. Das Wissen, daß sie ihn begehrte, erfüllte ihn mit solchem Stolz und solcher Freude, daß er sicher glaubte, zu bersten.

Er brachte ihren Kopf in die Kissen zurück, ohne seine besitzergreifenden Lippen von ihrem Mund zu lösen. Sie öffnete die Beine für ihn, und sein hartes Geschlechtsteil glitt in den feuchten Hafen. Er huldigte ihr mit seinem Körper und ließ alle Saiten ihrer Leidenschaft erklingen. In der Liebe war sie leidenschaftlich, wild und schamlos, und dafür liebte er sie nur um so mehr.

28

Bradford war nach wie vor entschlossen, Angela Grant Marlowes Blicken zu entziehen. Er fuhr häufiger mit ihr in die Stadt und ging mit ihr ins Theater und zu einem späten Abendessen. Sie zeigten sich überall gemeinsam, und wie Bradford vorhergesagt hatte, hatte das Gerede um Angela eine andere Richtung eingeschlagen.

Die Vorbereitungen für den Ball standen kurz vor dem Abschluß. In den beiden folgenden Tagen mußte nur noch geputzt und gekocht werden. Eine neue Ladung Eis würde in den nächsten Tagen eintreffen, um im Keller unter dem Haus eingelagert zu werden, und auf der ganzen Plantage sollten noch Eimer voller Blumen gepflückt werden. Die Damen vergewisserten sich, daß ihre Ballkleider auch rechtzeitig fertig würden, und der Herrenschneider kam für zwei Tage nach Golden Oaks.

Robert hatte sich nicht mehr blicken lassen, seit er an dem Tag, an dem Grant gekommen war, aus dem Haus gelaufen war. Crystal teilte der Familie ohne jede Erklärung mit, er habe endlich doch Interesse daran gefunden, die Schattenplantage zu führen. Sie deutete ihre Zweifel daran an, daß sie in näherer Zukunft viel von Robert sehen würden.

Die Sonne ging vor einem strahlend blauen Himmel auf und sagte schönes Wetter für den Ball der Maitlands voraus. Vom frühen Morgen bis in den späten Nachmittag hinein war das untere Stockwerk des Hauses mit dem Duft von Backwaren durchzogen. Berge von Äpfeln und Pfirsichen waren geschält und zu Törtchen verarbeitet worden, bei denen einem das Wasser im Mund zusammenlief. Es gab französisches Kleingebäck und viele andere Leckereien, und riesige Kuchen wurden kühl gestellt. Das Speiseeis stand schon im Keller, um zu gefrieren, und Suppen und Bratensoßen brodelten in großen Töpfen über dem Küchenherd. Die Schinken, die kalt serviert werden sollten, wurden gerade gebraten. Das übrige Fleisch würde erst später zubereitet werden, denn das Mahl würde nicht vor Mitternacht beginnen.

Eine knisternde Aufregung hing in der Luft und steckte alle an, einschließlich des Personals. Angelas Aufregung hatte weniger mit dem Ball zu tun, sondern eher mit den Ereignissen, die eine Woche später bevorstanden, wenn Bradford sie zur Frau nehmen würde.

Auf dem Weg nach oben ging Angela durch das Eßzimmer und blieb an dem langen Tisch stehen, um die Gläser, die sich darauf türmten, zu kontrollieren. Hier würde die Bar aufgebaut werden. Hinter dem Tisch waren Schnäpse, Liköre, Champagner und Weine aufgereiht, die in Eis standen und erst später auf den Tisch gestellt würden. Als sie festgestellt hatte, daß alle Gläser makellos waren, ging Angela weiter. Doch als sie Crystals Stimme in der Eingangshalle hörte, blieb sie stehen.

»Du gehst mir aus dem Weg, Bradford?«

»Wie kommst du darauf«, fragte Bradford amüsiert.

»Weil ich dich zum ersten Mal allein sehe, ohne dieses kleine Bauernmädchen am Schürzenbändel. Du gibst dich wirklich zuviel mit diesem Mädchen ab. Willst du deinen Vater ausstechen?«

»Du hast dir im Lauf der Jahre eine böse Zunge zugelegt, Crystal. Aber wenn ich mich recht erinnere, warst du vor sieben Jahren schon recht brutal«, erwiderte Bradford.

»Nur weil ein paar alberne Worte gefallen sind, bist du aus meinem Leben verschwunden«, schmollte Crystal. »War das etwa fair?«

»Du bist aus meinem Leben verschwunden, als du meinen Bruder geheiratet hast«, erinnerte Bradford sie mit Schärfe in der Stimme.

»Aber ich wollte doch immer nur dich. Zachary ist nicht halb so sehr Mann wie du.«

»Du hast dir dein Bett gemacht, Crystal. Ich hoffe, daß du jetzt auch gern darin schläfst«, gab Bradford mit einer leichten Erbitterung in seiner Stimme zurück.

»Du willst also was von diesem Mädchen? Ihretwegen kommst du nicht zu mir zurück!«

»Um Gottes willen, Crystal, zwischen uns ist es schon lange aus!« entgegnete Bradford barsch. Er verlor die Geduld. »Selbst, wenn ich Angela nie kennengelernt hätte, wäre ich nicht zu dir zurückgekommen. Ich habe sie aber kennengelernt, und dafür danke ich dem Himmel. Sie ist wie die Sonne nach einem Sturm. Wenn deine Ehe dich unglücklich macht, dann sieh dich woanders um. Ich bin nicht zu haben!«

Angela hörte, wie Crystal die gewundene Treppe hinauflief. Dann ging sie langsam zur Tür und sah Bradford gerade noch im Arbeitszimmer verschwinden. Sie wartete ein paar Minuten und eilte dann aus dem Eßzimmer. Ungesehen kam sie in ihrem Schlafzimmer an.

Angela strahlte, denn ihre letzten Zweifel hatten sich zerstreut. Crystal wollte Bradford immer noch, aber er wollte sie nicht. Angela fragte sich, ob wohl jemals ein Mensch so glücklich gewesen war, wie sie es in diesem Augenblick war.

29

»Eil dich, Angel«, rief Bradford ungeduldig durch ihre Zimmertür. »Die erste Kutsche kann jetzt jeden Moment vorfahren.«

»Sie kommt schon, Master Brad«, rief Hannah zurück, und Bradford ging die Treppe hinunter. Dann wandte sie sich an Eulalia. »Du hast deine Sache wirklich gut gemacht, Eulalia. Miß Crystal wird wollen, daß du von jetzt an ihr Haar machst, wenn sie erst unsere Missy sieht.«

»Ich habe doch gesagt, daß ich sie schön zurechtmache. Sie hätten nicht rauskommen müssen, um mich zu überprüfen«, fauchte Eulalia frech.

»Ich wollte sie mir einfach nur anschauen, Mädchen. Jetzt sieh zu, daß du in die Küche kommst und frag Tilda, ob sie deine Hilfe braucht«, sagte Hannah so herrisch sie konnte.

Als Eulalia aus dem Zimmer stolzierte, kicherte Hannah vor sich hin. »Das Mädchen wird mal eine richtige Glucke, das schwöre ich. Sie glaubt immer, daß sie alles besser weiß. Oft stimmt das auch, aber das darf man ihr nicht zeigen.«

»Ich werde Eulalia vermissen, wenn Bradford und ich nicht mehr hier sind. Und dich werde ich noch mehr vermissen, Hannah!«

»Das ist jetzt nicht die rechte Zeit, daran zu denken, Kind«, entgegnete Hannah heiter. »Sie werden wiederkommen und die alte Hannah besuchen. Jetzt drehen Sie sich um, und lassen Sie sich anschauen.«

Angela kam dieser Aufforderung nach und stellte sich dann vor ihren Spiegel, in dem sie sich von Kopf bis Fuß betrachten konnte.

»Master Brad nennt sie zu Recht seinen Engel. Eine so hübsche Dame wie Sie habe ich noch nie gesehen, Kind.«

»Das macht nur das Kleid, Hannah. In diesem Gewand wäre jede Frau schön.«

»Das glauben Sie.«

Das Kleid war erlesen. Der edle tiefrote Organdy, der über dunkelblaue Seide fiel, ergab mit dieser eine starke violette Tönung, die die Farbe ihrer Augen genau traf. Das Kleid war am Hals sehr tief ausgeschnitten, und der Ausschnitt war mit einem schmalen Band aus roter Seide eingefaßt. Die Ärmel lagen eng an, und vorne bauschte sich mehrlagiger Stoff, der auf den Hüften eng saß und nach der neuesten Mode zu einem dicken Bausch zusammengefaßt war. Angela hatte jedoch Einspruch erhoben, als die Näherin zahllose Schleppen und Rosetten und Meter von Spitze auf Mieder und Rock hatte nähen wollen. Angela hatte nur das schmale Seidenband zum Einfassen des Ausschnitts und zwei kleine Schleppen aus der gleichen roten Seide zugelassen – eine am oberen und eine am unteren Ansatz des Bauschs aus Organdy, von dem aus der Rock in zwei geraden Bahnen nach unten verlief.

An ihren Ohren hingen zwei große Granate, eines der vielen Geschenke, die ihr Jacob gemacht hatte. Die granatbesetzten Nadeln, mit denen ihr Haar aufgesteckt war, waren ebenfalls Geschenke von ihm. Zwei kurze Löckchen fielen Angela über die Schläfen, und im Nacken spielten neun Ringellöckchen.

Wegen des tiefen Halsausschnitts trug Angela nur ihre Goldmünze um den Hals, die jedoch inzwischen in einer Fassung aus roten Granaten saß. Die Fassung war ein Geschenk von Bradford. Kürzlich hatte er ihr zwei weitere Fassungen für die Goldmünze anfertigen lassen. Die beiden anderen waren goldene Ringe, einer mit Smaragden, und von dem anderen, in den keine Steine eingelegt waren, hing ein einzelner tropfenförmiger Diamant. Es waren runde Rahmen, in die sie die Münze selbst einsetzen konnte, und in jeder Fassung saß ein größerer Edelstein, der das Loch bedeckte, das sie vor zehn Jahren selbst in die Münze gebohrt hatte.

Bradford und Angela trafen sich am unteren Treppenabsatz, als gerade die erste Kutsche vorfuhr.

»Du siehst fantastisch aus!« rief er überschwenglich. Er nahm ihre Hand und strahlte vor Stolz.

»Fantastisch?«

»Es muß dir ja langweilig werden, dir ständig anzuhören, wie schön ich dich finde. Es gibt andere Worte, um dich zu beschreiben, Angel, und eines davon ist fantastisch.«

Sie lachte fröhlich. »Solange du dieser Meinung bist, mein Liebling, ist mir alles andere gleich.«

»Also wenn das nicht reizend ist«, bemerkte Crystal, die hinter die beiden getreten war, und ihre Stimme triefte vor Verachtung. »›Mein Liebling‹, so weit ist es also gekommen. Und ich dachte schon, du wolltest meinen armen Bruder in die Falle locken, Angela.« Crystal lachte bitter. »Aber mit Bradford machst du einen bedeutend besseren Fang, nicht wahr? Schließlich wird er der Erbe eines Anwesens sein, das die Schattenplantage bei weitem übertrifft.«

Angela schwieg.

Crystals blaue Augen waren eisig, als sie fortfuhr. »Natürlich, Bradford zu heiraten, gibt dir die Sicherheit, daß du nicht vor die Tür gesetzt wirst, wenn Jacob stirbt, meine Liebe. Darum geht es dir doch?«

»Die Dame mit der giftigen Zunge«, sagte Bradford, in dessen Stimme keine Regung mitschwang, doch seine Augen waren wie flüssiges Gold, als sie auf Crystal ruhten. »Oder vielleicht gar keine Dame.«

Er legte seinen Arm um Angelas Taille und führte sie in den riesigen Ballsaal. Die ersten Gäste folgten ihnen, und die Musiker, die in der hinteren Ecke auf einer erhöhten Bühne standen, eröffneten den Abend mit einem Walzer.

Bradford hätte sich mit dem Rest der Familie zum Empfang aufstellen sollen, doch statt dessen nahm er Angela in die Arme. Sie waren die ersten, die auf dem frisch polierten Boden tanzten.

Als der Walzer vorüber war, waren acht Familien eingetroffen, und weitere Menschen kamen durch die großen Flügeltüren. Angela bestand darauf, daß Bradford sich zu seinem Vater stellte, und sie eilte zu Susie Fletcher, um sie zu begrüßen. Susie stand mit ihrem Bruder Joel an den langen Tischen, auf denen die Süßigkeiten und die Vorspeisen bereitstanden. Die Tische waren mit frischen Schnittrosen dekoriert.

»Susie, ich habe mich nie für die Einladung bedankt, bei euch zu übernachten, und das war schon im letzten Monat«, sagte Angela, die noch etwas atemlos von dem Walzer war.

»Das können wir dir wirklich nicht vorwerfen, Angela – nach dem, was sich zugetragen hat«, erwiderte Joel.

»Seid ihr jemals dahintergekommen, wer mein Kleid zerschnitten hat?« fragte Angela. Sie hatte den Vorfall zwischenzeitlich tatsächlich vergessen.

»Nein«, sagte Susie schnell und lächelte. »Hast du mit Robert schon das Datum für eure Hochzeit festgesetzt?«

»Robert und ich heiraten nicht«, sagte Angela nicht ohne eine gewisse Schärfe, denn sie war recht bestürzt.

»Aber du siehst doch so glücklich aus!« rief Susie.

»Das bin ich auch«, sagte Angela lachend. »Aber nicht wegen Robert. Ich liebe einen anderen, Susie.«

»Aber ich dachte ... ich meine ...« Susie wirkte freudig und bestürzt zugleich. Sie wandte sich an ihren Bruder. »Würdest du uns ein Glas Champagner besorgen, Joel?«

»Aber selbstverständlich«, antwortete Joel und ging auf das Eßzimmer zu, das sich zusehends füllte.

»Es tut mir so leid, Angela!« sprudelte Susie heraus, sobald die beiden allein waren.

»Es gibt nichts, was dir leid tun müßte.«

»O doch«, entgegnete Susie und verzog ihr hübsches Gesicht. »Als Robert mir erzählt hat, daß er dich um deine Hand bitten wird, bin ich davon ausgegangen, daß du seinen Antrag annimmst. Ich ... ich habe dich damals gehaßt. Ich bin es gewesen – ich habe dein Kleid in dieser Nacht zerschnitten. Es tut mir so leid, Angela!« Susie stand kurz vor den Tränen. »Es war so kindisch von mir.«

»Du liebst Robert, Susie?«

»Ja.«

Angela lächelte. »Wir Frauen benehmen uns häufig seltsam, wenn wir verliebt sind. Mach dir wegen dieses Kleides keine Sorgen, Susie. Modisch war es ohnehin nicht mehr. Ich wünsche dir Glück bei Robert, obwohl ich eigentlich glaube, daß du meine Wünsche gar nicht brauchst. Du bist das hübscheste Mädchen, das er in dieser Gegend finden kann.«

»Meinst du wirklich?« fragte Susie, und ihre braunen Augen strahlten vor Freude.

»Wenn ich es nicht so meinen würde, hätte ich es nicht gesagt«, versicherte ihr Angela. Doch ihre Wärme wandelte sich augenblicklich in Ärger, als Angela sah, daß Crystal auf sie zukam.

»Also wirklich, Angela«, sagte Crystal trocken, als sie sich zu den beiden gesellte, »ich habe geglaubt, du würdest Bradford heute abend nicht von deiner Seite weichen lassen. Hast du denn keine Angst, ihn zu verlieren?«

Angelas Fäuste ballten sich, doch mit Mühe gelang ihr ein Lächeln. »Versucht seine Schwägerin schon wieder, ihn in ihr Bett zu locken, nachdem es ihr bereits einmal mißlungen ist?«

Die heftige Röte, die in Crystals Gesicht schoß, verschaffte Angela reichlich Genugtuung, und sie wandte sich ab, ohne eine Antwort abzuwarten. Angela traf Joel, der gerade mit dem Champagner zurückkam.

»Warum stellst du die Gläser nicht auf dem Tisch da drüben ab und tanzt mit mir, Joel Fletcher?« fragte Angela kühn. Sie wollte Crystals Reichweite entkommen. Angela wußte, daß die Viper auf Vergeltung aus war.

»Ist das dein Ernst?« fragte er hoffnungsvoll.

»Meine Güte! Hat dich noch nie eine Dame zum Tanz aufgefordert?« neckte sie ihn.

Joel stellte eilig die Gläser ab und nahm Angela nervös in den Arm. Bradford sah vom anderen Ende des Raumes aus zu, und seine Augen brannten lichterloh.

»Angela scheint sich sehr wohl zu fühlen«, bemerkte Jacob.

»Ja ... allerdings«, antwortete Bradford knapp.

»Was hast du, mein Sohn?« fragte Jacob betroffen.

»Nichts, was ich nicht selber regeln könnte. Würdest du mich entschuldigen, Vater?«

»Das muß ich wohl. Ich hatte eigentlich vor, mich ausgiebig mit dir zu unterhalten, Bradford. Über deine Verlobte ... und einiges mehr.«

»Wir reden morgen darüber, Vater.«

»Ausgezeichnet«, entgegnete Jacob und wandte seine Aufmerksamkeit wieder seinen Gästen zu.

Sobald die Musik abbrach, ging Bradford auf Angela und den jungen Joel zu. Als er vor ihnen stand, nahm er Angelas Hand und zog sie hinter sich her durch die Flügeltüren und in den Garten. Joel starrte den beiden total verdutzt nach.

»Was soll das, Bradford?« rief Angela. Er wirbelte sie herum, sah ihr ins Gesicht, und seine Finger gruben sich in ihre Schultern. »Du ... du tust mir weh.«

Mondlicht durchflutete den Garten und überzog alles mit einem schwach silbernen Schimmer.

Bradford lockerte seinen Griff, aber er ließ sie nicht los. »Der Junge, mit dem du eben getanzt hast – ist das derjenige, in dessen Kleidung du an jenem Tag zurückgeritten bist?«

»Ja, Susies Bruder.«

»Mit diesem jungen Mann wirst du nicht mehr tanzen!« Bradford schrie fast.

»Und warum nicht, wenn ich fragen darf?«

»Der Junge ist in dich verliebt. Das kann man deutlich sehen. Aber du gehörst mir, Angela. Ich werde dich mit niemandem teilen!«

»Du bist schon wieder eifersüchtig«, sagte Angela, die nur mühsam ihr Lachen unterdrücken konnte. »Du bist unmöglich, Bradford. Ich habe nur mit Joel getanzt, um vor Crystal sicher zu sein.«

Wie durch einen Zauber schwand das Feuer aus Bradfords Augen. »Es tut mir leid, Angel. Ich werde mit Crystal reden müssen. Ich werde dafür sorgen, daß sie dich nicht mehr mit ihrer scharfen Zunge quält. Niemand soll dich verletzen.«

Angela sprach zärtlich, aber entschlossen weiter. »Trotzdem mußt du mir mehr vertrauen als bisher. Wenn mich ein anderer Mann ansieht, dann heißt das noch lange nicht, daß ich ihn ansehe. Mein Herz gehört dir.«

»Inzwischen sollte ich es dir wirklich glauben«, erwiderte er mit einem Lächeln, das um Verzeihung bat.

»Tust du das nicht?« fragte sie und streifte seinen Mund sachte mit ihren Lippen.

»Ja, mein geliebtes Wesen. O ja«, stöhnte er und preßte ihren zierlichen Körper an sich.

Eine Stunde war vergangen, als sie wieder in den Ballsaal traten.

»Darf ich mit anderen Männern tanzen, wenn sie mich auffordern?« wagte sich Angela vor.

»Ja«, sagte er grinsend und zog sie in seine Arme, um den Tanz, der gerade ansetzte, für sich zu beanspruchen. »Aber nicht zweimal mit demselben Mann, verstehst du? Es wird eine Weile dauern, bis meine Eifersucht gebändigt ist. Steh es mit mir gemeinsam durch, Angel.«

Gegen Mitternacht wurden die Vorspeisen von den langen Tischen geräumt, und Stühle wurden für das Bankett bereitgestellt. Die Suppen wurden aufgetragen, dann die Salate, anschließend folgten große Platten mit Butterreis, Süßkartoffeln und Bergen von goldenen Biskuits. Dann kamen Enten, Wildbret, Truthähne und heißer und kalter Schinken.

Nach dem Bankett tanzte Angela mit einigen Männern, die sie zum größten Teil gar nicht kannte. Am häufigsten tanzte sie natürlich mit Bradford. Der Champagner war ihr zu Kopf gestiegen. Als Grant Marlowe sie schließlich zu einem Tanz aufforderte, kicherte sie unwillkürlich.

»Ich kann nicht glauben, daß ich Sie endlich ohne Partner gefunden habe«, sagte Grant lächelnd. »Ich dachte schon, es würde nichts mehr daraus.«

»Seien Sie nicht albern. Sie hätten mich jederzeit auffordern können.« Sie kicherte schon wieder. Warum ließ sie sich von ihm zum Lachen bringen?

»Ich wünschte, in Texas gäbe es Mädchen so wie Sie. Werden Sie mich heiraten, Miß Angela?«

»Jetzt werden Sie aber wirklich albern«, erwiderte Angela lachend.

Grant tanzte mit ihr hinaus in den Garten und führte sie zu einer großen, moosbewachsenen Eiche. Er zog Angela schnell an sich und küßte sie. Auf seinen leidenschaftlichen Kuß hin bekam sie sofort wieder einen klaren Kopf.

Sie stieß Grant mit aller Kraft von sich, doch er hielt sie mit Leichtigkeit fest. Als er sie Sekunden später losließ, taumelte Angela mehrere Schritte zurück und verlor beinah das Gleichgewicht.

»Das – das hätten Sie nicht tun dürfen!« keuchte sie.

»Ich konnte einfach nichts dagegen machen«, erwiderte er obenhin.

»O Gott, Bradford wird toben, wenn er mich hier draußen findet!«

»Hat Bradford irgendwelche Ansprüche auf Sie?« fragte Grant bestürzt.

»Ja, allerdings. Verdammt noch mal! Ich muß zurück sein, ehe er mein Verschwinden bemerkt.«

»Dazu ist es zu spät, Ma'am.«

»Was?«

Sie wirbelte herum und sah, daß Bradford auf sie zugerannt kam. Ehe sie auch nur ein Wort sagen konnte, landete Bradfords Faust in Grants Gesicht, und der größere Mann wurde zu Boden gestreckt. Angela fand ihre Stimme wieder.

»Hör auf! Hör auf! Er hat es doch nicht gewußt, Bradford!«

Bradford drehte sich um und sah sie an. Sie trat einen Schritt zurück. Einen Augenblick lang hatte sie das Gefühl, er wolle sie umbringen.

»Woher hätte er es auch wissen sollen? Wir haben es niemandem erzählt. Verstehst du? Er konnte es gar nicht wissen!«

Bradford sah prüfend in ihr betroffenes Gesicht, und allmählich erstarb die Flamme. Er drehte sich zu Grant um und streckte eine Hand aus, um ihm aufzuhelfen.

»Ich muß mich für mein dummes Verhalten entschuldigen. Verzeihst du mir?«

»Wenn du meine Entschuldigung ebenfalls annimmst«, erwiderte Grant, der seinen Kiefer zart betastete. »Wenn ich gewußt hätte, daß du Ansprüche auf die Dame geltend machst, wäre es nicht dazu gekommen.«

»Entschuldigung angenommen«, sagte Bradford mit einem dämlichen Grinsen. »Und da du in etwa sechs Stunden abreist, schlage ich vor, daß du dich jetzt zurückziehst. Meine demnächst angetraute Frau und ich haben noch einiges miteinander zu besprechen.«

»Sie ist schrecklich zierlich, und du bist leicht aufbrausend, Bradford«, sagte Grant frei heraus. Seine Besorgtheit um Angela trat offen zutage. »Du wirst ihr doch nichts tun, Bradford?«

»Natürlich nicht«, antwortete Bradford erstaunt. »Diese Frau ist mein. Sie weiß, daß sie von mir nichts zu befürchten hat. Und jetzt laß uns bitte allein.«

Grant zögerte und starrte Bradford an. Dieser Umschwung von rasender Wut zu plötzlicher Ruhe – das war einfach nicht natürlich. War Bradford wirklich so ruhig, wie er wirkte? Grant verabschiedete sich und ließ die beiden widerwillig stehen.

Bradford sah ihm nach, bis sein junger Freund wieder im Ballsaal verschwunden war. Durch die großen Fenster und die offenen Türen konnte man sehen, daß die meisten Gäste schon gegangen waren. Sein Vater würde wütend sein, daß er nicht dabei war, um die Gäste zu verabschieden.

»Du da, komm her«, befahl er, doch seine Stimme klang nicht grob.

Angela trat zögernd näher. »Du bist nicht böse?« flüsterte sie.

»Nicht mehr.«

Sie seufzte und schüttelte dann den Kopf. »Aber ich! Du mußt mir vertrauen, Bradford. Es geht doch nicht, daß ich jedesmal, wenn ich einen Mann ansehe, damit rechnen muß, daß du ihm die Seele aus dem Leib prügelst. Du mußt es wirklich lernen, deine Ausbrüche unter Kontrolle zu kriegen.«

»Ich weiß, Angel, und es tut mir leid. Für mich ist das alles ganz neu. Ich habe noch nie einen so heftigen Besitzanspruch empfunden. Aber dir werde ich deshalb nie etwas antun. Das schwöre ich dir.«

Angela entspannte sich in seinen Armen und spürte, wie die Spannung in ihnen beiden nachließ. Sie würden gemeinsam mit seiner Eifersucht fertig werden. Es mußte möglich sein. Sie würde ihm beweisen, daß er keinen Anlaß hatte, eifersüchtig zu sein.

Bradford hielt sie zärtlich im Arm und streichelte ihren Rücken. Er sah zum Himmel auf, der jetzt graurosa war und das Nahen des Tages verkündete. Er dachte kurz an das Gespräch, das er im Lauf des Tages mit seinem Vater führen würde. Er wußte, worum sich Jacob Sorgen machte. Er würde seinem Vater erzählen müssen, daß er Candise jetzt unmöglich heiraten konnte. Anschließend würde er seine Hochzeit formell bekanntgeben.

»Heute abend werden wir der Familie von uns erzählen«, sagte Bradford. »Und heute in einer Woche sind wir verheiratet. Dann wird kein Mann mehr daran zweifeln, daß du mein bist. Aber ich vertraue dir. Ich verlasse mich darauf, daß du mich nie verläßt, wie Crystal es getan hat. Ich verlasse mich darauf, daß du nur mich liebst, Angel, wie auch ich nur dich liebe.«

30

Es war fast ein Uhr, als Angela erwachte, aber sie hatte damit gerechnet, länger zu schlafen. Die schweren Draperien waren dicht verschlossen und hielten die Sonne ab. Bradford war nicht in ihrem Zimmer.

Als sie sich gewaschen und angezogen hatte, war sie bereit, dem Tag ins Gesicht zu sehen. Und was für ein grandioser Tag es werden würde!

Angela ging den Gang entlang. Sie war leise, denn vor der Treppe kam sie an den Gästezimmern vorbei. Bradford und sie mußten bedeutend vorsichtiger sein, seit Grant und Jim McLaughlin, Bradfords Anwalt, eingetroffen waren. Doch in einer Woche war es mit ihren heimlichen Zusammenkünften vorbei. Dann gab es nichts mehr zu verbergen.

Sie lief flink die Stufen hinunter, doch sie verlangsamte ihren Schritt, als sie Bradfords im Zorn erhobene Stimme hörte. Er war im Salon, aber wen schrie er an?

»Hast du mich deshalb durch Tildas Jungen wecken lassen? Damit ich mir diesen Unsinn anhöre? Hältst du mich für einen Dummkopf?«

Crystals schrilles Lachen ertönte. »Warum fällt es dir so schwer, das zu glauben? So was kommt immer wieder vor.«

»Das ist eine Lüge, Crystal, eine infame Lüge!« rief Bradford aufbrausend. »Und wenn du glaubst, mit diesem faulen Trick könntest du mich davon abhalten, Angela zu heiraten, dann bist du verrückt!«

»Du hast also wirklich vor, sie zu heiraten?« fragte Crystal ungläubig.

»Das habe ich dir doch gestern nacht auf der Tanzfläche erzählt, als du gesagt hast, ich solle die Finger von ihr lassen. Hast du es mir denn nicht geglaubt?«

»Offen gestanden, nein«, antwortete Crystal. »Du tust mir leid, Bradford. Zu dem, was du willst, kann es niemals kommen.«

»Ich will kein Wort mehr davon hören.«

»Du solltest aber zuhören!« beharrte Crystal. »Du hast doch nicht etwa die Vorwände geglaubt, die dein Vater gemacht hat, um sie ins Haus zu bringen? Also wirklich, Bradford! Das Mädchen grundlos zu einem Familienmitglied zu machen? Weil er sie von Geburt an kennt? Wie leichtgläubig bist du eigentlich?«

»Er und Angelas Mutter waren von Kindheit an befreundet.«

»Eben!« rief Crystal aus.

»Du hast mir nichts bewiesen, Crystal. Verdammt noch mal, muß ich etwa zu Vater gehen, um dem ein Ende zu setzen?«

»Jetzt sag mir eins«, sagte Crystal kühn. »Wenn er gewollt hätte, daß wir die Wahrheit erfahren, warum hätte er dann so viele Lügen erfinden müssen, um uns die Wahrheit nicht zu erzählen? Du darfst nicht mit ihm darüber reden. Er würde völlig außer sich geraten, wenn er wüßte, daß du hinter seine Sünden gekommen bist. Er könnte wieder einen Anfall bekommen, und sein Arzt hat gesagt, daß ein weiterer Anfall ihn umbringen würde.«

»Das kommt dir sehr gelegen, Crystal«, sagte Bradford trocken. »Ich kann Vater also nicht mit deinen Lügen konfrontieren. Aber das bedeutet noch lange nicht, daß ich dir auch nur ein Wort von dem glaube, was du gesagt hast.«

»Sei doch vernünftig, Bradford. Es ist eine Tatsache, daß dein Vater Golden Oaks vor fast zweiundzwanzig Jahren gekauft hat. Und kurz darauf hat eine gewisse Charissa Sherrington Angela geboren. Es ist doch offensichtlich, daß Jacob dieser Frau nach Alabama gefolgt ist. Warum sonst hätte er das Land kaufen sollen, das ihr frisch angetrauter Ehemann bestellt hat?«

»Das sind alles nur Mutmaßungen, Crystal«, erwiderte Bradford ermattet. »Damit ist noch nichts bewiesen.«

»Nun gut. Dann hör dir das an. Ich wollte nicht zugeben, daß ich im Schreibtisch deines Vaters gekramt habe, aber du zwingst mich, dir zu zeigen, was ich dort gefunden habe. Das beweist alles. Ich werde es dir vorlesen. Du wirst mir zuhören, weil du weißt, daß dir nichts anderes übrigbleibt. ›Mein liebster Jacob‹, beginnt der Brief.

Ich weiß, daß Du mich suchen wirst, und es tut mir leid, daß ich gegangen bin, ohne mich von Dir zu verabschieden, aber ich habe es für das Beste gehalten. Ich habe immer gewußt, daß Du Deine Frau niemals verlassen kannst, da das für Dich bedeutet hätte, Deine Söhne aufzugeben, und Deine Söhne brauchen Dich. Obwohl ich das weiß, kann ich nicht dagegen an, daß ich Dich liebe, Jacob. Hättest Du Deine Liebe zu mir doch entdeckt, bevor Du sie geheiratet hast! Doch das habe ich schon so viele Male gesagt, nicht wahr?

Du brauchst Dir keine Sorgen um mich zu machen, Jacob, und auch nicht um das Kind, das ich austrage. Ich weiß, daß Du gesagt hast, Du würdest dem Kind alles geben, was Du Deinen anderen Kindern gibst, aber das ist nicht genug, mein Liebster. Du kannst nicht eingestehen, daß Du der Vater bist, und ich will, daß mein Kind einen Vater hat. Aus diesem Grunde habe ich geheiratet.

Ich habe meinen Mann erst gestern kennengelernt, als er in die Kut-

sche gestiegen ist, in der ich saß. Er scheint ein freundlicher Mensch zu sein. Ich weiß, daß Du denkst, ich hätte warten sollen, bis ich einen Mann gefunden hätte, den ich lieben könnte. Doch ich werde niemals einen anderen als Dich lieben, und daher spielt es keine Rolle.

William Sherrington wollte eine Frau, und ich brauchte eilig einen Mann. Man wird glauben, daß er der Vater meines Kindes ist. Es wird eine Vernunftehe werden, und William hat versprochen, mein Kind als sein eigenes aufzuziehen.

Er hat in Alabama eine kleine Farm gepachtet, und dorthin gehen wir. Das teile ich Dir mit, weil Du ein Recht darauf hast, zu wissen, wo Dein Kind ist. Ich werde bei einem Anwalt in Mobile Anweisungen hinterlegen, daß man Dich verständigt, falls das Kind jemals in Not gerät.

Ich bitte Dich inständig, mir nicht zu folgen, Jacob, weil das zu nichts Gutem führen kann. Leb wohl, mein Liebster.

Und unterschrieben ist das Ganze mit ›Charissa Sherrington‹«, schloß Crystal triumphierend.

Er war so tief betroffen, daß er nicht auf die Idee kam, Crystal prüfend ins Gesicht zu sehen. Hätte er sie angesehen, so hätte er gemerkt, daß sie log. Crystal log, wann immer es ihr paßte, und wenn er nicht ganz so sehr die Fassung verloren hätte, hätte Bradford dem Rechnung getragen. Doch in seiner Pein entging ihm der eigentümliche Schein in ihren Augen.

»Hol dich der Teufel, Crystal!«

Angela drehte sich langsam um und ging wie in Trance die Treppe hinauf. Ihre Augen waren weit offen, aber sie nahm nichts wahr. Etwas riß an ihrer Brust. Sie konnte kaum noch atmen.

Sie erreichte ihr Zimmer, ohne sich dessen bewußt zu sein! Angela setzte sich auf die Bettkante. Ihre Augen brannten vor Sehnsucht nach den Tränen, die sich nicht einstellen wollten.

Lieber Gott, ich liebe meinen Halbbruder! Meinen Halbbruder! Ich liebe ihn jetzt schon seit zehn Jahren – mein halbes Leben. Und Gott verzeih mir, aber ich kann es nicht lassen. Ich liebe ihn immer noch!

Ohne zu denken, stand Angela von ihrem Bett auf und fing an, ihre Kleider in die beiden Koffer zu packen, die sie für die Schule benutzt hatte. Schnell packte sie alles ein, was sie besaß. Es bestand kein Anlaß, etwas zurückzulassen, denn sie würde nie mehr in dieses Haus zurückkehren können.

Als sie die Koffer gepackt und verschlossen hatte, verließ Angela ihr Zimmer. Niemand begegnete ihr auf dem Weg zu den Ställen. Dort fand sie Zeke, der den Pferden gerade Heu brachte. Er sah auf und lächelte sie an.

»Zeke, ich möchte, daß du in mein Zimmer gehst und die beiden Koffer holst, die du dort findest. Mach das bitte möglichst leise. Der Rest der Familie schläft noch.«

»Fahren Sie wohin, Missy?« fragte er und kratzte sich den Kopf. »Mir hat niemand gesagt ...«

»Nur in die Stadt, Zeke«, fiel sie ihm mit einem schwachen Lächeln ins Wort. »Ich habe in letzter Zeit ein bißchen zugenommen und fast alle meine Kleider müssen geändert werden. Ich dachte mir, ich lasse gleich alles auf einmal machen.«

»Ja«, sagte er und ging auf das Haus zu.

In banger Erwartung blieb sie stehen. Endlich kam Zeke mit dem zweiten Koffer zurück, und sie fuhren in die Stadt.

Wohin sollte sie bloß gehen? Wo auf dieser Welt war ein Platz für sie? Vielleicht konnte sie ihre Mutter finden, dachte Angela plötzlich. Ja, sie würde ihre Mutter suchen und mit ihr zusammenleben! Es gab sogar jemanden, der in den Westen fuhr. Grant Marlowe. Sie würde ihm Geld geben, damit er sie mitnahm.

Angela drehte sich um und warf einen letzten Blick auf Golden Oaks. Das große weiße Landhaus schimmerte in der Mittagssonne. Dann bog Zeke auf die Uferstraße ein, und sie konnte das Anwesen nicht mehr sehen.

Sie wehrte sich gegen jeden Gedanken an Bradford, doch je weiter sie sich von Golden Oaks entfernten, desto klarer wurde ihr, daß sie Jacob nie wiedersehen würde. Bei diesem Gedanken brach ihr fast das Herz.

Bradford stürmte weitaus zorniger, als er es zu zeigen beabsichtigt hatte, in das Zimmer seines Vaters. Nicht Jacob war es, den er erwürgen wollte, sondern Crystal.

Ihm war klargeworden, daß er nichts von dem, was sie gesagt hatte, akzeptieren wollte. Sie log, sie mußte gelogen haben. Diesen Brief hatte sie selbst geschrieben! Es mußte so sein!

»Du wolltest mit mir über Candise reden, Vater, und ich bin gekommen, um dir zu sagen, daß ich sie nicht heiraten kann.«

Jacob blieb stumm. Er wußte, daß mit seinem Sohn einiges nicht stimmte. Etwas Schreckliches mußte geschehen sein.

»Ich habe nicht geglaubt, daß du sie heiraten würdest«, sagte Jacob schließlich. »Ich habe das sichere Gefühl, daß du dich für jemand anderen interessierst.«

»Allerdings«, sagte Bradford kampflustig. »Ich werde nächste Woche Angela heiraten. Was sagst du dazu?«

»Eine größere Freude könntest du mir nicht bereiten.«

»Was?«

Jacob grinste. »Dachtest du etwa, ich hätte etwas dagegen einzuwenden? Ich habe immer gehofft, daß du und Angela eines Tages heiraten würden, doch wegen eures Altersunterschiedes habe ich gefürchtet, du könntest heiraten, ehe sie auch nur herangewachsen ist. Einwände? Mein Junge, ich könnte nicht glücklicher sein.«

Bradford setzte sich und fing an zu lachen. Er konnte gar nicht mehr damit aufhören. *Diese verdammte Crystal!* Die Hexe hätte wissen müssen, daß ihre Lügengespinste schnell widerlegt werden konnten. Jacob hätte niemals zulassen können, daß Bradford Angela heiratete, wenn sie seine Tochter gewesen wäre. Doch Jacob war hocherfreut. Er konnte Crystal auslachen, nächste Woche, wenn er Angela durch das Mittelschiff führte, um sie auf ewig zur Seinen zu machen. Er war so glücklich, daß sein Zorn fast verflog.

31

Zeke hielt den Wagen vor Madame Tardieus kleinem Laden an. Nachdem er Angelas Koffer hineingekarrt hatte, schickte sie ihn fort und sagte ihm, sie werde mit einem gemieteten Wagen nach Hause zurückfahren, da sie nicht wisse, wie lange sie brauchen würde. Es war ihr verhaßt zu lügen, aber es blieb ihr nichts anderes übrig.

Madame Tardieu, die kleine Französin, die die zauberhaften Gewänder für die Damen Maitland kreierte, kam aus einem Hinterzimmer und begrüßte Angela fröhlich. »Mademoiselle Sherrington, der Ball war sicher ein voller Erfolg?«

»Ja, ganz und gar«, antwortete Angela voller Unbehagen.

»Wie schön. Aber was ist das?« fragte Madame Tardieu, als sie die Koffer auf dem Boden bemerkte. »Haben Sie woanders Stoff erworben, den ich für Sie verarbeiten soll?«

»Nein, Madame«, versicherte ihr Angela. »Ich – ich hatte vor, einige meiner Kleider ändern zu lassen, aber ich habe es mir anders überlegt. Die Mode ändert sich so rasch. Ich glaube, ich sollte mir gleich eine vollständig neue Garderobe zulegen.«

»Ah, *oui,* die bauschigen Röcke. Dafür braucht man wesentlich mehr Stoff. Wollen Sie die Stoffe gleich aussuchen? Ich habe gerade eine neue Lieferung Seide aus Paris erhalten.«

»Nicht im Moment, Madame Tardieu. Erst bringe ich meine alten Kleider in die Kirche, damit sie an die Armen verschenkt werden. Dann habe ich noch ein oder zwei Besorgungen zu erledigen. Ich komme anschließend wieder vorbei«, erwiderte Angela.

Es war ihr unangenehm, schon wieder lügen zu müssen. Warum zog eine Lüge immer gleich neue Lügen nach sich?

»Es muß sehr aufregend für Sie sein, daß schon so kurz nach dem Ball eine Hochzeit folgt«, fuhr die Französin fort, während sie Angela zur Tür brachte.

Angela hielt den Atem an. Niemand konnte wissen, daß eine Hochzeit bevorstehen sollte.

»Wo haben Sie das gehört?«

Madame Tardieu lachte fröhlich. »Das ist doch im Moment das Stadtgespräch. Neuigkeiten dieser Art breiten sich schnell aus. Es ist wirklich zu schade, daß die bezaubernde Braut nicht mehr rechtzeitig zum gestrigen Ball eingetroffen ist.«

Angela starrte sie verständnislos an.

»Wußten Sie es noch nicht? Mademoiselle Taylor ist heute morgen mit ihrem Papa eingetroffen. Ah, Monsieur Maitland muß froh sein, daß sein Sohn die Tochter seines besten Freundes heiratet. Soweit ich weiß, sind die beiden schon sehr lange verlobt.«

Ganz langsam sickerten die Worte durch. Candise Taylor und Jacobs Sohn? Aber Jacob hatte nur einen unverheirateten Sohn. Verstehen trat in Angelas Augen. Bradford hatte ihr einen Heiratsantrag gemacht und mit ihr geschlafen, und während alledem war er mit der Tochter des besten Freundes seines Vaters verlobt, die er heiraten wollte.

»Sie werden ein neues Kleid für die Hochzeit brauchen«, sagte

Madame Tardieu. »Wie wäre es mit Hellgrün? Das würde gut zu Ihrer Haarfarbe passen.«

»Nein!« fauchte Angela. Dann riß sie sich wieder zusammen. »Blau oder vielleicht auch rosa. Aber jetzt muß ich wirklich gehen.«

»Selbstverständlich. Wir werden das dann später entscheiden.«

»Ja«, antwortete Angela eilig. »Später.«

Als sie vor dem Modegeschäft stand, bebte Angelas ganzer Körper vor Wut. Bradford hatte nur eine praktische Bettgenossin für die Zeit gesucht, bis seine Verlobte eintraf! Und Angela hatte ihm diesen Gefallen nur zu willig erwiesen.

Sie wollte nicht mehr daran denken und suchte sich eilig einen Wagen. Sie wußte, daß Grant Marlowe an jenem Nachmittag ein Schiff nach Louisiana nehmen würde. Als sie das Schiff und auch den Kapitän des Schiffs gefunden hatte, erfuhr sie, daß Grant bereits an Bord war. Es war nicht schwierig, Grant zu finden. Schwieriger sollte es werden, ihn zu überreden, daß er sie in den Westen mitnahm.

Sie standen an der Reling und sahen zu, wie die letzte Fracht eingeladen wurde. Grant ahnte nicht, daß ihre Koffer bereits an Bord waren und daß sie ihre Überfahrt bezahlt hatte.

»Sie müssen verstehen, Miß Angela, daß ich allein nach Texas reise. Es wäre etwas anderes, wenn wir zu mehreren wären und mit Wagen gemeinsam reisen würden. Nein, es geht beim besten Willen nicht.«

»Ich werde Ihnen nicht zur Last fallen, Grant. Ich erbitte nicht Schutz, sondern ich suche nur einen Begleiter.«

»Und wer, wenn nicht ich, soll sie beschützen?«

»Ich kann auf mich selbst aufpassen«, erwiderte sie und reckte ihr Kinn in die Luft.

Er sah belustigt auf sie hinunter, und auf seinen Lippen stand ein ungläubiges Grinsen. »Wir reden von Texas, Ma'am. Das ist ein wildes Land, voller Indianer, mexikanischer Banditen und Gesetzloser, die eine Frau umbringen würden, ohne mit der Wimper zu zucken. Und wie ich bereits sagte, reise ich allein. Wenn ich einen Planwagen nähme, um einer Dame den nötigen Komfort zu bieten, würde mich das um mindestens einen Monat zurückwerfen, und ich kann es mir nicht leisten, soviel Zeit zu verlieren.«

»Ich brauche keinen Wagen. Wenn Sie reiten können, dann kann ich es auch«, sagte Angela.

Er musterte sie einen Augenblick lang, und die Sonne, die sich in seinen Augen spiegelte, ließ diese Augen zu grünschimmernden Teichen werden. »Warum wollen Sie unbedingt in den Westen reiten?«

Auf diese Frage war sie vorbereitet. »Ich will meine Mutter finden.«

»Lebt sie in Texas?«

»Ich habe guten Grund, es anzunehmen«, antwortete Angela.

»Heißt das, daß Sie nicht sicher sind?«

»Ich weiß nur, daß sie vor zwanzig Jahren in den Westen gezogen ist. Aber ich habe die Absicht, das Land durchzukämmen, bis ich sie gefunden habe.«

»Soweit ich weiß, kommt Brad in vier oder fünf Monaten nach Texas. Warum warten Sie denn nicht, bis er Sie nach Texas bringt?« fragte Grant kühn. »Oder was noch besser wäre: Lassen Sie ihn doch jemanden engagieren, der Ihre Mutter sucht.«

Angela räusperte sich und senkte den Kopf. »Ich – ich glaube, Sie sollten wissen, daß ich mich entschieden habe, Bradford nicht zu heiraten. Wir … passen … nicht zueinander.«

Grant legte die Stirn in Falten. »Brad hat Ihnen doch letzte Nacht nichts getan? Ich meine, Sie haben es sich doch nicht wegen der Sache, die im Garten vorgefallen ist, anders überlegt?«

»Nein«, erwiderte sie eilig und wich seinen Blicken aus. »Nein, natürlich nicht. Meine Entscheidung hat nichts mit Ihnen zu tun.«

»Das verstehe ich nicht. Letzte Nacht haben Sie geschworen, daß Sie Brad lieben.«

»Ich kann nicht leugnen, daß ich ihn liebe«, sagte Angela mit schwacher Stimme. Es war die Wahrheit. Sie würde ihn immer lieben. »Aber ich kann ihn nicht heiraten.«

»Sie laufen Brad also wirklich fort?«

»Man könnte es so sagen.«

»Er wird Ihnen folgen.«

»Er wird mir nicht nachlaufen, soviel ist gewiß«, sagte Angela schlicht und bemühte sich, ihre Tränen zurückzuhalten. »Wenn er merkt, daß ich gegangen bin, wird er wissen, warum, und er wird auch wissen, daß es das Beste ist. Nehmen Sie mich jetzt mit?«

»Nur unter einer Bedingung«, antwortete er ernsthaft. »Und die lautet, daß ich Sie als meine Frau mitnehme.«

»Das kann doch nicht Ihr Ernst sein!« rief sie aus, aber sie erkannte sogleich, daß es ihm ernst war.

»Ich habe Sie letzte Nacht gebeten, meine Frau zu werden, und ich bitte Sie jetzt noch einmal.«

»Ich kann Sie nicht heiraten, Grant. Ich habe Ihnen doch gesagt, daß ich Bradford liebe«, sagte sie kläglich.

»Aber Sie sagen, daß Sie ihn auch nicht heiraten können. Das ist widersinnig, Miß Angela.«

»Ich werde dafür bezahlen, daß Sie mich mitnehmen«, sagte sie.

»Ich habe Ihnen meine Bedingung genannt, Ma'am, und nur unter diesen Umständen bin ich bereit, Sie mitzunehmen. Sie sind nun mal so hübsch, daß man nicht allein mit Ihnen reisen kann, und ich bin auch nicht aus Stein.«

»Bitte, Grant ...«

»Die Antwort lautet nein, wenn auch mit Bedauern.«

Er tippte sich an den Hut und ließ sie allein an der Reling stehen. Sie sah ihm nach. Angela würde ihn dazu bringen, seine Meinung zu ändern. Es mußte einfach klappen.

32

Die Dämmerung zog schon herauf, als die beiden Reiter sich erschöpft den Randbezirken von Nacogdoches näherten.

»Hier werden Sie sicher eine Postkutsche bekommen, und dann will ich nichts mehr mit Ihnen zu tun haben«, brummte Grant. Wie hatte er sich nur beschwatzen lassen, sie so weit mitzunehmen?

Grant band ihre Pferde vor dem einzigen Gebäude, das ein Schild mit der Aufschrift ›Hotel‹ trug, an. Sie traten ein, und auf Grants Pochen hin erschien ein schmaler, kurzgewachsener alter Mann mit grauem Schnurrbart aus einem Hinterzimmer.

»Ich komm' ja schon. Immer mit der Ruhe«, rief der kleine Mann mit brüchiger Stimme.

»Wann geht die nächste Postkutsche?« fragte Grant ungeduldig.

»Haben Sie gerad' verpaßt. Heute mittag abgefahren.«

»Und wann geht die nächste?«

»Frühestens in einer Woche. Können Sie und Frauchen doch hierbleiben«, erwiderte der Mann und lächelte Angela mit bewunderndem Blick an. »Gibt ein nettes Zimmer auf die Straße, was ich billig lassen kann.«

»Sie können der Dame das Zimmer geben und mir für heute nacht ein anderes besorgen«, sagte Grant und wandte sich zu Angela um. »Es sieht so aus, als müßten Sie eine Woche warten. Ich ziehe morgen früh weiter.«

»Aber ...«

»Wir haben uns geeinigt, daß ich Sie bis hierher mitnehme. Das habe ich getan.«

Seine schroffe Art und die Feststellung, daß sie wieder auf sich selbst gestellt war, warfen sie um. »Vielen Dank, Mr. Marlowe, und auf Wiedersehen«, sagte sie ebenso abrupt. Dann drehte sie sich um und folgte dem alten Mann die Treppe hinauf.

Grant sah ihr finster nach. Zorn stieg in ihm auf, und er drehte sich ebenfalls um, verließ überstürzt das Hotel und lief auf den erstbesten Saloon zu.

Es war noch ziemlich früh am Morgen, als Grant an Angelas Tür klopfte und dann in ihr Zimmer platzte, ohne eine Antwort abzuwarten. Äußerst erschrocken setzte sie sich in dem breiten Doppelbett auf.

»Darf ich fragen, warum Sie mich ausgerechnet zu dieser Tagesstunde aufsuchen müssen?« fragte sie kühl.

»Ich reise jetzt ab, Ma'am.« Seine Höflichkeit triefte vor Sarkasmus.

Grants rauher Ton diente ihm zum Schutz gegen seine Gelüste auf Angela. Er wollte sie haben, doch sie liebte Brad.

»Ich dachte, wir hätten uns gestern abend schon verabschiedet?« sagte sie schalkhaft.

»Sie schon. Und ich werde es jetzt tun«, entgegnete er und kam mit zwei großen Schritten auf ihr Bett zu.

Er beugte sich herunter, packte sie an den Schultern und preßte seine Lippen gewaltsam auf ihren Mund. Seine Grobheit schwand, und er wurde zunehmend zärtlicher. Langsam setzte er sich auf die Bettkante, zog sie in seine Arme und drückte sie zart an sich.

Angela versuchte nicht, ihn von sich zu stoßen. Sie reagierte nicht von ganzem Herzen auf seinen Kuß, doch es war ein wohltuender Kuß, und sie fühlte sich in seinen Armen geborgen. Sie empfand nicht das Prickeln, das Bradfords Berührungen bei ihr auslösten, aber es machte Spaß, Grant zu küssen. Sie stöhnte leise um das, was sie nie mehr haben würde, doch Grant hielt ihr Elend für Begierde.

»Angela, sag, daß du mich heiraten wirst«, sagte er mit tiefer Stimme und küßte ihren Nacken. »Du bist wie eine Blume in der Wüste – zu empfindlich, als daß man sie berühren dürfte, aber auch zu schön, als daß man sie zurücklassen könnte.«

Seine poetischen Worten bewegten sie zutiefst. Er war ein so gutaussehender junger Mann, viel eindrucksvoller als Bradford. Er war größer und stärker, und als Liebhaber war er wahrscheinlich sehr zart.

Er würde einen guten Ehemann abgeben, einen Mann, auf den sie stolz sein könnte. Doch sie liebte ihn nicht, und auch er sprach nicht von Liebe.

»Warum willst du mich heiraten, Grant?« fragte sie behutsam.

»Ich will, daß du meine Frau wirst«, sagte er schlicht.

»Aber warum?«

Er sah fest in ihre Augen, dunkelviolette Tümpel, die im Morgenlicht fast blau waren. »Ich will dich«, sagte er so leise, daß nur noch ein Flüstern blieb.

»Aber du liebst mich nicht. Und ich liebe dich nicht«, wandte Angela ein.

»Was ich für dich empfinde, ist der Liebe nah verwandt«, gab er zurück.

»Sei ehrlich zu mir, Grant«, sagte sie mit ruhiger Stimme. »Dir geht es darum, mit mir zu schlafen.«

»Ja, natürlich«, sagte er verblüfft. Ihre Offenheit machte ihn nervös.

»Und wenn ich dich mit mir schlafen lassen würde, dann gäbe es für dich keinen Grund mehr, mich zu heiraten. Habe ich recht?«

»Wenn du nicht die verfluchteste Frau bist, die ich je getroffen habe!« rief er schockiert aus. Er sprang schnell auf. »So geht es nicht, Angela.«

Sie lachte über seinen Gesichtsausdruck. »Jetzt komm schon, Grant. Ich dachte, die Texaner pfeifen auf Konventionen.«

Sein Ausdruck veränderte sich schlagartig. In seine dunkelgrünen Augen trat ein Glitzern, und er sah abschätzend auf sie hinunter. Auf seine Lippen trat ein Lächeln, und ohne ein weiteres Wort fing er an, sein Hemd aufzuknöpfen.

Jetzt war Angela die Verblüffte. »Was – was soll das heißen, Grant?«

Sein Grinsen wurde breiter. »Ich habe vor, Ihr Angebot wortwörtlich zu nehmen, Ma'am.«

»Grant, nein!« keuchte sie. »Ich habe mich dir nicht angeboten. Ich habe nur versucht, dir etwas zu erklären. Du willst mich nicht als deine Frau, du willst mich nur in deinem Bett.«

»Das ist nur zu wahr«, erwiderte er, ohne sie aus den Augen zu lassen. »Ich habe immer angenommen, ihr feinen Damen wolltet immer gleich beides, aber du hast mich eines Besseren belehrt.«

»Verlaß sofort mein Zimmer, Grant Marlowe!« rief Angela. Aus ihrer Besorgnis wurde Angst, und sie wollte das Bett auf der gegenüberliegenden Seite verlassen.

Grant packte ihren Arm und warf sie wieder aufs Bett zurück. Er drückte ihre Handgelenke aufs Kissen und beugte sich über sie. In seinen Zügen spiegelte sich die helle Wut.

»Ich habe nicht die Absicht, dich zu vergewaltigen, Angela«, brummte er. »Aber paß in Zukunft besser auf, was du zu einem Mann sagst. Wenn du keine verfluchte Jungfrau wärst, würde ich dich hier und jetzt nehmen!« Dann lächelte er über die Furcht, die in ihren Augen stand. »Auf Wiedersehen, Miß Angela.« Er ließ ihre Hände los und ging aus dem Zimmer, ohne sich auch nur umzusehen.

Noch lange, nachdem Grant das Zimmer verlassen hatte, starrte Angela auf die geschlossene Tür. Sie konnte Grant Marlowe beim besten Willen nicht verstehen. Seine Launen veränderten sich schneller als der Himmel an einem windigen Tag.

Jetzt war Grant also fort, und sie war auf sich selbst angewiesen. Sie seufzte und stand auf, um sich anzuziehen. Sie hatte heute und in den kommenden Tagen, ehe die Postkutsche eintraf, viel zu tun. Sie war entschlossen, eine kleine Schußwaffe zu erstehen, die sie nachts unter ihr Kissen legen und tagsüber an ihrem Körper tragen wollte. Sie durfte nicht hilflos sein.

Außerdem würde sie damit anfangen, Fragen nach ihrer Mutter zu stellen. Vielleicht wußte in dieser Stadt jemand etwas über ihren Verbleib. Ja, sie hatte viel zu tun.

33

Das erste Pochen an Angelas Tür war so leise, daß sie es nicht hörte. Das zweite Klopfen war ein Donnergetöse, und sie setzte sich kerzengerade auf, hellwach, und aus einem bösen Traum gerissen.

Mit weit aufgerissenen entsetzten Augen ließ Angela ihren Blick schnell durch das dunkle Zimmer gleiten. Ein fortwährendes Hämmern setzte ein, und sie sprang aus dem Bett, zog das Laken mit sich und strich ein Zündholz an, um die Kerze auf dem Nachttisch anzuzünden. Doch schon ehe sie die Kerze anzünden konnte, brach die Tür auf.

Angela stand wie gelähmt da und hielt das Laken an sich gepreßt. Aus dem schwach erleuchteten Korridor drang nur ein dämmriges Licht.

Der Eindringling taumelte ins Zimmer und fiel plötzlich zu Boden. Angela konnte im Dunkeln nur den Umriß seiner großgewachsenen Gestalt erkennen. Er rappelte sich unbeholfen wieder auf die Füße, und sie lief auf das Bett zu und suchte tastend unter dem Kissen, bis ihre Hand den kleinen Derringer zu fassen bekam, den sie erst an jenem Nachmittag erstanden hatte.

Mit der kurzen Waffe in der Hand kehrte Angelas Mut zurück. »B-bleiben Sie, wo Sie sind, oder ich schieße.« Ihre Worte klangen nicht so tapfer wie beabsichtigt.

»Was?«

Die Stimme war ihr nur allzu vertraut, und als ihr plötzlich bewußt wurde, mit wem sie es zu tun hatte, explodierte Angela vor Wut. Sie war so zornig, daß sie in ihre alte Ausdrucksweise verfiel.

»Grant Marlowe! Was, zum Teufel, soll das heißen – hier einfach mir nichts, dir nichts reinzuplatzen? Ich sollte dich schon deshalb abknallen, weil du mir einen solchen Schrecken eingejagt hast!«

»Verdammt noch mal – ich habe geklopft, vorher!« lallte er. »Warum hast du nix gesagt?«

»Dazu hast du mir nicht die Zeit gelassen! Und betrunken bist du auch!« kreischte sie mit wachsender Entrüstung.

»Ja, Ma'am, ich bin betrunken«, erwiderte er. »Aus gutem Grund.«

Es klang kleinjungenhaft und stolz. Schließlich überwog die Erleichterung, und Angela fing an zu lachen. Sie legte die Waffe vorsichtig auf den Nachttisch, wickelte sich fester in das Laken und beugte sich dann herüber, um die Kerze anzuzünden.

Grant schirmte seine Augen gegen die unvermutete Helligkeit ab und blinzelte sie dann an. Er stand mitten im Zimmer und schwankte. Sie ging an ihm vorbei, schloß leise die Tür und lehnte sich mit dem Rücken daran.

»Und jetzt sag mir, was das heißen soll. Wieso platzt du mitten in der Nacht in mein Zimmer?«

»Ich sag's doch, ich – ich hab' vorher angeklopft. Ich habe mir Sorgen gemacht, als keine Antwort kam.«

»Schon gut, Grant«, fiel sie ihm ins Wort. »Jetzt sag mir, was du hier tust. Ich dachte, du seist heute morgen weitergereist.«

»Bin ich auch.«

Sie seufzte. Er hatte Schwierigkeiten, das Gleichgewicht zu halten, und daher half sie ihm, sich auf den Stuhl zu setzen, der neben dem Bett stand. Dankbar ließ er sich zusammenfallen.

Wie eine schimpfende Mutter sah sie auf ihn nieder. »Wenn du heute morgen losgeritten bist, warum bist du dann wieder zurückgekommen?«

»Ich wollte – dich sehen.«

»Warum?«

»Ich hab' auf dem Weg getrunken. Hab' ... hab' mir gedacht, das mußt du noch mal probieren«, sagte er und hielt einen Finger in die Luft, um sich verständlich zu machen.

»Was noch einmal probieren?« fragte sie verärgert.

Er lächelte knabenhaft. »Dich dazu bringen, daß du mich heiratest. Konnte dich hier nicht allein lassen.«

»O Grant! Also wirklich!« sagte sie und schüttelte den Kopf. »Was soll ich bloß mit dir anfangen?«

»Mich heiraten.«

Sie setzte sich auf die Bettkante und sah ihn zärtlich an. »Grant, die Antwort lautet immer noch nein. Ich habe nicht die Absicht, dich oder irgendeinen anderen Mann zu heiraten – ganz gleich, wann.«

»Aber du brauchst doch jemanden«, erwiderte Grant, nachdem Angelas Worte zu ihm durchgedrungen waren.

»Brauchen tue ich gar keinen Mann!« schrie sie trotzig. »Ich bin sehr wohl fähig, für mich selbst zu sorgen!«

Um das Thema zu wechseln, fragte sie: »Hast du dir wenigstens ein Zimmer besorgt, bevor du bei mir hereingeplatzt bist?«

»Nein«, antwortete er mit einem dämlichen Grinsen.

Sie seufzte. »Na gut. Da du im Moment nicht in der Verfassung bist, woanders hinzugehen, kannst du hierbleiben. Ich werde runtergehen und sehen, ob ich für den Rest der Nacht ein anderes Zimmer bekommen kann.«

Er griff nach ihrer Hand und hielt sie fest. »Bleib bei mir, Angela. Ich werde auch nicht ...«

»Nein, Grant«, erwiderte sie mit fester Stimme und zog ihn von seinem Stuhl hoch. »Jetzt bringe ich dich erst mal ins Bett.«

Er ließ sich von ihr das kurze Stück bis zum Bett ziehen. Dann half sie ihm aus seiner schweren Jacke und dem Hemd. Es gelang ihr mit Mühe, ihm die Stiefel von den Füßen zu ziehen. Als sie ihn zudeckte, griff er wieder nach ihrer Hand und sah sie sehnsüchtig an.

»Ein Kuß, ehe du gehst«, wagte er sich vor und legte ihre Hand auf seine Wange.

»Wenn du dann brav einschläfst«, erwiderte sie.

Sie setzte sich auf die Bettkante, beugte sich über ihn und küßte ihn. Sie spürte, wie er sie in den Arm nahm und sie näher zu sich zog, doch sie riß sich nicht los. Der Kuß war wohltuend.

Als sich die Tür zu ihrem Zimmer leise öffnete, hörte Angela es nicht. Sie nahm auch die Anwesenheit des Mannes nicht wahr, der im Türrahmen stand und sie lange beobachtete. Doch sie hörte, daß die Tür sich wieder schloß, und sie löste sich aus Grants Umarmung, um in die Richtung zu sehen.

»Was ist los?« fragte er.

Sie sah ihn lächelnd wieder an. »Nichts. Ich dachte, ich hätte etwas gehört, aber ich muß mich wohl getäuscht haben.« Sie zog ihm die Decke bis zum Hals und strich ihm das Haar auf der Stirn glatt. »Und jetzt schlaf ein, Grant. Wir sehen uns morgen früh.«

34

Bradford Maitland erfuhr bei seiner Rückkehr nach Mobile, daß sein Vater tot war.

Ein Hafenarbeiter, ein Mann von gewinnender Wesensart, der annahm, Bradford sei bereits davon unterrichtet, überbrachte ihm die Neuigkeit, indem er Bradford sein Beileid ausdrückte, als dieser das Schiff verließ. Die Erbitterung der letzten Wochen verstärkte sich, weil er beim Tod seines Vaters nicht anwesend sein konnte. Auf seinem Weg nach Golden Oaks empfand Bradford tiefe Betrübnis und schwelenden Zorn zugleich.

Es war am hellen Vormittag, doch als er in das Gutshaus trat, war alles gespenstisch ruhig. Seine Augen waren goldgelbe Flammen, als sie über den Flur streiften, um festzustellen, daß alle Türen offenstanden bis auf eine. Er ging direkt auf das Arbeitszimmer seines Vaters zu und öffnete die Tür mit solchem Schwung, daß sie gegen die Wand prallte und ein großes Bild mit lautem Knall zu Boden fiel.

Zachary Maitland sprang auf. Er hatte hinter dem Schreibtisch seines Vaters gesessen und trat jetzt schnell hinter den Stuhl, als würden ihm Tisch und Stuhl Schutz bieten. In seinem hübschen Gesicht stand das blanke Entsetzen, als er zusah, wie sein Bruder langsam ins Arbeitszimmer trat.

»Wie ist es passiert?« fragte Bradford mit betont ruhiger Stimme.

»Es war das Herz, Brad«, erwiderte Zachary beschwichtigend. Seine Augen waren weit aufgerissen. »Es war nichts mehr zu machen.«

»Wie ist es passiert?« wiederholte Bradford seine Frage eine Spur lauter.

»Er hatte wieder einen Anfall!« Zachary schrie jetzt, als ginge es um sein Leben.

Darum ging es auch tatsächlich, denn Bradford empfand eine unaussprechliche Sehnsucht, jemanden umzubringen, und im Moment war ihm ganz gleich, wen. Er ging schnell auf Zachary zu und packte seinen Bruder an den Rockaufschlägen.

»Du hast den ersten Anfall ausgelöst!« sagte Bradford mit berechnender Wut und beobachtete, wie Zacharys Augen vor Staunen und Angst fast aus dem Kopf traten. »Und nun, Bruder, wirst du mir erzählen, was den Anfall ausgelöst hat, der ihn ums Leben gebracht hat!«

»Es – es ist halt passiert!« stotterte Zachary. »Es gab nichts, was man …«

»Hältst du mich für einen Idioten?« fiel ihm Bradford ins Wort. »Du wirst mir die Wahrheit sagen – jetzt sofort, oder ich werde sie bei Gott aus dir herausprügeln!«

»Schon gut, schon gut, Bradford!« schrie Zachary, aus dessen Gesicht die Farbe vollends wich. »Aber es war ein Unfall – ich schwöre es dir! Woher sollten wir wissen, daß Vater oben auf der Treppe stand – daß er unseren Streit mitanhören konnte?«

»Wer ist wir?«

»Crystal und ich. Wir dachten, Vater hielte Mittagsschlaf, wie Dr. Scarron es ihm geraten hat, seit … seit … du weißt es ja. Du warst hier.«

»Ja, ich erinnere mich recht gut daran, wie sehr Vater das Verschwinden seines *Mündels* aus der Fassung gebracht hat«, bemerkte Bradford taktlos.

Er ließ Zachary los und ging langsam auf die Hausbar seines Vaters zu.

»Also gut, Zachary«, sagte Bradford und schenkte sich ein großes Glas Bourbon pur ein. »Das möchte ich mir jetzt genau anhören, und ich rate dir, mir die Wahrheit zu erzählen.«

Zachary blieb wie angewurzelt auf der Stelle stehen. Er räusperte sich nervös. »Nun, wie ich schon sagte, hatten Crystal und ich eine Auseinandersetzung. Ursprünglich saßen wir im Salon, aber irgendwie hat das Ganze in der Eingangshalle aufgehört … Ich bin ihr gefolgt … ja … weil sie gesagt hat, sie hätte nichts mehr zu sagen und würde auf ihr Zimmer gehen, aber … ich habe sie im Flur zurückgehalten. Wir wußten nicht, daß Vater oben auf der Treppe stand, daß er uns hören konnte.«

»Du stellst meine Geduld auf die Probe, Zachary!« unterbrach ihn Bradford. »Männer streiten sich des öfteren mit ihren Frauen. Was hat das mit Vaters Anfall zu tun?«

»Es hat mit dem zu tun, worüber wir gestritten haben, Bradford. Oder besser gesagt, damit, über wen wir gestritten haben«, erwiderte Zachary mit schwacher Stimme und wich dem kalten Blick seines Bruders aus.

Bradford leerte sein Glas, als sei es mit Quellwasser gefüllt. Doch die hochprozentige Flüssigkeit schien seine Augen nur noch heller aufflammen zu lassen, während sie sich in Zachary bohrten.

»Ich nehme an, du sprichst von Angela?« fragte Bradford, obschon er die Antwort bereits kannte.

»Ja, es ging um Angela. Crystal hat mir den Brief gezeigt, den sie gefunden hat – Charissa Sherringtons Brief. Sie hat mir gesagt, daß sie ihn dir vorgelesen hat, obwohl sie sich diese Mühe hätte sparen können, weil Angela mit Grant Marlowe davongelaufen ist. Sie hat gesagt, Angela sei deine Mätresse gewesen, nachdem sie von Robert die Nase voll hatte, und deshalb seist du hinter ihr hergewesen. Crystal hat mir all das an den Kopf geworfen, um mir zu erklären, warum sie mich nicht ... warum sie keine Kinder in diesem Haus empfangen will ... einem Haus voller Inzest.«

»Mein Gott!« rief Bradford aus, und seine ganze Haltung wurde starr. »Und all das hat Vater gehört?«

»Ja. In dem Moment haben wir gehört, wie er zusammenbrach. Er ...«

»Ist er die Treppe hinuntergefallen?« unterbrach ihn Bradford.

»Nein, aber als wir oben ankamen, war er tot.«

»Also hat Crystal mit ihrer Eifersucht und ihrem Haß Vater getötet!« Bradfords Stimme war nur ein Flüstern, doch dieses Flüstern ging durch Mark und Bein, und Zachary zitterte am ganzen Körper.

»Um Himmels willen, Bradford! Es war ein unseliger Zufall. Glaubst du, mir täte es nicht leid? Und Crystal auch! Ich – ich habe sie in jener Nacht geschlagen. Das hätte ich schon viel eher tun sollen. Sie ist seitdem in ihrem Zimmer geblieben und hat es nur zur Beerdigung verlassen.«

»Und wann war das?«

»Vor einer Woche«, erwiderte Zachary mit niedergeschlagenen Lidern. »Wir konnten nicht warten. Wir wußten nicht, wann du zurückkommen würdest.«

Ein angespanntes Schweigen senkte sich auf die beiden nieder. Bradford stand vor der Bar, das leere Glas noch in der Hand. Sein bitterer Blick ruhte nicht mehr auf seinem Bruder, sondern auf dem Schreibtisch seines Vaters. Wie viele Mordgedanken durch seinen Kopf gingen, konnte Zachary bei weitem nicht erahnen.

Endlich begann Zachary, der die unheilvolle Ruhe nicht mehr ertragen konnte, wieder zu sprechen. »Vaters Testament ist noch nicht geöffnet worden.« Als Bradford ihn nicht ansah, redete er schnell weiter. »Jim McLaughlin ist der Testamentsvollstrecker. Es scheint, als hätte Vater an dem Tag, an dem Jim hier eingetroffen ist, ein neues Testament aufgesetzt. Deine Anwesenheit wäre nicht erforderlich gewesen, aber wir haben uns alle darauf geeinigt, zu warten, bis du wieder hier bist.«

»Wie rücksichtsvoll«, bemerkte Bradford kühl. Er ging zur Tür. Ohne sich noch einmal zu seinem Bruder umzudrehen, fuhr er fort: »Wir werden die Sache heute nachmittag hinter uns bringen. Ich gedenke nicht, länger als nötig in diesem Haus zu bleiben.« Dann war er fort. Zachary war vor Erleichterung schwindlig zumute, aber er zitterte noch.

35

Jim McLaughlin räusperte sich und blickte langsam in die Runde, um sich zu vergewissern, daß alle Gebetenen anwesend waren. Er wünschte, Jacob Maitland hätte ihn nicht zu seinem Testamentsvollstrecker gemacht.

Vor allem Bradford würden einige der Bedingungen nicht glücklich machen. Jacob machte seine Macht selbst über den Tod hinaus geltend.

Zwei der Begünstigten Jacobs würden heute nicht anwesend sein. Seine Mätresse wollte sich seiner trauernden Familie nicht aufdrängen. Und Angela Sherrington – sie war verschwunden.

Jim seufzte. Er konnte seine Aufgabe nicht als erledigt betrachten, bevor er Angela Sherrington gefunden hatte. Er hoffte, Bradford habe auf seiner Reise in den Westen etwas über ihren Verbleib herausgefunden. Darüber würde er sich anschließend noch mit ihm unterhalten müssen.

»Wenn niemand etwas dagegen einzuwenden hat, werde ich jetzt beginnen«, setzte Jim an. »Zuerst möchte ich betonen, daß dieser Letzte Wille in jeder Weise legal ist.« Er las:

Ich, Jacob Maitland, erkläre im Vollbesitz meiner geistigen Kräfte und aus freiem Willen, daß dies mein Letzter Wille ist, der hiermit jedes vorher von mir aufgesetzte Testament widerruft.

Erstens: Ich verfüge hiermit, daß alle ausstehenden Zahlungen, die mir andere schulden, mit meinem Tode nicht erloschen sind, sondern auf meinen Sohn Bradford Maitland übergehen.

Zweitens. An bestimmten Lehranstalten, die ich …

Bradfords Gedanken schweiften ab, während Jim McLaughlin sämtliche Lehranstalten, Wohltätigkeitsverbände, Angestellten, Freunde und dergleichen verlas. Bradford dachte an die knappe Stunde, die er mit Robert und Candise verbracht hatte, um sich die Einzelheiten über die Beerdigung und ihren Bericht über Jacobs Tod anzuhören. Zachary hatte ihnen scheinbar nicht die wahre Todesursache seines Vaters erzählt.

Bradford war bereits entschlossen, Golden Oaks und die Plantage an Zachary abzutreten, falls sein Vater ihm diese Entscheidung tatsächlich überlassen haben sollte. Er wollte Golden Oaks nie mehr sehen. Zu viele Erinnerungen aus jüngster Zeit verbanden sich für ihn damit, Erinnerungen, die nur seinen Zorn entflammten. Er wußte noch nicht genau, was er tun wollte. Er wollte nach Texas gehen, auf die Ranch, die er so sehr liebte, aber das war ihm jetzt unmöglich.

Zehntens: Meiner Haushälterin Hannah, die mir eine anhängliche und treue Dienerin war, hinterlasse ich die Summe von fünftausend Dollar, sowie die beiden Morgen Land, die unter dem Namen Weidenfarm bekannt sind, wohin sie sich von nun an jederzeit zurückziehen kann, doch kann sie ihre Stellung in Golden Oaks auch weiterhin einnehmen, solange sie wünscht.

Bradford lächelte über Hannahs verblüfftes Gesicht. Vater war jenen gegenüber, die ihm dienten, immer großzügig gewesen.

Elftens: Zachary Maitland hinterlasse ich die Summe von fünfhunderttausend Dollar und zusätzliche zwanzigtausend Dollar, die für den Rest seines Lebens jährlich ausgezahlt werden; ferner das Hotel Rush in London, England, und jedem legitimen Nachkommen, den er zeugen wird, die Summe von fünftausend Dollar jährlich bei weiblichem Geschlecht, die Summe von zehntausend Dollar jährlich im Falle jedes Nachkommen männlichen Geschlechts, die bei Volljährigkeit des besagten Nachkommen ausgezahlt wird.

Zwölftens: Crystal Maitland hinterlasse ich die Summe von fünftausend Dollar, die für den Rest ihres Lebens jährlich zahlbar ist, jedoch mit der Bedingung verknüpft, daß sie innerhalb von zwei Jahren nach meinem Tode einen legitimen Nachkommen zur Welt bringt.

Bradford lächelte, als er hörte, wie Crystal nach Luft schnappte. Ihm fiel auf, daß auch Zachary lächelte. Jetzt würde sich Crystal ihrem Gatten im Bett fügen müssen – wenn auch eher als bezahlte Hure, dachte Bradford mit trockenem Humor.

Er merkte plötzlich, daß er Zachary nicht mehr haßte, sondern Mitleid für ihn empfand. Bradford war jetzt dankbar, daß Zachary ihn von der keifenden Hexe befreit hatte. Er durfte gar nicht daran denken, daß er Crystal wirklich einmal geliebt hatte!

Er lächelte wieder, als Jim fortfuhr und die Summen genannt wurden, die sein Vater Robert Lonsdale vermacht hatte, der ihm nahezu ein dritter Sohn gewesen war, und die zehntausend Dollar jährlich an die Witwe Caden, die treue Mätresse seines Vaters. Doch er sah rot, als der Name Angela Sherrington fiel. Er hörte weder Jims Worte, noch Hannahs fröhliches Lachen, das weiter hinten aus dem Zimmer kam. Auch Crystals neuerliches Schnappen nach Luft entging ihm. Bradford hörte nichts von alledem, während er Angela vor sich sah, ein Laken lose um ihren nackten Körper gewickelt in Grants Armen und ihre Lippen auf den seinen. Dieses niederträchtige Weib! Diese Hure! Hatten sie gerade miteinander geschlafen, oder setzten sie gerade dazu an? Das spielte jetzt auch keine Rolle mehr. Er hätte sie beide töten sollen, wie er es vorhatte, als er die Tür öffnete und sie gemeinsam im Bett vorfand.

Was hatte sie einmal zu ihm gesagt? »Du wirst lernen müssen, mir mehr zu vertrauen als bisher, Bradford«, und: »Ich werde dich nie mehr verlassen. Du bist es, den ich liebe – und kein anderer.« Dieses verlogene Luder! Bradford Maitland würde in seinem ganzen Leben keiner Frau mehr trauen.

»Nun, Bradford, jetzt gehört also alles dir. Wie fühlt man sich als Millionär?«

Bradford sah auf. Jim McLaughlins Frage riß ihn aus seinen Gedanken. Er sah, daß sie inzwischen allein im Arbeitszimmer waren. Die Testamentsverlesung war abgeschlossen.

»Nicht anders als sonst auch«, erwiderte Bradford gelangweilt. »Soviel Geld zu besitzen, ist Geldverschwendung.«

Jim McLaughlin konnte selbst nicht über seine Finanzen klagen. Als einer der wichtigsten Anwälte von Maitland Enterprises war sein Jahreseinkommen beträchtlich. Er war auf dem besten Weg, selbst Millionär zu werden.

»Jedenfalls«, fuhr Jim in geschäftlichem Ton fort, »ist hier eine Kopie des Letzten Willens Ihres Vaters, sowie auch eine detaillierte Liste all seiner Besitztümer. Zweifellos ist Ihnen bereits bekannt, auf welche Branchen sich Maitland Enterprises erstreckt, da Sie jetzt schon seit vielen Jahren die Leitung der Geschäfte Ihres Vaters in der Hand haben. Doch Ihr Vater war der Ansicht, daß Grundbesitz den eigentlichen Reichtum ausmacht, und im Lauf der Jahre hat er einiges an Land erworben. In der Tat besitzen Sie über die ganze Welt verstreut Ländereien.«

»Ländereien, die ich wahrscheinlich nie auch nur zu sehen bekomme«, sagte Bradford.

»Spielt das wirklich eine Rolle?« fragte Jim. »Die meisten dieser Ländereien erbringen namhafte Erträge, und sie stellen viele Arbeitsplätze zur Verfügung. Ich glaube kaum, daß Ihr Vater Ihre Haltung billigen würde.«

»Wohl kaum«, erwiderte Bradford. »Aber für mich hat es den Reiz verloren, Geld zu machen, wenn ich ohnehin bereits mehr als genug besitze. Was geschieht, wenn ich alles verschenke und mein Glück selbst probiere?«

»Ich fürchte, das geht nicht«, sagte Jim streng. »Wie es im Letzten Willen Ihres Vaters verankert ist, muß sein gesamter Besitz in der Familie verbleiben. Natürlich kann verkauft werden, aber Sie können nichts verschenken. Sollten Sie auf Ihr Erbe verzichten wollen, so würde alles an Zachary gehen.«

Bradford biß die Zähne zusammen. Nein, es würde nicht an Zachary gehen, nicht, solange er mit Crystal verheiratet war. Er würde sich damit abfinden müssen, allein für die Millionen der Maitlands verantwortlich zu sein, ganz so, wie sein Vater es gewünscht hatte.

»Wie sehen Ihre Pläne aus, Bradford?«

»Ich nehme an, mir bleibt nichts anderes übrig, als morgen vormittag wieder nach New York zu fahren. Warum soll ich mich nicht gleich wieder um die Geschäfte kümmern?« sagte Bradford unwillig.

»Sie planen also nicht mehr, die Dinge von Texas aus zu regeln?« wagte sich Jim vor.

»Nein!« entfuhr es Bradford in rauhem Ton, und seine Augen wurden bernsteinfarben.

Jim musterte den grüblerischen jungen Mann. Bradford schlug sich zweifellos mit etwas herum, aber er war nicht in der Stimmung, daß man ihn nach den Ursachen hätte fragen können. Jim hatte erwartet, daß Bradford vor Wut an die Decke gehen würde, wenn er die Bedingungen hörte, an die seine Erbschaft gebunden war. Aber Bradford schien gar nicht zugehört zu haben.

»Ich werde ebenfalls nach New York zurückkehren, sobald ich Miß Sherrington gefunden habe«, sagte Jim, als er von Jacobs Schreibtisch aufstand. »Haben Sie etwas über ihren Verbleib herausgefunden?«

Bradford antwortete nicht gleich. Er bemühte sich sehr, sich unter Kontrolle zu bekommen. Als er schließlich antwortete, war die Bitterkeit in seiner Stimme nicht zu überhören.

»Ich habe Miß Sherrington zum letzten Mal in Nacogdoches gesehen, doch ich habe Grund zu der Annahme, daß Sie sie auf der JB Ranch finden. Zweifellos hält sie sich dort auf – mit ihrem derzeitigen Liebhaber, meinem Vorarbeiter Grant Marlowe.«

Jim war sprachlos. Miß Sherrington und Bradford waren ihm vor nicht allzu langer Zeit recht füreinander eingenommen erschienen. Schon das hatte ihn schockiert, da er von Bradfords Verlobung mit Candise Taylor wußte.

»Hier sind die Papiere, von denen ich vorhin gesprochen habe«, sagte Jim und trat auf die andere Seite des Tisches, um sie Bradford auszuhändigen. »Darunter befindet sich auch ein persönlicher Brief Ihres Vaters. Er hat mich gebeten, ihn nach der Verlesung des Testaments auszuhändigen. Ich lasse Sie jetzt allein, damit Sie den Brief lesen können. Ich bin sicher, daß wir uns noch sehen, bevor Sie abfahren.«

Bradford wartete, bis Jim den Raum verlassen hatte, ehe er den

Brief seines Vaters öffnete. Er las ihn langsam durch, und auf jeder Seite sprangen ihn die einzelnen Worte wie kleine Dämonen an. Es war einfach ausgeschlossen, daß sein Vater ihn um das eine bat, was ihm niemals möglich gewesen wäre. Scheinheilig war es auch. Er hatte immer behauptet, er würde seinen Kindern nicht seinen Willen aufzwingen.

Nun plagte Bradford ein noch größerer Kummer. Er wollte, nein – er *konnte* seinem Vater den letzten Wunsch nicht erfüllen. Jacob verlangte zuviel von ihm.

In diesem Raum, in dem sein Vater im Lauf der letzten zweiundzwanzig Jahre soviel Zeit verbracht hatte, schien Jacob noch anwesend zu sein. Bradford starrte unentwegt auf den Schreibtisch und den leeren Stuhl dahinter – *leer*. Es war ihm gleich, daß er die Selbstkontrolle verlor, und eine Träne, der gleich die nächste folgte, lief über seine Wange.

36

Unter der sengenden Sonne des Westens holperte die Postkutsche über die harte Erde, und jeder Stoß erschütterte die Mitreisenden schlimmer als der vorangegangene. Im vollbepackten Innern war es stickig, und die Reise schien endlos zu dauern.

Die Reisenden, ausnahmslos Fremde, schienen damit zufrieden zu sein, einander fremd zu bleiben, bis auf eine übermäßig fröhliche Frau, die mit ihrem Ehemann, einem Minister mit strengem Blick, reiste, der an ihrer Seite fest eingeschlafen war. Die Frau mittleren Alters, die sich als Aggie Bauer vorstellte, war rundlich und trug schwere schwarze Reisekleidung. Die drückende Hitze, die holprige Fahrt und die Tatsache, daß niemand mit ihr sprach, schienen ihr kaum etwas auszumachen.

Mrs. Bauers endloses Geschnatter verhallte unbeachtet, als sie erklärte, wie man in diesem dürren Landstrich am besten einen Garten anlegt. Angela hörte ihr nur mit einem Ohr zu und fragte sich, wo ihre Reise wohl enden würde, falls sie jemals ein Ende finden sollte.

Nach ihrem endgültigen Abschied von Grant Marlowe war sie

nach Crockett weitergereist, von da aus nach Midway, und in beiden Orten war sie eine Woche lang geblieben und hatte Fragen gestellt, ohne auch nur das geringste über ihre Mutter zu erfahren. Morgen früh würde sie wieder eine Stadt erreichen, doch würde es dort anders sein? Bestand wirklich Hoffnung, daß sie ihre Mutter finden würde? Zwanzig Jahre waren eine lange Zeit. Ihre Mutter konnte wieder geheiratet und ihren Namen geändert haben. Vielleicht war sie auch nach Mexiko oder nach Kalifornien gegangen.

Und dann gab es immer noch die letzte, für Angela nicht auszudenkende, doch gräßliche Möglichkeit, daß Charissa Sherrington nicht mehr am Leben war.

Der Mann, der links neben Angela saß, machte sie nervös. Die Waffe, die er außen an seinem Bein trug, preßte sich durch ihren Rock. Solche Männer hatte sie in letzter Zeit häufig gesehen. Würde sie sich jemals an diesen Anblick gewöhnen können? Diese gefährlich wirkenden Cowboys zeigten offen ihre Waffen und mischten sich in jeden Krawall ein.

Auf offener Straße mitten in der Stadt hatte Angela einen solchen Kampf erlebt. Es war kein traditionelles Duell des zivilisierten Südens gewesen. Statt daß die Gegner auseinandergingen und sich dann einander zuwandten, wenn bis zehn gezählt worden war, gingen zwei Männer langsam aufeinander zu, bis einer von beiden den Mut faßte, seine Waffe zu ziehen. Der Mann neben Angela hatte zweifellos viele Männer in Schießereien getötet.

Die junge Frau, die rechts neben Angela saß, war Spanierin. Über Kopf und Schultern trug sie eine weiße Spitzenmantilla. Ihre Reisegefährtin, die ihr gegenüber neben der Frau des Ministers saß, war groß und hager und wirkte ausgesprochen grimmig.

Angela sah die Anstandsdame plötzlich verwirrt an. Sie beobachtete, wie das Gesicht der älteren Frau weiß wurde, als sie aus dem Fenster sah.

Plötzlich hielt die Postkutsche an.

»Warum, um Himmels willen, halten wir mitten in dieser Einöde an?« fragte Mrs. Bauer und beugte sich über ihren Gatten, um einen Blick aus dem Fenster zu werfen. Sie schnappte nach Luft und rief erschrocken aus: »Das ist ein Überfall! Gütiger Gott, jetzt werden wir ausgeraubt!«

»Beruhige dich. Jetzt sei schon ruhig«, sagte der Minister mit fester Stimme. Er war jetzt hellwach. Feierlich sah er die übrigen Mitreisenden an. »Wenn Sie Ihre Wertsachen behalten wollen, sollten Sie sie schnell verstecken.«

»Wir können von Glück reden, wenn wir am Leben bleiben!« kreischte seine Frau. Sie wandte sich an den Mann neben Angela und fragte zornig: »Warum tun Sie nichts? Sie haben eine Waffe – gebrauchen Sie sie!«

Er schüttelte den Kopf. »Ich bin doch kein Narr, Ma'am. Der Kutscher hat sich entschlossen, kampflos aufzugeben, und daher schlage ich vor, daß wir seinem Beispiel folgen.«

In diesem Augenblick wurde die Tür aufgerissen, und ein stämmiger Mann, der sich ein Halstuch über die untere Gesichtshälfte gezogen hatte, aus dem gerade noch die Augen schauten, steckte den Kopf in die Kutsche. Er richtete seine Waffe der Reihe nach auf jeden einzelnen der Reisenden.

»Du – du mit dem Schießeisen. Schmeiß es aus dem Fenster«, befahl der Bandit, und der Mann neben Angela kam dieser Aufforderung ohne jedes Zögern nach. »Jetzt steigt ihr alle aus und stellt euch schön brav in einer Reihe neben der Kutsche auf.«

»Komm runter, du da«, rief ein anderer Mann von draußen, und die Kutsche rollte einen Meter, als der Kutscher vom Kutschbock stieg.

Sie hatten es mit fünf Räubern zu tun. Vier saßen noch auf ihren Pferden. Sie hatten die Waffen gezogen und richteten sie auf die Reisenden. Der fünfte Mann, der ihnen befohlen hatte, auszusteigen, zog gerade die Koffer und das übrige Gepäck vom Dach der Kutsche. Dann stieg ein zweiter Mann von seinem Pferd, kam auf sie zu und steckte dabei seine Waffe weg.

Der junge Mann, der mit den Händen in den Hüften vor ihnen stand, war ziemlich groß und schlank und hatte breite Schultern. Unter seinem breitkrempigen Hut quoll schwarzes Haar hervor, doch er war glattrasiert. In seinen grauen Augen stand eine befremdliche Belustigung.

»Zweifellos befinden sich in Ihrem Gepäck größere Werte, aber wir müssen auch Sie selbst durchsuchen«, sagte der Mann. Er hatte einen leichten Akzent, der entweder spanisch oder mexikanisch war. »Sie sparen sich Zeit und Ärger, wenn Sie uns behilflich sind.«

Die Frau des Ministers brach in Hysterie aus und klammerte

sich an ihren Mann. Angela rang um ihre Fassung, während der junge Bandit den Fahrer durchsuchte und die Taschen des armen Mannes langsam durchging. Er fand nur ein paar Münzen, die er in einen kleinen Beutel steckte, der von seinem Gürtel hing. Dann nahm er sich den Schützen vor, und anschließend den Minister.

Der Bandit wandte sich den Frauen zu, und um seine Augen bildeten sich Fältchen, als würde er grinsen. Zuerst nahm er sich die Spanierin vor und sprach die Duenna in scharfem Ton in ihrer eigenen Landessprache an. Die ältere Frau antwortete barsch und stellte sich vor ihren Schützling. Darüber lachte der junge Mann, doch er zog seine Pistole aus dem Halfter und richtete sie auf die Frau, die blaß wurde und starr stehen blieb. Der Bandit ließ seine freie Hand über den Rock der Frau gleiten und suchte im Saum ihres Kleides nach eingenähtem Geld. Dann sprach er wieder mit ihr, woraufhin die Frau laut aufschrie. Der Bandit lachte und zuckte mit den Schultern. Dann riß er geschwind das Mieder der Frau auf und steckte seine Hand zu einer letzten demütigenden Suche hinein. Zwei goldene Ringe und ein Medaillon kamen zum Vorschein.

Die Frau des Ministers fiel in Ohnmacht, und die Duenna schlug mit aller Kraft auf den Rücken des Banditen ein, als er sich ihrem Schützling näherte.

Angela steckte nervös ihre Hand in die Rocktasche und packte den kleinen Derringer, der an ihrem Schenkel hing. Der junge Bandit befaßte sich jetzt mit Aggie Bauer, die bewußtlos gegen eines der großen Räder der Kutsche gesunken war. Als das Mieder seiner Frau geöffnet und durchsucht wurde, wandte sich der Minister ab. Er war dankbar, daß seine Frau nicht bei Bewußtsein war.

Angela wurde starr, als der junge Mann sich ihr näherte. Er sah ihr einen Moment lang ins Gesicht, und wieder bildeten sich Lachfältchen um seine Augen. Sie hätte ihn fast für Bradford gehalten, denn er war ähnlich gebaut und hatte das gleiche wellige schwarze Haar.

»An meiner Person werden Sie nichts von Wert finden.« Sie bemühte sich, ihre Stimme ruhig klingen zu lassen, obwohl sie innerlich vor Angst und Zorn bebte. »Alles, was ich besitze, befindet sich in meinen Koffern.«

»Das werden wir ja sehen«, sagte er.

Er fing an, die Taschen ihrer leichten Jacke zu durchsuchen und tastete dann den Saum ihrer Jacke und auch den ihres Rocks ab. Sie hielt unterdessen still, doch als er aufstand und ihr ins Gesicht sah, brachte ihn der wütende Blick, der in ihren Augen stand, zum Zögern.

»Sie werden jetzt keinen Ärger machen, Señorita. Wie ich den anderen Damen bereits erklärte, ist das, was wir jetzt tun, notwendig.«

»Aber ich habe Ihnen doch gesagt, daß ich keine Wertgegenstände an meinem Körper trage!« gab Angela mit lauter Stimme zurück.

»Ich muß mich selbst vergewissern«, erwiderte er und fing an, ihr Mieder aufzuschnüren.

»Wenn Sie mich anfassen, bringe ich Sie um.« Sie sagte es langsam, fast ein Flüstern.

Die Ausbuchtung in einer Seitennaht ihres Rockes fiel ihm auf, und seine Augen verengten sich zu Schlitzen. »Ja, ich glaube Ihnen, daß Sie das tun würden, Señorita. Aber wenn Sie das tun, werden meine Freunde Sie erschießen. Wollen Sie wirklich wegen einer Kleinigkeit in so jungen Jahren sterben?«

Angela verließ der Mut, und das spiegelte sich in ihren Augen wider.

»Kommen Sie, Menina.« Der Mann sprach so leise, daß nur sie es hören konnte. »Das ist gleich vorbei, so schlimm wird es nicht werden. Ich lasse Ihnen sogar Ihre kleine Waffe.«

Angela schloß die Augen und ließ zu, daß er ihr Mieder aufschnürte. Als sie die Augen öffnete, sah sie, daß er ihre goldene Münze in der Hand hielt.

»Sie haben gelogen, Señorita.«

»Ich habe nicht gelogen. Die Münze ist völlig wertlos. Sie können selbst sehen, daß sie ein Loch hat. Bitte«, flüsterte sie mit flehentlichem Blick, »nehmen Sie mir die Münze nicht weg.«

»Sie muß einen gewissen Wert besitzen, da Sie sie sonst nicht behalten wollten«, erwiderte er und drehte die Münze in seiner Hand.

»Sie ist nur für mich von Wert!« schrie sie und riß ihm die Münze aus der Hand.

Er zuckte die Schultern, und wieder kamen die Lachfältchen zutage. »Dann wollen wir doch mal sehen, was Sie sonst noch an Schätzen verborgen haben.«

Er öffnete zwei weitere Knöpfe und ließ seine Hand unter ihr Mieder gleiten. Angela errötete vor Demütigung, als seine Finger langsam unter beide Brüste glitten.

Sie schnappte nach Luft, und ohne nachzudenken, schlug sie dem Mann ins Gesicht. Seine Augen wurden dunkel. Ehe sie Gelegenheit hatte, ihren Impuls zu bereuen, schlang er einen Arm um ihre Taille und zog sie an sich. Im nächsten Moment hob er sein Tuch hoch und küßte sie. Er ließ sie ebenso schnell los, wie er sie an sich gerissen hatte, und zog das Tuch wieder über sein Gesicht.

»Ich habe einiges von Wert entdeckt, Señorita«, sagte er dicht neben ihrem Gesicht. »Wenn nicht die Gefahr bestände, daß jemand des Weges kommt, würde ich hierbleiben, um diese Schätze zu erforschen.«

Angela kochte vor Zorn. »Sie … Sie …«

»Bandit? Gangster?« fiel er ihr erheitert ins Wort. »Ja, das bin ich. Und da ich meine Arbeit immer gründlich mache, nehme ich das da mit«, fügte er hinzu und riß ihr die Münze vom Hals. »Zur Erinnerung an dich, die Violettäugige.«

Wieder flehte sie ihn an, doch als sie ihn ansah, merkte sie, daß es vergebens war. Sie sah ihm nach, als er sich von ihr abwandte und wieder auf sein Pferd stieg. Der Verlust war schmerzlich.

Alles, was sie besaß, war fort. Sämtliche Kleider und Juwelen und ihr Geld – und die kostbare Münze von Bradford.

Sie wußte, daß es lächerlich war, doch die Münze bedeutete ihr mehr als alles andere.

37

Angela saß dem Sheriff an seinem Schreibtisch gegenüber und stand kurz vor den Tränen. »Aber in meinem Gepäck war alles, was ich besitze – meine Juwelen, mein Geld!«

»Tut mir leid, Miß Sherrington, aber wir können nichts für Sie tun. Vielleicht haben Sie Verwandte, die Sie benachrichtigen könnten«, bot Sheriff Thornton an.

Angela sah ohne jede Hoffnung auf den Fußboden. »Ich habe nur meine Mutter«, sagte sie mehr zu sich selbst als zu ihm.

»Das ist doch kein Problem, Ma'am. Wir setzen uns gleich mit Ihrer Mutter in Verbindung, und ...«

»Ich wünschte, das wäre möglich, Sheriff«, fiel ihm Angela ins Wort. »Aber sehen Sie, ich weiß nicht, wo meine Mutter ist. Deshalb bin ich nach Texas gekommen – um sie zu finden.«

Sheriff Thornton schüttelte den Kopf. »Dann werden Sie sich wohl eine Stellung suchen müssen. Im Restaurant des Hotels wird eine Kellnerin gesucht. Wenn Sie eine Ausbildung genossen hätten, könnte ich Ihnen vielleicht eine Arbeit bei der Bank beschaffen. Sobald Sie eine Stellung gefunden haben, werde ich mit Ella reden, damit Sie Ihnen auf Kredit ein Zimmer in Ihrer Pension gibt. Vielleicht können Sie genug Geld sparen, um dorthin zu kommen, wo Sie hinfahren wollten.«

»Ich weiß es nicht, Sheriff Thornton«, sagte Angela, »aber ich danke Ihnen für Ihre Hilfe.«

Angela ging langsam durch den Gang zu ihrem Zimmer in Ella Crains Pension. Es war ein gemütliches Zimmer mit selbstgeschreinerten Möbeln und einem breiten Doppelbett, in dem sie sich allnächtlich verlieren konnte. Die zwei Wochen in dieser Kleinstadt kamen ihr wie zwei Jahre vor. Allen Mitreisenden aus der Kutsche war es möglich gewesen, bei der Bank, für die sie jetzt arbeitete, Geld abzuheben, und sie waren ihres Weges gezogen. Wie lange würde sie hier festsitzen? Sie hatte einen Moment lang daran gedacht, Jacob zu benachrichtigen, ihn um Geld zu bitten. Doch diese Überlegung hatte sie sogleich wieder verworfen. Das konnte zu nichts Gutem führen. Wenn Jacob sie auch liebte, so schämte er sich ihrer doch. Andernfalls hätte er sie als seine Tochter anerkannt.

Angela öffnete ihre Zimmertür und schloß sie langsam hinter sich. Sie lehnte sich an die Tür und schloß mit einem tiefen Seufzer die Augen. Worauf hätte sie sich freuen können? Nur auf das Abendessen in dem riesigen Speisesaal im Erdgeschoß. Dann würde sie wieder auf ihr Zimmer gehen und unruhig schlafen. Wann würde es anders werden? Würde sie den Rest ihres Lebens in dieser öden Kleinstadt verbringen?

Sie vernahm ein leises Geräusch, öffnete die Augen und sah sich um. Sie schnappte nach Luft, als sie den Mann sah, der sich auf ihrem Bett räkelte.

»Wer sind Sie?« schrie sie, und ihre Hand fuhr in die Tasche und schloß sich um den kleinen Derringer. »Was haben Sie in meinem Zimmer zu suchen?«

Der Fremde richtete sich auf einen Ellbogen auf, um sie anzusehen. Ein breites Grinsen trat auf seine Lippen. »Sie wollen mich doch nicht erschießen, Señorita, wenn ich hierhergekommen bin, um Ihnen einen Gefallen zu tun?«

»Woher wissen Sie, daß ich eine Waffe bei mir trage? Und ...« Angela hielt mitten im Satz inne und riß die Augen auf. »Sie! Sie sind es! Wie können Sie es wagen!«

»Ach, ich wage einiges, Señorita. Aber wie ich bereits sagte, bin ich gekommen, um Ihnen einen Gefallen zu tun«, antwortete er gelassen und setzte sich auf die Bettkante. Seine dunkelgrauen Augen musterten sie beständig.

Angela blieb mit einer Hand auf der Türklinke und der anderen am Abzug ihrer Waffe stehen. »Von was für einem Gefallen sprechen Sie?«

»Sie fürchten sich doch nicht vor mir, oder?« fragte er belustigt.

»Warum sollte ich?« erwiderte sie schroff und reckte ihr Kinn in die Luft. »Diesmal haben Sie Ihre Freunde nicht dabei, die Sie beschützen könnten.« Während sie sprach, ließ sie ihren Blick durch das Zimmer gleiten, um sich zu vergewissern, daß sie sich nicht täuschte. Voller Selbstvertrauen sah sie ihn wieder an und fügte hinzu: »Ehe Sie die Waffe ziehen könnten, die in einem Halfter an ihrem Schenkel steckt, hätte ich Sie erschossen. Zweifeln Sie nicht daran.«

»Ich zweifle nicht daran«, sagte er beiläufig. »Sie sollten etwas lockerer werden. Ich will Ihnen nichts Böses tun.«

»Ich könnte Sie schon allein deshalb erschießen, weil Sie in meinem Zimmer sind. Und glauben Sie mir, nach dem, was Sie getan haben, ist diese Vorstellung recht verlockend. Und das Recht stände auf meiner Seite«, warnte sie ihn. »Sie wissen selbst, daß Sie steckbrieflich gesucht werden.«

»Ja, ich habe die Aushänge gesehen«, sagte er und zuckte seine breiten Schultern. Dann stand er auf, um die Kerze neben dem Bett anzuzünden. »Sie haben mich gut beschrieben.«

»Was ... wie kommen Sie darauf, daß ich diese Beschreibung abgegeben habe?« fragte sie überrascht.

Er stand neben dem Nachttisch und sah sie an. Auf seinen üppigen Lippen stand ein Lächeln. »Die anderen haben mich nicht so genau gesehen wie Sie. Meine Anwesenheit ist ihnen nicht wirklich bewußt geworden.«

»Ich weiß nicht, wovon Sie sprechen!«

Jetzt lachte er. »Natürlich wissen Sie das, Menina. Für Sie war ich nicht nur ein einfacher Bandit, sondern auch ein Mann. Und Sie waren für mich nicht nur eines der Opfer, sondern eine Frau, und dazu noch eine sehr schöne Frau.«

Angelas Kopf wurde heiß, als sie daran dachte, wie er sie berührt hatte. »Scheren Sie sich aus meinem Zimmer, bevor ich um Hilfe rufe und Sie verhaften lasse! Oder vielleicht sollte ich Sie doch einfach erschießen!«

Er ging ein paar Schritte auf sie zu. »Würden Sie mir das antun, nachdem ich das Risiko eingegangen bin, hierherzukommen, um Ihnen die Juwelen zurückzubringen?«

»Meine Juwelen?« Sie sah ihn bestürzt an.

»Warum legen Sie Ihre kleine Waffe nicht ab und lassen die Türklinke los, Señorita? Ich verspreche Ihnen auch, Sie nicht mit irgendwelchen Tricks zu überraschen.« Als sie wie angewurzelt auf der Stelle stehenblieb, lachte er. »Sie vertrauen mir wohl immer noch nicht? Werfen Sie einen Blick auf Ihre Kommode, Menina, und Sie werden sehen, daß Ihre Schmuckkiste dort steht.«

Angela wandte ihren Blick langsam von ihm ab und sah ihre mit schwarzem Samt überzogene Schmuckkiste. Sie legte die Waffe auf die Kommode und öffnete behutsam den Deckel. In ihrer Hast, die Kiste zu inspizieren, vergaß sie ihn gänzlich. Alles war da, ihr gesamter schöner Schmuck und die drei Fassungen von Bradford – alles bis auf ihre Goldmünze.

»Ein nettes kleines Spielzeug, Señorita.«

Als Angela sich umdrehte, stand der Gangster neben ihr und sah sich ihren Derringer genau an. Sie schnappte nach Luft, als sie merkte, wie dumm sie gewesen war. Jetzt war sie ihm hilflos ausgeliefert, und ihre Augen weiteten sich vor Entsetzen, als er die Waffe in seine Tasche gleiten ließ. Sie fing an, zu schreien, doch er riß sie schnell an sich und hielt ihr eine Hand auf den Mund.

»Sie müssen mir trauen, Menina, denn etwas anderes bleibt Ihnen nicht übrig. Wenn Sie schreien, eilt natürlich Hilfe herbei, aber das, was dann geschieht, würde Ihnen nicht gefallen. Sie haben Ihre Juwelen wieder. Niemand wird glauben, daß ein Gangster aus reiner Herzensgüte die Beute zurückbringt. Nein, man wird glauben, daß Sie meine Komplizin sind – denn genau das werde ich sagen.«

Als er die Hand von ihrem Mund nahm, schrie sie nicht, sondern sah ihn anklagend an. »Warum haben Sie mir die Juwelen zurückgebracht?« fragte sie kühl.

»Warum nicht?«

»Aber Sie hätten Sie gegen Geld versetzen können!«

Er zuckte mit den Schultern. Mit einem Arm hielt er sie immer noch fest. »Es ist zu riskant, Wertgegenstände zu Geld zu machen – sie kommen einem zu leicht auf die Spur. Nein, Schmuck und dergleichen schenken wir gewöhnlich unseren Freundinnen, als Gegenleistung für gewisse … äh … Gunstbezeigungen.«

Angela riß sich aus seinem Griff los und trat zurück. »Ist es das, was Sie von mir wünschen, eine *Gunstbezeigung*?«

»Würden Sie mir Ihre Gunst zugestehen, wenn ich Sie darum bitten würde?«

Angela wirbelte herum, um ihm ins Gesicht zu sehen. Sie hatte die Hände in die Hüften gestemmt, und ihre Augen blitzten wütend auf. »Nein!« erwiderte sie scharf. »Und wo ist meine Goldmünze? Sie ist nicht bei den anderen Schmuckstücken.«

Er sah sie betroffen an. »Die habe ich nicht mitgenommen; ich habe sie in die Tasche Ihrer grünen Jacke gesteckt. Sie haben sie nicht gefunden?«

»Nein … ich …«

Ohne ein weiteres Wort lief sie zu ihrem Kleiderschrank. Sie fand die Münze und drückte sie fest in die Hand. Ihr Zorn war restlos verflogen. Sie drehte sich um und wollte ihren Dank ausdrücken, doch er stand nur wenige Zentimeter hinter ihr. Er legte seine Hände auf den Kleiderschrank und nagelte sie dort praktisch fest.

»Wenn Sie glücklich sind, sind Sie noch hübscher, Menina«, sagte er dicht neben ihrem Gesicht mit zarter Stimme.

»Hören Sie auf, mich so zu nennen!« gab sie zurück. »Ich weiß gar nicht, was das heißt.«

Er lachte herzlich, und wieder fiel ihr auf, wie gut er aussah.

Sein Gesicht war glattrasiert und zart. In seinen grauen Augen tanzten Lichter. Er war zwar ein Gangster, aber er schien kein brutaler Mensch zu sein.

»Woher wußten Sie, daß das meine Juwelen sind? Und wohin Sie die Münze stecken mußten?« fragte Angela.

»Die goldenen Fassungen, die bei den übrigen Schmuckstücken waren, paßten genau um diese Münze, die Ihnen so kostbar ist«, antwortete er leise. Er hielt ihren Blick fest, während er weitersprach. »Ich habe überlegt, daß bei uns beiden ein Treffen nicht ausreicht.«

»Da Sie mich nun wiedergesehen und mir meinen Schmuck zurückgebracht haben, würde ich Sie bitten, zu gehen. Es war ohnehin Wahnsinn, daß Sie hierhergekommen sind.«

Mit den Falten der Enttäuschung auf seiner Stirn sah er wie ein kleiner Junge aus. »Ist das die Dankbarkeit, die ich verdient habe?«

»Ich danke Ihnen, daß Sie mir meine Juwelen zurückgebracht haben, aber schließlich war ich Ihretwegen gezwungen, mir Arbeit zu suchen und meine Reise abzubrechen. Soll ich Ihnen dafür auch dankbar sein?«

»Ah, eine solche Bitterkeit von einer solchen Schönen.« Er fuhr mit einem Finger über ihre Wange. »Wenn Ihr Schmuck und Ihre Juwelen aufgebraucht wären, hätten Sie sich ohnehin eine Anstellung suchen müssen. Stimmt's?«

»Wie kommen Sie darauf?« fragte sie, und ihr Erstaunen malte sich auf ihren Zügen.

»Wenn es jemanden gäbe, der Ihnen zu Hilfe kommt, Menina, dann wären Sie jetzt nicht hier«, erwiderte er. »Nein, ich glaube, Sie haben niemanden.«

»Nun, Señor, Sie irren sich. Ich habe nämlich sehr einflußreiche Freunde«, gab sie zurück. »Ich will mich nur nicht an sie wenden.«

»Vielleicht sagen Sie die Wahrheit, vielleicht auch nicht«, sagte er nachdenklich und beugte sein Gesicht noch dichter zu ihrem. »Aber welche Rolle spielt das schon? Jetzt werden Sie Ihre Reise fortsetzen. Sagen Sie mir, wohin Sie gehen, Menina, damit ich Sie wiederfinden kann.«

Ihre Antwort wurde abgeschnitten, als er mit seinen Lippen ihren Mund bedeckte. Trotz aller Wut färbte seine Leidenschaft auf sie ab. Seine Hände auf ihren Schultern hielten sie mit stählernem Griff fest, und er zog sie an sich. Sein Kuß war geschmolzenes Feuer.

Sie dachte nicht.

Sie gab ihrem Verlangen nach.

Sie wußte nicht, wann er sie zum Bett getragen hatte, doch dort fand sie sich mit dem dunkelhaarigen Fremden wieder. Inzwischen zählte nichts anderes mehr, als durch seine Berührung neu geboren zu werden. Und als seine Hände anfingen, ihr Mieder aufzuschnüren, und seine Lippen der Spur seiner Finger folgten, konnte sie nicht mehr an sich halten.

»Bradford!« schrie sie heraus. »Bradford! Ich liebe dich.«

Sie öffnete die Augen und fand ein zorneskaltes Gesicht über dem ihren vor. Seine Augen jagten ihr Angst ein.

»Es tut mir leid!« keuchte sie. Ihr fiel nichts anderes ein.

»Was?« fragte er. »Tut es dir leid, daß du mir etwas vorgemacht hast? Oder tut es dir leid, daß ich nicht Bradford bin?«

»Sie verstehen nicht ...«

»O doch«, sagte er und schnitt jede weitere Erklärung ab. Er beugte sich über sie und grub seine Finger in ihre Schultern. »Ich könnte dich dennoch nehmen, Menina. Du willst zwar einen anderen, aber ich könnte dich ihn vergessen lassen.«

»Bitte nicht!« flehte Angela mit Tränen in den Augen. »Bitte!«

»Warum?« fragte er. »Warum? Du hast mir das Gefühl gegeben, daß du willig bist. Und ich will dich immer noch.«

Angela schluchzte jetzt, doch ob aus Furcht oder aus Reue, wußte sie selbst nicht zu sagen. »Aber ich liebe doch einen anderen – oder ich habe ihn wenigstens geliebt! Er war der einzige ... und obwohl es nie mehr dazu kommen kann, muß er der einzige bleiben.«

Der Mann fluchte heftig auf Spanisch und stand auf. Er blieb neben ihr stehen, blickte auf ihr tränenüberströmtes Gesicht nieder und sagte barsch: »Sie haben recht gehabt, Señorita. Ich verstehe es wirklich nicht.« Er nahm den Derringer aus seiner Tasche und warf ihn neben sie auf das Bett. »Wenn ich eine Frau liebe, muß sie ganz bei mir sein und nicht in Gedanken einem anderen Mann gehören. Daher überlasse ich Sie Ihren Erinnerungen, und ich wünsche Ihnen alles Vergnügen, das sie darin finden können. Adios.«

38

Es dauerte nicht lange, bis Angela gepackt hatte. Kurz darauf trug sie ein hellblaues Reisekleid und eine dazu passende Brokatjacke und wartete auf die Kutsche. Außer ihr warteten drei weitere Leute, Männer mit dunklen Anzügen und Melonen, die in diesem fast unzivilisierten Landstrich auf komische Weise deplaziert wirkten.

Als der große dunkelhaarige Mann eintrat und sich neben sie setzte, stand Angela augenblicklich auf, doch er erhob sich gleichzeitig und nahm ihren Ellbogen. Er kam ihr nahe.

»Wenn ich glauben könnte, daß Sie sich an ein ganz anderes Leben gewöhnten, würde ich Sie nach Mexiko mitnehmen, auf das Land, das mir eines Tages wieder gehören wird, das Land, das man meiner Familie gestohlen hat.«

»Ich würde nicht mit Ihnen gehen«, sagte sie mit fester Stimme.

»Ich habe nicht gesagt, daß ich Sie um Ihre Zustimmung bitten würde, Menina«, erwiderte er ebenso fest.

Doch er hatte seine Arme so eng um ihre Taille geschlungen, daß sie nicht antworten konnte. Sie versuchte, sich von ihm loszureißen, doch er hatte zuviel Kraft. Während dieses Gefechts verblüffte sie beide eine Stimme, die hinter Angela ertönte.

»Verteilst du deine Gunst inzwischen so großzügig, Angela?«

»Grant!« keuchte sie und wirbelte zu den zornigen grünen Augen herum. »Was – was tust du hier?«

»Ich bin gerade erst in der Poststation angekommen. Aber vielleicht wäre es dir lieber, wenn ich nicht da wäre«, sagte er und sah den Halunken finster an.

»Hör jetzt endlich mit deinen Mutmaßungen auf!« fauchte Angela. »Das ist – ein Freund von mir. Wir haben uns gerade verabschiedet.«

Der Bandit lachte leise. »Ja«, stimmte er zu und führte Angelas Hand langsam an seine Lippen. »Ich hoffe, wir werden uns eines Tages wiedersehen. Bis dahin, adios.«

Er entfernte sich eilig. Angela drehte sich zu Grant um. Sie war auf die Strafpredigt gefaßt, die sie jetzt gewiß erwartete. Doch sie war schockiert, als er sagte: »Ich habe dich vermißt.«

Was sollte sie darauf sagen?

»Bist du deshalb hier?«

»Nein«, erwiderte Grant mit düsterer Stimme. »Jim MacLaughlin ist auf die Ranch gekommen, weil er dich suchte. Er hat mich gebeten, ihm zu helfen.«

»Was will er von mir?«

Grant sah mit feierlichem Blick auf den Fußboden. »Er hat einiges mit dir zu besprechen, Angela ... Jacob Maitland ist tot.«

Er half der tief betroffenen jungen Frau, die Poststation zu verlassen. Sie waren beide so in ihre Gedanken vertieft, daß keiner den Mann bemerkte, der sich in einer Ecke hinter seiner Zeitung versteckt hielt. Er war soeben eingetroffen, und Angela hatte ihn nicht gesehen.

Billy Andersons Augen funkelten. Es war ihm gelungen! Er war Jim McLaughlin von Mobile bis hierher gefolgt, da er wußte, daß der Anwalt geschäftliche Dinge mit Angela zu besprechen hatte. Billy war sicher gewesen, daß er ihn zu ihr führen würde. Für das, was er im Sinn hatte, war jetzt nicht der rechte Zeitpunkt, aber Billy hatte Geduld. Er hatte schon so viele Jahre gewartet, daß es keine Rolle spielte, ob er noch etwas länger warten mußte.

Eine Stunde später saßen Angela und Jim McLaughlin in einem kleinen Büroraum der Bank, und er las ihr aus dem langen Dokument vor. Sie versuchte, ihm zuzuhören, doch die Worte drangen nicht zu ihr durch. Sie saß ganz still auf einem Stuhl mit harter Lehne und sah mit ausdruckslosem Blick auf das Papier in Jims Hand. Doch was sie sah, war Jacob, wie er in seinem Arbeitszimmer saß und seine Augen aufleuchteten, wenn sie hereinkam, um ihm bei den Büchern zu helfen. Und Jacob im Eßzimmer, Jacob mit seinem leicht ergrauten Haar, der sich zur Seite lehnte, um ihr etwas zuzuflüstern. Jacob.

Jacob tot? Nein, er mußte noch in Golden Oaks sitzen und Anweisungen geben. Jacob war zu wirklich, um tot zu sein. Warum saß Jim McLaughlin bloß hier und las Jacobs Letzten Willen vor?

»Haben Sie alles verstanden, was ich Ihnen vorgelesen habe, Angela?« fragte Jim McLaughlin freundlich.

»Was?«

Sie sah mit ausdruckslosem Blick zu ihm auf.

»Ich sehe, daß es ein Schock für Sie war, Angela«, sagte Jim.

»Ich werde es noch einmal in knapper Form für Sie zusammenfassen«, fuhr er fort. »Sie bekommen zwanzigtausend jährlich, die

Sie auf jeder beliebigen Bank abholen können. Ferner gehören zwei Wohnhäuser jetzt ausschließlich Ihnen – ein behagliches Stadthaus in Massachusetts und ein kleines Anwesen in England. Ferner können Sie jedes Wohnhaus des umfangreichen Maitlandschen Besitzes nach Belieben benutzen. Sollte Ihnen jemand den Zutritt versagen – ich vermute, das ist auf Bradford gemünzt, da diese Besitztümer jetzt ihm gehören –, so wird derjenige enterbt. Diese Klausel ist hart, aber Jacob hat darauf bestanden. Abgesehen von alledem gehört Ihnen die JB Ranch jetzt zur Hälfte, wogegen die andere Hälfte Bradford gehört. Die Ranch ist sehr groß, etliche tausend Morgen Land, und meines Wissens wird sie im Augenblick wieder hergerichtet. Sobald diese Ranch bewirtschaftet wird, werden Sie eine sehr reiche Frau sein, noch viel reicher, als Sie bereits sind.«

Angela lauschte erstaunt. Jacob hatte sich als ungewöhnlich großzügig erwiesen. Geldsorgen brauchte sie sich nicht mehr zu machen.

»Wenn ich Ihnen einen Rat geben darf, Angela, dann halte ich es für eine gute Idee, wenn Sie sich für eine Weile auf die Ranch zurückziehen. Grant Marlowe wird wieder auf die Ranch zurückfahren, und er könnte mit Ihnen gemeinsam reisen. Dort haben Sie Zeit, über den ersten Schock hinwegzukommen, den Jacobs Tod bei Ihnen ausgelöst hat, und dann können Sie entscheiden, was Sie tun wollen. Die Möglichkeiten sind unbegrenzt. Eine wäre, daß Sie reisen, und Sie würden noch nicht einmal in Hotels absteigen müssen, denn der Besitz der Maitlands ist über die ganze Welt verteilt.«

»Ja, vielleicht sollte ich wirklich eine Weile auf der Ranch wohnen«, erwiderte Angela.

Es war nicht mehr nötig, daß sie auf der Suche nach ihrer Mutter durch dieses wilde Land reiste. Sie konnte jemanden engagieren, der die Suche für sie durchführte.

»Haben Sie alles verstanden?« fragte Jim.

»Ja.«

»Dann gibt es für mich nichts mehr zu tun, als Ihnen eine Kopie von Jacobs Testament und diesen Brief von Jacob auszuhändigen«, sagte Jim und gab ihr die besagten Papiere.

Angela nahm den Brief ohne größeres Staunen entgegen, denn sie hatte mit einem Brief oder dergleichen gerechnet. Sie wußte, was in dem Brief stehen würde – Jacob würde ihr erklären, daß sie seine Tochter war. Als sie den Brief in der Hand hielt, spürte sie ganz deutlich Jacobs Anwesenheit. Sie schüttelte das Gefühl ab, denn es war einfach zu absurd. Als sie den Umschlag aufriß, verließ Jim McLaughlin leise den Raum.

Meine liebste Angela,
wenn Du diesen Brief liest, werde ich tot sein, und ich hoffe von ganzem Herzen, daß Du nicht darum trauerst. In meinen letzten Lebensjahren warst Du mir ein Segen, die Tochter, die ich mir immer gewünscht habe, und ich könnte den Gedanken nicht ertragen, Dir auch nur das kleinste Unglück zugefügt zu haben.

Das ist einer der Gründe, warum ich es nicht über mich bringen konnte, mit Dir über Deine Mutter zu sprechen. Es tut mir leid, Dir jetzt mitteilen zu müssen, daß sie tot ist und auf meiner Ranch in Texas begraben liegt.

Angela saß regungslos da, den Brief in der Hand. Sie rührte sich lange nicht von der Stelle.

Ihre Mutter war tot, und Jacob hatte es die ganze Zeit über gewußt. Endlich kamen die Tränen. Angela weinte um ihre Mutter. Auch um Jacob weinte sie.

Es dauerte lange, bis sie weiterlas.

Ich gebe mir die Schuld an ihrem Tod. Es war so tragisch – und sie war so jung.

Siehst Du, ich habe Deine Mutter von ganzem Herzen geliebt. Und sie hat mich geliebt. Doch wir haben unsere Liebe zu spät entdeckt, erst nachdem ich verheiratet war und Kinder hatte, für die ich sorgen mußte.

Ich hätte meine Frau verlassen, doch das wollte Charissa nicht zulassen. Sie hat sich erboten, meine Mätresse zu werden, doch ich hatte zuviel Respekt vor ihr, um das zuzulassen. Heute bereue ich meine Entscheidung, denn darüber kam es zu einem Streit zwischen uns, und Charissa gelobte, fortzugehen und den erstbesten Mann zu heiraten.

Deine Mutter war eine hartnäckige Frau, und genau das, was sie gesagt hat, hat sie auch getan. Als sie Manhattan verlassen hatte, habe ich verzweifelt versucht, sie zu finden, doch das ist mir erst nach einem Jahr gelungen. Inzwischen war sie mit deinem Vater verheiratet und hat Dich erwartet. Damals habe ich Golden Oaks gekauft, denn obschon wir beide verheiratet waren, konnte ich es nicht ertragen, ihr fern zu sein.

Als Du gerade ein Jahr alt warst, mußte ich auf meine Ranch in Texas fahren. Bradford hielt sich dort auf, und ich wollte ihn zu mir nach Hause holen. Deine Mutter hat mich gebeten, sie mitzunehmen. Sie konnte die Ehe mit einem Mann, den sie kaum kannte, beim besten Willen nicht ertragen, und das Leben auf einer Farm unterschied sich zu sehr von dem, was sie bis dahin kannte.

Es war der größte Fehler meines Lebens, daß ich mich weigerte, Charissa nach Texas mitzunehmen. Doch zu jener Zeit war der Westen nicht der rechte Ort für eine Frau, und schon gar nicht für eine Frau von der guten Herkunft Deiner Mutter. Sie war zu zart für dieses Land.

Glaube mir, Angela, wenn ich Dir sage, daß ich im Traum nicht darauf gekommen wäre, sie könnte mir folgen. Sie kam ohne Begleitung mit einem Treck nach Westen, der von Indianern überfallen wurde. Bei dem Überfall wurde sie verwundet, und sie starb, als sie meine Farm erreicht hatte.

Ihr letzter Wunsch auf dem Sterbebett war, daß ich mich um Dich kümmern solle, was ich allerdings auch ohne Aufforderung von mir aus getan hätte.

Verzeih mir, Angela, daß ich Dir das nicht eher erzählt habe. Ich habe es einfach nicht über mich gebracht. Ich hatte Angst, du würdest mir den Tod Deiner Mutter zur Last legen, wie ich ihn mir auch selbst zur Last gelegt habe.

Seit jeher ist es mein größter Wunsch gewesen, daß Du meinen älteren Sohn heiraten würdest. Ich habe gesehen, daß Du ihn liebst und daß er Dich liebt. Ihr beide werdet das Leben führen können, das Charissa und mir versagt geblieben ist.

Du bist Deiner Mutter so ähnlich, Angela. In Dir lebt sie weiter. Werde glücklich, geliebtes Mädchen, und trauere uns nicht nach. Wenn es einen Himmel gibt, dann bin ich jetzt bei Deiner Mutter.

Mit tiefster Liebe
Jacob

Wieder und wieder las Angela den Brief. Sie war gar nicht Jacobs Tochter!

Sie war auch nicht Bradfords Halbschwester!

Aber was war mit dem Brief, den Crystal Bradford vorgelesen

hatte? Hatte sie diesen Brief selbst geschrieben? Natürlich! Crystal hätte alles getan, um Bradford für sich zu gewinnen – oder um Angela zu schaden.

Aber trotzdem war Bradford die ganze Zeit über mit Candise verlobt gewesen, während er ihr seine Liebe gestanden hatte. Was war er doch für ein Schurke!

In diesem Augenblick klopfte Jim McLaughlin an die Tür und steckte seinen Kopf durch den Spalt. »Sind Sie zur Abreise bereit, Angela?«

Angela und Jim verließen gemeinsam das kleine Büro und trafen Grant im Hotel. Die drei nahmen gemeinsam ein frühes Abendessen ein und fuhren am folgenden Morgen los. Jim reiste mit ihnen bis nach Dallas und trennte sich dort von den beiden, um nach New York zurückzukehren.

Angela hatte es sich verkniffen, nach Bradford und Candise zu fragen. Sie wollte nicht wissen, ob die beiden bereits verheiratet waren.

Erleichtert vernahm sie, daß Bradford nach New York zurückgekehrt war und sich in seine geschäftlichen Angelegenheiten stürzte. So konnte sie sicher sein, daß er so schnell nicht nach Texas kam. Sie hatte daher keine Eile, die Ranch wieder zu verlassen.

Die JB Ranch lag nur zwölf Meilen außerhalb von Dallas. Angela und Grant fuhren in einem kleinen vierrädrigen Wagen durch das unfruchtbare Land, flache Steppen, die nur durch ein paar niedrige Hügel und vereinzelte Bäume aufgelockert wurden. Das Gutshaus sah genauso aus, wie Bradford es beschrieben hatte, wenn es auch ziemlich heruntergekommen war. Es gab ein langgestrecktes einstöckiges Haus, eine große Scheune, zur Linken die Pferche und gegenüber der Scheune das Dienstbotenquartier. Das große Haus war von einigen hohen, alten Bäumen umstanden, und zur Rechten war ein Flecken Erde, der einmal ein Garten gewesen war.

Grant entschuldigte sich für den Zustand des Anwesens und erklärte, daß er bisher nur die Zeit gefunden habe, ein paar Leute einzustellen, die jetzt fast alle in den Bergen waren, um die Rinder wieder zusammenzutreiben. Zwei Männer reparierten die Pferche und die Scheune.

In das Haus mußte noch viel Arbeit gesteckt werden. Fensterscheiben waren kaputt, die Farbe bröckelte ab, und eine seitliche Brüstung der Veranda lag auf dem Boden. Das alles konnte Angela von außen erkennen, und bei dem Gedanken, wie das Haus von innen aussehen mochte, schauderte sie. Ihr stand unermeßliche Arbeit bevor. Doch andererseits hatte sie jede Menge Zeit. Ihr wurde freudig bewußt, daß sie jetzt eine nützliche Aufgabe hatte, harte Arbeit, die sie gern verrichten würde, Arbeit, die sie aus ihren Grübeleien herausführen konnte.

Billy Anderson, der sich hinter einem nahen Hügel verborgen hielt, kehrte auf seinem Pferd um. Er hatte gesehen, daß Angela mit dem großgewachsenen Mann in das Gutsgebäude gegangen war. Jetzt wußte Billy, wo er sie finden konnte. Er ritt mit dem sicheren Gefühl zur Stadt zurück, daß er nun nicht mehr lange zu warten brauchte. Sein einziges Hindernis war, sie allein antreffen zu müssen.

39

Angela spülte das Frühstücksgeschirr ab und setzte sich an den Küchentisch, um noch eine Tasse von dem starken Kaffee zu trinken. Sie warf einen Blick aus dem Fenster über der Spüle und sah, wie sich die Sonne über der Bergkette in weiter Ferne erhob. Eine eigentümliche Zufriedenheit durchströmte sie, als sie daran dachte, wie sie auf der kleinen Farm in Alabama die Sonnenaufgänge beobachtet hatte. Ihr jetziges Leben unterschied sich nicht allzu sehr von ihrem damaligen Leben, wenn man davon absah, daß sie heute keine Felder pflügen und sich auch keine Sorgen mehr darum zu machen brauchte, ob es in diesem Jahr eine gute Ernte geben würde. Bis auf den kleinen Garten, den sie vor einem Monat angelegt hatte, war nichts ausgesät.

Grant hatte ihr vorgeworfen, es sei lächerlich, so spät im Jahr noch einen Garten anzulegen, da es bis zum ersten Kälteeinbruch nur noch wenige Monate dauern konnte. Sie hatte es trotzdem versucht. Sie wollte frisches Gemüse haben, das sie auch selbst für den Winter einkochen konnte, statt auf das Dosenzeug angewiesen zu sein.

Das große Gutshaus wirkte inzwischen recht bewohnt. Die Speisekammer war mit Vorräten angefüllt, die für mindestens drei Monate ausreichen würden, und Angela hatte angefangen, Steppdecken für die Betten zu nähen. In der vergangenen Woche hatte sie die Männer beauftragt, die Dienstbotenunterkünfte gründlich zu schrubben. Nur widerwillig waren sie dieser Anweisung nachgekommen. Als Angela die Mehlsäcke vor den Fenstern durch Gardinen ersetzen wollte, war sie auf glatte Ablehnung gestoßen.

Die meisten Männer, die Grant engagiert hatte, waren immer noch damit beschäftigt, die Rinder auf dem Weideland und in den Hügeln zusammenzutreiben. Grant hatte gesagt, es würde wohl mindestens noch einen Monat dauern, ehe die Herde zurückgetrieben werden konnte. Dann würden die Tiere mit einem Brandzeichen versehen und zum Grasen auf die umliegenden Weiden getrieben, bis es an der Zeit war, die Herde über den Chisholm Trail nach Kansas zu treiben. Der Viehtrieb würde etwa zwei Monate dauern, und die Rinder, die dann überlebt hatten, würden auf dem Eisenbahnweg in den Osten befördert.

Angela hatte niemanden außer Grant zur Gesellschaft, und selbst er kam nur zum Abendessen, aber auch das nur gelegentlich. Anschließend ging er wieder, und sie legte sich ins Bett, allein. Grant war umgänglicher geworden, seit sie die »Bossin« war, wie er sie im Scherz nannte. Sie lieferten einander keine Gefechte mehr. Er bat sie auch nicht wieder, ihn zu heiraten. Angela freute sich über diesen Wandel, denn jetzt war Grant ein Freund, dessen Gesellschaft sie genoß.

Angela stand auf und ging zur Eingangstür, als sie Pferdehufe näherkommen hörte. Sie trat auf die Veranda und sah eine junge Frau auf einem schwarzen Mustang. Die Frau trug enge Reithosen und ein weißes Hemd mit offenem Kragen und eine kurze braune Weste darüber. Die Frau mit dem hellbraunen Haar, das sie zu einem Pferdeschwanz zusammengebunden hatte, und mit den freundlichen blauen Augen kam Angela bekannt vor. Plötzlich riß Angela die Augen weit auf.

»Mary Lou?«

Die andere Frau lachte freudig überrascht auf. »Angela, bist du es wirklich, meine Süße? So, hier bin ich.«

Die beiden fielen einander lachend in die Arme. Angela war

ganz aufgewühlt, die einzige Schulkameradin zu sehen, mit der sie befreundet gewesen war. Mary Lou freute sich ebenso sehr. Als sie erst im Haus saßen und Kaffee eingeschenkt wurde, überschütteten sie sich gegenseitig mit Fragen.

»Ich habe in der Stadt gehört, daß hier draußen auf der JB Ranch eine Frau lebt«, legte Mary Lou los, sobald sie auf dem großen Sofa saßen, über dem eine Decke mit einem Muster aus rotem und gelbem Herbstlaub lag. »Ich konnte es einfach nicht glauben. Hier ist noch nie eine Frau gewesen, und ich mußte herkommen, um es mit eigenen Augen zu sehen. Und jetzt finde ich ausgerechnet dich vor! Was tust du hier? Hast du Bradford Maitland etwa doch noch geheiratet?«

Angela zuckte zusammen. Die Erinnerung daran, wie viele Jahre lang sie eine Närrin gewesen war, demütigte sie. »Nein, Bradfords Vater ist gestorben und hat mir diese Ranch zur Hälfte vererbt.«

»Sie gehört dir? Das ist ja wunderbar – ich meine, das mit der Ranch, nicht das mit Mr. Maitland.«

»Weißt du, ich hatte soviel damit zu tun, das Haus herzurichten, daß ich völlig vergessen hatte, wie nah du von hier wohnst.«

»Es sind nur zehn Meilen. Und das Land meines Vaters liegt fünfzehn Meilen südlich von hier. Aber selbst wenn man meine Ranch mit seiner zusammenlegen würde, wäre der Grund nicht annähernd so groß wie die JB Ranch. Meine Güte, du hast dieses Haus allerdings verändert«, sagte Mary Lou und sah sich um. »Als kleines Mädchen bin ich oft hier gewesen, und es hat völlig anders ausgesehen. Natürlich waren damals nur Mr. Maitland und Bradford hier, und du weißt ja selbst, wie die Männer sind. Behaglichkeit ist ihnen nicht so wichtig wie uns.«

»Ja, das habe ich gemerkt«, sagte Angela lachend und erzählte von ihren Kämpfen, das Haus, in dem die Arbeiter wohnten, zu verschönern. »Aber erzähl doch, wie es dir geht. Du bist jetzt wohl schon zwei Jahre verheiratet. Habt ihr schon Kinder?«

»Keine Kinder«, gab Mary Lou leicht errötend zurück. »Aber Charles, mein Mann, ist im letzten Winter gestorben.«

»Oh … das tut mir leid.«

»Es braucht dir nicht leid zu tun, Angela. Zwischen uns gab es keine Liebe. Charles war viel älter als ich, und mein Vater hat ihn für mich ausgesucht. Mein Vater wollte die beiden Güter zusammenlegen.«

»Das ist ja entsetzlich!« rief Angela aus. »Wegen solcher Dinge verheiratet zu werden!«

»Das spielt jetzt keine Rolle mehr«, sagte Mary Lou lächelnd. »Die beiden Ländereien sind zusammengelegt worden, aber mein Vater hat sie nicht unter sich, weil ich Charles' frühere Ranch jetzt selbständig leite.«

»Wie schön für dich«, sagte Angela fröhlich. »Du bist genau die Frau, die solchen Dingen gewachsen ist.«

»Das glaube ich dir gern«, erwiderte Mary Lou mit Schalk in den Augen. »Leitest du die JB Ranch auch selbst? Ich habe gehört, daß Männer das Vieh zusammentreiben; das seit dem Krieg frei herumläuft.«

»Damit habe ich nichts zu tun«, sagte Angela. »Bradford hat Grant Marlowe als Vorarbeiter eingestellt, und Grant kümmert sich um alles.«

»Uff! Das ist ja typisch. Besonders für Bradford. Die beiden waren schon als kleine Jungen neunmalklug. Ich erinnere mich noch daran, daß sie mich bei ihren Ausritten nie mitnehmen wollten – sie haben gesagt, ich sei noch zu klein. Ich habe mich trotzdem immer an die beiden gehängt, um ihnen zu zeigen, daß ich mithalten kann. Die beiden sind also immer noch neunmalklug und glauben, daß eine Frau nichts kann.«

Angela lachte, denn bei der Nennung von Grants Namen hatte sie eindeutig ein Funkeln in Mary Lous Augen gesehen.

Sie redeten den ganzen Vormittag weiter, bis Mary Lou sagte, sie müsse jetzt gehen. Angela begleitete sie bis auf die Veranda und nahm ihr das Versprechen ab, daß Mary Lou am Samstag abend mit ihrem Vater zum Essen kommen würde.

Als sie Mary Lou nachsah, die den Weg, der zum Haus führte, hinunterritt, fiel Angelas Blick auf den großen Laubbaum, der abseits des Weges stand. Darunter war ein Grab. Am Tag nach ihrer Ankunft hatte sie dieses Grab entdeckt und es seit da an häufig aufgesucht, wenn niemand in der Nähe war.

Sie sah Grant am Brunnen stehen und ging auf ihn zu. Grant füllte gerade den zweiten Eimer mit Wasser und stellte ihn ab. Er lächelte ihr entgegen. Sie hatte ihr Haar mit einem roten Tuch zurückgebunden und trug eine flotte gelbe Bluse, die in einem rostroten Rock steckte. Trotz der dunklen Farbe wies ihr Rock in Kniehöhe Schmutzflecken auf, weil sie bei der Gartenarbeit auf der Erde gekniet hatte. Sie sieht trotzdem so schön und so frisch aus wie immer, dachte Grant sehnsüchtig.

»Du wirst dir noch deine schönen Kleider verderben, Bossin, wenn du diesen dämlichen Garten nicht aufgibst«, sagte Grant im Scherz.

Angela sah auf ihren Rock herunter und lächelte. »Ich sollte wohl einfach wieder Hosen tragen wie auf der Farm meines Papas.«

»Ich bin mir nicht so sicher, ob das eine gute Idee ist«, erwiderte Grant. »Ich will, daß die Männer ihre Arbeit tun, statt rumzustehen und dich in deinem verdammten Garten zu betrachten.«

»Und wenn ich unförmige weite Hosen trage?«

»Warum fragst du mich, wenn du ohnehin tust, was du willst?«

Sie lachte und deutete auf die Wassereimer. »Sind die für mich?«

»Ja, ich dachte, du willst sie haben, aber wenn du mich fragst, ist das eine Wasserverschwendung.«

»Wenn erst frisches Gemüse auf dem Tisch steht, wirst du deine Meinung ändern. Im Frühling will ich den Garten vergrößern und ein bißchen Mais und Erbsen anbauen.«

»Das ist eine Ranch, Angela, und keine Farm.«

»Es kann nie schaden, wenn man sich selbst versorgt.«

»Na ja, es ist dein Land«, sagte er achselzuckend. »War Mary Lou Markham hier?«

Angela nickte. »Du hast sie schon vor dem Krieg gekannt, nicht wahr? Als dein Vater hier noch Vorarbeiter war?«

»Ja. Das kleine Mädchen von damals ist recht hübsch geworden, aber im übrigen hat sie sich wenig verändert. Sie ist immer noch ein Wildfang.«

»Sie führt ihre Ranch jetzt selbst. Das kann nicht leicht sein.«

»Sie hätte wieder zu ihrem Vater gehen sollen, als Charles Markham gestorben ist, statt hier beweisen zu wollen, daß sie eine Ranch ganz allein führen kann!« schnaubte er.

»Immer weißt du besser, was andere Leute tun sollten! Du bringst mich zur Raserei, Grant!«

Er lachte. »Ja, solche Beschimpfungen sind mir geläufig.«

Angela sah Grant kopfschüttelnd nach, als er wieder zur Scheune ging. Er war wirklich unmöglich. Doch sie hatte ihn sehr lieb gewonnen.

Als Grant nicht mehr zu sehen war, drehte sich Angela um, ging langsam über die festgetretene Erde zum Grab ihrer Mutter und kniete daneben nieder. Diese Minuten gehörten ganz ihr allein, und sie gönnte sie sich nicht gerade oft.

»Was machst du hier draußen, Angela?« hörte sie Grants Stimme hinter sich fragen. Erschrocken sprang sie auf. »Ich sehe dich nun schon zum zweiten Mal an diesem Grab knien.«

»Warst du nicht hier, als sie gestorben ist, Grant?« fragte sie leise, ohne auf seine Frage einzugehen.

Grant blickte einen Moment lang auf das hölzerne Kreuz. »Ja, ich war hier. Ich war noch ganz klein – ich glaube, fünf –, als der alte Maitland sie persönlich hier begraben hat. Mein Vater hat mir später von dieser Frau erzählt. Er hat gesagt, ihr Tod sei Jacob sehr zu Herzen gegangen.«

»War Bradford nicht auch hier, als es passiert ist?«

»Tatsache ist, daß Jacob erst ein paar Tage vorher hier angekommen war. Er hatte Brad in die Stadt geschickt, um seine letzten Rechnungen zu begleichen. Der Alte hat Brad schon zu Selbständigkeit und Verantwortung erzogen, als Brad noch sehr klein war.«

»Aber bei seiner Rückkehr hat er es herausgefunden?«

»Nein. Aus irgendwelchen Gründen wollte Jacob nicht, daß er etwas davon erfährt. Aber warum stellst du all diese Fragen, Angela? Du kannst diese Frau nicht gekannt haben. Als es passiert ist, mußt du ein Säugling gewesen sein.«

Tränen traten ihr in die Augen, und sie konnte sie nicht zurückhalten. »Ich habe sie gekannt«, murmelte sie leise, »wenn auch nur für kurze Zeit.«

»Sie war doch nicht deine Mutter?«

»Doch.«

Grants grüne Augen nahmen einen dunkleren Ton an. »Es tut mir leid, Angela.«

»Es ist schon wieder gut, Grant«, sagte Angela schwach. »Als Kind habe ich um meine Mutter getrauert – weil sie nicht bei mir war. All diese Jahre habe ich geglaubt, sie sei am Leben. Ich habe erst kürzlich erfahren, daß sie vor so langer Zeit hier gestorben ist. Ich bin so traurig, daß ich sie nie gekannt habe.«

Einige Minuten lang waren beide stumm; dann wandte sich Angela ab und ging wieder ins Haus. In ihrem Zimmer weinte sie um die vergebliche Liebe zwischen Jacob und Charissa, und sie weinte um ihre Mutter, die sie nicht mehr sehen würde.

40

Der Wind heulte um das Haus. Der Himmel war ein schwarzes Laken, und es schien, als seien vor Mond und Sterne dichte Vorhänge gezogen worden. Der Wind brachte die Kälte mit sich, die durch lose Bretter in den Wänden sickerte.

»Es sieht so aus, als bekämen wir endlich Regen«, bemerkte Angela, während sie Grant eine zweite Tasse Kaffee einschenkte und wieder in die Küche ging.

»Es sieht eher nach Sturm aus«, erwiderte er und griff nach seiner Gitarre, um eine kleine traurige Melodie zu spielen. »Ich hoffe, daß dein Gärtchen einen schweren Regenguß übersteht.«

Während Grant auf seiner Gitarre zupfte, fragte sie: »Du hast doch morgen Zeit, zum Abendessen zu kommen, oder?«

»Das fragst du mich jetzt schon zum zweiten Mal«, erwiderte Grant. »Was gibt es denn morgen abend Besonderes?«

»Du gehst doch am Samstag abend gewöhnlich mit den Männern in die Stadt. Ich wollte nur sichergehen, ob du auch hier bist. Ich habe Gäste.«

Er sah mit hochgezogenen Augenbrauen zu ihr auf. »So?«

»Mary Lou kommt mit ihrem Vater zum Essen«, sagte Angela eilig. Sie hoffte, er würde nichts dagegen einwenden. »Du hast doch nichts dagegen, oder?«

Grant lächelte. »Was sollte ich dagegen haben? Ich habe Walter Howard seit Jahren nicht mehr gesehen. Das könnte ein interessanter Abend werden.«

»Warum sagst du das?«

»Kennst du Walter Howard?« fragte Grant amüsiert.

»Nein.«

»Wenn er sich nicht geändert hat, glaube ich, daß du ihn ein wenig – äh – kompliziert findest. Wahrscheinlich wirst du dir seine Ansichten über Frauen anhören müssen, bevor der Abend vorbei ist, und du wirst gewiß nicht einer Meinung mit ihm sein.«

»Ein zweiter Grant Marlowe, nur älter – wolltest du das damit sagen?« fragte sie.

Er lachte herzlich. »Habe ich dir etwa jemals gesagt, was du tun und was du lassen sollst?«

»Aber gewiß«, sagte sie lachend. »Das ist eigentlich sogar alles, was du jemals …«

Die Tür flog auf. Ein Windstoß fuhr herein, und Angela sah in ein böse funkelndes Gesicht.

Sie hätte schwören können, daß sie die Feuer der Hölle erblickte, doch dieser goldene Schein gehörte zu Bradford Maitland, der mit dem Sattel in der einen und mit seinem Bettzeug und den Satteltaschen in der anderen Hand im Türrahmen lehnte.

Was auf Erden tat er hier, staubig und voller Dreckspritzer und mit dichten Bartstoppeln im Gesicht? Und warum sah er sie an, als wolle er sie umbringen? Sie hatte sich häufig ausgemalt, ihn wiederzusehen, aber niemals so – mit Höllenfeuern in den Augen. Schließlich war sie diejenige, die allen Grund hatte, wütend zu sein, und nicht er!

Endlich wandte Bradford seinen Blick von ihr ab und ließ seinen Sattel mit solchem Getöse auf den Boden fallen, daß Angela zusammenfuhr. Sie sah, wie der Staub aufflog, vom Wind aufgewirbelt und in der Küche verteilt wurde. Dann trat Bradford die Tür zu. Als der Wind wieder nach draußen verbannt war, war es plötzlich stickig im Raum.

Unter großen Mühen riß Angela ihren Blick von Bradford los und sah Grant an. Er stand wenige Schritte neben dem Sofa. Diese beiden Männer waren Freunde. Warum also wirkte Grant so wachsam? Und warum sagte Bradford nichts?

Das angespannte Schweigen hielt an, während Bradford zum Küchentisch ging und das Pferdegeschirr darauf knallte. Wieder flog Staub auf. Angela folgte ihm mit den Augen und dachte an all die schlaflosen Nächte, in denen sie diesen Mann verflucht hatte. Jetzt hätte sie am liebsten auf ihn eingeschlagen, doch sie fand keine Worte und konnte sich nicht von der Stelle rühren.

Bradford brach das Schweigen mit gepreßter, harter Stimme. Er sah Grant an. »Ich sehe, daß keiner von euch beiden mit mir gerechnet hat, aber ich bin hier. Unseligerweise mußte ich euch bei einem traulichen Beisammensein stören. Aber jetzt packst du deine Sachen und haust ab, Grant.«

»Soll das heißen, daß du mich feuerst, Brad?«

»Natürlich nicht. Wir haben ein Abkommen getroffen«, sagte Bradford barsch. »Ich habe nicht die Absicht, diese Abmachung wegen einer *Frau* zu brechen. Jetzt pack deine Sachen und zieh wieder ins Gesindehaus.«

»Da sind meine Sachen doch immer gewesen!« erwiderte Grant empört. »Wenn du ein Hühnchen mit mir rupfen willst, Brad, dann wünschte ich, du würdest endlich zur Sache kommen.«

»Nichts dergleichen. Du hast also um der Dame willen Diskretion bewahrt«, höhnte Bradford. »Das ist sehr lobenswert. Aber ich bin müde. Zum Teufel, jetzt hau endlich ab, und nimm sie mit.«

Grant warf einen kurzen Blick auf Angela, deren violette Augen zusehends dunkler wurden. Brad hatte keinen Anlaß, so über Angela zu sprechen.

»Du hast alles in die falsche Kehle gekriegt, Brad«, fing Grant an, der selbst langsam in Wut geriet. »Es gibt nichts, was ...«

»Spar es dir!« fiel ihm Brad scharf ins Wort. »Muß ich dich rausschmeißen, oder tust du jetzt endlich, was man dir sagt?«

»Verdammt noch mal, ich gehe ja schon!« rief Grant zornig. Dann wandte er sich an Angela und senkte die Stimme. »Vielleicht solltest du wirklich mitkommen«, bot er ihr freundlich an, doch er sah, daß auch sie am Überschäumen war.

»Nein!« schrie sie und verschränkte die Arme vor der Brust. »Dies ist ebensosehr mein Haus, wie es sein Haus ist, und der Teufel soll mich holen, wenn ich jetzt dieses Haus verlasse!«

»Was, zum Teufel, soll das heißen?« fragte Bradford und trat einen Schritt vor. Er blieb zwischen den offenen Regalen stehen, die vom Boden bis zur Decke reichten und als Trennwand zwischen der Küche und dem Wohnbereich dienten.

Angela sah ihm direkt in die Augen, ohne zurückzuweichen. »Jacob hat mir diese Ranch zur Hälfte hinterlassen. Das mußt du doch wissen.«

»Wenn ich das gewußt hätte, wäre ich nicht hier!« brauste Bradford auf. Er verfluchte sich innerlich, weil er nicht zugehört hatte, als das Testament verlesen worden war, und es sich auch nie mehr angesehen hatte. Er hatte Angela hier vermutet, aber er war sicher gewesen, daß er sie leicht abschieben konnte. Was, zum Teufel, sollte er jetzt tun?

»Wenn du mir nicht glaubst, kann ich dir eine Abschrift des Testaments zeigen«, sagte Angela steif.

Wieder trafen sich ihre Blicke, und sie wehrte sich dagegen, vor seinem auflodernden Zorn zurückzuweichen. Sie hatte sich mehrfach vor Bradford gefürchtet, doch sie wollte sich nicht noch einmal von ihm einschüchtern lassen.

Endlich sprach Bradford. »Ich besitze selbst eine Kopie des Testaments, und ich werde es durchlesen. Wenn das, was du sagst, der Wahrheit entspricht, werde ich dir deinen Anteil auszahlen.«

»Nein, danke«, erwiderte sie eisig. »Zufälligerweise gefällt es mir hier.«

Bradford wurde fahl. »Beabsichtigst du ernsthaft, mit mir in diesem Haus zu bleiben?«

»Warum nicht?«

»Weil du es bereuen wirst, Miß Sherrington. Das verspreche ich dir!«

Bradford drehte sich um und ging in den Flur. Kurz darauf hörten Angela und Grant, wie eine der Schlafzimmertüren geöffnet und anschließend zugeknallt wurde.

»Du solltest jetzt lieber gehen, Grant. Ich werde morgen früh mit ihm reden.«

»Es sieht nicht so aus, als könntet ihr beide euch gesittet miteinander unterhalten. Vielleicht sollte ich lieber mit ihm reden«, bot Grant an. »Brad scheint einen reichlich falschen Eindruck gewonnen zu haben.«

»Nein, das stehe ich schon durch. Vergiß nur bitte nicht, morgen abend zum Essen zu kommen.«

Grant grinste. »Bist du sicher, daß Bradford mich ins Haus läßt?«

»Es tut mir leid für dich, Grant. Du bist heute abend auf meine Einladung hin hier gewesen, und ich hätte mich für dich einsetzen müssen. Ich hatte angenommen, Bradford wüßte, daß mir die Ranch zur Hälfte gehört, aber scheinbar hat er es nicht gewußt. Es wird nicht wieder vorkommen. In dieses Haus kann ich einladen, wen ich will.«

»Dann bin ich morgen abend da. Aber ich rate dir, Brad für den Rest des Abends und der Nacht aus dem Weg zu gehen. Laß ihm Zeit, sich abzuregen, ehe du versuchst, ihm etwas zu erklären.«

Angela starrte ihn entgeistert an. »Ich habe nichts zu erklären!« fauchte sie. »Bradford Maitland ist derjenige, der einiges zu erklären hat – falls er dazu in der Lage ist!«

Grant schüttelte den Kopf. »Ich habe zwar einen Verdacht, worüber Bradford so aufgebracht ist, aber was ist in dich gefahren? Was hast du für einen Grund, so wütend zu sein?«

»Das ist jetzt gleich, Grant. Geh und sieh zu, daß du morgen ausgeschlafen bist. Es gibt einiges, worüber ich nachdenken muß«, erwiderte sie.

Als er gegangen war, ging sie im Zimmer umher und löschte alle Petroleumlampen bis auf eine. Sie rechnete nicht damit, in der kommenden Nacht gut zu schlafen.

41

Das Morgengrauen verkündete einen leuchtend klaren, sonnigen Tag, ohne eine Spur der düsteren schwarzen Wolken des gestrigen Tages. Da im Dach Löcher waren, hatte der Regen im ganzen Haus große Pfützen hinterlassen.

Angela war außer sich, als sie die durchweichten Teppiche im Wohnzimmer und das Regenwasser, das auf dem Küchenboden stand, entdeckte. Der Regen war selbst bis in die Vorratskammer gesickert und hatte zwei Säcke Weizenmehl und eine große Kiste Maismehl verdorben, die sie am Vorabend dummerweise halboffen gelassen hatte.

Sie brauchte zwei Stunden, um den Küchenboden zu wischen und die großen Wohnzimmerteppiche auf die Veranda zu ziehen, um sie auf dem Geländer zum Trocknen aufzuhängen. Als sie damit fertig war, war sie ziemlich erschöpft, denn sie hatte in der vergangenen Nacht sehr wenig geschlafen. Es war Samstag, und sie erwartete Mary Lou und ihren Vater zum Essen.

Angela graute bei der Vorstellung, Bradford wiederzusehen. Irgendwann würde sie sich mit ihm auseinandersetzen müssen. Und was dann?

Angela wärmte den Kaffee auf, den Bradford früher am Morgen gekocht hatte, und bereitete sich dann ein leicht bekömmliches Frühstück zu. Sie saß am Tisch, als er die Küchentür öffnete und bei ihrem Anblick abrupt stehenblieb.

»Noch was übrig?« fragte er knapp und deutete auf den Frühstückstisch.

Angela seufzte. Er konnte noch nicht einmal anständig guten Morgen sagen. Sie sah ihn an, während er angriffslustig mitten im Raum stehenblieb. Er war jetzt glattrasiert, und sein frischgewaschenes Haar war noch feucht. Doch an seiner üblen Laune hatte das Bad nichts geändert.

»Im Ofen sind nur noch zwei Brötchen, aber wenn du willst, kann ich dir Eier und Toast machen.«

»Mach dir keine Mühe«, erwiderte Bradford und setzte dann gereizt hinzu: »Und überhaupt ist eine Ranch kein Ort für diese dämlichen Hühner, die ich draußen gesehen habe.«

»Ich esse nun mal gern Eier und Brathähnchen«, sagte sie und versuchte verzweifelt, mit ruhiger Stimme zu reden.

»Zu eben diesem Zweck züchtet Ed Cox Hühner«, gab er zurück.

»Ich weiß«, sagte sie lächelnd. »Bei ihm habe ich meine Hühner gekauft. Und vielleicht darf ich dich daran erinnern, daß ich dazu deiner Genehmigung nicht bedarf.«

Er brummelte vor sich hin und trat an die Anrichte. »Und was ist das?« fragte er, nachdem er ein Handtuch hochgehoben hatte, unter dem ein großer Laib goldenes Maisbrot lag.

»Das gibt es heute als Beilage zum Abendessen«, erwiderte Angela.

»Du kannst doch später ein neues Maisbrot backen?« fragte er unwillig.

»Ja, aber ...«

Bradford nahm ein Messer und schnitt den Brotlaib in der Mitte durch. Sie seufzte. Dann stand sie vom Tisch auf, um Butter und Marmelade zu holen. Wortlos deckte sie den Tisch und brachte ihm dann eine dampfende Tasse starken schwarzen Kaffee.

Er saß schweigend am Tisch und aß mit dem Rücken zu ihr. Angela kochte fast über. Er behandelte sie wie ein Dienstmädchen.

Der Teufel sollte sie holen, wenn sie auch nur noch einen Handgriff für ihn machte. Er konnte essen, wenn sie aß, oder er konnte sich selbst etwas richten.

Sie machte sich an der Anrichte zu schaffen, um einen neuen Schub Maisbrot vorzubereiten.

»Bradford«, sagte sie, ohne sich zu ihm umzudrehen, »heute abend kommen Gäste zum Essen. Ich habe Mary Lou Markham und ihren Vater, Walter Howard, eingeladen. Und Grant. Kann ich dich ebenfalls erwarten?«

»Ganz die kleine Gastgeberin, was?« fragte er bitter. »Der entfleuchte Spatz hat also ein Nest gefunden. Nur zu meiner Information: Gibst du jeden Abend solche Gesellschaften?«

Angelas Muskeln spannten sich an, und sie drehte sich um, um Bradford anzusehen. Er saß mit der Kaffeetasse in der Hand am Tisch und sah sie voller Verachtung an.

»Damit du es weißt – ich habe heute zum ersten Mal Gäste zum Abendessen eingeladen.«

»Außer Grant«, erwiderte er, und seine Stimme wurde noch unfreundlicher.

Angela schnappte nach Luft. Das war es also! Wegen Grant benahm sich Bradford so. Es war einfach lächerlich. Er hatte keinerlei Recht, eifersüchtig zu sein, nicht, solange er selbst verlobt war.

»Bradford, ich lade Grant gelegentlich zum Abendessen ein, weil wir uns angefreundet haben. Sonst ist nichts zwischen Grant und mir.«

»Du kannst mich nicht zum Narren halten, Angela«, sagte Bradford trocken und ging zur Tür. »Außerdem ist mir vollkommen gleich, mit wem du deine Zeit verbringst. Und was heute abend angeht: nein, ich werde nicht zu deiner kleinen Gesellschaft erscheinen. Ich fahre heute nachmittag in die Stadt, und da ich das Bedürfnis nach einer guten Hure verspüre, komme ich heute abend wahrscheinlich nicht zurück.« Er öffnete die Tür und wandte ihr den Rücken zu. »Etwas anderes ist es natürlich, wenn du mir zu Gefallen sein möchtest. Für eine gute Hure zahle ich Höchstsummen, und wenn ich mich recht erinnere, warst du eine recht gute.« Er lachte über ihren schockierten Gesichtsausdruck.

Bradford lehnte sich unsicher an die lange schwarze Bar und sah nachdenklich das Glas Whisky an, das vor ihm stand. Beim Kartenspiel an einem Ecktisch hatte er schon den ganzen Abend über kräftig gebechert. Endlich spürte er die Wirkung des Alkohols, und gerade hatte er sich vom Spiel zurückgezogen. Er hatte mehr als zweihundert Dollar verloren. Zum Teufel damit, schließlich war es nur Geld.

Er leerte sein Glas in einem Zug und kaufte anschließend eine volle Whiskyflasche an der Bar. Bedächtig sah er sich in dem verrauchten Raum um.

Zwei in Flitter herausgeputzte Barmädchen waren ihm schon vorhin ins Auge gestochen, aber jetzt war ihm einfach nicht danach. Er konnte nicht leugnen, daß er eine Frau brauchte. In New York hatte er sich so vollständig in seine geschäftlichen Angelegenheiten gestürzt, daß er nicht die Zeit für weibliche Gesellschaft gefunden hatte. Doch er hatte sich entschlossen, sich einfach in der süßen Linderung des Alkohols zu verlieren. Er mußte die peinigenden Bilder, die ihm den Verstand raubten, im Alkohol ertränken.

Mit unsicheren Schritten verließ er den Saloon, die Whiskyflasche in der Hand. Die frische Nachtluft nach dem Rauch- und Schweißgestank in dem überfüllten Saloon war wie ein Spritzer kaltes Wasser mitten ins Gesicht. Ohne allzu große Schwierigkeiten konnte er sich orientieren, und er machte sich auf den Weg zu seinem Hotel am anderen Ende der Stadt. Die lange Straße schien menschenleer zu sein, und das Getöse, dem er gerade entronnen war, ebbte langsam in seinen Ohren ab.

Plötzlich ging auf der anderen Straßenseite ein Schuß los, und Bradford hörte, wie eine Kugel an ihm vorbeizischte. Es dauerte einen Augenblick, bis er begriff, was vor sich ging. Erst dann tauchte er im nächsten Hauseingang unter und kauerte sich hin. Er sah ein Mündungsfeuer auf der anderen Straßenseite, als die nächste Kugel losging, dann noch eins, das wenige Meter von den anderen entfernt aus einer zweiten Waffe kommen mußte. Er begriff, daß die Schüsse, ganz gleich, wer sie abgab, ihm galten.

Bradford fielen sofort zwei andere Angriffe der jüngst vergangenen Zeit ein. Von einem Überfall in New York hatte er eine Narbe davongetragen. Und kurz darauf hatte er in Springfield gegen Räuber gekämpft. Dabei wäre er beinah ums Leben gekommen. Jetzt, als er daran dachte, erschien es ihm sogar, als hätten die Räuber es mehr darauf angelegt, ihn umzubringen, als ihn auszurauben.

Konnte dieser Überfall mit den beiden vorhergegangenen in einem Zusammenhang stehen?

Ihm blieb keine Zeit mehr, sich zu wundern. Wenige Zentimeter neben seinem Kopf drang eine Kugel in die Tür hinter ihm. Er versuchte, die Tür zu öffnen, die sich jedoch nicht von der Stelle rührte. Bradford sah eine hölzerne Treppe am anderen Ende des Gebäudes, und da ihm keine andere Wahl blieb, lief er schnell darauf zu. Während er rannte, hörte er drei weitere Schüsse. Er kauerte sich unter die Treppe und verfluchte sich, weil er keine Waffe bei sich trug. Er hätte wissen sollen, daß es nicht ratsam war, unbewaffnet in die Stadt zu kommen. Er stellte sich flüchtig die Frage, warum seine Angreifer ihn nicht verfolgten. Vielleicht wußten sie nicht, daß er unbewaffnet war.

Die Leute waren aus dem Saloon auf die Straße gelaufen, um zu sehen, warum eine Schießerei im Gange war. Aber niemand kam ihm zu Hilfe. Wo, zum Teufel, mochte der Sheriff stecken?

Die Männer auf der anderen Straßenseite hielten ihr Sperrfeuer aufrecht und machten ihm ein Entkommen unmöglich. Wie lange würde es noch dauern, bis sie merkten, daß er nicht zurückschoß?

In diesem Augenblick kam einer der Männer über die Straße. In der Dunkelheit konnte Bradford sein Gesicht nicht erkennen. Angesichts der veränderten Lage war Bradfords Deckung nutzlos geworden. Der Mann schoß aus seinem Versteck heraus und feuerte einen Schuß ab; dann verschwand er sofort wieder. Bradford empfand einen sengenden Schmerz auf seiner Haut. Sein Hemd war zerfetzt, und Blut tröpfelte an seinem Arm herunter, doch die Kugel hatte nur die Haut gestreift.

Rasender Zorn erfüllte ihn. Wie hatte er sich in eine derart hilflose Lage bringen können? Seine einzige Chance bestand in dem Versuch, sein Hotel zu erreichen. In seinem Zimmer lag eine Flinte. Auf dem Weg zum Hotel würde er einem Kugelregen ausweichen müssen.

Bradford stählte sich innerlich für den Lauf. Seine Muskeln waren angespannt, sein Atem ging unregelmäßig, und sein Wille war eisern. Er wartete eine Pause in diesem Kugelhagel ab und hoffte, daß seine Meuchelmörder damit zu tun hatten, nachzuladen. In diesem Augenblick preschte er los und floh.

42

Angela winkte ihren Gästen zum Abschied nach und wartete auf der Veranda, bis Mary Lou und ihr anmaßender Vater abgefahren waren. Angela lächelte und sog tief die frische Nachtluft ein, die nach einem ganzen Abend in Walter Howards Zigarrenrauch eine Wohltat war. Walter Howard war wirklich so, wie Grant ihn beschrieben hatte – sehr von sich eingenommen. Seine sonnenverbrannte Haut, die große Hakennase und das hervorstehende Kinn brachten Angela dazu, sich zu fragen, wie Mary Lou zu ihren zarten Zügen kam.

Mary Lou schien zu wissen, wie man ihren Vater anpacken mußte, und dadurch war der Abend halbwegs erträglich gewesen. Der Mann hielt seine Vorstellungen für die einzig wahren. Angela hatte sich im ersten Moment erbost, als das Gespräch darauf kam, was einer Frau auf einer Ranch erlaubt und was ihr untersagt sein sollte. Doch dann hatte Grant ihr zugeflüstert, er habe sie schließlich vorher gewarnt.

Schließlich hatte Angela sich nicht mehr dazu geäußert und sich an Mary Lous Rat gehalten: »Man muß einfach lächeln und Daddy ignorieren. Er sagt ohnehin, wozu er Lust hat. Hör einfach nicht hin, weil er sonst nie mehr aufhört.«

Nach einem üppigen Mal aus gebratenen Hähnchen mit Soße, Kartoffelsalat, Erbsen, Kalbsbries, Maismehlbrot und Apfelkuchen setzten sie sich um den Kamin, und Grant unterhielt sie mit Liedern vom Viehtrieb. Das bereitete allen Vergnügen, aber dann entschuldigte er sich nur allzu früh mit der Erklärung, er müsse vor Tagesanbruch aufstehen. Mary Lou und ihr Vater blieben noch zwei Stunden. Beim Kaffee, in den sich Walter reichlich Whisky goß, pries er Mary Lou für den Rest des Abends Grants Tugenden.

Angela amüsierte sich. Sie wußte, daß Mary Lou keinen Zuspruch brauchte. Die beiden würden ein famoses Paar abgeben, denn schließlich hatte Mary Lou jahrelange Erfahrung im Umgang mit einem Mann von Grants Temperament. Sie hoffte, daß aus diesem Flirt mehr werden würde.

Angela trat wieder ins Haus und war in Gedanken noch bei Grant und Mary Lou und bei deren Werben umeinander, das wahrscheinlich demnächst beginnen würde. Dann schweiften ihre Gedanken zu Brad ab – und zu Candise Taylor. In jener Nacht schlief Angela unruhig.

Bradford saß aufrecht im Sattel. Seine Katersymptome ließen nach. Die Nachtluft half. Was für ein Tag, dachte er gepeinigt. Mit Übelkeit und Magenkrämpfen und pochendem Schädel hatte er den ganzen Tag im Bett verbracht. Es würde eine Weile dauern, bis er sich an den scharfen Whisky gewöhnte, den man in der Stadt vorgesetzt bekam.

Bradford warf einen stummen Blick auf seinen Begleiter, dessen Züge im Mondschein kaum zu erkennen waren. Er mußte seinem neuen Freund lassen, daß er dieses scharfe Gesöff vertrug. Dieser Mann wirkte heute nicht im geringsten angegriffen, und er war immer noch so fröhlich und munter wie in der letzten Nacht, in der sich die beiden kennengelernt hatten.

Dieser Mann hatte Bradford das Leben gerettet. Er erinnerte sich noch einmal an den Augenblick, in dem er Anlauf genommen hatte, seine Deckung zu verlassen, und er erinnerte sich daran, wie eine Schrotflinte losgegangen war. Die Schrotflinte hatte dem Kugelhagel, der gegen Bradford gerichtet war, ein abruptes Ende gesetzt. Ein weiterer Schuß war gefolgt, und Bradford hatte verblüfft beobachtet, daß einer seiner Angreifer davongelaufen war und sich schnell ein dunkles Gäßchen gesucht hatte. Der andere Angreifer war ihm auf dem Fuß gefolgt.

Dann hatte Bradford den Mexikaner gesehen, der mitten auf der Straße auf einem Pferd saß. Der Mann saß ohne jede Deckung da und feuerte seine Schrotflinte ab.

Der Fremde war mit seinem Pferd auf Bradford zugekommen. Er hatte ihn besorgt gemustert. »Sind Sie in Ordnung, Amigo?«

Bradford hatte immer noch nicht erfaßt, wie knapp er dem Tod entronnen war.

»Jetzt ja, vielen Dank«, hatte er mit bebender Stimme geantwortet. Endlich stand er auf. »Ich habe nur einen kleinen Kratzer am Arm abgekriegt.«

»Ihr kleiner Kratzer blutet stark«, erwiderte der Fremde und zeigte beim Lächeln gleichmäßige weiße Zähne unter dem schwarzen Schnurrbart.

»Das ist nicht weiter schlimm.«

»Sie sollten nicht wehrlos herumlaufen, Amigo«, ermahnte ihn der andere. »Kennen Sie diese Männer?«

»Das möchte ich keineswegs hoffen.«

»Man hat versucht, Sie auszurauben?«

»Das glaube ich nicht«, erwiderte Bradford nachdenklich. »Ich habe gerade mein gesamtes Bargeld beim Pokern verloren. Andererseits haben sie das wohl kaum gewußt.«

»Wie schade für Sie. Falls Sie ein Bett brauchen sollten – ich war gerade auf dem Weg ins Hotel, um mir ein Zimmer zu mieten. Sie können gern mitkommen.«

Bradford lachte. »Sie haben mir bereits den größten Dienst erwiesen, den es gibt, mein Freund. Sie haben mir das Leben gerettet. Ich bestehe darauf, mich dafür erkenntlich zu zeigen. Ihr Hotelzimmer geht auf meine Rechnung. Ich heiße Bradford Maitland. Und Sie?«

»Hank Chavez.«

Sie verbrachten den Rest der Nacht in Bradfords Hotelzimmer und betranken sich gründlich. Bradford hatte das Gefühl, gar nicht genug für diesen Mann tun zu können und bot ihm an, sich alles zu wünschen, was er wollte. Hank Chavez verwahrte sich gegen eine Bezahlung. Da er jedoch geschäftlich in dieser Gegend zu tun hatte, nahm er Bradfords Angebot an, auf seiner Ranch zu wohnen. Als sie die Ranch erreichten, die friedlich dalag, war es schon spät in der Nacht. Nachdem sie ihre Pferde mit Streu versorgt hatten, gingen sie zum Haus, das in Mondschein gebadet war. Es brannten keine Lichter mehr.

»Mein ... äh ... Partner ... muß wohl schon im Bett sein«, sagte Bradford leise, als er die Tür verschlossen vorfand. »Ich möchte keinen Aufruhr machen. Hätten Sie etwas dagegen, durchs Fenster einzusteigen?«

»Ich habe schon viele Häuser durchs Fenster verlassen, aber ich habe noch nie ein Haus durchs Fenster betreten. Das ist mal was anderes«, sagte Hank Chavez lachend.

Kurz darauf standen sie im Haus und schlichen auf leisen Sohlen nach oben. Bradford brachte Hank in das Zimmer, das seinem gegenüberlag, und wünschte ihm eine gute Nacht. Dann ging er in sein Zimmer und legte sich ins Bett. Da er fast den ganzen Tag geschlafen hatte, lag Bradford noch viele Stunden wach.

Der Angriff beunruhigte ihn. Je länger er darüber nachdachte, desto sicherer war er, daß jemand es darauf abgesehen hatte, ihn umzubringen. Er war sich dessen fast sicher. Aber wer? Und weshalb?

Bradford warf sich ruhelos von einer Seite auf die andere. Drei Mordversuche, und alle drei in jüngster Zeit. Gewiß würde ein weiterer folgen, und dann wieder einer. Irgendwann würde das Glück nicht auf seiner Seite sein. Er mußte herausfinden, wer seinen Tod wünschte.

Am meisten hatte natürlich Zachary zu gewinnen, aber Zachary war mit Crystal nach London gefahren. Trotzdem konnte er jemanden gedungen haben.

Die nächste war Angela. Mit seinem Kommen hatte er ihrer Freiheit einen Dämpfer verpaßt. Er dachte genauer darüber nach. Die beiden ersten Mordversuche hatten vor seiner Ankunft in Texas stattgefunden, aber erst, nachdem er Angela wiedergesehen hatte.

Herr im Himmel! War sie wegen der Sache, die sich in Springfield abgespielt hatte, auf Rache aus? Konnte es das sein? Bradford wollte es einfach nicht glauben – er konnte es nicht glauben.

Aber wer käme sonst noch in Frage? Im Umgang mit Geschäftspartnern hatte er sich immer fair verhalten. Und von seinem Vorsatz, gegen niemanden zu spielen, der es sich nicht leisten konnte, zu verlieren, war er nie abgewichen.

Seine Gedanken wanderten wieder zu der Frau im Nebenzimmer. Sollte sie wahrhaft so heimtückisch sein?

Er stand auf und warf sich einen Bademantel über. Kurz darauf stand er vor Angelas Zimmer und öffnete die Tür leise, ohne sie zu wecken. Schweigend stand er neben ihrem Bett und blickte auf sie nieder. Angela schlummerte friedlich, und ihr rostrotes Haar breitete sich in Wellen um ihren Kopf aus. Sie trug ein hellblaues Nachthemd mit Spitzenrüschen am Hals und an den Handgelenken, und sie war nur mit einem dünnen Laken zugedeckt. Versonnen betrachtete Bradford ihre Schönheit.

Plötzlich wurde er von flammendem Zorn erfüllt. Er mußte sie verletzen, ihr Qualen bereiten, wie sie ihn verletzt hatte, indem sie seine Liebe und sein Vertrauen zerstört hatte.

Bradford zerrte das Laken von ihr und zog seinen Bademantel aus. Dann setzte er sich auf das Bett und fing an, die Bänder ihres Nachthemds aufzuschnüren. Als seine Finger ihre Haut streiften, wurde sie wach.

Angelas erste Reaktion überraschte ihn. Sie schien froh zu sein, daß er bei ihr war. Doch dann fiel ihr wieder ein, was er beim Abschied zu ihr gesagt hatte.

»Du bist also in der Stadt geblieben! Du konntest dich wohl nicht losreißen von deinen – von deinen ...«

»Den Stadthuren?« beendete er ihren Satz mit zynischem Grinsen. »Ich fand, daß ich sie nicht brauche – nicht, wenn ich eine Hure unter meinem eigenen Dach habe.«

Angela schnappte nach Luft. Er hatte sie jetzt schon zum zweiten Mal eine Hure genannt. Aber weshalb? Und was hatte er mitten in der Nacht in ihrem Zimmer zu suchen?

»Bradford, was tust du in meinem Zimmer? Falls du gekommen bist, um mich zu beleidigen, dann geh bitte wieder.«

»Ich habe dich nicht beleidigt«, sagte er barsch. »Ich habe nur die Wahrheit gesagt. Außerdem werde ich gehen, sobald ich mit dir fertig bin.«

Sie wollte sich aufsetzen, doch er drückte sie aufs Bett.

»Nein, Bradford!« keuchte sie, und ihre Augen weiteten sich vor Furcht.

Er preßte eine Hand auf ihren Mund, und sie wehrte sich nach Kräften gegen ihn. Er legte sich schnell auf sie, und in einem verzweifelten Versuch, ihn zurückzuhalten, biß sie ihm in die Hand.

Der Schmerz ernüchterte ihn. Er blickte auf sie herunter und stöhnte, als er ihre Angst und auch die Tränen sah, die wie Diamanten auf ihren Wangen glitzerten. Vor Abscheu über das, was er gerade zu tun versucht hatte, war er ganz krank. Gegen alle Vernunft gab er ihr die Schuld daran. Er brauchte jemanden, an dem er den Abscheu gegen sich selbst auslassen konnte.

»Warum, zum Teufel, weinst du?« fragte er mit heiserer Stimme.

»Solltest du etwa Reue empfinden, weil du mich betrogen und verlassen hast?«

»Wovon sprichst du?« fragte Angela atemlos. »Ich habe dich weder betrogen, noch verlassen.«

»Und wie würdest du es nennen, du verfluchtes Weibsstück?« fragte er aufbrausend. »An dem Tag, an dem du mit Grant Marlowe durchgebrannt bist, hatte ich schon einen anderen Schock hinter mir. Meine reizende Schwägerin hat ihre Tücke wieder einmal spielen lassen. Sie hat versucht, mir einzureden, du seist meine Halbschwester! Ich wollte meinen Vater über unsere bevorstehende Heirat unterrichten. Das habe ich dann auch sofort getan, um seine Reaktion zu sehen. Der alte Mann war in seinem ganzen Leben nicht so glücklich wie in diesem Moment, und somit waren Crystals Lügengespinste entlarvt. Und als ich dachte, meine Welt sei wieder heil, hast du mich wegen Grant verlassen.«

Angela hatte es die Sprache verschlagen. Sie empfand Erleichterung, Bedauern und dann inbrünstiges Glück. Er hatte Jacob gesagt, daß er sie heiraten würde, und nicht Candise!

»Bradford, ich ...«

»Spar es dir!« schnitt er ihr grob das Wort ab.

»Ich habe dich nie betrogen oder getäuscht, Bradford«, sagte sie schnell, und wieder traten Tränen in ihre Augen.

»Noch mehr herzlose Lügen nach all den anderen?« erwiderte er, und seine Augen loderten golden auf.

»Aber ich lüge doch gar nicht!«

»Für wie dumm hältst du mich?« schnaubte er wütend.

»Bradford, ich liebe dich!« rief sie. Jetzt hatte sie es gesagt, und im selben Augenblick wurde ihr bewußt, daß es wahr, daß es vollkommen wahr war. »Ich habe nie aufgehört, dich zu lieben!«

Gütiger Gott, wie sehr er ihr glauben wollte! Aber er würde sich nicht mehr in ihren Netzen fangen lassen. Vor seinem geistigen Auge sah er sie eng umschlungen mit Grant. Er sah es so deutlich vor sich, daß seine Augen noch leuchtender aufflammten. Seine Stimme war wie Stahl, und seine Finger gruben sich brutal in ihre Schultern. »Ich habe dir einmal geglaubt, aber diesen Fehler werde ich kein zweites Mal machen!«

Am liebsten hätte sie ihn flehentlich gebeten, ihr zu glauben. Doch ihr Stolz siegte. Zorn ergriff sie.

»Und was ist mit Candise Taylor, Bradford?« fauchte sie böse. »Was ist mit der Verlobten, die es während der ganzen Zeit gegeben hat, in der du mir deine Liebe geschworen hast?«

Er starrte sie lange an. Seine Verwirrung ließ einen Moment lang tiefe Befriedigung in ihr aufflackern. Dann trat ein brutales Lächeln auf seine Lippen.

»Sprichst du von meiner Frau? Wir haben kurz nach deinem Verschwinden geheiratet.«

Es verschlug ihr den Atem. Schweigend zog Bradford seinen Bademantel an und ging zur Tür. Ohne sich zu ihr umzudrehen, sagte er kalt: »Ich schlage vor, daß du ausziehst, wenn du nicht willst, daß sich solche Dinge wiederholen.«

Er war fort. Und mit ihm war alle Hoffnung geschwunden, die einen Moment lang in ihr aufgeflackert war.

43

»Haben Sie gut geschlafen, Amigo?«

Bradford sah Hank, der mit einer Tasse Kaffee in der Hand am Küchentisch saß, von der Seite an. Wußte sein Freund, was sich in der letzten Nacht abgespielt hatte? Hatte er alles gehört?

»Ich habe gut geschlafen. Und Sie?« erwiderte Bradford und schenkte sich Kaffee ein.

Hank lachte. Bradford gewöhnte sich langsam an dieses Lachen. »Wie ein satter Säugling, sowie mein Kopf aufs Kopfkissen gefallen ist. Ich bin solche ruhigen Nächte wie hier allerdings auch nicht gewohnt. Es ist ganz anders als in den lauten Hotels, in denen ich gewöhnlich übernachte.«

Angela war noch nicht aufgestanden, und Bradford ermahnte sich, sich nicht zu sorgen. Es war ihm egal. Was war wohl erforderlich, um sie endgültig aus seinen Gedanken zu verbannen?

»Heute morgen sind Sie in Gedanken ganz weit weg, was?« brach Hank das Schweigen.

»Gar nicht so weit«, murmelte Bradford und grinste. »Sagen Sie mir jetzt, wie ein Mann Ihrer Herkunft zu einem Vornamen wie Hank kommt.«

Er lachte herzlich. »Meine Mutter war eine Amifrau. Sie hat mir diesen Namen ganz kurz vor ihrem Tod gegeben, und daher konnte mein Vater nichts dagegen einwenden. Aus Respekt vor ihr hat er es bei diesem Namen belassen.«

»Mir scheint nicht, daß Sie den Tod Ihrer Mutter als Tragödie ansehen. Geht Ihnen jemals etwas nahe?«

Hank zuckte die Schultern. »Man kann nicht den Tod eines Menschen beweinen, den man nie gekannt hat.«

»Ich nehme an, Sie haben recht«, sagte Bradford und grinste. »Trotzdem ist mir aufgefallen, daß Sie alles mit einem Lächeln hinnehmen.«

»Und warum nicht, Amigo?« fragte Hank. »Mein Großvater hat immer zu mir gesagt, es sei einfacher, zu lächeln, als die Stirn zu runzeln.«

»Diese Philosophie gefällt mir, aber leider entspricht sie nicht allen Menschen«, bemerkte Bradford langsam.

In diesem Augenblick öffnete sich Angelas Zimmertür, und kurz darauf erschien Angela in der Küche. Ihre Aufmachung verblüffte die Männer. Sie trug Hosen, die an den Hüften und Schenkeln eng anlagen, und dazu eine gestärkte weiße Bluse, die ebenso eng war und ihre festen, runden Brüste hervorhob.

Bradford richtete sich steif auf. Er hätte Angela am liebsten Vorhaltungen über ihre Kleidung gemacht, doch er hielt sich zurück. Was, zum Teufel, ging das ihn an? Aber Hank Chavez starrte sie an. Bradford merkte, daß sie Hank direkt ins Gesicht sah.

»Was tun Sie denn hier?« fauchte sie, ohne nachzudenken, und ihre Augen wurden dunkler. Bis auf den Schnurrbart sah er genauso aus, wie sie ihn in Erinnerung hatte.

»Das gleiche könnte ich Sie auch fragen, Menina«, erwiderte Hank, und wieder trat das Lächeln auf sein Gesicht.

Bradford sprang auf und sah von Angela zu Hank. Dann sah er Angela wieder an.

»Woher kennst du Hank?«

»Wir haben uns in Mobile kennengelernt«, sagte sie schnell. Ihr fiel auf, daß sie den Namen des Banditen zum ersten Mal hörte.

Angela lächelte Bradford verschmitzt an. »Wenn du es unbedingt wissen willst – ich habe diesen Mann kennengelernt, als er die Postkutsche angehalten hat, mit der ich gereist bin.«

»Erwartest du, daß ich das glaube?« brauste Bradford auf.

Es gelang ihr unter Mühen, weiterhin zu lächeln. »Es ist nun mal eine Tatsache, Bradford, daß mir gleich ist, was du glaubst«, sagte sie kühl.

Sie ging an den Männern vorbei zum Herd und schenkte sich eine Tasse schwarzen Kaffee ein. Absichtlich kehrte sie ihnen den Rücken zu. Hank grinste still in sich hinein, denn er war erleichtert, daß Bradford die Geschichte mit dem Überfall nicht glaubte.

»Ich reite vor dem Frühstück aus«, sagte Angela.

»Ich würde Sie gern begleiten«, sagte Hank eilig und stand vom Tisch auf.

Angela trank ihren Kaffee aus und verließ die Küche, ohne auf Hank zu warten.

Der frühe Morgen war angenehm frisch. Es war strahlender Sonnenschein, doch es würde noch eine Weile dauern, bis man die Sonne spüren konnte. Der Winter nahte.

Als sie die Scheune erreichte, holte Hank Angela ein und bot ihr an, ihr Pferd zu satteln. Da keiner der Arbeiter in der Nähe war, ging sie auf sein Angebot ein. Sie hatte viele Fragen auf der Zunge, doch sie hielt sie zurück. Sich hier zu streiten, hätte zu nichts geführt. Bradford hätte sie hören können.

Als die geschmeidige braune Stute gesattelt war, stieg Angela ohne Hanks Beistand auf. Sie wartete, bis er sein Pferd gesattelt hatte. Jetzt war er fertig, aber Bradford tauchte vor der Scheune auf.

Er funkelte sie böse an. »Wohin gedenkst du in diesem Aufzug zu gehen?« fragte er und griff nach dem Zaumzeug ihres Pferdes.

»Ich reite aus«, erwiderte sie hitzig.

»So reitest du mir nicht aus!«

Angela saß angespannt da und hielt die kleine Reitpeitsche in ihrer rechten Hand fester. »Du bist mein Partner, Bradford – mein gleichberechtigter Partner. Du kannst mir nichts vorschreiben. Ich bin eine selbständige Frau, die niemandem Rechenschaft schuldig ist!« rief sie aufbrausend. An dem Dunkelviolett, das ihre Augen annahmen, war ihre Wut zu erkennen. »Ich tue, was ich will. Ist das klar?«

»Was du jetzt tust, ist, daß du von diesem Pferd steigst!« knurrte er.

An diesem Punkt verlor sie die Kontrolle über ihre Wut. »Der

Teufel soll dich holen, Bradford Maitland!« schrie sie und schlug dem Pferd die Reitpeitsche in die Flanken.

Das Tier bäumte sich einmal auf und preschte dann in schnellem Galopp aus der Scheune. Angela hielt sich verzweifelt am Nacken der Stute fest. Ihr Hut flog ihr vom Kopf, und das dünne Band, das daran befestigt war, schnitt sich in ihre Kehle. Erst als das Pferd etwas langsamer wurde, sah sie sich um. Jetzt entspannte sich Angela und ließ ihr Pferd noch langsamer laufen, damit Hank sie einholen konnte. Sie ritt über einen kleinen Hügel, der auf der anderen Seite mit Bäumen bewachsen war. Jetzt war sie vom Haus und von der Scheune aus nicht mehr zu sehen. Sie hielt ihr Pferd an, um auf Hank zu warten.

Sie hatte ihm einiges zu sagen, und das hier war der rechte Ort dafür. Sie stieg ab und band ihr Pferd an einen niedrigen Ast. Angespannt und erbost ging sie auf und ab. Sie ärgerte sich immer noch über Bradfords Dreistigkeit. Er hatte kein Recht, ihr Vorschriften zu machen.

Als sie die nahenden Hufe des anderen Pferdes hörte, drehte sie sich geschwind um. Sie war froh, daß sie das Gespräch mit Hank von Bradford ablenken würde. Doch wer vom Pferd sprang und auf sie zukam, war nicht Hank.

»Ich sollte dich verprügeln«, sagte Bradford, während er sie an den Schultern packte und sie kräftig schüttelte.

Angela riß sich von ihm los und taumelte zurück. Sie war nicht dazu aufgelegt, allein mit ihm hier draußen in der Weite leichtsinnig zu sein. Plötzlich hätte sie sich am liebsten verkrochen und sich vor seinem Zorn versteckt, doch diesem Impuls wollte sie keinesfalls nachgeben.

»Wie kannst du es wagen, so aus dem Haus zu gehen? Sieh dich nur an!« tobte er weiter und ließ seinen Blick über ihren ganzen Körper gleiten. »Diese verfluchte Aufmachung überläßt fast nichts der Fantasie. Man kann nie wissen, wem du hier draußen begegnest!«

»Unglücklicherweise bin ich dir begegnet!« fauchte sie. »Wo ist Hank?«

Er kniff die Augen zusammen. »Hattest du vor, ihn hier draußen zu verführen? Hast du dich deshalb so angezogen wie ...«

»Halt den Mund, verdammt noch mal!« schrie Angela. »Als ich

mich angezogen habe, um reiten zu gehen, habe ich noch gar nicht gewußt, daß dieser Mann hier ist. In einem Rock kann man nicht allzu gut reiten, es sei denn, man zieht ihn bis zu den Schenkeln hoch. Wäre dir das lieber?« Sie wartete seine Antwort ab. Als diese ausblieb, fuhr sie ruhiger fort: »Ich bin bisher nicht dazu gekommen, mir angemessene Reitkleidung schneidern zu lassen. Ich kann auch nichts dafür, daß diese Hose vom häufigen Waschen eingegangen ist. Es ist die einzige Hose, die ich im Moment besitze.«

Er ging langsam auf sie zu, doch Angela wollte nicht zurückweichen. Ihr Stolz ließ sie stehenbleiben. Er blieb wenige Zentimeter vor ihr stehen, und sie begegnete seinen Blicken kühn.

Angela rechnete damit, daß er sie schlagen würde. Als er es nicht tat, fing sie an zu zittern. Plötzlich mußte sie feststellen, daß sie weinte.

»Du hast mir früher einmal gesagt, daß du mich liebst«, rief sie aus. »Wie kannst du mich nach allem, was wir gemeinsam erlebt haben, derart verletzen?«

Er wandte sich abrupt ab. »Wie kannst du es wagen, mir mit der Vergangenheit zu kommen? Du warst doch diejenige, die unsere Liebe kaputtgemacht hat.«

In ihrer Verwirrung riß sie die Augen auf. »Um Himmels willen, was soll ich getan haben?«

»Verflucht sei deine Hurenmentalität!« brummte er und drehte sich wieder zu ihr um. »Hast du wirklich geglaubt, ich würde dir und Grant nie auf die Schliche kommen? Wie viele andere hat es gegeben, Angela? Zählt Hank auch zu deinen Liebhabern?«

Sie war zutiefst bestürzt. »Das denkst du also? Ist das der Grund, daß du mich haßt?« Sie hielt ihm flehentlich die Hände hin. »Außer dir hat es nie jemanden gegeben! Der einzige Mann, mit dem ich je geschlafen habe, bist du. *Du*. Bradford, du verfluchter Kerl!«

Er durfte es sich nicht gestatten, ihr zu glauben. »Spiel mir nicht die Unschuldige vor, Angela! Ich sagte dir bereits, daß ich hinter die Sache zwischen dir und Grant gekommen bin. Glaubst du, das würde ich behaupten, wenn ich mir nicht sicher wäre?«

Angela wollte nichts mehr hören. Er war wild entschlossen, sie schlechtzumachen, und sie brachte ihn mit keinem Mittel dazu, ihr zuzuhören. Sie lief auf ihr Pferd zu und stieg schnell auf. Als sie sich umdrehte und Bradford ansah, sprühten ihre Augen Funken.

»Ich sehe allmählich, daß der Schritt zum Haß wirklich nicht groß ist«, sagte sie erbittert.

Ohne sich umzusehen, ritt sie zurück.

Weder Bradford noch Angela hatten den Mann bemerkt, der sie mit einem Fernglas beobachtet hatte. Die Stelle, an der er lag, war ganz flach, denn er hatte schon oft dort gelegen. Er wartete auf die Gelegenheit, um die er täglich betete. Angela konnte nicht ständig unter dem Schutz eines anderen Menschen stehen. Eines Tages würde er sie allein auf der Ranch vorfinden, wenn keiner der Arbeiter in der Nähe war und Maitland wieder von der Bildfläche verschwunden war. Eines Tages …

44

Angela stand an einen Pfosten gelehnt auf der Veranda und sah zu dem sternenübersäten Himmel auf. Sie zog ihr Tuch dichter um die Schultern, und dennoch spürte sie, wie ihre Zähne inzwischen klapperten. Draußen war es bitter kalt, doch sie zog diese Art von Kälte der anderen Kälte vor, die seit Bradfords Erscheinen im Haus herrschte.

Jetzt verstand sie, warum Bradford so grausam zu ihr gewesen war, warum er sie haßte. Er fühlte sich von ihr betrogen. Und wenn sie es abstritt, wollte er ihr nicht glauben.

Unschuldig verurteilt. Sie hätte sich seiner Anschuldigungen ebenso gut schuldig machen können. Aber nein, sie wollte nicht mit einem Mann ins Bett gehen, den sie nicht liebte.

Angela seufzte. Vielleicht sollte sie die Ranch einfach verlassen.

»Sie wirken sehr unglücklich, Menina.«

Sie zuckte zusammen. »Müssen Sie sich von hinten an Leute heranschleichen?« fauchte sie.

Hank stand dicht neben ihr, und auf seinen Lippen spielte das allgegenwärtige Lächeln. »Wenn Sie nicht so sehr in Ihre Sorgen versunken wären, hätten Sie mich gehört.« Er streckte sich genüßlich. »Es ist eine wunderbare Nacht – und endlich finde ich Sie allein vor.«

»Wo ist Bradford?«

»Ihr Partner hat sich zur Nachtruhe zurückgezogen«, sagte Hank obenhin. »Ich glaube, er fühlt sich jetzt sicher, wenn er mich mit Ihnen allein läßt – nachdem er mich gewarnt hat, daß Sie nicht zu haben sind.«

Angela sah ihn ungläubig an. »Hat er das wirklich gesagt?«

Hank lachte. »Er hat sich nicht so ausgedrückt, aber das, was er gesagt hat, war deutlich. Ich glaube, wenn Bradford nicht das Gefühl hätte, in meiner Schuld zu stehen, hätte er mich schon längst vor die Tür gesetzt. Jedenfalls bin ich sicher, daß er seine Einladung bereut.«

»Sie sagen das ganz so, als ob er eifersüchtig sei. Ich kann Ihnen versichern, daß das nicht so ist.«

Hank runzelte eine seiner schmalen Brauen. »Was sonst sollte die blinde Wut ausgelöst haben, mit der er schon den ganzen Tag rumläuft? Ich habe noch nie in meinem Leben einen Mann gesehen, der so wütend über eine Frau war.«

»Mit Eifersucht hat das trotzdem nichts zu tun«, erwiderte Angela versonnen. Sie wünschte, es wäre Eifersucht gewesen. »Sehen Sie, was Bradford so aufbringt, ist *meine* Anwesenheit, und nicht etwa Ihre. Er kann mich nicht ausstehen und will mich von hier vertreiben.«

»Warum bleiben Sie dann?« fragte Hank und ließ sachte eine ihrer Locken durch seine Finger gleiten. »Ich habe Ihnen schon einmal gesagt, daß ich Sie nach Mexiko mitnehmen würde. Die Umstände haben sich inzwischen geändert, und wenn ich nach Hause fahre, dann um den Besitz zu beanspruchen, der mir zusteht. In Mexiko ist es nicht viel anders als in Texas. Kommen Sie mit mir, Angelina.«

»Wenn ich mich recht erinnere, haben Sie gesagt, Sie würden mich auch gegen meinen Einspruch mitnehmen. Muß ich mich jetzt vor einer Entführung fürchten?«

»Nein«, sagte er grinsend. »Obwohl ich auch schon mit diesem Gedanken gespielt habe.«

»Sie machen es mir sehr schwer, Sie zu verabscheuen, Hank, aber ich fürchte, Mexiko ist nichts für mich. Wenn ich woanders hingehen würde, dann nach Europa. Aber was tun Sie hier eigentlich? Ich hatte nicht erwartet, Sie jemals wiederzusehen.«

»Ich bin Ihnen gefolgt, um Ihnen den Rest dessen, was ich Ihnen noch schulde, zurückzugeben, aber inzwischen habe ich gesehen, daß das nicht nötig ist. Diese Ranch ist eine der größten im weiten Umkreis. Das hat mir Bradford erzählt. Sie sind eine recht wohlhabende Frau.«

Reichtum. Angela sah zur Seite. Lieber als alles Geld auf Erden hätte sie den Reichtum besessen, geliebt zu werden.

»Da ich keine finanziellen Sorgen mehr habe, können Sie den Rest dessen, was Sie mir gestohlen haben, eigentlich ebensogut behalten«, sagte Angela. »Schließlich haben Sie dabei Ihr Leben riskiert.«

»Sie sind großzügig, Menina, aber Sie können es sich ja leisten«, sagte er schlicht, und seine grauen Augen schimmerten im Mondschein. »Ich gebe auch zu, daß mir dieses Geld sehr gelegen kommt. Bis meine Ländereien Erträge abwerfen, stehen mir harte Zeiten bevor.«

Sie sah ihn wieder an und musterte ihn mit Augen, die im Schatten lagen. »Sie haben mir gesagt, warum Sie hierhergekommen sind, aber wie haben Sie Bradford kennengelernt? Und was soll das heißen, daß er in Ihrer Schuld steht?«

»Er scheint zu glauben, ich hätte ihm gestern nacht das Leben gerettet«, erwiderte Hank achselzuckend. Er berichtete ihr über den Vorfall. Dann folgte langes Schweigen. Schließlich nahm er ihre Hand und führte sie an seine Lippen. »Eine Frau wie Sie sollte glücklich sein. Gehen Sie mit mir fort, Angelina. Ich könnte Ihnen meine Liebe anbieten.«

Sie lächelte. »Danke, Hank, aber es geht nicht. Ich könnte Ihre Liebe nicht erwidern.«

»Sie empfinden nichts für mich?«

»Ich kenne Sie kaum.«

»Sie weichen mir aus, Angela«, sagte er betont.

Angela konnte ein Lächeln nicht unterdrücken. »Und Sie sind beharrlich.«

»Nun, weil ich Ihre Ablehnung nicht akzeptieren kann. Ich werde offen zu Ihnen sein und Ihnen sagen, daß das Geld nur ein Vorwand war, Sie wiederzufinden. Ich habe die Leidenschaft Ihres

Kusses gekostet, Menina. Ich wäre ein Narr, wenn ich nicht öfter als einmal probieren würde, Sie für mich zu gewinnen.«

Er legte seine Hand auf ihren Nacken und versuchte, sie an sich zu ziehen, aber Angela stemmte ihre Hände gegen seine Brust, um ihn davon abzuhalten.

»Bitte, Hank.«

Er zögerte einen Moment lang und ließ sie dann widerwillig los. »Ich werde morgen früh abreisen, denn wenn Bradford der Mann ist, den Sie wirklich wollen, kann meine Anwesenheit hier zu nichts führen. Aber ich werde noch eine Weile in Dallas auf Sie warten. Wenn Sie hier Ihr Glück nicht finden, Menina, dann kommen Sie zu mir. Ich schwöre Ihnen, daß Sie ihn bei mir vergessen werden.« Er ging, ehe seine Worte auf weitere Ablehnung stoßen konnten.

Angela saß auf dem alten Schaukelstuhl in ihrem Zimmer, blickte trübselig in die züngelnden Flammen und spielte geistesabwesend mit ihrer Goldmünze. Das Leben brachte seltsame Verwicklungen, voller Ironie. Ihr ganzes Leben schien sich um Jacob Maitland zu drehen. Er hatte sie aufgenommen, als sie in einer verzweifelten Lage war. Er hatte dafür gesorgt, daß sie etwas gelernt hatte. Und sie liebte seinen Sohn.

Angela trat vor ihren Schreibtisch und fand den Brief. Sie stand mit dem Rücken zum Feuer und las Jacobs Brief langsam noch einmal durch. Jacob hatte sich gewünscht, daß sie und Bradford heiraten würden. Wenn Crystal und ihre Ränke nicht gewesen wären, könnten sie jetzt verheiratet sein. Andererseits vielleicht auch nicht. Wahrscheinlich wäre ihnen etwas anderes in die Quere gekommen. Es sollte einfach nicht sein.

Und jetzt war es mit Gewißheit zu spät. Sie blieb noch lange Zeit vor dem Feuer sitzen und weinte.

45

Angela lehnte sich an die Umzäunung des Pferchs und stellte einen Fuß auf den unteren Balken, während sie zusah, wie die Tiere mit einem Brandzeichen versehen wurden. So ging es jetzt schon seit Wochen; die Rinder wurden mit Brandzeichen versehen und ebenso etwa dreihundert Wildpferde. Heute war der letzte Tag, oder jedenfalls behauptete Grant das.

Grant stand neben Angela und rief den Männern im Pferch Befehle zu. Angela sah in letzter Zeit wenig von ihm. Er hatte es vorgezogen, mit den Männern in den Hügeln zu bleiben. Sie nahm an, der Grund sei, daß Grant es vorzog, Bradford und seiner miesen Laune aus dem Weg zu gehen.

Staub wirbelte auf, als die nächste Kuh an den Hörnern auf den Boden geworfen wurde. Das glühende Brandeisen war schon bereit. Angela drehte sich um und sah zum Haus. Bradford saß auf der Verandabrüstung und beobachtete sie. Er schien sie ständig zu beobachten, sie mit düsterem, grübelndem Blick zu betrachten.

Seit sie erfahren hatte, daß Grant und Bradford beide beim Viehtrieb mitziehen würden, überkam sie manchmal ein ungutes Gefühl. Sie war sicher, daß etwas Entsetzliches passieren würde. Es würde mindestens zwei Monate dauern, bis sie Ellsworth in Kansas erreicht hatten, eine Stadt, die gerade in voller Blüte stand. Von dort aus sollten die Rinder in den Osten transportiert werden. Die Männer würden am kommenden Vormittag losziehen. Angela zitterte allein bei dem Gedanken an die lange Zeit, die die beiden Männer gemeinsam verbringen würden.

Bradford und Angela redeten inzwischen kaum noch miteinander. Seit Hanks Abreise war Bradford verstummt. Wenn sie miteinander redeten, gelang es ihnen mit Mühe, halbwegs höflich zu bleiben. Angela fragte sich, warum sie trotzdem blieb, doch sie beantwortete sich diese Frage nie.

Mary Lou besuchte sie eines Nachmittags, und Angela versuchte, ihr ihre Ängste hinsichtlich des Viehtriebs zu erklären.

»Weißt du, seit Bradford hierhergekommen ist, ist das Verhältnis zwischen Grant und ihm ausgesprochen angespannt. Bradford kommt nicht von der Vorstellung los, zwischen Grant und mir sei etwas gewesen.«

»Soll das heißen, daß Bradford eifersüchtig auf Grant ist?«

»Das geht schon weit über Eifersucht hinaus«, erwiderte Angela hilflos. »Bradford glaubt, ich hätte ihn mit Grant betrogen und ihn seinetwegen sitzenlassen. Er wird keinem von uns beiden je verzeihen.«

»Vielleicht sieht er die Lage anders, wenn er erfährt, daß Grant und ich heiraten werden«, sagte Mary Lou grinsend.

»Was?«

»Das kann dich nicht wirklich überraschen«, sagte Mary Lou lachend. »Seit Vater und ich an jenem Samstag abend bei dir zum Essen eingeladen waren, hat Grant mich regelmäßig besucht. Weißt du, daß Grant mich an jenem Abend auf meiner Ranch erwartet hat? Wir müssen bis in die Morgendämmerung hinein geredet haben.«

Angela lehnte sich mit einem glücklichen Seufzen zurück. »Kein Wunder, daß ich in letzter Zeit nicht mehr viel von ihm gesehen habe.«

»Dir macht es doch nichts aus, oder?« fragte Mary Lou. »Ich meine, schließlich verlierst du einen guten Vorarbeiter.«

»Ich finde es großartig. Insgeheim hatte ich gehofft, daß ihr beiden euch zusammentun würdet.«

»Ich hoffe, daß du dir jetzt keine Sorgen mehr machst, Angela. Es wird alles gut ausgehen.«

Nein, es würde nicht gut ausgehen. Nichts würde jemals gut ausgehen, dachte Angela verbittert.

Der helle Mond kam langsam hinter den Gipfeln der Bergkette hervor. Ein junger Cowboy zupfte eine Melodie auf seiner Gitarre. Sie saßen um ein Lagerfeuer, und das zarte Lied drang durch die stille Nacht zu Bradford, der einige hundert Meter entfernt auf einem großen Geröllblock thronte und die erste Nachtwache hielt.

Bald wurde es still im Lager, und die Nacht schritt fort. Bradford zog sich eine Decke über die Schultern, als der rauhe Wind ihm ins Gesicht blies. Gegen diesen beißenden Wind konnte er ebensowenig ausrichten wie gegen diese violetten Augen, die ihn verfolgten. Die Augen schienen ihm überall hin zu folgen, bei Tag und bei Nacht.

Erst eine Woche war vergangen, und schon jetzt sehnte er sich verzweifelt nach Angela. Er schimpfte leise vor sich hin. Bradford verfluchte sich selbst, und er verfluchte sie. Sie war ein Teil von ihm geworden, mit ihm verwachsen. Er konnte sie nicht einfach abschütteln.

»Hast du vor, die ganze Wache allein zu übernehmen?« fragte Grant, der sich hinter Bradford gestellt hatte.

»Was?«

»Perkin ist gekommen, nachdem er abgelöst worden ist, und davon bin ich wach geworden. Ich dachte, du seist vielleicht eingeschlafen.«

Bradford brummte etwas vor sich hin, rührte sich aber nicht von der Stelle.

»Da, ich habe dir Kaffee gebracht«, sagte Grant und setzte sich neben ihn.

Bradford nahm den Kaffee entgegen, doch er sagte kein Wort. »Ich sollte dir vielleicht gleich sagen, daß ich gehe, wenn wir mit dem Viehtrieb fertig sind.«

Bradford sah ihn forschend an. »Aha«, sagte er dann kühl.

»Interessiert dich denn überhaupt nicht, warum ich gehe?« fragte Grant.

»Nein, wohl kaum.«

»Dann sage ich es dir trotzdem, weil Mary Lou dich ja doch zur Hochzeit einladen wird.«

»Hochzeit?« fragte Bradford ungläubig. »Du und Mary Lou Markham?«

»Ja«, sagte Grant und grinste. »Ich habe mein Herz an die Kleine verloren.«

»Und was ist – mit Angela?«

»Wie meinst du das?«

Bradfords Muskeln spannten sich an, und plötzlich brannte in seinen Augen ein Feuer, das Steine hätte schmelzen können.

»Ich sollte dich in Stücke reißen!« schrie Bradford und sprang auf die Füße.

»Was, zum Teufel, ist in dich gefahren?«

»Erst nimmst du mir mein Mädchen weg, und dann läßt du sie fallen!«

Grant war reichlich verblüfft. »Einen Moment mal, Brad.«

Bradford wütete. Seine Fäuste hingen geballt an seinen Seiten. »Steh auf, oder ich strecke dich da, wo du sitzt, flach hin!«

»Du elender Starrkopf!« knurrte Grant, der auch allmählich in Wut geriet. »Du hältst also immer noch an dieser idiotischen Vorstellung fest?«

Bradford packte Grant an der Jacke und zerrte ihn auf die Füße. Blitzschnell sauste Bradfords Hand auf Grants Kiefer nieder. Der Hieb warf Grant gegen die Felsen.

Grant betastete zärtlich seinen Gaumen, aber er blieb liegen, wo er lag. »Weißt du, Brad, wenn ich dich weniger gut kennen würde, wäre ich jetzt ziemlich sauer. Aber es ist nun mal Tatsache, daß du ein liebeskranker Narr bist.«

»Steh auf!« befahl Bradford. »Das hätte ich schon längst tun sollen. Damals, als ich herausgefunden habe, daß du Angela nach Texas gebracht hast.«

»So einfach ist es nicht«, setzte Grant an und richtete sich langsam auf. »Sie hat mich gebeten, sie mitzunehmen, aber ich habe mich geweigert. Nur ist diese junge Dame unbeschreiblich stur. Sie ist mir gefolgt – ohne mein Wissen.«

»Sie ist dir gefolgt?« fragte Bradford argwöhnisch.

»Sie hat nur einen Reisebegleiter gesucht, Brad«, erklärte Grant eilig. »Sie ist hierhergereist, weil sie ihre Mutter finden wollte. Zwischen ihr und mir ist nie etwas gewesen. Und das soll nicht heißen, ich hätte es nie versucht.«

Bradfords Augen loderten erneut auf.

Grant wartete nicht, bis Bradford ihn traf, sondern er stürzte auf ihn zu und fing den Schlag ab. Beide taumelten von dem Geröllblock und landeten auf der Erde. Grant war im Vorteil, da er auf Bradford zu liegen kam, und als Bradford ausholte und ihn nicht traf, ließ Grant seine Faust zweimal niedersausen.

»Verflucht noch mal, wirst du mir jetzt endlich zuhören, ohne gleich wieder vor Wut zu platzen?« sagte Grant, während er auf Bradfords Brustkasten hockte. »Ich habe Angela gebeten, meine Frau zu werden, aber sie hat mich abgewiesen. Sie hat mir nie erklärt, warum sie von dir fortgegangen ist, und ich habe sie nie gedrängt, es mir zu erzählen. Sie hat mir lediglich gesagt, daß sie dich nicht heiraten kann – obwohl sie dich immer noch liebt. Und wegen ihrer Liebe zu dir wollte sie mich nicht heiraten. Ich habe die Logik nie begriffen, aber es ist die Wahrheit.«

Bradford wischte sich das Blut vom Mund. »Du hättest dir eine bessere Geschichte ausdenken sollen, Grant. Ich kaufe dir kein Wort ab«, sagte er, ehe er Grant mit einem Kinnhaken zur Seite wirbelte.

Es war ein ungleicher Kampf. Grant war stärker, und Bradford hatte ihn übel herausgefordert. Als sie aufhörten, konnte Bradford nicht mehr aus eigener Kraft aufstehen. Grant stand mit blutverschmiertem Gesicht über ihm, doch er blutete nicht halb so sehr wie Bradford.

»Da ich weiß, daß alles nur durch deine idiotische Eifersucht so gekommen ist, nehme ich es nicht persönlich, Brad. Aber für dich besteht kein Grund zur Eifersucht, und du hast auch niemals Grund dazu gehabt. Gut, ich habe Angela gebeten, meine Frau zu werden. Warum, zum Teufel, hätte ich sie nicht fragen sollen? Sie ist eine verflucht schöne Frau.«

Bradford drehte sich um und zog sich unter Stöhnen langsam hoch, bis er einen Ellbogen aufgerichtet hatte. Er spuckte Blut aus und funkelte Grant aus Augen an, die bereits begannen, anzuschwellen.

»Hast du sie damit in dein Bett gelockt? Mit einem Heiratsantrag?«

»Wovon, zum Teufel, sprichst du?« schrie Grant, dem es entschieden zu dumm wurde. »Ich war nie mit Angela im Bett. Sie ist eine Dame, und sie hat etwas Besseres verdient als deine Anklagen.« Grant drehte sich um, um zu gehen, doch er verharrte noch. »Wir waren lange Zeit Freunde, Brad. Sowie du wieder einen klaren Gedanken fassen kannst, können wir wieder Freunde sein. Wenn du mich jetzt feuern willst – mit Vergnügen. Andernfalls bringe ich diese Herde wie abgemacht nach Kansas. Was sagst du dazu?«

»Ich habe dir schon einmal gesagt, daß ich dich nicht wegen einer Frau feuern würde.«

»Das ist wahr.« Grant grinste und hielt Bradford die Hand hin. »Komm, ich helfe dir zum Lager zurück. Deine Wunden brauchen Pflege.«

46

Es war ein kühler Nachmittag, und purpurschwarze Wolken nahten von Norden. Angela schaute aus ihrem Schlafzimmerfenster und runzelte die Stirn.

»Es wird noch vor Einbruch der Nacht Regen geben. Ich hoffe, daß ich in der Stadt bin, ehe es losgeht.«

»Bist du sicher, daß du es dir nicht ausreden läßt, Angela?« fragte Mary Lou.

Angela wandte sich seufzend vom Fenster ab und sah ihre Freundin an, die auf dem Schaukelstuhl in der anderen Ecke des Zimmers saß. »Nichts zu machen. Aber ich bin froh, daß du vorbeigekommen bist. Damit hast du mir einen Besuch bei dir erspart.«

»Kannst du nicht wenigstens warten, bis sie wieder da sind?« versuchte es Mary Lou noch einmal, und in ihrer Stimme schwang ernstliche Besorgnis mit.

»Ich hoffe, daß ich schon in Europa bin, wenn Bradford zurückkommt.«

»Du solltest es dir noch einmal überlegen, Angela. Du liebst ihn doch. Gib ihm noch eine Chance.«

Angela trat vor das Bett und packte ihre restlichen Sachen ein. »Er wird sich nicht ändern, Mary Lou. Für Vernunft ist er ohnehin nicht zugänglich. Du kannst dir nicht vorstellen, wie schwer es gewesen ist, hier mit ihm zu leben und zu wissen, daß er mich haßt.«

»Du verwechselst Eifersucht mit Haß«, stieß Mary Lou mit Nachdruck hervor.

»Er verletzt mich zu sehr.«

»Irgendwann wird er aufhören, verrückt zu spielen.«

»Nein, eben nicht«, gab Angela zurück.

»Ich finde trotzdem, daß du zu überstürzt handelst«, wagte sich Mary Lou noch einmal vor. »Laß ihm Zeit.«

»Ich habe nicht die Kraft dazu«, sagte Angela. Sie spürte, daß ihr die Tränen kamen. »Er hat mich schon zu sehr verletzt. Außerdem ist da noch etwas, was ich dir nie erzählt habe. Bradford ist ein verheirateter Mann.«

»Verheiratet!« rief Mary Lou aus. »Ich kann es nicht glauben.«

Angela seufzte. »Er hat mir an den Kopf geworfen, daß er verheiratet ist, und dann ist er nie mehr auf dieses Thema zu sprechen gekommen.«

»Angela«, sagte Mary Lou eindringlich, »du willst doch eigentlich gar nicht von hier fortgehen, oder?«

»Nein«, sagte Angela lächelnd. »Ich habe mit der Zeit meine Liebe zu Land und Leuten entdeckt. Ich werde Texas vermissen. Trotzdem muß ich gehen.«

In diesem Augenblick hörten sie einen Reiter, der näherkam. »Holt dich jemand ab?« fragte Angela ihre Freundin.

»Nein.«

»Wer kann das bloß sein?« Angelas Neugier war geweckt. Sie trat ans Fenster.

»Das ist Decker, ein Junge aus der Stadt, der öfters Botengänge übernimmt«, sagte Mary Lou, die hinter Angela stand. »Ich frage mich, was er wohl will.«

Das Klopfen ertönte schon, ehe Angela die Haustür erreicht hatte. Ein schlanker Knabe stand auf der Veranda. Er hielt einen Umschlag in der Hand.

»Ein Telegramm für Mr. Maitland, Ma'am«, sagte Decker.

»Mr. Maitland ist nicht hier, Decker«, erwiderte Angela.

Decker grinste. »Das weiß der Mann vom Telegraphenamt, Ma'am. Aber er hat nicht gewußt, was er sonst damit anfangen soll, und deshalb hat er mich hergeschickt, damit ich Ihnen das Telegramm bringe.«

Mary Lou kam zur Tür und drückte Decker ein Geldstück in die Hand. »Hier, Decker. Miß Sherrington wird dafür sorgen, daß Mr. Maitland die Nachricht erhält.« Mary Lou nahm das Telegramm entgegen und machte die Tür zu.

»Warum hast du das getan?« fragte Angela überrumpelt.

Mary Lou inspizierte den Umschlag gründlich. »Bist du denn gar nicht neugierig?«

»Wieso das?«

»Weil du den Umschlag jetzt öffnen wirst.«

»Das werde ich selbstverständlich nicht tun. Er ist an Bradford gerichtet, und nicht an mich.«

»Du bist Bradfords Partner, meine Liebe, und von dir wird erwartet, daß du dich in seiner Abwesenheit um eure gemeinsamen Interessen kümmerst. Jetzt mach endlich den Umschlag auf. Ich sterbe vor Neugier. Das Telegramm kommt aus New York.«

»New York?« Angela machte Kulleraugen. »Na gut. Gib es mir.«

Angela riß den Umschlag auf und las das Telegramm. Völlig verblüfft las sie es Mary Lou anschließend laut vor.

BRADFORD, HABE NACH DEINEM RAT GEHANDELT UND MEINEN LIEBSTEN OHNE VATERS EINVERSTÄNDNIS GEHEI-

RATET. VATER WAR NICHT HALB SO WÜTEND WIE ERWARTET. ALLES BESTENS. ICH KANN DIR GAR NICHT GENUG DANKEN. GRÜSSE CANDISE

Angela ließ den Zettel fallen. Sie konnte es einfach nicht fassen, und ihre violetten Augen leuchteten wie Saphire. »Er hat mir weisgemacht, sie sei seine Frau!«

»Ich verstehe kein Wort.«

Angelas Augen sprühten Funken. »Begreifst du es denn nicht? Nur, um mich zu verletzen, hat Bradford mir erzählt, er sei verheiratet. Er hat es nur getan, um meinem Herzen einen Stich zu versetzen! Ich hätte mir denken sollen, daß er lügt!«

»Dann ist er also doch nicht verheiratet?«

»Nein!«

»Das sollte dich nicht wütend, sondern glücklich machen, Angela. Jetzt kannst du hier bleiben und alles ins reine bringen.«

»Nie im Leben!« brauste Angela auf. »Wenn ich bleiben würde, käme ich in Versuchung, diesen Schurken umzubringen!«

Mary Lou seufzte. »Wirst du mir schreiben?«

»Natürlich«, erwiderte Angela. »Ich dachte mir, daß ich zuerst eine große Rundreise mache, um mich abzulenken. Dann werde ich mich wahrscheinlich in England niederlassen. Jacob hat mir ein kleines Anwesen in England hinterlassen. Aber ich werde den Kontakt zu dir auch während meiner Reisen nicht abreißen lassen. Ich will alles über deine Hochzeit wissen.«

»Dann gehe ich jetzt wohl am besten.« Mary Lou nahm ihre Freundin in den Arm. »Ich werde dich vermissen, Angela. Aber ich habe das Gefühl, daß wir uns wiedersehen.«

Angela lauschte den Hufen von Mary Lous Pferd, als es sich mit seiner Reiterin entfernte, ehe sie sich wieder den Koffern zuwandte. Eine Stunde darauf ließ sie sich von dem einzigen Arbeiter, der auf der Ranch zurückgeblieben war, die Koffer einladen. Dann fuhr er sie zur Stadt.

Zu dem Zeitpunkt, zu dem sie ein Hotelzimmer gefunden hatte, hatte sich ihre Wut gelegt, und allmählich übernahmen Gewissensbisse die Überhand. Sie würde die Postkutsche nehmen, die am kommenden Tag abfuhr, und dann würde es nicht mehr lange dauern, bis sie ein Schiff gefunden hatte, das zur Überfahrt nach England auslief. Sie wollte eigentlich nicht fortgehen, aber eine andere Lösung fiel ihr nicht ein. Lange Zeit stand sie am Fenster ihres Hotelzimmers und sah nach draußen.

47

Bedrohliche Wolken hingen am Himmel, und es herrschte eine unheimliche Stille, als Bradford seinem Pferd ständig höhere Geschwindigkeit abforderte. Einer der vier anderen Reiter preschte an Bradfords Pferd vorbei und griff ihm in die Zügel. Die Bewegungen des Tieres wurden langsamer, bis es schließlich stehenblieb. Das Tier hatte Schaum um die Nüstern.

»Sind Sie verrückt?« rief Bradford und versuchte, dem Mann die Zügel aus der Hand zu reißen.

»Immer mit der Ruhe, Mr. Maitland«, sagte der Sheriff und stieg von seinem Pferd. »Wenn Sie meine Hilfe wünschen, müssen Sie sich wohl oder übel nach mir richten – ob es Ihnen nun paßt oder nicht.«

»Ich habe doch ohnehin schon zuviel Zeit vergeudet«, gab Bradford zurück, und in seine Stimme schlich sich die Verzweiflung ein.

»Dann reiten Sie eben weiter – wenn Sie wollen, daß Sie *und* die Dame getötet werden!«

Bradfords Schultern sackten herunter. »Und was schlagen Sie vor?«

»Erzählen Sie mir die Geschichte mit dem alten Trinker noch einmal. Sie haben gesagt, er sei in der Bar auf Sie zugekommen. Er hat Sie beim Namen genannt?«

»Ja. Er hat gesagt, er hätte einen Dollar dafür bezahlt bekommen, daß er mir die Nachricht überbringt, ich solle augenblicklich allein auf die Ranch zurückkehren, falls ich meine Partnerin jemals lebendig wiedersehen wolle.«

»Ist das der exakte Wortlaut?«

»Ja.«

»Und wer hat ihn mit dieser Nachricht losgeschickt?«

»Zwei Fremde, beides Männer, die er noch nie hier gesehen hat.«

Der Sheriff nahm seinen Hut ab und wischte sich mit dem Handrücken die Stirn ab. Dann blickte er zu den finsteren grauen Wolken auf, lächelte und wandte sich wieder an Bradford.

»Diese Sturmwolken sind ein Segen. Wir müssen Zeit gewinnen, und durch die Wolken wird es bedeutend früher dunkel werden, vor allem, wenn der Sturm losbricht.«

»Kommen Sie zur Sache, Sheriff!« erwiderte Bradford gereizt und stieg ab.

Sie entfernten sich von den drei übrigen Reitern. »Also gut. Ganz gleich, wer sich auf Ihrer Ranch befindet – wir können davon ausgehen, daß derjenige hinter Ihnen und nicht hinter Ihrer Partnerin her ist.«

»Das habe ich nie bestritten.«

»Wir müssen ferner bedenken, daß diese Männer mit Miß Sherrington in Ihrem Haus sind«, fuhr der Sheriff fort. »Wenn wir einfach hinreiten, sind die anderen im Vorteil. Man kann jede beliebige Forderung an Sie stellen, solange diese Gangster die Dame in der Hand haben.«

»Nicht wir reiten hin, Sheriff – ich reite hin!« sagte Bradford unerschütterlich. »In der Nachricht wird hervorgehoben, daß ich allein kommen soll.«

»In diesem Punkt bin ich Ihrer Meinung«, gab der Sheriff zurück. »Ich will das Leben der Dame keineswegs gefährden. Aber wenn Sie Ihre eigene Haut retten wollen, dann warten Sie, bis es dunkel ist.«

»Verdammt noch mal, Sheriff! Es hieß, daß ich augenblicklich kommen soll!« rief Bradford aus.

»Hören Sie, Mr. Maitland, Sie haben doch selbst gesagt, daß der alte Mann, der Ihnen die Nachricht überbracht hat, so betrunken war, daß Sie ihn gar nicht gleich verstanden haben.«

»Ja.«

»In diesem Fall müssen auch die Auftraggeber mit einer Verzögerung rechnen, wenn man bedenkt, wem sie die Nachricht aufgetragen haben. Sie werden also warten. Man sieht am Himmel, daß es sehr bald dunkel wird.«

»Ich sehe nur, daß Angela in Gefahr schwebt«, erwiderte Bradford gepreßt, und seine Augen flammten auf. »Inzwischen muß sie vor Angst schon von Sinnen sein.«

»Aber sie ist am Leben. Und wenn Sie Ihr eigenes Leben nicht allzu sehr aufs Spiel setzen wollen, dann sage ich Ihnen jetzt, was Sie zu tun haben. Sie schleichen sich nach Einbruch der Dunkelheit an das Haus heran. Wir warten in einem Abstand von etwa einer halben Meile. Sobald Sie soweit sind, pirschen wir uns näher heran. Sobald ich Schüsse höre, bin ich mit den Jungen dabei.«

»Nicht übel«, sagte Bradford, und sie gingen zu den anderen Reitern zurück, um gemeinsam die Dunkelheit zu erwarten.

Bradford lag flach auf dem Bauch in Angelas Garten und war froh um diese Deckung. Dicke Regentropfen fielen nieder, aber der Regen hörte gleich wieder auf. Das Haus lag im Dunkeln, und Bradford konnte nichts erkennen.

Er holte tief Atem, sprang auf und schoß auf die seitliche Hauswand zu. Er preßte seinen Rücken gegen die Wand und bewegte sich langsam auf sein Schlafzimmerfenster zu.

Ohne auch nur einen Augenblick zu vergeuden, ließ er sich durch das Fenster gleiten. Er konnte nur beten, daß er nicht schon hier erwartet wurde. Aber das Zimmer war leer, die Tür geschlossen.

Pechschwarze Nacht umfing ihn im Innern, und es war Bradford nicht möglich, auch nur dreißig Zentimeter weit zu sehen. Er kroch auf die Tür zu und achtete darauf, daß er gegen nichts stieß, was einen Laut hätte verursachen können. Im Haus herrschte Totenstille.

Bradford hielt den .45er Colt in der Hand, den ihm der Sheriff gegeben hatte. Jetzt hielt er ihn an sich gedrückt, während er die Tür einen Spalt öffnete und nach draußen sah. Es war dunkel im Haus, und er hörte keinen Laut.

»Ich rate Ihnen, jede Art von Waffe fallenzulassen und mit erhobenen Händen einzutreten, Mr. Maitland. Andernfalls stirbt Ihre Partnerin.«

Bradford wußte nicht, wer der Mann war. Die Stimme war aus dem Wohnzimmer gekommen. Bradford ließ seine Waffe auf den Boden fallen und ging vorwärts, die Hände über den Kopf erhoben.

Der vordere Teil des Hauses lag immer noch im Dunkeln, aber Bradford konnte den Schatten eines Mannes neben dem Kamin erkennen. Bradford sah sich nach allen Seiten um und entdeckte in der Küche einen zweiten Umriß.

»So, jetzt kannst du hier Licht machen, Logan«, rief der Mann, der am Kamin stand. »Und bring das Seil mit.«

Als eine Lampe ins Wohnzimmer gebracht wurde, erkannte Bradford den Mann mit dem feuerroten Haar augenblicklich. Über einer blauen Hose und einem Hemd trug er eine schwere Jacke, und an seinem Schenkel war ein Pistolenhalfter geschnallt.

Die Pistole hatte er in der Hand. Sie war auf Bradford gerichtet.

»Courtney Harden«, sagte Bradford und nahm die Hände herunter.

»Es sieht ganz danach aus, als hätten Sie mehr Feinde als nur mich«, sagte Harden lachend und sah Bradford ins Gesicht. »Wer hat sie zusammengeschlagen? Den Burschen würde ich gern beglückwünschen.«

»Was wollen Sie, Harden?«

»Ich nehme an, Sie haben nicht damit gerechnet, mich jemals wiederzusehen, was, Bradford?«

»Um die Wahrheit zu sagen: Darüber habe ich mir nie Gedanken gemacht.«

»Nein, natürlich nicht. Sie haben nichts anderes im Kopf, als ihre unmäßigen Reichtümer zu vermehren. Die kleinen Leute, die Sie dabei mit Füßen treten, zählen nicht.«

»Jetzt sagen Sie mir endlich, was Sie wollen, Harden.« Bradford wurde ungeduldig.

»Ich weiß, daß es jemandem wie Ihnen schwerfallen wird, das zu verstehen, aber manche Menschen mögen eben nicht, wenn man sie mit Füßen tritt. Deshalb werde ich Sie umbringen.«

»Weil ich Sie entlassen habe?« fragte Bradford lachend.

Courtney kam näher. »Diese Hotelrestaurants waren meine Idee, und nicht Ihre! Ehe ich Sie darauf angesprochen habe, habe ich jahrelange Vorbereitungen getroffen. Sie haben mich meine Kontakte gekostet. Und meine Mädchen. Nichts haben Sie mir gelassen!«

»Ich gebe zu, daß ich Ihnen Ungelegenheiten bereitet habe, Harden, aber … finden Sie nicht, daß ein Mord ein bißchen zu weit geht?«

»So sehen Sie den Fall«, erwiderte Courtney mit einem kühlen Lächeln. »Ich habe nichts zu verlieren.«

»Dann waren Sie also auch für die anderen Anschläge auf mein Leben verantwortlich.«

»Ja. Als Sie erst in New York und dann in Springfield heil davongekommen sind, habe ich beschlossen, Ihnen eine Chance zu geben, das, was Sie angerichtet haben, wieder gutzumachen. Deshalb habe ich Sie in Mobile aufgesucht. Sie sind mir jedoch nicht begegnet. Dann habe ich noch einmal einen Killer beauftragt, aber dieser verfluchte Mexikaner ist zu Ihrer Rettung gekommen. Um die Sache hinter mich zu bringen, werde ich es wohl selbst tun müssen. Alles ist bestens durchdacht. Niemand wird mich mit Ihrem Tod in Verbindung bringen.«

Bradfords Muskeln spannten sich an. »Wo ist – meine Partnerin? Haben Sie die Absicht, sie ebenfalls umzubringen?«

Courtney Hardens Lachen war echt. »Ich wußte, daß ich es mit diesem Trick schaffe. Die Dame ist mir in der Stadt schon aufgefallen, und eins muß ich Ihnen lassen, Bradford: Sie ist die schönste Frau, die ich je gesehen habe. Es muß eine nette Zeit für Sie gewesen sein.«

»Beantworten Sie meine Frage, Harden!« knurrte Bradford und trat näher. »Wenn Sie sie auch nur angerührt haben, werde ich …«

Courtney richtete seine Waffe von Bradfords Brust auf Bradfords Kopf. »In Ihrer Lage können Sie nicht viel tun, mein Freund.« Er winkte Logan heran. »Hol einen Stuhl, und dann bringen wir die Sache hinter uns.«

Logan kam mit einem der Küchenstühle zurück und stellte ihn hinter Bradford ab. Logan war eher schmal gebaut; sein braunes Haar war schon recht ergraut, und seine Augen waren wachsam. Er hätte es ebensowenig gegen Bradford aufnehmen können wie Courtney. Als Logan die Hände nach ihm ausstreckte, streckte Bradford den kleinen Mann mit einem Hieb flach zu Boden.

»Das war unklug von Ihnen, Bradford«, sagte Courtney mit ruhiger Stimme. Seine Waffe gab ihm Sicherheit. »Wenn Sie wollen, daß Ihre Partnerin überlebt, sollten Sie sich lieber fügen und Logan nicht bei seiner Arbeit behindern.«

»Aber wenn Sie sie gesehen hat …«, setzte Bradford an.

»Ich kann Sie beruhigen: Sie hat mich nicht gesehen. Folglich habe ich keinen Grund, die junge Frau zu töten, es sei denn, Sie machen mir Ärger.«

Es lief Bradfords Charakter zuwider, aufzugeben, aber er mußte an Angelas Sicherheit denken. Daher ließ er sich von Logan an den Stuhl binden.

»Ich hatte fast gehofft, Sie würden mir einen Anlaß geben, Ihnen ein paar Kugeln in den Leib zu jagen, Bradford, aber die Dame scheint Ihnen doch sehr viel zu bedeuten. Es ist wirklich zu schade, daß ich nachtragend bin.«

»Wo ist Angela?«

»Das ist ja gerade das Schöne daran, Brad«, sagte Courtney grinsend. »Sehen Sie, sie ist gar nicht hier. Ich habe auch keine Ahnung, wo sie sein könnte. Ich habe fest damit gerechnet, sie hier vorzufinden, aber als ich gekommen bin, war niemand zu Hause. Ich habe auch weder ein Kleid noch einen anderen Gegenstand vorgefunden, der der Dame gehören könnte. Mein Glück war, daß Sie nichts geahnt haben. Wenn Sie das gewußt hätten, wären Sie nicht gekommen.«

»Sie elender Halunke!«

»Ja, das bin ich«, sagte Courtney kichernd. »Ich bin auch ein Schurke und ein Gauner. Aber ich werde mein Leben weiterleben und mich täglich wieder darüber freuen, daß Sie Ihr Leben nicht weiterleben. Jetzt muß ich diese Unterhaltung allerdings beenden, so sehr ich es auch genossen habe, mit Ihnen zu reden. Wir müssen es wirklich hinter uns bringen, ehe der Sturm losbricht und das Feuer ausbläst.«

Bradford gefror das Blut. »Feuer?«

Jetzt leuchteten Courtneys Augen grotesk auf. »Habe ich es Ihnen noch nicht gesagt? Das ist die Todesart, die ich mir für Sie ausgedacht habe.«

Logan holte die Lampe aus der Küche und gab sie Courtney. Dann gingen die beiden zur Tür. Courtney ließ seinen Blick durch das Zimmer gleiten und sah dann mit Triumph in den Augen noch einmal Bradford an.

»Schön haben Sie es hier gehabt – früher«, sagte er, ehe er die Lampe mitten ins Zimmer warf. »Ich bin sicher, daß wir uns eines Tages in der Hölle wiedersehen, Bradford Maitland.«

Das Feuer breitete sich schnell auf dem Fußboden aus. Es dauerte nur Sekunden, bis die geschlossene Tür in Flammen stand, dann die Gardinen. In wenigen Minuten würde das ganze Haus ein loderndes Inferno sein. Bradford sah fassungslos zu, wie die Flammen näher und näher tanzten.

48

Nach einem frühen Abendessen kehrte Angela in ihr Hotelzimmer zurück. Das Zimmer war luxuriös eingerichtet, aber das war kein Wunder. Dallas war in vieler Hinsicht eine kultivierte Stadt.

Der dominierende Einrichtungsgegenstand war ein breites Messingbett. Außerdem gab es ein putziges kleines Sofa für zwei mit einem Samtbezug in Gold, dazu einen passenden Stuhl und einen Schreibtisch aus Nußbaumholz. Im marmornen Kamin brannte ein Feuer, das die kühle Luft vertrieb, die mit dem bewölkten Wetter einherging. Porträts von Monarchen des achtzehnten Jahrhunderts bedeckten weitgehend die grün und golden gemusterte Tapete.

Angela setzte sich an den Schreibtisch und suchte sich Papier und einen Federhalter. Sie hatte den Brief an Jim McLaughlin gerade erst angefangen, als es an die Tür klopfte.

»Wer ist da?«

Als keine Antwort kam, stand sie auf und ging zur Tür. Als sie die Tür öffnete, stand ein schlanker junger Mann grinsend vor ihr, und sie erbleichte.

»Hallo, Angela.«

»Billy Anderson.« Ihre Stimme war nur ein rauhes Flüstern.

»Willst du mich nicht in dein Zimmer bitten?« fragte Billy freundlich.

Angela erholte sich von ihrem Schock. »Bestimmt nicht. Was willst du von mir, Billy?«

»Ich will mit dir reden.«

»Zwischen uns gibt es nichts zu bereden.«

Sie wollte die Tür schließen, aber Billy stieß sie gewaltsam auf und schleuderte Angela mitten ins Zimmer. Sofort wurde die Tür wieder geschlossen, und Billy lehnte mit dem Rücken daran.

»Wie kannst du es wagen?« schrie sie ihn an. »Mach, daß du wegkommst, Billy. Sonst rufe ich den Hoteldirektor!«

»Ich glaube kaum, daß du nach jemandem rufen wirst, Angela«, erwiderte er, während er ganz langsam eine Waffe aus seinem rehbraunen Mantel zog.

Plötzlich beschlich sie Furcht. Sie sah entgeistert die Waffe an, die ihrem kleinen Derringer nur zu ähnlich sah, und sie wünschte, sie hätte den Derringer an ihrem Körper und nicht im Gepäck verstaut. Sie warf einen Blick auf ihr Gepäck, das sie auf dem Bett hatte stehen lassen, doch es bestand wenig Hoffnung. Beide Gepäckstücke waren geschlossen.

Billy grinste ganz gemein. »Ich habe dir doch gesagt, daß der Tag kommen wird, oder etwa nicht, Angela? Es hat lange gedauert, aber die Belohnung wird das Warten wert sein.«

Angela versuchte, die Angst abzuschütteln, die sie gepackt hatte. »Was willst du, Billy?«

»Das weiß ich selbst noch nicht genau. Lange Zeit über wollte ich dich schlicht töten. Überrascht dich das?«

Angela war wie gelähmt.

»Willst du denn nicht wissen, warum ich dich töten wollte?« Sie konnte nur leicht nicken. »Ich habe dich immer gewollt, Angela, aber selbst zu den Zeiten, als du nichts weiter als der arme weiße Abschaum des Südens warst, war ich dir nicht gut genug. Als dann etwas aus mir geworden ist, wolltest du mich immer noch nicht. Ich war von dir besessen, Angela. Aber jetzt, nachdem ich dich wiedergesehen habe, glaube ich, daß ich dich wohl doch am Leben lassen werde. Es gibt Mittel, dich zur Meinen zu machen.«

Endlich fand sie ihre Stimme wieder, wenn auch nicht mehr als ein brüchiges Flüstern herauskam. »Du ... das kann nicht dein Ernst sein.«

»Natürlich wirst du meine Frau werden müssen«, fuhr er fort, als habe er sie nicht gehört. »Aber das nur auf dem Papier, um den Schein zu wahren. Nein, du wirst für die Jahre leiden, in denen ich deinetwegen gelitten habe. Du wirst meine Sklavin sein, doch das wird niemand wissen, außer dir und mir. Oh, ich habe ganz wunderbare Pläne mit dir, Angela.«

Mit weit aufgerissenen violettblauen Augen starrte sie ihn an. Er war verrückt, wahrhaft verrückt!

»Das, was du vorhast, ist ausgeschlossen«, sagte sie mit möglichst ungerührter Stimme. »Ich würde dir niemals mein Jawort geben.«

»Wirklich?« fragte Billy, grinste und zog die Augenbrauen hoch.

Er kam mit betont langsamen Schritten auf sie zu und wedelte mit seiner Waffe gefährlich durch die Luft. Als er vor ihr stand, steckte er den Revolver zwischen ihre Brüste, packte mit der anderen Hand ihr Haar und zog sie gewaltsam an sich. An den Haaren riß er ihren Kopf zurück und stürzte sich auf ihre Lippen. Sie würgte, als sie den Whisky und den Tabak in seinem Atem roch, und sie versuchte, ihn von sich zu stoßen.

Er ließ ihr Haar los und packte mit der Hand, in der er den Revolver hielt, ihren Arm und bog ihn ihr brutal auf den Rücken. Sie konnte sich nicht mehr rühren, ohne sich die Schulter schmerzhaft zu verrenken.

Mit seiner freien Hand packte er ihre Brust, in die sich seine Finger bohrten. Sie schrie auf.

Billy lachte.

»Es verspricht, noch genüßlicher zu werden, als ich angenommen hatte«, krächzte er. »Du wirst mir zu Füßen kriechen, ehe ich mit dir fertig bin.«

Er ließ sie los, und sie taumelte zurück. Sie hielt ihren pochenden Arm fest und spürte, wie Tränen des Schmerzes in ihr aufstiegen. Sie kämpfte gegen die Tränen an. Eher sollte sie der Teufel holen, als daß Billy Anderson sie weinen sah.

Sie ließ ihn nicht aus den Augen, während er im Zimmer auf und ab ging und sich umsah. »Du läßt es dir nicht gerade schlecht gehen, was? Ich glaube, daran könnte ich mich gewöhnen. Wie ich sehe, wolltest du verreisen.«

»Ja, das hatte ich vor.«

»Sieht ganz danach aus, als sei ich gerade noch rechtzeitig gekommen«, bemerkte er und kam wieder auf sie zu. »Aber selbst, wenn du gefahren wärst, hätte ich dich wiedergefunden, so wie dieses Mal auch.«

»Wie hast du mich gefunden?« fragte sie, um Zeit zu gewinnen.

Er lachte. »Ich wußte von dem Erbe, das Maitland dir hinterlassen hat, und ich bin dem Anwalt bis hierher gefolgt. Seit da an habe ich nur noch auf den rechten Moment gewartet. Und als ich heute gesehen habe, wie du in die Stadt gekommen bist und dir hier ein Zimmer genommen hast, wußte ich, daß meine Stunde geschlagen hat. Jetzt räum das Gepäck vom Bett«, befahl er und nahm spielerisch eine ihrer Locken in die Hand. »Wir brauchen das Bett jetzt für uns.«

Endlich sah Angela ihre Chance. »Ich muß erst noch etwas auspacken«, sagte sie schnell.

»Dazu hast du nachher noch genügend Zeit«, erwiderte er. »Räum es jetzt nur weg.«

Ihre Muskeln spannten sich an, als sie ihre einzige Hoffnung schwinden sah. »Räum es doch selbst weg!« fauchte sie. »Ich denke nicht daran ...«

Er schlug sie mit dem Handrücken, und sie taumelte zu Boden. Dann zerrte er sie auf die Füße und stieß sie zum Bett. »Du solltest dich von Anfang an daran gewöhnen, zu tun, was ich dir sage, Angela. Ich bin nicht abgeneigt, dich zu strafen – wenn es dir lieb ist. Es bereitet mir in der Tat ebensoviel Vergnügen, wie mit dir ins Bett zu gehen.«

Angela hegte nicht den geringsten Zweifel daran, daß es ihm Vergnügen bereiten würde, sie totzuschlagen. Sie spielte mit dem Gedanken, um Hilfe zu schreien, verwarf ihn jedoch sofort wieder, denn sie war sicher, daß er sie erschießen würde. Ihr fiel nichts zu ihrer Rettung ein, zumindest bisher nicht. Wenn sie ihm bloß diese Waffe wegnehmen könnte ...

Sie hievte die schweren Koffer vom Bett und wartete ab, was er als nächstes tun würde. Ein Donnergrollen erklang aus der Ferne, und im selben Augenblick klopfte es an der Tür.

Angela lief zur Tür, aber schon auf halbem Weg hielt Billy sie zurück. Er drückte ihr mit einem Arm die Luft ab.

»Schick ihn fort, ganz gleich, wer es ist!« flüsterte Billy eindringlich. Der kurze Lauf seines Revolvers berührte ihr Kinn. »Hast du mich verstanden?«

Sie nickte. »Wer ist da?« rief sie mit bebender Stimme.

Die Antwort bestand in einem neuerlichen Klopfen, diesmal jedoch wesentlich lauter. Dann drückte jemand auf die Türklinke, aber Billy hatte hinter sich abgeschlossen.

»Was wollen Sie?« rief sie.

»Ich habe nicht vor, mit dir durch eine geschlossene Tür zu reden, Angela«, lautete die Antwort.

»Es ist Bradford!« keuchte sie.

Billy wirbelte sie zu sich herum. »Das ist ausgeschlossen! Ich habe selbst gesehen, daß er sich auf den Weg nach Kansas gemacht hat!«

»Du hast ihn gesehen?«

»Ja. Ich wollte sichergehen, daß er auch fort ist, und deshalb bin ich rausgeritten und habe den Anfang des Viehtriebs beobachtet. Er kann nicht schon wieder hier sein!«

»Angela, wirst du diese Tür jetzt öffnen, oder muß ich sie eintreten?« rief Bradford.

»Sieh zu, daß du ihn loswirst – sonst übernehme ich das«, sagte Billy vielsagend.

Angela verstand nur zu gut, was Billy meinte. Sie mußte Bradford wegschicken, aber wie?

»Ich werde ihn los, aber du wirst dich nicht einmischen, Billy«, sagte sie mit fester Stimme.

Als Billy sie losließ, strich sie sich die Haare aus dem Gesicht und ging langsam zur Tür. Sie öffnete die Tür nur einen Spalt weit, holte tief Luft und sah zu ihm auf. Bei seinem Anblick wurde ihr Gesicht aschfahl.

»Was ist mit dir passiert?« keuchte sie und vergaß Billy vollständig. Bradford war von Kopf bis Fuß mit schwarzem Ruß bedeckt.

»Warum hat es so lange gedauert, bis du aufgemacht hast?« fragte er mürrisch.

»Ich habe zu tun, Bradford«, erwiderte sie und fürchtete sich wieder vor Billy.

»Was hast du hier zu suchen?«

»Ich finde, das geht dich absolut nichts an«, antwortete sie schroff und hoffte, er werde vor Wut davonlaufen.

»Alles, was du tust, geht mich etwas an.«

»Nicht mehr«, entgegnete sie scharf. »Geh jetzt bitte.«

Ohne eine Antwort stieß er sie zur Seite und stand Billy gegenüber.

Billy spürte augenblicklich die Wut dieses Mannes, der größer war als er, und er wich vor ihm zurück. Die Waffe hielt er hinter seiner Hand verborgen.

Angela räusperte sich nervös. »Ich sagte dir doch, daß ich zu tun habe, Bradford.«

»Wer ist das?« fragte Bradford aufgebracht und wandte sich mit golden glimmenden Augen zu ihr um.

»Ein Freund von mir«, erwiderte sie mit zunehmender Verzweiflung. Sie mußte Bradford dazu bringen, daß er fortging. »Ein Freund, wie Grant einer war. Gehst du jetzt endlich?«

Bradford drehte sich auf dem Absatz um und stürmte aus dem

Zimmer. Er knallte die Tür hinter sich zu. Sie seufzte erleichtert auf.

Wenigstens war Bradford jetzt in Sicherheit.

»Das hast du sehr geschickt gemacht«, sagte Billy grinsend. »Wer war Grant? Einer deiner Liebhaber?«

»Du wolltest, daß ich ihn wegschicke!« zischte Angela. »Was spielt es für eine Rolle, wie ich das gemacht habe? Schließlich ist er fort, oder?«

»Ja«, erwiderte Billy mit einem barbarischen Grinsen. »Und jetzt zu der Belohnung, auf die ich so lange gewartet habe.«

Bradford blieb auf dem Treppenabsatz stehen und starrte ins Leere, ohne seine Umgebung wahrzunehmen. Was sie gesagt hatte, konnte nicht wahr sein – nicht, wenn das stimmte, was Grant ihm erzählt hatte. Wem von beiden sollte er glauben? Sollte er Angela trauen, konnte er Angela trauen, nach allem, was sie durchgemacht hatten?

Angela machte ihren Rock auf und ließ ihn sich auf die Füße fallen. Ihre Blicke waren auf den kleinen Revolver geheftet, der auf sie gerichtet war.

»Du lernst sehr schnell, Befehlen nachzukommen, Angela«, sagte Billy, und in seinen Augen funkelte Grausamkeit auf. »Jetzt leg dich mit gespreizten Beinen auf das Bett wie eine brave kleine Hure. Und denk daran: Wenn du schreist, wirst du wünschen, du seist tot gewesen, ehe ich ...«

In diesem Augenblick flog die Tür mit einem Schlag auf.

Angela schrie auf. »Er ist bewaffnet, Bradford!« Aber ehe sie den Satz beenden konnte, feuerte Billy auf Bradford ab.

Angela sah voller Entsetzen zu und erwartete, daß Bradford zu Boden fallen würde. Aber Bradford stürmte vorwärts wie ein Stier. Billy stand Todesängste aus. Seine einzige Kugel war verschossen. Er versuchte, Bradford auszuweichen, aber es war zu spät.

Die beiden Männer fielen gemeinsam zu Boden. Angela drehte der Szene den Rücken zu. Das Geräusch zersplitternder Knochen machte sie krank. Sie zog die Bettdecke ab, wickelte sich in die Decke und wandte sich wieder zu den Männern um. Billy wehrte sich nicht mehr. Er war bewußtlos. Doch das hielt Bradford nicht davon ab, auf ihn einzuschlagen.

»Bradford, es reicht! Er spürt es nicht mehr.«

Bradford reagierte nicht. Er versetzte dem Körper, der unter ihm lag, Schlag auf Schlag.

»Du bringst ihn um!« schrie Angela.

Plötzlich hörte Bradford auf und sah sie an. Wortlos packte er Billy am Mantelkragen und schleifte ihn aus dem Zimmer und durch den Korridor. Sie hörte Billys bewußtlosen Körper die Treppe hinunterfallen. Wenn Bradford Billy nicht totgeschlagen hatte, konnte ihn der Sturz ohne weiteres umbringen.

»Du hast ihn doch nicht getötet?« flüsterte sie, als Bradford zurückkam.

»Nein, aber es wird lange dauern, bis er sich wieder rühren kann«, erwiderte Bradford. »Und dann werde ich dafür sorgen, daß er ans andere Ende der Welt zieht.«

»Wie konntest du wissen, daß ich dich brauche?« Plötzlich überkam sie eine überwältigende Schüchternheit. Sie wickelte sich noch enger in die Bettdecke.

»Du hast es mir selbst gesagt«, antwortete er zart, ohne ihr näherzukommen. »Es liegt daran, was du gesagt hast.«

»Das verstehe ich nicht.«

»Das kann warten. Du brauchst jetzt sicher Ruhe, und ich habe sie auch dringend nötig. Wir unterhalten uns morgen darüber.«

Perplex sah sie ihm nach. Tat sie ihm jetzt etwa leid? Mitleid war das allerletzte, was sie von Bradford Maitland wollte. Sie würde morgen früh abreisen, wie geplant.

»Amigo, ist das Ihr Werk? Haben Sie ihn so zugerichtet?« Bradford drehte sich in der Tür um und sah Hank im Korridor stehen.

»Was, zum Teufel, tun Sie hier?«

Hank grinste. »Wir leben doch in einem freien Land. Oder gehört Dallas Ihnen?«

»Ich nahm an, Sie seien auf dem Weg nach Mexiko«, brachte Bradford steif hervor.

»Das war ich auch«, sagte Hank achselzuckend. »Aber mit etwas Glück werde ich nicht allein reisen müssen. Ich habe gewartet, ob eine gewisse Dame mich begleiten wird.«

»Jemand, den ich kenne?« fragte Bradford trocken.

Hank lachte. »Ich glaube, Sie kennen sie sehr gut, Amigo. Es handelt sich bei der Dame um Ihre Partnerin.«

Bradford zuckte zusammen. »Ist sie deshalb hier?«

»Sie ist hier?« fragte Hank überrascht. »Wo?«

»Einen Moment! Ist Angela hier, um sich mit Ihnen zu treffen oder nicht?«

»Nein«, erwiderte Hank. »Ich habe sie nicht mehr gesehen, seit ich Ihre Ranch verlassen habe.«

Bradfords Augen flammten auf. »Habe ich Sie nicht gewarnt und Ihnen gesagt, Sie sollen die Finger von ihr lassen?«

»Mit welchem Recht?« fragte Hank trotzig. »Sie ist nur Ihre Partnerin. Und Sie nehmen sich das Recht heraus, für sie zu entscheiden? Nein, Amigo. Sie ist eine Frau ohne Mann, und ich wäre ein Narr, wenn ich nicht versuchen würde, sie für mich zu gewinnen.«

Bradford packte Hank am Hemdkragen und stieß ihn gegen die Wand. »Ich warne Sie ...«

Bradford ließ Hank los, als er den Lauf einer Pistole in seinem Magen spürte. Hanks amüsiertes Grinsen machte ihn rasend.

»Wollen Sie ewig so weiterleben, Amigo? Der Mann am Fuß der Treppe ist Ihr Werk – Sie haben ihn bewußtlos geschlagen. Aber die Schrammen in Ihrem Gesicht sind alt. Stammen die auch von einer Schlägerei um diese Frau? Und jetzt wollen Sie mich also in Stücke reißen, was?« Hank schüttelte den Kopf. »Sie gönnen sie keinem anderen, aber Sie beanspruchen sie auch nicht für sich. Was stimmt bei Ihnen nicht?«

Bradford brachte nicht die Energie auf, Hank etwas vorzumachen. »Ich weiß nicht, ob sie mich noch will.«

Hank steckte seine Waffe weg. »Wenn sie weiß, daß Sie sie lieben, will sie Sie. Sie sind es, den sie liebt. Ich wünschte, Sie wären nicht zu Sinnen gekommen, Amigo, denn das hätte sie vielleicht in meine Arme getrieben. Aber so ... Für mich gibt es hier nichts mehr zu tun. Adios.«

Hank grinste über seine eigene Großherzigkeit und verschwand. Jetzt würde sie nicht mehr kommen. Soviel stand für ihn fest.

49

Angela verbrachte zwei volle Tage im Bett. Sie beobachtete, wie draußen der Sturm wütete.

Gegen ihre Proteste hatte Bradford einen Arzt holen lassen, der ihr strikte Bettruhe verordnet hatte. Sie gab nach, weil sie einsah, daß sie Zeit brauchte, um ihre Nerven wieder zu stärken und um nachzudenken.

Sie hatte Bradford nicht gesehen, und die Unterredung stand noch bevor. Sie hatte von dem Feuer gehört, und sie war froh, daß Bradford es sicher überstanden hatte. Wut und Entsetzen hatten ihm die Kraft verliehen, die Seile zu sprengen und aus dem brennenden Haus zu entkommen.

Am Nachmittag des zweiten Tages bekam Angela Besuch von Mary Lou. Mary Lou sprach nur von erfreulichen Dingen, doch es gelang ihr nicht, ihre Freundin aufzuheitern.

Als Mary Lou gegangen war, trat Angela ans Fenster, starrte in die Dunkelheit und lauschte dem Regen. Das Zimmer war angenehm warm, und im Kamin glühten Holzscheite. Sie schlüpfte aus ihrem Morgenmantel und legte ihn auf einen Stuhl am Fenster. Sie hörte Bradfords Eintreten nicht und fuhr zusammen, als er sagte: »Wohin fährst du, Angela?«

Sie drehte sich um und sah, daß sein Blick auf die Koffer am Fußende des Bettes gerichtet waren.

Sie ging zu den Koffern und klappte die Deckel zu, ohne ihn anzusehen. »Ich habe mir gedacht, ich fahre nach Europa. Ich habe vor, morgen früh abzureisen.«

»Ich hatte den Eindruck, daß es dir hier gefällt«, gab Bradford zurück. Seine Stimme war kaum mehr als ein Flüstern. Zumindest hatte sie nicht gesagt, daß sie nach Mexiko gehen wollte.

In ihren Augen stand unverhohlene Sehnsucht. »Das stimmt, Bradford, aber ich war lange genug hier. Ich möchte Orte sehen, die ich noch nie gesehen habe«, sagte sie obenhin und trat vor das Feuer. Das Licht, das von hinten kam, ließ ihr Nachthemd fast durchsichtig erscheinen. »Du hast mir immer noch nicht gesagt, warum du zurückgekommen bist. Und warum dein Gesicht so zerschrammt ist.«

Bradford betastete verlegen sein Kinn.

»Grant und ich haben die Sache endlich ausgetragen«, antwortete er befangen.

»Ist er genauso schlimm zugerichtet wie du?« fragte sie und wirbelte herum.

Bradford lehnte an einem der Bettpfosten und lächelte matt. »Nein, diesmal hat er gewonnen, und ich habe jede einzelne Beule verdient.«

»Ja, das hast du«, erwiderte sie.

»Grant hat mir das erzählt, was ich mir vorher in meiner Dickköpfigkeit nicht anhören wollte.«

Angela wurde ganz schwarz vor den Augen. »Und das – war was?«

»Daß du nicht seinetwegen hierhergekommen bist und daß du nie mit ihm geschlafen hast.«

»Und warum hast du mir nicht geglaubt, als ich dir dasselbe erzählt habe?«

»Weil ich euch beide zusammen im Bett gesehen habe, Angela. In Nacogdoches. Du hast Grant geküßt und warst nur in ein Leintuch gehüllt. Ich bin dir gefolgt, um dich nach Golden Oaks zurückzuholen, aber als ich die Tür deines Hotelzimmers aufgemacht und euch beide in dieser Situation gesehen habe, habe ich gleich das Schlimmste angenommen. Was hätte ich denn sonst glauben sollen? Ich verstehe bis jetzt noch nicht, wie du in eine solche Lage gekommen bist, wenn ihr kein Verhältnis miteinander hattet.«

Sie hörte ihm ruhig zu und sagte dann: »Grant kam betrunken in mein Zimmer. Er hat die Tür eingerannt, ehe ich mir etwas anziehen konnte. Und weil er so betrunken war, daß er nicht mehr stehen konnte, habe ich ihn ins Bett gebracht. Er war gekommen, um mich zu fragen, ob ich ihn heiraten wollte, aber das habe ich abgelehnt. Er hat mich angefleht, ihm einen Kuß zu geben, bevor ich gehe, und darin konnte ich nichts Böses sehen. Dann habe ich mir für diese Nacht ein anderes Zimmer geben lassen. Das ist alles.«

Bradford ging auf Angela zu und blieb vor ihr stehen. »Ich sehe ein, wie sehr ich mich getäuscht habe, Angela, aber warum hast du Golden Oaks ohne ein Wort verlassen? Mein Gott, weißt du, was ich empfunden habe? Dann dachte ich, du seist davongelaufen, um bei Grant zu sein. Diese Vorstellung hat mich fast umgebracht. Warum hast du das getan?«

»Ich stand an jenem Morgen im Flur, als Crystal dir den Brief vorgelesen hat. Ich habe alles gehört, Bradford, und jedes Wort geglaubt. Ich habe geglaubt, du seist mein Halbbruder. Ich wußte, daß ich gehen mußte, denn dich noch einmal zu sehen, wäre zu schmerzlich gewesen. Ich habe an diese Lüge geglaubt, bis Jim McLaughlin mich gefunden und mir einen Brief von Jacob überbracht hat.«

»Warum hast du mir das alles nie gesagt?«

»Du hast mir nie die Chance dazu gegeben.«

Jetzt war ihm alles klar. Alles bis auf eins. Hatte er ihre Liebe durch seine Grausamkeiten getötet?

»Ich weiß, wie es mir gegangen ist, als Crystal behauptete, du seist meine Halbschwester. Die Welt war plötzlich nur noch schwarz und leer. Ist es dir genauso ergangen?« fragte er sie zart. Einmal dachte er nur an sie und nicht an sich selbst.

»Ja. Und das selbst noch, nachdem ich an jenem Morgen in der Stadt hörte, deine Verlobte sei gerade eingetroffen. Das hat schon fast keine Rolle mehr gespielt, weil ich glaubte, ich könnte dich ohnehin nie bekommen.«

Bradford stöhnte. Er hatte seine Lüge vergessen, und jetzt wünschte er, sein Stolz hätte ihn nicht dazu gebracht, Angela zu verletzen.

Er räusperte sich und sagte unbeholfen: »Ich bin nicht verheiratet, Angela.«

»Das weiß ich«, sagte sie und lächelte fröhlich. »Während deiner Abwesenheit hat Candise ein Telegramm geschickt, in dem steht, daß sie den Mann geheiratet hat, zu dem du ihr geraten hast.«

»Ich hätte dir von ihr erzählt«, sagte Bradford eilig. »Ich habe nur um ihre Hand angehalten, um meinem Vater eine Freude zu machen, und sie hat sich bereit erklärt, um ihrem Vater den Gefallen zu tun, obwohl sie einen anderen Mann liebte. Aber dann habe ich dich gefunden und erfahren, was Glück sein kann. Sie ist an dem Tag eingetroffen, an dem du Golden Oaks verlassen hast, und ich habe unsere Verlobung aufgelöst, bevor ich dir nachgereist bin. Sie war ebenso erleichtert wie ich, als wir unsere Verlobung gelöst hatten.«

»Du hast mir also nur erzählt, du hättest sie geheiratet, weil du mich verletzen wolltest?«

»Ich ... na ja, ich wollte dir zeigen, daß du mir nichts bedeutest.

Ich wollte dich wohl auch verletzen – ich wollte, daß du so leidest, wie ich gelitten habe, weil ich dachte, du hättest mich nie geliebt.« Er bog ihr Kinn zärtlich nach oben und sah ihr forschend in die Augen. »Warum wolltest du Texas verlassen, Angel?«

»Weil ich es nicht mehr ertragen konnte, mit deinem Haß zu leben.«

Er nahm ihr Gesicht in die Hände. »Ich liebe dich, Angela.«

In ihre Augen traten Tränen. »Sag das bitte nicht, Bradford. Sag es nicht, wenn du es nicht so meinst.«

Er lächelte. »Ich kann dir nicht vorwerfen, daß du zweifelst. Ich habe mir die Überzeugung eingeredet, daß ich dich hasse, und ich nehme an, ich habe dich auch davon überzeugt. Aber das lag nur daran, weil ich dich so sehr liebte. Ich konnte es einfach nicht aushalten, dich so sehr zu lieben und diese Liebe nicht erwidert zu sehen.«

»Ich habe nie aufgehört, dich zu lieben, Bradford.«

Ganz zart zog er sie an sich. »Für einen sturen Dummkopf wie mich ist es nicht leicht, um Vergebung zu bitten. Ich weiß, daß ich dich schlecht behandelt habe. So vieles, was ich gesagt und getan habe, war nur dazu gedacht, dich zu verletzen und dir zu zeigen, daß du mir nichts mehr bedeutest. Ich habe mich schon tausendmal für meine eigene Grausamkeit verflucht. Wir hatten beide unter meiner verfluchten Eifersucht zu leiden. Kannst du mir je verzeihen, Angel? Ich weiß, daß ich nicht das Recht habe, dich darum zu bitten.«

»Ich habe dir schon verziehen«, sagte sie zärtlich. In ihren Augen tanzten Sterne.

Jetzt zog Bradford sie an sich und küßte sie inbrünstig. »Ich werde dir nie wieder mißtrauen, Angela«, flüsterte er heiser. »Ich schwöre es dir! Ich kenne meine Schwächen. Ich weiß, daß ich jedesmal außer mich gerate, wenn ein anderer Mann dich ansieht. Ich kann es nicht ändern, aber das soll nie wieder zwischen uns stehen. O Angel, das liegt doch nur daran, daß ich dich so wahnsinnig liebe!«

Seine Augen waren goldbraun, als er sie auf seine Arme nahm und sie zum Bett trug. Voller Stolz dachte er: Diese Frau ist mein!

Der Sturm wütete die ganze Nacht über, doch weder Angela noch Bradford hörten ihn.

EPILOG

An einem herrlichen Wintermorgen nicht lange darauf wurden Angela und Bradford in einer kleinen Kirche in Dallas getraut.

Angela weilte in Gedanken bei Jacob. Sein größter Traum war auch ihr größter Traum gewesen, und ihre gemeinsamen Träume waren wahr geworden. *Ich habe ihn nicht verloren, Jacob. Ich habe ihn jetzt und in alle Ewigkeit.*

Und so war es auch.

SAMANTHA JAMES

DIE ANDERE BRAUT

Ich möchte DIE ANDERE BRAUT all den wunderbaren Menschen widmen, die das Buch ermöglicht haben …

Lyssa Keusch, für ihre Unterstützung und ihre Begeisterung und dafür, daß sie eine so fantastische Mitarbeiterin war.

Meiner Familie – Ed, Kelly, Sara und Jami – für ihre Geduld und ihr Verständnis in so vielen nervaufreibenden Zeiten … Ich liebe euch alle.

Und schließlich Peggy, Iona und Joyce … ihr seid einfach die Besten, meine Damen!

Prolog

England 1790

Ein hohes, efeuumranktes Tor markierte die Einfahrt zur Farleigh Hall. Dahinter wand sich mitten durch symmetrisch angelegte Terrassengärten ein langer, breiter Weg zum Hauptgebäude hinauf. Durch die großartige Anlage führten kreuz und quer Spazierwege, die von Eibenhecken gesäumt waren. Doch es war eigentlich viel mehr Farleigh Hall selbst, das mit seiner würdevollen Backsteinfassade und seiner imposanten Größe unweigerlich die Blicke des Betrachters auf sich zog. Zu beiden Seiten der breiten, geschwungenen Steintreppe erstreckten sich endlose Fluchten hoher Flügelfenster mit goldschimmernden Seidenvolants ... ein überwältigender, aber auch ein etwas furchteinflößender Anblick.

Am östlichen Ende des Herrenhauses unterrichtete der Hauslehrer Mr. Findley zwei Kinder im Alter von sechs beziehungsweise zehn Jahren, und seinem wachsamen Auge entging nicht, daß die Blicke der beiden immer häufiger zum Fenster des Unterrichtszimmers abschweiften, das an diesem warmen Juninachmittag halb offen stand. Es waren zwei kräftige, robuste Knaben, der eine – der ältere – blond, der andere dunkel, aber beide mit den gleichen durchdringend grauen Augen des Vaters.

Es war denn auch ihr Vater, auf den die beiden so ungeduldig warteten. Sie zappelten unruhig an ihrem Tisch aus edlem Kirschbaumholz herum, bis Mr. Findley mit einem anklagenden Blick gen Himmel schließlich die Arme hochwarf.

»Ab mit euch!« sagte er widerstrebend. »Ich könnte genausogut Stroh in eure Köpfe stopfen! Euer Vater wird nicht vor Anbruch der Dunkelheit aus London zurück sein, aber ihr hört ja nicht auf einen wie mich. Bildung ist wirklich das erstrebenswerteste Gut im Leben, aber begreift das einer von euch? Wohl nicht.«

Er warf einen letzten geringschätzigen Blick auf die Knaben und murmelte noch etwas von ›Ungerechtigkeit des Schicksals‹ vor sich hin. Er war frustriert und auch nicht ohne Neid. Denn eines stand fest: Auch wenn ihre Köpfe später leer sein würden, ihre Brieftaschen wären es bestimmt nicht …

Nicht die der Söhne des 17. Herzogs von Farleigh, einem der reichsten Männer von ganz England.

In diesem Moment hörte man draußen auf der Auffahrt das Geratter von Kutschenrädern. Mr. Findley nahm keine Notiz davon, er hing weiter seinen trüben Gedanken nach.

Draußen bog die Kutsche um die letzte sanft geschwungene Kurve der Auffahrt. Der ältere der beiden Jungen sprang locker die breiten Steinstufen hinunter, während der jüngere sich mit seinen kurzen Beinen vergeblich bemühte, Schritt zu halten. Er hatte gerade erst die große Flügeltür erreicht, als die Tür der Kutsche aufflog. Ein gutaussehender, tadellos gekleideter Herr in einem elegant gestreiften Gehrock und hellen Pantalons sprang behende auf den Boden.

»Papa!« Sehnsüchtig leuchtende Augen blickten zu ihm empor. »Wir haben Sie vermißt. So sehr ich die Reitstunden mit Ferris auch genossen habe, lieber hätte ich statt dessen Sie als Lehrer gehabt.«

Der Herzog senkte den Blick auf seinen Sohn mit dem goldblonden Haar und ließ ihn über dessen aristokratische Züge gleiten, die ihn so sehr an jemand anderen erinnerten … Mein Gott, wie ähnlich er seiner Mutter sah!

Er lachte. »Und mir wäre das ebenfalls lieber gewesen, Stuart. In der Tat habe ich während meiner Abwesenheit auch oft an unsere Stunden gedacht – was sage ich, ich habe so sehr daran gedacht, daß ich nicht widerstehen konnte, dir dies hier mitzubringen.«

Der Herzog gab seinem Lakaien ein Zeichen, woraufhin erneut Hufgetrappel zu hören war. Ein anderer Reiter erschien, doch was die Augen von Stuart immer größer werden ließ, war das kleine weiße Pony, das er hinter sich herzog.

»Papa!« hauchte er. »Sie haben mir ein Pony mitgebracht! Ein Pony ganz für mich allein! Ich werde es White Dancer nennen!«

Ein mildes Lächeln spielte um den Mund des Herzogs, als er das Pony nach vorne führte. »Ist doch selbstverständlich, daß ich dir ein Geschenk mitbringe. Du weißt doch, für den künftigen Herzog von Farleigh ist nichts zu gut.«

Keiner von beiden hatte den kleinen Gabriel bemerkt, der wie ein Pfeil nach vorne schoß. »Ein Pony!« rief er strahlend. »Papa, Sie haben uns ein Pony mitgebracht!« In seinem Eifer warf er direkt vor den Nüstern des Ponys die Hand hoch.

Die plötzliche Bewegung erschreckte das Tier. Es stieg hoch, tänzelte zurück und schlug instinktiv mit seinen Vorderbeinen aus. Stuart wich zurück und entging nur knapp den blitzenden Hufen.

Der Herzog wirbelte zu dem Kind herum. »Das Pony ist für deinen Bruder, Junge, nicht für dich. Und paß um Himmels willen auf, was du tust! Fällt dir nichts Besseres ein, als ein Pferd zu erschrecken? Dein Bruder könnte jetzt tot sein!«

Stuart blickte seinen Vater an. »Er hat es nicht mit Absicht getan, Papa.« Sein Ton war ernst. »Er wollte doch nur das Pony sehen, nicht wahr, Gabriel?«

Gabriel sagte nichts. Er litt unter der stillen Mißbilligung seines Vaters. Sein dunkler Kopf senkte sich auf seine Brust, seine Unterlippe zitterte, und aus seinen Augen war jeder Glanz gewichen.

»Ja, ich nehme an, du hast recht.« Der Herzog bemühte sich jedoch in keiner Weise, seinen Ärger zu verhehlen. »Aber es stände ihm gut an, dir ein bißchen nachzueifern, Stuart. Dein Bruder ist von Zeit zu Zeit ein kleiner Tunichtgut.«

Die Schultern des kleinen Kerls zuckten immer noch. In der Absicht, ihn ein bißchen aufzuheitern, blickte Stuart seinen Vater an und fragte neugierig: »Papa, und was haben Sie Gabriel mitgebracht?«

Der Herzog seufzte. »Ach, mein Lieber, ich fürchte, Wills und ich waren so sehr damit beschäftigt, ein Pony für dich zu finden, daß ich das ganz vergessen habe. Was soll's – ich werde versuchen, das nächste Mal daran zu denken.« Er winkte seinen älteren Sohn mit dem Finger heran. »Komm jetzt, Stuart. Wir haben viel zu bereden, denn ich habe beschlossen, daß du mich bei meinem nächsten Besuch in London begleitest.«

Mit stolzgeschwellter Brust schritt Stuart auf seinen Vater zu und stellte sich neben ihn. Der Herzog drehte sich um, so als wolle er schon losgehen, besann sich dann aber doch noch einmal und tätschelte Gabriel kurz den Kopf – so wie man es bei einem verhätschelten Haustier tut. Dann drehte er sich um und ging mit Stuart an seiner Seite davon.

Doch der Junge war weder verhätschelt noch ein Haustier. Er

war nur ein Kind, das nicht verstehen konnte, warum sein Vater es so wenig beachtete.

Aber seine Mutter wußte es.

An einem der Fenster des Hauses glitt eine Falte der Seidenvorhänge wieder an ihren Platz zurück. Unbemerkt von den dreien hatte Lady Caroline Sinclair, Herzogin von Farleigh, die Szene von weitem beobachtet. Eine melancholische Traurigkeit senkte sich auf sie herab, als sie sich vom Fenster abwandte, denn sie fühlte – so wie es nur das Herz einer Mutter vermag –, wie tief verletzt der kleine Kerl war. Sie allein verstand die geheime Sehnsucht und den stillen Schmerz in den Augen ihres Sohnes, die Pein in seiner Seele. Sie hätte weinen können, denn der Junge war immer so bemüht zu gefallen, er buhlte so sehr um die Aufmerksamkeit seines Vaters. Aber Edmund war für die Ergebenheit seines Sohnes blind. Er nahm kaum wahr, daß der Junge überhaupt existierte.

Denn der Liebling des Herzogs war nun einmal sein Erstgeborener. Und Caroline hatte den furchtbaren Verdacht, daß ein zweiter Sohn nicht viel besser war als eine zweite *Ehefrau* …

Bitter dachte sie an den längst vergangenen Tag, da Edmund zu ihr gekommen war und ihr eröffnet hatte: »Stuart braucht eine Mutter. Und ich brauche wohl eine Frau.« Oh, wie dreist er gewesen war, wie forsch und arrogant und wie entschlossen, keinen Widerspruch zu dulden! Aber Caroline hatte keinen Gedanken daran verschwendet, sie hatte sich keine Sorgen gemacht, denn sie hatte Edmund Sinclair seit dem Augenblick, da sie ihn zum erstenmal gesehen hatte, geliebt – und dann der Gedanke, daß er sie unter allen anderen ausgewählt hatte. Ihr törichtes Herz war voller Freude und Hoffnung gewesen. Sicher würde er sie eines Tages lieben; eines Tages, ganz sicher …

Und so bemühte sie sich nach Kräften, eine liebende Ehefrau zu sein, die hingebungsvoll all ihre Pflichten erfüllte, damit er sie lieben könnte. Doch obwohl ihre Liebe sie für immer an den Mann band, der ihr Herz besaß, hatte sie erkennen müssen, daß seine Liebe bis in alle Ewigkeit nur der einen galt, die jetzt da oben unter den Engeln weilte …

Wenn Edmund nicht fähig wäre zu lieben – wieviel leichter wäre das zu ertragen.

Sie preßte ihre zitternden Finger gegen die Stirn. Sie mußte stark sein, wenn nicht um ihretwillen, dann doch um Gabriels willen. Für dieses Kind ihres Herzens, dieses Kind, das in der Tat alles war, was sie besaß, alles, was sie vielleicht je besitzen würde, könnte sie die Verletzungen und den Schmerz, könnte sie alles durchstehen. Mit schwerem Herzen, aber entschlossen, diese Schwäche nicht zu zeigen, eilte sie die Galerie hinunter und hinaus in den Sonnenschein.

Der Junge stand immer noch da, wo man ihn zurückgelassen hatte, still und in sich gekehrt, klein und allein. – Vergeben … und vergessen.

Doch das Kind vergaß nicht, und es vergab auch nicht. Mit freundlicher Entschiedenheit entzog sich Gabriel der liebevollen Umarmung seiner Mutter. Zu ihrer Überraschung wollte er weder Mitleid noch Trost. Es flossen auch keine Tränen. In seinen Augen glomm nur ein Funke von unerschütterlichem Stolz. Denn Gabriel war der Sohn seines Vaters …

Weit mehr, als irgend jemand von ihnen ahnte.

Erstes Kapitel

Charleston, South Carolina

1815

Der Himmel hatte seine Schleusen geöffnet. Ein wolkenbruchartiger Sommerregen verwandelte die ohnehin durchfurchten, übelriechenden Straßen in wahre Schlammlöcher, und wer mutig genug war, sich jetzt hinauszuwagen, wurde bis auf die Haut durchnäßt. Im Schankraum von Black Jack's Inn dagegen pulste das Leben, und die Luft vibrierte von heiseren Männerstimmen und rauhem Gelächter.

Obwohl die Kneipe nur wenige Blocks vom Hafenbezirk entfernt lag, gehörte Black Jack's doch zu den besseren Gasthöfen der Stadt. Er war bekannt für ausgezeichnetes Essen, saubere Wäsche und guten Service, und das alles zu annehmbaren Preisen.

An diesem naßkalten, trostlosen Abend hatten an dem Tisch in der hintersten Ecke des Raumes zwei gutgekleidete Männer Platz genommen; der eine auffallend dunkelhaarig, der andere eine schlanke Erscheinung mit haselnußbraunem Haar. Nach vielen Wochen auf See hatten sie beschlossen, die engen Schiffskojen gegen die Annehmlichkeiten einer warmen, bequemen Matratze zu tauschen.

»Auf eine sichere Heimkehr nach England – und auf den Grafen von Wakefield und seine zukünftige Braut!«

Die lachende Stimme gehörte einem Herrn namens Christopher Marley. Doch Lord Gabriel Sinclair war nicht gerade erbaut von dem Trinkspruch. Kein Wunder, denn der Gedanke an seine bevorstehende Hochzeit erfüllte ihn kaum mit Freude ... Die Hochzeit war jedenfalls nicht seine Idee gewesen.

Er starrte in sein Glas, als könne es ihm die Geheimnisse der Welt offenbaren. Diese letzten Wochen hatten sich zu einem dunklen Traum entwickelt – zu einem Alptraum.

Stuart war tot, gefallen in der Schlacht von New Orleans.

Stuart. Eine unsichtbare Hand schien sich um sein Herz zu legen und es zusammenzudrücken. Der Tod seines Bruders war in der

Tat etwas, woran Gabriel niemals irgendeinen Gedanken verschwendet hatte. Er und Stuart hatten sich eigentlich nie wirklich nahe gestanden, und im Laufe der Jahre waren sie immer weiter voneinander abgerückt. Gabriel hatte Farleigh am Tag des Begräbnisses seiner Mutter verlassen und war nicht wieder zurückgekehrt. Er hatte seinem Vater den Rücken gekehrt und ein eigenes erfolgreiches Schiffahrtsunternehmen aufgebaut. Und mit diesem Schritt hatte er seiner Vergangenheit endgültig den Rücken gekehrt.

Bittere Erinnerungen stiegen in ihm auf. Sein Herz krampfte sich zusammen. Doch warum quälte er sich? Er mußte der Wahrheit ins Auge sehen: Sein Vater hatte sich nie nach ihm erkundigt, nicht einmal, als er weggegangen war, um mit den englischen Truppen gegen Napoleon zu marschieren. Nein, in knapp fünf Jahren hatte sein Vater sich nicht ein einziges Mal herabgelassen, mit ihm Kontakt aufzunehmen. Es war in der Tat so, als habe er nie existiert …

Aber all das hatte sich mit Stuarts Tod geändert.

Es war wohl nicht zu umgehen gewesen … Gabriels Gedanken wanderten zurück zu seinem letzten Treffen mit seinem Vater in dessen Londoner Stadtwohnung, wo er erfuhr, daß sein Bruder tot war.

Sein Vater hatte sich nicht verändert. Er war genauso arrogant, genauso beherrschend … genauso kalt wie eh und je.

»Du bist jetzt der Graf von Wakefield, der nächste Herzog von Farleigh«, sagte sein Vater in jenem kühlen, formellen Ton, an den Gabriel sich so gut erinnerte und den er so inbrünstig haßte. »Es ist deine Pflicht, zu heiraten und mir einen Enkel zu schenken, damit der Name unserer Familie nicht ausstirbt.«

Pflicht – das Wort hatte plötzlich etwas Gemeines. Gabriel hatte herzlich wenig über Pflichten und Pflichtgefühl eines Herzogs mitbekommen, denn das war die Rolle, auf die Stuart getrimmt worden war.

Er zwang sich, sich zu entspannen, und lächelte müde. »Oh, ich habe vielerlei Verwendung für Frauen, Vater, sowohl im Schlafzimmer als auch außerhalb.« Er machte eine Pause. Der Gesichtsausdruck seines Vaters, das augenscheinliche Mißfallen, das seine Worte erregt hatten, bereiteten Gabriel ein geradezu perverses Vergnügen. Er lachte kurz auf und fuhr dann fort: »Glücklicherweise hat keine von ihnen je an Heirat gedacht.«

Edmund Sinclair zog seine Augenbrauen zusammen, die ebenso eisengrau waren wie die Strähnen, die sein immer noch fülliges Haar durchzogen. Doch Gabriel wich vor diesem stechenden Blick nicht mehr zurück, wie er es als Kind so oft getan hatte. »Ja, das scheint mir auch so.« Die Stimme des Herzogs klang eisig. »Ich bin über deine … Aktivitäten informiert. Wie es den Anschein hat, hattest du zwar manche Mätresse, aber niemals eine Ehefrau.«

Gabriels Lächeln verschwand aus seinem Gesicht. Der Mann hatte es gewagt, ihm nachzuspionieren! Er starrte seinen Vater an, kaum fähig, sein Temperament zu zügeln.

»Ein Titel bringt Verantwortung mit sich. Angesichts deines bisherigen … Lebenswandels erscheint es mir wichtig, erst einmal hier klare Verhältnisse zu schaffen. Du mußt heiraten. Sofort. Du selbst hast angedeutet, daß du diesbezüglich keine konkreten Wünsche hast. Ich schlage deshalb folgende Lösung vor. Da Stuart Lady Evelyn nicht mehr heiraten kann, erscheint es mir logisch, daß du seinen Platz einnimmst.«

Gabriel hatte natürlich von Stuarts Verlöbnis mit Lady Evelyn gehört, der einzigen Tochter des Herzogs von Warrenton, dessen Besitzungen an den Landsitz von Farleigh in Kent angrenzten.

»In der Tat«, fuhr sein Vater fort, »sehe ich keinen Grund, warum die Hochzeit nicht wie geplant stattfinden sollte.«

Einen Moment lang war Gabriel zu verblüfft, um etwas zu erwidern. Erst später machte er sich klar, daß er sich auf ein derart arrogantes, vermessenes Verhalten von vornherein hätte einstellen müssen – immerhin war es sein Vater, mit dem er es zu tun hatte.

Der Drang, einfach wegzugehen, war überstark, und beinahe hätte er es auch getan, hätte seine sogenannte *Pflicht* Pflicht sein lassen, und zur Hölle mit seinem Vater. Doch irgend etwas hielt ihn zurück …

Gabriel mochte vieles sein, doch er war auf keinen Fall ein Dummkopf. Farleigh war ein großes Anwesen, und die in Aussicht stehende Herzogswürde war in der Tat eine große Verlockung …

»Nun?« Die Ungeduld in der Stimme seines Vaters war ihm nur allzu vertraut. »Hast du nichts dazu zu sagen, Gabriel? Wenn dem so ist, dann muß ich annehmen, daß du keine Einwände gegen die Heirat mit Lady Evelyn hast.«

Gabriel ballte heimlich die Fäuste. »Vater«, sagte er gelassen, »die Jahre haben dich nicht verändert. Es zählt nur das, was du willst. Was die anderen wollen, interessiert dich nicht. Würde es dich wirklich kümmern, wenn ich irgend etwas einzuwenden hätte?« Doch ihn beschäftigte, noch während er sprach, ein ganz anderes Problem. Er brauchte Zeit, um zu überlegen, brauchte Zeit, um sich so oder so zu entscheiden ...

Eines stand für ihn ganz außer Zweifel. Wenn er sich entscheiden sollte, Lady Evelyn zu heiraten, dann nicht, um seinem Vater zu gefallen, sondern einzig und allein um seiner selbst willen.

Wie Gabriel nicht anders erwartet hatte, entschied sich der Herzog, seine Spitze zu ignorieren. »Dann ist ja alles bestens. Warrenton und seine Tochter haben bereits zugestimmt. Wir sollten sie also unverzüglich über den neuesten Stand der Dinge informieren ...«

»Nein. Ich muß geschäftlich nach Amerika. Mein Schiff läuft morgen früh aus. Ich fürchte, ich muß darauf bestehen, damit bis zu meiner Rückkehr zu warten.«

Die Abneigung des Herzogs gegen die Yankees war ein offenes Geheimnis. Kein Wunder, wenn man an das Schicksal seiner ersten Frau dachte – und nun auch noch Stuart. Der Herzog preßte seine Lippen zusammen. »Ich sehe keinen Grund für einen Aufschub«, begann er.

»Aber ich. Ein paar Monate zu warten, wäre angesichts von Stuarts Ableben sicher angebrachter. Außerdem glaube ich kaum, daß es der Etikette entspricht, von so einem Ereignis ohne meine persönliche Anwesenheit unterrichtet zu werden.« Gabriel zuckte die Achseln. Seine Stimme klang überlegt und völlig ruhig. »Ein paar Monate spielen gewiß keine große Rolle.«

Der Herzog biß die Zähne zusammen. Sein Blick war kalt. »Du hast selbstverständlich recht«, sagte er gedehnt. »Wir werden die offizielle Bekanntgabe deiner Entscheidung bis zu deiner Rückkehr nach London verschieben.«

Sein Vater war wütend, stellte Gabriel selbstgefällig fest. Es war zwar nur ein kleiner Sieg, aber immerhin ein Sieg, und den wollte er genießen.

Eine Lachsalve hinter seinem Rücken brachte Gabriel wieder in die Gegenwart zurück. Was hatte Christopher gerade gesagt? *Auf den Grafen von Wakefield und seine zukünftige Braut.* Als Antwort auf den Toast hob er nur leicht seine Augenbraue anstelle seines Kruges. So wie er sich jetzt fühlte, würde er eher eine häßliche Hexe zur Frau nehmen, als dem Wunsch seines Vaters nachzukommen.

»Wir sind doch gerade erst angekommen«, sagte er leichthin. »Bist du denn so versessen darauf, schon wieder aufzubrechen, daß dich all das, was Charleston zu bieten hat, gar nicht interessiert?« Er zog verächtlich einen Mundwinkel hoch. »Wenn ich mich recht erinnere, hat sich nach unserem letzten Besuch in Charleston nahezu jedes Mädchen in Sehnsucht nach einem englischen Haudegen verzehrt!«

Wenn Gabriel bisweilen auch verschlossen, ja oftmals sogar unnahbar war, kannte Christopher seinen Freund doch zu lange, um nicht zu bemerken, daß sein Humor nur aufgesetzt war. »Irgend etwas macht dir zu schaffen«, sagte er langsam.

»Ich werde bald eine Frau heiraten, die aus einer der ältesten Familien in ganz England kommt. Du hast recht, Christopher. Laß uns auf die Verbindung zwischen dem Haus Warrenton und dem Haus Farleigh trinken.« Er hob sein Glas. »Auf die Mächtigen und die Verdammten!«

Diesmal war es Christopher, der nur zuschaute, als Gabriel seinen Bierkrug bis zum letzten Tropfen leerte. Vor seinem geistigen Auge sah er die vornehm blasse, durchscheinende blonde Frau, die seinen Freund heiraten würde. Er seufzte. Was würde er nicht darum geben, in Gabriels Schuhen zu stecken. Aber für einen einfachen Baron wie ihn war die liebliche Evelyn unerreichbar wie die Sterne am Firmament.

»Lady Evelyn ist beileibe kein Unhold, Gabriel. Sie ist so hübsch wie jede andere! Ehrlich, wenn ich an deiner Stelle wäre«, scherzte er, »würde ich eine Heirat mit ihr keineswegs als Unglück empfinden.«

Gabriel sagte nichts. Er hatte bereits Stuarts Titel geerbt, dachte er finster. Warum nicht auch seine Frau?

In Wahrheit war es nicht die Heirat an sich, die Gabriel so verabscheuungswürdig fand. Christopher hatte recht. Evelyn war wohl wirklich ziemlich hübsch. Und vielleicht war es sogar ein

Vorteil, daß sie still und schüchtern war und ein bißchen Angst vor ihm hatte. Sie würde tun, was man von ihr verlangte, und nicht wagen, ihm dumme Fragen zu stellen. Und war es wirklich von Belang, daß er bald eine Ehefrau haben würde? Heirat und Treue waren nicht unbedingt das gleiche. Die Gesellschaft akzeptierte es, daß ein Mann schlief, wo er wollte und mit wem er wollte. Nein, sein Leben brauchte sich in keiner Weise zu ändern.

Und dennoch, das ungute Gefühl blieb. Was ihn aufrieb, war die Tatsache, daß sein Vater diese Heirat angeordnet hatte. Und sein Vater erwartete nun einmal, daß man seinen Wünschen stets Folge leistete. Zum Teufel mit seinem arroganten, autoritären Gehabe!

Er brütete noch eine Weile vor sich hin, bevor er sein Schweigen brach. »Ich habe nicht damit gerechnet, aus Pflichtgefühl zu heiraten«, sagte er schließlich. »Um genau zu sein« – er bemühte sich nicht, seinen Ärger zu verstecken –, »ich habe nicht damit gerechnet, überhaupt zu heiraten.«

Während der Gastwirt ihnen ein großes, saftiges Stück Braten mit gebackenen Süßkartoffeln und Honigschinken servierte, sah Christopher seinen Freund prüfend an. Sie hatten sich in Cambridge kennengelernt, und Gabriel war immer wild und tollkühn gewesen, ein ewiger Rebell. Auch damals war das Verhältnis zu seinem Vater schon unterkühlt gewesen. Doch jetzt war er verhärtet, und zwar in einem Maße, wie er es nie gewesen war – bevor seine Mutter starb.

Tatsächlich hätte Christopher schwören können, daß Gabriel seinen Vater für den Tod seiner Mutter verantwortlich machte … Doch Caroline war bei einem Unfall ums Leben gekommen, einem tragischen Unfall, sicher … doch es war nichtsdestoweniger ein Unfall gewesen.

Aber Christopher hatte nie gefragt, warum Gabriel seinem Vater die Schuld daran gab. Denn es gab eine Grenze, die er nicht zu überschreiten wagte.

Christopher schüttelte den Kopf. »Nur wenige von uns sind versessen darauf zu heiraten, mein Freund. Ich fürchte, es ist im allgemeinen eher eine Frage der Notwendigkeit.«

Gabriel lachte böse auf und nahm seine Gabel in die Hand. »In dem Punkt hast du wirklich recht. Die Frauen beklagen sich immer darüber, daß die Männer alle Freiheiten besitzen. Aber die Heirat ist dazu da, daß man bekommt, was man nicht hat. Es ist wirklich eine Ironie des Schicksals, oder? Wenn eine Frau einiges an Schönheit besitzt, schafft sie es im allgemeinen, ein Vermögen zu heiraten. Und wenn sie schon vermögend ist, braucht sie überhaupt nicht zu heiraten. Aber ein Mann ... tja, wenn ein Mann einen Erben haben will, dann muß er sich eine Ehefrau suchen!«

Christophers blaue Augen blitzten auf. »Vielleicht schafft es die Dame – beziehungsweise die Heirat – ja, dich zu zähmen.« Sein Freund lachte in sich hinein. »In der Tat finde ich die Möglichkeit ziemlich beunruhigend!«

Gabriel lächelte. Er hatte offensichtlich seinen Humor wiedergefunden. »Ja, beunruhigend«, sagte er gedehnt. »Aber auch wahrscheinlich?« Er schüttelte den Kopf. »Ich denke nicht.« Gabriel war sich wohl bewußt, daß sein Ruf als Frauenheld nicht gerade unverdient war. Bei Lastern kannte er sich aus, über Tugenden aber wußte er herzlich wenig.

»Nun«, fuhr er heiter fort, »ich schlage vor, wir wenden uns jetzt den weitaus angenehmeren Dingen des Lebens zu. Wer weiß, ob während unserer Abwesenheit nicht neue Blumen erblüht sind?«

Er ließ seinen Blick durch den Schankraum gleiten und unterstrich damit unmißverständlich, was er meinte. Christopher war nur zu froh über die Ablenkung. Ein grobknochiges Barmädchen mit breiten Hüften, runden braunen Augen und roten Pausbacken machte sich gerade daran, die leeren Bierkrüge von einem soeben freigewordenen Tisch abzuräumen. Als sie bemerkte, daß sie die Aufmerksamkeit der beiden auf sich zog, schenkte sie ihnen ein strahlendes Lächeln und beugte sich nach vorne über den Tisch. Ihr offenherziges Mieder gab dabei den Blick auf zwei bloße, üppige Brüste frei.

»Ah«, murmelte Christopher, »ein Angebot weiblichen Liebreizens, das nicht zu verachten ist, oder bist du anderer Meinung?«

»Bei Gott.« Gabriel war über die Schäkerei des Mädchens leicht amüsiert. Die dralle Kleine war ganz offensichtlich zu haben. Sie war jung und schien gute Zähne zu haben. Aber sie war ein bißchen plump ... »Ich fürchte«, murmelte er, »sie ist ein bißchen zu trampelig für meinen Geschmack.«

Christopher lachte. »Sie gäbe zweifellos eine gute Bauersfrau ab.«

Gabriel sah sie zuerst – sie, die andere Magd. Sie kam gerade aus der Küche und band sich eine Schürze um die Taille.

Und dieses Mädchen war alles andere als plump. Ihr Haar leuchtete wie ein Feuerschein in einer Kombination aus Bernstein und Gold. Aber es war in ihrem Nacken zu einem Knoten so straff zusammengewunden, daß sich die Haut auf ihrer Stirn spannte. Ihm schoß der Gedanke durch den Kopf, daß sie versuchte, ihre Schönheit zu verstecken.

Christopher folgte seinem Blick. Als er sah, wem Gabriels Aufmerksamkeit galt, zog er eine seiner buschigen haselnußbraunen Augenbrauen hoch. »Aah«, murmelte er und rieb sich das Kinn, »ja, das ist eine Maid, die nicht nur heiße Küsse verspricht, sondern auch noch ein verlockender Anblick ist. Die Natur hat sie, weiß Gott, nicht stiefmütterlich behandelt, mein Freund. Ja, ich wage zu behaupten, daß sie es mit soviel erlesener Schönheit weit bringen kann ... Ist keine Frau für einen Bauern, die da, oder? Die kann zweifellos höher hinaus.«

Gabriel hatte keine Lust zu antworten. Mußte er auch nicht, entschied Christopher. Gabriels intensives Interesse an dem Mädchen sagte ihm alles, was er wissen mußte. Er stieß einen leisen Seufzer des Bedauerns aus. Der Gedanke, mit dem Mädchen etwas anzufangen, war in der Tat sehr verlockend, doch Gabriel hatte sie zuerst entdeckt, und deshalb verbot sich für ihn jeglicher Gedanke an ein frivoles Abenteuer mit ihr ganz von selbst.

Gabriel betrachtete das Mädchen immer noch. Sie war fast genauso gekleidet wie die andere Dirne: ein abgetragenes Musselinkleid, das früher einmal grün gewesen sein mochte, und ein rechteckig ausgeschnittenes Mieder. Sie trug ein schwer beladenes Tablett und hatte gerade begonnen, die Gäste auf der anderen Seite des Raumes mit Bierkrügen zu bedienen.

Gabriel bemerkte, wie ihre Hand immer wieder nervös an ihren Ausschnitt flog. Sie gab nicht die geringste Andeutung ihrer sanften Rundungen preis. Ein zynisches Lächeln spielte um seinen Mund, denn seltsamerweise faszinierte ihn das, was dieses Dienstmädchen so keusch verbarg, mehr als das, was das erste Barmädchen so offenherzig zur Schau gestellt hatte.

Mit ihrer Zartgliedrigkeit und Zerbrechlichkeit war sie hier irgendwie fehl am Platz, ging es Gabriel durch den Kopf – wie eine zarte rosa Blüte inmitten von Dornensträuchern ... Was für ein Unsinn, rief er sich zur Räson. Er ärgerte sich über sich selbst. Eine Dirne mit Rosen zu vergleichen? Er war plötzlich wütend und zornig auf sich. Doch dahinter schwelte die Erkenntnis, daß eine Erinnerung in ihm wachgerufen worden war, der er nicht entfliehen konnte ...

Seine Mutter hatte Rosen geliebt.

Er hörte neben sich Röcke rascheln. Das erste Mädchen schlängelte sich zwischen ihn und Christopher. »Ich hoffe, es hat Ihnen geschmeckt, meine Herren.« Sie blickte mit ihren dunklen Augen vielsagend von einem zum anderen.

Ganz Gentleman, versicherte Christopher herzlich: »O ja, vielen Dank, mein Fräulein. Ein Kompliment an den Koch. Das Brot war knusprig und warm, das Fleisch zart und gut gewürzt.«

Sie lächelte und befeuchtete ihre Lippen. »Ich heiße Nell«, stellte sie sich vor. »Ihr seid Engländer, ihr beide, stimmt's?«

»Gewiß doch.« Christopher erhob sich und deutete eine Verbeugung an. »Ich bin Sir Christopher Marley, und das ist Gabriel Sinclair, der neu ernannte Graf von Wakefield.«

Nells Augen weiteten sich. Sie machte einen Knicks – jedoch nicht, ohne erneut Einblick in ihr üppiges Innenleben zu geben. Ein Knicks mit Hintergedanken, dachte Gabriel und nickte bestätigend.

»Nur damit Sie Bescheid wissen: Nell hat nichts gegen euch Engländer. Wir hatten seit dem Kriegsende hier im Black Jack's schon einige einquartiert, und es waren wirklich feine Leute, nicht solche, wie es sie hier manchmal gibt.«

Gabriel lächelte höflich. Er deutete mit seinem Kopf in die Richtung des anderen Barmädchens. »Wer ist das andere Mädchen?«

Nells Lächeln verschwand. »Oh, das ist Cassie. Ihre Mum war hier vor Jahren Barmädchen.« Sie zwinkerte ihm zu. »Jeder hier in Charleston wußte, daß ihre Mum'n leichtes Mädchen war – sie war keine, die mit ein und demselben Kerl zwei Nächte hintereinander verbrachte, wenn Sie wissen, was ich meine. Noch nich' lange her, daß sie die Fliege gemacht hat und ihr Balg hier zurückließ. Aber die spielt sich hier vielleicht auf – nur weil se besser spricht als ich. Aber das is' nur, weil Bess ihr das beigebracht hat. Bess war nämlich mal Zofe bei einer echten Lady, versteh'n Sie?«

Gabriel nickte. »Aha. Und wer ist Bess?«

»War Bess«, verbesserte Nell. »Starb einen Monat nach der Geburt ihres Babys. Echt, die beiden klebten immer wie die Kletten zusammen, wie ein Baby an den Titten seiner Mutter!«

Nell zog verächtlich ihre Mundwinkel nach unten, als sie sah, daß Gabriel seinen Blick immer noch nicht von dieser Person lösen konnte. Sie rümpfte die Nase. »Viel zu wenig Arsch, um den Rükken 'nes Mannes zu wärmen, und vorn is' auch nich' viel, wenn Sie mich fragen.«

Sie warf ihren Kopf hoch und fuhr dann dreist mit dem Finger den Kragen von Christophers Jackett entlang. »Für den Fall, daß ihr noch was wollt, immer nur nach Nell fragen.«

Als sie gegangen war, lachte Christopher trocken auf. »Lieber Gott, sag bloß nicht, daß die nicht scharf ist.«

Gabriel zog die Augenbrauen zusammen. »Beziehungsweise beschränkt.« Christopher nickte und wandte gerade rechtzeitig den Kopf, um zu sehen, wie neben dem Eingang ein massiger Mann mit Doppelkinn einen Arm um Nells Taille schlang und sie grob auf seinen Schoß hinunterzog. Nell lachte und schlang ihre Arme um seinen Hals. Der Mann griff in ihr Mieder und tätschelte ganz offen ihre Brust. Gabriel fand die Darbietung außergewöhnlich geschmacklos.

In diesem Augenblick tauchte das Mädchen, das offensichtlich Cassie hieß, aus der Küche auf. Auch Christopher ließ seinen Blick zu ihr hinübergleiten. Sein Lächeln verschwand. »Kannst du dir das vorstellen? Ihre Mutter hat sie einfach sich selbst überlassen, als sie noch ein Kind war?« Er schüttelte den Kopf. Sein Gesicht verdunkelte sich plötzlich.

Gabriel streckte seine langen Beine unter dem Bohlentisch aus. Dieser Teil von Charleston war, weiß Gott, kein hübscher Fleck. Überall Kühe und Pferde, selbst in den engen Alleen. Die Leute hatten keine Skrupel, ihre Abfälle überall abzuladen, wo es ihnen gerade gefiel. Kein Wunder, daß die Straßen matschig waren und üblen Geruch verströmten. Wenn das, was Nell gesagt hatte, stimmte, dann war das Mädchen eine von hier, das Produkt eines harten Lebens.

»Ihre Lage ist bedauernswert, ja«, stimmte er zu. »Aber wir haben in London auch Kinder, die auf der Straße leben, arme Kinder, die hungern und nicht wissen, wohin sie sich vor der Kälte des Winters oder der Dunkelheit der Nacht flüchten sollen.«

Christopher klopfte ihm auf die Schulter und sagte leichthin: »Hey, Gabriel, ich hatte keine Ahnung, daß du solche Dinge überhaupt wahrnimmst. Vielleicht besteht ja noch Hoffnung für dich.«

Neben ihnen erscholl lautes Gelächter. Er drehte sich halb um und bemerkte, daß die Männer am Nebentisch wohl beschlossen hatten, sich mit Cassie ein bißchen zu amüsieren, während sie versuchte, die Bierkrüge mit Bier nachzufüllen und gleichzeitig die grapschenden Hände abzuwehren.

»Hey, komm schon, Kleine. Zeig uns doch mal, was du da drin versteckt hast!«

Ein anderer schnaubte. »Was habt ihr denn. Is' doch klar, daß da lang nich' so viel Holz is' wie bei Nell ...«

»Aber ich möchte wettert, was da drin ist, is'n ganzes Stück hübscher als bei Nell. Rund wie'n saftiger Pfirsich mit kirschroten Nippeln ...« Der Mann deutete mit seinen Fingern eine zwickende Bewegung an.

Die Runde schrie vor Lachen. Die Männer fuchtelten mit ihren Händen in der Luft herum und zupften mit ihren Fingern in die Richtung ihrer Brust. »Hey, das ist es!« tönte eine Stimme von einem noch anderen Tisch herüber. »Ein bißchen drehen, damit wir sehen, was sie hat!« Jemand ließ seine Hand über die Rundung ihres Hinterteils gleiten und kniff hinein. Als sie beiseite sprang, fingen drei von ihnen an zu grölen, während ein vierter sie begehrlich in lüsterner Erwartung anstarrte.

Gabriel hob langsam seinen Krug an die Lippen und spielte weiter den stillen Beobachter. Er fühlte sich in seinen Gefühlen keineswegs verletzt, denn solche Obszönitäten waren in Etablissements wie diesem gang und gäbe. Und in seinem Club in London war der Ton manchmal sogar noch weitaus rüder. Was das Mädchen anbetraf, so war ihr das Spielchen gewiß auch nicht fremd. Ihr gefiel das sicherlich. Den meisten von ihrer Sorte gefiel das ...

Doch er hatte unrecht. Ein kräftiger Seemann griff nach ihrem Rock. Sie riß ihn weg und wirbelte herum. Sie sagte kein Wort, doch in ihren Augen blitzte für einen Moment Haß auf. Haß? Langsam stellte Gabriel seinen Krug wieder auf dem Tisch ab. Nein. Das konnte nicht sein. Er hatte das sicher mißverstanden. Höchstwahrscheinlich war das Mädchen eine Hure, genauso wie die andere ...

Cassie McCellan knallte das Tablett auf den langen Arbeitstisch in der Küche. Oh, wie sie das alles haßte! Den Geruch nach Schweiß und Bier. Die grapschenden Männerhände und die feuchten Lippen. Sie schauderte. Es war ekelhaft, wie ihre Pranken nach ihr griffen und sie betatschten. Weitaus lieber hätte sie Zwiebeln geschält, ihre Finger an heißen Kesseln verbrüht oder auch Fußböden geschrubbt, bis ihre Hände rauh und rissig wären. Ja, das wäre ihr wirklich viel lieber gewesen, als wieder zu dieser johlenden Horde zurückkehren zu müssen. Allein schon beim Gedanken daran krampfte sich ihr Magen zusammen.

Aber Black Jack war schon seit eh und je darauf bedacht gewesen, den Wünschen seiner Gäste entgegenzukommen – ganz gleich, wie diese die Barmädchen behandelten. Sie schauderte und durchlebte erneut das Gefühl grapschender Hände und kneifender Finger. Oh, wie sie diese Schweine haßte. Sie suchten Erleichterung im Alkohol und – in derben Späßen mit den Frauen, die sie bedienten.

Und dann war da heute abend noch er gewesen, der eine Dunkelhaarige in der Ecke, der sie anstarrte und unentwegt beobachtete.

Seltsamerweise haßte sie das am meisten. Zu wissen, daß er sie beobachtete, während diese schrecklichen Männer nach ihr griffen und sie tätschelten, verstärkte nur noch ihre Scham und das Gefühl ihrer Erniedrigung … und ihren Zorn. Der weiche Schwung ihrer Lippen verhärtete sich. Hatte er sich dabei gut amüsiert? Hatte er vielleicht heimlich gelacht? Oh, welch eine Gemeinheit von dem Mann!

Trotzdem hätte sie gern gewußt, wer er war und wer sein Freund war. Ein reicher Kapitän und sein erster Offizier, vielleicht von dem Schiff, das im Hafen vor Anker lag? Oder Plantagenbesitzer aus dem Tiefland? Oder vielleicht wohlhabende Kaufleute, die Charleston bereisten? Black Jack hatte höchstpersönlich die Zubereitung des Abendessens überwacht und ihnen ihr Essen selbst serviert. Das allein schon zeichnete sie als Männer von hohem Rang aus.

Während sie sich die Hände an einem Stoffstreifen abwischte, warf sie einen flüchtigen Blick durch die schwingende Flügeltür, die zum Schankraum führte. Durch die Rauchschwaden, die in der Luft hingen, konnte man nur schwer etwas erkennen, aber immerhin doch genug, um mitzubekommen, daß Black Jack schon wieder an ihrem Tisch stand.

Die Flügeltür flog mit einem Zischen auf, und Nell rauschte herein. Ihr Zopf hing schief, die angeschnittenen Ärmel ihres Kleides waren zerknittert und von den Schultern gerutscht. Cassie wandte schnell ihren Blick ab. Nell sah aus, als sei sie gerade aus einem Bett gekrabbelt.

Nell kicherte. »Himmel, kannste dir das vorstellen? Ein englischer Graf hier im Black Jack's? Du hast'n gesehen, gib's zu, Mädchen. Die beiden Herren in der hinteren Ecke? Der Schwarzhaarige, das isser, der Graf. Unverschämt gutaussehend, echt. Da wird's ein'm heiß und kalt bei dem.«

Sie tauchte ein halbes Dutzend schmutziger Bierkrüge in das Spülbecken. »Ich hab' bei 'nem Mann noch nie solche Hände gesehen – so sauber und gepflegt, sogar die Nägel, hörste! Und dann der Anzug, den er trägt … haste den gesehen, Cassie? Aus Samt is' der! Weiß eigentlich gar nicht, warum ich so von seinen Klamotten schwärme – das darunter, das interessiert mich weit mehr!« Sie lachte scheppernd auf.

Cassie sagte nichts, doch innerlich zuckte sie zusammen. Nell war aus demselben Holz, wie es ihre Mutter gewesen war. Sie liebte oft zu wahllos und zu gut. Ja, ihre Mutter war mit ihren Gunstbezeugungen viel zu großzügig gewesen, aber Cassie hatte sich schon vor langer Zeit geschworen, nicht denselben Fehler zu machen. Sie duckte sich unter den Schinken und Rinderhälften hindurch, die am Deckenbalken zum Trocknen hingen, und trat vor den Küchenschrank. Sie drehte Nell den Rücken zu und versuchte sie zu ignorieren, während sie ein paar saubere Bierkrüge in den Schrank einräumte.

Nell schenkte ihr keine Beachtung. »Und auch der andere – als Sir Christopher Marley hat er sich vorgestellt –, der ist fast so gutaussehend wie der Graf! Wirklich, ich bin heut' abend sehr großzügig, Cassie. Der Sir Christopher Marley, der gehört dir!« Sie kicherte vor sich hin. »Ach, du wüßtest ja gar nicht, was du mit 'nem Mann wie dem machen sollst. Wie wär's zur Abwechslung mal mit Liebe?«

Cassie wurde rot und stachelte damit Nell dazu an, noch dreckiger zu lachen. Würde sie sich nie daran gewöhnen, wie Nell sich über sie lustig machte? Oh, wenn sie nur durch die Tür marschieren und für immer von hier verschwinden könnte! Und was den Grafen anbetraf, es war ihr ziemlich egal, ob er nun der König von England war oder der Gockel auf einem Misthaufen.

Black Jack stieß die Tür mit seinen Wurstfingern auf. Er war ein großer, bulliger Kerl mit zotteligen Haaren, und Cassie war schon vor langem der Gedanke gekommen, daß seine finstere Ausstrahlung ihm wohl zu seinem Namen verholfen hatte. »Was, zum Teufel, hängt ihr beiden hier herum?« schnauzte er. »Bewegt eure faulen Ärsche dahin, wo sie hingehören! Wir haben Gäste, die warten!« Sein Blick heftete sich auf Cassie. »Und du«, knurrte er, »du bringst eine Flasche Portwein zu den beiden Herren am hinteren Tisch. Und nimm die besten Kristallgläser.«

Nell fuhr herum. »Cassie braucht sich nicht bemühen«, sagte sie eifrig. »Ich mach' das schon ...«

»Nicht du, Nell, *sie.*« Er nickte mit dem Kopf in Richtung Cassie.

Cassie war plötzlich ganz still geworden. In ihr klingelte eine Alarmglocke. *Ihn* bedienen? Ihn, der sie so dreist angestarrt hatte? Cassie hatte sehr wohl gemerkt, daß Nell ihr Angebot nicht aus reiner Nächstenliebe gemacht hatte. In Wirklichkeit konnte sie es wahrscheinlich gar nicht erwarten, das Bett der beiden Gentlemen heute nacht zu wärmen.

Nervös benetzte sie sich ihre Lippen. »Es macht mir nichts aus, wenn Nell ...«

»Aber mir macht es etwas aus!« Cassie zuckte zusammen, als er nach einem Holzlöffel griff, der in einer langen Reihe mit Kupferpfannen und anderen Küchenutensilien von einem der Deckenbalken hing, und ihn drohend in der Luft herumschwang. »Ich habe gesagt, du gehst, mein Fräulein, nicht sie! Und nun tu' es, bevor ich die Geduld verliere. Lächle und sei nett zu den Herren – und versteck nicht andauernd deinen Busen!«

Heiße Tränen stiegen ihr in die Augen. Sie verfluchte Black Jack, und sie verfluchte sich selbst wegen ihrer Schwäche. Halbblind vor Tränen griff sie nach einer Flasche Portwein und nach Black Jacks besten Kristallgläsern. Sie versuchte sich einzureden, daß es dumm von ihr war, so widerborstig zu sein. Und überhaupt, sie hatte das alles doch schon tausendmal gemacht. Diese beiden waren sicher nicht schlimmer als irgendeiner von den anderen da draußen.

Sie nahm ihren ganzen Mut zusammen, stieß die Flügeltür auf und ging zurück in den lärmerfüllten Schankraum. Sie wurde mit großem Hallo empfangen. Ohne auf die frechen Zurufe und die grapschenden Hände zu achten, bahnte sie sich ihren Weg zwischen den Tischen hindurch.

Ihre Schritte wurden immer langsamer, je näher sie ihrem Ziel kam. Sie war fast angelangt, als der Mann mit dem schwarzen Haar seinen Kopf umwandte.

Ihre Blicke kreuzten sich und hielten sich fest.

Cassie war zumute, als zuckten tausend Blitze durch ihren Körper. Sie hatte nur noch einen Gedanken im Kopf: sich umzudrehen und wegzulaufen, so weit und so schnell sie konnte. Warum, das wußte sie nicht.

Aber einen endlos scheinenden Augenblick lang konnte sie sich nicht bewegen. Was hatte Nell doch gleich gesagt? *Unverschämt gutaussehend* sei er. Doch im Augenblick brannte sich nur das Wort *unverschämt* in ihr Gehirn ein.

Oh, sein gutes Aussehen ließ sich in keiner Weise leugnen. In ihrem ganzen Leben hatte Cassie noch nie einen Mann mit so ebenmäßigen Gesichtszügen gesehen. Hohe, sanft geschwungene Wangenknochen über glattrasierter Haut, eine Kieferpartie wie gemeißelt, das ziemlich kurzgeschnittene Haar schwarz wie die Flügel einer Krähe. Dunkle Locken kräuselten sich auf seiner Stirn in einer Weise, wie Cassie es noch nie zuvor gesehen hatte. Bei aller Ebenmäßigkeit und Schönheit war es dennoch ein äußerst männliches Gesicht.

Doch Cassie entdeckte auch eine gewisse Härte in diesem Gesicht. Um seinen ernsten Mund lag ein herber Zug. Die Augen unter den geschwungenen schwarzen Augenbrauen blickten frostig. Sie waren kalt und stechend wie gesplittertes Glas.

Cassie löste ihren Blick als erste. Sie schluckte und zwang ihre Beine, sich voranzubewegen, um die restlichen Meter, die noch zwischen ihnen lagen, zu überwinden. Doch er starrte sie weiterhin an, aus brennenden, silbrigglänzenden Augen, so als wolle er all das sehen, was sie verborgen hielt. Nell hatte recht, dachte sie in einem Anflug von Panik. Er ließ sie durch und durch erschaudern, doch es war kein angenehmes Gefühl.

»Hier bitte, meine Herren.« Es war keineswegs Zufall, daß sie sich neben den hellhaarigen Mann stellte, den Nell Christopher Marley genannt hatte. Sie stellte schnell die Kristallgläser auf den Tisch.

Christopher Marley lächelte zu ihr hoch. »Du bist Cassie, nicht wahr?«

Widerstrebend erwiderte Cassie seinen Blick. Ein leiser, aber tiefer Seufzer der Erleichterung entrang sich ihrer Brust. Ihr Instinkt sagte ihr, daß sein Blick nicht annähernd so bedrohlich war wie der seines Freundes. Er hatte gütige Augen, und ein warmes, freundliches Lächeln spielte um seinen Mund. »Ja, Sir«, murmelte sie. »Cassie McClellan.«

»Ist Cassie die Abkürzung für Cassandra?«

»Ja.« Sie nickte. »Aber niemand hat mich je anders als Cassie genannt.« Sie fühlte sich ein bißchen entspannter und wagte ein kleines Lächeln.

Sein Lächeln verstärkte sich. »Ich muß sagen, Cassie paßt zu dir.« Er lehnte sich in seinem Stuhl zurück und betrachtete sie neugierig. »Ist Charleston schon immer dein Zuhause gewesen?«

Cassies Lächeln erstarb. Ihr Zuhause? Sie hatte kein Zuhause. Den engen, winzigen Raum, in dem sie mit Nell zusammen schlief, konnte man schwerlich ein Zuhause nennen. Ehrlich gesagt, war ein Zuhause der eine große Wunsch, den sie schon lange sehnsüchtig in ihrem Herzen bewegte. Sie und Bess hatten so oft davon geträumt, ihre Pfennige zusammenzusparen, um sich eines Tages vielleicht eine eigene Hütte kaufen zu können. Dort würden sie dann für feine Damen nähen. Denn beide waren sehr geschickt mit Nadel und Faden. Es würde auch nichts ausmachen, wenn es nur ein einziger Raum wäre. Was zählte, war nur, daß sie dann niemandem mehr Rede und Antwort stehen müßten, nur sich allein wären sie verantwortlich.

Bess – es traf sie plötzlich wie ein Hammerschlag. Liebe, teure Bess. Obwohl Bess nicht so viel älter als sie gewesen war, war sie für Cassie weit mehr eine Mutter gewesen als ihre eigene. Sie hatte sie aufgenommen, beschützt und nach ihr gesehen, wenn sich sonst niemand um sie gekümmert hatte.

Eine dunkle Bitterkeit schlich sich in ihr Herz. Nein, dachte sie erneut, sie hatte kein Zuhause und würde es wahrscheinlich auch nie haben.

Sie schlug ihre Augen nieder und widmete ihre ganze Aufmerksamkeit dem Entkorken der Flasche.

»Ja«, sagte sie ruhig. »Ich habe mein ganzes Leben in Charleston verbracht.« Sie lächelte leichthin. »Tatsache ist, daß ich die Stadt noch nie verlassen habe.«

Er hatte das Gefühl, als stimme irgend etwas nicht. Ein peinliches Schweigen breitete sich aus, als sie sich mit dem Flaschenkorken abmühte. Sie spürte, daß der Graf sie immer noch beobachtete und etwas sagen wollte. Die Nervosität machte sie unbeholfen. Sie zerrte geradezu hektisch an dem Korken.

Dann brach der Graf endlich das Schweigen. Mit kaum verhohlener Ungeduld in der Stimme sagte er barsch: »Gib schon her.« Cassie sah ihn bestürzt an. Ihr Mund öffnete sich. Doch was sie sagen oder tun wollte, das wußte sie auch später nicht. Starke Finger hatten sich bereits um den Flaschenhals gelegt, und für den Augenblick eines Herzschlags berührten die Knöchel seiner Faust die Rundung ihrer Brust. Cassie mußte all ihre Kraft aufbieten, um nicht laut aufzuschreien, nicht etwa weil sie schockiert war, sondern wegen der Reaktion, die diese Berührung in ihr auslöste. Es war wie ein Feuer, das sich ihr bis ins Mark brannte.

Der Korken flutschte mit einem lauten Plop aus der Flasche. Cassie zuckte bei dem Geräusch zusammen, als hätte eine Kanonenkugel eingeschlagen.

Sie errötete und machte sich daran, die beiden Kelche zu füllen. »Danke, Sir.« Und wieder erfaßte sie das unbändige Verlangen zu fliehen, doch dann fing sie einen Blick von Black Jack auf, der auf der anderen Seite des Raumes stand. Er schaute zu ihr herüber, und sein Gesichtsausdruck war eisig wie der Wind, der im Winter vom Meer herüberweht. Innerlich bebend und in der Hoffnung, daß niemand bemerkte, wie aufgewühlt sie war, schlug sie die Augen nieder und verneigte sich mit einem Knicks. »Haben Sie sonst noch irgendeinen Wunsch, meine Herren?«

Sie spürte kein Verlangen, den Grafen anzublicken. Doch er zog ihren Blick mit solcher Macht auf sich, daß sie nicht widerstehen konnte. Seine Augen taxierten sie kalt und abschätzig. Sein Blick wanderte über ihr Dekolleté und blieb dann mit kühler Berechnung – dessen war sie sich sicher – auf ihrer Brust oberhalb der ausgefransten Spitzenborte ihres Mieders haften.

»Im Augenblick nicht«, sagte er schließlich gedehnt.

Wütend, aber auch besorgt wegen seiner dreisten Musterung, nickte sie. »Ich räume dann nur schnell den Tisch für Sie ab.« Ganz gleich, wie galant sein Partner auch sein mochte, nur schnell weg hier, dachte sie und griff hastig nach den beiden Bierkrügen, die die Männer beiseite geschoben hatten. Doch in ihrer übertriebenen Eile, die Krüge auf das Tablett zu stellen, stieß sie mit dem Ellbogen gegen die Flasche Portwein und kippte sie polternd um. Die dunkelrote Flüssigkeit zog eine gerade Spur quer über den Tisch und tropfte an der Seite herunter. Beide Männer sprangen von ihren Stühlen auf, nahmen aber wie durch ein Wunder keinen Schaden.

»Mein Gott, was bist du für ein Tolpatsch. Als Barmädchen bist du aber wirklich eine blutige Anfängerin.« Der Graf sah sie an. Weder sein Blick noch seine Stimme ließen Nachsicht erkennen.

Cassie hatte bereits damit begonnen, den Tisch abzuwischen, um das angerichtete Unheil wieder zu beheben. Sie hielt kurz inne und erwiderte fest seinen Blick. »Das ist beileibe nicht mein erster Abend hier. Ich bin tatsächlich schon fast so lange hier wie Nell.«

»Dann wundere ich mich aber wirklich«, kam es grimmig zurück, »daß Black Jack überhaupt noch Wein in seinem Keller hat.«

Das war zuviel! Woher nahm er sich das Recht, sie als unfähig zu beschimpfen. Sie richtete sich kerzengerade auf und schrie ihn entrüstet an: »Und wer sind Sie, daß Sie meinen, mich kritisieren zu können? Wenn Sie jemals in Ihrem Leben mit ehrlicher Arbeit Ihr Brot verdient hätten, dann wären Sie vielleicht nicht so schnell bei der Hand, andere zu verurteilen, die nur ihr Bestes zu geben versuchen!«

Cassie sah nicht, daß Black Jack sich ihrem Tisch näherte. Sie rang nach Luft, als ihr Arm plötzlich mit eisernem Griff gepackt wurde, der, das wußte sie aus Erfahrung, wieder blaue Flecken hinterlassen würde. »Wie kannst du es wagen, so zu Seiner Lordschaft zu sprechen! Entschuldige dich auf der Stelle!«

Cassies Gesicht war purpurrot angelaufen. Wut stieg in ihr auf. Es war so demütigend, vor all den Gästen abgekanzelt zu werden, von denen keiner begriff, daß *er* für ihr Mißgeschick verantwortlich war … Wenn er sie schließlich nicht so angestarrt hätte, wäre sie vorhin auch nicht so ungeschickt gewesen.

Die Wurstfinger gruben sich tiefer in ihren Arm. »Los, mein Fräulein, mach schon!«

Ihre Kehle war wie zugeschnürt. Sie hatte Angst, jeden Moment in Tränen auszubrechen. Sie haßte den Grafen dafür, daß er sie in diese Situation gebracht hatte, mehr noch aber haßte sie sich selbst für ihren mangelnden Stolz. Nur die Gewißheit, daß Black Jack es genießen würde, sie erniedrigt zu sehen, brachte sie dazu, ihr Kinn zu heben.

»Es tut mir leid«, preßte sie mit zusammengebissenen Zähnen hervor.

Black Jack sah sie mürrisch an und ließ ihren Arm fallen. Dann wandte er sich den beiden Männern zu. »Ich lasse Ihnen gleich eine neue Flasche bringen«, begann er.

Christopher Marley wehrte mit der Hand ab. »Nicht für mich, danke. Ich hab' für heute genug gehabt.« Er drehte sich um und drückte beruhigend Cassies Schulter. »Nichts passiert, Mädchen. Zerbrich dir nicht weiter dein hübsches Köpfchen.«

»Nein, bloß nicht«, spöttelte der Graf. »Das würden wir nicht ertragen.«

Der Graf war vergessen, als Black Jack sie zur Küche schleifte und ihr – die Tür war noch nicht ganz zu – seine geballte Wut entgegenschleuderte. »Diesmal bist du zu weit gegangen, Mädchen! Ich habe nie verlangt, daß ein Mädchen einen Mann in ihr Bett nehmen muß, wenn sie ihn nicht mag. Aber jetzt lass' ich mir deine Hochnäsigkeit und deine Widerborstigkeit nicht länger gefallen. Damit kommst du mir nicht mehr davon, hast du kapiert? Tja, ich hab' immer gedacht, wenn die erst mal 'nen Mann hatte, dann is' die auch nich' mehr so zickig. So, und jetzt wird es höchste Zeit, das herauszufinden.«

Plötzlich schien sich alles um sie herum zu drehen. Sie schauderte. Lieber Gott, er meinte doch nicht etwa … Ganz betäubt sah sie zu, wie er herumwirbelte und eine neue Flasche Portwein und ein Glas auf das Tablett stellte.

Er drehte sich zu ihr um und knurrte: »Du wirst den Schaden bei seiner Lordschaft wiedergutmachen – und bei mir auch, meine Gnädigste.« Er deutete mit dem Kopf auf das Tablett. »Bring das in das Rosenzimmer. Der Graf schläft dort. Wenn jemand bei mir mehr für eine Übernachtung bezahlt, dann bekommt er, so wahr mir Gott helfe, auch mehr dafür. Und tu' ja nicht so, als wüßtest du nicht, wovon ich rede! Wenn du ihm gefällst, gefällst du auch mir. Ich würd' mir das merken, wenn ich du wär'. Denn ansonsten sitzt du morgen früh auf der Straße. Das schwör' ich dir.«

Cassie riß den Kopf hoch. So schrecklich es hier auch war, auf der Straße wär es noch weitaus schlimmer. Gerade gestern hatte man wieder eine junge Frau in einer Allee aufgefunden, halbnackt und mit aufgeschlitzter Kehle.

Sie zögerte nicht länger. Seine Worte hatten ihr Beine gemacht. Sie schnappte sich das Tablett und hastete los, als sei der Teufel hinter ihr her.

Das Rosenzimmer war das beste Zimmer in dem Gasthof. Black Jack quartierte dort immer seine wohlhabenden Gäste ein. Der Blickfang des geräumigen Zimmers war ein breites Himmelbett mit einem hübschen rosenbestickten Bettüberwurf. Dazu passend war das Fenster mit farblich abgestimmten Brokatvorhängen dekoriert.

Als ihre Mutter angefangen hatte, bei Black Jack zu arbeiten, war Cassie manches Mal hier hineingeschlüpft und hatte ihrer Fantasie freien Lauf gelassen. Sie hatte sich vorgestellt, sie sei eine feine Lady und Herrin eines riesigen Hauses mit einem Dutzend solcher Zimmer. Sie litte niemals Hunger, und ihr wäre niemals kalt.

Nun war ihr einziger Gedanke zu fliehen – diesem schrecklichen Gasthaus, dieser Schufterei, dieser endlosen Plackerei zu entkommen.

Sie stellte das Tablett auf dem Tischchen neben dem Fenster ab und preßte ihre kalten Hände gegen ihre glühenden Wangen. Ihr Herz schrie in stummer Verzweiflung. War es falsch, mehr zu wollen? Sie wollte nicht viel, nur eben ein bißchen mehr als das Wenige, was sie hatte. Eine kleine Hütte mit einem Zimmer, das wirklich ihr gehörte, wo sie sich keine Sorgen zu machen brauchte, womöglich auf der Straße zu enden. Ein paar Münzen, um sich ein neues Kleid zu kaufen – und vielleicht eine neue Haube.

Lieber Gott, sie wollte nicht wie Bess sterben, in dieser stinkenden Dachkammer, in der es nach Tod und Moder roch.

Wenn es nur einen Ausweg gäbe. Wenn nur …

Sie mußte sich zusammenreißen. Sie straffte die Schultern und wischte sich die nassen Wangen trocken. Erwartete Black Jack wirklich von ihr, mit dem Grafen zu schlafen? Panik ergriff sie. Wie konnte sie hier stehen und warten wie ein Lamm, das man zur Schlachtbank führte?

Sie fuhr herum. Ihr Blick fiel auf die Kommode direkt neben der Tür. Ein kleiner Berg mit Silbermünzen glänzte ihr entgegen. Es war sicherlich kein Vermögen. Aber es war weit mehr, als sie in all den Jahren gesehen hatte.

Sie brauchte nur die Hand auszustrecken, und es gehörte ihr ...

»Ein verlockendes Sümmchen, nicht wahr? Aber wenn du es haben willst, Kleine, dann mußt du es dir, fürchte ich, verdienen.«

Zweites Kapitel

Es war *er*.

Sie erstarrte. Alles Leben schien aus ihrem Körper zu entweichen – sie konnte sich nicht mehr bewegen. Ein Teil von ihr drängte sie, so schnell wie möglich zu fliehen, doch ihre Füße waren schwer wie Blei. Wie durch ein Wunder schaffte sie es schließlich doch, sich umzudrehen und ihn anzusehen.

Er war groß, registrierte sie in einem verborgenen Winkel ihres Bewußtseins, viel größer, als er ihr unten erschienen war. Der Mann, der vor ihr stand, war auch kein Geck. Der Samt seiner Weste umspannte seine Schultern wie angegossen. Kein einziges Fältchen war zu sehen. Unter den dunklen, engen Breeches, die sich fast wie eine zweite Haut an seinen Körper anschmiegten, zeichneten sich die harten Linien seiner muskulösen Oberschenkel ab. Er war der Inbegriff vornehmer Eleganz.

Er kam auf sie zu. Wilde Panik erfaßte sie. Wenn sie versuchte wegzulaufen, wäre es für ihn ein Leichtes, sie einzuholen. Zu ihrer Überraschung ging er an ihr vorbei auf das Tablett zu. Er schenkte sich großzügig ein und hielt ihr das Glas hin. »Willst du einen Schluck mit mir trinken, Yank?«

Cassie wurde blaß. Mit ihm ein Glas teilen? Ihre Lippen an den Rand des Glases legen, das er mit seinen Lippen berührt hatte? Nein, das war eine Intimität, die sie keinem Mann zugestehen würde, und schon gar nicht diesem Mann!

Sie schüttelte den Kopf. »Ich mache mir nichts aus Alkohol«, preßte sie mühsam hervor.

»Nein? Nun, dann ... auf die Yankees.« Er prostete ihr zu und trank, ohne seine kristallgrauen Augen von ihr abzuwenden.

Cassie war lange nicht so gefaßt, wie sie es sich gewünscht hätte. »Wenn es Ihnen nichts ausmacht, Sir, ich muß zurück ...«

»Aber es macht mir etwas aus. Es wäre mir viel lieber, wenn du hierbleiben würdest.«

Cassie verschränkte die Hände und preßte sie gegeneinander. Sie konnte nicht hierbleiben, weil – o Gott, sie konnte den Gedanken nicht zu Ende denken, nicht einmal für sich selbst! Selbst Black Jacks Drohungen konnten sie nicht dazu bringen ... *das* zu tun. In ihrem Kopf drehte sich alles.

Ihr blieb keine andere Wahl, als an die Vernunft des Grafen zu appellieren und zu hoffen, daß er ein ehrenwerter Mann war.

Ihr Mund war völlig trocken. »Sir, es ist offensichtlich, daß Sie mich nicht mögen. Sie wären doch ganz sicher nicht hier, wenn Black Jack Sie nicht ...«

»Oh, ganz im Gegenteil, ich bin genau dort, wo ich sein will, und was noch wichtiger ist, mit *wem* ich hier sein will.«

Er spielte mit ihr. Cassie spürte es mit allen Fasern ihres Körpers und ihrer Seele. Oh, wie grausam er war, sie so zu quälen.

Sie machte eine kurze, unbeholfene Bewegung mit den Händen. »Sir«, fing sie an, »es tut mir leid wegen meiner Ungeschicklichkeit. Sie ahnen ja nicht, wie leid. Aber ich sehe keinen Grund, warum ich dafür bestraft werden soll.«

»Bestraft? Du machst mir wirklich Spaß. Ich denke keineswegs an Strafe, vielmehr an Vergnügen.«

Vergnügen? Cassie erschauderte. Wenn das hier eine Vergnügungsveranstaltung sein sollte, dann ganz sicher nicht für sie, sondern höchstens für ihn.

Er lächelte, als könne er ihre innersten Gedanken lesen. »Hey«, rief er aus, »erzähl mir nicht, daß diese Tölpel da unten nicht wissen, wie man ein Schmuckstück wie dich behandelt!«

Cassies Wangen brannten schmerzvoll. Mißtrauisch beobachtete sie, wie er etwas aus seiner Tasche zog. Es war wohl eine Uhr, denn sie erhaschte einen Blick auf eine goldglänzende Kette, als er den Gegenstand neben das Häufchen Silbermünzen fallen ließ.

Er machte einen Schritt auf sie zu.

Cassie wich ein paar Zentimeter zurück.

Sein Lachen war herzlich und herzlos zugleich. »Komm schon, Yank! Mach' ich dir etwa angst?«

Nicht in der Weise, wie er vermutete, dachte sie mit einem Schaudern, sondern auf eine Art und Weise, die ihr bislang völlig unbekannt gewesen war.

»Du magst mich nicht, stimmt's, Yank?«

Yank. Cassies Rücken versteifte sich. »Ich habe einen Namen, Sir, und ich wäre Ihnen dankbar, wenn Sie ihn benutzen würden.«

»Ich glaube, das werde ich nicht tun. Nein, ich glaube, Christopher hatte wirklich unrecht. Yank paßt viel besser, denn ihr Yankees seid oft so ungeschliffen und unkonventionell. Ja, Yank, das paßt. Aber zurück zu meiner Frage. Warum magst du mich nicht?«

»Um ehrlich zu sein, Mylord, ich glaube eher, daß Sie mich nicht mögen. Warum hätten Sie mich sonst in der Weise angestarrt, wie Sie es getan haben?«

Sie hatte es also bemerkt. Gabriel lächelte trocken. Sie war schäbig angezogen. Ihr Kleid war kaum mehr als ein Fetzen, der allerdings trotzdem nichts von ihrer Schönheit verbarg. Er fragte sich, ob sie überhaupt wußte, wie schön sie war. Ihr Teint kontrastierte eigenartig mit dem Bernsteinfeuer ihrer Haare und der Farbe ihrer klaren Augen, die wie Topasedelsteine schimmerten. Und obwohl sie noch jung war, war sie kein Kind mehr. Gut, sie war für seinen Geschmack etwas zu dünn, aber die weiche Rundung ihrer Brüste und ihrer Hüften versprachen, ihn reichlich dafür zu entschädigen.

Er runzelte die Stirn. Es entsprach ihm überhaupt nicht, sich so intensiv mit einer Dienstmagd zu befassen. Tatsächlich interessierte er sich mehr für kultiviertere Frauen als für solche ungebildeten jungen Mädchen. Doch dieses Mädchen war sicherlich nicht ohne Erfahrung, und diese Erfahrung, dachte er zynisch, stand der seinen gewiß in nichts nach.

Aber er konnte es nicht abstreiten, das Mädchen brachte sein Blut in Wallung.

»Komm schon, Yank, ich war wochenlang auf See ohne die Gesellschaft von Frauen wie dir. Hat dein Herz denn kein Mitleid mit einer ausgehungerten Seele, die sich nach dem weichen Körper eines Weibes sehnt, nach einer sanften, warmen Hand?«

Eine sanfte, warme Hand? Oh, das war gut! Ihre Hände waren krebsrot, rissig und rauh wie die Scheuerbürste, mit der sie die Böden schrubben mußten.

Langsam bekam sie wieder festen Boden unter den Füßen. »Sir«, sagte sie ruhig, »ich glaube, in Ihrem ganzen Leben hat es Ihnen noch nie an etwas gefehlt.«

In diesem Punkt hatte sie recht. Es fehlte ihm an nichts. Er hatte alles … bis auf die Liebe seines Vaters.

Sein Blick schweifte zu dem Stapel Silbergeld. »Das ist ein ganz schöner Haufen Münzen, Yank. Wenn du sie dir verdienen willst, erwarte ich eine ganze Menge von dir. Du müßtest bei mir bleiben … und zwar nicht nur ein oder zwei Stunden, nein, ich denke schon, die ganze Nacht. Und morgen früh, wer weiß, vielleicht könnten wir zusammen ein Bad nehmen.«

Es durchrieselte sie eiskalt. Cassie hatte immer geglaubt, nichts könne sie schockieren, doch … gütiger Gott, mit einem Mann zusammen baden? So etwas machte man ganz gewiß nicht.

Er flößte ihr Furcht ein, zumal er jetzt auch noch eine Hand auf sie legte. Sie war kein Dummchen. Sie wußte, was er von ihr wollte. Vor noch nicht allzu langer Zeit hatte Bess ihr erzählt: »Wenn ein Mann lieb und freundlich ist, dann ist es gar nicht so schlimm. Aber manchmal sind sie roh, ungeduldig und brutal.« Bess hatte ihr Gesicht weggedreht. »Dann ist es schrecklich«, hatte sie angeekelt mit halberstickter Stimme hervorgepreßt.

Cassie hatte immer gewußt, wenn das der Fall gewesen war. Bess war dann leise weinend ins Bett gekrochen. Manchmal sah man am nächsten Morgen Abdrücke an ihren Armen, wenn nicht sogar auf ihren Brüsten. Cassie erinnerte sich noch an das letztemal. Es war, kurz nachdem Bess entdeckt hatte, daß sie ein Kind unterm Herzen trug – das Kind, bei dessen Geburt sie starb. Cassie erschauderte. Sie wußte, warum Bess sich dafür hergegeben hatte – es war wegen des Geldes, das sie dafür bekam. Und es war dieses Geld, das Cassie davor bewahrt hatte, dasselbe Schicksal zu erleiden.

Doch Cassie war noch nicht bereit, ihre Tugend für eine Handvoll Silberlinge zu verkaufen.

Gabriel sah nicht, wie verzweifelt sie war. Er sah nur ihre Abneigung.

Ob sie wohl ebenso widerborstig bei Christopher wäre? Der Gedanke nagte an ihm. Gabriel erinnerte sich, wie nett sie seinen Freund angelächelt hatte, während sie ihm nicht einmal einen Blick schenkte. Ärger stieg in ihm auf.

»Nun, ich denke«, sagte er weich, »ein Bad wäre sicher ganz wunderbar.«

Cassies Augen schleuderten Blitze. »Black Jack zahlt mir seinen lächerlichen Hungerlohn dafür, daß ich die Böden schrubbe und Bier serviere. Und nicht für so was!«

»Oh, da bin ich mir aber nicht sicher, ob er das genauso sieht.« Seine Stimme war aalglatt.

Ihre Fingernägel bohrten sich in ihre Handflächen. »Ich kenne Ihresgleichen, Sir. Sie nehmen sich, was Sie wollen, ohne Rücksicht auf Verluste. Sie verschwenden keinen Gedanken an andere, Hauptsache, Ihnen geht es gut.«

»Oh, was für Töne, Yank. Du bist wohl von irgendeinem Mann enttäuscht worden. Hat er dich vielleicht erst geliebt und dann verlassen?«

Sie reckte ihr Kinn hoch. »Sir, ich bin so wütend, daß ich dazu nichts zu sagen habe!«

Er zuckte die Schultern und blickte auf die Silberlinge. »Ich glaube doch, daß du schon deinen Preis festgesetzt hast.«

»Sie verstehen nicht, Sir. Was Sie von mir wollen, werde ich Ihnen um keinen Preis der Welt geben!« Weder ihm noch irgendeinem anderen Mann.

Er merkte plötzlich, daß er sie bis aufs Blut reizte, ohne Erbarmen. Er hätte das sicher nicht getan, wenn aus ihrem Gesicht nicht soviel Mißachtung gesprochen hätte. Sie sah ihn an, als sei sie die Bessere von ihnen … als sei er ein Nichts.

Das war etwas, das Gabriel nicht dulden konnte.

Langsam ging er um sie herum. Er spürte ihre nervöse Spannung genauso wie ihr Bemühen, sie sich nicht anmerken zu lassen. Sie hielt ihren Kopf stolz erhoben. Die zarten Linien ihres Rückens waren aufs Äußerste angespannt. Ihr Widerstand amüsierte Gabriel und ärgerte ihn zugleich. Es schien, als sei die Dirne nicht nur schön, sondern auch noch ausnehmend stolz, eine seltsame Kombination für jemanden ihres Schlages.

Schließlich blieb er vor ihr stehen. Sie waren sich so nahe, daß sie den Atem des anderen spürten. »Ich befinde mich in einer Situation, die absolut neu für mich ist, Yank. Es kommt nämlich selten vor, daß eine Frau sich mir verweigert … Deshalb muß ich wissen, ob ich das auch richtig verstanden habe: Nicht ich weise dich zurück, sondern du weist mich zurück.«

Oh, wie gerissen der Mann war! Wenn sie ja sagte, riskierte sie nicht nur seinen Zorn, sondern auch den Zorn von Black Jack. Doch sie konnte auch nicht nein sagen, denn dann würde es so aussehen, als wolle sie mit ihm schlafen. Cassie geriet immer mehr in Panik. Seine Nähe ließ sie keinen klaren Gedanken fassen. Ihre Nackenhaare sträubten sich, und eine warnende innere Stimme sagte ihr, daß sie sich zusammenreißen mußte.

Sie mußte all ihren Mut zusammennehmen, um seinem stahlharten, prüfenden Blick zu begegnen, doch irgendwie schaffte sie es. »Ich kann Sie nicht darin hindern, das zu tun, was Sie tun wollen.« Ihre Stimme war sehr leise. »Es wäre töricht von mir, es auf einen Machtkampf ankommen zu lassen, denn ich würde den kürzeren ziehen. Aber Sir, ich möchte, daß Sie folgendes wissen: Sie haben weder mein Einverständnis noch meine Bereitschaft. Deshalb bitte ich Sie, mich gehen zu lassen.«

Es war eigentlich nicht ihre Bitte, die Gabriel die Sprache verschlug, sondern die scharfe Bitterkeit in ihrer Stimme.

Er wandte seinen Blick ab, doch nicht ohne das verdächtige Glitzern in ihren atemberaubenden goldfarbenen Augen zu bemerken. Tränen? Und wenn schon. Er war kein Mann, der sich von den Tränen einer Frau erweichen ließ. Er hatte die Erfahrung gemacht, daß sie nichts bedeuteten, sondern Frauen nur als Mittel dienten, das zu bekommen, was sie wollten.

»Und wenn ich dich gehen lasse, was dann? Wir beide brauchen uns doch nichts vorzumachen, Yank. Wir beide wissen, warum Black Jack dich hierher geschickt hat. Und ich kann mir eigentlich nicht vorstellen, daß er dich vor morgen früh zurückerwartet.«

Cassie war sich sicher, daß ihr Kopf feuerrot war. Ihr Blick hielt sich an seinem kunstvoll geschwungenen, makellos weißen Halstuch fest. »Wenn Sie erzählen würden, daß ich … daß ich Ihnen zu Gefallen war«, flüsterte sie, »dann bräuchte er es nicht zu erfahren.«

»Aber wenn wir hier schon handeln wollen, dann erwarte ich

zumindest eine Art von Belohnung, so etwas wie eine Gegenleistung.«

»Eine Gegenleistung?« Cassie spürte einen Stich und stöhnte gequält auf. »Sir, würden Sie mir mein einziges Kleid wegnehmen? Ich habe nichts zu geben.«

»Außer, was du mir zu geben verweigerst.«

Ihre Augen verengten sich zu einem Spalt. Oh, sie hätte es besser wissen müssen und kein Mitleid von ihm erwarten dürfen. Ein Gefühl unendlicher Verzweiflung legte sich schwer auf ihre Brust. War es das, was das Schicksal sich für sie ausgedacht hatte? Ihre Jungfräulichkeit an einen zu verlieren, der nur daran dachte, seine eigene fleischliche Begierde zu befriedigen?

Gabriel hatte sich bereits entschlossen, sie nicht zu zwingen. So begehrenswert sie auch sein mochte, es gab zu viele andere willige Frauen in der Welt, um sich mit einer herumzuärgern, die von ihm nichts wollte. Aber bei Gott, diese Dirne war wirklich ein tolles, kleines Ding, und er sollte nichts davon haben?

»Ein Kuß«, sagte er plötzlich. »Ein Kuß, und du kannst gehen.«

Ihr Blick flog zu ihm hoch. Sein Blick war unerbittlich, und in seinen Augen schwelte eine seltsame Glut. Cassie durchfuhr es erst heiß und dann eiskalt. Sein an sich schön geschwungener Mund war zu einer harten, grausamen Linie zusammengepreßt. Nein, dieser Mann kannte keine Nachsicht.

Starke Hände legten sich um ihre Handgelenke. Er zog sie jetzt noch näher zu sich heran. Immer näher …

Ihr Atem ging schnell. Es war doch nur ein Kuß. War das wirklich zuviel verlangt? Sie fröstelte. Immer noch weitaus besser als das andere …

Sein Mund legte sich auf ihre Lippen. Ein kleiner Schauer durchrieselte sie, doch sie hielt ihre Lippen fest zusammengepreßt. Ihr Körper wehrte sich instinktiv gegen das, was sie nur allzu gut zu kennen meinte: einen schmierigen, sabbernden Kuß, wie ihn ihr schon so viele andere gegen ihren Willen auf die Lippen gedrückt hatten.

Gabriel hob den Kopf. Der Griff um ihre Handgelenke wurde ein klein wenig härter. »Komm schon, Yank, du mußt schon etwas zulegen. Ich habe keine Lust, eine verschrumpelte Pflaume zu küssen.«

Seine scharfen Worte verletzten sie. Sie starrte ihn an. »Sir«, begann sie, »ich möchte Sie daran erinnern …«

Sein Arm legte sich wie ein Band aus Stahl um sie. Ihre Körper verschlangen sich miteinander. Ein seltsames Gefühl der Schwerelosigkeit erfaßte sie, und dann spürte sie die Weichheit der Matratze unter ihrem Rücken und die unerwartete Schwere seines Oberkörpers auf ihrer Brust.

Seine Lippen verschlossen ihren Mund. Einen flüchtigen Moment lang tauchte in ihrem Bewußtsein der Gedanke auf, daß dieser Kuß mit keinem anderen Kuß vergleichbar war, aber dann schien sich ihr Körper von ihrem Bewußtsein loszulösen. Seine Lippen waren warm und drängend, preßten sich fast animalisch und dennoch seltsam überzeugend auf ihren Mund, machten sie schwach und willenlos. Cassie spürte, wie ihr Innerstes in nie gekannter Weise erzitterte. Sie hatte das absurde Gefühl zu schweben.

Es dauerte eine Weile, bis ihr bewußt wurde, daß er seinen Kopf gehoben hatte.

»Willst du nicht doch deine Meinung ändern, Yank?« Er zog mit der Fingerspitze leichthin die anmutige Linie ihres Halses nach. »Ich verspreche dir eine Nacht, die du nicht so schnell vergessen wirst.«

Unsicher und verwirrt starrte sie ihn an. Gütiger Gott, sie lag auf seinem Bett, und er lag auf *ihr!* Plötzlich setzte ihr Verstand wieder ein. Sie trommelte mit ihren Fäusten gegen seine Schultern. »Ich möchte *Sie* nur ganz schnell vergessen.«

Ihre Püffe hätten auch auf eine Wand aus Stein prasseln können. Er sah sie prüfend an, wobei er den Kopf zuerst auf die eine und dann auf die andere Seite neigte. Schließlich zog er mit einem teuflischen Grinsen eine Augenbraue hoch.

»Das wird nicht funktionieren, nein, das funktioniert ganz bestimmt nicht, Yank. Du siehst nicht aus wie eine Frau, die gut gevögelt worden ist … Wenn Black Jack mal nur nicht die Wahrheit errät …«

Cassie stockte der Atem, als er anfing, die Klammern aus ihrem Haar zu lösen. Seidig glänzend, wild und ungebändigt fielen ihre Locken über seine Hände.

Er neigte erneut den Kopf, doch diesmal hatte er es nicht auf ihre Lippen abgesehen. Cassie stieß einen kleinen erstickten Schrei aus, als er seinen Mund seitlich an ihren Hals preßte und sacht saugend seine Zähne in ihre zarte Haut grub, ehe er die Verletzung mit seiner Zunge kühlte. Ihre Finger krallten sich in sein Haar und zogen mit aller Kraft daran, doch er ließ sich davon nicht beeindrucken. Sein Mund hielt weiter an seiner süßen Beute fest. Und urplötzlich waren seine Lippen wieder auf den ihren, doch diesmal fordernd und rücksichtslos, so roh und besitzergreifend, daß sie kaum noch Luft bekam.

Etwas explodierte in ihrem Kopf. Aber schließlich schaffte sie es irgendwie doch, ihren Mund wegzuziehen.

Sie schleuderte ihre kleinen Fäuste gegen seine Schultern. »Du blaublütiger Bastard! Laß mich los!«

Gabriel gab sie frei. Nell hatte recht, stellte er belustigt fest, die Kleine spielte sich wirklich auf.

»Meine Liebe, wenn du wüßtest, wer mein Vater ist, dann würdest du meine eheliche Abkunft kaum in Frage stellen.«

Cassie rappelte sich hoch. Ihr Mund fühlte sich geschwollen und zerschunden an. Die feine Haut um ihre Lippen brannte. »Es interessiert mich nicht, wer Ihr Vater ist!« schrie sie. »Das gibt Ihnen auch nicht das Recht, mich so zu berühren!«

Gabriel zuckte die Achseln. »Meine Liebe, ich habe dich weit weniger berührt als diese Kerle da unten.«

»Was erwarten Sie von mir?«, verteidigte sie sich hitzig. »Black Jack überwacht jeden meiner Schritte.«

Er sah sie einen Moment prüfend an. Sein Blick war gleichgültig und kalt, so als habe sich zwischen ihnen nie etwas abgespielt. »Du kannst gehen, Yank. Ein Mädchen, das nicht will, ist genauso lästig wie ein Mädchen ohne Erfahrung. Keine von dieser Sorte ist nach meinem Geschmack.«

Sie war entlassen. Er stand jetzt am Fenster, die Hände auf dem Rücken gekreuzt und starrte in die schwarze Nacht hinaus. Haß flammte in ihr auf, denn es war ganz offensichtlich, daß er sie bereits vergessen hatte.

Langsam trat sie den Rückzug an. Sie fluchte und ließ kein Schimpfwort aus, das sie je im Schankraum gehört hatte, auch wenn sie kaum eine Ahnung hatte, was jedes einzelne bedeutete. Doch selbst wenn er es mitbekam, ließ er sich nichts anmerken. Er drehte sich nicht um, und er sagte auch nichts, und das war für Cassie die Chance, die sie brauchte ...

Sie schnappte sich seine Uhr von der Kommode und floh.

Drittes Kapitel

In der Dachkammer angekommen, hastete Cassie zu dem schiefen Tisch in der Ecke, um dort den Kerzenstummel anzuzünden. Ihre Hände zitterten so sehr, daß ihr der Feuerstein dreimal runterfiel, bevor sie endlich Licht hatte. Die Flamme züngelte und flackerte hin und her und warf unheimliche Schatten auf die Wand dahinter.

Erst jetzt nahm Cassie ihre Trophäe, die sie fest in ihrer Faust hielt, in Augenschein.

In ihrem ganzen Leben hatte sie noch nie ein so kunstvoll gearbeitetes Stück gesehen. Das muschelförmige Gehäuse war fein ziseliert und leuchtete hell und golden wie die Sonne an einem warmen Frühlingstag. Auf der Rückseite war etwas eingraviert, doch Cassie schenkte dem keine Beachtung. Mit der ausgefransten Spitze eines Fingernagels löste sie die Feder des Scharniers und ließ den Gehäusedeckel aufspringen. Auf seine Innenseite war das Bild einer Frau gemalt, die mit einem kleinen Jungen in einem Blumengarten stand.

Ihre Gedanken rasten mit ihrem Herzschlag um die Wette. Die Uhr war zweifellos eine Menge Geld wert. Vielleicht kein Vermögen, aber genug, um sie weit weg, ganz weit weg von Black Jack's Inn – und von Charleston zu bringen. Genug, um sich in eine kleine Pension einzumieten. Genug, um über die Runden zu kommen, bis sie eine Arbeit, vielleicht als Näherin, gefunden hätte.

Das kannst du nicht tun, warnte eine innere Stimme. *Was ist, wenn der Graf ihr Fehlen entdeckt? Er wird sofort wissen, daß du sie gestohlen hast.*

Du hast nichts zu verlieren, drängte eine andere Stimme. *Du kannst nicht damit rechnen, daß der Graf sein Wort hält. Und du weißt, was Black Jack gesagt hat. Er wird dich hinauswerfen, wenn er herausfindet, daß du dich geweigert hast, mit dem Grafen zu schlafen.*

Erst Stunden später rollte sie sich auf ihre Pritsche in der Ecke zusammen.

Sie hatte Angst, der Graf würde jeden Moment mit Black Jack im Schlepptau erscheinen und wegen der Uhr Gift und Galle spucken, würde ihr seinen ganzen Zorn entgegenschleudern. Der Lärm von unten war schon lange verebbt. Nell war nicht in ihr Bett gekommen, und Cassie war insgeheim froh, daß sie es vorgezogen hatte, ein anderes Bett als das eigene zu wärmen.

Ganz allmählich entspannte sie sich. Je weiter die Nacht voranschritt, desto zuversichtlicher wurde sie. Der Graf war jetzt sicherlich schon lange im Bett. Wahrscheinlich würde er erst aufstehen, wenn die Uhr schon lange Mittag geschlagen hatte. Adelig oder nicht, er war zweifellos genauso wie jeder andere Mann – verrückt nach Karten und Portwein und Zigarren – und nach Frauen.

Endlich brach der Tag an. Ein schwacher Silberschein stahl sich durch die schmutzverkrusteten Fenster der Dachkammer, als Cassie die Treppen hinuntereilte. Sie schlich langsam durch den Gasthof, um ja kein Geräusch zu verursachen, das sie verraten könnte. Das Herz klopfte ihr bis zum Hals, als sie sich Schritt für Schritt an Gabriels Tür vorbeitastete – still vor sich hinbetend, daß das Glück ihr doch treu bleiben möge … daß er das Fehlen der Uhr nicht bemerken möge, bevor die Sonne hoch am Himmel stand …

Wie gewöhnlich öffnete Gabriel seine Augen beim ersten Lichtstrahl, der in der Morgendämmerung durch seine Vorhänge kroch. Er zögerte nicht lange, warf seine Decke beiseite und sprang aus dem Bett. Beeindruckend groß und imposant stand er in seiner Nacktheit da und ließ ein karges Lächeln um die harten Züge seiner Lippen spielen. Ob er nach einem Bad verlangen sollte, das Cassie ihm zubereitete? Würde sie sich wohl wieder so sträuben wie letzte Nacht? Unsinn! Ihre Proteste waren nur Heuchelei, um das Verlangen, das er in ihren so süßen und warmen Lippen gespürt hatte, notdürftig zu verbergen.

Er lachte hämisch auf. Es war wirklich amüsant – eine einfache Dienstmagd hatte ihn zurückgewiesen, ihn, den künftigen Herzog von Farleigh. Er bedauerte, daß sie ihm nicht zu Willen gewesen war. Nichts hätte er lieber getan, als ihr diese zerschlissenen, ausgebleichten Lumpen abzustreifen, um den Reichtum zarten, rosigen

Fleisches unter seinen Lenden zu erkunden. O ja, das Mädchen erhitzte sein Blut und heizte sein Temperament auf. Und die kalte Schulter, die sie ihm zeigte, machte das Ganze nur noch aufreizender.

Vielleicht hätte er die Sache durchziehen sollen – ihr Eis auftauen und zu einem Feuer entfachen, ihren grimmigen Widerstand in glühende Erregung verwandeln sollen. Wer weiß, vielleicht wäre es mit so einem hitzigen Mädchen im Bett ein ganz befriedigendes Abenteuer geworden ... für sie beide.

Aber für heute stand noch viel auf dem Programm. Es gab viel zu tun. Wenn alles nach Plan lief, würde die Crew heute damit fertig werden, den Frachtraum mit dem Indigo und dem Tabak für England zu beladen. Mit etwas Glück könnten sie gegen Mittag die Segel setzen.

Fünf Minuten später stand er fertig angekleidet am Fenster. Er trug ein loses weißes Hemd, dunkle Breeches und glänzende, hohe Schaftstiefel. Nebel lag wie ein geheimnisvoller Silberschleier über dem Hafen. Die Stadt fing gerade an zu erwachen. Noch kräuselten sich nur wenige Rauchfahnen aus den Schornsteinen.

Er wollte sich gerade schon vom Fenster abwenden, da sah er etwas – unten auf der Straße, nur ein paar Schritte vom Gasthof entfernt. Schemenhaft erkannte er die schmächtige Figur einer Frau, die den Bürgersteig hinuntereilte. Sie wandte ihm den Rücken zu, so daß er ihr Gesicht nicht sehen konnte. Ihr Haar war unter einem Schal versteckt. Mit einer Hand hielt sie einen kleinen Beutel an sich gepreßt. War es Einbildung, oder beschleunigte sie wirklich ihre Schritte? Gabriels Augen verengten sich. Irgendwie sah es so aus, als flüchtete sie.

Er wirbelte herum. Der Stapel Silbermünzen lag noch auf der Kommode, unangetastet.

Doch er konnte seine Uhr nicht finden.

Er stieß einen kräftigen Fluch aus. Cassie, das kleine Luder, war also nicht nur ungeheuer begehrenswert, aufmüpfig und kühl ...

Sie war auch eine Diebin.

Cassie wagte erst wieder zu atmen, als sie hinaus in den kühlen Morgennebel trat. Sie blieb keine Sekunde stehen, um etwa dem Gasthof, in dem sie fast ihr halbes Leben verbracht hatte, tränenreich Adieu zu sagen. Nein, sie bedauerte es nicht wegzugehen. Sie hoffte nur, daß die Zukunft ihr etwas Besseres zu bieten hatte als ihre trostlosen Erinnerungen an Black Jack's Inn.

Aber sie mußte sich beeilen. Zwischen dem Kerzenzieher und dem Bäcker sollte es einen Ladenbesitzer geben, der – wie sie Black Jack hatte erzählen hören – sowohl mit neuen als auch mit gebrauchten Waren handelte. Sie betete innerlich, er möge ihr die Uhr für einen guten Preis abkaufen. Sie hoffte, den Händler gleich abfangen zu können, sobald er seine Türen öffnete.

Und dann wäre sie endlich frei.

Sie fröstelte ein wenig in der kühlen Morgenluft und zog sich den Schal vom Kopf über ihre Schultern. Sie war noch nicht ganz an der nächsten Häuserzeile, als sie den Widerhall von Schritten hinter sich hörte. Ein unheimliches Gefühl kroch ihr den Nacken hinauf. Sie blickte sich um und erstarrte.

Schemenhaft erkannte sie Gabriel Sinclairs dunkles Gesicht. Nein, dachte sie dumpf, das konnte er nicht sein … es konnte einfach nicht sein! Sicher spielten ihre Augen ihr einen Streich.

Panische Angst stieg in ihr hoch und schnürte ihr den Hals zu. Sie drehte sich um und begann zu laufen. Diesmal wußte sie, daß sie sich die hinter ihr herjagenden Schritte nicht einbildete. Sie rannte immer weiter, ihr Atem keuchte, und ihre Ohren dröhnten.

Ein harter Arm umschlang ihre Taille. Sie spürte, wie sie vom Boden abgehoben und gegen eine harte, muskelgestählte Brust gezogen wurde. Blindlings schlug sie um sich. »Laß mich los, loslassen«, schrie sie.

Kalt lächelnd flüsterte er ihr ins Ohr: »Wir haben gestern einen einzigartigen Abend miteinander verbracht, Yank. Hast du denn nichts daraus gelernt? Ich werde dich freigeben, wenn es mir paßt – und nicht vorher.«

Cassie warf den Kopf nach hinten und schrie, was ihre Lippen hergaben. »Hilfe! Hilfe! Ich bitte euch, bitte helft mir!«

Der Arm um ihre Rippen schloß sich so fest, daß sie kaum noch Luft bekam. Gabriel fluchte leise vor sich hin, als ein Händler seinen fast kahlen Kopf aus seiner Tür streckte.

»Sorgen Sie sich nicht um die Lady«, rief er ihm zu. »Sie leidet an Hirnfieber und bildet sich ein, verfolgt zu werden.«

Cassie war außer sich. Sie sollte schwachköpfig sein? Sie kämpfte aufs neue gegen ihn, aber es hatte keinen Zweck. Halb zog, halb schob er sie in eine schmutzige Gasse hinein und preßte sie mit dem ganzen Gewicht seines Körpers gegen eine harte Ziegelwand. Sein Gesicht ließ keine Regung erkennen, obwohl sie instinktiv wußte, daß er rasend wütend war. Ihr ganzer Körper bebte, als er ihr ihren Beutel aus der Hand riß. Er machte einen Schritt zurück und griff hinein.

Für einen Moment brachte Cassie keinen Ton heraus, doch dann schrie sie los. »Was machen Sie da? Das gehört mir. Sie haben kein Recht, sich daran zu vergreifen.«

Er würdigte sie keines Blickes, als er ihr fadenscheiniges Nachthemd aus dem Beutel zog. »Du hast etwas, das mir gehört«, sagte er kalt. »Das gibt mir jedes Recht.«

»Einen Dreck tut es.« Mit einem Schrei stürzte sie sich auf ihn. Doch bevor sie noch irgendein Unheil anrichten konnte, war sie schon wieder in der Umklammerung seines starken Armes gefangen. Er zog sie wieder erschreckend nah an sich heran.

»Mädchen, du scheinst es darauf angelegt zu haben, um jeden Preis Aufmerksamkeit zu erregen. Nun, jemand könnte auf die Idee kommen, die Polizei zu rufen, um zu sehen, was los ist.« Das Glitzern in seinen Augen verriet nur allzu deutlich, woran er dachte. Cassie hörte auf, sich zu wehren, machte sich dafür aber ganz steif. Mit finsterer Miene lockerte er seinen Griff.

»Meine Uhr, Yankee-Fräulein«, war alles, was er sagte.

Cassie befeuchtete sich die Lippen. »Sie … Sie kommen zu spät. I-ich hab' sie verkauft.«

»Ach wirklich«, sagte er ruhig. »Verzeih mir, wenn ich meine Zweifel daran habe, aber ich fürchte, ich muß mich selbst davon überzeugen.«

Er lächelt so freundlich, dachte Cassie gerade noch, bevor ihr eine Sekunde später zu ihrem Entsetzen klar wurde, was er vorhatte. Sie versuchte an ihm vorbeizustürzen, doch er war zu schnell für sie. Er drückte sie mit dem Unterarm gegen die Mauer und schnitt ihr damit jeden Fluchtweg ab.

Sein Blick bohrte sich wie ein Messer in sie hinein. Er tastete ihre Arme mit den Fingern ab und ließ die verdammte Hand dann tief in ihr Mieder gleiten. Sie streifte über ihre Brustwarzen und glitt über die weichen Rundungen ihrer Brüste, die noch kein Mann je gesehen oder berührt hatte. Cassie rang nach Luft.

»Lassen Sie das!« schrie sie.

Doch er hörte nicht. Ihr Innerstes sträubte sich mit allen Fasern gegen diese dreiste Intimität. Sie holte japsend Luft.

»So hören Sie doch endlich auf!« Ein tränenerstickter Seufzer entrang sich ihrer Brust. »Sie ... sie ist in meinem Strumpf! Drehen Sie sich um, und ich werde sie Ihnen geben!«

Er ließ sie zwar los, drehte sich aber nicht um. Es blieb Cassie nichts anderes übrig, als die peinliche Prozedur vor seinen Auge durchzuführen, wobei ihr bewußt war, daß er jede ihrer Bewegungen genau beobachtete. Sie richtete sich wieder auf und klatschte die Uhr in seine ausgestreckte Hand.

»Da! Da haben Sie Ihre Uhr wieder. Und nun lassen Sie mich gehen!«

Sein Blick war furchteinflößend. »Nicht so schnell, meine Kleine. Du kannst mich nicht bestehlen und glauben, du kommst so einfach davon.« Er packte sie am Ellenbogen und zog sie in die Richtung, aus der sie gekommen war.

Cassie hätte am liebsten vor Enttäuschung geweint. Er brachte sie zum Gasthof zurück! Ihr Herz krampfte sich in tiefer Verzweiflung zusammen. Sie hatte es doch schon fast geschafft, und nun sollte tatsächlich alles damit enden, daß sie wie ein Hund am Halsband zurückgeschleift wurde?

Ehe sie sich's versah, waren sie auch schon zurück im Schankraum. Die Tür fiel hinter ihnen ins Schloß. Cassie zuckte zusammen: Vor dem Kamin standen Christopher Marley und Black Jack.

Black Jack kam ihnen mit ausgebreiteten Armen entgegen. »Ihre Lordschaft! Ich habe Sie weggehen sehen ... Was geht hier vor?«

»Das Mädchen hier ist eine Diebin. Sie hat mir meine Uhr gestohlen.«

Cassie sah, wie Christopher Marleys Gesicht in ungläubigem Entsetzen erstarrte. Mittlerweile war auch Nell oben auf der Treppe aufgetaucht. Ach, sie hätte doch wissen müssen, daß der Graf ihr nichts ersparen würde!

Black Jacks Augen quollen hervor. »Was hat sie! Sie hat sie gestohlen?«

»Genau das. Sie hat wohl gemeint, es sei an der Zeit, dieses

Haus zu verlassen. Ich denke mal, sie wollte den Erlös der Uhr dafür verwenden, ihre Reise zu finanzieren.«

Christopher hatte sich inzwischen neben Black Jack gestellt. Sein Blick ruhte auf ihrem Hals; er schien leicht irritiert. Er sah den Grafen an und dann wieder Cassie. Ihr wurde klar, daß er das mondförmige violette Mal entdeckt hatte, das der Graf ihr beigebracht hatte. Die Schamesröte stieg ihr ins Gesicht. Sie wünschte sich nur noch, in den Boden zu versinken und zu sterben.

Nell grinste höhnisch. »So eine bist du also. Die Uhr von seiner Lordschaft klauen und dann abhauen. Bei Gott, du hast's gerade nötig, die Nase über mich zu rümpfen!«

Black Jack fluchte. »Ich hab' es gewußt. Ich hätte dich damals gleich ins Waisenhaus stecken sollen. Nur Ärger hat man mit dir, du kleines Luder, nichts als Ärger!«

Cassie hob den Kopf. So leicht ließ sie sich nicht einschüchtern. Ihr Stolz war zwar erschüttert, aber noch lange nicht gebrochen. »Du glaubst also, es wäre besser gewesen, wenn ich gegangen wäre? Ich habe hier die Böden geschrubbt, bis meine Hände bluteten. Ich habe die Nachttöpfe gelehrt und von Morgengrauen bis Mitternacht geschuftet, solange ich denken kann. Du hast mir jeden Bissen in meinem Mund mißgönnt. Und das alles für ein paar Pennys im Jahr! Nein, ich hab' es wohl kaum besser gehabt als die Sklaven auf den Feldern!«

Black Jacks Gesicht verzerrte sich. »Du undankbares kleines Luder! Ich denke, es wird höchste Zeit, dir dein kleines Schandmaul zu stopfen!«

Black Jack ballte seine Wurstfinger zur Faust. Flüchtig registrierte Cassie den Ausdruck des Entsetzens, der sich auf Christophers Gesicht abzeichnete, als Black Jack seine Faust hob. Sie versuchte sich innerlich zu wappnen. Es wäre nicht das erstemal, daß Black Jack sie schlug. Dem Grafen würde es sicher ein großes Vergnügen bereiten, sie so gedemütigt zu sehen. Doch sie würde nicht weinen, nicht solange er zuschaute …

Doch der Hieb, den sie erwartete, blieb aus.

»Wenn Sie das Mädchen schlagen«, sagte der Graf mit tödlicher Ruhe, »dann greifen Sie mir vor. Es war schließlich meine Uhr, die sie gestohlen hat. Mir allein und sonst niemandem steht das Recht zu, sie zu bestrafen.«

Black Jack war wie vom Donner gerührt, doch er wagte nicht, dem Grafen zu widersprechen. Er ließ seine Hand sinken und räusperte sich. »Ich wollte ihr nichts Böses antun«, sagte er rauh. »Aber das Mädchen braucht hin und wieder einen Denkzettel, damit sie weiß, wo ihr Platz ist.«

»Sir« – Gabriels Ton war kühl –, »ich glaube, Sie wollen ihr allerhand Böses antun. Aber in diesem Fall werde ich entscheiden, was sie braucht.« Er griff nach Cassies Arm.

Die unerwartete Wendung machte Cassie ganz krank vor Angst. Vielleicht wäre es besser gewesen, Black Jacks Wut abzubekommen. Es tat zwar weh, aber es war auch schnell wieder vorbei. Doch beim Grafen? ... Sein kalter, kontrollierter Zorn flößte ihr Furcht ein. In ihrem Kopf drehte sich alles. Halb betäubt vor Angst ließ sie sich von ihm die Treppe hochziehen. In seinem Zimmer stieß er sie auf das Fußende des ungemachten Bettes. Cassie bog ihren Kopf zurück und sah ihn mißtrauisch an. In ihrer Angst trat sie die Flucht nach vorn an.

»Sie haben Ihre Uhr doch zurück. Was wollen Sie also noch von mir?« sagte sie steif.

Er ging zum Tisch hinüber, um sich aus der Karaffe ein Glas Portwein einzuschenken. Er sah sie nicht an, als er sprach. »Ich würde gern wissen, warum du sie genommen hast, Yank. Ich frage mich übrigens, wie viele andere Männer du schon bestohlen hast.«

Cassie biß die Zähne zusammen. Das war es also, was er wollte. Er wollte sie demütigen. Nun, wenn dem so war, so würde sie es ihm, verdammt noch mal, nicht leichtmachen!

Er drehte sich um. »Komm schon, Yank.« Dieses Mal war es eine direkte Frage. »Bin ich er einzige, dem diese Ehre zuteil wurde?«

Ihre Augen schleuderten Blitze. »Ich habe die Uhr genommen, weil Sie so arrogant und unverschämt sind, Sir. *Und* wegen des Geldes, das sie mir bringen sollte.«

»Warum warst du denn so darauf aus wegzulaufen?«

Ihre Augen verdunkelten sich. »Warum, Sir?« Sie lachte höhnisch auf. »Ich habe doch so ein leichtes Leben. Was in aller Welt sollte es für einen Grund geben, für immer von hier fortgehen zu wollen?«

»Und wohin wolltest du gehen?«

Sie dachte kurz nach. »Ich weiß nicht – irgendwohin! … solange es nur weit genug von hier weg ist.«

Gabriel beobachtete sie prüfend über den Rand seines Glases hinweg. Er fragte sich, warum er überhaupt gefragt hatte nach allem, was er vorhin mitangehört hatte, als sie sich so bitter bei Black Jack beklagt hatte. Er zweifelte nicht daran, daß jedes Wort wahr war. Sein Blick glitt über ihr zerschlissenes Kleid, den abgewetzten Beutel, den sie immer noch so verzweifelt an sich preßte, und blieb schließlich an ihren rissigen, rauhen Händen hängen.

Cassie wurde rot, als sie merkte, wohin er sah. Sie schluckte und nahm all ihren Mut zusammen. »Ich kann hier nicht länger bleiben«, begann sie mit leiser, aber leidenschaftlicher Stimme. »Ich *will* nicht. Wenn Sie mich also zur Polizei bringen wollen, dann – dann tun Sie es eben, und die Sache ist damit erledigt.«

Gabriel war wider Willen beeindruckt. Das Mädchen war geistvoll – und nicht weniger mutig. Er wußte natürlich, daß sie große Angst hatte. Die Verzweiflung in ihren Augen war ihm nicht entgangen. Doch sie war, das mußte er zugeben, ein würdiger Gegner. Ja, sie war vielleicht sogar jemand, der seinem Vater die Stirn bieten könnte. Tatsächlich fragte er sich, was sein Vater wohl zu diesem hochfahrenden kleinen Yankee sagen würde …

Völlig unvermittelt kamen ihm Christophers Worte vom letzten Abend in den Sinn. *Ist keine Frau für einen Bauern, die da, oder? Die kann höher hinaus …*

Langsam nahm er das Glas von seinen Lippen. Er blickte sie forschend an, so als sähe er sie zum erstenmal. Das Mädchen war eine Diebin; hitzig und widerborstig; von niederer Herkunft und ohne Bildung … Ein ungebildeter *Yankee.* Und dann kam ihm eine Idee … eine Idee, deren Geburtshelfer die langen Jahre seiner Vernachlässigung und eine zerlumpte, aber wunderschöne Dirne waren. Lieber Himmel, das war es …

Mit einem Satz war er bei ihr. Er zog sie an den Armen hoch, nahm ihr Kinn in die Hand und drehte es prüfend hin und her. Eingehend musterte er ihre Gesichtszüge. »Wie alt bist du, Mädchen?«

Als sie keine Antwort gab, ließ er seine Hand auf ihre Schulter fallen. »Antworte mir«, sagte er scharf. »Wie alt bist du?«

Cassie befeuchtete sich die Lippen. »Achtzehn, glaube ich«, sagte sie vorsichtig. »Aber ich bin mir nicht sicher …«

»Nell hat erzählt, daß deine Mutter dich verlassen hat, als du noch ein Kind warst. Hast du keine anderen Verwandten?«

Sie sah ihn mit großen Augen an. Wortlos schüttelte sie den Kopf.

»Was würdest du sagen, wenn ich dich retten würde? Wenn die gräßliche Plackerei ein Ende hätte? Was würdest du sagen, wenn ich dich weit, weit wegbrächte?«

Sie blinzelte. »Wo-w-wohin?«

»Weit über das Meer – nach England. Und eines Tages vielleicht nach Paris. Ja, Paris würde dir gefallen, denke ich.« Er zeichnete mit dem Finger eine Linie um ihren Hals. »Ich könnte dir Juwelen schenken, und Pelze. Wie lange ist es her, daß du ein neues Kleid bekommen hast, Yank? Ich könnte dir jeden Tag ein neues Kleid schenken.«

Cassie schüttelte sich, als müsse sie aus irgendeinem Traum erwachen. »I-ich kann mir nicht vorstellen, warum Sie das tun sollten?« stammelte sie.

Gabriel lächelte verkniffen. Oh, das tat er beileibe nicht aus der Güte seines Herzens heraus, falls er so etwas wie ein Herz überhaupt besitzen sollte. Nein, es hatte nichts mit Großmut zu tun, dafür aber um so mehr mit Rache. Und wie süß diese Rache wäre …

Sein Vater wollte, daß er heiratete. Also würde er heiraten.

Cassie war sichtlich angespannt. »Ich dachte, Sie wollten mich bestrafen«, sagte sie mit zitternder Stimme.

»Beruhige dich, Mädchen. Ich habe nicht die Absicht, dich der Polizei auszuliefern – oder Black Jack.«

»Sir, geht es Ihnen … nicht gut?« fragte Cassie leise.

Gabriel lachte rauh auf. »Es ging mir wirklich nie besser.« Er machte eine Pause. »Also, was sagst du dazu, Yank? Du hast dieses Haus heute früh ohne ein bestimmtes Ziel verlassen, und ich biete dir jetzt die Chance, England zu sehen – den ganzen Kontinent. Ich gebe dir mein Wort, du wirst nie mehr Böden schrubben.«

Cassie biß sich auf die Lippen. »Solche Dinge bekommt man nicht umsonst«, sagte sie langsam. »Und ich habe nichts, was ich Ihnen dafür geben kann.« Er sah, wie sich ihre Wangen dunkelrot färbten. »Oh, mein Gott« – sie rang nach Atem –, »sagen Sie jetzt bitte nicht, ich soll Ihre … Mätresse werden.«

Ein grimmiges Lächeln spielte um seine Lippen. »Ich will keine Mätresse, Yank … ich will eine Ehefrau.«

Viertes Kapitel

Eine Ehefrau.

Cassie dachte fieberhaft nach. Der Mann mußte verrückt sein. Ja, ganz gewiß war er das. Oder war das Ganze bloß ein übler Scherz? Oder aber … gütiger Gott, vielleicht war *sie* es ja, die verrückt war …

Sie sah ihn forschend an. Eigentlich sah er ausgesprochen zufrieden aus. Doch seine Augen ließen sie nicht los: Dieser Ausdruck von Berechnung, dieses kalte Glitzern, das bildete sie sich doch nicht nur ein.

Nein, sie war nicht verrückt, und er war es auch nicht.

Langsam wich sie wie in Trance zurück, bis sie plötzlich mit den Kniekehlen gegen die Matratze stieß und benommen auf das zerwühlte Bett sank, unfähig, ein Wort hervorzubringen.

Er lächelte immer noch sein mokantes Lächeln. Häme sprach aus seinem Gesicht, Häme, die sie sich nicht erklären konnte. Endlich fand sie ihre Sprache wieder. Ihre Stimme war sehr leise. »Sie spielen mit mir, Sir. Aber das ist ein unheimlich grausames Spiel.«

»Unheimlich grausam?« Er lachte. Es war ein fröhliches Lachen, das von Herzen kam. »Um ehrlich zu sein, Yank, ich bin eher unheimlich großzügig.«

»Und um meinerseits ehrlich zu sein, ich kann mir keinen Grund denken, warum ein Mann wie Sie ein Mädchen wie mich heiraten will.« Ihre Stimme war schärfer, als sie es beabsichtigt hatte.

»Ich aber.« In seinen Augen glomm ein Funke, der fast furchteinflößend war.

»Und ich behaupte immer noch, Sie spielen mit mir, Sir!« Sie reckte ihr Kinn vor. »Ich habe nicht vergessen, daß Sie ein englischer Lord sind.«

»Ich auch nicht, Mädchen.« Sie beobachtete sein immer breiter werdendes Lächeln mit wachsender Unruhe. »Hey, du könntest bald eine Gräfin sein … und die zukünftige Herzogin von Farleigh.«

Eine Gräfin? Eine Herzogin? *Sie?* Der Mann glaubte sicher, sie sei ein Einfaltspinsel. Zorn wallte in ihr auf. Cassie taxierte heimlich den Abstand zur Tür. »Ich zweifle nicht daran, daß Sie beschlossen haben zu heiraten – aber nicht mich!« schrie sie und stürzte los.

Er holte sie auf halbem Wege ein. Eisenharte Finger krallten sich in ihren Arm und verhinderten ihre Flucht. Er drehte sie zu sich herum. Cassie schnappte nach Luft und sah ihn an.

Sein Lächeln wurde kühl. »Ich versichere dir, meine Liebe, es ist mir tödlich ernst. Ich mag vieles sein, aber ich bin kein Mann, der mit solchen Dingen Scherze treibt. Ja, ich bin fest entschlossen zu heiraten, aber damit du klar siehst ... *dich* zu heiraten, und nicht nur zu heiraten.«

»Aber i-ich kenne Sie doch gar nicht ... Ich wäre verrückt, wenn ich Sie heiraten würde«, platzte Cassie heraus, ohne es eigentlich zu wollen und ohne zu überlegen.

Sein Lächeln erlosch. »Du wärst verrückt, wenn du es nicht tun würdest«, sagte er kalt. »Du hast meine Uhr nicht mehr. Hast du dir überlegt, wie dein Leben aussehen wird, wenn du hierbleibst?«

»I-ich kann ziemlich gut mit Nadel und Faden umgehen.« Sie versuchte fest zu klingen, doch es klang kläglich. »Ich kann Arbeit als Näherin finden ...«

»Und wenn nicht? Wer, glaubst du, wird dich einstellen? Du hast keine Referenzen, du hast niemanden, der deine Fähigkeiten bestätigt. Ja, welcher angesehene Schneider würde schon eine ehemalige Dienstmagd nehmen? Und wo willst du wohnen, bis du eine Anstellung gefunden hast? Hier auf der Straße? Was willst du machen, wenn du zufällig die Fantasien von irgendeinem Mann reizt? Meinst du, du kannst dich verteidigen, wenn er mit dir etwas anstellen will, wozu du nicht bereit bist? Glaub mir, Yank, das ist kein Leben, weder in Charleston noch anderswo.«

Cassie redete sich ein, daß er sie nur erschrecken wollte. Sie versuchte sich seinem Griff zu entwinden und loszureißen. Doch er ließ es nicht zu und zog sie noch näher an sich heran – so nah, daß sie seinen heißen Atem auf ihren Wangen spüren konnte.

»Dir bliebe nichts anderes übrig, als wieder zurückzukehren und Bier auszuschenken. Vielleicht machen dir ja die lüsternen Blicke und die Hände unter deinen Röcken nichts aus ...«

Cassie erschauderte.

»Du hast genug mitbekommen, um deinen Lebensunterhalt mit deinem Körper zu verdienen, bei Gott. Wenn es dir also nichts ausmacht, den Rest deines Lebens in der Horizontalen zu verbringen und einen Mann nach dem anderen brünstig zwischen deine Schenkel zu lassen, Nacht für Nacht – bitte ...«

Die Offenheit, mit der er sprach, trieb Cassie die Schamesröte ins Gesicht. Ihre Wangen glühten, und ihr Gesichtsausdruck spiegelte deutlich wider, wie aufgewühlt und verwirrt sie war. War dies ein Alptraum – oder eine Gottesfügung? Mehr denn je war ihr klar, daß sie niemals zu ihrem früheren Leben zurückkehren konnte. Sie sehnte sich nach nichts mehr als danach, alles hinter sich zu lassen ... für immer.

Sie schluckte und zwang sich, in sein kaltes, düsteres Gesicht zu sehen.

»Ich verstehe einfach nicht«, sagte sie, und ihre Stimme war sehr leise, »welchen Grund es geben könnte, mir so einen Antrag zu machen. Sie selbst haben doch gesagt, daß Sie unseren Standesunterschied nicht vergessen haben.« Ihre Stimme überschlug sich. »Also warum – warum gerade mich?«

Gabriel verriet nicht, daß es gerade dieser Unterschied war, der ihn zu seinem Entschluß gebracht hatte, sie zu heiraten. Das hätte womöglich all seine Pläne über den Haufen geworfen.

Mit grimmigem Humor dachte er darüber nach, wie paradox das alles war. All die langen Jahre hatte sein Vater keinerlei Verwendung für seinen zweiten Sohn gehabt. Aber nun, da Stuart von ihnen gegangen war, war sein Vater plötzlich fest entschlossen, sich in sein Leben einzumischen. Nur, jetzt hatte sich das Blatt gewendet.

Das Mädchen sah zumindest ganz passabel aus. Sein Blick wanderte langsam über ihr aufgewühltes Gesicht, ließ sich gefangennehmen von der weichen, zarten Makellosigkeit ihres glatten Teints, der weder Puder noch Schönheitswässerchen kannte. In der Tat, sie war weit mehr als nur passabel.

Sein Vater hatte es sich in den Kopf gesetzt, daß er heiratete. Nun gut, beschloß Gabriel mit einem grimmigen Gefühl des Triumphes, er würde ein pflichtbewußter Sohn sein. Er würde seinem Vater geben, was er wollte, nur daß es nicht so ganz dem entsprach, was der sich vorstellte. Er würde dieses diebische Mädchen niederer Herkunft zu seinem Eheweib machen.

Aber er wollte ihr nicht mehr Erklärungen abgeben als unbedingt nötig. Er bemerkte, daß er sich zumindest ihr Interesse erschlichen hatte, wenn das auch noch keine Einwilligung war. Er zog eine Augenbraue hoch und erwiderte ihren Blick. »Ich sehe an deinem Gesicht, daß du dir keine Illusionen machst. Das finde ich gut, denn es wäre ein schwerer Fehler, wenn du glauben würdest, daß mich die Liebe antreibt.«

Er ließ sie los, doch sein Blick befahl ihr, sich nicht abzuwenden. Mit grimmiger Genugtuung bemerkte er, wie sie rot wurde, als er sie von Kopf bis Fuß musterte.

»Und auch nicht«, fügte er mit einem kleinen, verkniffenen Lächeln hinzu, »die Lust.«

Er ging hinüber zum Fenster und verschränkte seine kräftigen Hände hinter dem Rücken. Nach einer Weile wandte er sich ihr wieder zu. »Du hast gefragt, warum ich dich heiraten möchte. Nun, ich will offen zu dir sein. Mein Vater ist der Herzog von Farleigh. Ich bin der jüngere von seinen zwei Söhnen. Als ältester Sohn war mein Bruder Stuart der Erbe meines Vaters. Aber Stuart ist vor ein paar Monaten gestorben.«

Da Cassie nicht wußte, was sie sagen sollte, blieb sie still. Allerdings schien er auch gar keine Reaktion von ihr zu erwarten. Weder sein Gesicht noch seine Stimme verrieten irgendwelche Emotionen.

»Farleigh, das Anwesen meines Vaters in Kent, grenzt an die Ländereien von Reginald Latham, dem Herzog von Warrenton. Warrentons einzige Tochter, Lady Evelyn, war mit Stuart vor seinem Tod verlobt«, fuhr er fort. »Als Stuart starb, habe ich seinen Titel geerbt – Graf von Wakefield –, sehr zum Ärger meines Vaters, schätze ich.«

Cassie blieb nicht verborgen, daß seine Stimme sich verhärtete. Sie fragte sich, was wohl der Grund dafür sein mochte. »Sie haben anscheinend nicht viel für Ihren Vater übrig«, sagte sie langsam.

Er lachte grimmig auf. »Genauso viel wie er für mich. Du mußt wissen, Yank, die Wünsche meines Vaters stimmen selten mit meinen überein.«

Cassie runzelte die Stirn. »Und was hat das mit der Heirat zu tun?« Und vor allem mit *mir*, fügte sie im stillen hinzu.

»Bevor ich auf diese Reise ging, teilte mir mein Vater mit, er erwarte von mir, daß ich Stuarts Braut ebenso wie seinen Titel übernehme. Ich habe aber keine Lust, Lady Evelyn oder sonst irgend jemanden wegen des Titels zu heiraten. Doch mein Vater meint, es sei meine Pflicht zu heiraten.« Wilder Zorn flammte kurz in Gabriels Gesicht auf. »Mein Vater ist ein unbeugsamer, mächtiger Mann, der selten erlebt hat, daß man seine Wünsche nicht respektierte. Aber ich will mich von ihm nicht in eine Ecke zwingen lassen, die ich mir nicht selbst ausgesucht habe. Wenn ich zulasse, daß er jetzt über mich bestimmt, wird er überzeugt sein, daß er auch in allen anderen Dingen über mich bestimmen kann. Andererseits habe ich aber auch keine Lust, auf alles, was mir eines Tages gehören wird, zu verzichten. Deshalb muß ich meine Pflicht erfüllen – nur daß ich nicht die Braut zum Traualtar führen werde, die er ausgesucht hat.«

Er machte eine kleine Pause. »Warum ich nun ausgerechnet dich dazu auserkoren habe? Nun, wie du selbst zugegeben hast, hast du keine Verwandten. Es kann sich also niemand weiter in mein Leben einmischen. Und noch etwas. Ich will ehrlich sein, Yank, ich habe einfach keine Zeit, mich nach einer Braut umzusehen, weder hier noch in England. Wenn die Sache bei meiner Rückkehr perfekt ist, kann mein Vater nichts mehr daran ändern.« Er schwieg einen Augenblick.

»Wir beide möchten unsere Zukunft selbst bestimmen«, sagte er mit einem Achselzucken. »Deine Zukunft wird gesichert sein. Und ich werde, wenn ich erst einmal verheiratet bin, keine affektierten kleinen Luder mehr am Hals haben, die es auf meine Brieftasche abgesehen haben. Das scheint doch ein fairer Handel zu sein, oder etwa nicht?«

Ein ungleicher Handel wäre die treffendere Bezeichnung, wäre sie beinahe herausgeplatzt. Doch sie hielt sich gerade noch zurück. Bevor sie antworten konnte, sprach Gabriel schon weiter: »Nun, Yank?« sagte er und zog dabei eine Augenbraue hoch. »Ich kann deine Rettung sein, wenn du mich nur läßt. Was sagst du dazu?«

Cassie konnte nichts dagegen tun: Bitterkeit durchströmte sie wie ein langsam wirkendes Gift. Als Kind hatte sie sich oft vorgestellt, daß ihr Vater eines Tages auftauchen und sie an einen fernen Ort bringen würde, irgendwohin, wo es keinen Hunger gab, wo es nicht nach Schweiß und Bier roch. Aber höchstwahrscheinlich hatte selbst ihre Mutter nicht gewußt, wo ihr Vater war.

Aber sie war weder blind noch dumm. Nein, sie war nicht so töricht zu glauben, daß die Rettung in Gestalt eines Mannes nahte, dazu noch eines Fremden, der überdies frech und unverschämt war! Dennoch, er könnte ihr ein weitaus besseres Leben bieten … Die Juwelen und Pelze, die er ihr versprochen hatte, interessierten sie wenig. Aber die Aussicht auf ein eigenes Heim, ein Zuhause, das nicht nur aus einem Dreckloch bestand, die Aussicht auf die Erfüllung ihres Lebenstraumes ließ so ein Angebot in der Tat verlockend erscheinen. So verlockend, daß …

Hilflos schwebte sie zwischen Himmel und Hölle. Wenn sie einwilligte, bedeutete das endlose Tage auf dem weiten Ozean, Tag für Tag nichts als Wasser … Sie erschauderte innerlich, denn seit dem schrecklichen Tag, da sie und ihre Mutter in Charleston angekommen waren, hatte sie Angst vor Wasser … Könnte sie so eine Reise überhaupt durchstehen?

Sie wäre verrückt, ja zu sagen, aber genauso töricht, wenn sie nein sagte.

Cassie kämpfte mit sich. Sie war hin- und hergerissen. Gabriels Blick drängte sie zu einer Entscheidung. »Überleg mal«, sagte er sanft. »Das ist doch viel mehr wert als das, was du für meine Uhr bekommen hättest. Ich glaube fest, daß du das Zeug zu einer Luxusdame hast, Yank. Wenn du meine Frau bist, wird es dir an nichts fehlen.«

Cassie holte tief Atem und nahm ihren Mut zusammen. »Und was ist mit später? Nach einem Jahr? Nach zehn Jahren? Werden Sie mich auf die Straße werfen, wenn ich meinen Zweck erfüllt habe?«

Er machte einen Schritt auf sie zu. Bevor Cassie es verhindern konnte, hatte er eine ihrer Hände in seine Hand genommen. Sein Gesichtsausdruck war leidenschaftslos. Er betrachtete die rauhe, rissige, abgearbeitete Hand. Wie gerne hätte Cassie sie ihm weggezogen und in ihrer Tasche vergraben, um sie seinen Blicken zu entziehen. Sie verspannte sich, rührte sich aber nicht von der Stelle, obwohl sie instinktiv genau das gerne getan hätte.

Sein Gesicht ließ keine Regung erkennen, als er mit dem Daumen über die aufgesprungene, gerötete Haut ihrer Knöchel strich.

»Du wirst in deinem ganzen Leben nie wieder einen Tag arbeiten müssen. Noch wirst du je auf jemanden warten müssen. Die anderen werden auf dich warten.«

Cassies Handflächen wurden langsam feucht, und sie spürte, daß ihre Beine sie wohl nicht mehr lange tragen würden. »Sie würden mich gut behandeln«, fragte sie langsam, »und nie Ihre Hand gegen mich erheben?«

Gabriels Blick wurde scharf. Er streifte einen Ärmel ihres Kleides hoch und entblößte die purpurnen Striemen um ihr Handgelenk. Cassie sah ihn an. In seinen Augen flackerte etwas auf, das aber so schnell wieder verschwand, daß Cassie nicht sagen konnte, was es war.

Seine Lippen bewegten sich kaum, als er fragte: »Black Jack?« Ihre Augen wichen seinem Blick aus. Sie nickte nur. Mehr war dazu nicht zu sagen. Abrupt ließ er ihre Hand fallen.

»Man hat mich zu einem Gentleman erzogen, Yank, was immer andere auch dagegenhalten mögen. Meine Hand wird dir nicht weh tun.«

Cassie starrte auf ihre Fußspitzen, die unter ihren Röcken hervorlugten. »Und wann soll diese Hochzeit stattfinden?« fragte sie schnell. »Ich werde nicht mit Euch segeln, bevor das nicht erledigt ist. I-ich möchte sichergehen, daß Ihr mir keine Versprechungen macht, die Ihr dann nicht haltet.«

Seine Lippen verzogen sich langsam zu einem Lächeln. »Hey, Yank! Hast du es so eilig, unter die Haube – oder unter die Bettdecke zu kommen?«

Das war es ganz sicher nicht. Allein der Gedanke daran machte Cassie schon ganz krank. Nell hatte oft genug Gäste mit in die Dachkammer gebracht. Cassie hatte dann zwar immer vorgegeben zu schlafen, aber dem war nicht so gewesen. Sie hatte jedesmal das Gegrunze und Gestöhne, das Gewisper und Gelächter mitangehört, und es schüttelte sie immer noch, wenn sie daran dachte. Wie Tiere hatten sie geklungen!

Er zuckte die Achseln. »Ich hatte eigentlich vor, nicht später als mittags die Segel zu setzen. Und ich denke doch, es wird sich ein Priester finden lassen, der sich mit ein paar Goldstücken dazu überreden läßt, uns innerhalb einer Stunde zu trauen.«

Aber ihre Bedenken waren immer noch nicht ganz zerstreut. Sie zögerte immer noch.

Obwohl der Graf ein Stück weiter weg stand, spürte Cassie die ungeheure latente männliche Kraft, die von ihm ausstrahlte. Sie dachte an die schmerzliche, aufwühlende Schwere seines Körpers letzte Nacht, an die brutale Wildheit seines Kusses.

Sie verschränkte ihre Hände, damit sie nicht mehr zitterten. Ihre Kehle war wie zugeschnürt, und sie meinte, kein Wort herausbringen zu können. »Ich will mein Bett nicht mit Ihnen teilen!« stieß sie unter Aufwendung ihrer ganzen Kraft hervor. »Ich habe kein Verlangen danach, mit … mit Ihnen zu schlafen. Und wenn Sie damit nicht einverstanden sind, werde … werde ich Sie nicht heiraten.« Sie hatte es geschafft.

Er runzelte die Stirn. »Allmählich kommt mir der Verdacht, daß du mißgestaltet bist, Yank.« Er machte einen Schritt auf sie zu. »Sag, verbirgst du irgendeine Mißbildung vor mir? Du möchtest mit mir handeln. Aber vielleicht ist das Ganze ja ein Kuhhandel. Ich sollte das Angebot wohl besser erst einmal prüfen.«

Sie riß den Kopf hoch und warf die Hände abwehrend in die Luft. »Nein!« schrie sie.

»Madam, ich habe Ihnen doch gesagt, daß mich nicht die Lust zu Ihnen treibt. Ich bin zwar ein Mann mit einer Menge Appetit, aber sei versichert, ich werde mein Vergnügen anderswo suchen. Es gibt eine Menge anderer Frauen, die nur darauf warten, meine Bedürfnisse zu befriedigen.« Er lachte höhnisch auf. »Und Gott ist mein Zeuge. Das letzte, was ich mir wünsche, ist ein Erbe.« Er begegnete ihrem Blick mit eisiger Kälte. »So, Yank, und jetzt entscheide dich. Willst du nun mit mir nach England zurücksegeln, oder willst du hierbleiben?«

Es war, als sei sie nicht wirklich sie selbst, als sie sich flüstern hörte: »Ich will mitkommen.«

Er nickte, ging zur Tür und öffnete sie. Mit einem Kopfnicken bedeutete er ihr, ihm zu folgen.

Cassie bewegte sich wie in Trance. In ihrem Kopf drehte sich alles, so daß sie kaum begriff, was gerade geschehen war. Es schien alles so unglaublich … so unwirklich. Es war noch nicht eine Stunde her, da hatte sie dieses Zimmer in Erwartung einer Strafe betreten …

Und nun hatte sie statt dessen einen Heiratsantrag bekommen.

Unten im Schankraum wanderte Christopher Marley unruhig auf und ab, während Black Jack seinen bulligen Körper auf eine Bank in der hintersten Ecke gezwängt hatte und wie hypnotisiert in ein Glas Bier starrte. Als Nell Schritte auf der Treppe hörte, schoß sie mit einem höhnischen Grinsen aus der Küche, und man sah ihr an, daß sie hämisch darauf wartete, daß Cassie gleich das bekam, was sie schon längst verdiente.

Und das bekam sie auch tatsächlich.

Als sie unten an der Treppe erschienen, richteten sich alle Augen auf sie. Cassie hatte plötzlich nur noch den Wunsch, auf die Straße hinauszustürmen und um ihr Leben zu rennen. Aber wie zur Warnung wurde der Griff um ihren Ellbogen plötzlich stärker. Ihr wurde bitter bewußt, daß er ihre Absicht sofort durchschaut hatte.

Black Jack quälte sich aus seiner Bank und eilte auf sie zu. »Ihre Lordschaft, Sie brauchen sich mit ihr nicht länger rumzuärgern.« Er warf Cassie einen wütenden Blick zu. »Ich nehme sie Ihnen ab. Und Sie können absolut sicher sein, daß sie weder Sie noch sonst jemanden je wieder bestehlen wird.«

»Oh, daran hege ich nicht den geringsten Zweifel. Als meine Ehefrau wird sie das nicht nötig haben.«

Black Jack quollen fast die Augen aus dem Gesicht. Er bewegte zwar seine Lippen, brachte aber keinen Ton heraus.

Nell schoß mit einem erstickten Schrei nach vorne. »Sie werden dieses Luder doch nicht im Ernst heiraten?«

Gabriel schenkte keinem von beiden Beachtung. »Wir werden in einer Stunde heiraten«, fuhr er unbeirrt fort. »In der Nähe der Docks ist eine Kirche. Wir werden dort auf dem Weg zu meinem Schiff vorbeischauen.«

Nells Gesicht war dunkelrot angelaufen. »Warum? Warum ausgerechnet sie?« stieß sie hervor. »Das Luder denkt vielleicht, sie is' was Besseres als ich. Aber im Bett, da taugt sie gar nichts. Sie hat nicht halb so viel Ahnung wie ich!«

Black Jack fand endlich seine Sprache wieder. »Ihre Lordschaft, Sie … Sie können sie nicht heiraten! Sie ist nur ein billiges Flittchen!«

Ein billiges Flittchen. Cassie zuckte innerlich zusammen und senkte den Blick. Sie war nicht in der Lage, irgend jemandem von ihnen ins Gesicht zu sehen.

So bekam sie auch nicht mit, daß Gabriel Black Jack einen derart vernichtenden Blick zuwarf, daß der einen Schritt zurückwich. »Ich heirate, wen *ich* will«, konstatierte er kalt. »Weder Sie noch irgendein anderer Mann kann mich aufhalten. Und wenn es Ihnen jetzt nichts ausmacht, dann lassen Sie mir bitte eine Kutsche kommen. Ich möchte endlich los.«

Black Jack flitzte diensteifrig los. Nell starrte noch ein paar Sekunden auf Cassies gesenkten Kopf, ehe sie, unverständliches Zeug vor sich hinmurmelnd, in die Küche abrauschte und verschwand.

Christopher stand der Schock ins Gesicht geschrieben, doch allmählich schien er sich wieder zu fangen. Er ging auf Gabriel zu, klopfte ihm auf die Schulter und nickte mit dem Kopf in Richtung Eingang. »Ein Wort unter vier Augen, bitte.«

Erst jetzt wagte Cassie, ihren Kopf wieder zu heben. Sie beobachtete verstört, aber auch mit einer gewissen Angst, wie die beiden Männer den Raum verließen. Die beiden standen sich auf dem Bürgersteig gegenüber.

Gabriel sprach als erster, bevor Christopher überhaupt eine Chance hatte, etwas zu sagen. »Ich hoffe doch, daß du mein Trauzeuge wirst«, sagte er ruhig.

»Trauzeuge?« Christophers Ton war ungewöhnlich barsch. »Hast du den Verstand verloren, Mann? Diese Heirat ist eine Farce, und wir beide wissen es!«

Gabriels Lächeln sah nicht gerade fröhlich aus. »Beantworte mir nur eine Frage, mein Freund. Wäre die Heirat mit Lady Evelyn etwa keine Farce? Diese Braut habe ich mir zumindest selbst ausgesucht.«

Christopher öffnete den Mund und schloß ihn dann wieder. So gerne er Gabriel auch etwas entgegengesetzt hätte, sein Argument war nicht von der Hand zu weisen.

»Du magst Cassie vielleicht etwas vorgemacht haben, mir machst du nichts vor. Du heiratest sie nur, um deinem Vater eins auszuwischen. Er wird toben, und das werden auch die Warrentons, wenn sie erfahren, daß du Lady Evelyn nicht heiraten kannst.«

Gabriel gab weder etwas zu, noch stritt er etwas ab. »Ich habe sie nicht belogen.« *Du hast sie vielleicht nicht belogen,* höhnte eine innere Stimme, *aber du hast ihr sicher auch nicht alles erzählt ...* »Das Mädchen kennt meine Gründe für diese Heirat – sie weiß alles, was sie wissen muß.«

»Willst du damit sagen, daß du sie nicht dazu gezwungen hast?«

Gabriel konnte sich nur noch mit Mühe zurückhalten. »Ich habe nicht Hand an sie gelegt«, sagte er mit tödlicher Ruhe. »Und wenn du mir weiterhin unterstellst, ich hätte das getan, dann nimm dich in acht, mein Freundchen; das käme dich teuer zu stehen, sehr teuer.«

»Das unterstelle ich dir ja gar nicht«, sagte Christopher steif. »Aber sie hat immerhin deine Uhr gestohlen, und du hast sie dabei erwischt. Du könntest das gegen sie verwendet haben.«

Gabriels Augen verengten sich. »Du scheinst wirklich große Sympathie für sie zu hegen«, sagte er mit süßlicher Stimme. »Könnte es sein, daß du ein Auge auf sie geworfen hast und mich um meine Brautwahl beneidest?«

»Das ist es bestimmt nicht«, entgegnete Christopher hastig. »Gabriel, du weißt, ich habe dich selten kritisiert. Aber sag mir eins. Weiß das Mädchen, in was für eine Sache du sie da hineinziehst?«

»Christopher, ich befreie sie von einem Leben voller Arbeit, Mühsal und Armut. Du weißt so gut wie ich, daß ihre Lebensumstände sich um ein Vielfaches verbessern werden. In der Tat«, er lachte schrill auf, »müßte man mich eher für meine Tat belobigen.«

Christopher war eindeutig anderer Meinung, doch er sagte nichts. Aber anscheinend konnte Gabriel seine Gedanken lesen.

»Ich werde mir weder von dir noch von irgend jemand anderem dreinreden lassen«, sagte er kühl. »Mein Entschluß steht fest. Wirst du nun mein Trauzeuge, oder soll ich mir jemand anderen suchen?«

Christopher seufzte resigniert. »Du brauchst dir keinen anderen zu suchen«, sagte er ruhig. »Ich stehe dir als Trauzeuge zur Verfügung.«

Kurz darauf kletterten die drei in die Kutsche. Christopher setzte sich Cassie gegenüber. Die zukünftige Braut saß zusammengekauert in der Ecke, so weit sie konnte von ihrem zukünftigen Ehemann entfernt. Gabriel schenkte dem keine Beachtung und starrte aus dem Fenster. Sein Gesicht zeigte keine Regung. Die Atmosphäre war alles andere als freundschaftlich.

Ein paar Minuten später marschierten sie hintereinander in die kleine Kirche. Cassie bekam nichts von dem mit, was zwischen Gabriel und dem Geistlichen gesprochen wurde. Der Pfarrer war ein robuster, fettleibiger Mann, der fast so breit wie lang war. Immer wieder wanderten seine Augen zwischen ihrem zerlumpten Kleid und der großartigen, imposanten Erscheinung des Mannes hin und her, der sie heiraten wollte. Ganz offensichtlich verwirrte ihn diese ungleiche Verbindung, doch er sagte nichts. Cassie wunderte das nicht, denn ihr war nicht entgangen, wie ein paar Goldmünzen in seinen fleischigen Händen verschwunden waren.

Viel zu schnell fand sich Cassie vor dem Altar neben Gabriel stehend wieder. Der Geistliche räusperte sich und fing an zu sprechen. Doch seine Worte waren nur Gefasel.

Dann war es vorbei. Cassie schluckte und merkte, daß ihre Hände, die krampfhaft ihren Beutel festhielten, zitterten. Unsicher, was man von ihr jetzt erwartete, hob sie langsam die Augen und blickte den Mann an, der nun ihr Ehemann war ... gütiger Gott, *ihr Ehemann.*

Er war zufrieden. Sie konnte es an seinem verschlagenen Lächeln ablesen. Lieber Gott, und mit diesem kalten, harten Mann war sie nun verheiratet ... aber jetzt war es zu spät, daran noch etwas zu ändern. Ein Zittern ließ ihren Körper erbeben.

Plötzlich konnte sie sich des Gefühls nicht erwehren, daß sie soeben einen Pakt mit dem Teufel geschlossen hatte.

Fünftes Kapitel

Es war schon fast Mittag, als die Kutsche mit den dreien am Kai ankam. Christopher sprang als erster heraus. Gabriel folgte ihm und landete leichtfüßig auf seinen Stiefelsohlen. Auch Cassie hatte sich inzwischen von ihrem Sitz erhoben, und Gabriel drehte sich um, um ihr wortlos seine Hand entgegenzustrecken.

Als sie ihn so forsch und selbstbewußt vor sich stehen sah, wurde sie für einen kurzen Moment unsicher. Sie wußte nicht, warum, aber sie wollte ihn nicht gern berühren. Sie blieb stehen und machte keine Anstalten auszusteigen. Seine schiefergrauen Augen blickten sie hart an.

»Bitte, Madam, ich habe keine Lust hier Wurzeln zu schlagen. Ich dachte eigentlich, Sie auch nicht.«

Cassie wurde rot. Zögernd legte sie ihre Hand in die seine und ließ sich beim Aussteigen helfen. Doch kaum war sie unten, entzog sie sie ihm wieder. Seine Gesichtszüge spannten sich an. Aber er sagte nichts. Während er den Kutscher bezahlte, lud Christopher ihr Gepäck aus.

Cassie blieb unschlüssig stehen. Die Luft war vom Regen, der am Morgen niedergegangen war, noch feucht und schwer und schmeckte scharf und salzig. Obwohl der Nebel sich gelichtet hatte, war der Himmel fahl und grau.

Neben ihr räusperte sich Christopher. »Das Schiff, das dort hinten am Ende des Hafens vor Anker liegt – das gehört Gabriel.«

Cassie folgte seinem Blick. Dort, wo der Kai in die Bucht hineinragte, schaukelte leise ein schnittiger Dreimaster im Takt der Strömung in den Wellen.

Ehe sie noch etwas erwidern konnte, war Gabriel wieder da und nahm sie am Ellbogen, um sie um die zahllosen Kisten und Fässer herumzuführen. Direkt vor ihnen wuchtete ein bulliger Seemann eine rechteckige Kiste auf seine Schulter und marschierte damit über schwankende Planken an Deck des Schiffes.

Sie bekam Angst. Ein furchtbares Gefühl der Bedrohung kroch ihr über den Rücken. War das etwa der einzige Weg, um aufs Schiff zu gelangen? *Du dummes Ding,* schalt sie sich selbst. *Wie sollte man wohl sonst an Bord kommen?* Um ihre Angst nicht zu zeigen, blickte sie zu Boden.

Unter der Laufplanke gurgelten dunkle Wellen und klatschten mit furchterregendem Getöse an die Stützpfähle der Hafenmauer. Sie war wie gelähmt. Plötzlich hatte sie eine furchtbare Vision. Sie sah ihren Körper in einem leichten Bogen in die gähnende Tiefe der dunkelgrünen Wasserfluten hinabstürzen, die sie mit Haut und Haaren zu verschlingen drohten. Ihr Atem ging stoßweise. Ihre Lungen brannten wie Feuer, denn sie kannte das Gefühl, wenn man verzweifelt nach Luft rang, weil eine faulige, stinkende Brühe in Nase und Mund drang und die Lungen füllten …

»Komm, Yank. Du kannst vorangehen, und ich komme dann hinterher.«

Als seine Worte durch den Schleier ihres Alptraums an ihr Ohr drangen, weiteten sich ihre Augen vor Entsetzen. Sie schüttelte den Kopf und taumelte einen Schritt zurück. »Nein«, sagte sie schwach. »Ich kann nicht …«

»Jetzt ist es zu spät, deine Meinung zu ändern, Mädchen. Wir haben bereits den ersten Schritt unserer Reise gemacht, und bald kommt der nächste.« Sein Gesichtsausdruck war genauso gebieterisch wie sein Ton.

Cassie versuchte die Übelkeit in ihrer Magengrube zu unterdrücken. »Ich habe meine Meinung nicht geändert.« Sie stockte. »Aber ich … ich kann nicht schwimmen, und wenn ich danebentrete …«

»Das wirst du nicht.«

Oh, wenn *sie* doch nur so selbstsicher wäre! Aber ihre Knie begannen zu zittern, genauso wie ihre Stimme. »Bitte …« begann sie.

Weiter kam sie nicht. Mit einem ungeduldigen Fluch hob er sie hoch. Es war genauso, wie er gesagt hatte – sie waren bereits zu weit gegangen, um jetzt noch umzukehren.

Cassie blieb nichts anderes übrig, als sich an seinem Hals festzuklammern. Sie schloß die Augen ganz fest, als er mit sicherem Schritt die Laufplanke hinaufstrebte und sie an Bord brachte. Ohne anzuhalten, trug er sie weiter über die Niedergangstreppe hinunter in eine Kabine.

Cassie öffnete erst die Augen, als sie wieder festen Boden unter den Füßen spürte. Einen Herzschlag lang schien die Zeit stillzustehen. Erst als Gabriel seine Augenbrauen hochzog, wurde sie sich bewußt, daß sie ihre Arme immer noch um seinen Hals gelegt hatte. Sie wurde puterrot und zog sie hastig weg, um so schnell wie möglich Abstand von ihm zu gewinnen.

»Ich schlage vor, du machst es dir hier bequem. Wir werden in Kürze den Anker lichten.« Er verließ die Kabine und zog die Tür hinter sich fest ins Schloß.

Nun war Cassie allein. Sie blickte sich um und nahm jetzt erst ihre Umgebung wahr. Sie befand sich in einer großräumigen Kabine, wahrscheinlich der ihres Mannes. Der Gedanke ließ sie frösteln, aber sie zwang sich, nicht länger über diese unangenehme Erkenntnis nachzudenken. Statt dessen ließ sie ihren Blick langsam durch die Kabine streifen.

An der einen Wand standen eine Seemannskiste und ein Holzschrank, beides aus kostbarem Mahagoniholz. An die andere Wand war eine Tischplatte gedübelt, während die Mitte des Raumes von einem Schreibtisch beherrscht wurde, auf dem verschiedene Seekarten und Landkarten ausgebreitet waren. Es gab sogar einen kleinen Bollerofen, an dem ein einfacher Stuhl stand. Aber was Cassies Aufmerksamkeit am meisten fesselte, war das breite Bett gegenüber der Tür.

Plötzlich rumpelte es unter ihren Füßen, und der Boden fing an zu schwanken. Er schien sich aufzubäumen und wieder abzusacken, sich ächzend zu dehnen und zu drehen. Aber dann waren sie abgefahren.

Nicht nur die Angst, sondern auch die Aufregung ließen Cassie das Herz bis zum Hals schlagen. Der schmale Holzstuhl neben dem einzigen Bullauge der Kabine verlockte sie, sich hinzusetzen. Schwankenden Schrittes steuerte sie darauf zu. Als sie endlich saß, spähte sie durch das schmuddelige Glas hinaus.

Das Schiff gewann schnell an Fahrt und glitt aus der Bucht hinaus aufs offene Meer. Der bewaldete Küstenstreifen und Charleston blieben immer weiter zurück.

Und plötzlich wurde ihr die Ungeheuerlichkeit dessen, was in den letzten vierundzwanzig Stunden geschehen war, erst richtig bewußt. Sie würde Charleston niemals wiedersehen, und auch nicht Black Jack. Sie war nicht mehr einem Leben in Knechtschaft ausgeliefert. Kein Bodenschrubben mehr, keine Angst mehr vor dreisten, gierigen Händen und kneifenden Fingern, nie mehr vor lüsternen Blicken flüchten müssen …

Nein, es war nicht verwunderlich, daß sie kein Anzeichen von Traurigkeit verspürte, aber es stellte sich auch keine Freude oder das Gefühl großer Erleichterung ein, das sie erwartet hatte. Da war nur das vertraute Gefühl, so entsetzlich allein zu sein, und die bohrende Frage, was das Schicksal für sie wohl bereithielt …

Sie konnte nur hoffen, daß die Zukunft besser werden würde.

Das Gefühl des Verloren- und Verlassenseins hielt den ganzen Tag an. Cassie wagte nicht, die Kabine zu verlassen, und sicher wagte sich auch niemand hinein. Bald wurden die Schatten länger, und Dunkelheit senkte sich über die Kabine. Als sie sich gerade fragte, ob man sie vielleicht vergessen habe, klopfte es plötzlich an die Tür. Sie hatte kaum zaghaft ›Herein‹ gerufen, da flog die Tür auch schon weit auf. Ein stämmiger junger Mann mit einer scharlachroten Kappe, unter der rötlichblonde Locken hervorquollen, stand vor ihr. Er pfiff vor sich hin und zog einen kleinen Wagen hinter sich her in die Kabine. Er war noch nicht ganz drin, als die edle Gestalt des Grafen im Türrahmen auftauchte.

»Das ist Ian, meine Liebe. Er wird sich während der Überfahrt um unsere Mahlzeiten und um unsere Kabine kümmern. Ian … meine Frau.«

Cassie war inzwischen aufgestanden und lächelte den jungen Mann an. Er schien einer von der fröhlichen Sorte zu sein, und deshalb war es ihr ein Bedürfnis, ihn anzusprechen. »Hallo, Ian«, sagte sie weich.

»Mylady.« Der junge Mann fegte mit einer Verbeugung und einem äußerst gewinnenden Grinsen seine Mütze vom Kopf und hielt sie sich vor den Bauch. Dann fing er an, verschiedene Schüsseln auf dem Tisch zu verteilen und zwei Gedecke aufzulegen. Herrliche Düfte wehten ihr in die Nase, und auf einmal meldete sich ihr Magen mit nagenden Hungergefühlen. Cassie hatte bis dahin gar nicht gemerkt, wie hungrig sie war. Als Ian fertig war, zog er sich diskret zurück. Die Kabinentür fiel mit einem leisen Klick ins Schloß.

Sie war allein mit ihrem neuen Ehemann.

Er schritt zu dem Tisch, zog einen Stuhl vor und sah sie erwartungsvoll an. Es dauerte einen Moment, bis Cassie begriff, daß sie sich setzen sollte. Cassie konnte sich des Verdachts nicht erwehren, daß er sich womöglich über sie lustigmachte. Oder war er nur höflich? Sie kam sich reichlich dumm vor. Das Blut schoß ihr in die Wangen, als sie schließlich seiner Aufforderung folgte.

Ohne sie zu fragen, füllte er ihren Teller. Cassie hatte nichts dagegen. Vielleicht war es dumm, aber die Aussicht, mit diesem Mann eine Mahlzeit zu teilen, machte sie ziemlich nervös. Sie wußte nicht, was sie sagen sollte, und sie wußte vor allem nicht, was sie *tun* sollte. Verunsichert, aber fest entschlossen, sich nichts anmerken zu lassen, konzentrierte sie sich ganz auf das Essen. Das Mahl war einfach, aber sättigend – ein gehaltvoller, schmackhafter Eintopf und dazu warmes knuspriges Brot. Obwohl es ihr vor ein paar Augenblicken noch unmöglich erschienen wäre, ließ der Hunger sie jetzt alles andere vergessen, einschließlich des Mannes, der ihr gegenübersaß.

Sie war beinahe mit ihrer zweiten Portion fertig, als sie zufällig aufblickte und jene kristallingrauen Augen auf sich gerichtet sah.

Sie bemerkte einen seltsamen Ausdruck in seinem Gesicht und wurde rot vor Scham. Er mußte sie zweifellos für halbverhungert und gierig halten.

Sie legte ihre Gabel hin und schlug schnell die Augen nieder »Tut mir leid«, murmelte sie. »Ich hätte nicht …«

Er schüttelte den Kopf. »Es gibt nichts zu entschuldigen, Yank. Augenscheinlich hast du schon viel zu viele Mahlzeiten ausgelassen.« Er machte eine kurze Pause und fügte dann sanft hinzu: »Und mir ist es lieber, wenn du dich satt ißt, als wenn das gute Essen verkommt.« Er sagte nicht, daß ihm ihre Freude am Essen fast ein schlechtes Gewissen bereitete, weil er all das hier immer als selbstverständlich hingenommen hatte.

Als sie rot wurde und ihre Hände auf dem Schoß verschränkte, gestattete er sich ein winziges Lächeln. »Ich bin nur froh, daß du nicht seekrank bist.«

»Außer vor Hunger hat mein Magen noch nie rebelliert.« Ihr Lächeln war ziemlich unbeholfen, aber es löste doch etwas ihre Anspannung. Vielleicht, dachte sie vorsichtig, ist er ja doch ganz nett.

Als er ihr Weinglas nachfüllen wollte, lehnte sie mit einer schnellen Kopfbewegung ab. Er sah sie prüfend an und sagte dann plötzlich: »Ich fürchte, ich muß dich auf ein paar Verhaltensregeln hinweisen, Yank. Auf diesem Schiff sind viele Männer, und dir ist sicher nicht entgangen, daß die Seeleute manchmal ein ganz schön rauher Haufen sein können. Denk deshalb bitte immer daran, daß du lieber nicht allein auf dem Deck herumwanderst.«

Cassie dachte an die endlose Tiefe der dunklen Wasser, die sie umgaben. Er braucht sich in dieser Hinsicht keine Sorgen zu machen, dachte sie bei sich und unterdrückte mit Mühe ein innerliches Frösteln.

Ian kam herein und räumte schnell und umsichtig die Überreste ihres Mahles ab. Der Graf stand auf und setzte sich hinter seinen Schreibtisch. Als er eine Kartenrolle aufrollte und auf der breiten Schreibtischplatte ausbreitete, zog Cassie sich an den Ofen zurück und setzte sich auf den kleinen Sessel daneben.

Die Minuten verrannen. Er war so mit seinen Papieren beschäftigt, daß er ihre Gegenwart vergessen zu haben schien. Cassie machte das nichts aus. Doch sie konnte ihre Augen nur schwer von ihm lassen. Immer und immer wieder schweifte ihr Blick zu ihm hinüber.

Er hatte seinen Rock abgelegt, und die Ärmel hochgekrempelt. Seine von der Sonne gebräunten Unterarme waren muskulös und mit einem dunklen Flaum seidig glänzender Haare überzogen. Sie dachte kurz daran, wie er sie fest in seinen Armen gehalten und die Laufplanken hinaufgetragen hatte. Sie waren überraschend kräftig und hart, diese Arme. Offensichtlich war sein Leben doch nicht so leicht und bequem, wie sie gedacht hatte. Seine Finger waren schlank und braun, die Fingernägel sauber und gerade geschnitten. Verstohlen warf sie einen Blick auf die rauhe, trockene Haut ihrer eigenen Hände und versteckte sie dann in ihren Röcken. Sie schlug die Beine unter und rutschte noch etwas tiefer in den Sessel, geradeso, als wolle sie sich unsichtbar machen.

Es dauerte nicht lange, bis die schlaflose Nacht des vergangenen Tages ihren Tribut forderte. Sie döste ein und nahm ihre Umgebung erst wieder wahr, als eine kräftige Hand sie wachrüttelte. Mit geweiteten Augen starrte sie in das dunkle, hübsche Gesicht ihres Gatten.

Hoch aufgeschossen stand er vor ihr. »Du bist erschöpft, Yank. Ich schlage vor, du begibst dich zu Bett.«

Cassie setzte sich langsam auf, sie war noch nicht ganz da. Die Überreste des Schlafes ließen ihre Stimme seltsam belegt klingen. »Wo werde ich schlafen?«

Gabriel zog mokant die Augenbrauen hoch. »Man muß nicht übermäßig intelligent sein, um zu wissen, wo, Yank, vor allem, wenn man bedenkt, daß hier in der Kabine nur ein Bett steht.« Es war die Kühle in seiner Stimme und nicht unbedingt der Inhalt seiner Worte, die Cassie keinen Zweifel daran ließ, daß sie gerade beleidigt worden war. Oh, was war er doch schrecklich – wie hatte sie nur glauben können, daß er einen Funken von Anstand besaß!

Sie war verletzt und wütend. Sie reckte das Kinn hoch und sprang auf die Beine. »Ich habe keine Lust, in meinem Kleid zu schlafen«, sagte sie steif. »Und ich habe auch nicht die Absicht, mich vor Ihnen auszuziehen.«

»Hoppla! Du erwartest doch nicht von mir, daß ich rausgehe. Du vergißt wohl, daß das hier meine Kabine ist, und damit es zwischen uns kein Mißverständnis gibt ... ich lehne es strikt ab, während der Überfahrt auf dem Boden zu schlafen, während du es dir in meinem Bett bequem machst. Das Bett ist groß genug für uns beide.«

Cassie rang nach Luft. Diese elende Kreatur – und dieser Mann behauptete von sich, ein Gentleman zu sein! »Sie haben mir weisgemacht, daß Sie kein Verlangen danach haben, mit mir zu schlafen.«

Er sah sie lange durchdringend an. »Yank«, sagte er in einem knappen, eisigen Ton. »Ich sehe zwar keinen Grund, mich ständig zu wiederholen, aber ich sage es dir noch einmal. Niemand schätzt die Freuden der Lust mehr als ich. Aber du bringst mich keineswegs so überaus in Wallung, und ich bin auch nicht so ein geiler Bock, daß ich nicht neben einer Frau schlafen könnte, ohne ihr die Kleider vom Leib zu reißen und sie zu nehmen.«

Jedes Wort traf sie wie ein Peitschenhieb. Ihr Herz begehrte auf, doch Cassie war klug genug zu wissen, wann sie geschlagen war. »In Ordnung«, murmelte sie. »Aber ich wäre Ihnen dankbar, wenn Sie sich wenigstens umdrehen würden!«

Der angespannte Zug um seinen Mund lockerte sich nicht. »Du bist kaum die erste Frau, die ich in ihrem Evaskostüm gesehen habe.«

»Sie haben mich noch nicht nackt gesehen, und Sie werden es auch nicht!«

Er knurrte angewidert. »Ich hoffe, du willst mir dieses Theater mit deiner Schüchternheit nicht noch länger vorspielen. Du vergeudest bei mir nur deine Zeit damit, Yank.«

Oh, wie gerne hätte sie es hinausgeschrien, daß das kein Theater war. Ja, sie wußte, daß er sie für eine … Kneipenhure hielt. Aber was würde er sagen, wenn er erfuhr, daß das nicht stimmte? Würde er wütend werden? Würde es ihn überhaupt kümmern? Ihr wurde bewußt, daß sie über den Mann, den sie geheiratet hatte, nur wenig wußte, außer daß er unberechenbar war! Nein, sie würde nicht riskieren, daß er das Schiff womöglich wenden ließ und sie zurück nach Charleston brachte. Denn wohin sollte sie sich dort wenden? Wo sollte sie hin?

Sie müßte zurück zu Black Jack's, war die bittere Erkenntnis. Bei der augenblicklichen Gemütsverfassung des Grafen fehlte sicher nicht viel, um ihn zu provozieren.

Schließlich drehte sich Gabriel doch um. Cassie streifte schnell ihre Stiefeletten und ihre Strümpfe ab und zog sich dann rasch das Kleid über den Kopf. Es würde ihm ähnlich sehen, seine Meinung wieder zu ändern, bevor sie fertig war. In der Tat war es ihr ziemlich peinlich, nur ein einfaches Hemd und einen dünnen Unterrock zu tragen. Rasch eilte sie zu der Koje hinüber, schlüpfte unter die Bettdecke und zog sie sich bis zum Kinn hoch.

»In Ordnung«, stieß sie atemlos hervor. »Sie können sich wieder umdrehen.«

Er kam zwar ihrer Aufforderung nach, schenkte ihr aber weiter keine Beachtung. Überrascht stellte sie fest, daß er sein Hemd bereits aufgeknöpft hatte. Heimlich beobachtete sie, wie er es von seinen Schultern gleiten ließ. Seine dicht behaarte Brust war ungeheuer männlich. Es gelang ihr nur schwer, wieder ruhig zu atmen. Als seine Hände sich an den Knöpfen seiner Beinkleidung zu schaffen machten, wurde ihr siedendheiß klar, daß er nicht die Absicht hatte, sich beim Ausziehen stören zu lassen.

Sie warf sich auf die Seite und kehrte ihm den Rücken zu. Dann wurde es plötzlich dunkel. Offensichtlich hatte er die Lampe, die von der Balkendecke baumelte, gelöscht. Sie schloß ihre Augen ganz fest und öffnete sie selbst dann nicht mehr, als sie hörte, wie er sich neben sie ins Bett legte.

Verzweifelt versuchte sie, ihr hämmerndes Herz zu beruhigen. Sie berührten sich zwar nicht, aber die Angst, daß das sicherlich passieren würde, ließ sie nicht zur Ruhe kommen. Alles, was sie denken konnte, war – daß er nackt war! Um sich nicht unnötig einer Gefahr auszusetzen, versuchte sie, zentimeterweise möglichst nah an die äußerste Bettkante zu rutschen, um sich dort einzurichten.

Plötzlich legte sich eine feste Hand auf die Rundung ihrer Hüfte.

»Yank«, zischte er wütend, »ich schlage vor, du verhältst dich jetzt ruhig und schläfst, oder ich garantiere dir, daß ich dich dein Lager auf dem Boden aufschlagen lasse!«

Cassie erstarrte und wagte kaum noch zu atmen, ja geschweige denn, sich zu bewegen. Seine Handfläche brannte durch den dünnen Stoff ihres Hemdes. Schlafen? dachte sie in wilder Aufruhr. Mit diesem Mann an ihrer Seite? Das war unmöglich!

Doch seltsamerweise dauerte es nicht lange, bis das gleichmäßige Schlingern des Schiffes sie in den Schlaf lullte. Bald schlief sie tatsächlich … und zwar ziemlich tief.

Sechstes Kapitel

Zögernd schlug Cassie am nächsten Morgen die Augen auf. Die Matratze unter ihrem Körper war weich und bequem, das Bett anheimelnd warm. Sie lag auf der Seite, eingekuschelt in eine strömende Wärme, die ihr ein Gefühl von Behaglichkeit und Sicherheit gab. Noch nie zuvor hatte sie sich besser gefühlt. Einen Moment lang konnte sie sich nicht erinnern, wo sie war. Sie wußte nur, daß sie nicht auf ihrer Pritsche im Gasthof lag. Es dauerte einen weiteren Moment, bis ihr schlaftrunkener Kopf begriff, daß sie nicht allein war, und erkannte, wer der Mann war, an den sie so eng angeschmiegt lag.

Sie riß die Augen auf. Ihre Wange ruhte an seiner wohlgeformten, muskulösen Schulter, ihre Hand lag unglaublich klein und blaß auf seiner gebräunten, behaarten Brust. Sie schreckte zusammen, als sie bemerkte, daß die Decke über den Kamm seiner schmalen Hüften heruntergerutscht war. Unwillkürlich wanderte ihr Blick tiefer und streifte über Teile, die sie besser nicht gesehen hätte; sie errötete bis in die Haarwurzeln.

Ihr Hals wurde eng, und sie wandte abrupt die Augen ab, nur um festzustellen, daß seine Augen offen waren … und er mit weitaus größerer Dreistigkeit, als sie es gewagt hatte, ihre eigene Blöße musterte.

»Guten Morgen, Yank«, sagte er gedehnt. »Ich hoffe, du hast dich in meinem Bett wohlgefühlt?«

Cassie verkniff sich die scharfe Antwort, die sie auf der Zunge hatte. Noch ehe sie begriff, was passierte, schlug er die Decke zurück und sprang aus dem Bett. Sie zuckte zusammen und zog den Kopf ein. Daß er so ungezwungen mit seiner Nacktheit umging, überstieg bei weitem ihr Fassungsvermögen.

Als er ihr den Rücken zukehrte, zog sie die Decke, die um ihre Fesseln geknautscht war, hoch. Erst als sie Wasser in der Waschschüssel plätschern hörte, wagte sie es, zu ihm hinüberzuspähen. Sie war erleichtert, daß er sich inzwischen seine Breeches angezogen hatte. Aber auch er blickte zu ihr herüber.

Ein schiefes, arrogantes Lächeln spielte um seinen Mund. »Ich habe nichts dagegen, wenn du mich betrachtest, Yank. Aber es ist nur fair, wenn du mir das gleiche Privileg zugestehst.«

Sie sah ihn unfreundlich an. »Ich kann mir nicht vorstellen, warum Ihnen etwas daran gelegen sein sollte«, konterte sie. »Sie haben doch selbst gesagt, daß ich Ihr Blut nicht in Wallung bringe.«

Er trocknete sich die Hände an einem Handtuch ab, kam zurück zum Bett und setzte sich auf die Bettkante. Mit der Fingerkuppe zog er die sanft geschwungene Kurve ihrer nackten Schulter nach. »Tja, Yank, vielleicht möchte ich mich ja vom Gegenteil überzeugen lassen.«

Sie wischte seine Hand weg. »Ich wäre Ihnen dankbar, wenn Sie darauf verzichten würden!«

Gabriel sah ihr dabei zu, wie sie mit ihren kleinen Händen hastig nach der Decke griff, um sie zum Kinn hochzuziehen. Ihre großen Augen waren klar wie ein Topas. Es belustigte ihn irgendwie, daß sie an ihrer Linie festhielt, aber er war darüber auch leicht pikiert. Er hatte ganz sicher nicht erwartet, daß eine Frau mit ihrer Erfahrung in bezug auf ihre Sittsamkeit solche Unterschiede machte.

Achselzuckend stand er auf und ging zur Waschschüssel zurück. Er schenkte ihr keinerlei Beachtung, während er sich rasierte. Nachdem er sich die letzten Schaumspuren vom Hals gewischt hatte, warf er ihr einen Blick zu und war überrascht, daß sie ihn immer noch fixierte. Obwohl ihr Gesichtsausdruck immer noch Mißtrauen verriet, meinte er doch eine gewisse Unentschlossenheit in ihrer Haltung zu erkennen.

Er warf sein Handtuch auf die Waschkommode und wandte sich ihr zu. »Du denkst doch über irgend etwas nach, Yank. Komm schon, spuck es aus.«

Cassie befeuchtete ihre Lippen mit der Zungenspitze. Wie konnte er sie nur schon so genau kennen? Sie fand die Vorstellung beunruhigend und beschloß, sich in Zukunft besser unter Kontrolle zu halten.

»Ich habe mich nur gefragt, wie ich Sie anreden soll.«

Er zog diabolisch eine Augenbraue hoch und meinte, während er nach seinem Hemd griff: »Wie würdest du mich denn gerne anreden, Yank?«

Yank. Warum nannte er sie bloß immer noch so? Allein schon diese Anrede brachte sie in Fahrt. Ihre Augen schleuderten Blitze, und sie schoß hoch, ohne darauf zu achten, daß sie beinahe die schützende Decke um ihren Körper verloren hätte.

»Ich hätte eine Menge passender Namen für Sie auf Lager, Sir, selbst wenn ich zu bezweifeln wage, daß Ihnen auch nur einer davon gefallen würde.«

Er zog sein Hemd über seine breit gespannten Schultern. »Das kann ich mir gut vorstellen, aber ich habe auch einen richtigen Namen, Yank.«

»Und ich auch, und der heißt nicht *Yank*!«

Er zog einen Mundwinkel hoch. »Ich sehe keinen Grund, warum du mich nicht Gabriel nennen solltest. Und was deinen Namen anbelangt, so habe ich dir neulich abend schon gesagt, daß ›Cassie‹ nicht zu dir paßt.«

»Wir passen auch nicht zusammen und trotzdem sind wir hier – und sogar verheiratet!« Sie sprudelte die Worte heraus, ohne vorher zu überlegen, was sie sagte.

Gabriels Lächeln verschwand. Ihr Ausbruch machte ihn wütend, aber wider seinen Willen auch empfänglich für den Charme, den Frauen nach Meinung der meisten Männer versprühen, wenn sie sich aufregen. Aber ganz gleich, ob sie nun entrüstet war oder nicht, sie bot auf jeden Fall einen aufregenden und wirklich verführerischen Anblick mit all ihrer Haarpracht, die sich in dicken Locken über ihre Schultern ergoß. Und plötzlich verspürte er ein dringendes Verlangen, diese kleine Füchsin auf das Bett zurückzuwerfen, um ihr zu zeigen, daß es ihm, wenn er es darauf anlegen würde, ein Leichtes wäre, ihre scharfen Töne in keuchende Schreie der Verzückung zu verwandeln.

Verdammt! Was für ein Blödsinn! Vielleicht hätte er besser eine Kröte geheiratet. Wenn sie nicht so ansehnlich wäre, würde er gewiß nicht hier herumhängen und mit ihr einen Schlagabtausch … oder vielleicht auch noch eine ganze Menge mehr veranstalten. Er war ziemlich verärgert, daß er sich selbst daran erinnern mußte, daß es wichtigere Dinge zu tun gab, als den Morgen mit einer Dirne zu vertrödeln, die er sich zur Frau genommen hatte.

»Du hast recht«, sagte er kühl. »Aber ich denke, es würde keinem von uns etwas bringen, uns bei dieser bedauerlichen Tatsache noch länger aufzuhalten.« Er zog seine Stiefel an und strebte der Tür zu, wo er sich noch einmal zu ihr umdrehte. »Ich würde mich lieber anziehen, wenn ich du wäre. Ian wird jeden Augenblick mit deinem Frühstück hier unten sein.«

Seine Schroffheit verletzte sie. Cassie konnte sich des unangenehmen Gefühls nicht erwehren, daß sie etwas falsch gemacht hatte ... aber was? Ians Lächeln war zwar freundlich und offen, aber nachdem er wieder gegangen war, fühlte sie sich einsam und verlassen. Sie fröstelte.

Ruhelos ging sie in der Kabine auf und ab. Schließlich blieb sie vor einem kleinen Bücherschrank hinter dem Schreibtisch stehen. Verdrießlich starrte sie auf die in Leder gebundenen Bücher und wünschte sich wehmütig, ein bißchen Schulbildung zu haben, nur ein kleines bißchen. Ja, sie konnte ihren Namen schreiben, aber das war auch schon alles. Wenn sie lesen könnte, würde ihr die Zeit vielleicht nicht so lang werden, worunter sie ja jetzt schon litt.

Es war schon Nachmittag, als plötzlich die Tür aufflog. Cassie blickte auf und sah die große Gestalt ihres Mannes im Türrahmen stehen.

»Die See ist heute nachmittag ruhig, Yank. Ich dachte, du möchtest vielleicht ein Weilchen nach oben auf Deck kommen.«

Auf Deck? O nein. Dann schon lieber Einsamkeit als der bedrohliche Anblick dieser Wasserwüste. Sie hatte den ganzen Tag über schon genug damit zu tun gehabt, den Gedanken daran zu verdrängen.

»Sie müssen sich meinetwegen keine Umstände machen. Gewiß gibt es wichtigere Dinge, die auf Sie warten.« Sie schaffte ein kleines Lächeln. »Vielleicht später.«

Cassie hielt den Atem an. Ein paar endlose Sekunden vergingen, ohne daß er etwas sagte. Sie betete inständig, daß er nicht weiter insistieren würde, und er tat es auch nicht. Er zuckte schließlich nur die Achseln und sagte: »Wie du wünschst, Yank. Gib Ian Bescheid, wenn du etwas brauchst.« Er machte kehrt und ließ sie allein.

Drei Tage später war er bei weitem nicht mehr so nachgiebig. Als sie wieder höflich ablehnte, rührte er sich nicht von der Stelle, sondern sah sie mit zusammengekniffenen Augen an. »Du bist bemerkenswert stur, Yank.«

»Eigentlich nicht, Sir.« Sie versuchte das Thema mit einem fröhlichen Lachen vom Tisch zu wischen. »Es ist so, wie ich bereits sagte, ich möchte Ihnen keine weiteren Umstände machen. Es gibt in der Tat keinen Grund ...«

»Es gibt jede Menge Gründe, Yank.« Sein Ton war streng und

unfreundlich. »Du kannst nicht während der ganzen Überfahrt hier unten bleiben. Du brauchst Sonne und frische Luft, sonst wirst du krank.«

Sie richtete sich zu ihrer vollen Größe auf. »Werde ich nicht!«

»Ich will dich nicht auf meinem Gewissen haben, Mädchen.« Er steuerte zielstrebig auf das Bett zu, auf dem sie kauerte. Der Ausdruck seiner Augen verhieß wenig Hoffnung auf einen Aufschub. Er duldete einfach keinen Widerspruch. Ganz in Schwarz gekleidet, sah er mit seinem dunklen Umhang, der ihm um die Stiefelschäfte wirbelte, wie der Teufel persönlich aus, ging es Cassie durch den Kopf.

Im übrigen war es höchstwahrscheinlich nicht die Sorge um ihr Wohlergehen, die ihn antrieb, so hartnäckig auf seinem Wunsch zu bestehen. Nein, er wollte wahrscheinlich nur seinen Willen durchsetzen.

Aber all ihre Proteste halfen nichts. Er zog sie auf die Füße und kettete sie mit einem Arm um ihre Taille an seine Seite. Doch sie entwand sich seinem Griff und blickte ihn feindselig an. »Ich habe es schon eine Reihe von Jahren auch ohne Hilfe geschafft«, fauchte sie.

Er zog höhnisch eine Augenbraue hoch. »Ganz wie du willst.«

Und so blieb ihr keine andere Wahl, als den Niedergang in seinem Schlepptau hinaufzuklettern. Sie waren kaum an Deck, als ihr Herz wie wild zu schlagen anfing, so als wolle es ihre Brust zersprengen. Sie betete, sie möge ihre Angst irgendwie unter Kontrolle bekommen. Denn sie wollte auf keinen Fall, daß er ihre Schwäche bemerkte. Zweifellos würde er sie für dumm und kindisch halten, und seine verächtliche Miene war etwas, was sie nicht ertragen konnte.

Ihre Schritte wurden immer langsamer. Schließlich blieb sie sogar stehen, ohne sich dessen richtig bewußt zu werden. Obwohl sie versuchte, nicht um sich zu blicken, schweifte ihr Blick hinaus auf die beunruhigenden grauen Wassermassen, die sich endlos dahinwälzten, so weit das Auge reichte. Plötzlich schreckte sie zusammen, denn sie wurde gewahr, daß sie nahe der Reling stand. Ihr Blick wurde magisch nach unten gezogen.

In maßlosem Entsetzen krampfte sich ihr ganzer Körper zusammen. Das Wasser klatschte in wilden Wogen gegen die Planken, während das Schiff gleichmäßig durch die Wellen pflügte. Doch Cassie hatte das Gefühl, als leckten die Wellen wie hungrige Zungen an *ihr,* um sie begierig in ihren Schlund zu reißen und tief in die eisige Umarmung des Meeres zu ziehen.

»Bitte«, sagte sie mit einer Stimme, die ihr nicht zu gehören schien, »ich … ich kann hier nicht bleiben.«

Gabriel sah sie scharf an. Ihr Gesicht war kreideweiß, und ihre Augen schienen größer und heller denn je zu sein. Er erinnerte sich daran, wie sie in Charleston an Bord gegangen waren. Damals hatte er sie nur für ängstlich und unsicher gehalten, doch jetzt verstand er, daß sie entsetzliche Angst gehabt hatte. Damals hatte er noch gedacht, daß es vielleicht die Angst war, auf den engen Laufplanken nach unten zu sehen, doch das war keineswegs so.

»Ist das deine erste Seereise?«

Sie nickte wild. »Ich bete darum, daß es auch meine letzte bleibt.« Sie preßte sich ganz eng an seine Seite, als wolle sie mit ihm verschmelzen. Überrascht stellte er fest, daß sie zitterte.

»Sachte«, sagte er ruhig. »Hol tief Luft und versuche, ganz ruhig zu atmen und an etwas Angenehmes zu denken.«

»Ich kann nicht!« Ihr Schrei war schmerzerfüllt. Sie schloß ihre Augen ganz fest.

Gabriel legte einen Arm um ihre Schulter. »Aber sicher kannst du, Yank. Du mußt dich nur ein bißchen bemühen«, redete er leise und beruhigend auf sie ein.

Sie schüttelte wild den Kopf und drückte ihr Gesicht an seine Schulter, während sie sich gleichzeitig an seine freie Hand klammerte und ihre Fingernägel wie Stacheln in seine Handflächen bohrte.

Er zog die Augenbrauen hoch. »Entschuldige, Yank, aber ich möchte doch lieber mit zwei Armen nach England zurückkehren.«

Als sie seinen trockenen Ton hörte, riß sie beide Augen weit auf und sah ihn an. Ihre Ohren hatten sie wohl getäuscht, denn an seinen edlen Gesichtszügen war kein Anflug von Häme oder Verächtlichkeit zu erkennen. Ihre Finger entspannten sich ein klein wenig, wenn sie auch noch nicht willens war, ihren Griff vollständig zu lösen.

»Gut. Nun, da du deine Augen wieder auf hast, schau dort nach oben; ich wette, du hast den Himmel noch niemals so blau und klar gesehen.«

Doch trotz dieser schönen Worte spürte er tief innen in seiner Brust ein Gefühl selbstironischer Verachtung aufsteigen. Was für ein Unsinn, über Schönheit und Farbe zu sinnieren, wo ihn solcherlei Dinge doch selbst schon seit, ach, wie langer Zeit nicht mehr berührt hatten. Doch ihr erbärmlicher Schrei hatte in ihm einem lange schon tot geglaubten Gefühl wieder Leben eingehaucht. Gabriel fühlte sich dabei zwar nicht wohl, aber ihrer Todesangst konnte er sich nur schwer mit gleichgültiger Miene entziehen.

Sie fing neben ihm wieder an zu zittern. »Was ist, Yank? Immer noch Angst?«

Sie schüttelte den Kopf. »Mir ist nur kalt«, log sie.

»Das nächste Mal müssen wir deinen Mantel mitnehmen.«

»Ich habe keinen«, erwiderte sie, ohne zu überlegen. Als sie bemerkte, daß er sie prüfend anblickte, wurde sie rot. Gabriel hätte sich ohrfeigen können. Er hätte wissen müssen, daß selbst so wesentliche Dinge nicht zu ihrer bescheidenen Garderobe gehörten. Er zog seinen eigenen Umhang von den Schultern und wirbelte ihn um sie herum. Erstaunt blickte sie zu ihm hoch, um ihm schließlich zum Dank ein zaghaftes Lächeln zu schenken. Er spürte ein eigenartiges Gefühl in der Magengrube. Cassie war so klein, daß die weiten Falten des Umhangs auf dem Boden schleiften und bis auf das kleine Oval ihres Gesichtes alles verhüllten. Es rührte ihn, wie jung und schutzlos sie aussah …

Und schon ärgerte er sich wieder über sich. »Komm, Yank«, sagte er kurzangebunden. »Du mußt jetzt nach oben schauen, wie ich es dir gesagt habe.«

Obwohl ihr die leichte Ungeduld in seiner Stimme nicht entgangen war, war sie dankbar, daß seine Hände immer noch auf ihren Schultern lagen. Die Wärme dieser Berührung war eigenartig beruhigend, und so hob Cassie gehorsam den Kopf. Die Sonne schien warm auf ihre Wangen, die würzige Seeluft war frisch und rein. Cassies Blick wanderte die endlos langen, leise ächzenden Masten mit den im Wind geblähten Segeln empor und verlor sich in der Unendlichkeit des blauen Himmels.

»Na also, und ist das jetzt so schlimm?«

»Nein«, gab sie zaghaft zu und schwieg wieder. »Kann ich jetzt zurück in die Kabine?«

Gabriel mußte lächeln. In ihrer Bitte schwang soviel kindliche Hoffnung mit; doch er argwöhnte, daß sie ihn nur ablenken wollte.

»Noch einen Moment. Dann bringe ich dich zurück.«

Seltsamerweise bekümmerte sie sein Beharren nicht annähernd so sehr, wie es eigentlich sollte. Nein, sagte ihr ein vages Gefühl, die Empfindung, die er in ihr auslöste, hatte sicher nur sehr wenig mit Kummer zu tun. In seinem Mantel hing sein Geruch, frisch und leicht würzig – ein Geruch, der ihr schon vertraut war. Sie konnte die Hitze seines ganzen Körpers spüren, da er inzwischen hinter sie getreten war.

Plötzlich hörte man irgendwo von oben jemanden rufen. Ein Mann von der Besatzung des Schiffes stand auf dem Achterdeck und winkte Gabriel zu, der nach oben schaute.

»Verdammt!« brummte er und verzog das Gesicht zu einer Grimasse. »Ich werde woanders gebraucht.« Sein Blick huschte zurück zu Cassie. Obwohl sie schnell den Kopf senkte, sah er, wie in ihren Augen wieder Panik aufflackerte.

In diesem Augenblick tauchte Christopher am Niedergang auf. Gabriel winkte ihn heran.

»Christopher, würde es dir etwas ausmachen, bei meiner Frau zu bleiben, während ich mich um Simms kümmere?«

»Mitnichten«, willigte der Engländer ein, der inzwischen herangekommen war.

Cassie öffnete den Mund, um zu erklären, daß das nicht nötig sei, aber Gabriel hatte bereits seine Hände von ihren Schultern genommen und sie verlassen. Die Aussicht, Christopher wieder gegenüberzustehen, ließ sie zusammenzucken. Sie mußte daran denken, wie abweisend Christopher bei ihrer Hochzeit hinter ihnen gestanden hatte, ohne Anteilnahme, ohne ein Lächeln. Sie hatte große Angst, daß Christopher die Heirat seines Freundes – und sie – mißbilligte. Der Gedanke schmerzte sie, da sie ihn eigentlich gemocht hatte.

Sie versuchte zu lächeln. »Sie brauchen wirklich nicht zu bleiben«, murmelte sie.

Mit vollendeter Höflichkeit deutete er eine schnelle Verbeugung an. »Keine Ursache«, versicherte er ihr.

Beide verfielen in peinliches Schweigen. Cassie zog den Umhang enger um sich und starrte auf ihre Stiefelspitzen, die unter dem Umhang hervorlugten. »Es tut mir leid, daß Sie mich nicht mögen«, sagte sie schließlich mit kleiner Stimme.

Christopher zwinkerte. »Wie bitte?«

Cassie schluckte. »Ich ... ich weiß, daß Sie mich nicht mögen, weil ich Ihren Freund geheiratet habe«, stieß sie mühsam hervor. »Weil ich ... weil ich unter seinem Stande bin.«

Als er nicht antwortete, hob sie den Kopf. Erstaunt, aber auch schockiert stellte sie fest, daß sich ein breites Lächeln über sein Gesicht zog.

»Cassie ... ich hoffe doch, es macht dir nichts aus, wenn ich dich weiter Cassie nenne ... und Gabriel wird hoffentlich auch keinen Anstoß daran nehmen ... aber ich bin entzückt, dich darüber zu informieren, daß du absolut auf dem Holzweg bist. Ich bin auch keineswegs böse auf dich, wenn überhaupt, dann auf Gabriel. Ich würde ihm sehr gerne eine Lektion erteilen.«

»Warum?« Es war vor allem die Neugier, die ihr diese Frage in den Mund legte. Cassie wurde sich bewußt, daß sie herzlich wenig über den Mann wußte, der nun ihr Ehemann war.

Christopher führte sie zu einer umgestülpten Kiste, wo er ihr mit einer galanten, schwungvollen Bewegung einen Platz anbot. Er selbst zog sich eine zweite Kiste heran und setzte sich neben sie.

»Du weißt, daß sein Bruder Stuart tot ist und daß deshalb er jetzt der Graf von Wakefield ist? Dieser Stuart wollte eine gewisse Lady Evelyn Latham, die Tochter des Herzogs von Warrenton, heiraten. Das ist dir bekannt, ja?«

Cassie nickte. »Er hat erzählt, daß sein Vater von ihm erwartete, sie an der Stelle seines Bruders zu heiraten.«

»Stimmt. Der Grund dafür liegt natürlich auf der Hand. Die Linie der Warrentons reicht zurück bis in die Zeit von William dem Eroberer, und das in Verbindung mit dem Reichtum der Farleighs ... so eine Heirat wäre natürlich in der Tat ein Coup.« Er hielt inne, als er sah, wie verwirrt sie war.

Er lächelte. »Tut mir leid. Ich neige dazu, manchmal ohne Punkt und Komma zu reden.« Sein Lächeln verschwand, als er weiter erzählte.

»Das Verhältnis zwischen Gabriel und seinem Vater ist kompliziert«, sagte er schließlich. »Es gibt da eine ganze Menge, die selbst ich nicht verstehe – Dinge, über die er nicht sprechen will. Ich versichere dir, Cassie, daß ich nicht so versnobt bin, daß ich gegen eine Heirat Gabriels mit einer Frau unter seinem Stande wäre. Ich weiß nur nicht, ob es klug war, dich in diese … Situation zu bringen.«

Cassie war eine ganze Weile lang still. »Ich fange erst allmählich an zu begreifen«, sagte sie schließlich langsam, »daß ich jetzt nicht mehr Cassie McClellan bin, sondern … Mrs. Sinclair.«

»Nein«, korrigierte Christopher sie freundlich, »du bist jetzt die Gräfin von Wakefield … *Lady* Wakefield.«

Cassie seufzte. »Gräfin«, sagte sie bedrückt, »Graf, Herzog … Ich fürchte, ich kann eines nicht vom anderen unterscheiden.«

Er lachte leise in sich hinein. »Nun denn, es wäre mir ein Vergnügen, dich in die komplizierten Geheimnisse des Adels einzuweihen …«

Sie waren immer noch in dieses Thema vertieft, als Gabriel zurückkam. Cassie war froh, daß sie so schnell begriff, und Christophers warmes Lob zauberte ein Lächeln auf ihre Lippen und rötete zart ihre Wangen. Doch als sie hochblickte und Gabriel vor sich stehen sah, senkte sich wieder ein bleiernes Gewicht auf ihr Herz. Er vergeudete keine Zeit und brachte sie unverzüglich zurück in die Kabine. Noch lange, nachdem er sich wieder zurückgezogen und sie allein gelassen hatte, schwebte ihr sein Bild vor Augen. Seine Züge waren streng, beinahe abweisend gewesen. Für eine kurze Zeit war er ihr fast gütig erschienen … Aber nun war er wieder kalt und in sich gekehrt.

Sie wußte nicht, daß Gabriel sich von seinem Freund ziemlich provoziert fühlte, weil der es in bewunderungswürdiger Manier geschafft hatte, ihre Ängste abzubauen, und sie offensichtlich auch noch weitaus mehr aufgeheitert hatte.

Die Ereignisse des Tages beschäftigten Cassie immer noch sehr, als sie an diesem Abend ins Bett kroch. Sie wendete die Augen ab, als Gabriel die Laterne löschte und neben sie glitt. Obwohl der Tag weitaus schneller vergangen war als sonst, erfüllte sie die Aussicht auf einen weiteren Ausflug auf Deck keineswegs mit Freude. Sie konnte das bedrohliche Gefühl in ihrem Magen nicht abschütteln. Unruhig wälzte sie sich hin und her.

Plötzlich rappelte sich Gabriel mit einem ungeduldigen Ausruf hoch und stützte sich auf seinen Ellbogen. »Was ist mit dir los?« knurrte er.

Cassie erstarrte mitten in ihrer Bewegung. Doch unglücklicherweise war sie, ihm zugewandt, gerade dicht neben ihm gelandet, so dicht, daß die Haare auf seiner Brust ihre Brustwarzen streiften, wenn sie Atem holte. »Diese Überfahrt«, wagte sie endlich hervorzustoßen, »wie lange wird sie dauern?«

»Sechs Wochen«, kam die lapidare Antwort. »Vielleicht ein bißchen länger oder kürzer, je nachdem, wie die Winde stehen und wie das Wetter ist.«

Cassie bemühte sich krampfhaft, nicht an seine Brust zu denken. Sie wußte nicht, was schlimmer war. Sechs Wochen auf dieser verhaßten See – oder sechs Wochen neben diesem Mann im Bett. Aber auch wenn die zweite Perspektive ihr einige Bauchschmerzen bereitete, so war der Gedanke an die erste doch so schlimm, daß ihr unwillkürlich ein Schauer über den Rücken lief.

Es war nur ein ganz leises Erzittern, doch Gabriel spürte es. Er bewegte sich nicht, sondern blieb ruhig neben ihr liegen.

»Warum hast du solche Angst vor dem Meer, Yank?«

Cassie zögerte. Hielt er sie wegen dieser Angst für töricht und schwach? Sie versuchte, in dem Dunkel einen Blick von ihm zu erhaschen. Seine Augen waren stechend, doch sein Ton hat seine Schärfe verloren.

Als sie nicht antwortete, versuchte Gabriel es mit einer anderen Taktik. »Du hast neulich erzählt, daß dies deine erste Seereise ist.«

Sie lächelte schwach. »Ja, ich habe mein ganzes Leben in Charleston verbracht.«

»Du hast mit deiner Mutter zusammengelebt? Nie mit deinem Vater?«

Ihr Lächeln erstarb. Lächerliche, dumme Tränen stiegen ihr in die Augen.

»Ich habe meinen Vater nie gekannt«, sagte sie kaum hörbar.

»Er hätte einer unter Hunderten sein können.«

Ihre Stimme wurde zusehends brüchiger.

»Meine Mutter war nämlich, war nämlich eine ... eine ...«

»Ich weiß.« Eigenartigerweise wollte Gabriel das Wort *Hure* nicht aus ihrem Mund hören. »Also, was ist passiert? Hat es vielleicht einmal einen Unfall gegeben?« Gabriel ahnte ihre Antwort eigentlich schon im voraus. Das Ganze ging offensichtlich viel tiefer, als es die Unsicherheit ihrer Herkunft vermuten ließ.

Cassies Gedanken tauchten in die Vergangenheit ein, wanderten weit zurück zu jenem längst vergangenen Tag. »Ich war noch sehr klein«, hörte sie sich selbst sagen.

»Aber ich werde diesen Tag nie vergessen – wie sehr ich mir das auch wünschte.«

Sie ließ sich auf den Rücken fallen und starrte blicklos die Decke an.

»Es war früh morgens, und wir standen am Rande der Docks, um zuzusehen, wie die Schiffe ihre Segel setzten. Meine Mutter hatte einen dunkelhaarigen, gutgekleideten Mann bei sich. Ich stand, soweit ich mich erinnere, direkt vor ihr. Sie hatte sich bei ihm eingehängt und lachte. Sie dachte wohl, ich würde nicht mitbekommen, was sie tuschelte, aber das stimmte nicht.«

Sie fröstelte. Selbst nach diesen vielen Jahren ließ die Erinnerung sie immer noch innerlich frieren. Sie hatte das Ganze tief in sich vergraben, wollte nie mehr daran erinnert werden, doch jetzt war es so, als durchlebte sie alles noch einmal.

»Was sagte sie?«

»Ich hörte, wie sie dem Mann zuflüsterte: ›Hey du, hier ist weit und breit niemand. Wenn wir sie los wären, wären wir beide hier ganz allein.‹«

Eine schreckliche Ahnung krampfte Gabriels Brust zusammen. Lieber Gott! Das konnte nicht sein, dachte er entsetzt. Die Frau hatte doch sicher nicht vorgeschlagen …

»Was ist passiert?«

Cassie biß sich auf die Lippen. »Ich spürte eine Hand in meinem Rücken, und dann bin ich gefallen. Um mich herum war nur noch Dunkelheit, und es war so kalt … Ich weiß noch, wie ich geschrien habe, wie ich um Luft rang … und ich weiß, daß ich gedacht habe, daß ich gleich ertrinke. Doch als ich den Tod schon sicher vor Augen hatte, spürte ich, wie der Mann mich am Arm packte und aus dem Wasser zog.«

»Halt mal«, sagte er langsam. »Ich dachte, er stieß dich hinein.«

Es schien eine Ewigkeit zu vergehen, bevor sie antwortete. Ihre Stimme war matt und tonlos. »Nein«, sagte sie sehr ruhig. »Es war meine Mutter.«

Siebtes Kapitel

Gabriel hätte viel darum gegeben, wenn er nie den Grund für ihre Panik erfahren hätte. Denn jetzt verstand er ihre Ängste.

Und das gefiel ihm gar nicht. Im Grunde änderte das natürlich nichts an der Situation. Sicher, die ganze Geschichte war bedauerlich, aber er konnte dem Mädchen nicht erlauben, sein Herz zu erweichen, denn dann wäre alles für die Katz'. Und Gabriel war fest entschlossen, sich seine Pläne von nichts und niemandem auf der Welt durchkreuzen zu lassen.

Für Cassie schleppten sich die Wochen dahin. Es war immer schon spät, wenn Gabriel ins Bett kam, und gewöhnlich schlief sie dann schon, genauso wie sie morgens noch schlief, wenn er bei Tagesanbruch aufstand. Tagsüber war sie die meiste Zeit sich selbst überlassen. Er ließ sich nur manchmal blicken, und es hatte sich nichts daran geändert, daß ihr Puls dann jedesmal schneller ging. Sobald er in der Tür stand, schien die Kabine plötzlich sehr viel kleiner zu werden.

Er bestand immer noch darauf, sie gelegentlich zu einem Rundgang an Deck mitzunehmen. Cassie war nicht tapfer genug, um sich allein nach draußen zu wagen, und so wurde sie entweder von Gabriel oder von Christopher begleitet.

So kam es, daß sie einen guten Teil ihrer Zeit mit Christopher verbrachte. Er war heiter und freundlich und hatte immer ein gewinnendes Lächeln auf seinem geröteten Gesicht. Cassie war fasziniert von seinen Geschichten über die vornehme Gesellschaft beziehungsweise *die High-Society,* wie er sie nannte. Ihr Wissensdurst war unersättlich. Sie wollte alles über London, das Theater, das Glücksspiel und die Clubs erfahren. Auch wenn sie sich manchmal einfältig vorkam, so war Christopher doch unendlich geduldig und schien ihre Fragen nie als lästig zu empfinden. Vielleicht war es ihr gar nicht so richtig bewußt, aber ganz nebenbei erfuhr sie auch eine ganze Menge über die Gewohnheiten der Adligen. Bei Christopher konnte sie sich immer entspannen.

Das war bei Gabriel *nie* der Fall.

Von Christopher erfuhr sie auch, daß die beiden sich in der Schule kennengelernt hatten. Cassie überraschte es nicht, daß Gabriel nicht unbedingt ein gehorsamer, pflichtbewußter Schüler gewesen war. Christopher zufolge hatten ihn seine kühne Frechheit und sein Wagemut bis ins Mannesalter begleitet, und auch dann war es damit nicht vorbei gewesen.

»Es war mir immer ein Rätsel, warum so ein Flegel wie er bei den Frauen immer so gut ankam«, lachte Christopher in sich hinein, als sie eines Tages – es war noch früh am Abend – nach dem Dinner an Deck saßen. »Ich vermute, daß manch eine Lady an gebrochenem Herzen sterben wird, wenn sie erfährt, daß er nicht mehr zu haben ist. Aber kein Grund zur Verzweiflung«, fügte er mit einem Glitzern in seinen Augen hinzu, »ich wage auch zu behaupten, daß manch ein Draufgänger ihn mit Sicherheit um seine junge Gemahlin beneiden wird.«

Obwohl Cassie wußte, daß das ein Spaß war, wurde sie knallrot. Sie schlang die Hände um ihre Knie und lächelte. »Ich habe keinen Zweifel daran, daß alles, was Sie mir über Gabriel erzählt haben, stimmt. Aber, Christopher, mich würde doch noch etwas interessieren. Sind Sie auch so rücksichtslos und draufgängerisch?«

Christopher zwinkerte mit den Augen. »Wer, glaubst du wohl, hat ihm das alles beigebracht?«

Cassie lachte. Sie wußte es besser. Sie konnte sich Christopher nicht anders als ehrenhaft und vertrauenswürdig vorstellen.

Keiner von beiden hatte bemerkt, daß sie vom Achterdeck aus mit finsterem, grübelndem Blick beobachtet wurden. Hinter der ruhigen Fassade lauerte brodelnd ein dunkles Gefühl, das er zwar gut unter Kontrolle hatte, aber das eben dennoch da war. Gabriels Blick ruhte lange auf dem Kopf mit dem honigfarbenen Haar, der sich so vertraut seinem Freund zuwandte. In den vergangenen Wochen hatte er das Paar schon oft so gesehen – fröhlich schwatzend und zusammen lachend. Es war nicht so, daß er dem Mädchen das Bedürfnis nach Gesellschaft etwa verübelte; er vertraute seinem Freund voll und ganz, sonst hätte er das nie zugelassen. Aber aus Cassies Gesicht verschwand immer sofort jedes Leben, sobald er sich näherte, was er jetzt tat.

Christopher sah ihn zuerst. Er sprang schnell auf. Brennende, silbergraue Augen richteten sich auf Cassie.

»Ich dachte, ihr habt gemerkt, daß Wind aufkommt.« Sein Ton war scharf wie eine Klinge. »Ein Sturm zieht auf. Du gehst am besten nach unten.«

Er wollte schon wieder weggehen, wirbelte aber dann noch einmal herum, als er merkte, daß sie keine Anstalten machte zu gehorchen. »Ich schlage vor, du beeilst dich, Yank – sofern du nicht vorhast, in einem Wassergrab zu landen.«

Damit drehte er sich um und ging weg. Cassie starrte ihm, sichtlich entgeistert über seinen spitzen Tadel, nach. Sie war verstört und verwirrt, gekränkt und verletzt, denn er hatte es fertiggebracht, daß sie sich schuldig fühlte – und sie konnte sich nicht erklären, warum sie das sollte.

Christopher hätte seinen Freund liebend gern auf der Stelle erwürgt. Er machte eine Bewegung gen Himmel und murmelte: »Tja, er hat leider recht. Der Himmel zieht sich dunkel zusammen, und die Brise wird steifer. Du bist unten sicherer.« Mit einem schiefen Lächeln bewegte er sich auf die Treppe zu. »Sollen wir?«

Cassie erlaubte ihm, ihren Arm zu nehmen, jedoch nicht ohne Gabriel einen spöttischen Blick nachzuwerfen. »Ich glaube kaum, daß er sich um meine Sicherheit Sorgen macht«, murmelte sie. »Im Gegenteil, ich bin sogar sicher, daß er kaum einen Gedanken an mich verschwendet.«

Christopher schüttelte den Kopf. »Er meint es nicht böse«, sagte er freundlich. »Das ist eben so seine Art, kleines Fräulein.«

Sie preßte die Lippen zusammen. »Ich verstehe ihn einfach nicht«, sagte sie direkt.

Christopher zögerte. »Gabriel ist kein Mann, den man leicht durchschauen kann«, sagte er langsam. »Die meiste Zeit seines Lebens hatte er immer viele Leute um sich herum, und doch war er die meiste Zeit mit sich allein – und einsam.« Es dauerte einen Moment, bevor er mit weicher Stimme fortfuhr: »So wie du.«

Doch Cassie fiel es schwer, sich selbst und Gabriel als verwandte Seelen zu sehen. Sie drehte sich um und sah ihn lange an. »Wenn Sie glauben, daß wir beide uns ähnlich sind«, stellte sie schließlich ruhig fest, »dann sind Sie, fürchte ich, ziemlich auf dem Holzweg.« Damit ging sie in die Kabine.

War er das wirklich? Christopher blieb noch einen Moment vor ihrer Tür stehen. Um seinen Mund spielte ein selbstzufriedenes Lächeln. Er hatte sich wohl in seiner Meinung über dieses Paar getäuscht – vielleicht gehörten die beiden letztendlich doch zusammen. Er hoffte es. Um Cassies willen … aber auch um Gabriels willen.

Cassie war beileibe nicht von ehelichen Harmoniegedanken beseelt. Unruhig lief sie in ihrer Kabine hin und her, und mit jedem Schritt steigerte sich ihre Wut. Alles in ihr rebellierte gegen diesen herausgeputzten Lord und sein dünkelhaftes Gehabe. Er hatte sie behandelt, als sei sie ein Einfaltspinsel! Sie mochte zwar arm sein, aber dumm war sie nicht! Sie besaß genügend Stolz und genügend Geist, um sich solch eine Behandlung von dem Mann, der sich nun ihr Ehemann nannte, nicht gefallen lassen zu müssen. Gewiß, sie war entsetzlich ungebildet, was den Umgang mit adligen Kreisen anbetraf, aber sie kannte sich bestens mit ungehobelten Männern aus, einer Spezies, die er noch bei weitem übertraf!

Sie blieb vor dem kleinen Rasierspiegel stehen, der über dem Waschtisch hing. Zwei hellrote Flecken auf den Wangen glühten ihr entgegen. Ihre Augen blitzten vor Angriffslust. Oh, er irrte sich gewaltig, wenn er glaubte, sie würde sich hier unten wie ein Hasenfuß verkriechen. Gut, sie war weder kaltblütig noch mutig, aber sie war auch nicht wachsweich und sanftmütig, und vielleicht wurde es Zeit, daß er das begriff.

Sie wirbelte herum und riß die Kabinentür auf. Dann raffte sie ihre Röcke zusammen und stieg die Treppe hinauf. Seine Warnung hatte sie inzwischen vollständig vergessen.

Sie war kaum an Deck, als sie auch schon ihren Fehler bemerkte. Die Segel knatterten wie Donnerhall, und die hoch aufragenden Masten schwankten von einer Seite zur anderen. Die See war grau und aufgewühlt. Starr vor Entsetzen betrachtete sie wie gebannt das infernalische Schauspiel. Von irgendwoher kam ein Schrei, den der Wind in Fetzen davontrug. Sie wandte den Kopf in die Richtung, aus der er kam.

Es war Gabriel. Er stand vornübergebeugt auf dem Achterdeck und starrte sie mit wutverzerrter Miene und so finsteren und wilden Augen an, wie sie ihn noch nie erlebt hatte. Er schrie ihr erneut etwas zu und deutete wild gestikulierend in Richtung Niedergang. Dieses Mal gab Cassie nicht vor, ihn mißzuverstehen. Er wollte, daß sie nach unten ging. Und ihr war auch nicht danach zumute, hier oben weiter auszuharren.

Doch als sie sich umdrehte, um den Rückzug anzutreten, wurde sie von einer gewaltigen Windböe erfaßt, die sie rückwärts taumeln ließ. Die Bö schnitt ihr den Atem ab und raubte ihr alle Kraft. Rund um das Schiff tobte die See, bäumte sich auf und fiel in sich zusammen, um alsbald erneut ihre weißen, schaumgekrönten Wogen in wilder Raserei gegen das Schiff zu schleudern.

Und dann sah Cassie sie.

Eine gigantische, furchterregende Wasserwand – turmhoch, höher als die Mastspitze – rollte wie ein Vorbote des Todes heran. Ein halberstickter, von rasender Angst verzerrter Schrei entrang sich ihrer Kehle. Das Monster kam genau auf das Schiff zu! Ich muß weg hier, schoß es ihr noch durch den Kopf, doch da krachte die riesige Welle auch schon gegen den Schiffsrumpf. Die Wucht des Aufpralls riß ihr die Beine weg und schleuderte sie zu Boden.

Einen Moment lang war ihr, als habe man sie in ein pechschwarzes Loch gesteckt. Um sie herum nur schwarze Dunkelheit. Und dann schwappte ein gewaltiger Wasserschwall über sie hinweg. Die eisige Kälte raubte ihr die Sinne. Sie war halb ohnmächtig, nahm nur noch vage wahr, daß sie wegrutschte, ehe eine zentnerschwere Last auf ihr landete, die sie auf den Boden des Decks preßte. Das Wasser flutete mit Getöse um sie herum. Sie konnte nicht mehr sehen. Sie konnte nicht mehr atmen. Das Blut stockte ihr in den Adern vor kaltem Entsetzen, als sie spürte, wie das Wasser wütend an ihr zerrte und versuchte, sie in seine tödliche Umarmung zu ziehen. Sie öffnete den Mund, um zu schreien, doch das eindringende Seewasser erstickte jeden Laut.

Das Schiff ächzte und stöhnte, schien sich auf die Seite zu legen, drohte zu kentern, ehe es sich endlich ganz langsam wieder aufrichtete. Mit einem verhaltenen Fluch warf Gabriel sich auf die Knie und packte seine Frau. Ihre Augen waren geschlossen. Ihr schlaffer Körper bewegte sich nicht. Ihr Kopf hing kraftlos über seinem Arm; ihre Lippen waren wachsgelb.

Panik stieg in ihm auf. »Yank«, flüsterte er heiser. *»Yank!«*

Plötzlich fing sie mühsam keuchend zu husten an. Ihr Körper bäumte sich auf. Ihre Augenlider zitterten leicht, ehe sie endlich die Augen aufschlug.

»Was ist los?« keuchte sie. »Bin ich jetzt tot?«

Gabriel konnte nichts dagegen machen: Er konnte sich weder gegen das Lächeln wehren, das sein Gesicht erhellte, noch gegen die Erleichterung, die seine Adern durchpulste. Seine Arme drückten sie ein ganz kleines bißchen fester an sich. »Wieso, Yank? Denkst du, du bist im Himmel?«

Cassie starrte benommen in die hageren, abgespannten Gesichtszüge über sich, und auf einmal traf sie die Erkenntnis wie ein Schlag: Sie war ganz sicher nicht im Himmel! Starke Arme hielten sie warm umfangen und drückten sie fest an seine Brust. Doch dann holte die Wirklichkeit sie im Eiltempo wieder ein. Sie sah, wie sich diese wundervoll männlichen Lippen in kaum verhohlenem Ärger zusammenpreßten.

»Was zum Teufel hast du dir dabei gedacht, Yank? Ich habe dir doch gesagt, du sollst unten bleiben. Du wärst um ein Haar umgekommen.«

Cassie zog den Kopf ein und kämpfte gegen die Tränen, die ihr brennend in die Augen stiegen. Ihr Haar hatte sich aufgelöst und fiel in nassen Strähnen über ihr Gesicht und ihre Schultern. Sie betete, daß er nicht bemerkte, wie sich eine Träne unter ihren dichten Wimpern löste und mit der Nässe auf ihren Wangen vermischte. Als er sie schließlich auf ihre Füße zog, hatte sie ihre Fassung wiedergefunden, beziehungsweise das, was davon übriggeblieben war.

»Komm mit«, knurrte er. »Wir holen uns beide den Tod, wenn wir hier noch länger in dem Wind rumstehen.«

Er gab ihr mit einer Handbewegung zu verstehen, daß sie vorangehen sollte. Cassie schwankte benommen. Ihre Beine waren, vom Schock oder von der Kälte, so steif, daß sie kaum stehen konnte. Mit einem ungeduldigen Fluch riß er sie hoch und hob sie auf seine Arme.

In der Kabine stellte er sie wieder auf die Füße. Doch dieses Mal ließ er seine Hände um ihrer Taille liegen, bis sie festen Halt gefunden hatte.

»Ich bin wieder in Ordnung.« Ihre Stimme war ein bißchen zittrig. »Sie können ... jetzt loslassen.«

Seine Züge verhärteten sich kaum merklich. Er ließ die Hände sinken. »Mach, daß du aus diesen Klamotten kommst«, befahl er. »Ich will nicht an deinem Tod schuld sein, Yank.«

Er hatte recht. Sie waren beide bis auf die Haut durchnäßt. Das Wasser tropfte an ihnen herunter und bildete kleine Lachen auf dem Boden. Cassie drehte sich schamhaft von ihm weg. Es machte sie verlegen, sich in seiner Gegenwart zu entkleiden. Sie hatte bis jetzt immer sorgfältig darauf geachtet, ihre Intimsphäre zu wahren, und obwohl sie darüber nie ein Wort verloren hatten, hatte er dieses Bedürfnis stets respektiert.

Aber die Bänder ihres Mieders waren so vollgesogen, daß sie sie mit ihren klammen Fingern nicht lösen konnte. Sie versuchte es ein ums andere Mal, aber ohne Erfolg. Und plötzlich stand Gabriel vor ihr und wischte mit seinen kräftigen Fingern ihre Hände beiseite. Er hatte nur noch seine Breeches an, seine Brust war nackt. Kleine Wassertropfen glitzerten wie winzige Diamanten in den dunklen Haaren auf seiner Brust.

Cassie fühlte sich zu elend, um zu protestieren. Zitternd stand sie vor ihm und sah zu, wie er sie aus ihrem Kleid schälte. Obwohl ihr kalt war und er völlig unbeteiligt mit geschickten Händen zu Werke ging, fingen ihre Wangen doch an zu glühen, als er ihr sogar ihre Unterwäsche abstreifte. Aber das war noch nicht alles. Er griff sich ein Handtuch, drückte die Feuchtigkeit aus ihren Haaren und rubbelte anschließend ihren Körper ab. Als er fertig war, gab er ihr einen leichten Klaps auf den Po. »Ab ins Bett mit dir, Yank.«

Cassie ließ sich das nicht zweimal sagen. Ihre Zähne klapperten. Sie kroch zwischen die Bettücher und zog sich die wärmende Dekke hinauf bis zum Kinn. Als Gabriel seine Breeches abstreifte, schloß sie schnell die Augen.

Sie hörte, wie die nasse Hose auf den Boden klatschte. Dann ging das Licht aus, und Gabriel glitt neben sie.

Die Stille lastete auf ihr. Sie kuschelte sich zu einem Knäuel zusammen und versuchte verzweifelt die Erinnerung an das, was gerade geschehen war, zu verdrängen. Sie verfluchte sich selbst wegen ihrer Schwäche, doch vor ihrem Auge tauchte immer wieder die gewaltige Flutwelle wie ein riesiges todbringendes Ungeheuer auf, das sein Maul weit aufriß, um sie mit Haut und Haaren zu verschlingen. Gütiger Gott, sie hatte geglaubt, sie müsse sterben … sie hatte geglaubt, sie müsse *ertrinken.* Unwillkürlich stahl sich ein kleiner Seufzer über ihre Lippen.

Sofort legte sich eine feste Hand auf ihre nackte Hüfte. »Was ist los, Yank? Bist du krank?«

»Nein«, wisperte sie.

»Aber dir ist kalt? Möchtest du, daß ich dir eine zweite Decke hole?«

Kalt? Sie fürchtete, ihr würde nie wieder warm werden! Wenn seine Worte von Herzen gekommen wären, hätte sie sein Angebot gerne angenommen. Zögernd schüttelte sie den Kopf.

»Dann schlage ich vor, wir schlafen jetzt ein bißchen.« Er ließ sie los, rollte sich auf die andere Seite und wandte ihr den Rücken zu.

Die Minuten tröpfelten dahin. Sie zitterte und zitterte und zitterte.

»Um Himmels willen, Yank. Du bist jetzt in Sicherheit und hast es trocken und warm. Ist es vielleicht möglich, daß du endlich mit dem verdammten Zittern aufhörst?«

»Tu-tut mir leid.« Himmel, Herrgott! Selbst ihre Stimme zitterte. »Es ist nicht meine Absicht, I-Ihnen auf die Ne-Nerven zu gehen.«

Er drehte sich mit einem Ruck um, die Matratze schaukelte. Durch die Dunkelheit fühlte sie seinen Blick auf sich. Nach einer Weile hörte sie seine Stimme. »Ich muß schon sagen, Yank, du hast dir einen denkbar ungünstigen Zeitpunkt ausgesucht, um dir zu beweisen, daß du keine Angst mehr vor dem Meer hast.« Sein Ton war trocken.

»Darum ging es überhaupt nicht«, sagte sie mit einem Schauder. »Ich war wütend über die Art, wie Sie mich behandelt haben«, fuhr sie mit leiser Stimme fort. »Wenn Sie wollten, daß ich nach unten gehe, hätten Sie mich auch darum bitten können. Statt dessen gaben Sie mir das Gefühl, als sollte ich bis ans Ende aller Tage verbannt werden.« Sie reckte ihr Kinn vor. »I-ich habe nichts Unrechtes getan, und Sie hatten nicht das Recht, mich so zu behandeln.«

Sie hatte recht. Gabriel wußte das auch. Doch irgendein Dämon in ihm hinderte ihn daran, das ihr gegenüber zuzugeben. Er war auf beide wütend gewesen, auf sie und auf Christopher. Irgendwo in seinem Inneren flüsterte ihm eine Stimme zu, daß der Grund für seinen Wutausbruch Eifersucht war. Er schob den Gedanken zwar sofort beiseite, doch was war es sonst? Er konnte sich einfach keinen Reim darauf machen. Warum sollte ihn der Anblick von Cassies und Christophers Zusammensein auch nur im geringsten stören? Er weigerte sich einfach, sich weiter damit zu befassen.

Cassie selbst rettete ihn davor, sich weitere Entschuldigungen einfallen zu lassen. Ohne noch ein weiteres Wort zu verlieren, warf sie sich auf die Seite und kehrte ihm den Rücken zu. Doch es dauerte nicht lange, bis sie erneut zu zittern anfing.

»Du bist ein verdammter Sturkopf, Yank. Du hast zwar gesagt, du frierst nicht«, brummte er ärgerlich, »aber ganz offensichtlich frierst du doch. Also komm her, sonst wird dir niemals warm, und ich finde heute nacht keinen Schlaf mehr.«

Er zog sie zu sich heran, bettete sie an seine Seite und drückte ihren Kopf auf seine Brust. Irgendwie war er doch erstaunt, daß Cassie so gar keine Anstalten mehr machte, sich dagegen aufzulehnen. Es wunderte ihn, wie widerstandslos sie sich in ihr Schicksal fügte, weich und vertrauensvoll. Mit einem leisen Seufzer kuschelte sie sich an ihn und bettete ihren Kopf auf seine Brust, als hätten sie schon ein Leben lang so beieinander geschlafen.

Borstige dunkle Haare kitzelten sie an der Wange, doch Cassie störte das nicht. Seine Arme umfingen sie wie ein Hafen, in dem sie sich unglaublich warm und geborgen fühlte, zu geborgen, um Widerstand zu leisten. Ganz allmählich strömte die Hitze seines Körpers in ihre Adern. Sie hörte auf zu zittern. Ihre Muskeln entspannten sich, ihr Atem wurde gleichmäßig und ruhig. Bald war sie eingeschlafen.

Wie immer wachte Gabriel auch am nächsten Morgen als erster auf. Die ersten Sonnenstrahlen der Morgendämmerung schimmerten golden durch das Fenster. Doch Gabriel stand nicht wie sonst sofort auf. Statt dessen gab er sich noch eine Weile dem süßen Gefühl weicher, weiblicher Nähe hin.

Cassie hatte sich während der Nacht kaum bewegt und schmiegte sich immer noch an ihn. Sein Mund wurde plötzlich hart. Er erinnerte sich an das Hemd, das er ihr am Abend zuvor ausgezogen hatte. Es war so abgetragen, daß es fast durchsichtig war. Es entsetzte ihn immer noch, daß sie nur zwei Kleider besaß, die beide besser verbrannt werden sollten – was er auch bald zu tun beabsichtigte.

Wohl wissend, daß er es später bereuen würde, zog er das Laken weg, um sie zu betrachten. Er rutschte ein bißchen zurück, um sie besser sehen zu können. Sein Blick glitt langsam ihren Körper hinunter und nahm sich Zeit, jedes Detail in Muße zu studieren. Er war schließlich auch nur ein sterblicher Mann, und die Süße ihrer körperlichen Reize ließ die Schärfe ihrer spitzen Zunge, die er gewaltig unterschätzt hatte, vergessen.

Ihr Haar lag in wilden Locken auf dem Kopfkissen ausgebreitet und enthüllte alles, was er sehen wollte und was sein männliches Herz so bezauberte. Ihre Glieder waren zart und schlank, und ihre Haut war glatt und elfenbeinfarben. Sie hatte zwar seit ihrer Abfahrt ein bißchen zugelegt, wie er mit Befriedigung feststellte, aber sie war immer noch überirdisch schlank. Wenn er gewollt hätte, hätte er ihre beiden Handgelenke leicht mit einer Hand umfassen können, und die Breite ihrer Hüften maß auch nicht viel mehr als die Spanne seiner Finger.

Sein Blut geriet langsam in Wallung. Nein, dachte er erneut, er war nicht unempfänglich für ihre femininen Reize. Sein Blick verweilte auf den kirschroten Spitzen ihrer Brüste, die zwar klein, aber in ihrer Form vollkommen waren. Rotgoldener Flaum bewachte ihre Weiblichkeit. Ein heißes Verlangen packte ihn, das Verlangen, sie zurückzuwerfen und sein Glied hart und tief in sie hineinzutreiben, um ihre feste, klammernde Hitze um seine Männlichkeit zu spüren.

Er rief sich ins Gedächtnis zurück, daß diese Heirat ihm kaum mehr bedeutete als eine Heirat mit Lady Evelyn. Er hatte das Mädchen zwar aus freien Stücken geheiratet, aber nicht aus Zuneigung. Und dieser Gedanke warnte ihn, daraus eine echte Ehe zu machen. Ein anderer Gedanke, der seiner Männlichkeit entsprang, flüsterte ihm indessen zu, daß es keine Überwindung für ihn wäre, Liebe mit ihr zu machen … nein, ganz und gar nicht. Doch Gabriel war ein Mann, der es gelernt hatte, seine Leidenschaft unter Kontrolle zu halten, genauso wie seine Gefühle.

Und dennoch ließ sich nicht abstreiten … daß eine Ehe nicht wirklich bindend war, wenn sie nicht vollzogen wurde.

Er zog sie an seine Seite und umspannte, mehr unbewußt, mit den Händen ihre schmale Taille. Ihr Körper war weich und schläfrig und warm. Ihre Lippen öffneten sich einladend im Schlaf.

Sein Blick wurde magisch davon angezogen, »Yank«, flüsterte er mit einer Stimme, die nicht viel mehr als ein Windbauch war.

Cassie bewegte sich unruhig und schlug dann langsam ihre Augen auf. Die Zeit schien stillzustehen, als sie im Halbdunkel die edlen Züge des Gesichts erkannte, das direkt über ihr mit sardonischem Lächeln auf sie herabblickte. Ihre Augen weiteten sich, als ihr langsam bewußt wurde, daß sie von der Brust bis zum Knie wohlig an ihn gepreßt war und – daß sie dazu noch beide nackt waren! Sie spürte seine behaarten festen Oberschenkel auf ihrer Haut und wagte gar nicht daran zu denken, was zwischen ihnen lag …

Abwehrend hob sie die Hände und brachte sie zwischen sich, um ihn ganz offensichtlich wegzustoßen. Doch Gabriel ließ keinen Rückzug zu. Seine Umarmung wurde noch fester. Er preßte sie noch enger an seinen Körper.

»Hey, Yank, was soll das? Im Gasthof hast du dich gegen meine Berührung nicht so gesträubt.« Seine Finger spielten in ihrem Haar und drehten ihr Gesicht zu sich hoch. »Komm schon. Was ist schon ein Kuß zwischen Eheleuten?«

»Es geht nicht nur um einen Kuß. Was Sie wollen, ist viel mehr!« Sie drückte gegen seine Schultern, doch ohne Erfolg. Allein schon das Gewicht seines Brustkorbes hielt sie an ihrem Platz fest.

»Tja, Yank, wir machen offensichtlich tatsächlich Fortschritte. Du kennst mich inzwischen schon recht gut.«

Cassie hörte auf zu kämpfen und starrte ihn finster an. Oh, wie sie seinen Sarkasmus haßte!

Sein Gesicht kam noch näher; mit all ihren Sinnen spürte sie seine kraftvolle, bedrohliche Präsenz. Cassie hatte sich nie als schwach oder hilflos empfunden, doch jetzt fühlte sie sich so, weil es für sie kein Entrinnen gab. Panikartige Angst erfaßte sie, denn sie spürte, daß er etwas im Sinn hatte, das sie erschreckte. Doch gerade als sie befürchtete, er würde seine Überlegenheit ausnutzen und notfalls mit Gewalt seinen Vorteil suchen, ließ er sie los.

Cassie rutschte hastig zurück zur Wand und preßte die Betttücher auf ihre Brust. Er sagte nichts, sondern stützte sich nur auf seinen Ellbogen und starrte sie unverwandt an. Cassies Herz klopfte wie wild. Sie traute ihm nicht, denn seine Gedanken gingen Wege, die sie nicht verstand. Er war unberechenbar. Es machte sie nervös, wie er dalag und sie, sich ganz offensichtlich ihrer Nacktheit bewußt, beobachtete.

»Unsere Ehe«, sagte er plötzlich, »sie wurde noch nicht vollzogen. Eine Annullierung ist immer noch möglich – von beiden Seiten. Ich denke, die Angelegenheit sollte bereinigt werden, bevor wir England erreichen.«

Cassie wurde blaß. Ihr drehte sich der Kopf. Er meinte doch nicht etwa ... Sie öffnete den Mund. »Aber ... Sie haben es versprochen. Sie haben gesagt, daß wir nicht ... Sie haben versprochen, mich in Ruhe zu lassen!«

»Manchmal rede ich eben zu schnell.« Sein Ton war knallhart. »Ich will auf keinen Fall, daß Zweifel an der Gültigkeit dieser Ehe aufkommen, Yank.«

Ihre Augen waren riesig. »Sie denken an Ihren Vater?«

»Vor allem an meinen Vater.« Er bewegte kaum die Lippen, als er sprach.

Cassie klopfte das Herz wie wild. Er streckte eine Hand aus, und Cassie zuckte innerlich zusammen, als er mit seiner dreisten Fingerkuppe die Konturen ihrer Brust unter dem Bettuch nachzeichnete. Sie wurde außerordentlich still.

»Ich bin kein schlechter Liebhaber, Yank!«, sagte er sanft.

»Sie werden nie mein Liebhaber sein!« Sie holte blindlings mit der Hand aus.

Er packte sie bei den Handgelenken. Ganz plötzlich ging es bei diesem Gespräch weniger um die Folgen ihrer Handlungsweise als um einen Machtkampf. »Du hast meinen Kuß doch genossen, Yank. Willst du etwa abstreiten, daß es dir gefallen hat?«

»Mir hat weder etwas gefallen, noch habe ich etwas genossen!«

Aber das war eine Lüge, eine glatte Lüge. Sein Kuß war von ganz besonderer Süße gewesen. Trotzdem hatte sie keinen Zweifel daran, daß eine eventuelle Vereinigung ekelhaft und erniedrigend sein würde.

Sein Gesicht verdunkelte sich ein wenig, trotzdem blieb seine Stimme mild und ölig wie guter Portwein. »Verzeih mir, Yank, aber ich kann nicht glauben, daß ich wirklich so ein Unhold bin. Nun, es gibt Frauen in London, die ein Königreich dafür geben würden, um deine Stelle in meinem Bett einzunehmen.«

Oh, dieser arrogante Schnösel! »Und ich würde ihnen mit Freuden meinen Platz anbieten«, rief sie.

Sein Gesichtsausdruck verhärtete sich. »Unglücklicherweise ist das nicht möglich. Und ich finde eigentlich keinen triftigen Grund dafür, warum du weiter so stur bist. Was macht denn schon ein Mann mehr oder weniger aus?«

Mit einem Ruck warf er die Bettücher beiseite. Cassie zitterte wie Espenlaub unter dem prüfenden Blick seiner Augen, die das, was sich ihm an weiblichen Reizen enthüllt hatte, dreist taxierten.

»Und ich sehe keinen triftigen Grund, warum Sie darauf bestehen, sich etwas zu nehmen, das freiwillig geschenkt werden sollte«, stieß sie halberstickt hervor. »Habe ich dabei kein Wort mitzureden? Habe ich keine Wahl?«

Er schüttelte nur den Kopf und drückte ihre Handgelenke neben ihrem Kopf auf das Bett. Seine Nähe war überwältigend; sein Körper lag schwer und hart auf ihr. Und noch etwas anderes Hartes drängte sich in die Weichheit ihres Bauches ...

Ihr Atem ging stoßweise. »Sie haben doch gesagt, daß Ihnen nicht der Sinn nach einem Erben steht!« keuchte sie verzweifelt. »Was ist, wenn ich ein Kind bekommen sollte?«

Einen entsetzlichen Moment lang schien es, als habe er sie nicht gehört. Aber dann rollte er sich abrupt zur Seite und stand vom Bett auf.

Zwar verwirrt über seine Reaktion, aber ungeheuer dankbar für seinen Rückzug, kuschelte sich Cassie tief in das Bett hinein. Sie wagte kaum zu atmen, als er sich mit schnellen, ja fast wilden Bewegungen anzog. Sie spürte es – er war wütend, ja er kochte geradezu vor Wut.

Und dieses Empfinden wurde zur Gewißheit, als er sich umdrehte. Seine Kiefer waren fest aufeinandergepreßt, seine Miene war so eisig wie seine Stimme.

»Das ändert gar nichts, Yank. Wenn die Frage auftauchen sollte, dann bestätigst du, daß die Ehe vollzogen wurde.«

Cassie hob den Kopf. Sie atmete schwer. »Was?« murmelte sie. »Sie wollen, daß ich lüge!«

Er schnitt ihr das Wort ab. »Ganz genau das will ich, sonst habe ich keine andere Wahl, als vollendete Tatsachen zu schaffen. Und täusch dich nicht – dein Widerstand wird mich das nächstemal nicht mehr aufhalten. Und glaub bloß nicht, Yank, du könntest mich gegen meinen Vater oder gegen sonst irgend jemanden ausspielen. Du mußt den wahren Stand unserer Ehe absolut für dich behalten. Denn nur so kannst du dich sicher fühlen.« Die wilde Entschlossenheit und das unheimliche Glitzern in seinen Augen ließen keinen Zweifel daran, daß es für Cassie keinen Ausweg gab. »... und wirklich *nur* so.«

Cassie rollte sich wieder zur Wand, völlig verwirrt und ungläubig. Ihr Magen krampfte sich in kaltem Entsetzen zusammen. Lieber Gott, hatte er gerade ihre Keuschheit bedroht … oder ihr Leben?

Achtes Kapitel

Eine Woche später kündigte Gabriel an, daß sie in einer Stunde in London anlegen würden.

Plötzlich hellwach, warf sie die Bettdecke zurück und stand auf. Das Herz schlug ihr vor Aufregung bis zum Hals, als sie hastig frisches Wasser in die Waschschüssel goß. Sie schrubbte ihr Gesicht, bis es glühte, wusch sich schnell den Körper und bürstete dann ihr Haar, das sie zu einem schweren Knoten in ihrem Nacken zusammenwand. Seufzend griff sie nach ihrem abgetragenen, zerknitterten Kleid. Noch gestern hatte sie einen Saum ausgebessert – zum zigsten Mal. Aber was sie noch mehr haßte als diesen Lumpen, war ihr ausgeschnittenes Mieder. Sie war sich darin zwar schon immer billig und geschmacklos vorgekommen, aber noch niemals so sehr wie jetzt.

Plötzlich klopfte es an der Tür. »Cassie? Ich dachte, du würdest vielleicht gern nach oben kommen, um unsere Ankunft in London mitzuerleben.«

Es war Christopher. Sie hatte sich in dieser letzten Woche kaum getraut, die Kabine zu verlassen. Die Erinnerung daran, daß sie beinahe über Bord gegangen wäre, war noch zu qualvoll und frisch. Eigenartigerweise hatte Gabriel auch nicht darauf bestanden. Cassie öffnete die Tür einen Spalt.

Christopher lächelte sie an. »Ich würde mich freuen, wenn du mitkommst. Und wir brauchen auch gar nicht so nah an die Reling zu gehen, versprochen.«

Cassie biß sich auf die Lippen und nickte dann. Christopher war so freundlich und nett und sah sie so hoffnungsvoll an, daß sie den Gedanken, ihn zu enttäuschen, nicht ertragen konnte. Vielleicht würde es ja auch gar nicht so schlimm werden. »Ich möchte nur schnell noch meinen Schal holen«, murmelte sie.

An Deck war die Luft zwar frisch, aber es war nicht übermäßig kühl. Christopher hielt etwa einen halben Meter Abstand zu ihr. Er war in ihrer Nähe, berührte sie aber nicht. Cassies Herz begann zu klopfen. Nun, da der Zeitpunkt gekommen war, wußte sie nicht, ob dies der Augenblick war, vor dem sie sich gefürchtet hatte – oder den sie mit ganzem Herzen herbeigesehnt hatte. Schon bald gesellte sich auch Gabriel zu ihnen, obwohl er wenig sagte. Sie reckte den Hals, um ihren ersten Blick auf die Stadt zu werfen, ohne zu merken, daß beide Männer sie beobachteten, der eine mit einem nachsichtigen Lächeln um den Mund, der andere mit Gedanken, die er vor den Augen der anderen verbarg.

Cassie beobachtete interessiert, wie eine Lagerhalle nach der anderen entlang der Küstenlinie an ihnen vorbeizog. Im Hafen herrschte geschäftiges Treiben beim Entladen und Beladen der Schiffe. Dahinter kräuselten sich überall Rauchwölkchen in den Himmel. Der Kapitän steuerte das Schiff auf seinen Liegeplatz, und dann wurde der Anker geworfen.

Plötzlich spürte Cassie eine Hand an ihrem Ellbogen. Die Stimme ihres Ehemannes drang an ihr Ohr. »Warte hier, während ich mich um das Löschen der Ladung kümmere.«

Christopher war nach unten gegangen, um seine Sachen zu holen. Er kam mit einem Reisekoffer in der Hand zurück. Mit seinem Hut, den er schräg in die Stirn gezogen hatte, sah er geradezu keck aus. Er blieb vor ihr stehen.

»Es scheint, daß es an der Zeit ist, auf Wiedersehen zu sagen«, sagte er freundlich.

Ohne sich darum Sorgen zu machen, daß ihr Mann sie vielleicht beobachten könnte, drückte Cassie ihm einen Kuß auf die Wange. »Vielen Dank für alles, Christopher. Ich – ich werde Sie vermissen.«

Er lachte sie herzlich an und stellte seinen Koffer ab. Dann nahm er sie bei beiden Händen und meinte freundlich: »Oh, du siehst mich heute nicht zum letztenmal, Cassie.« Er drückte leicht ihre Finger. »Ich werde dich und Gabriel schon sehr bald besuchen kommen.« Damit nahm er wieder seinen Koffer, drehte sich um und schlenderte gemütlich die Schiffsplanke hinunter. Unten angekommen, wandte er sich noch einmal um, winkte kurz und war schließlich verschwunden. Ohne sich dagegen wehren zu können, wurde sie plötzlich von einer ungeheuren Traurigkeit ergriffen.

Wie ein schwerer Stein lastete sie auf ihrer Brust. Neben Bess war Christopher ihr einzig wahrer Freund gewesen.

Die Leute kamen mit dem Löschen der Ladung schnell voran. Es dauerte nicht lange, bis Gabriel wieder neben ihr stand und ihr seinen Arm bot. »Bist du bereit, England zu begrüßen, Yank?«

Mit gespielter Entschlossenheit legte Cassie ihre Hand auf seinen Arm. Doch schon beim ersten Schritt auf der Gangway fing ihr Herz an zu rasen. Sie krallte ihre Fingernägel in seinen Arm und blickte starr auf die Menschen, die am Kai hin und her wuselten. Vorsichtig setzte sie einen Fuß vor den anderen.

Sie war ein bißchen blaß, als sie endlich wieder festen Boden unter den Füßen hatte. Die Luft war frostig und feucht, es war weitaus kälter als in Charleston. Erst jetzt bemerkte sie die Kutsche, die in der Nähe wartete. Der Kutscher sprang vom Bock und beeilte sich, die Tür für sie aufzuhalten. Cassie zögerte – unsicher, wie sie einsteigen sollte. Erwartete man von ihr, daß sie alleine einstieg, oder sollte sie warten, bis jemand ihr dabei half? Glücklicherweise wurde ihr die Entscheidung abgenommen. Gabriel reichte ihr die Hand und half ihr hinein, bevor er selbst in den Wagen kletterte. Er setzte sich nicht neben sie, sondern zog es vor, ihr gegenüber Platz zu nehmen. Der Kutscher schnalzte mit der Peitsche, und schon ging die Fahrt los.

Cassie spähte neugierig durch das Fenster, ganz erpicht darauf, etwas von London zu sehen. Sie sprach kein Wort, während die Kutsche kreuz und quer durch die kopfsteingepflasterten Straßen holperte. Aus der Ferne drangen die lauten Stimmen der Kaufleute an ihr Ohr, die an jeder Straßenecke ihre Waren feilboten. Doch es dauerte nicht lange, bis der Mann ihr gegenüber wieder ihre ganze Aufmerksamkeit in Anspruch nahm. Er wirkte so vornehm reserviert und so distanziert wie immer. Sie hatten in der letzten Zeit nur das Notwendigste miteinander geredet. Nun saß er ihr gegenüber, gebieterisch – und irritierend.

Nervös glättete sie ihre Röcke. So sehr sie sich auch gewünscht hatte, sich von ihrer Vergangenheit zu befreien, so wenig wagte sie es jetzt, an die Zukunft zu denken. Sie barg so viele Unsicherheiten.

Schließlich brach sie das Schweigen, das auf ihnen lastete. »Haben Sie ein Haus in London?«

Seine kühlen, grauen Augen wandten sich ihr zu. »Ich habe ein

Stadthaus in West End. Aber dort werden wir heute nicht übernachten.«

Cassie faltete die Hände in ihrem Schoß. Sie war sich nicht sicher, ob ihr das gefiel. »Wo werden wir dann absteigen?« Sie haßte die Zaghaftigkeit in ihrer Stimme, aber sie konnte nichts dagegen tun.

Sein Blick war so stechend, daß sie sich immer unwohler fühlte. »In Farleigh Hall, dem Familiensitz in Kent«, sagte er schließlich. »Aber vorher machen wir noch einen kleinen Umweg« – er zog die Augenbrauen hoch, als er ihr Unbehagen bemerkte –, »um eine *Modistin* zu besuchen.«

Eine Schneiderin. Deshalb also. Er log doch nicht etwa? Leider schien er ihre Gedanken nur allzu gut lesen zu können, was ihm anscheinend auch noch sichtlich Spaß machte. Er verzog seinen Mund zu einem leichten Lächeln. »Du brauchst gar nicht so überrascht dreinzuschauen, Yank. Ich habe doch versprochen, daß ich dich standesgemäß einkleiden werde.«

Lilliane Willisons Kreationen waren der letzte Schrei in London, obwohl Cassie das wohl kaum wußte. Sie war eine Frau mit scharfen, dunklen Augen, die die erste Blüte ihrer Weiblichkeit zwar schon hinter sich hatte, aber dennoch durchaus noch sehr attraktiv war.

»Meine Frau braucht eine ganz neue Ausstattung, Lilliane, und ich meine damit, sie muß von Kopf bis Fuß neu eingekleidet werden. Und, Lilliane«, sein Lächeln war atemberaubend, »es wird gewiß nicht zu Ihrem Schaden sein, wenn Sie den Umfang der benötigten Garderobe mit allergrößter Diskretion behandeln würden.«

Nur mit größter Anstrengung gelang es Lilliane Willison, sich nicht anmerken zu lassen, wie schockiert sie war. Der gutaussehende Lord war ein gern gesehener Kunde, denn er sah, weiß Gott, nicht auf den Pfennig, wenn er ein Geschenk für eine seiner Amouren aussuchte. Aber … eine Ehefrau! Natürlich würde sie seiner Bitte entsprechen, keine Frage. Man machte sich keinen Gabriel Sinclair zum Feind, o nein, den nicht! Die Klatschweiber würden sich das Maul zerreißen, wenn sie von dieser Heirat erfuhren!

»Sie haben die richtige Adresse gewählt, Mylord.« Um ihre kirschroten Lippen spielte ein vornehm zurückhaltendes Lächeln.

Obwohl diese Frau Ruhe und Würde ausstrahlte, hatte Cassie sofort das Gefühl, daß sie enorm clever und gewitzt war. Der tadellos gekleidete Gentleman und seine schäbige Ehefrau – empfand sie das nicht als sehr merkwürdig? Doch derartige Gedanken verflogen sofort, als Lilliane sie in einen anderen Raum komplementierte.

An den Wänden stapelten sich fast bis zur Decke unzählige Stoffballen – Mousseline, Seide, Samt … und das in mehr verschiedenen Farben, als Cassie in ihren kühnsten Träumen je für möglich gehalten hätte.

Die nächsten Stunden verbrachte sie wie in Trance. Als Lilliane sie bat, sich auszuziehen, flammte ihr Gesicht rot auf. Gabriel machte es sich in einem Sessel bequem und schaute zu. Cassie wagte es allerdings nicht, seinem Blick zu begegnen. Sie fand es ziemlich verwirrend, daß er sich in dieser Umgebung wie zu Hause zu fühlen schien und mit der Garderobe einer Lady offensichtlich bis ins letzte Detail bestens vertraut war. Allerdings, flüsterte ihr eine kleine innere Stimme zu, traf das zweifellos auch auf das Schlafzimmer einer Dame zu … und damit auf alles, was sich darin befand.

Es war schon später Nachmittag, als sie sich endlich verabschiedeten. Lilliane hatte mehrere Kleider angeschleppt, die eine andere Kundin schließlich doch nicht gekauft hatte. Cassie war entzückt, als sie feststellte, daß sie ihr wie angegossen paßten. Gabriel ließ sie in mehrere große Kartons verpacken und verstaute sie dann zu Cassies großer Enttäuschung hinter dem Sitz des Kutschers. Sie hätte so gern ihr schreckliches Kleid gegen eines der anderen eingetauscht.

Die Kutsche hielt noch ein zweitesmal an, und zwar bei einem Juwelier, wo Gabriel ihr einen Trauring besorgte. Als er ihr den glänzenden Goldreif über den Finger streifte, konnte sie sich des Gefühls nicht erwehren, daß ihre Ehe mit diesem Ring viel realer geworden war – viel bindender.

Als sie die Stadt hinter sich ließen, wußte Cassie nicht genau, ob sie mehr aufgeregt oder mehr besorgt war. In ihrem Kopf drehte sich alles. Gabriel, der seine langen Beine vor sich ausgestreckt hatte, schien sich überaus wohl zu fühlen. Mit einem Seufzer wandte Cassie ihre Aufmerksamkeit der Landschaft zu, die draußen an ihnen vorbeiglitt. Sie war so völlig anders als das, was sie bisher gesehen hatte; sie hatte ja nie gewagt, Charleston zu verlassen. So weit das Auge reichte, nichts als grüne, hügelige Weiten, die nur von vereinzelten Bauernhöfen und grasenden Schafherden unterbrochen wurden.

Sie mußte eingenickt sein, denn das nächste, woran sie sich erinnerte, war erst wieder, wie jemand ihren Namen rief. Noch nicht ganz wach, war ihre erste Empfindung ein Gefühl von Wärme und Sicherheit. Ihre Wange ruhte auf weichem Wollstoff, der Herzschlag unter ihrem Ohr war gleichmäßig und beruhigend. Langsam schlug sie ihre Lider auf und ... blickte direkt in durchdringende silbergraue Augen.

Cassie fuhr auf. Aber Gabriel zog lediglich die Augenbrauen hoch und meinte mit einem leicht hämischen Lächeln: »Deine Haltung sah so unbequem aus, Yank. Ich wollte nur vermeiden, daß du einen steifen Hals bekommst.«

Cassie faltete die Hände in ihrem Schoß, damit sie aufhörten zu zittern. Warum schien sie nur immer wieder in seinen Armen zu landen – wo sie nicht hinwollte, und wo er sie auch nicht haben wollte?

Gabriel machte eine Bewegung zum Fenster hin. »Wir sind fast da, Yank.«

In diesem Augenblick fuhren sie durch ein großes, imposantes Tor und bogen, vorbei an einem kleinen Ziegelstein-Torhaus, in eine lange, mit Kieselsteinen geschotterte Allee ein. Zu beiden Seiten erstreckten sich stufenförmig landschaftlich wunderschön gestaltete Rasenflächen mit üppiger Vegetation. Sie war von dem Anblick so benommen, daß sie nur vage mitbekam, wie die Kutsche anhielt und Gabriel sie mit einem Schwung auf dem Boden absetzte.

»Der Familiensitz, Yank.« Gabriel verzog zwar den Mund zu einem Lächeln, doch seine Augen blieben dunkel. »Farleigh Hall.«

Cassie hatte noch nie in ihrem Leben etwas Derartiges gesehen. Schlanke Säulen aus Stein beherrschten in der Mitte des Hauses den Aufgang, zu dessen beiden Seiten sich zwei riesige Gebäudeflügel erstreckten. Cassie erstarrte in Ehrfurcht, denn diese Pracht überstieg bei weitem ihr bisheriges Vorstellungsvermögen. Doch ihr Mann ließ ihr keine Zeit, sich länger bei dem Anblick aufzuhalten. Schnell führte er sie die breite Steintreppe hinauf.

Das Portal öffnete sich, und ein weißhaariger Butler mit gebeugten Schultern geleitete sie hinein. Rechterhand reihte sich entlang der Galerie ein Porträt nach dem anderen an der Wand. Auf der linken Seite fiel der Blick auf eine imposante, kunstvoll geschnitzte Flügeltür, und direkt vor ihnen führte eine breite Treppe nach oben, die sich auf einem Treppenabsatz in beide Richtungen verzweigte. Obwohl der Butler nicht lächelte, strahlten seine offenen Augen doch Wärme aus. »Mylord! Es ist schön, sie wiederzusehen.«

»Vielen Dank, Davis. Ist mein Vater im Empfangssalon?«

»Nein, mein Herr, er ist mit dem Herzog von Warrenton ausgeritten. Ich denke, er wird in Kürze zurück sein.«

»Ausgezeichnet«, murmelte Gabriel. Er griff nach Cassies Arm. »Davis, ich möchte dir meine Frau vorstellen.«

Ein Anflug von Überraschung glitt über dessen Gesicht, doch er hatte genügend Übung, um sich sofort wieder in der Gewalt zu haben. Er verneigte sich tief. »Madam, erlauben Sie mir, sie auf Farleigh Hall willkommen zu heißen«, sagte er förmlich, aber nicht steif.

»Ich danke Ihnen«, murmelte sie. Sie wagte ein zaghaftes Lächeln. Sie fühlte sich so klein und unbedeutend in dieser Umgebung.

»Davis, würdest du veranlassen, daß unser Gepäck hereingebracht wird? Oh, und ich möchte, daß für meine Frau ein Zimmer hergerichtet wird; das gelbe Zimmer, denke ich.«

»Sehr wohl, Mylord.«

Gabriel wandte sich seiner Frau zu. Er hatte die Arme auf dem Rücken verschränkt. »Nun, Yank, ich hoffe doch, das ist in deinem Sinne?«

Ihr Lächeln erstarb. Er schien mit sich selbst ziemlich zufrieden zu sein, und in seinen Augen glomm ein Funke, der sie irgendwie mißtrauisch machte. »Haben Sie geglaubt, ich hätte an Ihnen gezweifelt?« Ihre Stimme war sehr ruhig.

Er lachte aus vollem Hals – und falsch. »O nein, Yank, das wirklich nicht! Ich wette, du hättest meinem Vorschlag nie zugestimmt, wenn du dir davon nicht einen Vorteil für dich versprochen hättest.«

Cassie bohrte sich die Fingernägel in die Handflächen. Mußte er sie als so … so habgierig hinstellen? Der Mann war stets bereit, nur das Schlimmste von ihr zu denken. Das Auftauchen eines Hausmädchens entband sie jedoch von einer passenden Antwort.

»Mylady, Ihr Zimmer ist fertig«, sagte das Mädchen schüchtern. »Ich zeige es Ihnen, wenn Sie es wünschen.«

Sie warf ihrem Mann einen finsteren Blick zu und kehrte ihm dann abrupt den Rücken. Ihr Rücken war gespannt, als sie dem Mädchen die große Treppe hinauf folgte. Am Ende eines langen Korridors im Obergeschoß öffnete das Mädchen eine Tür und blieb kurz stehen. Sie lächelte zaghaft. »Ich bin übrigens Gloria, Mylady.«

Cassie merkte, wie ihr Ärger verflog. »Danke, Gloria.« Es war ihr so fremd, mit Mylady angesprochen zu werden. Sie mußte sich zwingen, bei dieser Anrede nicht immer nach jemand anderem Ausschau zu halten.

Sie folgte dem Mädchen in das Zimmer und hielt den Atem an. Welch ein Traum! Der Raum war riesig, größer noch als der Schankraum im Black Jack's. Blaßgelbe Satinvorhänge waren um ein enorm großes Himmelbett drapiert. Den Waschtisch zierte eine zartgeblümte Waschschüssel. Neben einer breiten Anrichte stand eine Frisierkommode mit anmutig geschwungenen Beinen, auf der Kamm und Bürste sowie ein silbergerahmter Handspiegel bereitlagen. Zwei mit weißem Samt bezogene Sessel waren vor den Kamin gezogen.

Sie ging unwillkürlich auf Zehenspitzen und konnte kaum glauben, daß sie wirklich hier war.

Gloria schaute sie besorgt an. »Ich hoffe, das Zimmer sagt Ihnen zu, Mylady.«

»Es ... es ist zauberhaft«, war alles, was sie hervorbringen konnte. Durchflutet von Sonnenlicht und Wärme, war das Zimmer die Erfüllung all ihrer Träume, und weit mehr noch.

Ein süßer Duft wehte durch das offene Fenster. Cassie schob den weißen Rüschenvorhang zur Seite. War es unrecht, sich von einem unglaublichen Glücksgefühl erfassen zu lassen? Auf einmal fühlte sie sich ungeheuer selbstsüchtig. Sie dachte wehmütig an Bess. Die liebe, teure Bess hätte vor Freude geweint, wenn es ihr vergönnt gewesen wäre, auch nur einen Blick auf so viel verschwenderische Pracht zu werfen.

»Möchten Sie, daß ich Ihnen beim Umkleiden behilflich bin, Mylady?« Cassie drehte sich um und sah, wie Gloria eines der Kleider – ein smaragdgrünes Abendkleid, hatte Lilliane es genannt – auf dem Bett ausbreitete.

»Vielen Dank, ich …«

»Das wird nicht nötig sein, Gloria.« Eine vertraute Stimme schnitt ihr das Wort ab. Gabriel kam gemessenen Schrittes herein, äußerst männlich und so arrogant wie eh und je.

»Bitte läuten Sie nach mir, wenn Sie etwas benötigen, Mylady.« Gloria machte einen Knicks und entfloh.

»Komm, Yank. Man verlangt unten nach dir.«

Cassie ließ den Vorhang fallen. Sehnsüchtig blickte sie auf das Kleid. »Bitte.« Ihre Stimme war kaum mehr als ein Flüstern. »Habe ich keine Zeit mehr, mich vor umzuziehen?«

Das Flehen in ihren Augen ließ Gabriel kalt. »Nein«, sagte er kurzangebunden. »Mein Vater ist gerade angekommen.«

Sie schwankte. Ihre Finger krallten sich in ihr schreckliches Kleid. »Aber … das ist das Kleid, das ich im Black Jack's getragen habe.«

»So ist es«, bemerkte er kühl. »Ich fürchte, für den Moment muß das reichen.«

Ihre Augen füllten sich mit Tränen, und sie senkte die Lider. Aber Gabriel hatte den verdächtigen Glanz in ihren Augen bemerkt und fluchte innerlich. Er verfluchte sie beide, sich selbst und sie. Vielleicht war es grausam, vielleicht war es kalt, aber er würde sich nicht von ihren Tränen erweichen lassen, denn er war den Plänen seines Vaters ausgeliefert.

Und sie den seinen.

Sie rührte sich nicht und sagte auch nichts. Ohne ein weiteres Wort zu verlieren, nahm Gabriel sie am Arm und verstärkte seinen Griff, als er ihren stillen Widerstand spürte. Er würde sich nicht von seinem Vorhaben abbringen lassen, und sie mußte inzwischen gemerkt haben, daß es sinnlos war, sich in dieser Sache mit ihm anzulegen.

Gemeinsam stiegen sie die Treppe hinab. Mit jedem Schritt wurde ihre Anspannung größer, und all ihre Sinne fieberten dem schrecklichen Auftritt entgegen, der sie erwartete.

Die großen Flügeltüren der Eingangshalle standen jetzt offen. Cassie riskierte einen flüchtigen Blick auf die goldgeprägten Tapeten und die in Purpur und Gold gehaltenen Vorhänge des Raums. Zwei Männer in Reituniform standen in ein Gespräch vertieft vor dem Kamin; der eine mit Doppelkinn und beginnender Glatze, der andere stolz und aufrecht in der Manier eines Zwanzigjährigen, wenngleich ihn sein silbergraues Haar als wesentlich älter auswies. Er drehte sich um und ließ sie in ein Gesicht mit messerscharfen Zügen und frostigen Augen blicken. Sie erkannte ihn sofort. Das konnte nur Gabriels Vater sein.

Das Gespräch stockte, als sie den Empfangssalon betraten. Gabriel blieb im Türrahmen stehen und neigte leicht den Kopf. »Vater«, grüßte er, »Euer Gnaden.«

Graue Augen begegneten grauen Augen. »Nun, es ist höchste Zeit, daß du zurückkommst, Gabriel. Ich habe mich schon gefragt, ob du dich womöglich entschlossen hast, für immer in diesem schäbigen Land zu bleiben.«

Gabriel verzog seine Lippen zu einem Lächeln, einem gefährlichen Lächeln, wie Cassie ziemlich schnell erkannte. »Nur keine Angst, Vater. Die Idee ist mir nie gekommen.«

Edmund Sinclairs Gesichtsausdruck verriet tiefe Mißbilligung. »Wie üblich«, sagte er kalt, »spottet deine Respektlosigkeit wieder einmal jeder Beschreibung. Wenn es dir also nichts ausmacht, würde ich vorschlagen, daß wir drei uns zurückziehen.« Sein Blick streifte kurz Cassie. »Wir haben wichtige Dinge zu besprechen, zum Beispiel deine Hochzeit.«

Das gefährliche Lächeln auf Gabriels Gesicht vertiefte sich. »In der Tat, Vater. Meine Heirat ist genau der Punkt, über den ich auch mit Ihnen sprechen will.« Er zog Cassie nach vorne. »Meine Liebe, erlaube, daß ich dir meinen Vater, Edmund Sinclair, Herzog von Farleigh und Reginald Latham, Herzog von Warrenton, vorstelle. Gentlemen, das ist Cassie, meine wunderschöne amerikanische Braut.«

Tödliche Stille trat ein. Der ganze Raum knisterte vor Spannung. Zum erstenmal fragte sich Cassie, ob es nicht besser gewesen wäre, bei Black Jack zu bleiben.

»Ihre Braut!« Warrenton fand als erster die Sprache wieder. Die Adern an seinen Schläfen traten dick hervor. »Wenn das ein besonders verquerer Scherz sein sollte, so versichere ich Ihnen, daß ich mich keinesfalls gut unterhalten fühle.«

»Und ich schwöre Euch, Euer Gnaden, daß ich keineswegs scherze. Cassie ist meine Braut. Wir haben in Charleston geheiratet, und Ihr könnt sicher mit eigenen Augen sehen, warum ich ihr erlegen bin. Man müßte in der Tat schon mit Blindheit geschlagen sein, um solch erlesener Schönheit zu widerstehen.« Er strich über Cassies Wange, doch seine Geste war nur eine Parodie von Zärtlichkeit. Cassie stand wie erstarrt da – unfähig, sich zu bewegen oder etwas zu sagen.

Warrenton wurde plötzlich lebendig. »Sie sind meiner Tochter versprochen. Mein Gott, ich sollte Sie dafür zum Duell fordern!«

Gabriels Stimme wurde gefährlich sanft. »Das liegt ganz bei Euch, Euer Gnaden. Aber ich habe darum ersucht, die Verlobung auf keinen Fall vor meiner Rückkehr aus Amerika offiziell bekanntzugeben. Ich hoffe doch, daß man meinem Wunsch entsprochen hat.«

Edmund antwortete schließlich. »Wir haben sie noch nicht bekanntgegeben.«

»Dann sehe ich eigentlich keinen Grund, warum Ihr gleich so vorpreschen und mich herausfordern wollt, Euer Gnaden. Ich habe Lady Evelyn weder beleidigt noch kompromittiert. Sie hat keine öffentliche Schmach zu befürchten, denn niemand außer Evelyn und den hier anwesenden Personen weiß, daß von einer solchen Heirat überhaupt die Rede war. Und außerdem, wer würde schon auf den Gedanken kommen, daß ich sie anstelle meines Bruders heiraten würde? Es wäre töricht von Euch, Euer Leben aufs Spiel zu setzen, Euer Gnaden. Aber das müßt Ihr selber wissen.« Die Drohung in seiner Stimme war nicht zu überhören.

»Er hat recht, Reginald. Wenn Sie ihn zum Duell fordern, riskieren Sie einen Skandal für unser beider Familien.« Edmunds Stimme war ziemlich tonlos. »Ich will nicht, daß es zwischen uns Streit gibt. Wenn es Sie beruhigen würde, könnten wir uns vielleicht auf ... auf finanzieller Basis arrangieren.«

Warrenton riß seine Reitpeitsche von dem Stuhl, auf dem er sie deponiert hatte. Sein Gesicht war zwar nicht mehr ganz so rot, aber es drückte doch noch deutlich seine Verärgerung aus. »Worauf Sie sich verlassen können«, schnauzte er. »Wir bleiben in Verbindung.« Er wirbelte herum und stolzierte aus dem Zimmer.

Knisternde Spannung lag in der Luft, als er gegangen war. Cassie wäre am liebsten weggelaufen, um sich zu verstecken, doch sie blieb wie angewurzelt stehen.

Edmund wandte den Kopf und stierte sie beide mit wutverzerrtem Gesicht an. »Eine Amerikanerin«, preßte er hervor. »Wie konntest du nur, wo du doch weißt, wie sehr ich dieses Volk verabscheue. Selbst eine verdammte Französin wäre noch tausendmal besser als ausgerechnet eine *Amerikanerin*!« Er spuckte das Wort wie eine faule Frucht aus. »Bei Gott, das lasse ich mir nicht bieten. Hörst du, Gabriel, das lasse ich mir nicht bieten!«

Gabriels Gesichtszüge wurden hart wie Stahl. »Wir sind jetzt vor Gott und den Menschen seit über sechs Wochen verheiratet, Vater. Christopher Marley ist unser Trauzeuge. Unsere Ehe ist unauflösbar.« Er legte seinen Arm um Cassie und strich mit schlanken Fingern über ihren Bauch. »Das ist jetzt die Wiege unserer Familie, Vater. Wer weiß, vielleicht trägt Cassie in diesem Moment schon Ihr Enkelkind in sich.«

Cassie stand wie versteinert da. Er genoß die ganze Situation, stellte sie verstört fest. Was für eine Art von Mann war das bloß, der sich einen Spaß daraus machte, seinen Vater so zu verspotten?

Edmund nahm ihren Ausschnitt ins Visier, der ein Stück elfenbeinfarbener Haut preisgab. Seine Lippen kräuselten sich. »In welcher Ecke des Hafens hast du sie bloß aufgegabelt?«

»Um genau zu sein, es war eine Bierkneipe«, sagte Gabriel butterweich. »Aber ich wundere mich, daß Sie mir wegen meiner Großherzigkeit und wegen meines Mitleids mit diesem armen Mädchen, das ich aus der Gosse gerettet habe, kein Lob zollen. Ich dürfte es vor einem Leben in Elend und Armut bewahrt haben.«

Das Gesicht des Herzogs spannte sich noch mehr an. »Laß uns bitte allein«, sagte er abrupt. »Ich möchte meinen Sohn unter vier Augen sprechen.«

Cassie brauchte keine weitere Aufforderung. Sie raffte ihre Röcke zusammen und lief mehr, als sie ging, aus dem Zimmer. Doch irgendeine geheime Kraft hinderte sie daran, weiter die Treppe hinaufzufliegen, so sehr ihr danach auch der Sinn stand. Sie blieb vor der Tür stehen und lauschte.

Im Salon schnauzte Edmund seinen Sohn an. »Eine Kneipendirne! Mein Gott, in wie vielen Betten hat sie schon gelegen?«

Gabriel lachte glucksend. »Das weiß ich nicht, und es interessiert mich auch nicht.« Er schwieg einen Augenblick und beobachtete den Herzog. »Aber ich bin doch neugierig, Vater. Was stört Sie denn nun am meisten – daß sie Amerikanerin ist oder daß sie Ihren Vorstellungen von einem standesgemäßen Stammbaum nicht entspricht?«

»Stammbaum?« brauste der Herzog auf. »Das Mädchen hat keinen Stammbaum!«

»Das stimmt allerdings; das Blut, das in ihren Adern fließt, ist nicht so makellos rein wie Ihres. Ihre Mutter war eine Hure, und ihr Vater ... nun, um es kurz zu machen, es kann einer unter zig Männern sein.« Gabriel ging zum Kamin hinüber und verschränkte die Hände hinter dem Rücken. Er konnte das Gesicht des Herzogs zwar jetzt nicht mehr sehen, aber seine wütende Verzweiflung zu spüren, befriedigte ihn ungeheuer.

»Noch ein Wort zu Ihrer Warnung, Vater: Sie brauchen mir nicht mit Enterbung zu drohen. Ich bin immer noch Ihr Sohn, auch wenn Sie sich vielleicht unzählige Male etwas anderes gewünscht haben mögen. Und ich weiß nun einmal genau, daß Sie Ihr kostbares Farleigh Hall nicht in den Händen eines Fremden wissen wollen. O ja, es führt kein Weg daran vorbei. Am Ende wird Ihr unbeugsames Pflichtgefühl doch den Sieg davontragen.« Er wandte sich halb um und streifte seinen Vater mit einem mitleidlosen Lächeln. »War das nicht im übrigen auch der Grund, weshalb Sie meine Mutter geheiratet haben – weil Stuart eine Mutter brauchte?«

»Was sollte es mir denn schon ausmachen, wenn ich dich enterbe?« sagte Edmund bitter. »Ich werde tot und nicht mehr da sein.«

Gabriels Lächeln wurde unfreundlich. »Oh, es macht Ihnen eine ganze Menge aus. Sie sehen, ich kenne Sie fast so gut wie mich selbst.«

Edmund wurde kreidebleich vor Zorn. »Was willst du, Gabriel? Was soll es kosten, sie loszuwerden?«

Draußen vor der Tür war Cassie ganz in sich zusammengesunken. Sie preßte eine Hand gegen ihre Brust und fühlte, wie sie sich in wildem Schmerz zusammenzog. Er hatte sie gewarnt, erinnerte sie sich vage, daß Liebe in ihrem Handel keine Rolle spielte. O ja, aber daß ihre Ehe aus *Haß* zustande gekommen war, hatte sie nie geahnt. Und Cassie fiel es auf einmal wie Schuppen von den Augen, daß dies Gabriels einziges Motiv gewesen war.

Gabriel mußte seinen Vater wirklich hassen. Warum sonst hätte er getan, was er getan hatte?

Klirrendes Lachen drang an ihr Ohr. »Im Gegensatz zu Warrenton können Sie mich mit Geld nicht kaufen, Vater. Ich will nichts von Ihnen, rein gar nichts. Also glauben Sie nicht, daß Sie sie mit Geld verschwinden lassen können.«

Edmunds Stimme war vor Wut ganz heiser. »Mit einem neuen Kleid macht man aus ihr noch keine Lady. Denk doch nur an den Skandal, den du da heraufbeschwörst!«

Cassie taumelte zurück. Sie konnte es nicht länger ertragen. Sie drehte sich um und lief die Treppe hoch, verzweifelt gegen ihr Schluchzen ankämpfend.

»Aber *die High-Society* ist es gewohnt, meinen Namen mit Skandalen in Verbindung zu bringen, was allerdings nicht für Sie gilt, Vater. Wenn ich Sie wäre, würde ich keinen Versuch unternehmen, meine Frau loszuwerden. Oder ich verspreche Ihnen, daß Ihnen der Skandal auf einem Silbertablett serviert wird. Und wir beide wissen, der Herzog von Farleigh kann sich so etwas nicht leisten. Also finden Sie sich mit meiner Frau ab, Vater. Sie wird ein Teil Ihres Lebens werden, genauso wie des meinen.«

Der Herzog stand mitten im Zimmer, vom Scheitel bis zur Sohle eiskalt und mit eiserner Selbstkontrolle – genauso wie Gabriel es sich ausgemalt hatte. Doch sein Schweigen bedeutete für ihn Triumph. Es war richtig gewesen, sie hierherzubringen. Farleigh Hall war der ganze Stolz und die ganze Freude seines Vaters. Es würde ihn mächtig ärgern, sie hier zu wissen.

Gabriel neigte leicht den Kopf. »Gut, ich sehe, wir verstehen uns.« Er zog eine Augenbraue hoch und fuhr dann fort: »Verzeihen Sie mir, daß ich nicht über Nacht bleiben kann, Vater. Ich muß gleich noch nach London. Oh, und im übrigen, Vater«, fügte er mit einem winzigen Lächeln hinzu, »es wäre vielleicht klug, das Silber unter Verschluß zu halten. Meine liebe Frau scheint ein Faible für Diebereien zu haben, immerhin hat sie in der ersten Nacht im Hafen schon einmal versucht, meine Uhr zu stehlen.«

Oben im Zimmer hieß eine kleine Lampe auf einem Ecktisch Cassie mit einem warmen Schein willkommen. Aber sie fühlte sich alles andere als willkommen. Sie brach auf dem Bett zusammen und preßte ihre kalten Hände gegen ihre glühenden Wangen. Das Zimmer hatte all seinen Zauber verloren. Gabriel hatte sich eine Yankee-Braut aus dem einfachen Volk genommen, um seinen Vater zu ärgern. Sie fühlte sich billig und entwurzelt … so wie er es beabsichtigt hatte.

Wann genau Gabriel zurückgekommen war, und wie lange er sie schon beobachtete, wußte sie nicht. Und warum er da stand, interessierte sie nicht.

Sie wollte ihn nicht in ihrem Zimmer haben, und erst recht nicht in ihrem Leben! Aber sie hatte soeben eine wertvolle Lektion gelernt, dachte sie bitter. Sie war für ihn nichts weiter als eine Schachfigur gewesen! Doch sie würde ihm nie wieder erlauben, sie zu benutzen – nie wieder!

Langsam hob sie den Kopf und starrte ihn an. Er zuckte mit keiner Wimper, wie es vielleicht ein ehrenhafter Mann getan hätte, nein, er begegnete frech ihrem Blick, mit erhobenem Haupt.

»Sie hassen ihn«, fiel sie sofort mit der Tür ins Haus. »Er ist Ihr Vater, und dennoch hassen sie ihn. Warum?«

Seine Augen flackerten. »Meine Gefühle meinem Vater gegenüber sind gerechtfertigt, Yank – und gehen dich nichts an.«

»Sie haben mich geheiratet, weil ich eine Amerikanerin bin. Weil Ihr Vater ein Herzog ist und ich ein Nichts bin, ein – ein Nobody. Weil Sie gewußt haben, daß er mich hassen würde! ›*Ich werde offen sein*‹«, äffte sie ihn nach. »Aber Sie waren es nicht. Zur Hölle mit Ihnen!« schrie sie. »Warum haben Sie mich angelogen?«

»Yank, ich habe dir die Wahrheit gesagt – ich hielt es nur für besser, nicht alles zu erzählen. Mein Vater wollte, daß ich anstelle meines Bruders Lady Evelyn heirate. Ich hatte keine Lust, mich von ihm als Schachfigur benutzen zu lassen, und dies war der einzige Weg, das zu verhindern.«

In ihrem blassen Gesicht brannten ihre Augen wie Edelsteine. »Dann erzählen Sie mir wenigstens, warum er die Amerikaner haßt. Denn das tut er, nicht wahr?«

»Ja, Yank, das tut er. Siebst du, mein älterer Bruder und ich hatten nicht dieselbe Mutter. Die erste Ehefrau des Herzogs hieß Margaret. Er soll sie sehr geliebt haben.«

Man konnte sich nicht vorstellen, daß der Mann im Empfangsalon überhaupt fähig war zu lieben. Doch Cassie zwang sich, weiter ruhig zuzuhören.

»Margaret hatte eine Schwester in den Kolonien. Als Stuart noch ganz klein war, segelten die drei kurz nach dem Ende eures Unabhängigkeitskrieges dorthin, um diese Schwester zu besuchen. Margarets Schwester und ihre Familie blieben der Krone ergeben, und die Stimmung gegen die Royalisten war aufgeheizt. Irgend jemand steckte während ihres Aufenthalts das Haus in Brand. Mein Vater und Stuart waren nicht zu Hause und kamen deshalb davon.« Er machte eine kurze Pause. »Margaret und alle, die im Haus waren, kamen ums Leben. Mein Vater raste und steigerte sich nach dem Tod seiner Frau in einen abgrundtiefen Haß gegen alle Amerikaner hinein ... schon lange bevor Stuart in der Schlacht von New Orleans vor sechs Monaten fiel.«

Cassie schloß die Augen. Zwei junge Leute in der Blüte ihres Lebens – zwei tragisch ums Leben gekommene Tote lagen auf der Türschwelle ihres Landes. Und dennoch, es war so unfair, *sie* konnte doch nichts dafür.

Sie öffnete die Augen. Sie fühlte sich krank und elend. »Lieber Gott«, sagte sie benommen, »kein Wunder, daß er mich haßt. Und Sie – Sie wußten, daß es so kommen würde!«

Gabriel versuchte gar nicht erst, das abzustreiten.

Sie schluckte. »Ich kann nicht behaupten, daß ich Ihre Motive verstehe«, sagte sie sehr leise. »Ich weiß nur, daß es Ihnen darum geht, Ihren Vater zu erniedrigen. Aber damit erniedrigen Sie auch mich. Und ich – ich hasse Sie dafür, denn ich kann es nicht ändern, daß ich bin, wer ich bin.« Eine einsame Träne löste sich aus ihrem Augenwinkel. Sie wischte sie schnell weg, damit er nicht merkte, wie niedergeschlagen sie war. Sie deutete mit der Hand auf die Garderobe, wo Gloria die Kleider, die sie mitgebracht hatten, ordentlich aufgehängt hatte. »Das soll jetzt sicher meine Entschädigung sein, bevor Sie mich auf die Straße setzen!«

Einen Moment lang sagte Gabriel nichts. Er ignorierte die Stimme, die ihn daran erinnerte, daß Christopher genau das vorausgesagt hatte – daß sie genauso verletzt sein würde wie sein Vater.

Er lächelte grimmig. »Oh, ich habe nicht die Absicht, dich hinauszuwerfen, Yank. Du bist meine Frau, und das wird auch so bleiben. Ich bin ein wohlhabender Mann, und ich werde für dich sorgen. Du wirst niemals mehr arm sein. Das habe ich dir versprochen, und das halte ich auch.«

Cassies Augen brannten. »Sie werden immer für mich sorgen? Für alle Zeiten?« Ihre Stimme hing nur noch an einem seidenen Faden.

»Natürlich, Yank. Du bleibst eine lebenslange Last.« Welche Ironie, denn das war genau das, was er seinem Vater gewesen war. »Oh, ich bin mir sehr wohl darüber im klaren, daß du dich getäuscht fühlst. Hintergangen. Tröste dich mit dem Wissen, daß ich dafür büßen werde.« Er verbeugte sich vor ihr mit übertriebener Höflichkeit. »Denn von jetzt an brauchst du nicht länger unter meiner Gegenwart zu leiden. Ich bin gekommen, um mich zu verabschieden.«

»Sie reisen ab?«

»Ja, ich kehre zurück nach London.«

Mit weit aufgerissenen Augen sprang sie wie von der Tarantel gestochen auf. »Und ich soll hier bleiben?«

»Hier sind genügend Dienstboten, die dir jeden Wunsch von den Augen ablesen werden. Du brauchst bloß mit den Fingern zu schnipsen. Und Lilliane hat mir versichert, daß deine neue Garderobe in zwei Wochen fertig sein wird.«

»Das meine ich nicht! Was ist mit ... mit Ihrem Vater?«

Er lächelte spöttisch. »Dies ist ein großes Anwesen. Eure Wege brauchen sich nicht zu kreuzen. Glaub mir, ich weiß das. Und nun komm her, Yank. Ich möchte einen Kuß zur Erinnerung an mein teures, liebendes Weib der endlosen Nächte, die wir schicksalhaft getrennt voneinander verbracht haben.«

Oh, diese üble Kreatur! Nach allem was er ihr angetan hatte, erwartete er doch jetzt nicht auch noch Sanftmut und Nachgiebigkeit von ihr? Sie spürte auf einmal keinen Schmerz mehr, sondern nur noch ungeheure Wut. »Nein!« wehrte sie entschieden ab. »Und Sie können mich auch nicht dazu zwingen.«

Das Licht fiel auf ihr hübsches Kinn, und ihm fiel plötzlich auf, wie energisch es war. Wieso war ihm das bloß bisher noch nicht aufgefallen? Seine Augen glitzerten.

Er lächelte. »Ich könnte ganz sicher, Yank.«

»Sie würden es ganz sicher!« gab sie giftig zurück.

Seine lässige Ruhe täuschte, denn plötzlich war er mit drei großen Schritten bei ihr und hatte bereits seine starken Hände auf ihren Schultern, bevor sie protestierend einen Schritt zurückweichen konnte.

Sie nahm nur noch flüchtig seine furchteinflößenden, wild funkelnden, glutvollen Augen wahr, und dann spürte sie auch schon seine harten Lippen auf ihrem Mund.

Er bettelte nicht um ihre Bereitschaft, er forderte sie ein … so, wie nur ein Mann es konnte, ein Mann, der die Frauen genau kannte. Cassies Herz begann im Takt eines Trommelwirbels zu schlagen. Es gab keine Möglichkeit, diese sengende Verschmelzung ihrer Lippen zu lösen. Seine Hand lag wie eine Zwinge um ihren Hinterkopf und machte jeden Versuch, ihm ihren Mund zu entziehen, hinfällig. Sein Kuß war brennend und von unverhohlener Dreistigkeit, er war heiß und zwingend und drängte sie zu einer Erwiderung, der sie nichts entgegenzusetzen hatte. Sie war ihm hilflos ausgeliefert. Sie wurde zur Beute einer heimtückischen Wärme, einer süßen, dunklen Wärme. Ihr Atem stockte, und es durchfuhr sie heiß und kalt, als seine Zunge sich zwischen ihre Lippen drängte. Doch es war kein unangenehmes Gefühl – nein, ganz und gar nicht …

Er zog sie an sich heran, als wolle er sie jeden seiner Muskeln spüren lassen. Ihre Brüste wurden hart gegen seine breite Brust gedrückt. Sie spürte seine sehnigen Schenkel an den ihren, und tief in ihrem Bauch fing langsam ein heißes Kribbeln zu sieden an.

Cassie zitterte, als er sie endlich losließ. Ihr war schwindelig. Um seinen Mund spielte ein arrogantes Lächeln, als er mit der Daumenkuppe die Linien ihres Mundes nachfuhr, ehe er einen Schritt zurückwich und sich mit einem knappen »Denk an mich, Yank« zum Gehen wandte.

Ein Anfall von Selbstekel ließ ihr Gehirn wieder normal arbeiten. Sie war in seine Arme gefallen, als sei sie bereit, sich nehmen zu lassen – und das auch noch mit großer Begierde. Er mußte denken, sie sei Wachs in seinen Händen, das er nach Belieben formen konnte.

»Warten Sie!« rief sie.

Er drehte sich, bereits in der Tür stehend, mit einem Ausdruck gelangweilter Gleichgültigkeit um. In diesem Augenblick haßte sie ihn, wie sie noch nie jemanden gehaßt hatte.

»Erwarten Sie nicht von mir, daß ich von nun an weiter so vertrauensselig sein werde«, sagte sie mit kühner Entschlossenheit ohne Rücksicht auf die Folgen. »Denn heute abend haben Sie mir gezeigt, was für eine Art Mann Sie wirklich sind.«

Er blickte sie frostig an. »Ach ja, Yank. Und was für eine Art wäre das?«

Cassie holte tief Atem. »Es war herzlos und grausam, mir – und Ihrem eigenen Vater das anzutun!«

Er schwieg und sah sehr still aus. Als er schließlich doch etwas erwiderte, war seine Stimme so ruhig, wie ihre eigene vorher laut gewesen war. »Besser, du siehst mich so, wie ich bin, Yank, als so, wie ich nicht bin.«

Neuntes Kapitel

Ein leises Klopfen weckte Cassie am späten Morgen des nächsten Tages. Sie öffnete die Augen und blinzelte in den warmen Sonnenschein. Es dauerte einen Moment, ehe sie sich wieder daran erinnerte, daß sie in Farleigh Hall war. Es klopfte ein zweites Mal, und sie rief schläfrig: »Herein!«

Eine kleine, rundliche Frau mit ergrauendem Haar schlüpfte mit einem Tablett in der Hand herein. »Mylady? Ich bin Mrs. McGee, die Haushälterin. Ich bringe Ihr Frühstück.«

Cassie hatte sich bereits im Bett aufgesetzt. Sie drückte an ihrem Haar herum, um keinen allzu zerzausten Eindruck zu machen. Ohne Zweifel fand ihre schockierende äußere Erscheinung beim Hauspersonal nicht mehr Anklang als bei seinem Hausherrn. Sie war sofort auf der Hut, als Mrs. McGee das Tablett auf ihrem Schoß absetzte.

Die Haushälterin hob die Silberkanne hoch. »Ich hoffe, es macht Ihnen nichts aus, Mylady, daß ich mir die Freiheit genommen habe, eine Kanne Schokolade anstelle einer Kanne Tee zu servieren.« Sie goß eine dampfende braune Flüssigkeit in eine zarte Porzellantasse und schlug mit einem Ruck eine Serviette auf.

Mit ihrem fröhlichen Lächeln und ihren dicken roten Wangen strahlte Mrs. McGee eine unmißverständliche Wärme aus. Cassie entspannte sich ein bißchen, dafür traute sie sich aber kaum, die zerbrechliche Tasse anzuheben, aus Angst, sie könne zu Bruch gehen. Noch nie in ihrem Leben hatte sie so etwas Exquisites und Zierliches gesehen. Vorsichtig legte sie die Finger um sie, hob sie an die Lippen und nippte daran. Sie hatte noch nie Schokolade getrunken, und Kaffee verabscheute sie.

Aber das Gebräu war warm und süß, ganz anders als alles, was sie früher probiert hatte. »Oh, wie köstlich!« rief sie überrascht aus.

»Tja, ich habe mir schon gedacht, daß Ihnen das schmeckt. Nun greifen Sie aber tüchtig zu, Mylady. Cook macht die besten Croissants auf dieser Seite des Kanals.« Das war also ein Croissant. Cassie nahm einen Bissen von der knusprigen, halbmondförmigen Rolle. Es schmeckte genauso gut wie die Schokolade, so leicht und luftig, daß es einem auf der Zunge zerging. Mrs.McGee strahlte. »Als wir Sie gestern abend sahen, habe ich Cook schon gesagt, daß er sich ins Zeug legen soll, damit wir die junge Dame erst einmal wieder aufpäppeln.«

Das Croissant schmeckte auf einmal wie Asche. Cassie schämte sich. Sie hatten sie also gesehen. Was mochten sie sich wohl gedacht haben, als sie diese dünne, verwahrloste Frau mit dem Sohn ihres Herrn sahen?

Mrs. McGee tätschelte ihre Hand. »Aber, aber, Mylady. Machen Sie nicht so ein Gesicht. Seine Gnaden hat uns erzählt, wie dieser schreckliche Onkel von Ihnen Sie geschunden hat, bis Sie nur noch Haut und Knochen waren – und dann hatte er noch nicht mal einen Penny für Sie übrig, um Ihnen ein anständiges Kleid zu kaufen. Es ist gut, daß Lord Gabriel Sie geheiratet und sich entschlossen hat, Sie hierher nach Farleigh Hall zu bringen, damit Sie sich wieder erholen können.«

Seine Gnaden. Der Herzog hatte sich für die schäbige Ehefrau seines Sohnes entschuldigt? Cassie hatte Mühe, ihren Schock zu verbergen. Als ob sie hier wäre, um sich zu erholen! Oh, das war stark! In Wahrheit sah es eher so aus, als habe ihr Ehemann sie verlassen.

Mrs. McGee ging zum Fenster und schob die blütenweißen Vorhänge zur Seite. »Es wundert mich nicht, daß so ein hübsches junges Mädchen wie Sie Lord Gabriel den Kopf verdreht hat.« Mrs. McGee gab ein glucksendes Lachen von sich, als sie über die Schulter zu ihr hinüberschaute. Cassies Wangen brannten, aber nicht aus dem Grund, den Mrs. McGee vermutete. »Sie müssen verzeihen, wenn ich ihn Lord Gabriel nenne. Das ist nur, weil ich ihn schon kannte, als er noch ein kleines Kerlchen war, gerade erst aus den Windeln heraus. Auch wenn er jetzt ein Graf ist, fällt es mir einfach schwer, ihn als Lord Wakefield zu sehen!«

Cassie wurde plötzlich fast gegen ihren eigenen Willen neugierig. »Haben Sie auch seinen älteren Bruder Stuart gekannt?«

»O ja, Madam! Ich war in meinen jüngeren Jahren bei Lady Caroline – das war Gabriels Mutter – Zofe. So bin ich hierhergekommen.«

»War Stuart sehr viel älter als Gabriel?« Cassie konnte sich Gabriel nur schwer als kleinen Jungen vorstellen.

»Vier Jahre, glaube ich. Aber sie glichen sich kaum – Gabriel und Stuart. Die erste Herzogin – Margaret – war Stuarts Mutter, wissen Sie.«

»Ja, ich … ich weiß.« Cassie hielt den Atem an und hoffte, Mrs. McGee würde noch nicht gehen. Obwohl sie kaum glaubte, daß die Frau vielleicht wußte, warum Gabriel seinen Vater so haßte, hoffte sie, eventuell doch ein paar Einblicke in den Charakter dieses düsteren, verschlossenen Mannes zu bekommen, der ihr Ehemann war. »Waren sie sich als Kinder sehr ähnlich?«

Mrs. McGee krauste die Lippen. »Seine Gnaden waren immer so stolz auf Stuart. Gabriel neigte dazu, ein bißchen mehr Wirbel zu machen.« Ein kleiner Schatten huschte über ihr Gesicht. »Wie ich immer zu meinem Mann Angus sage – er ist hier Stallmeister –: Der Verlust seiner Mama hat den armen Kerl schwer getroffen. Er und seine Mama standen sich immer so nahe.«

Cassie pickte den letzten Krümel mit dem Finger auf und hoffte, daß sie nicht zu gierig erschien. »Wie alt war er, als sie starb?«

»Achtzehn oder neunzehn, wenn ich mich recht erinnere. So ein tragischer Tod. Sie war noch so jung, und dann so plötzlich. Er veränderte sich zwar danach, sicher! Aber all diese Geschichten, die in London über ihn kursierten, die hab' ich nie geglaubt«, fügte sie hastig hinzu. »Oh, du lieber Gott, Madam, ich muß mich beeilen.« Sie nahm das Tablett von Cassies Schoß und nickte anerkennend. »Möchten Sie, daß Gloria Ihnen jetzt ein Bad herrichtet?«

Cassies Augen leuchteten auf. »O ja, bitte. Und vielen Dank, Mrs. McGee.«

Mrs. McGee lächelte breit. »Bitte, sehr gern geschehen, Mylady.«

Gleich nachdem Mrs. McGee gegangen war, betrat auch schon Gloria das Zimmer. Obwohl Cassie sich genierte, sich in Gegenwart eines anderen zu entkleiden, wußte sie, daß dies unter gebildeten Leuten so üblich war. Während Cassie badete, legte Gloria eine neue Chemise, Petticoats und Strümpfe bereit. Cassie befingerte den zarten Batist der Chemise fast ehrfürchtig. Als sie den Hüftgürtel überstreifte, um die Strümpfe zu befestigen, wurde Cassie plötzlich weh ums Herz. Sie mußte wieder an Bess denken, deren Herzenswunsch ein Paar weiße Seidenstrümpfe gewesen war.

»Ist Ihnen dieses Tageskleid recht, Madam?«

Cassie drehte sich um. Gloria hielt ihr ein weißes Musselinkleid mit modisch hochgeschnittener Taille hin, das vorne bis zum Hals mit einer dezenten Knopfleiste verziert war. »Ja, das ist in Ordnung«, murmelte sie. Während Gloria ihr die Haken und Ösen auf dem Rücken schloß, kämpfte Cassie mit den Tränen. Am Tag zuvor hatte sie gehört, wie Lilliane sich über Tageskleider, Hauskleider, Ausgehgarderobe, Cocktailkleider und Ballroben ausgelassen hatte. Sie konnte das eine nicht vom anderen unterscheiden und fürchtete, das nie zu lernen.

Gloria wand ihr das Haar zu einem ordentlichen Knoten auf dem Scheitel des Kopfes zusammen und zog sich dann zurück. Cassie blieb regungslos sitzen. Das Mädchen, das sie mit großen Augen aus dem Spiegel anstarrte, hätte eine Fremde sein können. Sie erkannte sich kaum wieder.

Sie hatte letzte Nacht lange wach gelegen und sich mit Fluchtgedanken gequält, um diese Maskerade nicht auf die Spitze zu treiben. Sie verachtete sich zwar wegen ihrer Feigheit, wegen ihres Mangels an Entschlossenheit, doch wohin sollte sie gehen? Sie war in einem fremden Land, heimat- und mittellos.

Gabriel hatte recht gehabt – sie *fühlte* sich betrogen. Aber so wütend sie auf ihn war, so wütend war sie auch auf sich selbst. Vielleicht war es auch ihr Fehler, denn tief im Herzen hatte sie gewußt, daß er sie nur geheiratet hatte, um seinem Vater zu trotzen. Sie schauderte, als sie an die schreckliche Konfrontation zwischen den beiden Männern dachte. Auch wenn er ihr versprochen hatte, sie in Ruhe zu lassen, war Cassie wütend, daß Gabriel nun, da sie ihren

Zweck erfüllt hatte, glaubte, sie mit ihrem Schicksal allein lassen zu können.

Langsam drehte sie sich auf ihrem Samthocker herum und ließ ihren Blick durch ihr Schlafzimmer schweifen. Mein Gott, wie schön dieses Zimmer – dieses ganze Haus – doch war, schöner, als sie es für sich je erhofft hatte. War es selbstsüchtig oder unrecht, sich nach solchem Komfort zu sehnen, sich an das zu klammern, was die Erfüllung all ihrer Träume zu sein schien?

Es hätte alles so wunderbar, so vollkommen sein können, wenn sie nicht so ein Außenseiter gewesen wäre. Ihr Hals schnürte sich zu. Noch nie hatte sie sich so verlassen gefühlt. Sie wollte so gerne irgendwohin, zu irgend jemandem gehören, dachte sie, und ihre Brust zog sich in wehem Schmerz zusammen.

Doch Cassie wollte sich nicht in Selbstmitleid ergehen. Sie wußte sehr wohl, daß ihr Schicksal weit schlimmer hätte sein können. Sie könnte immer noch im Black Jack's sein und Bier ausschenken.

Sie raffte sich auf und wappnete sich mit ihrem ganzen Mut, um nach unten zu gehen. In der Eingangshalle tauchte plötzlich Davis wie aus dem Nichts auf.

»Ich hoffe, Sie haben nichts dagegen, Mylady, aber ich dachte mir, Sie würden vielleicht gerne jemanden haben, der Ihnen das Anwesen zeigt.« Er winkte einen jungen Burschen von etwa vierzehn Jahren heran. »Willis ist mit seinen Pflichten im Stall fertig und würde das gern tun.«

Cassie lächelte dem Jungen zu. Mit seinen blauen Augen und den Sommersprossen auf der Nase schien er genauso nett zu sein wie die anderen Mitglieder des Hauspersonals, die sie bis jetzt kennengelernt hatte. »Hallo, Willis«, sagte sie sanft. »Macht es dir auch gewiß nichts aus?«

»Ganz und gar nicht, Madam. Im Gegenteil, es wäre mir ein Vergnügen.« Der Bursche riß sich die Mütze vom Kopf und verbeugte sich tief. Jung und unerfahren, wie sie war, bemerkte sie nicht, daß der Junge sie, die neue Gräfin, für das attraktivste Wesen hielt, das er je gesehen hatte.

Willis war zwar sichtlich enttäuscht, als er erfuhr, daß sie nicht ritt, doch sie konnten das Haus und die Ländereien auch zu Fuß erkunden. Sie waren noch nicht weit gegangen, als Willis auf ein kristallblaues Glitzern weit jenseits der Wiesen deutete. In der Ferne war tatsächlich ein See mit einem schmalen Steg, den sie vorher noch nicht bemerkt hatte, und der Junge erklärte ihr dann auch, daß man den See vom Haus aus nicht sehen könnte. Unwillkürlich durchfuhr Cassie ein kleiner Schauer.

Dennoch verlief der Tag viel schneller und viel angenehmer, als sie erwartet hatte. Ihre Füße schmerzten allerdings, als sie Willis zum Abendbrot schickte. Sie machte eine kleine Pause, und ein müdes Lächeln zog über ihr Gesicht. Bis jetzt war ihr eine Begegnung mit dem Grafen erspart geblieben, und dafür war sie äußerst dankbar.

Als sie in der Galerie an den Porträts mit den schweren Goldrahmen vorbeischritt, wurde plötzlich ihre Neugier geweckt. Augenscheinlich waren das die Vorfahren der jetzigen Sinclairs. Viele von ihnen hatten denselben diabolischen Schwung der Augenbrauen, die gleiche schmale, arrogante Nase. Sie blieb stehen und betrachtete das Gemälde eines kühnen Mannes aus dem vorigen Jahrhundert. Er hatte pechschwarzes Haar und trug einen Hut mit einer neckisch abstehenden Feder. Seine Hand umspannte den Griff eines Schwertes. Er hatte so lachende und lebendig sprühende Augen, daß sie unwillkürlich zurücklächelte.

Ganz anders der Mann auf dem nächsten Gemälde. Dieser Sinclair war schmallippig und distanziert. Keine Frage, von wem der jetzige Herzog und sein Sohn ihre Strenge geerbt hatten. Cassie ging weiter und schaute zu einer elegant gekleideten Dame hinauf, die sich lächelnd über das Gesicht eines sehr kleinen Jungen auf ihrem Schoß beugte. Die Blüte ihrer Jugend und ihre Glückseligkeit verliehen ihr eine warme und fröhliche Ausstrahlung. Cassie hielt den Atem an. War das vielleicht die erste Frau des Herzogs, die Mutter von Stuart? Mit seinen zerzausten blonden Löckchen und seinen edlen Gesichtszügen sah der Junge wie ein kleiner Engel aus.

Doch das letzte Porträt zog Cassie am meisten in seinen Bann. Lange blieb sie davon stehen. Vor einem Kamin saß eine Frau in vornehmer Zurückhaltung auf einem Stuhl. Sie hatte ihre schlanken Finger anmutig auf dem Schoß gefaltet. Mit ihrem schwarzen, seidig glänzenden Haar erinnerte sie sofort an Gabriel. Das war also die zweite Frau des Herzogs, Gabriels Mutter. Cassie verspürte ein seltsames Ziehen in der Brust, denn in den Augen der Frau war, anders als bei dem Porträt von Margaret, so viel Traurigkeit, so viel Schmerz.

»Das ist Caroline, Gabriels Mutter.« Der Herzog! Beim Klang seiner Stimme zuckte Cassie so stark zusammen, daß sie taumelte. Aber sie hatte sich schnell wieder in der Gewalt und drehte sich zu ihm um. Ihr Mut sank, als sie sah, wie unfreundlich er sie mit kaum verhohlener Feindseligkeit musterte.

Ohne ein weiteres Wort wandte er sich zum Gehen um. »Warten Sie«, rief Cassie ihm nach, ohne weiter zu überlegen. Der Herzog schaute sich um. Sein Rücken war so gerade und steif, daß man befürchten mußte, er könne jeden Moment durchbrechen. Cassie straffte die Schultern und sagte, zwar innerlich zitternd, aber mit fester Stimme: »Ich glaube, Sie sollten wissen, Sir, daß ich … ich habe meinen Lebensunterhalt nicht so verdient, wie Gabriel es mir unterstellt hat.«

Der Herzog zog gebieterisch die Augenbrauen hoch. »Dein Name, ist das die Kurzform von Cassandra?«

Cassie nickte.

»Gut, also dann Cassandra. Wie hast du dann deinen Lebensunterhalt verdient?« Sein Ton blieb kühl. »Mein Sohn erzählte mir, daß er dich in einer Bierkneipe aufgelesen hat.«

Sie mußte sich zusammenreißen, um sich von seinem herrischen Gebaren nicht einschüchtern zu lassen und die Augen niederzuschlagen. »Das stimmt«, gab sie zu. »Aber es war nicht so, wie er gesagt hat. Ich habe Bier und Essen serviert, die Böden geschrubbt und in der Küche geholfen – mehr nicht – und das kann ich beschwören.«

Aus seiner Kehle drang irgendein undefinierbarer Laut – ein Ausdruck von Abscheu oder Ungläubigkeit, dachte sie mit einem unguten Gefühl in der Magengrube.

»Er hat auch gesagt, daß du eine Diebin bist.«

Schamesröte stieg ihr ins Gesicht. »Ich will ehrlich sein, Sir. Ich habe seine Uhr gestohlen in der Hoffnung, sie verkaufen zu können. Ich … ich wollte so gerne Charleston verlassen und mir meinen Lebensunterhalt irgendwo als Näherin verdienen.«

Um abzulenken, nickte sie zu dem Porträt von Margaret hin. »Gabriel hat mir erzählt, wie sie gestorben ist«, sagte sie ruhig. Sie machte eine Pause, bevor sie langsam weiterredete. »Es muß furchtbar gewesen sein, sie auf diese Weise zu verlieren. Ich weiß nicht, was ich dazu sagen soll, außer daß … es ist eine schreckliche Sache, wenn so eine Gemeinheit unschuldige Menschen trifft.«

»Eine schreckliche Sache? Ihr Yankees seid ein wilder, unkultivierter Haufen, jeder einzelne von euch!«

Cassie zog hörbar den Atem ein. »Ich habe nichts Unrechtes getan, Sir, außer daß ich in einem Land geboren wurde, das Sie verachten.« Ihre Augen blitzten jetzt. »Wenn Sie mich als genauso schuldig brandmarken wie die Leute, die Ihre Herzogin umgebracht haben, dann scheinen Sie mir nicht besser als sie zu sein! Und übrigens, Sir, es scheint mir, daß Sie selbst auch nicht über jeden Zweifel erhaben sind, denn ich weiß, daß Sie die Dienstboten über mich angelogen haben!«

Edmund war außer sich, daß dieser schamlose, kleine Emporkömmling es wagte, so mit ihm zu sprechen. Doch sie war die Frau seines Sohnes – leider …

»Du brauchst mir nicht mit Entschuldigungen zu kommen, junge Frau. Ich weiß genau, was du bist, und du darfst sicher sein, daß ich nicht das Verlangen habe, mehr zu wissen. Und in Zukunft spiele dich nicht als Richter über mich auf.«

Er ließ Cassie in der Mitte der Halle stehen. Finster starrte sie ihm nach. Oh, dieser aufgeblasene alte Mann! Er war sogar noch schlimmer als sein Sohn.

Gabriel hatte recht gehabt. Es war ein großes Haus, und es war für die beiden Bewohner ein leichtes, sich aus dem Wege zu gehen, vor allem da sie keine Lust hatten, sich zu begegnen. Deshalb war Cassie auch überrascht, als Mrs. McGee eines Tages am Nachmittag in ihr Zimmer rauschte und ihr eröffnete: »Sie haben Besuch, Mylady.«

Cassie zwinkerte mit den Augen. »Ich?« fragte sie ungläubig. »Sie müssen sich irren, Mrs. McGee. Ich fürchte, ich kenne hier keine Seele …«

»Oh, ich irre mich nicht, Mylady. Sie hat ausdrücklich nach Ihnen verlangt. Ich habe sie gebeten, im Empfangssalon zu warten.«

Sie. Cassie war sich nicht sicher, ob ihr das gefiel. Sie stand auf und versuchte den Kloß in ihrem Hals hinunterzuschlucken. Sie hatte wohl keine andere Wahl, als sich die Besucherin anzusehen. Ihr Unbehagen wurde mit jedem Schritt nach unten stärker.

Es sollte nicht lange dauern, bis sie wußte, wer sie besuchte. Auf dem Diwan saß ein wunderschönes Mädchen, das schönste Mädchen, das Cassie je gesehen hatte. Ihr Haar, das zu einer Hochfrisur aufgetürmt war, hatte die Farbe von reifem Weizen und betonte die Zartheit ihres herzförmigen Gesichtes. Sie trug ein modisches pfirsichfarbenes Kleid, das mit weißem Satin abgesetzt war.

Als das Mädchen sie im Türrahmen erblickte, stand sie auf, ganz Anmut und Schönheit. »Hallo«, murmelte sie. »Sie müssen Gabriels Ehefrau sein.« Ihre Stimme war wohltönend. Sie streckte Cassie eine behandschuhte Hand entgegen. »Mein Name ist Evelyn.«

Evelyn. Cassie hätte sich am liebsten in einem Mauseloch verkrochen. Noch nie war sie sich ihrer eigenen Unzulänglichkeiten, ihrer eigenen niederen Herkunft so sehr bewußt gewesen. Dieses Mädchen mit dem hellblonden Haar, mit der grazilen Figur, der vornehmen, weichen Stimme war also diejenige, die Gabriel hatte heiraten sollen. Sie zuckte innerlich zusammen, denn dieses wunderschöne Mädchen war all das, was sie *nicht* war.

»O mein Gott!« hauchte sie. »Sie sind die Tochter des Herzogs von Warrenton.« Doch sobald die Worte herauswaren, hätte Cassie sich ohrfeigen können.

Aber das Mädchen lächelte sie an, zwar nur andeutungsweise, aber es war dennoch ein Lächeln. »Ich sehe, Sie kennen mich. Ganz offen gesagt, das macht die Dinge einfacher.« Sie machte eine Pause. »Ich fürchte, ich kenne Ihren Namen noch nicht.«

»I-ich heiße Cassie.«

»Gut, dann, Cassie« – sie machte eine elegante Handbewegung zum Sofa hin –, »wollen wir uns nicht setzen?«

Cassie wurde rot. Zum erstenmal wurde ihr bewußt, wie wenig sie das Zeug dazu hatte, in die Rolle einer Lady zu schlüpfen. »Natürlich«, murmelte sie. Beide setzten sich, Evelyn auf das eine und Cassie auf das andre Ende des Diwans.

Evelyn verzog den Mund zu einem winzigen Lächeln. »Wissen Sie«, sagte sie sanft, »ich wollte Sie schon vor einigen Tagen besuchen kommen. Aber ich hatte ein bißchen Angst vor Ihnen, weil ich nicht wußte, was mich erwartete.«

Cassie zögerte. »Wissen Sie ... mi-mir ging es genauso!« Die Worte waren ihr herausgerutscht, ehe sie sich's versah. Aber Evelyn lachte nur, und wie durch ein Wunder löste sich plötzlich die Spannung.

»Ich möchte nicht unhöflich sein«, sagte Cassie nach einer kurzen Pause. »Aber ich habe geglaubt, daß Sie … mich hassen würden.«

In Evelyns himmelblauen Augen glomm so etwas wie Verständnis auf. »Weil ich Gabriel heiraten sollte und er statt dessen Sie geheiratet hat?«

Cassie nickte. »Sie müssen sehr aufgebracht gewesen sein, als Sie davon erfahren haben.«

Evelyn faltete ihre kleinen Hände mit den weißen Handschuhen in ihrem Schoß. »Oh, meine Liebe, ganz und gar nicht. Mein Vater war zunächst sehr wütend, weil er gern eine Verbindung der beiden Familien gesehen hätte. Aber er wird es akzeptieren, ja, ich glaube, er hat schon den Anfang damit gemacht. Und ich möchte Ihnen gegenüber ehrlich sein. Ich bin außerordentlich erleichtert, daß ich Gabriel nicht heiraten muß. Er hat mich immer fast zu Tode geängstigt.« Ein trauriges Lächeln spielte um ihren Mund. »Und er tut es in der Tat immer noch. Stuart war immer so heiter und unbeschwert. Gabriel ist viel … oh, ich weiß gar nicht, wie ich das sagen soll … so düster, ja, fast schwermütig.«

O ja, das war er wirklich, stimmte ihr Cassie insgeheim mit einem leichten Schauer zu.

»Haben Sie Stuart geliebt?« Cassie wurde rot, als sie merkte, wie dreist sie klang. »Oh, Entschuldigung, das geht mich nichts an …«

»Ach, keine Sorge, es macht mir nichts aus. Ich war begeistert von Stuart, aber ich habe ihn nicht geliebt. Ich glaube, wir hätten gut zusammengepaßt, und ich bedaure seinen Tod aus tiefstem Herzen. Aber ich wollte nie nur geheiratet werden, weil mein Großvater mein Großvater war und sein Großvater eben seiner. Oh, ich liebe das Londoner Gesellschaftsleben mit seinen Bällen, Soireen und Empfängen, aber ich habe es immer gehaßt, so auf dem Servierteller herumgereicht zu werden. Es muß großartig sein, aus Liebe zu heiraten, auch wenn das vielleicht sehr altmodisch ist. Aber ich fürchte, mein Wunsch wird sich kaum erfüllen. Meine Mutter hätte mich sicher verstanden, Gott sei ihrer lieben Seele gnädig, doch mein Vater erwartet von mir, daß ich meine Pflicht erfülle, und so habe ich mich eben in mein Schicksal ergeben.«

Evelyn schwieg ein paar Sekunden und fuhr dann fort: »Ich weiß, ich bin schrecklich neugierig, und Sie müssen auch nicht antworten, wenn Sie nicht wollen. Aber haben Sie und Gabriel … aus Liebe geheiratet?«

Aus Liebe? Nein, Liebe war es bestimmt nicht, niemals! Cassie hätte lachen können, wenn ihr nicht plötzlich ganz furchtbar zum Weinen zumute gewesen wäre. Selbst jetzt brannten ihre Wangen noch vor Scham und Schmerz, und auch vor Wut – beim Gedanken an dieses arrogante Paar von Vater und Sohn. Ganz unerwartet fühlte sie sich plötzlich mit dieser besonderen Frau verbunden, die so anders war als sie und doch wieder nicht so anders. Und bevor sie sich darüber im klaren war, was geschah, strömte aus ihr die ganze traurige Geschichte heraus: Wie er sie bei Black Jack's gefunden hatte und daß Gabriels einzige Absicht darin lag, sich seinem Vater zu widersetzen.

Evelyn versuchte schnell ihren Schock zu verbergen, da sie spürte, daß sie damit Cassies Verzweiflung nur noch verstärkt hätte. Sie tätschelte mitfühlend Cassies Hand, denn das arme Mädchen, dem das Leben so übel mitgespielt hatte, bedauerte sie einfach.

»Es ist ein offenes Geheimnis, daß Gabriel und sein Vater immer schon unterschiedlicher Meinung sind.« Sie runzelte mißbilligend ihre hellen Augenbrauen. »Himmel, es macht mich wütend, daß beide so gemein sein konnten!«

»Wenn ich könnte, würde ich den beiden liebend gern zeigen, daß sie sich in mir irren.« Cassies Stimme war nur ein leises Murmeln, und es klang so, als spreche sie zu sich selbst. »Sie sind überzeugt, daß ich scheitern werde, aber ich schwöre, ich werde nicht scheitern … nein, ich werde nicht scheitern.«

Plötzlich fingen Evelyns Augen an zu glühen. »Hören Sie, Cassie, das ist es.« Sie wurde langsam aufgeregt. »Ja, das ist es, genau das.«

Cassie schüttelte verständnislos den Kopf.

»Verstehen Sie nicht? Sie haben recht. Sie dürfen sich von den beiden nicht aufs Kreuz legen lassen. Sie müssen das werden, was sie als letztes erwarten – nämlich eine Lady.«

»Wie denn?« Cassie starrte auf ihre geröteten Hände. »Sie vergessen, daß ich eine … eine Kneipendirne bin.« O Gott, es tat so weh, diese Worte auszusprechen. »Ich könnte nicht einmal einen Morgenmantel von einem Abendkleid unterscheiden, wenn es die Zofe nicht gäbe.«

Doch es schien, als habe sie in Evelyn eine Verbündete gefunden.

»Aber verstehen Sie denn nicht? Ich sehe Sie hier vor mir, eine schöne junge Frau, die es mit jedem Mädchen in London aufnehmen kann! Ich hätte nie gemerkt, daß Sie aus so kleinen Verhältnissen kommen. Und das spielt jetzt auch gar keine Rolle, weil ich Sie nämlich in guten Manieren und Umgangsformen unterrichten könnte. Ich könnte Ihnen zeigen, wie man eine gute Gastgeberin wird, wie man einen Haushalt führt. Und ich glaube nicht, daß das so schwierig sein wird, denn ich habe schon bemerkt, daß Sie ein gutes Gespür dafür haben, was sich gehört und was nicht.«

Schöne junge Frau. Hielt diese liebreizende junge Dame sie wirklich für schön? Oh, sie glaubte ihr beinahe. Doch eine innere Stimme warnte Cassie davor, sich allzu großen Hoffnungen hinzugeben. Das wäre nicht klug. Dennoch war allein schon der Gedanke, es diesen beiden arroganten Sinclairs zu zeigen, nur allzu verlockend.

Doch am verlockendsten war es, die Chance zu bekommen, eine Dame zu werden, eine *richtige* Lady. Ihr Herz schlug schneller.

»Warum?« fragte sie ruhig. »Warum wollen Sie das tun?«

»Ich habe nie eine richtige Freundin gehabt, nicht seit meiner Kindheit. Nach dem Tod meiner Mutter blieb mein Vater die meiste Zeit hier auf dem Land. Ich wurde einem Hauslehrer und einer Gouvernante überlassen. Das war meine einzige Gesellschaft.« Evelyn streckte ihr beide Hände hin. »Und ich weiß selbst nicht, warum, aber ich habe das Gefühl, als kennten wir uns schon ewig!«

Cassie lächelte verwirrt. »Es ist seltsam, nicht wahr? Aber ich fühle genauso.«

Evelyns Augen strahlten. »Dann lassen Sie es mich tun, Cassie. Lassen Sie mich Ihnen helfen!«

Cassie drückte ihre Finger. »Wissen Sie«, sagte sie weich, »ich glaube, Sie sind bereits meine Freundin. Und ich nehme mit Freuden jede Hilfe an, die Sie mir zuteil werden lassen wollen.«

Evelyn lachte, ein süßes, glockenhelles Lachen. »Ausgezeichnet! Nun müssen wir aber wirklich zuerst etwas mit Ihren Händen tun.

Es ist nicht so gut, wenn eine Dame immer Handschuhe trägt, nicht wahr?«

Und damit begann für Cassie das Abenteuer, eine Dame, eine Lady, zu werden.

Zehntes Kapitel

Während der nächsten Wochen beobachtete Edmund Sinclair mit sehr gemischten Gefühlen, was sich um ihn herum abspielte. Lady Evelyn kam häufig vorbei, und fast jeden Nachmittag saßen sie und Cassandra im Hof. Edmund konnte sich um alles in der Welt nicht vorstellen, warum Evelyn sich um dieses Geschöpf kümmerte, obwohl er grollend zugeben mußte, daß das Mädchen ohne ihre abgetragenen Kleider zumindest äußerlich eine passable Figur machte. Ja, auf den ersten Blick hätte man sie sogar für eine vornehme junge Dame halten können. Ach was, er wußte es schließlich besser. Er würde sich hüten, so einer wie ihr zu vertrauen. Sie sah in seinem Sohn nur eine Goldader!

Die Erinnerung legte sich zentnerschwer auf seine Brust. O Gott, wie er Stuart vermißte! Als er Stuart verlor, war es nicht anders gewesen als bei Margaret, ein Teil von ihm war für immer dahingegangen. Und nun war Gabriel alles, was ihm geblieben war.

Ach, wenn die Dinge doch anders gelaufen wären! Aber er und Gabriel hatten sich nie sehr nahe gestanden, und sie würden sich auch *niemals* nahestehen. Und jetzt war es zu spät, gestand er sich müde ein. Seine Jugend war dahin, und vielleicht auch seine Zukunft. War es wirklich so falsch, danach zu verlangen, daß Gabriel heiratete und ihm einen Erben schenkte? Sinclair war ein stolzer Name, auch wenn Gabriel sich wohl kaum darum scherte.

Der Gedanke, daß sein Name aussterben könnte, daß er die Augen zumachen könnte, ohne seinen Enkelsohn jemals gesehen zu haben, erfüllte Edmund mit großer Trauer – und mit einem Gefühl maßloser Enttäuschung. Doch das könnte er Gabriel gegenüber niemals zugeben. Zwischen ihnen beiden bestand eine zu große Distanz, und er wußte nicht, wie er sie überbrücken sollte. Schon als junger Bursche wollte Gabriel immer seinen Willen durchsetzen; immer hatte er trotzig Widerstand geleistet.

Ein tiefer Seufzer entrang sich Edmunds Brust. Müde machte er sich wieder auf den Weg zu seinem Schreibtisch. Er fühlte sich auf einmal uralt. Von draußen wehte eine leichte Brise in den Empfangssalon und trug den fröhlichen Klang zweier Frauenstimmen und von etwas, das er seit Jahren nicht mehr gehört hatte, mit hinein: ein klingendes Lachen.

Edmund spürte einen eigenartigen Kloß im Hals.

Gabriel stieg die Eingangsstufen zu seinem eleganten Stadthaus hinauf. Die Stufen waren scharf umrissen, seine Augen sahen klar und deutlich, und das, obwohl er sicher war, noch nie in seinem Leben so betrunken gewesen zu sein.

Sein alkoholgetränkter Geist ließ ihn dennoch nicht zur Ruhe kommen. Stunden später saß er immer noch, die langen Beine lässig vor sich ausgestreckt, in seiner Bibliothek. Auf dem Tisch neben ihm stand eine kunstvoll geschliffene Glaskaraffe mit Brandy. Gabriel starrte mit vernebeltem Kopf in die goldene Flüssigkeit in dem Glas, das er in seiner Hand hielt. Draußen lagen die Straßen Londons ruhig und still da und dämmerten langsam dem Morgen entgegen.

Seine Rückkehr nach England war genauso verlaufen, wie er es geplant hatte. Sein Vater war über die Eröffnung, daß sein Sohn für immer an diese Yankee-Braut gebunden war, entsetzt gewesen.

Doch der Augenblick des Triumphs war nur von kurzer Dauer gewesen – und weitaus unbefriedigender, als er sich das im vorhinein vorgestellt hatte. Er verstand auch nicht das nagende Gefühl, das ihn seither plagte – dieses Gefühl von Schuld. Gabriel rief sich kategorisch ins Gedächtnis zurück, was Edmund Sinclair seiner Mutter angetan hatte, all die Jahre bittersüßer Hoffnung, die Jahre zermürbenden Bedauerns, die leeren Jahre des tiefen Kummers.

Nur er hatte es gewußt. Nur er hatte sich gesorgt. Und das war etwas, das Gabriel nie vergessen konnte. Und er konnte seinem Vater auch nicht verzeihen, wie seine Mutter gestorben war.

Doch mit den Gedanken an seinen Vater kam ihm auch Farleigh wieder in den Sinn. Er hatte Farleigh vermißt! Wie sehr, war ihm erst bei seiner Rückkehr bewußt geworden. Und dennoch gab es einen Teil von ihm, der es haßte.

Nein, flüsterte eine Stimme, nicht Farleigh, sondern die Erinnerungen, die dort lauerten, die Erinnerungen, die sich nicht vertreiben ließen. Das war der wahre Grund, warum er nicht geblieben war … seine Mutter … ihr Tod. Er hatte behauptet, er könnte nicht bleiben, aber in Wirklichkeit *wollte* er es nicht. Er hatte genau das getan, was er sich vorgenommen hatte – er hatte Cassie bei seinem Vater abgeladen und sein Leben in London wieder aufgenommen.

Doch nun quälten ihn noch ganz andere Erinnerungen, die Erinnerungen an warme Lippen und glatte, weiche Haut, süß duftend wie eine eben erblühte Rose, an seidenweiches Haar. Ja, der Geschmack der Rache war nicht annähernd so süß gewesen wie der Geschmack dieser Lippen.

Was für ein Unsinn das alles war! Er verzog den Mund. Er benahm sich ja geradezu wie ein liebestrunkener Jüngling. Seine Laune sackte noch weiter in den Keller ab. Er mußte einfach sein Herz gegen diese armselige, wenn auch zugegebenermaßen wunderschöne Braut panzern. Er wollte keine Ehefrau, und aller Wahrscheinlichkeit nach *brauchte* er auch keine. Er war schließlich nach London zurückgegangen, um zu vergessen, daß er je eine gehabt hatte.

Doch das war leichter gesagt als getan.

Für Cassie vergingen die Tage wie im Fluge. Sie lernte Tee einzuschenken, lernte, was man beim Austausch von Nettigkeiten sagen durfte und was nicht, und vieles andere mehr. Wenn sie abends ins Bett fiel, war sie zwar erschöpft, und in ihrem Kopf drehte sich alles, aber dennoch war sie entschlossen weiterzumachen.

Eines Tages wagte sie es dann, Evelyn darum zu bitten, sie zum Tee mit dem Herzog in den Empfangssalon zu begleiten. Zu wissen, daß der Herzog sie beobachtete, machte sie ganz krank. Er war ihr gegenüber zwar nicht offen feindselig, doch sie spürte trotzdem seine Mißbilligung. Er war steif und förmlich. Cassies Hand zitterte so fürchterlich, daß sie Angst hatte, sie würde den Tee über ihr Kleid gießen. Doch hinterher klopfte ihr Evelyn entzückt auf die Schulter.

»Du machst das, als seist du dazu geboren! O Cassie, ich wußte, du schaffst das!«

Und dann tat Cassie etwas, das sie noch einen Monat zuvor nie gewagt hätte. Sie wagte zu träumen. Sie fing wirklich an, daran zu glauben, daß sie vielleicht trotz aller widrigen Umstände ein gewisses Maß an Glück finden könnte, ein Glück, das ihr nie beschieden gewesen wäre, wenn sie in Charleston geblieben wäre. Sie war gut gekleidet, es ging ihr gut, und sie fühlte sich sicher. Gabriel hatte versprochen, sie würde immer ein Zuhause haben, und an dieses Versprechen klammerte sie sich mit all ihren Gedanken. An eine andere Möglichkeit wagte sie einfach nicht zu denken. Dennoch gab es Augenblicke, in denen sie sich kaum traute, die Augen zu schließen aus Angst, es könne alles verschwinden.

Eines Tages – es war Ende Juli – meldete Davis am frühen Nachmittag die Ankunft von Christopher Marley. Cassies Augen leuchteten auf. »Bitte, Davis, führen Sie ihn herein!« Ein paar Sekunden später spazierte er auch schon herein. In seinen hellen Pantalons und seinem Gehrock sah er umwerfend aus.

»Christopher, oh, ich kann Ihnen gar nicht sagen, wie ich mich freue, Sie wiederzusehen!« Cassie streckte ihm beide Hände entgegen. Am liebsten hätte sie ihn umarmt, und wenn Evelyn nicht neben ihr gestanden hätte, hätte sie das auch getan.

Er lachte. »Gnädigste, ich hatte schon Visionen, wie Sie hier auf dem Land dahinwelken, und deshalb fand ich es einfach an der Zeit, mich selbst davon zu überzeugen, wie es Ihnen geht.«

Cassie entging nicht die stumme Frage in seinen Augen. Sein Interesse wärmte ihr Herz. »Mir geht es gut«, sagte sie weich und fügte dann mit einem leichten Lächeln hinzu: »Und Sie brauchen sich auch nicht die Zunge abzubeißen. Lady Evelyn kennt die genauen Umstände unserer Begegnung. Sind Sie einander schon vorgestellt worden?«

Christopher verbarg seine Überraschung. Er hatte sicher nicht erwartet, daß die Dinge so lagen, aber für Cassie freute es ihn von ganzem Herzen. »Gnädiges Fräulein«, sagte er warm, »wir sind uns in der letzten Saison ein paarmal begegnet, obwohl ich kaum glaube, daß Sie sich an mich erinnern.« Er neigte sich tief über Evelyns Hand und drückte einen Handkuß auf ihre Finger.

Evelyn machte einen Knicks. »Ich erinnere mich sehr gut an Sie, mein Herr.«

»Dann fühle ich mich sehr geschmeichelt, Mylady.« Evelyns Wangen röteten sich leicht, und Christopher wandte sich wieder

Cassie zu. In seinen Augen spiegelte sich wider, wie angenehm überrascht er über ihre äußerliche Veränderung war. Das modische, weißgeblümte Musselinkleid und die schicke Hochfrisur gefielen ihm sehr. »Ich muß sagen, Sie machen eine gute Figur.«

Nun war Cassie an der Reihe zu erröten. »Ich muß zumindest ehrlich sein, Christopher. Das Lob für die Frau, die vor Ihnen steht, gebührt allein Evelyn.«

Evelyn schüttelte heftig den Kopf. »Schmälere nicht deine Verdienste, Cassie! Ich habe nur Vorschläge gemacht. Die ganze Arbeit und Mühe lag allein bei dir.«

Christopher gab ein glucksendes Lachen von sich. »Zwei bescheidene Frauenzimmer, ein sinnloser Wettstreit, würde ich sagen. Ganz offensichtlich haben Sie beide Ihre Sache ganz hervorragend gemacht. Ich gratuliere Ihnen beiden.«

Evelyn strahlte, doch nicht lange. »Unglücklicherweise«, seufzte sie, »haben wir beide zwei Probleme. Wir hatten noch nicht die Zeit, uns um ihre Reitkunst zu kümmern. Und was den Tanzunterricht anbetrifft, so haben wir es zwar geschafft, die Grundschritte der meisten Tänze zu meistern, doch ich denke, es wäre für Cassie bei bestimmten Dingen leichter, wenn sie einen Herrn als Partner hätte.«

Christopher machte eine übertriebene Verbeugung. »Dann paßt es ja wunderbar, daß ich ein Zimmer im Dorfgasthof reserviert habe. Meine Damen, ich freue mich, ganz zu Ihrer Verfügung zu stehen.«

In der folgenden Woche steckten die drei fast ständig zusammen. Die Vormittage verbrachten sie entweder in den Gärten oder im Empfangssalon. Nachmittags trafen sie sich im Musikzimmer, wo Evelyn und Christopher sich bemühten, Cassie das Tanzen beizubringen, und ausklingen ließen sie den Tag mit einem Ritt über die Felder. Cassie hätte Christopher so gern gefragt, ob er Gabriel gesehen habe. Ein Dutzend Male am Tag lag ihr die Frage auf den Lippen, doch sie brachte nie so viel Mut auf, sie laut zu stellen.

Alles sprach dafür, daß Gabriel beabsichtigte, für immer in London zu bleiben. Cassie war sich nicht sicher, ob sie darüber froh oder pikiert sein sollte. Der Herzog war ebenfalls für einige Tage nach London gefahren, um sich um seine Geschäfte zu kümmern. Aber Christopher und Evelyn waren ganz reizend und sehr engagiert, und sie konnte nicht leugnen, daß sie ihre Gesellschaft sehr genoß. Obwohl sie sich immer auf ihre Reitstunden freute, würde es doch noch einige Zeit dauern, bis sie sich an den Damensitz im Reitsattel gewöhnt hätte.

Doch die Stunden im Musikzimmer genoß sie wirklich in vollen Zügen. Unter Evelyns und Christophers Anleitung beherrschte sie bald Menuett und Volkstanz. An diesem herrlich sonnigen Nachmittag führte das Paar ihr einen Tanz vor, der als höchst skandalös galt – den Walzer. Als Evelyn dann die Melodie auf dem Klavier spielte, die sie zuvor leise vor sich hin gesummt hatte, war Cassie von den fröhlichen Klängen so fasziniert, daß sie darum bat, ihr die Schritte auch beizubringen. Es dauerte nicht lange, bis sich ihre Schritte dem Takt Christophers anpaßten. Sie begann sich zu wiegen und herumzuwirbeln, und beide schwebten leicht und beschwingt über den Boden. Noch nie hatte sie sich so unbeschwert gefühlt, so unbeschwert, daß sie alles um sich herum vergaß, selbst ihren treulosen Ehemann. Sie lachte, und ihr Kopf drehte sich, als sie schließlich in einem Wirbel zum Stand kamen. Mit strahlendem Lächeln machte sie einen tiefen Knicks und richtete sich dann mit sehr viel Anmut wieder auf … um direkt in ein Paar brennende graue Augen zu blicken.

Christopher war der erste, der sich wieder fing. Seine Begrüßung klang bestürzt, war völlig unpassend, und im nachhinein hätte er sich dafür ohrfeigen können. »Gabriel! Das letzte, was ich von dir erfahren habe, war, daß du noch in London bist. Was treibt dich nach Farleigh?«

Gabriels Lächeln konnte nur schwer sein offensichtliches Mißfallen vertuschen. »Ich würde dich gern dasselbe fragen, mein Freund. Aber die Antwort scheint ja auf der Hand zu liegen.« Sein Blick streifte Cassie und musterte dann wieder Christophers Gesichtsausdruck. Kein Wort zu Cassie. Es war für sie wie ein Schlag ins Gesicht. Sie fühlte sich wie ein Kind, das beim Stehlen erwischt worden war und nun eine Tracht Prügel verdiente.

Und es gab in der Tat keinen Zweifel daran, daß Gabriel alles andere als begeistert war. Er hatte sich vorgestellt, seine liebreizende Gemahlin auf dem Land zurückzulassen und sie dann zu vergessen. Aber sie ging ihm einfach nicht aus dem Sinn und trieb ihn so um, daß er unbedingt nach Farleigh zurückkehren mußte. Er hatte allerdings nicht damit gerechnet, sie in den Armen eines anderen vorzufinden, noch dazu eines Mannes, der sich sein Freund nannte.

Und seine Frau war auch nicht mehr das abgerissene Geschöpf, das er zurückgelassen hatte. Wenn er sie irgendwo auf der Straße getroffen hätte, hätte er sie womöglich gar nicht auf Anhieb erkannt – der Anflug von Trotz in diesen wunderschönen goldenen Augen war ihm allerdings nur allzu vertraut.

Lady Evelyn war an Christophers Seite geglitten, und Gabriel deutete eine leichte Verbeugung an. »Lady Evelyn«, sagte er glatt, »es ist mir immer eine Freude, Sie zu sehen. Doch wenn es Ihnen beiden nichts ausmacht, dann wollen Sie uns jetzt bitte entschuldigen. Man hat mich viel zu lange der Gesellschaft meiner Frau beraubt, und ich würde sie liebend gern ein Weilchen für mich allein haben.«

»Aber natürlich«, erwiderte Evelyn strahlend und wandte sich Christopher zu. »Könnte ich Sie wohl für ein vorgezogenes Abendbrot begeistern, Sir? Glauben Sie mir, Cook macht weit und breit die beste Taubenpastete.«

Christopher zwang sich zur Ruhe. »Eine ausgezeichnete Idee, Lady Evelyn.« Sein Blick war ebenso frostig wie der Gabriels. »Du brauchst uns nicht hinauszubegleiten, alter Freund. Wir schaffen das auch ganz gut allein.«

Kaum waren die beiden weg, fuhr Cassie ihn auch schon an. Kerzengerade stand sie da. »Das war unhöflich!«

»In der Tat.« Er kräuselte spöttisch die Lippen. »Was weißt du schon davon, was höflich ist und was nicht, meine Liebe?«

»Ganz offensichtlich weit mehr als Sie!«

Er sah sie mit seinen arroganten Augen an und musterte dreist jedes Detail ihrer Erscheinung. »Ich muß sagen, Yank, du scheinst dich in deine Rolle bereits perfekt hineingefunden zu haben.«

Cassies Kieferpartie spannte sich an. »Und ich wette, das mißfällt Ihnen.«

Tat es nicht, obwohl es das hätte tun sollen, gestand Gabriel sich widerwillig ein. Er gab keine Antwort. Die schlanke Linie ihres Halses, umschmeichelt von der honiggoldenen Fülle ihres Haares, fesselte seine ganze Aufmerksamkeit.

»Hast du für heute nachmittag irgendwelche Pläne, Yank?«

»Jawohl, das habe ich. Christopher hat sich freundlicherweise bereit erklärt, mir in dieser Woche noch einige Reitstunden zu geben.«

Gabriels Züge verhärteten sich. »Du brauchst zum Reitunterricht keinen anderen Mann. Ich bin dein Gemahl.«

»Aber mein Herr Gemahl«, stellte sie mit einem schalkhaften Blitzen in ihren Augen fest, »war nirgends aufzutreiben.«

»Aber jetzt ist er hier, laß es dabei bewenden, Yank. Da du ja so sehr auf diese Reitstunden heute nachmittag erpicht zu sein scheinst, würde ich es auf keinen Fall wagen, dich zu enttäuschen.«

Sie enttäuschen? Quälen wäre wohl das bessere Wort.

»Geh dich umziehen«, befahl er und deutete in Richtung Treppenhaus. »Ich erwarte dich in fünfzehn Minuten bei den Stallungen.«

In ihrem Zimmer klingelte Cassie nach Gloria. Sie ließ sich mit einem rebellischen Zug um den Mund auf die Bettkante sinken. Wie konnte er es wagen, hier einfach wieder aufzutauchen? Einfach so tun, als sei er nicht wochenlang weggewesen? Sie hätte ihn liebend gern dort unten warten lassen, bis er schwarz würde. Doch die Gewißheit, daß er sie dann holen käme, ließ sie Abstand von ihrem Spielchen nehmen.

Mit Glorias Hilfe war sie schnell in ihren modischen, anschmiegsamen Reitdreß aus dunkelgrünem Samt geschlüpft. Es überraschte sie nicht, daß Gabriel bei den Ställen schon auf sie wartete. Ein Stallknecht stand bei ihm und hielt bereits zwei Pferde parat. Bei Gabriels Anblick machte ihr Herz einen kleinen Sprung. Er war jeder Zentimeter ein Aristokrat, von seinen auf Hochglanz polierten Stiefelspitzen bis zu den Falten seines schneeweißen Halstuchs. Die hautengen Breeches, unter denen sich seine harten Muskeln abzeichneten, saßen wie angegossen. Sein dunkler Reitrock spannte sich so eng über seine beeindruckend breiten Schultern, daß fast kein Fältchen zu sehen war. Aber sein Gesichtsausdruck spiegelte nur mühsam beherrschte Ungeduld wider.

»Bist du so weit?«

Sie nickte und näherte sich Ariel, der gelehrigen kleinen Stute, die sie während der ganzen Woche geritten war. Trotzdem war sie nicht geneigt, sich als Hasenfuß zu verkaufen. »Ich wünschte, ich könnte so wie Sie im Herrensitz reiten«, mäkelte sie. Allerdings nicht auf seinem Rappen, fügte sie in Gedanken hastig hinzu. Das schwarze, temperamentvolle Pferd sah genauso wild und widerspenstig aus wie sein Herr.

Gabriel, der sich bereits in den Sattel geschwungen hatte, wandte den Kopf um. »Eine Lady reitet nicht im Herrensitz«, sagte er kurzangebunden.

»Ach nein, aber ich bin doch keine Lady, oder?«

Gabriel gab keine Antwort, und Cassie erwartete eigentlich auch keine. Während Gabriel voranritt, konzentrierte Cassie ihre ganze Aufmerksamkeit darauf, sich im Sattel zu halten. In der Gesellschaft von Evelyn oder Christopher hätte es ihr nichts ausgemacht zu fallen, aber vor den Augen ihres Mannes war das eine ganz andere Sache. Doch er blieb bei seinem langsamen Tempo, und dafür war sie ihm dankbar.

Der Zufall wollte es, daß sie plötzlich vor dem See anlangten. Dies war der einzige Ort im unmittelbaren Umkreis, den Cassie noch nicht erkundet hatte. Ein Angstschauer lief ihr über den Rükken. Mit Christopher und Evelyn hatten sie gewöhnlich das Anwesen verlassen und waren über das offene Land geritten. Gott sei Dank ließ Gabriel den See links liegen und lenkte sein Pferd zu einer Waldung. Mit einem Seufzer der Erleichterung atmete sie auf und fing an, sich für ihre Umgebung zu interessieren.

Gabriel hielt erst an, als sie eine kleine Lichtung erreicht hatten. Abgeschirmt durch einen Ring von Bäumen erhob sich in der Mitte ein kleiner weißgestrichener Pavillon. Cassie war entzückt. »Ich wußte gar nicht, daß der hier steht!« rief sie begeistert aus. »Man kann ihn vom Haus aus nicht sehen, nicht wahr?«

Gabriel schüttelte den Kopf und half ihr aus dem Sattel. Sein Lächeln war echt, denn dieses lauschige Plätzchen war ein Zufluchtsort, der ihn vor der Außenwelt schützte. Ein vorlautes Rotkehlchen rief nach seinem Weibchen. Die Bäume dufteten würzig und frisch. Der Pavillon war bereits ziemlich verwittert, und an einigen Stellen blätterte schon die Farbe ab. Um ihn herum schoß wild das Unkraut aus dem Boden. Kletterpflanzen hangelten sich an den Mauern empor und krochen die Stufen hinauf.

»Er muß einmal ganz wunderschön gewesen sein«, sinnierte sie laut. »Was für eine Schande, daß man ihn so vernachlässigt hat.« Sie beugte sich runter und wischte mit ihren Handschuhen ein bißchen Schmutz von den Stufen. Dann richtete sie sich wieder auf und warf Gabriel einen Blick über die Schulter zu, gerade rechtzeitig, um den seltsamen Ausdruck, der über sein Gesicht huschte, noch zu bemerken.

Cassie öffnete den Mund. »Warten Sie«, sagte sie langsam. »Das war der Platz Ihrer Mutter, nicht wahr?«

Gabriel wurde plötzlich auf sich selbst wütend. Warum hatte er sie nur hierhergebracht? Seine Mutter hatte diesen Platz geliebt. Sie hatte die Ruhe hier immer so friedvoll und beruhigend empfunden, erinnerte er sich. Und Gott allein wußte, daß sie ansonsten nur wenig Grund zur Freude hatte.

»Sie kam oft hierher, ja?«

Cassie hätte so gerne noch mehr gefragt, weil sie schon so oft über sie nachgedacht hatte. Warum, wußte sie nicht, aber es war fast so, als schwebte ein Geheimnis über ihr. Doch Gabriel wirkte verschlossen und distanziert.

Er ging auf sie zu. »Du hast ein natürliches Talent zum Reiten, Yank. Aber wie es scheint, hast du ja allerhand Talente.«

Cassie befeuchtete ihre Lippen. Wenn auch sein Ton heiter war – für seine Laune galt das ganz und gar nicht.

»Du kannst jetzt ruhig damit rauskommen, Yank. Nachdem ich dich wieder mit Christopher zusammen gesehen habe, frage ich mich doch: Hast du ihm gegeben, was mir gehört?«

Verwirrt starrte sie ihn an. »Wie bitte?«

»Spiel jetzt nicht den Unschuldsengel. Hast du mit ihm geschlafen?«

»Mit ihm geschlafen?« Sie schnappte nach Luft. »Oh, das klingt ja gerade so, als sei ich …«

»Eine Hafenhure? Du kannst deine niedere Vergangenheit nicht so schnell abschütteln, Yank. Aber fairerweise warne ich dich. Ich lass' mir keine Hörner aufsetzen. Ich will keinen Bastard als Erben.«

Er war schockierend brutal – und verletzend. »Oh!« schrie sie. In diesem Moment haßte sie ihn, wie sie noch nie jemanden gehaßt hatte. »Sie haben Ihrem Vater erzählt, daß Sie mich aus der Gosse gerettet haben, aber in Wirklichkeit sind es Ihre Gedanken, die aus der Gosse kommen! Warum konnten Sie nicht in London bleiben? Dann müßte ich jetzt nicht Ihre verdammte Laune ertragen!«

Sie hatte recht. Seine Laune war miserabel. Er war wütend, daß sie ihn zurück nach Farleigh getrieben hatte – und wütend über sich, daß er ihr erlaubt hatte, diesen Platz zu entweihen, der einzig und allein dem Andenken an seine Mutter gehörte.

»Meine verdammte Laune wäre sehr viel besser, wenn ich dich nicht in den Armen eines gewissen Christopher Marley vorgefunden hätte.«

»Nun aber Schluß damit!« zischte sie. »Sie begehren mich nicht mehr, als ich Sie begehre.«

Er griff nach ihren Händen, streifte ihr die Handschuhe ab und warf sie beiseite. Sie hatte ein Gefühl, als risse er ihr die Seele aus dem Leib.

Er zog sie an sich heran. Sein energischer, schön geschwungener Mund schwebte wie gemeißelt direkt über ihre Lippen. »Aber genau das ist der Punkt, Yank. Ich bin für deine Reize eben *nicht* unempfänglich.«

Sein Kopf neigte sich herab, und seine Lippen fingen die ihren ein. Immer und immer wieder tauchte er mit der Zunge in wildem erotischen Taumel in die Tiefe ihres Mundes ein. Seine harten Arme schlangen sich fest um ihren Körper und drückten ihn gegen seine starke Brust. Cassie unternahm einen zaghaften, jämmerlichen Versuch, sich dagegen zu stemmen, doch ihr Wille schien ihr nicht mehr zu gehorchen, denn, bei Gott, in ihr passierte etwas Seltsames. Durch ihre Glieder strömte eine brennende Wärme, sein Kuß durchpulste ihren ganzen Körper wie ein Feuer. Sein Mund öffnete sich noch weiter, preßte sich in süßer Wildheit gegen ihre Lippen und durchschauerte sie mit seiner Stärke und seinem Willen. Sie stöhnte – ein leiser Laut, der sich zwischen ihren Lippen verfing – und spürte plötzlich, das alles in ihr danach drängte, diesem Mann zu folgen, wo immer er sie hinführen würde.

Ein leises, triumphierendes Lachen drang vage an ihr Ohr. Sie spürte seinen heißen Atem seitlich an ihrem Hals. »Du hast mich ein ganz hübsches Sümmchen gekostet, Yank. Also komm schon, ich möchte endlich sehen, was ich gekauft habe.« Bedächtig strich er über die samtverhüllten Spitzen ihrer Brüste. Sie atmete schwer, als ihre Brustwarzen fest und hart wurden, ein Gefühl, das jedoch – Gott stünde ihr bei! – keineswegs unangenehm war. Und dann spürte sie, wie seine heißen Finger an den Verschlüssen ihres Mieders nestelten.

Panik ergriff sie. Sie wußte, wo solche Spiele hinführten! Sie konnte nicht zulassen, daß er sie auf diese Weise nahm, so kalt entschlossen, von keinem anderen Gefühl als von der nackten Lust getrieben. Ja, wenn er sie geliebt hätte, wenn er sie umsorgt hätte, dann wäre es vielleicht etwas anderes gewesen. Dann hätte sie ihm wohl gegeben, was er forderte.

Sie versuchte zurückzuweichen, doch das Stahlband seiner Arme hielt sie unentrinnbar gefangen.

Langsam hob er den Kopf. Ein winziger Anflug eines Lächelns spielte um seine schönen Lippen. »Ich bin immerhin auch nur ein Mann«, sagte er sanft. »Hast du etwa Angst, daß ich der Begierde erliege?«

Doch so unbegründet war diese Angst gar nicht, mußte er sich eingestehen. Sein Glied war hart und fest, und ein Teil von ihm sehnte sich danach, mit seiner prallen Hitze tief und hart in ihren Körper einzudringen, ohne Rücksicht auf die Folgen. O nein, ihr Kuß hatte ihn, bei Gott, nicht so kalt gelassen, wie er vorgab, oder wie er es sich vorgestellt hatte … und das bedeutete, daß er auf der Hut sein mußte, verdammt auf der Hut.

Die Antwort stand in ihren weit aufgerissenen Augen, die ihre ganze Verzweiflung und ihr Mißtrauen widerspiegelten. Gabriel lachte kurz auf. »Keine Sorge, Yank. Bring mich nicht in Versuchung, und ich werde ihr auch nicht erliegen.« Er gab sie frei.

Cassie fuhr zurück. Der Gedanke an die verräterische Reaktion ihres Körpers machte ihr immer noch schwer zu schaffen. Auf einmal zuckte sie zusammen. Lieber Gott, war sie vielleicht ein leichtes Mädchen, genauso wie ihre Mutter? Die Vorstellung war schrecklich.

Plötzlich ertönte ein lauter Knall. Ein scharfer Brandgeruch stieg ihr in die Nase, und sie spürte fast gleichzeitig einen stechenden Schmerz in ihrem linken Arm. Instinktiv riß sie die Hand hoch und legte die Finger auf die schmerzende Stelle. Als sie die Hand wieder wegzog, war sie rotverschmiert. Cassie starrte sie entsetzt an. Blut, dachte sie verstört, nein, das konnte doch überhaupt nicht sein. Das dumpfe Rauschen in ihren Ohren schwoll immer stärker an. Was um alles in der Welt hatte das zu bedeuten? Und dann begriff sie endlich. Ihr wurde klar, was das für ein Geräusch gewesen war.

»Lieber Gott«, hörte sie sich selbst sagen, »ich bin angeschossen worden.«

Sie taumelte vorwärts und verlor das Bewußtsein.

Elftes Kapitel

Gabriel fing sie gerade noch rechtzeitig in seinen Armen auf. Mit einem Fluch auf den Lippen suchte er in geduckter Haltung in dem Pavillon Deckung. Darauf bedacht, nicht gesehen zu werden, behielt er den Kopf auch weiter eingezogen, als er den zerfetzten Ärmel ihres Reitkleid auseinanderriß und sein Taschentuch auf die Wunde preßte. Ganz sachte wischte er die Blut- und Pulverspuren auf ihrem Arm weg.

Die höllische Angst, die sein Herz zusammengepreßt hatte, ließ langsam nach. Gott sei Dank, es war nur ein Streifschuß gewesen. Die Wunde war nicht einmal tief und hörte sogar schon auf zu bluten. Zweifellos war es nur der Schock und nicht die Verletzung, die sie hatte zusammenbrechen lassen. Er zögerte, unschlüssig, was er jetzt tun sollte. Es drängte ihn zwar, den Schurken zu suchen, der den Schuß abgefeuert hatte, andererseits wollte er sie auch nicht allein lassen.

Endlich bewegte sich Cassie. Die Erinnerung an den Schuß drängte sich sofort wieder mit großer Heftigkeit in ihr Bewußtsein. Sie riß die Augen auf, doch um sie herum herrschte nur Dunkelheit. Sie taumelte hoch, und ein erstickter Schrei löste sich aus ihrer Kehle. »Lieber, gütiger Gott! Was ist los, bin ich to …«

Eine feste Hand hielt sie zurück, und eine trockene Stimme flüsterte beruhigend: »Nein, Yank, du bist nicht tot. Du bist quicklebendig und unverletzt, obwohl du dich offensichtlich schon wieder wie im Himmel fühlst.« Es entstand eine kurze Pause. »Du hast Glück gehabt, Yank. Der Schuß hat deinen Arm nur gestreift. Die Wunde hat kaum eine Minute geblutet.«

Es war Gabriel, und sie waren in dem Pavillon, realisierte sie vage. Er kauerte mit dem Rücken an der Wand, und sie lag in seinem

Schoß, umfangen von starken Armen. Obwohl es nicht so dunkel war, wie sie zunächst angenommen hatte, schwand das Tageslicht rasch. Als sich ihre Augen an das Zwielicht gewöhnt hatten, bemerkte sie ihren zerrissenen Ärmel.

Sie stöhnte auf. Es war plötzlich alles zuviel – der Schuß, das Blut an ihren Händen, und jetzt noch das. »Mein schönes Reitkleid!« Sie begann zu weinen. »Ich habe noch nie etwas so Tolles gehabt. Ich habe es so geliebt. O Gott, und nun ist es ruiniert!« Sie barg ihr Gesicht an seiner Schulter und schluchzte.

Eine starke Hand strich beruhigend über ihr Haar. »Psst, Cassie, ganz ruhig. Ich kaufe dir ein neues, ich kaufe dir Hunderte, wenn es dir Freude macht.«

Sie schluchzte noch einmal auf und wurde dann langsam ruhig. Noch immer benommen, versuchte sie sich auf das dunkle Gesicht, das sie nur verschwommen über sich wahrnahm, zu konzentrieren. Dieser Mann mußte ein Fremder sein. Er hatte sie *Cassie* genannt, und das mit einer Stimme, in die sich bei aller Abwehr ein Hauch von Zärtlichkeit eingeschlichen hatte. Und seine Augen ... das konnte unmöglich wahr sein! Sie glaubte darin fast so etwas wie *Besorgnis* zu erkennen. Sicher hielt sie nur das Zwielicht zum Narren.

Sie wollte sich aufsetzen, doch seine Arme hielten sie zurück. »Sei still«, warnte er sie flüsternd. »Die Pferde sind durchgegangen, als der Schuß fiel. Aller Wahrscheinlichkeit nach hat ihn ja ein Wilderer abgefeuert, trotzdem will ich kein Risiko eingehen. Wir bleiben hier, bis es dunkel ist, und gehen dann zu Fuß nach Farleigh zurück.«

Cassie nickte und versuchte die Angst, die in ihr aufstieg, zu unterdrücken. Sie legte ihre Wange an seine Brust und kuschelte sich sogar noch dichter an ihn an, um seine Stärke zu spüren und sich von dem gleichmäßigen Trommelschlag seines Herzens beruhigen zu lassen.

Über eine Stunde später kehrten sie nach Farleigh zurück. Edmund stand mit Davis in der Eingangshalle, als Gabriel die Tür aufstieß.

»Zum Henker, Gabriel, was geht hier vor? Angus hat mich gerade davon unterrichtet, daß deine Pferde ...« Edmund brach mitten im Satz ab, als er sah, in welchem Zustand die beiden waren. Sie waren ziemlich verdreckt, und auf Cassies Wangen lag ein dünner

Staubfilm, durch den offensichtlich Tränen eine Spur gezogen hatten.

Edmunds Kiefer klappte herunter. »Lieber Gott, was ist passiert?«

Gabriel verzog grimmig den Mund. »Wir waren beim Pavillon, als jemand auf uns geschossen hat.«

Edmund schaute Cassie scharf an. »Bist du in Ordnung, Cassandra?«

Cassie, Cassandra. Cassie unterdrückte den Impuls, laut herauszulachen. Vielleicht war sie mit diesen beiden Sinclairs ja doch ein Stückchen vorangekommen. Sie nickte nur stumm, noch zu durcheinander, um ein Wort herauszubringen. Davis wurde beauftragt, Gloria zu holen, die sich weiter um sie kümmern sollte. Als Gabriel sie in der sicheren Obhut ihrer Zofe wußte, wandte er sich seinem Vater zu.

»Ein Wort unter vier Augen, wenn Sie gestatten, Vater.« Er ging vor ihm her in den Empfangssalon, und sein Vater schloß hinter ihnen die Flügel der großen Eichentür.

Gabriel schenkte sich einen großen Schluck Brandy ein und drehte sich dann zu seinem Vater um. »Tut mir leid, Vater, aber ich weiß nicht recht ... Die Ereignisse des Tages scheinen den Gedanken nahezulegen, daß Sie mich vielleicht gern als Witwer sehen würden.«

Es dauerte einen Moment, ehe seinem Vater die volle Bedeutung dieser Worte klar wurde. Als Edmund endlich begriffen hatte, blitzte ungeheure Wut in seinen Augen auf. Er straffte die Schultern und kämpfte mühsam um seine Beherrschung. »Ich wußte zwar, daß du zu mancherlei fähig bist, Gabriel. Aber mir zu unterstellen, ich hätte versucht, das Mädchen zu töten ...«

»Ich glaube, daß Sie es nicht gewesen sind«, sagte Gabriel ruhig. Der Schock des Herzogs war echt. Und so gefühlskalt sein Vater auch sein mochte, zur Gewalttätigkeit neigte er kaum.

»Vielleicht galt das Ganze ja gar nicht ihr«, sagte der Herzog steif.

Gabriel runzelte die Stirn. »Was wollen Sie damit sagen?«

»Vielleicht hast du ja nur in Nachbars Garten Kirschen geklaut.«

Gabriel wußte genau, worauf sein Vater hinauswollte. Er lächelte dünn. »Ich habe mir meine Frauen immer sorgfältig ausgewählt,

Vater. Keine von ihnen hat einen Ehemann oder irgendwelche männlichen Verwandten, die mir womöglich wegen einer lächerlichen Affäre nach dem Leben trachten würden.«

»Dann war es wahrscheinlich ein Wilderer. Man sollte Cassandra den klugen Rat geben, sich von den Wäldern fernzuhalten, solange wir nichts Genaues wissen.«

»Oh, Sie brauchen sich ihretwegen nicht so viele Sorgen zu machen. Sie wird mit mir nach London zurückkehren.«

In Edmunds Lächeln lag nicht nur Hohn, sondern auch Mißtrauen. »Warum denn das?«

»Die Herzogwitwe von Greensboro gibt morgen abend ein Fest.«

»Das ist mir bekannt. Ich hatte daran gedacht, selbst dorthin zu gehen. Aber es ist doch nicht etwa dein Ernst, sie mitzunehmen!« Trotz Lady Evelyns Anstrengungen während der letzten Wochen war Edmund skeptisch.

Gabriel zog nur die Augenbrauen hoch. »Man kann die Herzoginwitwe nicht vor den Kopf stoßen. Soviel ich weiß, soll es eine verhältnismäßig kleine Veranstaltung zur Eröffnung der Ballsaison werden. Und ich glaube wirklich, das Thema ist jetzt abgehakt, Vater. Machen Sie sich um Ihren oder um meinen Ruf Sorgen?«

Edmund widerstand dem Bedürfnis, die Hand zu erheben. »Mach, was du willst«, raunzte er. »Du machst immer nur, was dir gefällt, und scherst dich einen Dreck darum, ob es anderen gefällt.« Er drehte sich um und ging mit großen Schritten zur Tür.

Gabriel sah ihm nach. Sein Gesichtsausdruck war wie versteinert. »Ja, das mache ich, Vater«, sagte er laut, und in seiner Stimme lag Bitterkeit. »Immerhin habe ich schon vor langer Zeit begreifen müssen, daß jeder Versuch, Ihnen zu gefallen, zwecklos ist.«

Er betrachtete lange die bernsteinfarbene Flüssigkeit in seinem Glas, nahm dann einen großen Schluck und versuchte seine Gedanken in eine andere Richtung zu lenken. Vielleicht hatte sein Vater ja recht. Es gab eine Reihe von Fragen. Wer hatte den Schuß abgefeuert? War es Absicht? Oder ein Unfall? Und falls nicht, auf wen hatte man es abgesehen? Auf Cassie … oder auf ihn?

Gabriel kniff die Lippen zusammen. Er wußte niemanden, der ihm den Tod wünschen könnte. Doch warum sollte der Anschlag Cassie gelten? Ihr Bekanntenkreis war begrenzt, sowohl hier als auch in Charleston. Wahrscheinlicher war wohl doch, daß es ein Unfall war. Nein, er konnte sie nicht hier ihrem Schicksal überlassen.

Cassie saß oben in ihrem Zimmer an der Frisierkommode und ließ sich von Gloria die Haare bürsten. Sie hing abwesend ihren Gedanken nach, war aber sofort wieder voll konzentriert, als Gabriel das Zimmer betrat.

»Wie geht es deiner Wunde?«

Cassie wurde rot. Der Gedanke, in seine Arme gesunken zu sein, machte ihr immer noch schwer zu schaffen. Sie senkte den Blick und starrte auf den silbergerahmten Spiegel und die dazu passende Bürste. »Alles in Ordnung«, murmelte sie. »Die Stelle ist ein bißchen gerötet, aber das ist auch schon alles.«

»Ausgezeichnet. Ich kann also wie geplant morgen nach London zurückkehren. Laß Gloria bitte gleich morgen früh deine Sachen packen.«

Cassie erhob abrupt den Kopf. Sie fuhr herum und hielt ihn zurück, als er Anstalten machte zu gehen. »Warten Sie!« rief sie atemlos. »Bedeutet das, daß ich mit Ihnen fahre?«

»Genau das, Yank. Nun, ganz London ist heiß darauf, die neue Gräfin von Wakefield kennenzulernen. Ich muß eine Ehefrau präsentieren, sonst glaubt mir niemand, daß ich eine habe. Und immerhin *bist* du meine Ehefrau ... Wo gehörst du denn sonst hin, wenn nicht an meine Seite?«

Machte er sich über sie lustig? Cassie wußte es nicht. Aber das war ihr in diesem Augenblick auch nicht so wichtig. Sie starrte noch lange auf die Tür, nachdem er längst schon gegangen war, furchtsam, mißtrauisch und aufgeregt, alles zusammen.

Es hatte den Anschein, daß sie nun doch noch London kennenlernen sollte.

Gabriels Stadthaus war alles andere als bescheiden, zumindest in Cassies Augen. Obwohl es nicht annähernd so grandios oder weitläufig war wie Farleigh Hall, sprengte es doch den Rahmen ihrer Vorstellungen.

Die gewölbte Decke des Foyers glänzte mattgolden und war sehr künstlerisch mit Voluten und Putten stukkatiert. Darunter schwang sich zwischen zwei großen, imposanten Säulen fast theatralisch die Treppe in das obere Stockwerk empor. Die Bibliothek, eine kleinere Version der Bibliothek von Farleigh, war mit kostbarem Mahagoniholz getäfelt, während die Wände des Empfangssalons, in dem ein flauschig weicher Teppich in Gold-, Braun und Blautönen lag, mit purpurfarbener Seide tapeziert waren. Um den wärmenden Kamin standen mehrere Sessel und ein Diwan. Alles in allem fand Cassie das Ganze sehr, sehr einladend.

Sie war auch entzückt von ihrem Zimmer, das bis ins Detail genauso reizend war wie ihr Zimmer in Farleigh. Es war in Hellblau und Gelb gehalten, und ein Blick auf das Himmelbett genügte ihr, um sich darin zu verlieben.

»Wenn die Ausstattung dir nicht gefällt«, sagte ihr Mann förmlich, »kannst du sie jederzeit nach deinen Wünschen verändern.«

Doch selbst seine düstere Laune konnte ihre Begeisterung nicht dämpfen. Cassie ließ ihre Finger über die gelben Rüschen, die die Frisierkommode säumten, gleiten und drehte sich dann zu ihm um. Sie schenkte ihm ein bezauberndes Lächeln. »Es ist ganz herrlich, so wie es ist«, sagte sie weich. »Ich würde mir nicht im Traum einfallen lassen, etwas zu verändern.« In diesem Augenblick entdeckte sie eine Tür neben dem Schrank. Ohne zu überlegen, öffnete sie sie. »Wo führt die hin?«

Aber die Antwort sprang ihr mit einem riesigen Doppelbett und der sparsamen, maskulinen Ausstattung des Zimmers bereits ins Gesicht.

Cassies Wangen fingen an zu glühen. »Ihr Schlafzimmer, richtig?«

Er nickte. Sein Gesichtsausdruck war kühl und distanziert und ließ nicht erkennen, was in seinem Kopf vorging. Aber für Cassie war die Luft im Zimmer plötzlich stickig heiß. Keiner von beiden verlor noch ein weiteres Wort darüber. Denn beide waren sich sehr wohl bewußt, daß die Verbindungstür keine Verwendung finden würde.

»Übrigens, Yank, wir haben heute am frühen Abend eine Verpflichtung.«

»Eine Verpflichtung?«

»Wir sind zu einem Fest bei der Herzoginwitwe von Greensboro eingeladen.« Er ging mit großen Schritten zur Tür, blieb dort aber noch einmal stehen und drehte sich zu ihr um. »Ich werde noch einmal kurz zurückkommen, um die Wahl deiner Kleidung zu begutachten.«

Cassie richtete sich kerzengerade auf. »Ich bin ganz gut in der Lage, mein Kleid selbst auszuwählen«, sagte sie steif.

»Oh, daran habe ich keinen Zweifel, Yank. Dennoch werde ich mich glücklich schätzen, dir mit Rat und Tat beizustehen.«

Obwohl sie wußte, daß er die Angelegenheit damit als erledigt betrachtete, öffnete sie den Mund, fest entschlossen, dagegenzuhalten. Doch ein Blick in seine eisiggrauen Augen hielt sie von ihrem Vorhaben ab. Dennoch, es entsprach beileibe nicht ihrem Charakter, sich beliebig herumkommandieren zu lassen und gehorsam zu fügen.

Als er wieder in ihr Zimmer kam, war sie immer noch in ihrem Morgenmantel und hatte gerade erst gebadet. Hoch erhobenen Hauptes ging sie zur Garderobe und zog das weiße Tüllkleid heraus, das sie zu tragen beabsichtigte. Sie hielt es sich vor und wartete schweigend auf seine Reaktion.

Ein kleines Lächeln kräuselte sich um seinen Mund. »Ich glaube nicht«, sagte er gedehnt. »Mir dir in diesem Kleid an meiner Seite würde ich mir vorkommen wie ein Wolf. Und du würdest aussehen wie ein Unschuldslamm – wie eine Jungfrau, jung und unberührt.«

Weil ich eine bin! hätte sie am liebsten hinausgeschrien. Oh, was für ein unsägliches Vergnügen hätte es ihr bereitet, seiner arroganten Selbstherrlichkeit einen Denkzettel zu verpassen! Aber sie war sich nicht sicher, wie er reagieren würde, und deshalb zog sie es vor, den Mund zu halten. Sie biß die Zähne zusammen, schleuderte das Kleid zurück und zog ein anderes heraus.

Er befand die Wahl als zu jungmädchenhaft, lehnte ein drittes Kleid als zu einfach und wieder ein anderes als zu förmlich ab. Cassie begann langsam zu kochen. Blindlings griff sie ein weiteres Mal in die Garderobe und zog das erstbeste Kleid heraus, das ihr in die Finger kam.

Gabriel sagte einen Moment lang nichts und gab sich den Anschein zu überlegen. Es war ein blaß pfirsichfarbenes Kleid aus reiner Seide. »Die Farbe würde vielleicht gehen«, murmelte er, »aber ich möchte, daß du glänzt wie das Juwel, das du bist. Ich denke an etwas Strahlendes.«

Er machte sich über sie lustig, und dafür verachtete sie ihn. »Ich denke, Schwarz wäre weitaus passender!« schoß sie hitzig zurück.

Seine Augenbrauen gingen hoch. »Schwarz, passend zu deiner Laune, meinst du, Süße?«

»Schwarz, passend zu Ihrer Seele!« Sie reckte angriffslustig ihr Kinn vor. Doch Gabriel lachte nur. »Du mußt lernen, mir zu vertrauen, Yank. Ich habe in diesen Dingen mehr Erfahrung.« Er machte einen Schritt nach vorne und zog eine Robe aus rubinrotem Seidentüll heraus. »Das hier«, erklärte er.

Cassie riß es ihm aus der Hand. »Als ich Ihrem Vater vorgestellt wurde, waren Sie bei der Wahl meiner Kleidung nicht so pingelig«, schnauzte sie. »Ich weiß wirklich nicht, warum Sie sich jetzt solche Mühe machen.«

Sie hatte einen Nerv getroffen. Obwohl man seiner Stimme nichts anmerkte, sah sie, wie seine Kinnmuskeln spielten. »Nun, immerhin werden die Augen der Gesellschaft auf dir ruhen, Yank«, war alles, was er sagte, bevor er den Raum verließ.

Schließlich war sie fertig. Gloria stubste sie vor den Spiegel, stellte sich hinter sie und klatschte in die Hände. »Oh, Madam«, hauchte sie mit glänzenden Augen. »Sie sind wirklich eine Erscheinung.«

Lange Zeit konnte Cassie nur ihr Spiegelbild anstarren. Gloria hatte ihr das Haar aus dem Gesicht frisiert und kunstvoll hochgesteckt, so daß die zarte Linie ihres Halses und ihrer Schultern voll zur Geltung kam. Das Kleid hatte sowohl vorne als auch hinten einen tiefen V-Ausschnitt. Für Cassies Empfinden war er skandalös tief, aber Gloria versicherte ihr, daß das Mode sei. Unterhalb ihrer Brüste fiel der Rock in weichen Falten bis zu ihren flachen Schuhen hinunter. Obwohl sie fest entschlossen gewesen war, das Kleid nicht zu mögen, mußte sie doch zugeben, daß Gabriel gut gewählt hatte, denn der Gesamteindruck atmete klassische Eleganz.

Sie fühlte sich anmutig und feminin ... und schön. Tränen traten ihr in die Augen, denn dieses Gefühl war ganz und gar neu für Cassie. Aber was würde Gabriel dazu sagen? Auf einmal wurde sie nervös und angespannt.

Die plötzliche Erkenntnis, daß sie ihm gefallen wollte, traf sie wie ein Schlag. Warum sie ihm gefallen wollte, wußte sie nicht – es kümmerte sie auch nicht. Sie wollte ihm einfach nur gefallen, sehr gefallen.

Er wartete, ungeduldig hin- und herlaufend, im Foyer. Cassie stieg gesenkten Blickes, so schnell sie es wagte, die Treppe hinunter, wobei sie sich fest an den kunstvoll geschnitzten Handlauf klammerte. Als sie die letzte Stufe erreicht hatte, blickte sie endlich auf.

Ihre Blicke begegneten sich. Ihr Herz klopfte wie wild, während sie wie eine Statue schweigend vor ihm stand. Seine Augen musterten sie vom Scheitel bis zur Sohle und wanderten wieder zurück. Cassie hielt seinem kritischen Blick so gut sie konnte stand, doch er inspizierte sie so lange und durchdringend, daß sie Angst bekam, irgend etwas ganz fürchterlich falsch gemacht zu haben.

Schließlich bot er ihr doch seinen Arm an. »So müßte es gehen«, erklärte er.

Draußen half er ihr in eine weich gepolsterte Kutsche, die von zwei prächtigen Pferden gezogen wurde. Doch Cassie hatte keine Augen dafür. Als er sich neben sie setzte, drehte sie ihr Gesicht weg. Sie war am Boden zerstört. Nie in ihrem Leben hätte sie geglaubt, jemals ein solches Kleid zu besitzen – jemals so großartig auszusehen. Und sie hatte gedacht – gehofft! –, daß Gabriel es vielleicht auch so sehen würde. Aber in seinem Blick hatte sie weder Zustimmung noch Mißbilligung entdecken können. Er war genauso kühl und distanziert wie eh und je.

Das war jedoch mitnichten der Fall. Als sie auf dem Treppenabsatz auftauchte und die Treppe hinunterglitt, raubte ihm schon der erste Blick auf sie den Atem. Alles, wonach ihn verlangte, war, sie in seine Arme zu ziehen, ihr die Kleider, so schön sie auch sein mochten, vom Leib zu reißen und die kostbaren Schätze, die darunter verborgen waren, zu erkunden.

Doch er konnte es nicht zugeben. Er konnte es *ihr* gegenüber einfach nicht zugeben.

In diesem Moment verfluchte er sie wegen ihrer Augen, die so gespannt und erwartungsfroh, so hoffnungsvoll glänzten – genauso wie er sich selbst als kaltherzigen Bastard verfluchte. Und deshalb erlegte er sich eiserne Disziplin auf. Er war ein Meister darin, seine wahren Gefühle zu beherrschen. Das hatte er schon vor langer Zeit gelernt. Zumindest das hatte ihm sein Vater beigebracht.

Das Greensboro-Herrenhaus war hell erleuchtet, sowohl außen

wie innen. Cassie beobachtete, wie die lange Schlange von Kutschen, die darauf wartete, die Gäste abzusetzen, schrittweise aufrückte, bis sie bemerkte, daß sie als nächstes an der Reihe waren. Nun, da der entscheidende Moment immer näher rückte, ängstigte sie sich halb zu Tode. Was hatte Gabriel gesagt? *Die Augen der Gesellschaft werden auf dir ruhen.*

Viel zu schnell hielten sie vor dem Eingangsportal an. Ihr Magen krampfte sich vor Angst zusammen. Sie reichte Gabriel ihre eiskalte Hand, ließ sich von ihm aus der Kutsche helfen und ins Haus geleiten.

Am Eingang zu einem großen Ballsaal blieben sie stehen. Der Duft von Eau de Cologne mischte sich mit dem Duft von frischen Blumen. Der Raum war mit Gelächter und Stimmengewirr erfüllt.

Beim Anblick der Menschentrauben erfaßte sie plötzlich Panik. Sie fing an zu beben, innerlich und auch äußerlich. Zum erstenmal wurde ihr richtig bewußt, was auf sie zukam – sie sollte in die Rolle einer Lady schlüpfen, obwohl sie alles andere als eine Lady war. O Gott, das war einfach lachhaft! Ihrer Unzulänglichkeit schmerzlich bewußt, wünschte sie sich überall zu sein, nur nicht hier. Als sie ihren Blick über die wogende Menge fremder Leute schweifen ließ, entdeckte sie plötzlich ein vertrautes Gesicht. Doch es war kaum ein freundliches Gesicht – nein, nicht im mindesten: Es war Gabriels Vater.

Genau in diesem Augenblick kündigte der Majordomo sie an: »Graf und Gräfin von Wakefield.«

Sie war sich überhaupt nicht bewußt, daß sie sich fest an Gabriels Seite schmiegte, der ihren Druck jedoch keineswegs erwiderte. Er ärgerte sich auf einmal über sich selbst, aber auch über sie. Er hatte vorgehabt, sie einfach zu ignorieren, mit gleichgültiger Herablassung zurückzuweisen und alleine stehenzulassen, wohl wissend, daß er damit seinen Vater, der sie beobachtete, in peinliche Verlegenheit bringen würde. Doch ein Blick auf Cassies kalkweißes Gesicht und ihre entsetzten Augen genügte, um ihn umzustimmen. Er wußte, daß er das nicht konnte.

Er bettete ihre Hand aufmunternd in seine Armbeuge und murmelte ihr leise zu: »Lächeln, Yank!«

Cassies Gesicht sah aus, als würde es gleich zerspringen. »I-ich kann nicht.«

»Natürlich kannst du.« Er zog sie mit sich weiter. Später wurde ihr klar, daß es allein seine Willenskraft gewesen war, die sie aufrecht gehalten hatte.

Es folgten rasch hintereinander ein Dutzend Vorstellungsrituale. Ein Gesicht ging in das andere über, und Cassie wurde dabei fast schwindelig. Halb hysterisch dachte sie plötzlich, daß Evelyn sicher stolz auf sie gewesen wäre, denn wie durch ein Wunder schaffte sie es, immer die passenden Antworten zu geben.

Ein gutaussehender junger Mann klopfte Gabriel auf die Schulter. »Jetzt begreife ich auch, warum du dieses Juwel vor den neidischen Blicken deiner Mitmenschen versteckt gehalten hast, was mich auf die Frage bringt: Wie kommt es eigentlich, daß wir diese Schönheit vorher noch nie gesehen haben? Ich frage mich schon, ob ich mir nicht vielleicht ein Monokel anschaffen sollte ... Bei allem, was mir heilig ist, ich könnte schwören, daß ich sie noch nie gesehen habe. An ein solches Gesicht könnte ich mich erinnern!«

Gabriel lächelte kühl. »Das ist Vicomte Rayburn, meine Liebe.«

Cassie neigte leicht den Kopf. »Das ist kein Wunder«, sagte sie sanft. »Ich war noch nie zuvor in London.« Wenn der Vicomte vielleicht auch ein bißchen derb war, sein Lächeln war jedenfalls äußerst charmant.

Er zog eine Augenbraue hoch. »Noch nie in London? Der Teufel soll dich holen, Wakefield! Da hast du schon immer so ein verdammtes Glück im Spiel – und jetzt auch noch das! Wo, zum Himmel, hast du diese reizende junge Dame nur aufgestöbert?«

Gabriel blickte den Vicomte kühl an. »Ganz weit weg, jenseits des Ozeans, fürchte ich.«

Rayburn blinzelte. »Was? Sag bloß nicht, sie ist ein Yankee!«

Gabriel zuckte nur mit den Schultern, während Rayburn seine Aufmerksamkeit erneut Cassie zuwandte.

»Dem Himmel sei Dank, daß dieser häßliche Krieg endlich vorbei ist«, erklärte er, »daß wir unsere Aufmerksamkeit endlich wieder weit vergnüglicheren Dingen zuwenden können. Ich muß zugeben, ich kann mir Wakefield einfach nicht in der Rolle des eifersüchtigen Ehemanns vorstellen. Aber, meine Liebe, von jetzt an dürfen Sie sich von ihm nicht mehr auf dem Land vergraben lassen.« Als Rayburn den Grafen von Harcastle auf Gabriel zuschreiten sah, lotste er Cassie geschickt weg.

So kam es, daß Cassie nun doch eine Zeitlang ohne Gabriel an ihrer Seite verbrachte. Doch sie spürte sehr oft seine Blicke auf sich ruhen und die seines Vaters ebenfalls. Sie haßte es, unter der Aufsicht der beiden zu stehen, der eine mokant und arrogant, der andere kalt und ablehnend. Aber sie brauchte sich wenigstens keine Sorgen zu machen, allein stehengelassen zu werden. Als Rayburn ein Glas Wein für sie holen ging, war sie im Nu von einigen eifrigen jungen Männern umringt, die seinen Platz einnahmen.

Kurz darauf hörte sie eine gebieterische weibliche Stimme. »Treten Sie beiseite, ja, danke. Ich möchte mit der jungen Dame ein Wort wechseln.« Einer nach dem anderen trat zurück, und die Menge teilte sich wie die See vor Moses.

Cassies Augen weiteten sich. Es war die Herzoginwitwe höchstpersönlich, und sie steuerte geradewegs auf sie zu! Für den Bruchteil einer Sekunde war ihr Kopf wie leergefegt, und sie konnte keinen klaren Gedanken fassen, wußte nicht, was sie tun sollte. Doch dann faßte sie sich wieder und machte genau in dem Moment, als die alte Dame bei ihr anlangte, einen tiefen Knicks. »Euer Gnaden ...«

Die Herzogin war mit ihrem goldenen Turban, an dem eine Straußenfeder steckte, eine imposante Erscheinung. Sie war eine robuste Frau und dafür bekannt, daß sie mit ihrer Meinung nicht hinterm Berg hielt. Sie musterte Cassie von Kopf bis Fuß und erklärte ohne Umschweife: »Die Manieren Ihres Herrn Gemahls sind unter aller Kritik. Er besitzt noch nicht einmal den Anstand, Sie vorzustellen.« Sie raffte ihre Röcke zusammen, setzte sich auf die Bank und sah Cassie erwartungsvoll an.

»Kommen Sie schon, meine Liebe. Setzen Sie sich, und erzählen Sie mir alles über sich.«

In Cassies Lächeln lag ein Anflug von Wehmut. »Ich fürchte, da gibt es nicht viel zu erzählen, Euer Gnaden.«

»Ach, kommen Sie, nur nicht so schüchtern. Edmund hat erwähnt, daß Gabriel Sie in Charleston aufgespürt hat, wo Sie sich die Finger wund gearbeitet haben.«

Edmund. Unwillkürlich hob sie den Kopf und fing den Blick Edmunds vom anderen Ende des überfüllten Saales auf. In ihren Augen blitzte so etwas wie Herausforderung auf. Oh, wie gerne sie ihn Lügen gestraft hätte! Doch wenn sie in den vergangenen paar

Wochen mit Evelyn eine Lektion begriffen hatte, dann die, daß ein Mann ungestraft und verhältnismäßig unbeschadet einen Skandal herausfordern durfte, während dies für eine Frau den ziemlich sicheren Ruin bedeutete.

Und Cassie wollte um keinen Preis der Welt ausgestoßen werden. Sie wünschte sich auf einmal dazuzugehören, ja, sie sehnte sich aus tiefstem Herzen danach.

Dennoch lag es nicht in ihrer Natur zu lügen. »I-ich habe für mein Essen und meine Unterkunft arbeiten müssen, ja«, erwiderte sie.

»Aha! Nun, Arbeit bildet den Charakter, wie der letzte Herzog immer zu sagen pflegte. Und offen gesagt, daran hapert es bei den jungen Leuten heutzutage ganz gewaltig.«

Cassie lächelte zaghaft. »Sie haben vielleicht recht.«

»Ich muß gestehen, meine Liebe, als ich von Gabriels Heirat mit Ihnen hörte, empfand ich das Ganze als eine Ungeheuerlichkeit!« Die Herzogin kicherte fröhlich vor sich hin. »Tja, ich kann mir gut vorstellen, wie Edmund reagiert hat! Gabriel hat mit seiner Heirat so gut wie jeden überrascht. Er war ein ziemlicher Frauenheld, wissen Sie, aber es ist ganz offensichtlich, warum er von Ihnen so eingenommen war. Sie sind nicht eine dieser affektieren Londoner Schönheiten, eben keine gewöhnliche Schönheit.«

Cassie schüttelte den Kopf. »Ich bin kaum eine Schönheit, Euer Gnaden.«

»Meinen Sie, Liebes? Ich habe Sie heute abend beobachtet. Sie sind ganz und gar unprätentiös. Der Herzog hätte sicher gesagt ›Sterling-Qualität‹, und ich schließe mich ihm an. Und dazu sind Sie auch noch ungemein erfrischend.«

In diesem Augenblick schaute Gabriel zu ihnen herüber. Die Herzogin winkte ihn heran, und ein paar Sekunden später stand er vor ihnen.

»Euer Gnaden«, begrüßte er sie und beugte sich tief über ihre Hand. »Ich sehe, Sie haben sich mit meiner Frau bekanntgemacht.«

Während Cassie in ängstlicher Erwartung vor sich hinblickte, warf die Herzogin ihren Kopf hoch. »Ja, das habe ich in der Tat, und ich muß sagen, ich kann Ihnen zu Ihrer Wahl nur gratulieren.« Sie fixierte ihn mit strengem Blick. »Ich hoffe nur, Sie erweisen sich ihrer als würdig.«

Gabriels höfliches Lächeln erstarrte. Er traute seinen Ohren nicht. Es hatte doch tatsächlich den Anschein, als habe diese kleine Göre soeben die Herzogin betört, und damit war das Unmögliche eingetreten.

Sie hatte sich soeben ihren Platz in der Gesellschaft erobert.

Zwölftes Kapitel

Doch das war noch lange nicht alles. Es war erst der Anfang.

Am nächsten Morgen saß Gabriel in seinem Arbeitszimmer vor dem Schreibtisch, neben sich einen Stapel Papiere und eine Tasse Tee – unberührt. Das Personal hatte sehr schnell begriffen, daß die Stimmung ihres Herrn an diesem Morgen alles andere als gut war. Sie beeilten sich zwar, seinen Wünschen immer umgehend nachzukommen, doch sie wußten aus Erfahrung, daß es besser war, ihn allein zu lassen.

Es war nicht schwierig, den Grund für seine schlechte Laune zu erahnen. Ganz früh schon hatte ein Bote der Herzogin von Greensboro für ihn und die neue Gräfin eine Einladung zum Nachmittagstee überbracht. Und seither hatte es nahezu unentwegt geläutet, und der Stapel mit Karten und Einladungen auf dem Silbertablett im Foyer war inzwischen zu einem kleinen Berg angewachsen.

Als die Glocke erneut anschlug, stand Gabriel auf. Er hielt es hier wirklich keine Minute länger aus. Selbst seine Schiffskontors an den lärmenden Docks versprachen heute mehr Ruhe als sein privates Arbeitszimmer hier.

Als er die Eingangshalle betrat, schreckte er zurück. Sein Vater war gekommen und übergab Giles gerade seinen Hut und seinen Spazierstock.

Edmund drehte sich um und erblickte ihn. »Da bist du ja, Gabriel. Ich möchte dich kurz sprechen, wenn es dir genehm ist.«

Gabriel gab sich keine Mühe, seine Gereiztheit zu verstecken. »Ich muß weg.«

»Ich versichere dir«, erklärte Edmund kühl, »es wird nicht lange dauern.«

Gabriel machte zwar ein mürrisches Gesicht, ging dann aber doch zurück in sein Arbeitszimmer. Edmund schloß die Tür hinter sich. »Ich dachte, wir sollten vielleicht über Cassandras ersten öffentlichen Auftritt reden.« Gabriels Augen flackerten. Er sagte nichts.

»Es lief erstaunlich gut, findest du nicht?«

»Es reichte, vermute ich.«

»Wirklich«, sagte der Herzog sanft, »ihre Sprache ist annehmbar, ihr Name verrät nicht ihre niedere Herkunft, und ihr Benehmen gestern abend war keineswegs ungehörig.«

Gabriels Augen verengten sich. »Was versuchen Sie mir zu sagen, Vater?«

»Lediglich das, Gabriel. Das Mädchen hat Fähigkeiten, die ich nicht erkannt beziehungsweise nicht erwartet hatte.«

»Und?« Jeder Muskel in Gabriels Körper war aufs äußerste angespannt. Sein Vater wollte auf etwas hinaus, aber auf was?

»Deshalb habe ich beschlossen, in zwei Wochen einen Ball zu geben und deine Ehe offiziell anzuerkennen.«

Gabriel verzog den Mund zu einem zynischen Lächeln. »Ah, das ist wirklich stark. Haben Sie etwa vergessen, daß sie Amerikanerin ist? Oder haben Sie sich inzwischen etwa entschlossen, Ihren Haß über Bord zu werfen und sie an Ihre Brust zu ziehen, um sie im Schoße der Familie willkommen zu heißen?«

Edmund straffte seinen Rücken und schob stolz das Kinn vor. »Das ändert nichts an den Dingen«, konstatierte er mit eisiger Verachtung. »Ich werde niemals vergessen, was diese elenden Yankees Margaret und Stuart angetan haben – niemals!«

»Wenn ich mich recht erinnere, dann waren Sie es doch, der behauptet hat, neue Kleider machten aus ihr noch keine Lady.«

»Lady Evelyn hat ihr viel beigebracht, auch wenn ich bis jetzt keine Ahnung hatte, mit welch großem Erfolg.«

Gabriel zuckte zusammen. »Lady Evelyn?«

»Ja. Sie war in letzter Zeit ein häufiger Gast auf Farleigh. Sie und Cassandra scheinen sich sehr zu mögen. Eine ungleiche Freundschaft, fürwahr! Genauso ungleich wie ihr beide als Paar, wenn ich das hinzufügen darf.«

Das Lächeln war längst aus Gabriels Gesicht verschwunden. »Sie sind verrückt«, sagte er barsch. »Sie ist noch nicht so weit. Sie wird uns alle blamieren.«

Ihre Blicke kreuzten sich wie zwei Klingen. »Vielleicht sollte ich darauf hinweisen«, sagte Edmund ruhig, »daß ich nur das Spiel weiterspiele, das du begonnen hast. *Du* hast sie doch geheiratet, Gabriel. Und nun bleibt dir wohl keine andere Wahl, als das Beste daraus zu machen.«

Gabriel ließ das Gesicht seines Vaters nicht aus den Augen. »Das Beste daraus machen«, wiederholte er langsam. »Sagen Sie, Vater, ist es das, was Sie auch mit meiner Mutter veranstaltet haben?«

Edmund gab keine Antwort. Er stand einfach nur da, stocksteif und unversöhnlich wie immer.

Gabriels Gesicht verzerrte sich in kalter, ohnmächtiger Wut. »Aber natürlich«, sagte er hämisch, »ich habe ja ganz vergessen, daß meine Mutter für Sie nie ein Thema war. Ist es nicht so? Und ich war es auch nicht.«

Sein Vater versuchte dies weder zu leugnen, noch verteidigte er sich.

Gabriel knurrte angeekelt und riß die Tür auf. »Tun Sie, was Sie wollen«, fauchte er wütend. »Es interessiert mich nicht.«

Die Haustür fiel mit einem solchen Knall ins Schloß, daß die Fenster im Obergeschoß erzitterten.

Langsam ging Edmund zu seinem Lehnstuhl hinüber und setzte sich. Seine Schritte waren genauso schwer wie seine Gedanken. Das Gift in Gabriels Augen hatte ihn schwer erschüttert. Er vergrub den Kopf in seinen Händen. O Gott, schrie es in ihm, und sein Herz bebte. Wie war es nur so weit gekommen? Wann hatte das alles begonnen – all der Haß und diese Bitterkeit? Und wann würde diese Feindschaft endlich enden?

Hinter sich hörte er ein leises Husten. Doch da er einen Bediensteten im Zimmer vermutete, schaute er nicht auf. »Schließt die Tür und laßt mich allein«, murmelte er. »Ich werde gleich gehen.«

Die Tür klappte zu. »Entschuldigen Sie, Sir«, sagte eine Stimme. »Aber geht es Ihnen nicht gut?«

Edmund hob abrupt den Kopf. Cassandra stand vor ihm. Ihr Gesichtsausdruck war ängstlich zurückhaltend, und ihre Augen blickten ihn fragend an. Peinlich berührt, aber entschlossen, sich nichts anmerken zu lassen, stand Edmund auf.

»Mir geht es gut«, sagte er etwas schroff. »Du brauchst dich um mich nicht zu kümmern, Mädchen.«

Cassie reckte das Kinn vor. »Wie ich schon einmal Ihrem Sohn sagte«, erklärte sie mit ruhiger Würde, »ich habe einen Namen, Sir, und ich wäre Ihnen dankbar, wenn Sie ihn auch benutzten.«

Für einen Moment schien es dem Herzog ob ihrer Kühnheit die Sprache zu verschlagen, doch dann fing er sich wieder und war wie eh und je vom Scheitel bis zur Sohle ganz der Lord, der sich selbst und alles um sich herum beherrschte. »Nun gut, dann also Cassandra. Im übrigen kommt mir dein Erscheinen sehr gelegen.«

Gelegen? Wollte er ihr wieder eine Abreibung verpassen? dachte sie in einem Anflug von Panik. Doch sie schaffte es irgendwie, ihre innere Aufruhr zu verbergen, ja, es gelang ihr sogar, ein Lächeln anzudeuten. »Wie darf ich das verstehen, Euer Ehren?«

»Ich beabsichtige, in zwei Wochen einen Ball zu veranstalten, um eure Heirat offiziell bekanntzugeben. Ich erwarte dabei deine Unterstützung.«

»Meine Unterstützung?« Cassies ohnehin schon angeknackstes Selbstvertrauen schmolz dahin wie Eis in der Sonne. Ein schreckliches Gefühl der Angst kroch ihr plötzlich den Rücken hoch.

»Ja. Ich habe eine Gästeliste vorbereitet.« Er zog ein säuberlich gefaltetes Stück Papier aus der Tasche seines Umhangs. »Zweifellos wird Gabriel die Liste noch vervollständigen wollen, aber ich könnte deine Hilfe gebrauchen, um schon einmal die ersten Einladungen zu adressieren.«

Cassie wurde blaß. »Ich fürchte, das wird nicht möglich sein.« Ihre Stimme war kaum hörbar.

»Wie bitte?« platzte er dafür um so hörbarer heraus.

Cassie starrte auf den kostbaren Teppich zu ihren Füßen. Ihre Hände fingerten nervös an den Falten ihres Rockes herum. »Ich ... ich fürchte, ich kann Ihnen nicht helfen.«

Edmunds Züge wurden scharf. »Du kannst nicht, oder du willst nicht?«

Seine Stimme war schneidend wie eine Messerklinge. Cassie stand da und brachte kein Wort heraus. Ihr Hals war wie zugeschnürt.

»Ich würde gern eine Antwort hören, Cassandra.«

Cassie holte tief Luft und sagte dann mit brüchiger Stimme: »Kann nicht ... oder will nicht ... Was spielt das schon für eine Rolle? Ich würde Ihnen helfen, wenn ich könnte, Euer Gnaden, aber leider ist das einfach nicht möglich.«

»Ich kann aber nicht verstehen, warum nicht!«

Ihre Stimme war leise und tränenerstickt. »Weil ich ... weil ich zwar meinen Namen schreiben kann, aber ... aber sonst nichts!«

Erstauntes Schweigen. Doch dann hörte sie ihn mit fast tödlicher Ruhe sagen: »Willst du damit sagen, daß du nicht lesen kannst? Und auch nicht schreiben?«

Cassie nickte unglücklich. Noch nie in ihrem Leben hatte sie sich so geschämt. Tränen rollten ihr über die Wangen.

Edmund suchte nervös nach seinem Taschentuch und warf es ihr zu, als er es endlich gefunden hatte. Obwohl er das kleine Ding, weiß Gott, nicht für zartbesaitet hielt, machten ihn ihre Tränen, auch wenn es nur Krokodilstränen waren, nervös. Heulsusen hatten ihn schon immer nervös gemacht. Guter Gott, das fehlte ihm jetzt gerade noch, auf diese Bauernfängerei hereinzufallen!

Er starrte auf ihre zuckenden Schultern. »Hör schon auf, Cassandra. Das ist kein Grund, hier rumzuheulen.« Er klopfte ihr gönnerhaft auf die Schulter. »Da kann man leicht Abhilfe schaffen.«

»Wie denn?« preßte sie halberstickt heraus.

»Wie denn wohl? Es ist kein Problem, einen Hauslehrer zu engagieren.«

»Einen Hauslehrer? Einen Hauslehrer für die Frau Gemahlin des Grafen von Wakefield? Oh, Ihre hochwohllöbliche feine Gesellschaft wäre bestimmt begeistert.«

Er überlegte einen Augenblick. »Du hast recht. Dann bleibt uns nur noch eine Möglichkeit. Ich werde dich unterrichten.«

»Sie?« rief sie entgeistert.

»Natürlich. Ich versichere dir, Cassandra, ich kann das recht gut.«

Daran hatte sie keinen Zweifel. Sie wischte sich über die Augen und sah ihn an. »Warum?« flüsterte sie, »warum wollen Sie das tun?«

Er blickte, wieder ganz gebieterischer Lord, hochnäsig auf sie herab. »Ich will nicht, daß sich ganz London den Mund zerreißt, weil du nicht lesen kannst. Die Klatschtanten haben im Augenblick, weiß Gott, schon genügend Stoff zu tratschen.«

Cassies Augen suchten die seinen. »Dann möchte ich Sie um einen Gefallen bitten«, sagte sie langsam. »Würden Sie das bitte nicht Gabriel erzählen?«

Edmund seufzte. »Wenn dir so daran liegt, dann erzähle ich ihm nichts.«

Cassie machte sich nichts vor. Edmund hatte diese Aufgabe nicht aus Herzensgüte übernommen. Sein einziges Interesse bestand darin, seinem Namen weitere Schande zu ersparen. Sie berührte leicht seinen Arm. »Ich danke Ihnen«, sagte sie warm.

Edmund räusperte sich. Er war verlegen, aber er fühlte noch irgend etwas anderes, das er nicht benennen konnte. »Nun denn«, sagte er unwirsch, »ich glaube, Gabriel ist nachmittags meist in seinem Schiffskontor. Sei morgen nachmittag pünktlich um eins in meiner Stadtwohnung.«

Cassie fieberte der ersten Stunde mit sehr gemischten Gefühlen entgegen. Sie hatte ein bißchen Angst davor, freute sich aber gleichzeitig darauf. Obwohl sie ganz wild darauf war, lesen zu lernen, genügte schon ein Anflug von Unwillen in Edmunds Blick, um in ihr den Wunsch zu wecken, für immer zu verschwinden. Aber schon im Laufe der ersten Woche begann sie ihre Angst langsam zu vergessen. Er war steif und förmlich, gelegentlich auch ungeduldig und stets gebieterisch. Genau wie Gabriel lächelte er nur selten. Trotzdem fing sie sich langsam an zu fragen, ob er vielleicht doch nicht so ein Ungeheuer war, wie sie zunächst gedacht hatte.

Eines Tages betrachtete sie ihn genauer. Das Haar war an den Schläfen zurückgekämmt und sah aus wie zwei Silberschwingen. Sein Mund war schmallippig und herrisch, seine Hakennase wirkte arrogant. Für einen Mann seines Alters war er wirklich noch ziemlich gutaussehend. So ähnlich würde wohl auch Gabriel im Alter aussehen, kam es ihr in den Sinn.

Cassie fragte sich immer öfter, was wohl zu der Entfremdung zwischen Vater und Sohn geführt haben mochte. Wenn die beiden zusammen waren, konnte man die Spannung zwischen ihnen förmlich fühlen. Außerdem entging es Cassie nicht, daß Edmund zwar sehr oft von Stuart sprach, dafür Gabriel aber so gut wie nie erwähnte. Wenn die Ähnlichkeit zwischen den beiden nicht so groß gewesen wäre, hätte Cassie wohl geschworen, daß Gabriel nicht Edmunds Sohn war.

Als Cassie eines Tages von ihrem Unterricht zurückkam, sah sie, wie Giles gerade Evelyn die Tür öffnete.

»Evelyn!« rief sie. »Ach, du kannst dir nicht vorstellen, wie sehr ich mich freue, dich wiederzusehen!«

Evelyn drückte ihr herzlich die Hand. »Ich habe Papa davon überzeugt, daß es höchste Zeit ist, nach London zurückzukehren«, lachte Evelyn. »Teurer Papa! Weißt du, er kann mir nämlich nie etwas abschlagen.«

Cassie war begeistert, obwohl sie tief in ihrem Herzen den Herzog von Warrenton fast genauso einschüchternd fand wie Edmund Sinclair. Keine Frage, Reginald Lathams strenge, unnachgiebige Haltung war höchst beunruhigend.

Cassie hätte am liebsten jede Einladung, die ins Haus flatterte, abgesagt. Nur Evelyn zuliebe ließ sie sich umstimmen. Gabriel sah sie nur beim Abendessen. Anschließend verabschiedete er sich immer sofort mit einer Verbeugung, um den Rest des Abends in seinem Club zu verbringen. Cassie war zu unsicher, um irgendeine Abendveranstaltung alleine zu besuchen, auch wenn Evelyn ihr versicherte, daß so etwas keineswegs unüblich sei. So ließ sie sich denn auch von Evelyn zu einem Fünf-Uhr-Tee bei der Herzoginwitwe von Greensboro überreden und besuchte eine Gartenparty, die von Evelyns Cousine, der Gräfin von Langston, gegeben wurde. Auch wenn Evelyn ihr hinterher überzeugend versicherte, daß sie sich glänzend gehalten habe, war sie für den Rest des Abends das reinste Nervenbündel.

Schließlich kam auch der Abend heran, an dem Edmund seinen Ball gab. Ihr Kleid war entzückend, ein Gedicht aus smaragdgrüner Seide, die das Gold ihrer Augen und den rotblonden Glanz ihres Haars voll zur Geltung brachte. Die Ärmel waren nur angeschnitten und mit einem schimmernden Silberfaden zusammengerafft. Dazu passend hatten auf dem Bett neben dem Kleid weiche Ballerinas und ein perlenbesticktes Abendtäschchen gelegen. Gebadet und parfümiert saß Cassie vor dem Ankleidetischchen und ließ sich von Gloria das Haar zu einem schlichten, aber eleganten Chignon hochstecken.

Endlich war die letzte Haarnadel festgesteckt. Cassie lächelte die Zofe im Spiegel an. »Gloria, würde es dir viel ausmachen, mir eine Tasse Schokolade zu holen? Mein Magen rebelliert zwar allein schon bei dem Gedanken an Essen, doch eine heiße Schokolade wäre jetzt wunderbar.«

»Keineswegs, gnädige Frau.«

Als das Mädchen gegangen war, hielt es Cassie nicht länger auf ihrem Stuhl. Es gab keinen Grund herumzutrödeln, und so beschloß sie, sich alleine fertig anzuziehen. Sie begab sich hinter den Wandschirm und stieg vorsichtig in das Kleid. Als sie gerade mit den vielen Haken und Ösen kämpfte, hörte sie, wie die Tür geöffnet wurde.

»Gloria«, rief sie, »meine Finger gehorchen mir genausowenig wie meine Gedanken. Ich fürchte, ich brauche bei diesen verfluchten Verschlüssen Hilfe.«

Schritte näherten sich. Cassie drehte sich um, präsentierte ihren Rücken und beugte sich leicht vor, damit das Mädchen besser herankam. Geschickte Finger hatten das Kleid schnell fertig zugehakt.

Cassie bedankte sich mit einem leisen Lachen, glättete noch schnell die Falten ihres Rockes und drehte sich dann um. »Bei dir geht das viel flinker als …«

Glänzende silbergraue Augen blickten träge lächelnd auf sie herab. »Ich bin immer glücklich, dir zu Diensten zu sein«, sagte er gedehnt, »jetzt und immerdar.«

Cassie straffte die Schultern. »Sie hätten ruhig anklopfen können«, fauchte sie.

»In meinem eigenen Haus? Da bin ich aber anderer Meinung.«

Dazu fiel Cassie leider kein passendes Gegenargument ein. Sie konnte ihren Unwillen nur in ihren Blick legen. Doch sein Aussehen lenkte sie schnell von ihrem Ärger ab. Er trug einen dunkelgrünen Gehrock aus feinem Samt und eine kostbare Brokatweste. Der weiße Spitzenkragen seines Hemdes harmonierte perfekt mit den Spitzenmanschetten, die seine Handgelenke umschmeichelten. Dazu hatte er hautenge Breeches an, die seine vollkommene Figur besonders gut betonten. Und bei alledem strahlte Gabriel eine Männlichkeit aus, wie sie ihr in dieser Weise noch nie begegnet war.

Daß Gabriels Gedanken umgekehrt in eine ähnliche Richtung gingen, davon bemerkte sie kaum etwas. Während seine Finger mit dem Verschluß des Kleides beschäftigt gewesen waren, hatten seine Augen sich an der zarten Blöße ihres Rückens festgesaugt, und es hatte ihn große Mühe gekostet, dem Drang zu widerstehen, seine Lippen auf die verletzlich wirkende Linie ihres Halses zu pressen. Obwohl das Kleid zugegebenermaßen berauschend war, die Frau, die es trug, war noch weitaus aufregender. Ihr Hals und ihre Schultern waren glatt und bloß, von keinen Juwelen behängt. Ja, dieser Liebreiz bedurfte in der Tat keines zusätzlichen Schmuckes. Dennoch, er konnte kaum zulassen, daß sie wie eine Bettlerin aussah.

Er zog eine lange, schmale Schachtel aus seiner Brusttasche. Vor ihren Augen ließ er den Deckel mit dem Fingernagel aufspringen und gab den Blick auf den Inhalt frei. Cassie hielt den Atem an. Vor ihren Augen funkelte ein Diamant voller Feuer, um den sich eine kunstvolle zarte Feingoldkette schlang.

Gabriel nahm die Kette aus dem Kästchen und sagte: »Ich denke, die paßt ganz gut zu deinem Kleid, Yank.« Cassie stand nur da und brachte kein Wort heraus. Sie neigte ihren Kopf nach vorne und ließ sich die Kette um den Hals legen. Mit seinen Händen auf ihren Schultern führte er sie vor den Spiegel.

»Nun, Yank, einverstanden?«

Cassie war wie vor den Kopf geschlagen. In ihren kühnsten Träumen hätte sie nicht daran gedacht, jemals mit so einem Geschenk verwöhnt zu werden. Fast ehrfürchtig berührte sie den perlengefaßten Stein. Der Diamant sprühte Blitze, als sei er selbst lebendig. Dennoch galten ihre Gedanken in diesem Augenblick nur der Wärme seiner Hände, die sich wie Feuer durch ihre Haut zu brennen schienen.

»Sie ist wundervoll«, sagte sie weich. Ein zaghaftes Lächeln spielte um ihre Lippen, als sie sich zu ihm umdrehte. »Ich weiß nicht, was ich sagen soll, außer … danke. Ich danke Ihnen von ganzem Herzen.«

»Du weißt doch, ich habe dir auch Juwelen versprochen, Yank.« Er machte eine kurze Pause. »Obwohl ich mir eigentlich eine bessere Bezahlung vorgestellt hatte.«

Ihr Lächeln erlosch. »Ich dachte, das sei ein Geschenk«, erwiderte sie unsicher. »Ist dies denn ein … eine Gunstbezeugung, die erkauft werden muß?«

»Das ist doch sicher nichts Neues für dich, Yank. Und es würde mich in der Tat interessieren, was du anzubieten hast. Welcher gesunde Mann würde sich schon gegen einen Sündenfall mit einer Dirne, die so aussieht wie du, sträuben?«

Cassie zuckte wie unter einem Schlag zusammen. O Gott, wie herzlos er war! Ihr ganzer Körper brannte vor Scham. Er hielt sie also immer noch für eine Hure. Wut stieg in ihr hoch und überschwemmte sie wie eine Naturgewalt. Sie konnte sich nicht erinnern, in ihrem Leben je so wütend gewesen zu sein.

Ihre Hände zitterten zwar, doch irgendwie schaffte sie es, den Verschluß der Halskette zu lösen. Allerdings widerstand sie dem dringenden Bedürfnis, sie ihm vor die Füße zu knallen. Statt dessen griff sie nur nach seiner Hand und ließ sie hineinfallen – fest entschlossen, nicht mehr Gefühle zu zeigen als er.

Als sie glaubte, ihre Stimme wieder in der Gewalt zu haben, erklärte sie leichthin: »Ich möchte sie nicht. Ich werde sie nie tragen. Sie können sie also wieder zurückbringen.«

»Was soll dann das? Hättest du statt dessen lieber Smaragde?«

Wenn sie auch äußerlich ruhig wirkte, innerlich kochte sie. »Ich lasse mich nicht kaufen«, sagte sie glatt. »Und ich würde mit Ihnen nicht für alles Gold und alle Juwelen der Welt schlafen. Und außerdem wünschte ich mir nichts sehnlicher, als bei Black Jack's geblieben zu sein.«

Er lachte. Er mußte einfach lachen! »Oh, das ist mir aber ganz anders in Erinnerung, Yank. Du hast wohl ganz vergessen, wie versessen du darauf warst, von dort wegzukommen.«

»Aber damals wußte ich auch noch nicht, was für ein ekelhafter, verfluchter Mistkerl Sie sind!«

»Hoppla, Yank«, sagte er gedehnt. »Ich glaube wirklich, deine Ausdrucksweise wird immer besser.«

Cassie grub ihre Fingernägel in die Handflächen. »Sie wissen nichts über mich – rein gar nichts!« sagte sie vorsichtig. »Und ich habe auch nichts vergessen!«

Sein Lächeln war unfreundlich. »Nun komm aber. Du hast dir mit mir etwas weitaus Besseres eingehandelt, und wir beide wissen das. Oder hast du inzwischen womöglich deine Meinung geändert? Vielleicht sollten wir die Angelegenheit ein für allemal klarstellen. Also, Yank. Möchtest du lieber mit allen Männern huren – oder nur mit einem?«

In diesem Moment war es mit ihrer mühsam aufrechterhaltenen

Fassung endgültig vorbei. Sie holte mehr instinktiv als bewußt mit der Hand aus, und bevor sie noch wußte, was sie tat, hatte sie ihm ins Gesicht geschlagen.

Das war ein Fehler. Eine Hand legte sich wie ein Stahlband um ihr Handgelenk und zog, nein, preßte sie an seinen Körper, und zwar so fest, daß sie seine muskulösen Oberschenkel spürte. Cassie bekam kaum noch Luft, und sie spürte, daß in ihm etwas vorging, was ihr Angst einflößte.

»Das darfst du vielleicht einmal tun, Yank, *einmal,* denn ich gebe zu, daß ich dich provoziert habe.« Sein Blick und seine Stimme waren scharf wie die Klinge eines Schwertes. »Aber laß dir gesagt sein, tu das *niemals* wieder, denn ich verspreche dir, du wirst es bereuen.«

Er ließ sie los. Seine Wange zeigte zwar noch den weißen Abdruck ihrer Hand, doch ansonsten wirkte sein Gesicht wie aus Stein gemeißelt. Verzweifelt bemüht, ihre Enttäuschung nicht zu zeigen, sah sie zu, wie er seine Taschenuhr herauszog – die Uhr, die sie gestohlen hatte – und grimmig auf das Zifferblatt blickte.

»Es ist Zeit zu gehen«, sagte er kalt. »Und da dieser Ball uns zu Ehren gegeben wird« – sein Tonfall wurde mokant –, »können wir uns nicht erlauben, zu spät zu kommen.«

Der Abend neigte sich dem Ende zu. Obwohl die Tanzfläche noch voll war, wanderten die ersten Gäste bereits ab.

Wie sie den Abend bis jetzt durchgestanden hatte, war Cassie schleierhaft. Sie saß, sie lächelte, sie plauderte belanglos über das Wetter ... Während der ersten Stunde hatte Gabriel sie fest bei sich eingehakt – für jedermann sichtbar: ein glückliches, liebendes Paar.

Nun stand Cassie an der Terrassentür und rieb sich die schmerzenden Schläfen. Sie sehnte sich danach, die Arena zu verlassen und ins Bett zu sinken – und zu vergessen, daß dieser Abend jemals stattgefunden hatte.

»Doch mal allein. Ich habe den ganzen Abend über versucht, mich zu Ihnen durchzukämpfen, junge Dame.«

Sie fuhr herum und sah Christopher vor sich stehen. Noch kurz zuvor hatte sie ihn mit Evelyn tanzen sehen, und seine Augen waren bewundernd an ihr entlanggeglitten.

»Du siehst wundervoll aus, Cassie.« Er lächelte freundlich. »Aber das weißt du ja sicherlich.«

Auf einmal überkam sie das Gefühl, sie müsse weinen. Trotz des schrecklichen Zusammenpralls in ihrem Zimmer wäre alles weit weniger schlimm gewesen, wenn … wenn Gabriel nur Notiz von ihr genommen hätte … wenn er nur einmal zu erkennen gegeben hätte, daß er in ihr mehr als nur eine lästige Pflicht sah.

Irgendwann an diesem Abend war ihr Ärger verflogen und hatte einer tiefen, verzweifelten Traurigkeit Platz gemacht.

Sie wollte doch so gerne Gabriel gefallen; sie wünschte es sich so sehr, ihm zu gefallen.

Sie schenkte Christopher ein verunglücktes Lächeln. »Schade nur, daß mein Mann das nicht bemerkt hat.« Es rutschte ihr heraus, bevor sie es verhindern konnte.

»Oh, glaub mir, Cassie, er hat es bemerkt. Er hat immer schon ein Auge für Schönheit gehabt, mußt du wissen.«

Cassie gab einen halberstickten Laut von sich. »Ja«, hörte sie sich selbst sagen, »das hat er in der Tat.«

Zum erstenmal bemerkte Christopher, wie sehr sie litt und wie bekümmert sie war. Sie starrte auf irgend jemanden im weiten Rund des Ballsaals. Er drehte sich abrupt um und folgte ihrem Blick.

Cassie konnte ihren Blick nicht von einem Paar auf der anderen Seite des Saales losreißen. Eine dunkle, schwarzhaarige Schönheit stand neben Gabriel. Sie hatte eine vollschlanke, reife Figur und war sehr figurbetont gekleidet. Cassie erinnerte sich daran, wie Evelyn ihr erzählt hatte, daß manche Frauen ihre Chemise anfeuchteten, damit ihr Kleid am Körper klebte. Noch schlimmer, es gab sogar Frauen, die kein einziges Fetzchen Stoff unter ihrem Kleid trugen. Diese Frau gehörte ganz offensichtlich zu der zweiten Kategorie, denn selbst von Cassies Standort aus konnte man die dunkelrote Umrandung ihrer Brustwarzen erkennen.

Der stechende Schmerz, der ihr ins Herz schnitt, traf Cassie völlig unvorbereitet. Die beiden steckten ihre dunklen Köpfe sehr vertraut und intim zusammen, und Gabriel war ihr immer wieder so nahe, daß ihre Lippen sich fast berührten. Er lächelte, ja, er lächelte – etwas, das er bei ihr nie getan hatte. Die Frau lachte über eine Bemerkung von ihm und neigte sich so weit nach vorne, daß Gabriel ihr mit Sicherheit bis zur Taille in den Ausschnitt gucken konnte.

Was hatte Gabriel doch gleich vor langer Zeit in Charleston gesagt? *Es gibt andere Frauen, die ohne Wenn und Aber bereit sind, meine Bedürfnisse zu erfüllen.* Und plötzlich hatte Cassie das Gefühl, daß diese Frau eine von ihnen war.

»Christopher«, hörte sie sich sagen, »wer ist die Frau da bei Gabriel?«

Christopher zögerte. »Cassie ...«

»Sagen Sie es mir«, sagte sie, fast ohne dabei die Lippen zu bewegen.

»Sie heißt Sarah Jane Devon. Sie ist die Witwe des Grafen von Harcourt.«

»Sie ist seine Mätresse, nicht wahr?« O Gott, wie weh das tat, diese Worte auszusprechen. Ja, der Gedanke, Gabriel bei einer anderen zu wissen, tat unendlich weh. Warum nur? Sie wußte es nicht.

»Sie war es«, räumte Christopher schließlich ein. »Doch seit Ihrer Heirat gab es keine Gerüchte mehr, daß sie noch zusammen sind.«

Log er? Cassie nahm sich zusammen und wagte es, ihn anzusehen. Was sie in seinem Gesicht las, brachte sie beinahe um den letzten Rest ihrer mühsam gewahrten Fassung.

»Christopher«, flüsterte sie. »Ich mache mir allmählich schreckliche Gedanken. Was ist, wenn es ein furchtbarer Fehler war, ihn zu heiraten? Er haßt seinen Vater, und manchmal kommt es mir so vor, als sehe er in uns beiden einen Feind.« Ihre Stimme schwankte.

Er nahm ihre Hand in die seine. »Mach dir keine Sorgen, kleine Frau«, murmelte er. »Gabriel ist ein Sturkopf. Und was seinen Vater anbetrifft, nun ich denke, es gibt eine Menge, wovon wir überhaupt keine Ahnung haben.« Er drückte ihre Hand. »Du darfst jetzt nicht aufgeben, noch nicht.«

»Warum sollten Sie sich Gedanken darüber machen, wie ich mich fühle?« Es klang vielleicht bitter, aber das konnte sie nun einmal nicht ändern.

»Aber ich mache mir Gedanken, Cassie«, schalt er sie freundlich. »Glaubst du, weil ich Gabriels Freund bin, könnte ich nicht auch dein Freund sein?« Doch er hatte den Verdacht, daß Gabriel womöglich wirklich nicht wußte, was für einen Schatz er besaß. Und plötzlich war er überzeugt davon, daß das, was Gabriel nicht wollte ... das einzige war, was er wirklich brauchte.

»Nun komm schon. Lächle doch ein bißchen. Gerade wird ein Walzer gespielt, und du würdest mich wirklich zu einem glücklichen Mann machen, wenn du mit mir tanzen würdest.« Er zog sie leichthin in seine Arme.

Er war charmant und gewinnend und zauberte sehr bald ein widerstrebendes Lächeln auf ihr Gesicht. Als sie über das glatte Parkett wirbelten, hätte Cassie sogar beinahe ihre Sorgen vergessen und sich entspannt dem Augenblick hingegeben, wenn sie nicht zufällig den Blick von Gabriel aufgefangen hätte.

Seine Mätresse hing nicht mehr an seinem Arm. Er starrte direkt zu ihr herüber und fixierte sie so durchdringend, daß ihre Wangen glühten und ihr Herz zu rasen begann. Doch dann versperrte ihr ein anderes Paar, das sich vor ihnen drehte, die Sicht, und sie verlor ihn wieder aus den Augen.

Doch urplötzlich stand er neben ihnen. »Du gestattest, Christopher, aber ich muß jetzt mit meiner Frau tanzen«, sagte er scharf. Seine Stimme war kein bißchen verbindlich – er bat nicht um den Tanz, er forderte ihn ein.

»Unbedingt. Also ...«

Und damit übernahm er sie einfach. Cassie warf nur einen bösen Blick auf sein verschlossenes Gesicht und konzentrierte dann ihre Aufmerksamkeit auf irgendwelche anderen Dinge.

Aber seine Nähe war überwältigend. Sein Arm lag hart um ihre Taille. Mit Christopher zu tanzen war ein Vergnügen, mit Gabriel war es eine Qual, denn er war verspannt – ja, entsetzlich verspannt. Sie brauchte allerdings nur einen Blick auf ihn zu werfen, um zu wissen, warum.

»Du bist eine ganz vorzügliche Tänzerin, Yank. Von wem hast du das gelernt? Von Christopher?«

Sie hob blitzartig den Kopf. »Und wenn es so wäre?« fauchte sie.

»Dann würde ich gern wissen, was er dir sonst noch alles beigebracht hat. Oder sollte ich besser umgekehrt fragen? Zweifellos hat eine Frau mit deiner Vergangenheit eine ganze Menge Tricks auf Lager, um einem Mann zu gefallen.«

Mein Gott, war er grausam! »Christopher ist ein Freund«, sagte sie. Ihre Stimme war sehr leise. »Mehr nicht. Ich schwöre es.«

»Eine Diebin schwört einen Eid!« Sein Lachen war erbarmungslos. »Meine Gnädigste, ich bitte demütig um Verzeihung.«

Cassie schluckte, um die Beherrschung nicht zu verlieren. »Wenn Sie mir nicht glauben wollen, dann lassen Sie es eben. Aber ich kenne die Wahrheit, und das ist das einzige, was für mich zählt.«

Gabriel preßte die Lippen zu einem schmalen Strich zusammen. Oh, wie würdevoll sie war, wie vornehm! Wer hätte das je für möglich gehalten, schoß es ihm kurz durch den Kopf. Er bemerkte, daß sie zitterte. Er zog sie noch näher an sich heran und spürte, wie sie sich kaum merklich versteifte. Diese verdammte Göre! dachte er in wilder Wut. Sie sträubte sich immer noch; er zog sie noch enger an sich heran.

»Gabriel, bitte. Das schickt sich nicht«, bat sie kaum hörbar.

»Das ist mir egal, Yank.«

»Bitte, die Leute gucken schon.«

»Laß sie doch gucken.« Seine Finger gruben sich in ihre Taille. »Du bist meine Frau, Yank.«

O ja, dachte sie bitter. *Unerwünscht und ungeliebt.*

Endlich war der Tanz zu Ende. Gabriel ließ sie los. »Ich habe die Kutsche bestellt. Warte auf mich im Foyer.«

Cassie ließ sich das nicht zweimal sagen und eilte davon.

Gabriel brauchte nicht lange zu suchen, um den Sündenbock für seinen Arger zu finden. Christopher stand vor der Terrassentür.

»Meine Frau hat offensichtlich einen Narren an dir gefressen, Christopher.«

Christophers Augen flackerten. »Ach ja?« erwiderte er kühl.

»Ich will dir sagen, was ich auch Cassie gesagt habe: Ich lasse mir keine Hörner aufsetzen, weder von dir noch von irgendeinem anderen Mann.«

Christopher schien nicht im geringsten beeindruckt. »Und nun hör mir mal gut zu. Du beleidigst sie ständig durch deine Geringschätzung, die sie nicht verdient. Ich sage dir das nur einmal, Gabriel, und wenn dir an meiner Freundschaft etwas liegt, dann begreife endlich, daß Cassie und mich nur Freundschaft verbindet und daß mein Interesse an ihr ausschließlich ihrem Wohlergehen gilt. Ich habe lediglich versucht, ihr die Unterstützung zu geben, die *du* ihr eigentlich zuteil werden lassen müßtest. Hast du nie darüber nachgedacht, wie sie sich fühlen muß? Allein in einem fremden Land? Mit einem Schwiegervater, der sie verachtet? Einem

Ehemann, der sie als Schachfigur benutzt hat? Nein, solche Gedanken sind dir wohl nie gekommen. Denn als sie dich auf Farleigh gebraucht hätte, fiel dir ja nichts Besseres ein, als dich in London herumzutreiben.«

Ein unfreundliches Lächeln begleitete Gabriels düstere Gedanken. »Für einen unverheirateten Mann«, bemerkte er, »scheinst du ja bemerkenswert viel über den Stand der Ehe zu wissen.«

»Ich weiß, daß ich nicht verheiratet bin, aber wenn ich es wäre, würde ich meiner Frau die Aufmerksamkeit schenken, die ihrem Status gebührt. Was Cassie anbetrifft, so war sie tief bekümmert, dich mit deiner Mätresse zusammen zu sehen.«

»Das war kaum meine Schuld. Mein Vater hat sie wohl eingeladen, ohne zu wissen, daß wir früher liiert waren. Und du weißt so gut wie ich, daß Sarah eine Klette ist.«

Christopher blickte ihn scharf an. Ihm entging nicht, wie gereizt Gabriel reagierte. »Allmählich beginne ich zu verstehen, warum du dich so erregst«, sagte er langsam. Ein breites Grinsen zog über seinen Mund. Er klopfte Gabriel auf den Rücken und hatte plötzlich wieder bessere Laune. »Geh nach Hause, mein Freund. Zeig deiner Frau, daß du dich um sie sorgst, und schenk ihr die Aufmerksamkeit, die sie verdient. Ich garantiere dir, du wirst es nicht bereuen.«

Aber Gabriel teilte die gute Laune seines Freundes ganz und gar nicht. Zu Hause angekommen, floh Cassie sofort die Treppe hinauf, während Gabriel sich mit düsteren Gedanken und ebenso düsterer Laune in sein Arbeitszimmer zurückzog.

Mit einem fast vollen Glas Brandy in der Hand ließ er sich in einen samtbezogenen Ohrensessel fallen. Mürrisch band er sich sein Halstuch ab und ließ es zu Boden gleiten. Ihm folgte der Gehrock. Sein Mund wurde hart, als er die letzten Stunden Revue passieren ließ und dabei vor allem an sein Eheweib dachte. Oh, wie perfekt sie die Rolle der liebenden Gemahlin gespielt hatte. Solange sie an seiner Seite war, war sie ungekünstelt liebenswürdig, strahlend und treu ergeben gewesen.

Seine Gedanken wanderten zu Lady Sarah. Sarah hatte bis zu seiner letzten Reise seine männlichen Bedürfnisse befriedigt. Eines Abend war er mit eindeutigen Absichten zu ihr gegangen. Ihre Verführungskünste hatten ihn indessen kaltgelassen. Sie war so versessen darauf gewesen, ihm zu gefallen – was er von seiner Frau nun ganz und gar nicht behaupten konnte. Aber jetzt erschien ihm Lady Sarah schamlos und billig und fast schon plump, verglichen mit seiner einfachen, aber eleganten Frau. O Gott, wer hätte das gedacht?

Er kippte den Brandy in einem Zug runter. War es das, was Cassie so verflucht anziehend machte? Einfach nur die schlichte Tatsache, daß sie eine der wenigen Frauen war, die seinen Avancen wirklich widerstand? Aber, dachte er zynisch, sie widerstand ihm ja nicht nur, sie fand ihn schlichtweg abstoßend!

Ein dunkler Schatten legte sich über sein Gesicht. Auch wenn er sich noch so sehr dagegen wehrte, sie quälte ihn Tag und Nacht. Sie drängte sich ständig in seine Gedanken – und nicht nur in seine Gedanken. Ärger kochte in ihm hoch, als er daran dachte, wie diese unverschämte Göre es gewagt hatte, seine Diamanten mit Verachtung zu strafen – wie sie *ihn* mit Verachtung gestraft hatte. Trotz ihrer scheuen, zurückhaltenden Art war sie eine Verführerin, schmeichelnd und lockend, die ihr Lächeln jedem jungen Bock schenkte, der ihren Weg kreuzte – und von denen gab es gewiß mehr als genug.

Gabriels Stimmung sank auf den Nullpunkt, als er daran dachte, wie sie mit Christopher gescherzt und gelacht hatte, wie sie mit ihm getanzt hatte. Er war nicht darauf vorbereitet gewesen, was ihr Anblick in den Armen eines anderen Mannes in ihm auslöste, selbst wenn er sein Freund, oder gerade weil er sein Freund war.

Und er hatte es auch satt zuzusehen, wie andere ihre begehrlichen Blicke auf das warfen, was ihm gehörte.

Sie gehörte nun einmal ihm. Sie teilte sein Haus, seinen Namen, nur sein Bett, das teilte sie nicht mit ihm …

Er knallte sein Glas auf den Tisch und scharrte mit dem Stuhl über den Boden. Vom Alkohol benebelt und vom Verlangen getrieben, nahm er jeweils zwei Stufen auf einmal, als er die Treppe hinaufstürmte. Ohne anzuklopfen, riß er die Tür ihres Schlafzimmers auf.

Sie stand in einem weißen Nachtgewand aus Batist neben dem Bett und wollte gerade das Licht ausblasen. Ihr Kopf fuhr herum, und sie erkannte ihn.

»Was ist los?« stieß sie atemlos hervor. »Wollen Sie noch irgend etwas?«

Dich, hätte er beinahe gesagt, aber er tat es nicht. Er lächelte dünn. »Der Abend ist noch nicht zu Ende, Yank. Genaugenommen beginnt er gerade erst.«

Cassie blieb beinahe das Herz stehen. Sie griff sich an den Hals. »Wie meinen Sie das?« flüsterte sie.

Gabriel schloß bedächtig die Tür.

»Ich habe dich schon zu meiner Frau gemacht«, sagte er weich. »Es wird Zeit, daß ich dich nun zu der Meinigen mache.«

Dreizehntes Kapitel

Er ging langsam auf sie zu. »Mir ist klargeworden, daß ich dich vernachlässigt habe, Yank. Es wird Zeit, daß ich die Pflichten eines Ehemannes erfülle.«

Sie erbleichte, in ihren Augen stand wilde Panik. Alles in ihr verkrampfte sich in tödlicher Angst.

Ihre Lippen öffneten sich und formten fast lautlos seinen Namen. »Gabriel ...«

Das Herz schlug ihr bis zum Hals. Sie war wie versteinert, bekam kaum noch Luft. Seine Gegenwart füllte den ganzen Raum aus und erdrückte sie fast. Sein Hemd war bis zur Taille offen und enthüllte eine behaarte, muskelgestählte Brust.

»Du spielst die Rolle einer Lady weit besser, als ich es mir hab' träumen lassen, Yank. Nun frage ich mich, ob du die Rolle einer Ehefrau und Liebhaberin wohl genauso gut spielst.«

Ihre Blicke kreuzten sich, nervös und unsicher der ihre, rücksichtslos hart und durchdringend der seine. Was sie in seinen Augen las, trieb ihr die Röte ins Gesicht.

Cassie hatte Mühe, die Lippen zu bewegen. »Das kann nicht Ihr Ernst sein«, sagte sie schwach.

»O doch. Wenn du der ganzen Gesellschaft die Rolle der Ehefrau vorspielen kannst, dann kannst du sie auch hier spielen, ganz privat.«

Cassie hatte das Gefühl, eine eisige Hand drücke ihr die Luft ab. »Aber wir hatten eine Abmachung!«

»Ich habe mich anders entschlossen, Yank.«

»Ich aber nicht!«

Sie starrte in seine Augen, die ohne jede Freundlichkeit waren, in Augen so kalt wie gefrorenes Wasser.

»Jetzt komm. Im Empfangssalon warst du doch perfekt, mal sehen, wie du dich im Schlafzimmer anstellst.«

»Nein!« rief sie. »Ich würde nicht einmal mit Ihnen schlafen, wenn Sie der letzte Mann auf dieser Erde wären!«

Ihre Augen waren weit aufgerissen und blickten völlig verstört. Tränen glitzerten ihm entgegen. Gabriel war zwar wütend, aber auch verwirrt. Was für ein Spiel trieb sie eigentlich mit ihm? Wenn er es nicht besser gewußt hätte, hätte er fast annehmen können, sie habe Angst. Aber er ließ sich von dem Mantel der Unschuld, den sie sich übergestreift hatte, nicht täuschen. Sie war alles andere als unschuldig.

»Du würdest mit mir also auch nicht schlafen, wenn ich der letzte Mann auf dieser Welt wäre, nein? Nun, für dich, Yank, bin ich der *einzige* Mann.«

Er blieb stehen. Zwischen ihnen lagen nur zwei, drei Schritte. »Komm her.«

Cassie rührte sich nicht. Sie kannte seinen Kuß, aber nicht die intime Berührung seiner Hand. Sollte sich das jetzt ändern?

Sein Ton wurde plötzlich drohend. »Yank, du bist doch nicht begriffsstutzig.«

Cassies Augen nahmen die Tür ins Visier. Heimlich schätzte sie die Entfernung ab. Wenn sie sich beeilte …

»Es würde dir schlecht bekommen, jetzt wegzulaufen, Yank.«

Für die wilde Entschlossenheit, die er ausstrahlte, war seine Stimme absonderlich ruhig, ja fast sanft. Cassie versuchte, tief Luft zu holen, um die aufsteigende Panik in den Griff zu bekommen. Dann stand er plötzlich direkt vor ihr. Er stand so dicht vor ihr, daß sie die brennende Hitze seines Körpers fühlen konnte und seinen heißen Atem an ihrer Wange spürte.

Cassie hielt den Atem an. Verzweifelt suchte sie nach einem Ausweg. Konnte sie es wagen zurückzuweichen? Sie traute sich nicht. Wie versteinert beobachtete sie, wie seine Hand hochkam. Mit der Daumenkuppe zog er die Linie ihres Kinns nach; er ließ sie über den Bogen ihres Halses und weiter über ihre Schulter gleiten.

Irgend etwas war anders, stellte sie verwirrt fest. Seine Berührung war beunruhigend warm und trotzdem leicht wie eine Feder, fast liebevoll, so als wolle er sie beruhigen, sie verführen.

»Warum kämpfst du dagegen an, Yank? Warum kämpfst du gegen *mich?*«

Cassie gab keine Antwort. Es fiel ihr schwer, überhaupt noch einen klaren Gedanken zu fassen. Sein Daumen schmeichelte auf ihrem Schlüsselbein hin und her. Ihre Haut war wie elektrisiert. Noch nie war sich Cassie so bewußt gewesen, daß Gabriel ein Mann war … und sie eine Frau.

Seine Finger glitten zu ihrer Halsbeuge, und auf einmal lagen seine Hände auf ihren bloßen Schultern und zogen sie an sich. »Ich habe nicht vergessen, wie es in jener ersten Nacht in Charleston zwischen uns war. Du hast zwar auch damals das widerspenstige Mädchen gespielt. Aber du hast mich zum Narren gehalten, Yank. Du hast etwas empfunden.«

Sie schüttelte energisch den Kopf. »Ich habe nichts empfunden! Ich war nur da, weil Black Jack es von mir gefordert hat!«

Für den Bruchteil einer Sekunde blitzte in seinen Augen Wut auf. Doch sie wich sehr schnell einem Ausdruck dunklen, sinnlichen Versprechens, einem Ausdruck, der indessen irgendwie noch viel furchteinflößender war.

Sein Mund verzog sich langsam zu einem Lächeln. »Black Jack war damals nicht bei uns im Zimmer, Yank. Und obwohl ich es versucht habe – ich habe nicht vergessen, was zwischen uns war.« Er hatte die Hände um ihre Taille gelegt. Sein Kopf kam langsam näher.

Cassie öffnete den Mund, um seine Worte zurückzuweisen – um ihn zurückzuweisen. »Warum tun Sie das?« stieß sie hervor. »Es ist kaum heiße Liebe, die Sie antreibt, mich zu nehmen. Ich bin für Sie nur wie ein Möbelstück, das man besitzt, eine Schachfigur! Sie … Sie haben an dem Tag, als wir unsere Abmachung trafen, selbst gesagt, daß Sie mich nicht begehren!«

Er fuhr mit einer Hand in ihr Haar und drückte ihren Kopf zu sich nach oben. »Du unterschätzt dich«, murmelte er noch kurz, bevor sein Mund ihre Lippen verschloß.

Doch sein Kuß war nicht der brutale Überfall, den sie erwartet hatte. Sicher, sie versuchte zunächst mit aller Kraft, ihre Lippen fest zusammenzupressen, doch er war unendlich geduldig … unendlich werbend.

»Öffne deinen Mund, Liebes, nur ein kleines bißchen.«

Ihr Atem vermischte sich tief in ihrer Kehle. Cassie war seiner männlichen Überzeugungskraft wehrlos ausgeliefert. Ein dunkler, süßer Schauer rann durch ihren Körper, der den Abdruck von jedem seiner Muskeln spürte, das schwer atmende Auf und Ab seiner Brust, die brennende Hitze seiner Lenden, die sich gegen ihre Hüften preßten, die schwellende Potenz dazwischen.

Sie keuchte, als seine Zunge den Rand ihrer vollen Lippen nachzeichnete. Und dann brach er wie ein kühner Eroberer in die schwere Süße ihres Mundes ein, um sie sich zu eigen zu machen ... so wie er sich bald auch sie zu eigen machen würde.

Mit einer fast beiläufigen Bewegung streifte er ihr das dünne Nachthemd von den Schultern. Es glitt zu Boden und flauschte sich wie ein Ring um ihre Knöchel. Es war nur so etwas wie Instinkt, das sie zwang, ihre Sittsamkeit um jeden Preis zu verteidigen. Sie versuchte die Arme als Schutzschild hochzureißen, doch er ließ es nicht zu. Mit einem heiseren Lachen klemmte er ihre Arme an beiden Seiten ein.

»Nicht!« Sie verabscheute das Flehen in ihrer Stimme, aber es gab kein Entrinnen.

»Warum nicht?« nuschelte er mit den Lippen an ihrer Halsbeuge. »Gott ist mein Zeuge, ich habe wahrlich genug für dieses Privileg bezahlt.«

Gabriel konnte seinem Verlangen einfach nicht mehr widerstehen, genauso wie er seinen Herzschlag nicht hätte anhalten können. Sie war so wunderbar, wie seine Erinnerung es ihm immer wieder vorgegaukelt hatte. Ihr Haar fiel in weichen Locken über ihre Schultern und umhüllte in üppiger Fülle ihren Rücken, eine Einladung, der kein gesunder Mann widerstehen konnte. Ihre rosenfarbenen Brustwarzen auf den zwar kleinen, aber vollkommenen Brüsten lugten vorwitzig zwischen seidenweichen Goldsträhnen hervor, und das bernsteinfarbene Dickicht zwischen ihren Oberschenkeln wies den Weg zu den verborgenen Schätzen darunter.

Sein Blut pulste fast gewalttätig in seinen Adern. Seine Männlichkeit, schon hart und nahezu berstend unter der Enge seiner Breeches, schien immer noch weiter anzuschwellen.

Er gab sie frei, doch nur für einen Moment. Seine Hände schlossen sich besitzergreifend um ihre Brüste. Mit dem Daumen zog er winzige Kreise um ihre Brustwarzen, bis sie fest und hart waren. Dann strich er sacht über die Spitzen, und zum allerersten Mal spürte sie deren schmerzende Empfindlichkeit, eine Empfindlichkeit, die ihr einen Wonneschauer durch den Körper jagte.

Sie stöhnte in seinen Mund, ein Laut, der ihn nur noch weiter anstachelte und entflammte. Ohne von ihren Lippen abzulassen, schwang er sie in seine Arme und legte sie auf ihr Bett.

Immer noch benommen von den aufwühlenden Empfindungen in ihrem Körper, öffnete Cassie die Augen, um gerade noch mitzubekommen, wie seine Stiefel auf den Boden flogen. Sie konnte ihren Blick nicht von ihm losreißen, als er sein Hemd abstreifte und seine muskulösen Schultern und Arme im flackernden Schein der Lampe entblößte. Ihre Kehle wurde trocken. Beinahe ehrfürchtig starrte sie auf seine dicht behaarte Brust und seinen Bauch und sah hilflos zu, wie er sich seiner Breeches entledigte.

Sie hatte ihn zwar zuvor schon einmal nackt gesehen … nackt, aber nie erregt.

Ihre Augen weiteten sich. Sie konnte kaum noch atmen, denn sie hätte sich nie vorgestellt, daß der Beweis männlicher Begierde so eklatant und kühn sein würde. Für Cassies unerfahrene Augen war sein Glied riesig, dick geschwollen und ganz offensichtlich erigiert. Doch plötzlich traf sie noch eine ganz andere Erkenntnis. Guter Gott, wenn er sie nehmen wollte, dann würde er sie mit Sicherheit in Stücke reißen!

Sie hätte fliehen müssen, aber es war schon zu spät. Feste Arme legten sich wie Stahlbänder um sie, preßten sie an sich, fest und immer fester, als wolle er ihre Leiber miteinander verschmelzen.

Und genau das wollte er ja auch. Ja, sie kannte seine Absichten. Erinnerungen an Bess kamen in ihr hoch, an Bess, wie sie still vor sich hinweinend in ihr Bett gekrochen war, mit schmerzendem, besudeltem Körper. Er würde seine Wollust in ihrem Körper abreagieren, würde sie besiegen, wie der Mann seit altersher die Frau unterworfen hatte.

»Halt!« schrie sie. »Halt, aufhören!«

Sein Lachen drang wie Hohn an ihr Ohr. »Hör endlich mit diesem Spielchen auf, Yank. Ich weiß, daß du mich willst. Du kannst dich noch so sehr bemühen, es vor mir zu verbergen, aber ich sehe es in deinen Augen. Ich habe gespürt, wie du unter mir erzittert und erbebt bist, ich habe deine Lippen gespürt, weich und nachgiebig. Du begehrst mich genauso sehr, wie ich dich begehre.«

Cassie hob abwehrend die Hände, ein schwächlicher Versuch, ihn in die Schranken zu weisen. »Wenn ich gezittert habe, dann weil ich den Gedanken, mit jemandem wie Ihnen zu schlafen, kaum ertragen kann. Ich begehre Sie nicht, hören Sie? Ich begehre Sie nicht!«

Seine grauen Augen glitzerten kalt auf sie herab. Mit dem Gewicht seiner Brust nagelte er sie unter sich fest. »Ein Jammer, daß du nicht so fühlst, meine Süße, denn ich bin fest entschlossen, meine Rechte als Ehemann einzufordern – und zwar jetzt.«

Seine gewöhnliche kühle Selbstbeherrschung war verschwunden. Sie spürte in ihm all das, was sie fürchtete. Ach, sie hätte ihre Worte vorsichtiger wählen sollen, denn jetzt glaubte er, sie dafür bestrafen zu müssen!

Dunkel und bedrohlich starrte er auf sie herab. Seine Augen waren nicht mehr kalt, sondern glutvoll und sengend. Irgendwo in ihrem Unterbewußtsein erkannte Cassie, daß er recht hatte. Es gab kein Entrinnen in dieser Nacht. Sie konnte *ihm* nicht entrinnen.

»Nein!« Sie drehte und wand sich unter ihm – umsonst. Irgendwie wußte sie, daß er kein gewalttätiger Mann war – hart und rücksichtslos vielleicht, aber nicht ausgesprochen grausam. Sie erinnerte sich an den noch gar nicht so lange zurückliegenden Tag auf Farleigh, als man auf sie geschossen hatte. Sein Gesichtsausdruck hatte ihn verraten. Da war nichts mehr von eisiger Abwehr zu spüren gewesen. Sie dachte daran, wie er sich über sie gebeugt hatte, mit ängstlichem, ja fast verzweifeltem Gesicht. Und damals, als sie beinahe vom Schiff geschwemmt worden wäre, da hatte er sie warm an sich gedrückt, obwohl er sie auch leicht allein hätte zurücklassen können. Auch wenn sie ihn nie als gütig und rücksichtsvoll bezeichnen würde, so mußte sie doch wenigstens gerecht sein. Ob er es wußte oder nicht, ob er es wollte oder nicht, er konnte auch nett und freundlich sein.

Doch jetzt suchte sie vergeblich nach jener Sanftheit. Alles, was sie spürte, war eine beängstigend unerbittliche, wilde Entschlossenheit.

Sein Mund bemächtigte sich ihrer Lippen, heiß und begehrend.

Sie erschauderte. Sie wußte kaum, wann ein Kuß endete und der nächste begann. Ihre Körper schienen sich überall zu berühren, und sie spürte, wie sich die eiserne Härte seines Glieds unnachgiebig in ihren Bauch preßte.

Seine Hände waren wieder an ihrer Brust. Und wieder zogen seine Finger Kreise um ihre Brustwarzen, fast so, als wollte er sie necken. Sie klammerte sich an seine starken Schultern. Ein seltsames, sengendes Gefühl fing tief in ihrem Bauch an zu kribbeln. Und dann heftete sich sein Mund ungeachtet ihrer Blicke auf die herausschwellende, schmerzende Knospe ihrer einen Brust. Langsam fuhr er mit der Zunge um sie herum, ehe er sie zum Entsetzen Cassies ganz mit seinem Mund umschloß. Sein Ziehen, sein Saugen war unerhört erotisierend. Sie warf den Kopf wimmernd hin und her, tausend winzige Nadelstiche jagten ihr elektrisierend durch den Körper. Doch als sie sich gerade in dem Wonnetaumel zu verlieren glaubte, tastete sich seine Hand weiter nach unten.

Ohne zu zögern, glitten seine Finger durch ihr goldenes Schamhaar. Er berührte sie zwischen den Oberschenkeln. Überlegt und ohne jedes Anzeichen von Scham. Für eine Frau, die so unerfahren war wie sie, drängte er viel zu schnell vorwärts. Doch das wußte er nicht.

Cassie machte sich steif, schloß instinktiv die Schenkel, um sich gegen den Eindringling zu wehren. Sie war bis ins Mark erschüttert. Ganz sicher war das verwerflich – ganz sicher war das schändlich. Ganz sicher würde ein Gentleman eine Dame nie so berühren! Und dann begriff sie …

Er hielt sie für ein Flittchen.

Er glaubte, daß sie nicht besser sei als ihre Mutter. Die bittere Erkenntnis zerriß ihr fast das Herz. Alles andere hätte sie vielleicht ertragen können, aber das nicht.

»Nein«, schrie sie. »Verfluchter Kerl, halt, aufhören – halt!« Sie stemmte sich gegen seine Schultern, doch diesmal nicht so erbärmlich, sondern mit all ihrer Kraft.

Er war unbeweglich wie ein Felsblock. Er hob den Kopf. Seine Augen glitzerten kalt wie Eis, sein Mund war grimmig zusammengekniffen. »Warum kämpfst du gegen mich an?« fauchte er. »Warum verweigerst du mir, deinem Ehemann, das, was du anderen so freigiebig zugestehst?«

Ihr blieb keine Chance zu antworten. Sein Mund schnellte auf ihre Lippen herab in verschlingender Begierde. Seine Finger verschränkten sich mit den ihren und drückten sie neben ihrem Kopf auf die Matratze. Mit den Knien preßte er ihre Schenkel auseinander.

Mit einem Stoß, brennend wie Feuer, nahm er sie, drang ein in die tiefe Höhle ihres Bauches.

Wie eng sie war ... unwahrscheinlich eng. Die Bedeutung seiner Wahrnehmung drang gleichzeitig mit dem erstickten Schmerzensschrei, der sich aus Cassies Kehle löste, in sein Bewußtsein.

Die Erkenntnis der Wahrheit jagte Gabriel einen kalten Schauer über den Rücken. Doch obwohl die Vernunft ihn drängte, sich zurückzuziehen, wollte sein Körper ihr nicht gehorchen. Er konnte die blinde, triebhafte Leidenschaft, die ihn erfaßt hatte, nicht bezwingen, das Feuer nicht löschen, das ihn seit dem Tag, da er sie das erstemal gesehen hatte, innerlich verbrannte. Das heiße Verlangen in seinem Körper schrie danach, gestillt zu werden. Stöhnend begann er sich zu bewegen, zuerst langsam, dann immer schneller, bis er halb von Sinnen ekstatisch raste. Er schauderte zusammen, sein heißer Samen ergoß sich in die Tiefe ihres Körpers.

Gabriel erholte sich als erster wieder. Er rollte sich von ihr runter und griff nach seinen Beinkleidern.

»Wie ist das möglich?« fragte er. »Black Jack hat dich mir doch am ersten Abend angeboten. Wie kommt es, daß du noch Jungfrau warst?«

Cassie öffnete langsam die Augen. Waidwund und völlig zerschlagen starrte sie in die Luft. Ihr war, als habe er ihr das Herz aus dem Leib gerissen und vielleicht hatte er das ja auch. Er verzog den Mund. Der Geschmack von Selbstekel und Selbstverachtung lag ihm wie Staub auf der Zunge.

Er sah, wie sie nach dem Laken griff, das sich um ihre Knöchel verheddert hatte, und er sah, wie sie zitterte. Mit einer ruckartigen Bewegung warf er es über ihre Blöße. Er verfluchte sich wegen seiner Schwäche, und er verfluchte sie wegen ihrer Schwäche.

Cassie mied seinen Blick. »Black Jack verlangte von uns nicht, mit einem Gast zu schlafen, wenn wir dazu nicht bereit waren. Und ich sah auch keine Notwendigkeit, das ...« Sie stockte. »Nell war nur zu gern bereit«, fuhr sie nach ein paar Sekunden mit kaum hörbarer Stimme fort. »Meine Freundin Bess hat es für das Geld getan, das sie sich dafür erhoffte. Aber sie starb bei der Geburt ihres Babys, kurz bevor ihr angekommen seid. Ich … ich wollte nicht so enden wie sie.«

»Und warum hast du mich nicht aufgeklärt darüber, daß du noch Jungfrau warst? Die ganze Zeit über hast du mich, wenn die Sprache auf Männer kam, glauben lassen, daß du sehr erfahren bist!«

Endlich wagte Cassie es doch, ihn anzusehen. Doch sie sah nur seine angespannte Kinnpartie. Sie setzte sich langsam auf und preßte das Laken gegen ihre nackten Brüste. »Ich habe Sie das glauben lassen?« Ihre Augen verdunkelten sich. »Sie haben kein Hehl daraus gemacht, was Sie von mir halten, Mylord. Sie haben mich Diebin genannt. Sie haben mich für … für eine Hure gehalten.« O Gott, wie weh es tat, dieses Wort laut auszusprechen! »Hätte ich Ihnen die Wahrheit gesagt, Sie hätten mir nie und nimmer geglaubt.« Ihr Ton war schneidend, schneidend wie ihr Blick. »Sie haben geglaubt, was Sie glauben wollten.«

Sie hatte recht, stimmte Gabriel ihr insgeheim zu. Aber jetzt, da er es sich endlich selbst eingestand, war es zu spät.

»Trotzdem«, sagte er gepreßt, »das wäre nie passiert, wenn du von Anfang an mir gegenüber aufrichtig gewesen wärst.«

Plötzlich kam in Cassies Augen wieder Leben. »Was hätte das gebracht? Hätte Sie das aufgehalten? Hätten Sie sich tatsächlich darum geschert?« schleuderte sie ihm bitter entgegen. »Ich glaube nicht, denn ich habe am eigenen Leib erfahren, daß Sie ein Mann sind, der macht, was er will, und sich wenig darum kümmert, was ich will. Ich hasse Sie, haben Sie gehört? Ich hasse Sie!« Ihre Stimme brach. »Also lassen Sie mich jetzt in Ruhe … lassen Sie mich endlich in Ruhe!«

Gabriels Gesicht war wie versteinert. »Du hast recht, Yank.« Seine Stimme war leer wie sein Gesichtsausdruck. »Das hätte nie passieren dürfen. Du kannst sicher sein, daß es auch nie wieder passieren wird.«

Vierzehntes Kapitel

Der Tag graute und verbreitete eine düstere, beunruhigende Stimmung. Cassie wälzte sich hin und her. Sie wollte nur noch schlafen, um die entsetzlichen Ereignisse, die sie so aufgewühlt hatten, zu vergessen. Oh, wie grausam das Schicksal zugeschlagen hatte! Sie schlug die Augen auf, nur um wieder von der Erinnerung an all das, was sich hier auf diesem Bett abgespielt hatte, überfallen zu werden.

Vor dem Sessel lag ihr Nachthemd zu einem Häufchen zusammengeknüllt auf dem Boden. Sie sprang schnell auf, um es wieder überzuziehen. Als sie es über den Kopf streifte, wurde ihr selbst jetzt noch heiß bei der Erinnerung daran, wie Gabriel es ihr von den Schultern gezogen hatte. Sie versuchte ihre Gedanken in Zaum zu halten und nicht daran zu denken, was dann geschehen war. Aber es gelang ihr nicht. Er hatte alles von ihr gesehen – o Gott, und er hatte auch alles von ihr *berührt*. Am schmerzhaftesten hatte sich die Erinnerung daran eingebrannt, wie Gabriel sein brennendes Glied in ihren jungfräulichen Leib hineingestoßen hatte, wie er tiefer und tiefer ins Zentrum ihres Seins vorgedrungen war.

In ihr tobte ein Sturm der Gefühle. Die Ereignisse der vergangenen Nacht wüteten in ihr, ließen sie nicht los. Es war unmöglich, die Erinnerung daran abzuschütteln. Sie starrte auf die blauen Satinvolants ihres Bettes; ihre Kehle schnürte sich eigenartig zusammen. Jetzt, im kalten Tageslicht, bedauerte sie die Worte, die sie ihm so harsch entgegengeschleudert hatte. Trotz allem, was passiert war, haßte sie Gabriel nicht wirklich. Sie haßte nur seinen niederen Plan, seinen Vater zu verletzen, aber sie haßte nicht *ihn*.

Cassie war zwar unerfahren, aber sie wußte instinktiv, daß es nicht so … nicht so entsetzlich gewesen wäre, wenn er nur bei ihr geblieben wäre, wenn er sie gehalten hätte, sie in seine Wärme eingehüllt hätte. Hätte er doch nur einen zärtlichen Blick für sie gehabt, ihr ein bißchen Geborgenheit gegeben.

Tränen lösten sich aus ihren Augenlidern. Statt dessen hatte er sie allein gelassen, so allein wie immer.

Plötzlich klopfte es leise an der Tür. Gloria betrat das Zimmer und trug ein Tablett mit Gebäck und einer Silberkanne mit heißer Schokolade herein. Cassie wischte sich die dummen, salzigen Tränen weg und griff nach ihrem Kleid. Gloria warf ihr einen besorgten Blick zu, als sie bemerkte, daß sie das Gebäck unberührt liegen ließ. Das Getränk, das sie sonst so genoß, trug auch nur wenig dazu bei, sie aus ihrer melancholischen Stimmung zu reißen. Selbst das Bad, das sie eine Stunde später nahm, konnte den Schmerz aus ihren schweren Gliedern nicht ganz fortspülen.

Aber das alles war nichts gegen die Pein in ihrem Herzen.

Als sie nach unten kam und Giles ihr mitteilte, daß Gabriel bereits zu seinem Schiffskontor unterwegs war und höchstwahrscheinlich erst am späten Nachmittag zurück sein würde, war sie unendlich erleichtert.

Obwohl sie nicht wußte, wie der Herzog reagieren würde, machte sie sich früher als üblich auf den Weg zu seinem Haus. Wenn der Herzog es auch nie zugegeben hätte, so spürte Cassie doch, daß er sich über ihre Fortschritte freute. Sie hatte schnell das Alphabet gelernt und fing bereits an, erste kurze Wörter zu Sätzen zu formen.

Heute war das anders. Cassie merkte, daß es ihr schwerfiel, sich zu konzentrieren. Ihr schwirrte der Kopf von Bildern und Gefühlen; Zweifel und Ängste trieben sie um. Würde Gabriel wieder in ihr Bett kommen? Sie konnte seinen Versprechungen nicht trauen. Diese Lektion hatte sie letzte Nacht schmerzvoll lernen müssen. Sie erschauderte, gequält von der Erinnerung an seinen harten, zustoßenden Körper, der ihr soviel Schmerz bereitet hatte. Ihr stand beileibe nicht der Sinn danach, so einen schändlichen Akt noch einmal zu wiederholen, aber was blieb ihr für eine andere Wahl? Ihn zurückzuweisen, würde wenig nützen, erkannte sie bitter. Plötzlich erinnerte sie sich an die Geschichten, die Nell nicht müde geworden war, ihr immer wieder zu erzählen. Wenn man Nell glauben konnte, dann war es durchaus möglich, daß ein Mann eine Frau mehrmals in einer Nacht nahm. Eine solche Möglichkeit war für Cassie im Augenblick eine Vorstellung, die sie nicht ertragen konnte.

Cassies Gemütszustand war genauso launisch wie das Wetter draußen. Während sie in der einen Minute am liebsten geweint hätte, fauchte sie in der nächsten schon wieder den Herzog an, nur weil er sie auf einen kleinen Fehler aufmerksam gemacht hatte.

Schließlich klappte er das große Buch zu und schob seinen Stuhl zurück. »Ich sehe wenig Sinn darin, heute noch weiterzumachen«, sagte er mit finsterem Blick. »Du bist mit deinen Gedanken ganz woanders. Komm morgen wieder. Dann bist du hoffentlich aufnahmefähiger.«

Cassie fühlte sich ganz klein und schämte sich wegen ihrer Launenhaftigkeit. Sie erwiderte nichts, sondern sammelte nur still ihre Sachen zusammen und verabschiedete sich. In der Kutsche drückte sie die Stirn gegen die samtbezogene Wand. Sie war am Boden zerstört. Würde dieser Tag denn niemals enden? Sie sehnte sich danach, sich in ihr Bett zu kuscheln, die Augen zu schließen und den Rest der Welt zu vergessen.

Plötzlich machte die Kutsche einen Schlenker und kam mit einem solchen Ruck zum Stehen, daß sie auf den Boden stürzte. Verwirrt rappelte sie sich hoch und öffnete das Fenster, um zu sehen, was passiert war.

»Thomas«, rief sie. »Was ist los? Warum haben wir angehalten?«

Thomas war bereits von seinem Kutschbock gesprungen. Plötzlich tauchte ein schmalgesichtiger, pockennarbiger Mann in schäbigen schwarzen Klamotten neben ihnen auf. Bevor sie oder Thomas noch ein Wort sagen konnten, riß der Mann den Arm hoch, und Cassie sah, wie etwas Metallenes aufblitzte – Himmel, eine Pistole! Die Erkenntnis war kaum in ihr Bewußtsein eingedrungen, da riß der Mann auch schon die Waffe hoch und knallte den Lauf mit einem gezielten Hieb gegen die Schläfe von Thomas. Der Kutscher sank lautlos auf das Kopfsteinpflaster.

Cassie schrie auf und versuchte fieberhaft, den Riegel vor die Tür zu schieben, doch der Mann war schneller. Ein böses Lächeln spielte um seinen Mund.

»Na, sieh mal an, was haben wir denn da?«

Ihr blieb das Herz stehen. Ihre Zunge war pelzig und schien an ihrem Gaumen zu kleben. Sie hatte diese Sorte von Männern früher öfter in Charleston gesehen. Der Mann war ein Wegelagerer, ein Dieb, ja, vielleicht sogar ein Mörder, denn dieses Gesindel kannte oft keine Gnade, und Skrupel schon gar nicht.

»Bitte, Sir.« Ihre Stimme verriet sie. »Ich habe weder Geld noch Schmuck.« So ganz stimmte das allerdings nicht, denn sie hatte immerhin den schmalen Goldreif an ihrem Mittelfinger. Wenn ihre Ehe auch eine Farce war, die Vorstellung, ihren Ehering auszuhändigen, war für sie unerträglich. Sie versteckte ihre Hand in ihrem Rock.

Der Mann grinste und zeigte dabei eine schwarze Lücke zwischen seinen Schneidezähnen. »Oh, keine Angst, Fräulein. Ich krieg schon, was ich will.« Sein Blick musterte sie von oben bis unten. »Du bist doch ein ganz ansehnliches kleines Stück, oder? Nun, dann woll'n wir erst mal ein bißchen Spaß miteinander haben, du und ich, bevor wir dann zum Geschäftlichen übergehen.«

Cassie zuckte zusammen, noch bevor er die Tür zugeknallt und von außen sorgfältig verschlossen hatte. Im nächsten Moment hörte sie eine Peitsche knallen, und die Pferde gingen durch. Der plötzliche Ruck schleuderte Cassie mit solcher Gewalt zurück, daß sie sich den Kopf anschlug.

Sie nahm den Schmerz kaum wahr. Todesangst durchzuckte ihre Adern. O Gott, war der Mann verrückt? Was erwartete er sich davon, mit ihr so davonzugaloppieren? Er würde bald merken, daß sie die Wahrheit sprach – daß sie nichts von Wert besaß, außer den Kleidern auf ihrem Leib und ihrem Ehering! Was also?

Die Antwort darauf trieb ihr erneut den Angstschweiß auf die Stirn.

Immer schneller rumpelten sie durch die Straßen, der Wagen schien ständig an Geschwindigkeit zu gewinnen. Von draußen dröhnten ihr Schreie und Flüche und ständiges Gezeter entgegen. Sehr schnell waren sie außerhalb der Stadt auf der offenen Straße. Der Wagen schlingerte in eine Kurve, und in diesem Moment wurde Cassie blitzartig klar, daß sie etwas unternehmen mußte. Sie konnte hier nicht drinbleiben und kleinlaut akzeptieren, was sie in der Hand des Räubers erwartete. Mit etwas Glück würde der Räuber nichts merken, bis es zu spät war.

Sie entriegelte die Tür durch das Fenster und stieß sie auf. Dann sprang sie.

Sie landete auf dem Randstreifen der Straße. Der Aufprall war so hart, daß sie einen Schmerzensschrei ausstieß. Kleine Steinchen ritzten ihr die Handflächen auf und brannten wie tausend Nadelstiche auf der Haut. Wertvolle Sekunden vergingen, bevor sie wieder zu Atem kam und sich aufrappeln konnte. Dann rannte sie blindlings los und verschwand in einem kleinen Buschwald.

Aber sie hatte kein Glück. Sie hörte hinter sich einen Fluch und dann das Bremsen der Kutsche. Cassie versuchte schneller zu laufen. Doch ihre Röcke und der aufgeweichte, unebene Boden machten es ihr schwer. Zweige peitschten ihr ins Gesicht. Sie stolperte und fiel hin, schlug sich die Knie auf und zerkratzte sich die Hände noch mehr. Mit einem unterdrückten Seufzer der Verzweiflung rappelte sie sich wieder hoch.

Der Räuber packte nach ihr, erwischte sie am Ärmel, der jedoch nur zerriß. Doch schon hatte er den anderen Arm fest im Griff und drehte ihn so brutal um, daß sie vor Schmerz laut aufschrie.

Schmutzige Finger bohrten sich in ihre Arme. »Du Luder!« zischte er. »Hast wohl geglaubt, du kannst abhauen, wie?« Er drehte sie mit einem Schwung herum und zerrte sie zurück in Richtung Kutsche. Und obwohl Cassie auf ihn einschlug und mit den Füßen nach ihm stieß, obwohl sie wie eine Wilde kämpfte, war sie gegen seinen gemeinen Griff machtlos. In ihrer tiefen Verzweiflung stieß sie einen markerschütternden Schrei aus. Es war sinnlos.

Der Räuber fuhr herum und gab ihr eine brutale Ohrfeige. Cassie fiel auf die Knie. Sie spürte den Geschmack von Blut in ihrem Mund.

Er grinste breit und entblößte dabei seine verfaulten Zähne. Ein übler Mundgeruch schwappte ihr ins Gesicht und vermischte sich mit dem Gestank, den sein ganzer Körper ausströmte. »Ich wollte es mir eigentlich für hinterher aufheben, nachdem ich mit dir ein bißchen Spaß gehabt habe«, zischte er. »Aber ich könnte dich auch gleich umbringen, und die Sache hat sich.« Er holte mit der geballten Faust aus. Cassie schloß die Augen und wartete auf den Schlag.

Doch plötzlich näherten sich eilige Schritte. »Halt, zurück!« hörte man eine gebieterische Stimme rufen. »Laß das Mädchen los, hörst du? Laß sie auf der Stelle los!«

Cassie stöhnte erleichtert auf. Der Befehl klang in ihren Ohren wie himmlische Musik.

Am frühen Abend kehrte Gabriel wieder in sein Stadthaus zurück. Als er die Eingangshalle betrat, blieb er einen Moment an der Tür stehen und warf einen langen Blick auf die Treppe. Sein Ausdruck verriet mit keinem Deut, welcher Tumult sich hinter seiner ruhigen Fassade abspielte.

Die Aussicht, seiner Frau wieder gegenüberzustehen, erfüllte ihn keineswegs mit Freude, kein Wunder.

Den ganzen Tag über hatte ihm sein Gewissen zugesetzt. Die Ungeheuerlichkeit seines Verhaltens und seine blinde Dummheit ließen ihn einfach nicht zur Ruhe kommen. Er konnte den Ausdruck auf ihrem Gesicht letzte Nacht nicht vergessen, konnte nicht vergessen, wie er sie verlassen hatte! Er sah sie immer noch vor sich, den Schock in ihren Augen, als er tief in sie eingedrungen war. Mein Gott, wie eng sie gewesen war. Und immer und immer wieder hörte er ihren gequälten Schrei.

Er wurde innerlich von Selbstverachtung zerfressen. Er hätte wissen müssen, daß sie unschuldig war. Ein besserer Mann hätte es gewußt, gestand er sich bitter ein. Denn alle Anzeichen hatten dafür gesprochen: ihre scheue, schüchterne Zurückhaltung, wann immer er sie geküßt hatte, die ängstliche, zaghafte Erwiderung seiner Küsse, ihre erschreckten, weit aufgerissenen Augen, als sie ihn nackt sah.

Und wenn er nur daran dachte, wie sehr er sich gebrüstet hatte, ein guter Liebhaber zu sein. Das war wirklich die Höhe. Ohne ihr zu sagen, wie reizvoll er sie fand, wie sehr er sie verehrte, hatte er ihr einfach nur die Kleider vom Leib gerissen. Kein zärtliches Wort, keine zärtliche Geste. Er hatte sie kalt genommen, wie ein Tier.

Er hatte sie genommen, wie man eine Hure nimmt. Und sie war doch seine Ehefrau – das Wie oder Warum spielte keine Rolle, sie war nun einmal seine *Ehefrau.*

Gabriel war kein Mann, der leicht die Kontrolle verlor. Er war es gewohnt, sich zu beherrschen. Um so mehr verfluchte er sich, daß seine Begierde den Sieg über sein Urteilsvermögen davongetragen hatte. Aber das sollte, genauso wie er gesagt hatte, nie wieder passieren.

Ja, das schwor er sich. Aber nichts war so gekommen, wie er es geplant hatte. Das hatte er erst letzte Nacht so richtig begriffen. Er hatte Cassie doch einmal in sein Bett genommen, *einmal.*

Das durfte nicht noch einmal passieren. Das *würde* nicht noch einmal passieren.

»Guten Abend, Mylord.«

Gabriel schaute auf und sah Giles vor sich stehen.

»Guten Abend, Giles. Ist meine Frau in ihrem Schlafzimmer?«

»Nein, Mylord. Sie ist noch nicht zurückgekehrt.«

Der Knoten in seiner Brust begann sich zu lösen. Ganz kurz war ihm zwischendurch einmal der Gedanke gekommen, daß er sie womöglich um den Verstand gebracht hatte. Gottlob, das nicht.

»Ich verstehe. Ist sie mit Lady Evelyn ausgegangen?«

»Ich weiß nicht, Mylord. Mylady hat uns nicht informiert, wohin sie ihre nachmittäglichen Ausfahrten führen.«

Gabriels Augen verengten sich. »Ihre nachmittäglichen Ausfahrten? Heißt das, daß dies täglich geschieht?«

Auf Giles Oberlippe bildeten sich kleine Schweißperlen. »Ja, Mylord.«

»Willst du mir damit sagen, daß sie jeden Nachmittag verschwindet und niemand weiß, wohin?«

Giles räusperte sich. »Nun, mein Herr, ich würde doch annehmen, daß Thomas – der Kutscher – über ihren Verbleib Bescheid weiß. Aber ich habe natürlich nicht nachgefragt, denn wenn Mylady es für angebracht gehalten hätte, hätte Mylady mich wohl unterrichtet.«

»Schon gut, Giles, ich habe begriffen, was du mir sagen willst.« Gabriel war plötzlich wütend. Das junge Ding wickelte offenbar alle um den kleinen Finger. War er denn der einzige, der sich von ihr nicht an der Nase herumführen ließ?

»Mylord«, Giles hüstelte leise, »wenn ich mir die Bemerkung erlauben darf, ich mache mir langsam Sorgen um sie. Sie war sonst immer pünktlich zurück – aber heute, das ist ganz und gar ungewöhnlich.«

Gabriel verzog grimmig den Mund. »Wann hat sie das Haus verlassen?«

»Sie ging kurz vor ein Uhr, Mylord, ungefähr so wie immer in den letzten paar Wochen.«

»Und sie hat dir gegenüber wirklich nichts darüber verlauten lassen, was sie vorhat?«

»Nein, Mylord, nur daß sie wie gewöhnlich vor der Essenszeit zurück sein würde«, erwiderte Giles fast steif.

Gabriels Augen verengten sich. Es war an sich nichts Ungewöhnliches, daß Frauen nachmittags zum Einkaufen unterwegs waren, aber er fürchtete, daß die Dinge hier anders lagen. Cassie hatte nichts von irgendwelchen Einkäufen erwähnt, und er hatte auch keine Rechnungen bekommen. Wo in aller Welt war sie also gewesen? Besser gefragt, bei wem war sie gewesen?

Doch ehe er noch dazu kam, weiter zu spekulieren, klingelte es an der Vordertür. Giles öffnete und fand sich einem bulligen Polizeisergeanten gegenüber, neben dem ein kleines, verschrecktes Wesen stand.

Ein unterdrückter Fluch löste sich von Gabriels Lippen. »Guter Gott – Cassie!«

Irgend etwas stimmte hier ganz und gar nicht. Ihr Kleid war zerfleddert und verdreckt, und sie versuchte krampfhaft die beiden Enden ihres eingerissenen Ausschnitts zusammenzuhalten. Ihr Gesicht war kalkweiß. Ihre Haare fielen ihr wirr über die Schultern.

Sie machte einen kleinen Schritt nach vorne, doch sie war so wackelig, daß ihre Knie einknickten. Instinktiv legte Gabriel einen Arm um ihre Taille und zog sie an sich.

Sie lehnte sich an ihn, krallte sich mit einer Hand am Revers seines Rocks fest und vergrub ihren Kopf seitlich an seinem Hals. Ihr Atem ging stoßweise.

Ganz sachte verstärkte er seinen Griff. »Alles in Ordnung?« Ihre Haare kitzelten leicht sein Kinn, als sie wortlos nickte.

Der Polizist räusperte sich. »Ich fürchte, ich habe Ihnen etwas Unerfreuliches mitzuteilen, Mylord. Ihre Kutsche war mit Ihrer Frau Gemahlin gerade auf dem Heimweg, als der Kutscher von einem Wegelagerer überfallen wurde. Er wurde niedergeschlagen – und ihre Gattin wurde entführt.«

»Entführt!« Gabriel war fassungslos. Er blickte auf seine Frau hinunter. Wo zum Teufel war sie bloß gewesen? fragte er sich wütend. Und mit wem verbrachte sie ihre Nachmittage? Doch er beschloß, die Fragen auf später zu verschieben.

Sein Blick glitt zu Giles hinüber. »Giles, würdest du Mylady bitte in ihr Zimmer begleiten? Und sorge bitte dafür, daß für sie ein heißes Bad vorbereitet wird.«

»Sehr wohl, Mylord.« Der Butler ging auf Cassie zu und bot ihr seinen Arm. In seinen Augen lag ein ungewöhnlich weicher Ausdruck. »Mylady.«

Als sie außer Hörweite waren, wandte Gabriel sich an den Sergeanten. Sein Gesicht war wie versteinert. »Also, Sergeant, Sie sagten, meine Frau sei entführt worden?«

»Ja, Mylord. Nachdem der Lump den Kutscher niedergeschlagen hatte, sprang er auf und preschte mit Ihrer Frau Gemahlin in der Kutsche davon, ohne Rücksicht auf die armen Leute, die ihm im Weg standen. Diese Diebe sind, bei Gott, ein heimtückisches Gesindel. War reines Glück, daß ich diesen Spitzbuben gesehen habe und die Verfolgung aufnehmen konnte. Ihre Gemahlin schaffte es zwar irgendwie, von der Kutsche abzuspringen, aber der Halunke merkte es und bremste ab. Da hatte ich sie beinahe eingeholt.«

»Sie fiel ihm also nicht in seine schmutzigen Hände?«

»Nein, Mylord, sie hat mir versichert, daß er ihr nichts angetan hat, obwohl er sie zu Tode erschreckte – arme Lady.« Der Mann schob selbstgefällig seine Brust vor. »Was aber sicher geschehen wäre, wenn ich nicht gerade noch rechtzeitig gekommen wäre. Ich bin mir sicher, daß er sie ausrauben wollte – aber wer weiß, was er sonst noch Böses im Schilde führte.«

»Und ich bin Ihnen auch für Ihr Eingreifen sehr dankbar, Sergeant.« Gabriel machte eine Pause. »Ich nehme doch an, daß Sie den Halunken geschnappt haben?«

Der Polizist wurde ein bißchen kleinlauter. »Tja, leider ist er mir durch die Lappen gegangen, als ich mich um Ihre Gemahlin gekümmert habe.« Er schüttelte den Kopf. »Ich fürchte, die Aussichten stehen schlecht, ihn jetzt noch zu erwischen.«

»Ich verstehe.« Gabriel hielt kurz inne. »Sergeant«, sagte er schließlich langsam, »gibt es irgendein Anzeichen dafür, daß die Entführung geplant war?«

Der Mann schien verdutzt. »Geplant? Sie meinen, Ihre Gemahlin sollte gezielt entführt werden?«

»Genau, das meine ich.«

Der Sergeant kratzte sich am Kinn und überlegte. »Nein, das glaube ich eigentlich nicht, Mylord«, sagte er herzlich. »Ihr Kutscher Thomas müßte gleich hier sein. Er war nicht ernsthaft verletzt, aber er hat nichts verlauten lassen, was in diese Richtung gehen könnte. Sie wissen sicher, Mylord, daß die feinen Leute – und insbesondere die Ladys – eine bevorzugte Zielscheibe dieses Packs sind.«

Gabriel nickte nur und führte ihn zur Tür. »Ich danke Ihnen noch einmal, Sergeant. Und ich wäre Ihnen wirklich sehr verbunden, wenn Sie es mich wissen ließen, falls dieser Bandit geschnappt wird.«

Der Sergeant tippte sich an seine Mütze. »Sie haben mein Wort, Mylord.«

Als er gegangen war, machte sich Gabriel sofort auf den Weg zu Cassies Zimmer. Er blieb im Türrahmen stehen. Gloria hatte gerade die letzte Kanne heißes Wasser in die Wanne gegossen. Weiße Dampfschwaden stiegen zur Decke empor.

Cassie stand neben dem Fenster. Gabriel hatte das ungute Gefühl, daß sie sich seit dem Betreten des Zimmers noch nicht gerührt und auch noch kein Wort gesprochen hatte. Mit ihrer kleinen Hand hielt sie immer noch die auseinandergerissenen Enden ihres Kleides über der Schulter zusammen.

»Cassie.«

Cassie und die Zofe wandten sich gleichzeitig um. Gloria machte einen kleinen Knicks, während Cassie weiter in ihrem Schweigen verharrte.

Gabriel ging zu ihr hinüber. »Du mußt Hunger haben«, sagte er ruhig. »Möchtest du, daß man dir etwas auf dein Zimmer bringt?«

Anstelle von Cassie ergriff Gloria das Wort. »Erlauben Sie, Sir, aber vielleicht möchte Mylady ja eine heiße Schokolade. Die trinkt sie nämlich mit Begeisterung, wissen Sie. Jeden Morgen.«

Gabriel antwortete, ohne den Blick von Cassies Profil zu wenden. »Danke, Gloria. Würdest du dich bitte darum kümmern?«

Die kleine Zofe knickste. »Sehr zu Diensten, Sir.« Doch bevor sie ging, hielt er sie noch kurz zurück und flüsterte ihr etwas ins Ohr.

Dann näherte er sich Cassie und legte seine Finger auf ihre Hände, die ihre Schultern umklammerten. Sie waren eiskalt.

»Dein Bad ist fertig, Cassie.«

Plötzlich kam wieder Leben in ihre Augen. Sie blitzte ihn an, und Gabriel mußte fast gegen seinen Willen lächeln. »Ich habe dir doch versprochen, daß wir eines Tages zusammen ein Bad nehmen würden, stimmt's?«

Er bemerkte das Mißfallen in ihren weit aufgerissenen Augen, und sein Lächeln verschwand. Sein Blick wanderte zu ihren Lippen – sie waren weich und leicht geöffnet. Ihn ergriff ein unbändiges Verlangen, sie mit einem heißen Kuß zu schließen, doch er unterdrückte schnell diesen Impuls.

»Du hast nichts zu befürchten«, sagte er ruhig. »Ich bin nicht so ein Wüstling, wie du denkst.«

Er gab ihr keine Zeit zur Widerrede, sondern begann schnell die Haken ihres Kleides auf dem Rücken zu lösen. Wenn sie auch keinen Widerstand leistete, so zog doch eine leichte Röte über ihr Gesicht. Daß sie ihn so willenlos gewähren ließ, zeigte, wie mitgenommen sie wirklich war. Diese bedingungslose Auslieferung war das letzte, was Gabriel erwartet hatte. Dennoch verfinsterte sich seine Laune, als er fertig war. Die elfenbeinfarbene Glätte ihrer Haut war mit lauter Schrammen und blauen Flecken übersät.

Cassie errötete, als er ihr in die Wanne half. Sie war sich schmerzlich der Tatsache bewußt, daß sie seinem kritischen Blick, dem sich alles von ihr enthüllte, während er selbst von sich so wenig preisgab, nicht entrinnen konnte. Sie sank so weit sie konnte unter den Wasserspiegel, ängstlich bemüht, ihre Nacktheit seinen Blicken zu entziehen.

Cassies Nerven spannten sich merklich an, als sie seine Berührung spürte. Er strich mit den Fingerknöcheln über ihre Wangen, nahm dann ihr Kinn in seine Hand und drehte ihr Gesicht ins Licht. Sein Daumen strich über ihren rechten geschwollenen Mundwinkel. »Ist das auch von ihm?«

Anstelle einer Antwort schlug sie nur die Augen nieder. Sie zog die Knie an ihre Brüste und sagte weiter nichts. Das war auch gar nicht nötig.

Gabriel wußte nicht, warum ihn auf einmal eine so blinde, irrationale Wut erfaßte. Er versuchte sich mit dem Gedanken zu beruhigen, daß er nur deshalb so aufgebracht war, weil jemand, der stärker war als sie, ihre Schwäche ausgenutzt hatte, und nicht, weil eine Sorge ihn umtrieb. Nein, das auf keinen Fall. Doch das Spiel seiner Gesichtsmuskeln verriet, daß die Wut viel tiefer ging. Noch nie war er vor Zorn so aufgewühlt gewesen wie in diesem Augenblick.

»Würdest du ihn wiedererkennen, wenn du ihm noch einmal begegnen würdest?«

Cassie erschauderte. Die Wärme des Wassers hatte beruhigend ihren Körper durchströmt, doch auf einmal fror sie wieder, als sei sie in ein Eismeer gefallen.

»Ja ... nein.« Ihre Stimme schwankte. Sie fühlte sich plötzlich völlig verunsichert. »Ich ... ich weiß nicht.«

Gabriel sagte nichts. Er reichte ihr einen Schwamm und drehte ihr den Rücken zu, aus Rücksicht auf ihre Intimsphäre, an der ihr so viel lag. Cassie wusch sich hastig, verfolgt von dem Gedanken, er könne sich jede Sekunde wieder umdrehen, obwohl ihr eine innere Stimme sagte, wie unsinnig das war, da er doch schon gesehen hatte, was kein anderer Mann je gesehen hatte – da er sie *berührt* hatte, wie ein Mann ihrer Vorstellung nach eine Frau eigentlich nicht berühren dürfte. Sie drückte den Schwamm gegen ihr Herz. Der Hals wurde ihr eigenartig eng.

Ein Teil von ihr sehnte sich danach, daß er endlich ginge, und ein anderer Teil wünschte sich genauso brennend, daß er bliebe, weil sie nicht allein sein wollte. Doch seine Nähe ließ unweigerlich die Bilder der letzten Nacht wieder auferstehen, all das, was zwischen ihnen geschehen war. O Gott, es war erst einen Tag her, und es schien ihr, als sei eine Ewigkeit seitdem vergangen!

Gabriels Nerven registrierten jede ihrer Bewegungen. Im Augenblick hatte das Wasserplanschen aufgehört. Er riskierte einen Blick über die Schulter und sah, wie sie ihn mit großen, kummervollen Augen anblickte.

Er kämpfte die aufwallende Hitze in seinen Adern, die brennende Aufruhr in seinen Lenden nieder. Ihre Schultern waren bloß und glitzerten unter dem dünnen Wasserfilm. Noch nie zuvor war er sich der Gegenwart einer Frau sexuell so bewußt gewesen, noch nie von seiner eigenen hungrigen männlichen Begierde so sehr getrieben worden. Doch ihre Nacktheit, die seine Willenskraft so grausam auf die Probe stellte, war gleichzeitig genau das, was sie rettete, denn ihre Verletzlichkeit durchbohrte ihn in einer Weise, wie er es sich nicht schlimmer hätte vorstellen können.

Er hob lässig eine Augenbraue und murmelte: »Fertig?« Sie nickte. Mit ihren schlanken Armen umschlang sie den Rand der Badewanne, stand auf und wickelte sich sofort in das Badetuch, das er für sie bereithielt.

Eingehüllt in die flauschige Wärme des Badetuchs, umfingen sie starke Arme und hoben sie aus der Badewanne. Und dann ließ sie sich brav wie ein kleines Schulmädchen trockenreiben. Seine Berührung war leicht und unpersönlich. Aber er achtete einfühlsam auf die blauen, empfindlichen Stellen auf ihrer Haut und tupfte sie nur vorsichtig ab. Trotzdem merkte er an der tiefen Röte, die ihr Gesicht überzog, wie verlegen sie war, als er ein weiches, weißes Nachthemd über ihren Kopf zog und zurechtzupfte.

Plötzlich klopfte es an der Tür. Gabriel öffnete und nahm Gloria ein kleines Tablett ab. Cassie fühlte sich, obwohl sie nun von Kopf bis Fuß in ihr Nachthemd gehüllt war, immer noch nackt und schlang die Arme um ihren Körper. Mit einem Kopfnicken gab Gabriel ihr zu verstehen, daß sie sich auf den Sessel vor dem Kamin setzen sollte. Nachdem sie Platz genommen hatte, reichte er ihr eine zarte Porzellantasse auf einer Untertasse. Süß und verlockend stieg ihr der Duft der Schokolade in die Nase.

Vorsichtig nippte sie an dem heißen, süßen Getränk, froh darüber, ihre Hände beschäftigen zu können. Sie trank die Tasse bis zum letzten Tropfen leer und war dabei so versunken, daß sie den durchdringenden Blick, mit dem seine grauen Augen sie beobachteten, gar nicht wahrnahm. Erst als die Tasse leer war, sah sie auf und merkte, wie er sie fixierte.

Er hatte seinen Rock abgelegt und die Ärmel des Hemdes bis zum Ellbogen hochgekrempelt. Ihr Blick fiel auf seine festen, muskulösen Unterarme, und schon zog sich ihr Magen wieder zusammen. Mit einem Ellbogen auf den Kamin gestützt, stand er lässig da und wirkte überaus männlich und unerschütterlich. Es schien, als könne ihn nichts und niemand je verletzen.

Gabriel brach das Schweigen als erster. »Giles hat mir erzählt, daß du in den letzten Wochen jeden Nachmittag aus warst.« Er sah ihr direkt in die Augen. »Wie kommt es, daß du das mir gegenüber nie erwähnt hast?« Wenn sein Ton auch ruhig war, so kamen seine Worte doch eindeutig einer Aufforderung gleich.

Cassie schluckte und versuchte, ruhig zu bleiben. Es war schwer, sich von seinem Stirnrunzeln nicht einschüchtern zu lassen. »Ich habe nicht gewußt, daß Sie sich dafür interessieren, wie ich meinen Tag verbringe, und daß ich über jede Minute Rechenschaft abzulegen habe.«

Gabriels Blick wurde schärfer. »Das ist keine Antwort«, sagte er kurz. »Wenn es dir also nichts ausmacht, würde ich jetzt gerne wissen, wo du heute und all die anderen Tage warst.«

Cassie fühlte sich in die Enge getrieben. Sie konnte ihm nicht sagen, wo sie gewesen war, ohne gleichzeitig zu erzählen, *warum*, und das wollte sie unter allen Umständen vermeiden. Er hielt jetzt schon wenig genug von ihr, und er würde sie noch geringer schätzen, wenn er die Wahrheit erführe.

Zumindestens in diesem Punkt wollte sie ihre Würde nicht verlieren. Fest entschlossen, nicht mehr zu verraten als notwendig, starrte sie auf den Rand der Tasse, die sie immer noch in der Hand hielt.

Er fluchte leise vor sich hin. »Warum bist du nur so stur? Verdammt noch mal, Yank, ich mache mir um deine Sicherheit Sorgen! Es ist nicht ungefährlich, sich allein auf den Straßen Londons herumzutreiben.«

Sie mied immer noch seinen Blick. »Sie brauchen sich keine Sorgen zu machen. Ich treibe mich nicht auf den Straßen herum, wie Sie das nennen. Es bestand keine Gefahr« – sie stockte –, »zumindest nicht bis heute abend.«

»Warum erzählst du mir dann nicht einfach, wo du warst?« Sein Gesicht verzerrte sich in jähem Zorn, als sie den Kopf schüttelte. Mit drei großen Schritten war er bei ihr. Er nahm ihr die Tasse ab und stellte sie beiseite. Dann griff er sie bei den Schultern und zog sie zu sich hoch.

»Hast du dich mit jemandem getroffen?« Die Art, wie sie reagierte, zeigte ihm, daß er auf der richtigen Spur war. »Mit Christopher? Ist das der Grund für deine Widerborstigkeit? War es ein Schäferstündchen?«

»Nein!« schrie sie auf. »Christopher ist mein Freund – und weiter nichts. Ich schwöre es bei allen Heiligen, wenn Ihnen damit gedient ist.«

»Mit wem dann?«

Er war mit seiner Geduld offensichtlich am Ende. In seinen Augen braute sich ein Sturm zusammen. Cassie kämpfte gegen die Tränen an, die ihr in den Augen brannten. Ihr Hals war wie zugeschnürt.

»Mit … mit Ihrem Vater«, flüsterte sie. »Ich … ich habe die Nachmittage in … in seinem Stadthaus verbracht.«

Gabriel war wie vom Blitz getroffen. »Was? Du und mein Vater – du machst wohl Witze!«

Glühend vor Scham stammelte sie: »Nur, weil ich … weil ich nicht lesen kann … Ich kann nicht lesen!«

Gabriel verschlug es für einen Moment die Sprache. »Guter Gott! Du willst mir doch nicht erzählen, daß er es dir beibringt?«

»Doch … doch, es stimmt aber!« War er wirklich so herzlos, sie zu zwingen, es noch einmal auszusprechen? »Er … er bringt es mir selbst bei, damit niemand es erfährt, damit sich die Familie nicht noch weiter lächerlich macht.«

Gabriels Zorn verflog, als hätte es nie einen Anlaß dazu gegeben. Er seufzte schwer. »Warum hast du mir das nicht erzählt?«

»Warum?« schluchzte sie bitter auf. »Soll mir denn keine Demütigung erspart bleiben? Zu wissen, daß ich nicht lesen kann, hätte Ihnen doch ein teuflisches Vergnügen bereitet. Das wäre für Sie doch nur ein weiteres Mosaiksteinchen gewesen in dem Plan, Ihren Vater vor den Kopf zu stoßen … das arme kleine Yankee-Mädchen, das Sie aus der Gosse gezogen haben – das arme Ding, das weder Geld noch Titel besitzt und dazu noch nicht einmal ein Minimum an Schulbildung vorzuweisen hat!«

Er sah sie mürrisch an. »Jetzt bist du es aber, die *mich* verletzt.«

»Nein! Es stimmt – genauso hätten Sie es gesehen.« Zu ihrem Entsetzen löste sich eine Träne aus ihren Augen und rollte ihr die Wange hinunter. Und dann noch eine und noch eine und noch eine. »Sie wissen, daß ich recht habe!« Was Cassie in diesem Augenblick eigentlich als letztes wollte, war, daß er sie so klein, so durcheinander und aufgelöst sah. Aber plötzlich verlor sie ihre mühsam bewahrte Fassung. Sie vergrub das Gesicht in ihren Händen und fing an zu weinen. Hilflos und jämmerlich.

Ihre Schultern zuckten unkontrolliert in wildem Schmerz. Und ganz langsam, fast wie in Zeitlupe, legte Gabriel seine Arme um sie. Ihre kleinen Hände drückten sich in sein Hemd. Ganz sachte hob er sie wie ein Päckchen hoch, setzte sich mit ihr in den Sessel und wiegte sie in seinem Schoß.

Er konnte spüren, wie sie versuchte, den qualvollen Schmerz, der ihren Körper schüttelte, in den Griff zu bekommen. Es gelang ihr nicht. »Es tut mir leid«, schluchzte sie herzzerreißend. »Es ist genauso gekommen, wie Sie gesagt haben. Ich bin eine schwere Bürde … nichts als eine Last. Sie wären sicher froh, wenn der schreckliche Mann mich getötet hätte. I-ich dachte, er wollte mich … O Gott, i-ich wünschte, ich *wäre* tot …«

Gabriel wurde ganz still. »So etwas darfst du nicht sagen«, flüsterte er tonlos. »Nicht einmal denken darfst du das.«

Er strich über ihr Haar, die schmale Vertiefung ihrer Wirbelsäule entlang. Langsam fing das Schlafmittel an zu wirken. Sie bewegte sich. »Irgend etwas stimmt mit mir nicht.« Sie bemühte sich krampfhaft die Augenlider offenzuhalten und gegen die taumelige Schläfrigkeit, die sie erfaßt hatte, anzukämpfen. »Ich fühle mich so seltsam.«

Gabriel wischte mit den Fingerspitzen die Tränenspuren von ihrem Gesicht. »Es ist alles in Ordnung. Ich habe Gloria gebeten, in deine Schokolade ein paar Tropfen Laudanum zu geben, damit du schlafen kannst. Entspann dich und kämpfe nicht dagegen an.«

Cassie schien sich mit seiner Erklärung zufriedenzugeben. Ihre dunklen, tränenglänzenden Augenlider wurden immer schwerer, und ihr Atem beruhigte sich, bis sie schließlich ganz schlaff an seiner Brust lag und eingeschlafen war.

Er hob sie hoch, trug sie zum Bett und legte sie vorsichtig auf die Matratze, um anschließend die Decke über sie zu ziehen. Doch als er sich wieder aufrichten wollte, schnellte plötzlich ihre Hand hoch und griff blind nach ihm.

»Verlaß mich nicht, Gabriel. Bitte, verlaß mich nicht.« Sie schlug die Augen auf und sah ihn tränenumflort an. »Warum ... warum haßt du mich?« schluchzte sie mit erstickter Stimme. »Wirst du mich immer hassen?«

Gabriel hatte das Gefühl, als sei eine Eisenfaust auf ihn herabgesaust. Plötzliche Schuldgefühle schienen ihm ein tiefes Loch in die Brust zu brennen. Wie versteinert stand er da, unfähig, die Klammer zu sprengen, die sich immer enger um sein Herz legte. Noch nie war er so am Boden zerstört gewesen.

Er starrte auf die Hand, die sich so verzweifelt an ihn klammerte. Der Schmerz, der in seinem Körper brannte, nahm ihm fast den Atem. Mein Gott, was tat sie ihm an?

Christopher war ihrem Zauber erlegen, genauso wie die Herzoginwitwe von Greensboro. Und Giles, ja sogar sein Vater! Was für ein Geheimnis umgab sie, daß sich alle um sie herum so magisch von ihr angezogen fühlten?

Wenn er klug wäre, würde er sie jetzt in Ruhe lassen, bevor die Dinge noch weiter vorantrieben. Bevor sie verletzt wurde. Du Idiot, spöttelte eine innere Stimme, *sie ist bereits verletzt worden.*

Irgend etwas nicht Greifbares, etwas Unheimliches passierte mit ihm. Bitterkeit wallte in ihm auf. Er verabscheute das Gefühl, das sie in ihm weckte. Jahrelang hatte er sein Herz nur als Eisklumpen gefühlt, und er verübelte es ihr, daß er anfing etwas zu fühlen, daß sie ihn dazu gebracht hatte, etwas zu fühlen … etwas zu fühlen, das er nicht fühlen *wollte.*

Dennoch konnte er ihr nicht den Rücken kehren.

Er seufzte resigniert und zog seine Stiefel aus. Dann streckte er sich neben ihr aus und zog sie in seine Arme. Er stierte an die Decke und sah den tanzenden Schatten zu, während er mit einer Hand abwesend über ihr wirres Haar strich und mit der anderen ihre schlanke Taille umspannte.

Sie hatte wahrlich jeden Grund, ihm zu mißtrauen, dachte er düster, *sie* hatte jeden Grund, *ihn* zu hassen. Wie konnte sie nur denken, daß er sie haßte? Daß er ihr den Tod wünschte? Und plötzlich gerann ihm das Blut in den Adern.

Gott wußte, daß *er* das nicht tat … aber wie, wenn es jemand anders tat?

Fünfzehntes Kapitel

Einige Tage später kehrten sie nach Farleigh zurück.

Gabriel hatte am Morgen nach dem Überfall diese Entscheidung getroffen. Er konnte die beunruhigende Vorstellung nicht abschütteln, daß ihre Entführung vielleicht doch kein Zufall gewesen war, wie die Polizei ihn glauben machen wollte. Jedesmal wenn er daran dachte, geriet sein Blut in Wallung. Wie gerne hätte er den Halunken in die Finger gekriegt. Bei Gott, er hätte ihn Stück für Stück auseinandergenommen.

Aber Gabriel war schon lange den Schuhen eines unüberlegten, unbesonnenen Jünglings entwachsen. Solange nichts wirklich erwiesen war, wollte er deshalb auch keine Anschuldigungen in den Raum stellen. Vielleicht waren seine Verdächtigungen ja unbegründet – um so besser. Doch er setzte eine Belohnung für die Ergreifung des Täters aus und engagierte einen Detektiv, der sich in Charleston umsehen sollte. Es gab keinen Grund für ihn, an Cassies Behauptung, daß ihre Mutter ihren Vater nicht kannte und daß diese gemeine Frau sie verlassen hatte, zu zweifeln. Aber wenn es doch jemanden aus ihrer Vergangenheit geben sollte, der dahinter steckte, dann wollte er das herausfinden. Vielleicht gab es ja auch einen Zusammenhang zwischen den Schüssen und der Entführung, vielleicht aber auch nicht. Wie dem auch sei, Gabriel hielt es trotzdem für sicherer, sie nach Farleigh zu bringen, als in London zu bleiben. Allerdings weihte er Cassie nicht in seine Überlegungen ein. Er wollte sie nicht unnötig beunruhigen, solange sein Argwohn jeder sicheren Grundlage entbehrte.

Während wohl jeder andere sein Verhalten gegenüber seiner Frau als Eifersucht oder besser noch als Beschützerinstinkt bewertet hätte, gestand Gabriel das nicht einmal sich selbst gegenüber ... gerade nicht sich selbst gegenüber ein.

Die Tage gingen ins Land, und aus den Tagen wurden Wochen. Obwohl er mit aller Kraft versuchte, zur Schönheit seiner Frau kühle Distanz zu wahren, waren seine Gefühle alles andere als gleichgültig. Gleichgültig? Sein Seelenfrieden war empfindlich gestört. Gabriel quälte sich mit der Erkenntnis, daß sie viel zu verführerisch war, als daß man einfach zur Tagesordnung übergehen konnte. Das hungrige Verlangen, das sie in ihm wachrief, hatte er einfach nicht einkalkuliert. Der Gedanke, sie für alle Zeiten um sich zu haben, sie ganz nah zu wissen und doch nicht berühren zu können, war eine Tortur für ihn.

Sie brauchte nur einen Raum zu betreten, und alles, was sie in ihm bewegte, überfiel ihn wieder mit aller Macht. Es beunruhigte ihn in höchstem Maße, daß er bei allem, was Cassie anging, nicht mehr Herr seiner Gefühle war. Die leiseste zufällige Berührung, der bloße Duft ihres Parfüms, alles entfachte in ihm ein Verlangen, das ihm wie Nadelstiche den Rücken hochprickelte.

Das Schlimmste von allem war, nur durch eine einzige Wand von ihr getrennt in seinem Bett zu liegen. Selbst in seinen Träumen holte ihn die Erinnerung an die Süße ihrer Lippen ein, der Lippen, die so zart und frisch waren wie der Morgentau und nach denen er sich so unendlich sehnte. Er durchlebte noch einmal das Gefühl, als sie unter ihm lag, spürte ihre seidige, weiche Haut unter seinen Lippen und Händen, die Hitze ihrer Mulde, die sich eng um seine harte Männlichkeit schloß. Unzählige Male wachte er schweißgebadet und so hart auf, daß er meinte zu bersten. Nein, Gabriel hatte die gemeinsame Nacht ganz und gar nicht vergessen.

Und sie hatte das auch nicht.

Cassie war, ehrlich gesagt, sehr erleichtert, als sie London verließen. Das hektische, quirlige Leben der Großstadt flößte ihr immer noch Angst ein, und die vielen Partys, die sie besucht hatte, waren meist langweilig und seicht gewesen, genauso wie die Leute, denen sie begegnet war, wenn man von ein paar wenigen Ausnahmen absah. Dazu kam, daß sie die schreckliche Begegnung mit dem Wegelagerer immer noch nicht verarbeitet hatte. Jeder Schatten, jeder Fremde machte sie mißtrauisch und löste in ihr höchste Alarmstufe aus.

Sie liebte die Ruhe und den Frieden auf Farleigh, den Geruch der frischen, würzigen Landluft, das üppige Grün. Sooft sie konnte, frönte sie ihrer neuen Leidenschaft und ritt aus, oft zusammen mit Evelyn, die mit ihrem Vater ebenfalls nach Warrenton zurückgekehrt war. Wenn Evelyn allerdings verhindert war, bestand Gabriel jedesmal energisch darauf, daß der Stallknecht sie begleitete.

Doch es war nicht mehr so wie früher. Sicher, auch früher hatte schon immer ein alarmierendes Kribbeln in der Luft gelegen, wann immer sich Gabriels und ihre Blicke zufällig gekreuzt hatten. Aber jetzt war es irgendwie anders – diese knisternde Spannung zwischen ihnen machte Cassie bewußt, daß sich irgend etwas geändert hatte. Wann immer er in der Nähe war, fing ihr Herz wie wild an zu hämmern. Und so sehr sie sich auch bemühte, ihn aus ihren Gedanken zu verbannen, er beschäftigte sie pausenlos.

Da sie nie genau wußte, was sie von ihm zu erwarten hatte, war sie ständig auf der Hut. Wenn ihm der Sinn danach stand, konnte er charmant und unglaublich liebenswürdig sein. Doch es gab Zeiten, da er so distanziert und von oben herab war, daß sie am liebsten geweint hätte. Sie fragte sich bisweilen, ob er sie wohl jemals wieder in ihrem Bett besuchen würde. Der bloße Gedanke daran ließ sie schon erzittern – ob vor Erregung oder vor Angst, das wußte sie nicht genau.

Es war am Abend zuvor gewesen. Er hatte sie in ihr Zimmer begleitet und war noch eine Weile an der Tür stehen geblieben, nachdem sie ihm schon schüchtern eine gute Nacht gewünscht hatte. Mit nachtschwarzen, brennenden Augen hatte er dagestanden.

Das Herz war ihr fast stehengeblieben. War die Glut, die sie in seinen Augen sah, Begierde oder Wut? Ihr Selbstbewußtsein stand auf tönernen Füßen. Verabscheute er ihre zaghaften Bemühungen, sich anzupassen, immer noch? Ach, wenn sie doch nur so sein könnte wie Evelyn: süß und blond, taktvoll und kultiviert. Denn das war, wie sie befürchtete, sicher die Art von Frau, die Gabriel bevorzugte.

Eine Dame. Ja, eine Dame, durchzuckte es sie schmerzhaft. Gott im Himmel wußte, daß sie niemals wirklich eine Dame werden konnte, so wie Evelyn. Ganz gleich, was der Rest der Welt auch denken würde. Gabriel würde sie nie als solche betrachten.

»Ist noch etwas?« Sie konnte ihre Nervosität nicht verbergen, genausowenig, wie sie den Blick von ihm lösen konnte. Ihre Gedanken wirbelten wild durcheinander. Er roch nach Seife und knisternder Stärke. Und sie war seltsam berührt, wie sehr es sie drängte, ihre Handfläche an seine hagere Wange zu legen und mit den Fingerspitzen über die leichte Rauhheit seiner Kinnpartie zu streichen.

Sein Blick blieb an ihren Lippen hängen. Die plötzliche Erkenntnis, wie sehr sie sich danach verzehrte, seine Lippen auf den ihren zu spüren, schockierte sie. Und dennoch konnte sie es nicht leugnen: Sie sehnte sich danach, daß diese Lippen ihre Sinne berauschten und sie in aufwühlender Erregung bezwangen. Aber allein schon der Gedanke daran ließ vor ihrem inneren Auge Bilder auferstehen, an die sie besser nicht rührte.

Später machte sie sich ob dieser Anwandlung Vorwürfe. Sie hätte froh sein sollen, als er endlich mit einem knappen ›Gute Nacht‹ das Zimmer verließ. Aber sie konnte nichts dagegen machen, daß die Enttäuschung darüber auf ihr wie ein schwerer Stein lastete. Bei Gott, sie hatte wirklich gewollt, daß er sie küßte.

An diesem Abend nun starrte er sie während des ganzen Abendessens in einer Weise an, daß ihr ständig heiße Schauer über den Rücken jagten. Sie und Edmund setzten sich anschließend an einen Rosenholztisch und spielten Whist. Edmund hatte ihr das Spiel erst vor kurzem beigebracht, und zu ihrem Entzücken war sie bereits in der Lage, ihn herauszufordern. Gabriel saß mit einem Glas Brandy, an dem er hin und wieder nippte, in einer Ecke und streckte die langen eleganten Beine vor sich aus.

Obwohl es noch ziemlich früh war, fing Cassie schon an zu gähnen. Sie fühlte sich in letzter Zeit immer schrecklich müde und schien nicht genug Schlaf bekommen zu können. Es berührte sie peinlich, daß jeder im Haus schon lange, bevor sie aufstand, auf den Beinen war und einer Beschäftigung nachging.

Sie schickte Edmund ein kleines Lächeln über den glänzenden Tisch mit den Einlegearbeiten und meinte leichthin: »Sir, Sie werden ohnehin gewinnen. Deshalb glaube ich, ich werde besser abbrechen, und bitte Sie, mich zu entschuldigen.«

Edmund runzelte die Stirn. »Aber es ist noch früh.«

Cassie warf einen Blick zu Gabriel hinüber. »Vielleicht setzt Gabriel sich ja zu Ihnen.«

Edmund zog die Mundwinkel nach unten. »Da müßte mir schon etwas Besseres einfallen, als ausgerechnet ihn zu fragen. Gabriel ist keineswegs so wie Stuart – mit Stuart könnte ich die ganze Nacht durch spielen! Aber Gabriel war nie jemand, der Whist nur um des reinen Vergnügens willen gespielt hat. Jedermann weiß, daß Karten ihn nur interessieren, wenn es um hohe Einsätze geht.«

Der Gegenstand ihres Gesprächs erhob sich und schlenderte auf sie zu. Um seine so männlichen Lippen spielte ein Lächeln, aber sein Blick war wie immer, wenn es um seinen Vater ging, kalt. »Ich habe schon seit geraumer Zeit keinen Spielsalon mehr von innen gesehen, Vater. Und im übrigen wage ich zu behaupten, daß Sie und ich, soweit es das reine Glücksspiel angeht, absolut ebenbürtig sind.« Sein böses Lächeln wurde breiter. »Aber wenn es auf Geschicklichkeit und Witz ankommt, mein Lieber, dann – das haben Sie vielleicht bemerkt – verliert keiner von uns beiden gern.«

Mein Lieber. Cassie spürte, wie ihr das Blut in den Kopf schoß. Sie warf einen Blick auf Edmund. Obwohl sein Ausdruck nicht direkt mißbilligend war, spürte sie doch sein Unbehagen. Gabriels Ton schien zwar durchaus freundlich, aber sie konnte sich des Eindrucks nicht erwehren, daß er seinen Vater gezielt provozieren wollte.

Sie strich ihre Röcke glatt und stand auf, bemüht, ein Lächeln zustandezubringen. »Ich fürchte, ich muß gute Nacht sagen. Ich kann mich keine Minute länger mehr wach halten.«

»Ich werde dich auf dein Zimmer begleiten.« Gabriel setzte sein Glas ab und nahm sie beim Arm. Keiner von beiden ahnte etwas von dem grübelnden Blick, den Edmund ihnen hinterherschickte.

An ihrer Tür neigte Cassie sich zurück, um ihrem Ehemann ins Gesicht zu sehen. »Wenn es Ihnen nichts ausmacht«, sagte sie geradeheraus, »würde ich gerne unter vier Augen mit Ihnen sprechen.«

Er zog mokant eine Augenbraue hoch. »Heißt das« sagte er gedehnt, »du lädst mich in dein Schlafzimmer ein, Yank? Das nenne ich aber eine Überraschung.«

Cassie wurde rot. Trotzdem schaffte sie es irgendwie, ruhig zu bleiben. Sie drehte sich um und betrat ihr Zimmer. Gabriel folgte ihr wortlos.

Die Stille des Zimmer lastete auf ihnen. Cassie ging hinüber zum Kamin, um etwas Abstand zwischen sich und Gabriel zu bringen. Wie immer zerrte seine Gegenwart an ihren Nerven. Auch wenn er sie nicht berührte, war ihr, als täte er es doch.

Sie faltete die Hände und nahm all ihren Mut zusammen. »In der ganzen Zeit, da wir nun verheiratet sind«, sagte sie ruhig, »habe ich Sie um nichts gebeten.«

Er lachte kurz auf. »Wie wahr, Yank. Du hast mich zwar ein hübsches Sümmchen gekostet, aber du hast mich um nichts gebeten. Trotzdem hast du zweifellos den besseren Handel gemacht.«

Cassie preßte die Lippen zusammen. Oh, das war typisch für ihn, sie als geschäftstüchtig und geldgierig hinzustellen! »Ich spreche nicht von Geld oder sonst irgend etwas, das man für Geld kaufen kann«, sagte sie scharf.

Er steckte seine schlanken Hände in die Taschen. »Ich muß gestehen, ich bin verwirrt, Yank. Aber ich vermute mal, du wirst mich gleich aufklären. Also laß uns Klartext reden. Worum willst du mich bitten?«

»Nun gut, ich will es Ihnen sagen. Sie sehen Ihren Vater immer wieder so an, als haßten Sie ihn.« Das war keine Frage, sondern eine Herausforderung. »Ich vermute, daß weit mehr dahintersteckt als nur das bißchen, was Sie mir erzählt haben, und … ich wüßte gern, was das ist.«

Über Gabriels hübsches Gesicht huschte ein Ausdruck der Überraschung. Das hatte er nun wirklich nicht erwartet. Er verzog den Mund zu etwas, das sich nur entfernt als Lächeln deuten ließ. »Glaub mir, Yank. Die Gefühle zwischen meinem Vater und mir beruhen auf Gegenseitigkeit.«

»Wirklich? Ich glaube nicht.«

Nun preßte er die Lippen zusammen. »Ich kenne meinen Vater weitaus länger als du, Yank. Ich kenne ihn wirklich besser.«

»Ich glaube, Sie kennen ihn überhaupt nicht. Sie halten ihn auf Distanz.« So wie Sie mich auf Distanz halten, hätte sie am liebsten geschrien. »Oh, ich weiß, er ist wie Sie, denn ich habe Sie beide beobachtet. Er versucht, seine Gefühle vor allen zu verstecken. Aber wenn er Sie ansieht, ist in seinem Blick Trauer und Schmerz.«

»Du bist auf dem Holzweg«, sagte er flach.

Cassie gab nicht auf. »Ich habe ihn beobachtet. Ganz gleich, was in der Vergangenheit zwischen Ihnen beiden gewesen ist, ich könnte fast schwören, daß er verletzt ist.«

»Was du siehst, ist nichts als rasende Wut, Wut darüber, daß ich seinen kostbaren Stuart als Erbe ersetzt habe.«

»Vielleicht hat er sich geändert.«

»Hat er nicht. Und das wird er auch nicht.«

Cassie schüttelte den Kopf. »Wie können Sie das mit solcher Gewißheit sagen? Oh, ich weiß, er kann hart und schwierig sein – kein Mensch weiß das besser als ich. Aber das können Sie ...«

»Er mag dich vielleicht an der Nase herumführen können, mich hat er nie getäuscht. Mein Vater, verstehst du, ist ein bißchen wie Stuart. Aufrecht und edel und jeder Zoll ein Gentleman – so sehr Gentleman, daß er es nie wagen würde, jemandem seine wahren Gefühle zu zeigen. Er ist viel zu anständig, sie rauszulassen. Das schickt sich nicht. Aber ich weiß, wenn ich aus seinem Leben spazieren würde und nie mehr zurückkäme, würde mein Vater Jubelgesänge anstimmen.«

Sein Ton war voller Bitterkeit. Er ging zum Fenster und starrte vor sich hinbrütend in die Nacht hinaus. Seine ganze Haltung verriet, wie starrköpfig und unnachgiebig er war. Beide schwiegen. Die Stille lastete schwer und unerträglich auf ihnen.

Schließlich brach Cassie das Schweigen. Sie schluckte und hatte Mühe zu sprechen. »Sie versuchen, ihn zu bestrafen. Ich weiß, daß Sie mich deshalb geheiratet haben. Aber auch nach all der Zeit, die vergangen ist, kenne ich noch nicht die Gründe dafür.«

Er wirbelte herum, und Cassie wich unwillkürlich einen Schritt zurück, als sie sein wutverzerrtes Gesicht sah. »Du denkst, ich habe keinen Grund? Da liegst du falsch, Yank, und ich werde dir auch sagen, warum – du sollst die Antwort auf deine Frage haben. O ja, du hättest mich sicher um meine Kindheit beneidet. Du bist mit so wenig groß geworden, während ich in Luxus und Reichtum schwelgte. Ja, es stimmt, ich habe als Kind nichts entbehrt, auch meine Mutter nicht. Wir wurden immer gut gefüttert und gut gekleidet. Aber keiner von uns vergaß dabei je, daß Stuart Margarets Sohn war, der Sohn der Frau, die er liebte. Ich war nur der Sohn der Frau, die er geheiratet hat.« Sein Ton war bitter.

Cassie öffnete unwillkürlich den Mund. Sie erinnerte sich daran, was Gabriel an jenem schrecklichen Abend gesagt hatte, als er sie zu seinem Vater gebracht hatte, und sie draußen vor der Tür des Empfangssalons gestanden hatte. »Er hat sie geheiratet«, flüsterte sie, »weil er eine Mutter für Stuart wollte.«

»Exakt. Aber täusch dich nicht. Ich habe meinen Bruder trotzdem geliebt. Ich war zu jung, um zu begreifen, daß Stuart die Zuneigung meines Vaters für sich allein in Anspruch nahm. Mein Vater hat mich überhaupt nicht wahrgenommen. Er hatte nie ein gutes Wort für mich übrig.«

Cassie fühlte sich ganz krank vor Schmerz. Wie konnte ein Vater seinem Kind bloß so etwas Furchtbares antun? Doch sie brauchte nur daran zu denken, was ihre eigene Mutter ihr angetan hatte, um zu wissen, daß das Leben so war … und auch die Liebe.

Sie hörte, wie er böse auflachte. »Dumm, wie ich als Kind war, wollte ich um jeden Preis, daß mein Vater mich beachtete, daß er mich nur ein bißchen so liebte wie Stuart. Aber Stuart war sehr pflichtbewußt und gehorsam. Er konnte nichts falsch machen, so wie ich nichts richtig machen konnte. Wenn ich neben Stuart stand, betete ich, mein Vater möge Notiz von mir nehmen, er möge mich nur ein einziges Mal anlächeln – mich so ansehen, wie er Stuart ansah. Ich erinnere mich noch, wie mein Vater einmal in London war und Stuart ein Pony als Geschenk mitbrachte, und ich erinnere mich, wie sehr mir zum Heulen zumute war, weil er mir nichts mitgebracht hatte, wieder einmal nicht.«

Wieder einmal nicht. Mit diesen knappen Worten hatte er so unendlich viel gesagt. Ihre Brust fing an zu schmerzen, denn mit einem Mal entstand vor ihr ein klares Bild von all dem, was Gabriel erduldet hatte.

»Du kannst mich meinetwegen ruhig verurteilen, aber ich war eifersüchtig – und entsetzlich wütend auf beide. Wenn ich kein Pony haben konnte, dann sollte auch Stuart keins haben. An diesem Abend schlich ich mich in den Stall von Stuarts Pony und band es los. Ich wollte, daß es weglief – und das tat es auch. Einer der Stallknechte fand es am nächsten Tag. Es war gestürzt und hatte sich das Vorderbein gebrochen. Es mußte getötet werden. Ich habe meinen Vater noch nie so wütend gesehen. Ich weiß noch, wie er mich anschrie. Wie grausam es von mir sei, Dinge zu zerstören, die Stuart gehörten, wie habsüchtig und selbstsüchtig ich sei.«

Cassie hielt sich unwillkürlich das Herz. Sie verurteilte Gabriel nicht. Lieber Gott, wie hätte sie das auch tun können? Sie konnte sich so gut vorstellen, wie er sich als kleiner Junge danach verzehrte, gehört zu werden, beachtet zu werden … geliebt zu werden. Oh, was mußte er durchgemacht haben, neben einem Bruder, der alle Aufmerksamkeit für sich in Anspruch nahm und ihm nichts übrigließ.

Oh, wie sie mit ihm litt. »Sie waren nicht grausam«, rief sie. »Sie waren noch ein Kind! Wenn einer grausam war, dann war er es, weil er Stuart auf Ihre Kosten so bevorzugt hat!«

»Da ist mein Vater aber ganz anderer Meinung, Yank. Trotz allem, was passiert war, sehnte ich mich immer noch nach nichts mehr als nach seiner Anerkennung. Aber er hatte nie ein gutes Wort für mich. Ich war ein böser Junge, zu nichts zu gebrauchen und einfach nur lästig. Meine Mutter versuchte, mir die Wahrheit zu verheimlichen, aber ich ließ mich nicht täuschen. Er liebte mich einfach nicht. Er liebte auch sie nicht. Wir beide waren nur eine Last.«

Eine Last. Cassie zuckte innerlich zusammen. Wie sie dieses Wort zu hassen gelernt hatte!

Gabriel krauste die Lippen. »Sie heiratete ihn, weil sie dachte, er würde sie eines Tages lieben, verstehst du. Aber es war, als wäre er blind. Er sah sie gar nicht. Die Erinnerungen an seine geliebte Margaret verstellten ihm den Blick.«

Er sagte es, als sei das ein Fluch. Cassie hatte fast Angst, die nächste Frage zu stellen. »Ihre Mutter, hat sie ihn denn geliebt?«

Seine Stimme wurde brüchig. »Ja. Aber sie liebte ihn aus der Entfernung, denn er wollte ihre Liebe nicht. Sie dachte, ich wüßte das nicht, aber ich sah die Sehnsucht in ihren Augen. Ihre Augen erzählten alles, was sie fühlte. Sie konnte es nicht verheimlichen. Doch von meinem Vater kam nie ein zärtliches Wort, keine zärtliche Geste. Er tolerierte ihre Gegenwart in seinem Leben als Notwendigkeit, das war alles. Er kümmerte sich nicht um sie. Kein bißchen!«

Die Vorstellung, was er alles verloren hatte, die Vorstellung an all das Leid, das er mitansehen mußte in all den Jahren, da seine Mutter Höllenqualen gelitten hatte, ließ Cassie das Herz bluten. Sie dachte an das Porträt, das in der Galerie hing. Jetzt verstand sie die Traurigkeit, die aus den Augen von Caroline Sinclair sprach.

»Bei alledem erlaubte sic aber niemandem, ein einziges böses Wort gegen ihn zu sagen. Sie war immer liebenswürdig und freundlich und gut. Sie hätte alles für ihn getan. Ich hörte sie eines Nachts einmal weinen, doch am Morgen begrüßte sie mich, als sei nichts geschehen. Tag für Tag, Jahr für Jahr bewahrte sie ihre Liebe zu ihm.« Sein Mund verzog sich zu einem schmalen Strich. »Und am Ende war es diese unendliche Liebe, die sie getötet hat.«

Cassie runzelte die Stirn. Sie verstand seine Andeutung irgendwie nicht so ganz, aber bevor sie noch nachfragen konnte, hörte sie schon wieder seine Stimme.

»Mein Vater hat ihr das Herz gebrochen«, sagte er barsch und ging zum Ankleidetisch hinüber. »Er hat ihre Seele zerstört. Was mich betrifft, könnte ich ihm das Unrecht, das er mir als Junge angetan hat, noch vergeben, aber ich werde ihm nie vergeben, was er meiner Mutter angetan hat. Ich bin nicht mehr der naive, ihn anhimmelnde kleine Junge, der ich einmal war. Also verlange bitte nicht von mir so etwas wie Gnade oder Nachsicht. Er hatte kein Mitleid mit meiner Mutter, also werde ich auch keines mit ihm haben. Ich habe es gelernt, mit seiner Gleichgültigkeit zu leben. Wir haben uns arrangiert und ertragen die Gegenwart des anderen so gut es geht, aber zu mehr wird es niemals reichen. Er kann nicht vergessen … und ich auch nicht.«

Und damit wandte er sich zum Gehen. Mit geradem Rücken, unbeugsam und stolz, schritt er durch die Verbindungstür zu seinem Zimmer.

Lange nachdem er gegangen war, fixierten Cassies Augen immer noch die Tür, durch die er verschwunden war. Der Gedanke an den einsamen kleinen Jungen, der er einst gewesen war, peinigte ihr Herz genauso wie der Gedanke an den verbitterten Mann, der er geworden war. Obwohl sie nun wußte, welche Dämonen ihn umtrieben, machte es sie traurig, daran zu denken, daß Gabriel und sein Vater sich womöglich für immer fremd bleiben sollten – daß sie keine Möglichkeit sahen, einander zu vergeben, um wirklich in Frieden miteinander zu leben. Sie betete darum, daß er unrecht hatte – daß es nicht so war. Denn wenn es so war, dann wäre alles verloren.

Vielleicht war es das ja schon.

In dieser Nacht fand sie keinen Schlaf. So schwer ihr Körper auch war, ihre Gedanken verweigerten ihr das Labsal der Ruhe. Sie wälzte und warf sich bereits seit Stunden, wie ihr schien, unruhig hin und her, als plötzlich ein splitterndes Geräusch die Stille der Nacht zerriß. Sie riß die Augen auf und setzte sich auf.

Das Geräusch war aus Gabriels Zimmer gekommen.

Cassie schlüpfte aus dem Bett, schnappte sich den Morgenmantel und warf ihn sich, schon halb auf dem Weg zur Tür, schnell über. Ohne viel nachzudenken, riß sie die Verbindungstür auf und stürmte in seine Suite.

Der Raum war in das gelbe Licht einer Lampe getaucht, die in einer Ecke stand. Der lebensgroße Spiegel, der neben einer Doppelkommode an der Wand hing, war zersprungen, und auf dem dicken Aubusson-Teppich funkelten unzählige Glasscherben und -splitter im Schein des Lichts. Instinktiv lief Cassie darauf zu.

»Was willst du, Yank?« Seine Stimme durchschnitt den Raum wie eine scharfe Klinge.

Cassie erstarrte. Aus dem Augenwinkel heraus sah sie, wie Gabriel sich auf seinem Bett aufrichtete und auf einen Ellbogen stützte. In einer Hand hielt er ein Glas.

Sein Blick war unheimlich gebieterisch und absolut erbarmungslos. Cassie war fast schon versucht, vor seinen stechenden Augen die Flucht zu ergreifen – aber nur fast.

Sie befeuchtete sich die Lippen. Sie hielt sich mit ihrer kleinen Hand am Hals den Morgenmantel zu, und ihre Haltung verriet, wie unsicher sie war. »Ich habe etwas gehört … Ich habe gedacht, Sie seien womöglich verletzt.«

»Wie du ja siehst, geht es mir gut. Ich schlage vor, du gehst wieder in dein Bett.« Er schwang die Beine auf den Boden. Sein Hemd war aufgeknöpft und klaffte weit auseinander. Beim Anblick seiner behaarten Brust wurde Cassie der Mund trocken. Doch sie schaute nicht weg.

Gabriel ließ sie links liegen und steuerte auf die Anrichte – und eine halbleere Karaffe mit Brandy zu.

Cassie war immer noch wie versteinert. Erst als Gabriel, der sie weiterhin ignorierte, die Karaffe neigte, um sich nachzuschenken, kam wieder Bewegung in sie. Ihre Hand schnellte vor und legte sich über den Rand des Karaffenhalses. »Gabriel, bitte«, hauchte sie atemlos. »Glaubst du nicht, du hast genug?«

Er fuhr herum und funkelte sie böse an. »Hab' ich das, Yank? Aber du hast natürlich recht, es gibt andere Wege, wie sich ein Mann Erleichterung verschaffen kann. Also sag schon, würdest du mir mehr Trost bieten?«

Sein Blick versengte sie fast. Mit einem frechen Grinsen legte er sehr bedächtig seine Hand auf ihre Brust. Cassie konnte die instinktive Angst, die in ihr hochkroch, nicht unterdrücken.

Gabriel krauste die Lippen. »Siehst du? Ich wußte es doch.« Er nahm seine Hand wieder weg und wandte sich erneut der Karaffe zu.

Cassie betete innerlich, aber sie wollte sich ihre Gefühle auf keinen Fall anmerken lassen. Sie legte scheu ihre Fingerspitzen auf seinen Arm. »Bitte, Gabriel«, flehte sie, »damit löst du keine Probleme, wenn du dich bis zum Umfallen vollaufen läßt.«

»Meinst du, Yank? Ich glaube, du hast keine Ahnung, wieviel Trost und Vergessen man in einer guten Flasche Brandy findet. Schon erstaunlich für ein ehemaliges Barmädchen.«

Cassie wäre am liebsten weggelaufen. Sein mokanter Ton verletzte sie tief, und sie hatte den Verdacht, daß das auch seine Absicht war.

»Wenn du mir schon im Bett nicht Gesellschaft leisten willst, vielleicht willst du mir dann ja wenigstens beim Trinken Gesellschaft leisten?«

»Nein!«

Seine Augen verengten sich. Sein Ausdruck wurde immer finsterer. »Dann sag ich dir's noch einmal, verschwinde in dein Bett.«

Sie schüttelte den Kopf. Gabriel murmelte irgendeinen Fluch vor sich hin und trat einen Schritt beiseite, um ganz offensichtlich ihre Hand abzuschütteln. Aber Cassie hatte bereits die andere Hand zu Hilfe genommen und umklammerte jetzt mit beiden Händen seinen Unterarm. Sie spürte, wie seine Muskeln sich unter ihrem Griff anspannten.

Seine Gesichtsmuskeln zuckten nervös. »Warum bist du überhaupt hier? Es macht dir wohl Spaß, mich in diesem Zustand zu sehen?«

»Ganz bestimmt nicht!« Die Worte kamen aus tiefster Seele.

Er starrte sie an, als wolle er ihr Innerstes nach außen kehren. Cassie überlegte, ob sie nicht doch besser gehen sollte, wie er verlangte, denn tief in seinen silbergrauen Augen begann ein Funke zu glühen, der nicht nur Zorn und Frustration verriet, sondern auch noch irgend etwas anderes verhieß, etwas, das sie erschreckte. Aus einem seltsamen, unergründlichen Gefühl heraus, das sie sich nicht erklären konnte, wußte sie, daß Gabriel kurz davor war, die Beherrschung zu verlieren. Aber dennoch zwang sie etwas wider alle Vernunft zu bleiben. Sie konnte das seltsame Gefühl nicht loswerden, daß er für sie endgültig unerreichbar bleiben würde, wenn sie jetzt ging.

»Ich war froh, als wir London verlassen haben«, sagte er plötzlich. »Wie habe ich all diese jungen Böcke gehaßt, die dich mit ihren Blicken verschlungen und sich ständig nur gefragt haben, ob deine Lippen wirklich so süß und weich sind, wie sie aussehen.«

Ein Ausdruck der Verwunderung huschte über ihr Gesicht.

»Nun komm aber, Yank.« Er lachte rauh auf. »Das wußtest du doch. So naiv bist du nun auch wieder nicht. Während sie dir den lustigen, fröhlichen und immer korrekten Kavalier vorspielten, gierten sie in Wirklichkeit nach dir, zogen dich mit den Blicken aus und stellten sich vor, welche Schätze sie entdecken würden. Viscount Rayburn war der schlimmste von allen.«

Cassies Augen weiteten sich. »Aber … ich bin eine verheiratete Frau!«

»Das kümmert Männer wie Rayburn wenig. Du hast von London sicher genug mitbekommen, um zu wissen, daß sexuelle Abenteuer an der Tagesordnung sind. Glaub mir, wenn du ihm irgendein Zeichen gegeben hättest, daß du nicht abgeneigt bist, wäre er dir in Null Komma nichts an die Wäsche gegangen.« Gabriels Augen blitzten hart auf. Ohne Vorwarnung zog er sie an sich heran. Die Bewegung kam so plötzlich, daß Cassie vor Schreck beinahe geschrien hätte.

»Sei froh, daß er das nicht getan hat, Yank, denn dein weiches Herz hätte es wohl kaum ertragen, seinen Tod auf dem Gewissen zu haben.«

Seine Eifersucht erregte sie, aber die Aura von Gefahr, die ihn umgab, jagte ihr gleichzeitig auch ein unangenehmes Prickeln über den Rücken.

»Gabriel«, sagte sie zittrig, »du solltest so etwas nicht sagen.«

Eine Maske aus Eis glitt über sein Gesicht. »Warum nicht? Es ist aber so. Also mach keinen Fehler. Ich werde jeden Mann töten, der es wagt, etwas zu beanspruchen, das mir gehört.«

Ihr blieb fast die Luft weg. »Gabriel, bitte, du ... du weißt nicht, was du sagst. Du hast zuviel Brandy getrunken.«

»Und wenn es so wäre?« Sein Ton war schneidend. »Du treibst mich doch in den Alkohol, Yank. Du treibst mich in den Wahnsinn, du treibst mich *dazu.*«

Sechzehntes Kapitel

Er preßte seine sengenden Lippen auf die ihren. In seiner stürmischen Umarmung lag keine Zärtlichkeit. Allein von männlichem Machtanspruch getrieben, wilderte seine Zunge brutal in ihrem honigsüßen, warmen, weichen Mund. Ihr Versuch, sich aus seinem Griff herauszuwinden, scheiterte kläglich. Sein Kuß wurde immer stürmischer und steigerte sich zu einem wilden Inferno ungezügelter, völlig außer Kontrolle geratener Gefühle. Ob seine Begierde ihn trieb oder der Alkohol seine Sinne umnebelte, wußte sie nicht. Sie wußte nur, daß sie ihm nicht entfliehen konnte.

Für Cassie war es wie die Male zuvor. Sie spürte nur die Härte und Erbarmungslosigkeit, die von seinem Kuß ausging. Sie wußte nicht, daß er blind und taub war, gar nicht mitbekam, wie sie sich wehrte, ausgeliefert dem rasenden Pulsschlag des Verlangens, das in seinen Adern tobte. Erst als ein leises Wimmern aus ihrer Kehle aufstieg, ebbte die mörderische Wildheit seines Kusses langsam ab. Der glutrote Schleier ungezügelter Leidenschaft zerriß, und Gabriel schien langsam gewahr zu werden, wie angespannt die zerbrechlichen Schultern unter seinen Händen vibrierten.

Er riß seinen Mund von ihr los und starrte auf sie herab. Sie schien benommen. Ihre wunderschönen goldfarbenen Augen waren dunkel und feucht, und in ihren Wimpern glänzten Tränen. Mit den brennendroten, geschwollenen Lippen sah ihr Gesicht ganz klein aus. Es war überschattet von einem Ausdruck tiefer Verletztheit.

Keuchend wich Gabriel einen Schritt zurück. »Geh«, stieß er mit rauher Stimme hervor. »Geh endlich!« Er zog sich zum Fenster zurück und starrte, ihr den Rücken zukehrend, in den mondhellen Himmel.

Cassie rührte sich nicht vom Fleck. Ein Schmerz schnitt ihr ins Herz. Eine unsichtbare Kraft hielt sie davon ab zu gehen. Es war so etwas wie ein winziger Hoffnungsschimmer, zart und kaum faßbar noch … aber dennoch überwältigend und brennend wie eine Sonne am heißen Mittagshimmel.

Die Minuten vergingen, düster und endlos schleppten sie sich voran. Als Gabriel merkte, daß sich hinter ihm nichts mehr regte, drehte er sich um. Sein Mund verzog sich zu einem schmalen Strich, als er sie immer noch dastehen sah.

Seine Haltung verriet unheimliche Anspannung. »Du brauchst mich nicht so anzusehen, Yank. Mein Vater hat mich gut erzogen, verstehst du … ich verdiene dein Mitgefühl nicht. Und dein Mitleid brauche ich schon gar nicht.«

O ja, dachte sie schmerzerfüllt, er war zu stolz, um Mitleid zu dulden, zu verbittert, um Mitgefühl anzunehmen. Auch sie wußte, was es hieß, sich allein und verlassen, sich wertlos zu fühlen. Und plötzlich jagte ihr ein Schauer über den Rücken, und es fiel ihr wie Schuppen von den Augen. Sie konnte ihn lieben, wenn er es nur zulassen würde.

»Verdammt noch mal«, knurrte er. »Hast du nicht gehört? Laß mich allein!«

Langsam hob sie den Kopf. Sein Blick war so finster, daß sie fast Angst hatte zu sprechen. »Willst du das wirklich?« fragte sie schwach. »Daß ich dich verlasse?«

Seine Augen glitzerten. »Du weißt, was ich will, Yank.«

Sie rührte sich immer noch nicht von der Stelle, erstaunt, daß ihr Verstand ihr nicht gebot, seiner Aufforderung zu folgen. Angst übermannte sie, eine unheimliche Angst. Wenn er sie jetzt zurückwies, würde sie die Demütigung nicht überleben.

Sie schüttelte den Kopf. Ihre Kehle war so zugeschnürt, daß das Sprechen weh tat. »Nein«, flüsterte sie. »Das werde ich nicht tun.«

Sein Gesicht veränderte sich plötzlich, aber nur für den Bruchteil einer Sekunde.

Seine Worte klangen sehr überlegt. »Ich möchte dich in meinem Bett haben, Yank. Ich möchte deine Beine ganz eng um meine Lenden spüren, wenn ich tief und heiß in dir bin.« Er sah, wie ihr Gesicht tiefrot aufflammte. Er hatte nicht die Absicht, roh zu sein, nur ungeschminkt offen, damit es keinerlei Mißverständnisse zwischen ihnen gab.

Cassie bewegte sich immer noch nicht. Sie stand vor ihm mit zusammengepreßten Händen und wich scheu seinem Blick aus. Beides verriet sie. Zweifel? fragte er sich. Oder Angst?

Sein Blick glitt an ihr vom Kopf bis zu den Füßen hinunter und saugte sich dann eine Weile an den sanften Hügeln ihrer Brust fest, bevor er wieder aufblickte und ihrem Blick begegnete. Cassie war verblüfft, welch unverhohlene Leidenschaft aus seinen Augen sprach. Ihr Puls schlug plötzlich schneller.

»Komm her, Yank.«

Sie ging mit sicheren Schritten entschlossen auf ihn zu. Erst als sie direkt vor ihm stand und seinen Atem spürte, geriet sie ins Wanken. Ihre dichtbewimperten Augenlider flatterten nervös auf und ab, wobei sie den Blick nicht höher als bis zu seiner Halsbeuge zu richten wagte.

Warme Hände legten sich auf ihre Schultern. Ihr Morgenmantel fiel, und sie stand nur mit ihrem dünnen Nachthemd bekleidet, das mehr enthüllte, als es verbarg, vor ihm. Ihre Brustwarzen hoben sich rosa und rund von dem reinen weißen Gefilde ihres Körpers ab, das weiter unten nur noch durch das Dreieck ihrer Scham dunkel und verheißungsvoll unterbrochen wurde. Er streichelte ihren Körper mit den Augen. »Du bist wunderschön, Yank.«

Die Scham, fast nackt vor ihm zu stehen, verflog, als hätte sie sie nie gespürt. Sie hielt den Atem an und bewegte sich nicht, beseelt von dem Wunsch, dieser Augenblick möge nie vergehen. Denn nie hatte sie zu hoffen gewagt, daß er solche Worte zu ihr sprechen würde – niemals. Die Worte klangen wie Musik in ihrem Herzen, waren wie Balsam auf ihrer geschundenen Seele.

Eine sehnige Hand glitt unter ihr herabfallendes Haar und umspannte ihren Nacken. Langsam zog er ihren Kopf nach hinten, so daß sie seinem glutvollen Blick nicht ausweichen konnte.

»Ich habe es satt, so zu tun, als begehrte ich dich nicht, Yank; ich habe dich vom ersten Augenblick an begehrt. Schon damals habe ich tief in meinem Inneren gewußt, daß du die Erfüllung all meiner Wünsche bist. Ja, ich habe mir eingeredet, daß ich nur auf Rache aus war. Ich habe mir eingeredet, daß ich alles im Griff haben würde, daß ich eine Ehe nur auf dem Papier akzeptieren könnte – sicher, du warst schön, aber ich hatte schließlich auch mit anderen Frauen geschlafen, die ebenso schön waren. Doch ich hatte unrecht. Du warst ständig in meinem Gedanken, unauslöschlich.«

Seine Augen verdunkelten sich. »Aber du mußt eins wissen. Wenn du heute nacht zu mir kommst, dann wird diese Tür für immer offenstehen. Ich will nicht, daß dein Bett für mich verbotenes Terrain ist. Wenn du das nicht akzeptieren kannst, dann mußt du jetzt gehen. Du mußt dich entscheiden.«

Ihre Augen ließen ihn nicht los. Die Spannung steigerte sich ins Unermeßliche, und als er schon glaubte, es nicht länger ertragen zu können, tastete sich eine kleine Hand seine Brust empor, der kurz darauf die andere folgte.

Das war das Zeichen der Ermutigung, das er brauchte. Mehr bedurfte es nicht. Er streckte seine Arme nach ihr aus, begierig darauf, das in Besitz zu nehmen, was sie ihm so verführerisch anbot. »Dann soll es geschehen«, murmelte er, »denn ich kann nicht länger warten.«

Er küßte sie – wortlose Sehnsucht, die von seinem so lange verleugneten Verlangen sprach. Ihre Lippen erbebten unter seiner Berührung und öffneten sich. Er spürte ihre Antwort, süß, warm und endgültig. Das Tier in ihm kam zur Ruhe.

Mit einem Stöhnen preßte er sie an sich und hob sie vom Boden hoch. Sein Kuß war nicht weniger stürmisch als vorher, und doch war er anders. Gabriel küßte sie wie ein verhungernder Mann, der sich über ein Festmahl hermacht. Es war nicht der Brandy auf seiner Zunge, der sie berauschte, sondern der gequälte, verzehrende Hunger, dem Cassie sich ergab. Sie schlang ihre Arme um ihn und preßte ihren Körper ohne Scham an den seinen.

Ihr Nachthemd folgte dem Morgenmantel. Ihre Lippen waren immer noch in heißem Begehren miteinander verschmolzen, als er sie auf seine Arme schwang und auf die Steppdecke legte. Erst jetzt gab er widerstrebend ihre Lippen frei, um sich sein Hemd vom

Körper zu reißen. Dann richtete er sich auf und machte sich an den Knöpfen seiner Breeches zu schaffen.

Obwohl Cassie spürte, wie ein heißer Schauer der Verlegenheit durch ihren Körper jagte und ihr die Schamesröte ins Gesicht trieb, konnte sie ihren Blick nicht losreißen. Als alle Knöpfe gelöst waren, enthüllte sich ihren Blicken ein Haarpelz, der dunkler und störrischer war als der lockige Flaum auf seiner Brust.

Seine Männlichkeit sprang ihr gespannt und nackt entgegen. Tief in ihrem Inneren hatte sie gehofft – gewünscht –, daß ihre Fantasie ihrer Erinnerung an die Nacht, da sie ihre Unschuld verloren hatte, einen Streich gespielt hatte.

Dem war aber ganz und gar nicht so.

Er beugte sich nach vorne und befreite seine Beine von der Hose. Unwirsch stieß er sie beiseite und wandte sich wieder Cassie zu. Nein, sie konnte nicht leugnen, daß seinem Körper eine wilde, primitive Schönheit anhing. Seine Schultern waren breit und muskulös, seine Arme und Beine lang und sehnig, fest und schlank. Sie versuchte den Gedanken, der ihr durch den Kopf schoß, zwar mit aller Kraft zu verdrängen, aber ihr Puls schnellte hoch und schaltete ihren Körper auf höchste Alarmstufe. Das, was er vorhatte, kam ihr als ein Ding der Unmöglichkeit vor, auch wenn sie eines Besseren belehrt worden war. Steif und fast drohend stand seine Männlichkeit zwischen den gespannten Muskeln seiner Oberschenkel in der Luft.

Als er sich neben ihr ausstreckte, lenkte sie ihren Blick mit einem leisen, aber tiefen Seufzer in sichereres Terrain und konzentrierte sich auf die gemeißelte Schönheit seines Mundes. Aber Gabriel hatte ihre erschrockene Betroffenheit mitbekommen.

»Wir sind schon zu weit, als daß du deine Meinung noch einmal ändern könntest, Yank.« Seine Stimme war gefährlich leise und angespannt.

Zu ihrer eigenen Verwunderung hörte sie sich flüstern: »Das werde ich nicht.«

»Was ist es dann? Hast du Angst vor mir?«

Sie schüttelte den Kopf, doch ihr Gesichtsausdruck sagte ihm etwas anderes. Ihre Augen waren weit aufgerissen und glänzten in panischer Angst.

Er schloß sie in seine Arme, ganz sachte nur, aber allumfassend.

Seine Nähe war überwältigend. Der herbe männliche Duft seines Körpers umhüllte sie und vermischte sich mit dem Kölnisch Wasser, das er benutzte. Sein Mund schwebte bereits über ihren Lippen und war ihr so nah, daß sie seinen Atem atmete.

Seine schlanken Finger strichen ihr ein paar honiggoldene Haarsträhnen von den glühenden Wangen. »Wenn du keine Angst hast«, sagte er weich, »warum zitterst du dann wie ein erschrecktes Vögelchen?«

Ihre Finger durchkämmten nervös das Dickicht seiner Brust. »Weil ich ... dir gefallen möchte, weil ich dich glücklich machen möchte ... und weil ... nein, ich hab' keine Angst vor *dir*, sondern mehr vor dem, was du machen wirst ... und ... womit du es machen wirst ...« Voller Scham vergrub sie ihren Kopf an seiner Brust.

Gabriel atmete tief ein. Wenn sie gewußt hätte, was ihr Bekenntnis in ihm auslöste, hätte sie es wohl nie gemacht. Obwohl er hätte schwören können, daß es ganz unmöglich war, schwoll sein Geschlecht noch weiter an. Und er spürte in ihm den pulsierenden Widerhall seines trommelnden Herzschlages.

Er fuhr mit dem Daumen über ihre wild pochende Halsschlagader. »Ich werde dir nicht wieder weh tun«, murmelte er. »Dieser Schmerz beim erstenmal ... den erleidet eine Frau nur einmal, Cassie.«

Sie widersprach ihm zwar nicht, aber sie glaubte ihm auch nicht. Ihre Lippen zitterten, und in ihren Augen spiegelte sich der mörderische Kampf wider, den sie mit sich führte. Dennoch riß sie sich nicht von ihm los, wie er erwartete. Irgendein Gefühl, das in seiner Intensität fast schmerzhaft war, schlich sich in sein Herz. Es nährte sich aus der Erkenntnis, daß sie sich ihm trotz ihrer Ängste ganz hingeben würde. Im Bruchteil einer Sekunde traf er seine Entscheidung. Er war im Umgang mit Worten nie besonders gut gewesen. Nein, in der Tat, er konnte sie auf weitaus bessere Art überzeugen.

Seine plötzliche Bewegung ließ sie nach Luft schnappen. Gabriel griff behutsam nach ihrer Hand und führte sie unter leichtem Druck zielsicher über seinen Bauchnabel hinweg nach unten ... immer tiefer. Und dann schloß er ihre kühlen Finger um sein brennendes Gemächt.

Ihre unschuldige Berührung entflammte ihn fast bis ins Unerträgliche. Er biß die Zähne aufeinander, um der Versuchung zu widerstehen, den Druck ihrer Finger zu verstärken und seine Hüften auf- und abzustoßen, um auf diese Weise Befriedigung zu erlangen und ihr das Eindringen in ihren Körper zu ersparen. Doch instinktiv spürte er auch, daß dies für diese unerfahrene junge Frau ein unerwarteter Schock sein würde.

Allerdings waren seine Motive auch nicht glänzlich uneigennützig. Er wollte sie besitzen, wollte sie mit seinem ganzen Dasein ausfüllen, denn sie gehörte ihm.

Ihm und niemandem anders.

»Fühle«, sagte er mit belegter Stimme. »Fühle, wie mein Körper sich nach dir sehnt. Aber vergiß nicht, ich bin auch nur aus Fleisch und Blut. *Dies* ist nur Fleisch und Blut – und mehr Verlangen, als mein Körper fassen kann.« Seine Worte vibrierten vor unverhohlener flirrender Hitze. »O ja, du gefällst mir, Yank. Du gefällst mir mehr, als du ahnst.« Seine Augen tauchten tief in ihre Augen ein. »Ich möchte, daß ich dir auch gefalle, laß mich dich jetzt glücklich machen.«

Sein Mund umschloß ihre Lippen. Mit einem leisen Stöhnen nahm sie seinen Kopf in ihre Hände und gab sich ihrer … und seiner Leidenschaft hin. O Gott, wie gut es tat, gehalten und … berührt zu werden. Ihre Lippen drängten sich ihm entgegen, erwiderten süß seinen gierigen Kuß.

Eine heiße Welle durchströmte seinen Körper, als ihre Zunge sich zaghaft mit seiner eigenen verschlang. Wonnevoll gab sie sich dieser Verschmelzung hing – genauso wonnevoll wie dem Gefühl, seinen Daumen an ihren Brustwarzen zu spüren, wie sie langsam ihre erregenden Kreise zogen, an ihnen zupften und zogen. Sie schienen sich vorzudrängen und zu schwellen, prall gefüllt und fest. Alles in ihr sehnte sich danach, diese Hand dort festzuhalten, um dieses lustvolle Gefühl auszudehnen.

Langsam hob er den Kopf, sah sie mit dunklen, glänzenden Augen an. Sie war unwiderstehlich schön, ihre Brüste waren köstlich rund und voll, ihre Brustwarzen korallenrote Inseln auf zartblasser, unbefleckter Haut, Inseln, die er nun küßte. Ihr Atem ging schneller, eine Wahrnehmung, die ihm ein seltsames kleines Lachen entlockte.

»Du bist hier sehr empfindlich, nicht wahr, Liebes?«

Plötzlich veränderte er seine Haltung und umfing ihre reifen, hervorspringenden Brüste mit den Händen. Seine Finger fingen an, sie sachte zu massieren und zu kneten, bevor seine Zunge hervorschnellte und die schmerzende Spitze der Knospen liebkoste. Ein Wonneschauer durchrann Cassies Körper.

Sie schloß die Augen und fing an zu keuchen. Denn plötzlich war die ganze Brustwarze tief in seinem Mund. Das wollüstige Peitschen seiner Zunge war wild und erotisch ... Wonne ohnegleichen. Als er anfing, erst an der einen und dann an der anderen Brust zu lecken, zu schlecken, zu saugen, fiel ihr Kopf zurück, und ein kleiner Schrei der Verzückung entrang sich ihrer Kehle.

Seine Lippen suchten wieder ihren Mund, vereinten sich mit ihm in verzehrender, verschlingender Leidenschaft. Seine Zunge wühlte sich heiß zwischen ihre Lippen, schlug auf und ab in ekstatischem Taumel. Beunruhigende Finger zogen eine erregende Bahn über die sensible Haut ihres Bauches, bis sie sich in den goldenen Locken ihres Schamhaars verfingen. Cassie rang nach Luft und stieß einen spitzen Schrei aus. Sie versuchte ihre Schenkel fest zusammenzupressen, doch seine Hand war bereits schamlos weitergeglitten und behauptete das Terrain.

»Kämpf nicht dagegen an, Yank«, preßte er leise flüsternd hervor. »Ich verspreche, ich werde dich diesmal nicht enttäuschen.« Er küßte sie lockend und verführend, ließ ihr Zeit, sich an seine Intimität zu gewöhnen, bis er spürte, wie ihre Spannung langsam nachließ.

Mit den Fingerspitzen lockte und neckte er; ein leichtes Reiben, ein sanfter Rückzug und wieder ein Vorstoß, jedesmal ein bißchen kühner. Und als diese diabolischen Finger die zarten rosa Falten ihrer Scham zerteilten und mit kühner Sicherheit weich an beiden Seiten des behaarten Spalts entlangglitten, erschauerte sie innerlich genauso wie äußerlich.

Heiße Blitze jagten durch ihren Körper, als er seinen Daumen auf diesem Streifzug folgen ließ und mit ihm über eine kleine Erhebung strich, von deren Existenz sie bis dahin nichts geahnt hatte. Ihr Körper schien zu schwellen, zu zerspringen, sich aufzulösen. Leise schrie sie auf, als ein langer fester Finger sich tief in sie hineinbog, immer und immer wieder, während sein Daumen jetzt kreisend und reibend sie geradezu magisch stimulierte, bis ein höllisches Feuer ihr Inneres fast zu zerreißen schien.

Sie schloß die Augen, so als könne sie auf diese Weise die köstliche Folter aussperren, begann zu wimmern und zu winseln. Er riß seinen Mund von ihren Lippen los und starrte auf die kleinen Schweißperlen, die auf ihrem Körper feucht und silbrig glitzerten. Er stöhnte, und sein Finger grub sich noch tiefer bis zur Handfläche in sie hinein.

»Gabriel!« Der Schrei seines Namens blieb zitternd in der Luft hängen und verhieß ihm alles, wonach er gesucht hatte, alles, worauf er gewartet hatte. Er schwang sich auf sie, mühsam nach Atem ringend.

Ihre Augen waren verschleiert, sie schien verwirrt und verstört. Er preßte seinen harten, muskulösen Körper gegen sie und drückte mit den Knien ihre Schenkel auseinander. Sein seidig glänzendes Glied begehrte Einlaß in die feuchte, dunkle Mulde der Verheißung und zwang sie, sich noch weiter zu öffnen. Sie klammerte sich an ihn in dem sicheren Bewußtsein, jeden Augenblick durch sein drängendes Glied in Stücke gerissen zu werden.

Er spürte, wie sich ihre Fingernägel in seinen Rücken gruben. »Schau mich an, Cassie«, preßte er heiser hervor, erstaunt darüber, daß er überhaupt noch sprechen konnte.

Hilflos gehorchte sie. Sie konnte nicht anders. Seine Schultern glänzten wie eingeöltes Walnußholz. Seine Züge verrieten äußerste Anspannung und sie spürte, welch eiserne Kontrolle es ihn kostete, sich zurückzuhalten.

Er senkte seinen Kopf so tief, daß seine Lippen sie fast berührten. »Tu' ich dir weh?« Seine Stimme war kaum mehr als ein Windhauch.

Ihr Atem ging stoßweise, und sie wurde sich bewußt, daß sein mächtiges Glied jetzt tief in ihr vergraben war. Doch sie spürte keinen Schmerz. Ein Gefühl unendlicher Erleichterung erfaßte sie, verbunden mit einer unvorstellbaren Erregung. Noch nie in ihrem Leben war sie so erfüllt gewesen.

Ein zitterndes Lächeln erschien auf ihrem Gesicht. »Mir – mir geht es gut«, sagte sie schwach. Doch dann verschwand dieses Lächeln. Ihre Blicke verschmolzen miteinander, während sie seinen Kopf zu sich herunterzog, um auch ihre Lippen miteinander verschmelzen zu lassen.

Langsam begann er sich zu bewegen. Sie schrie fast auf, als er sein berstendes Glied fast vollständig zurückzog. Seine Gesäßmuskeln spannten sich an, und dann drang er wieder tief in sie ein. Ein Taumel dunklen, lustvollen Entzückens berauschte ihre Sinne. Die Welt um sie herum schien sich zu drehen.

Die Augen halb geschlossen, bäumte sie sich auf. Ihre Hüften nahmen seinen Rhythmus auf, kreisten, hoben und senkten sich. Ihr Körper schien in Flammen zu stehen. Leise stöhnte sie auf, ein lustvolles Flehen nach mehr. Sie wollte ihn tief in sich spüren, tiefer, als sie es je für möglich gehalten hätte.

Beim Klang dieses Lauts richtete sich Gabriel über ihr auf. Seine Augen brannten in dunkler Glut. Seine Muskeln waren zum Zerreißen gespannt. Jede Faser seines Körpers strebte dorthin, wo ihre samtene Höhle ihn gefangen hielt, umströmt von der Hitze der Lust. Sein Mund suchte wieder ihre Lippen in stürmischem, drängendem Verlangen.

»Ich möchte dir nicht weh tun«, stöhnte er, »aber ... so wahr mir Gott helfe ... ich kann nicht langsam und vorsichtig sein, ich begehre dich einfach zu sehr ...«

In ihr brach ein Damm und schwemmte den Ansturm der Gefühle, der in ihrem Inneren brodelte, an die Oberfläche. »O Gabriel«, rief sie. »Ich will dich auch. *Ich begehre dich auch.*«

Seine Beherrschung zerbarst. Mit einem gewaltigen Stoß drang er vor, tief in ihren Schoß hinein, mitten in ihr Herz. Immer wieder trieb es ihn vor und zurück, hitzig und kraftvoll, wild und stürmisch. Cassie schlang ihre Arme und Beine um seine Glieder und klammerte sich an ihm fest, beseelt von derselben glühenden Leidenschaft. Und plötzlich schien die Welt zu explodieren, ein Inferno der Empfindungen entzündete sich an jenem geheimen Ort, den er usurpiert hatte, und jagte heiß zuckend durch jede Faser ihres Körpers. Die Schreie der Lust, die sich aus ihrer Kehle lösten, waren ihr noch fremd. Nur Gabriel kannte sie und raste, von ihren orgastischen Spasmen angestachelt, ungezügelt auf und nieder, als wolle er sie zweiteilen. Sein Körper spannte sich aufs äußerste, erbebte und ergoß in ihr die nasse Flut seiner Hitze.

Sein Kopf lag erschöpft an ihrer Schulter. Sie spürte, wie sein Körper sich langsam entspannte. In einer unbewußten Liebkosung kraulte sie sein langes Nackenhaar. Er blieb bei ihr, verließ sie nicht, wie sie gedacht, wie sie befürchtet hatte. Statt dessen stützte er sich auf seinen Ellbogen und küßte sie zart und behutsam mit solcher Zärtlichkeit, daß ihr Tränen in die Augen stiegen.

Jedes Wort erübrigte sich. Denn jetzt wußte sie es! Das war es, wonach sie sich ihr Leben lang gesehnt hatte. Dieses atemberaubende Gefühl der Nähe, dieses Gefühl, daheim zu sein, jemandem zu gehören, Teil eines anderen zu sein …

In diesem Augenblick war sie wunschlos glücklich.

Siebzehntes Kapitel

Cassie erwachte geblendet von dem gleißenden Sonnenlicht, das hell durch die Fenster flutete. Sie blinzelte. Der Anblick der männlich wirkenden Möbelstücke um sie herum verwirrte sie einen Moment lang. Doch dann fiel ihr wieder ein, daß sie nicht in ihrem eigenen Bett war, und vor allem auch, warum nicht, und die Erinnerungen stürzten mit brausender Gewalt auf sie ein. Ein warmer Taumel ergriff sie und drängte sie, einen scheuen Blick zur Seite zu werfen. Sie runzelte die Stirn und spürte einen Anflug von Enttäuschung in sich hochsteigen – sie war allein.

In diesem Augenblick öffnete sich die Verbindungstür einen Spalt breit, und Gloria lugte hindurch. »Mylady?«

In dem Bewußtsein, immer noch nackt zu sein, ließ Cassie sich tiefer unter ihre Decke gleiten. »Guten Morgen, Gloria.«

»Morgen?« Die Zofe kicherte leise. »Es ist fast Mittag, Ma'am.«

»Mittag?« Nur ihre Blöße hielt sie zurück, sofort aufzuspringen. »Lieber Himmel, warum hast du mich nicht geweckt?«

Über Glorias runde Wangen huschte ein Lächeln. »Seine Lordschaft hat mir klipp und klar zu verstehen gegeben, daß ich Sie so lange schlafen lassen sollte, wie Sie wollten.« Gloria war mehr als entzückt gewesen, das Bett ihrer Herrin am Morgen leer vorzufinden. Die Lady war immer so nett und liebenswürdig, und der Herzog so nobel und gutaussehend, auch wenn er ähnlich wie sein Vater streng und nüchtern wirkte. Sie seufzte erleichtert auf; ihren Segen hatten sie. Wenn jemand es verdiente, glücklich zu werden, dann diese beiden. Ach, sie konnte es kaum erwarten, die Neuigkeit Mrs. McGee zu erzählen!

Cassie errötete, als Gloria ihr den Morgenrock in Reichweite auf das Bett legte. »Ist mein Mann unten?«

»Ja, Ma'am. Er ist heute früh ausgeritten, aber ich glaube, er ist wieder zurück.«

In großer Eile machte Cassie ihre Toilette, um ihn so schnell wie möglich wiederzusehen. Nach den Intimitäten, die sie in der letzten Nacht ausgetauscht hatten, hoffte sie inständig, daß Gabriels eisige Distanz endlich der Vergangenheit angehörte. Wenn die Stunden in seinen Armen irgend etwas bedeuteten, dann mußte es so sein!

Ihr Herz klopfte wie wild, als sie die Treppe hinunterstieg. Obwohl sie sich einredete, daß keinerlei Grund dafür bestand, war sie doch ein wenig nervös. Sie war gerade auf der letzten Stufe angelangt, als ihr plötzlich schwarz vor Augen wurde. Sie blieb stehen, preßte die flache Hand gegen die Wand und atmete ein paarmal tief ein. Dies war nicht das erste Mal, daß sie von einem derartigen Schwindelgefühl erfaßt wurde. Doch glücklicherweise ging er genauso schnell vorüber wie die Male zuvor. Als sie allerdings weitergehen wollte, drangen ärgerliche Stimmen an ihr Ohr, die immer lauter wurden. Sie kamen aus der Richtung des Arbeitszimmers.

Gabriel und sein Vater.

Cassie erstarrte. Obwohl es ihr fernlag, heimlich zu lauschen, konnte sie nicht anders, als die Auseinandersetzung mitanzuhören.

»Ich kann nicht«, sagte Gabriel gerade lakonisch. »Ich habe heute nachmittag eine Verabredung in London.«

»Aber ich habe dem Vikar das Treffen heute nachmittag bereits avisiert; es geht um die jährliche Spende für die Wohlfahrtseinrichtungen der Gemeinde.« Edmund war sichtlich verärgert.

»Ich schlage vor, Sie verschieben das auf einen anderen Tag.«

»Ich kann nicht. Ich habe ihm bereits gesagt, daß du da sein wirst!«

»Dann nehmen Sie es selbst in die Hand!«

»Verdammt, Gabriel, ich möchte dich daran erinnern, daß dir die Verantwortung für solche Dinge eines Tages ganz allein obliegt! Und dann werde ich auch nicht dasein, um für dich einzuspringen, wenn dir gerade mal nicht danach ist, solche Dinge zu erledigen. Du wirst irgendwann meinen Platz als Herzog von Farleigh einnehmen. Du kannst dich dann nicht um deine Verpflichtungen drücken, genausowenig, wie du das jetzt kannst. Du hast eine Pflicht zu erfüllen!«

Cassie hielt den Atem an. Alles sprach dafür, daß das Gespräch das Ausmaß einer größeren Auseinandersetzung annahm.

»Vater, ich habe mich in den letzten Wochen immer zu Ihrer Verfügung gehalten, obwohl Sie selten die Höflichkeit besaßen, mich danach zu fragen, ob es mir paßt. Ich gebe zu, daß ich über Ihre Entscheidung, mich in die Gutsgeschäfte einzubeziehen, mehr als überrascht war. Mir kam tatsächlich schon der Gedanke, daß Sie vielleicht nur darauf gewartet haben, daß ich einen Fehler mache. Wenn es also Ihre Strategie sein sollte, mich auf diese Weise zu testen, bitte sehr. Aber ich lasse mir von Ihnen auf gar keinen Fall vorschreiben, was ich zu tun oder zu lassen habe. In Zukunft möchte ich vorher gefragt werden.«

Schritte hallten auf dem Boden wieder. Eine Tür wurde geöffnet.

»Stuart wäre nicht so einfach davonmarschiert, wie du es tust, Gabriel. Er wäre niemals so achtlos mit seiner Pflicht umgesprungen.« Edmunds Zorn kochte über. »Wenn mir schon einer meiner Söhne genommen werden mußte, warum konntest du es dann nicht sein? O mein Gott, ich wünschte, du wärest nie geboren!«

Cassie zuckte wie von einem Schlag getroffen zusammen. O nein! Großer Gott, sie mußte sich verhört haben. Ganz sicher hatte er nicht gesagt …

»Glaubst du, das wüßte ich nicht, Vater?« Im Vergleich zu Edmunds ausufernder Rage war Gabriels Stimme beunruhigend sanft. »Ich habe immer gewußt, daß du mich nicht wolltest – du hast mich nie gewollt.«

Die Tür schloß sich leise. Cassie schlug eine Hand vor den Mund. Ein gequälter Ausdruck lag in ihren Augen. Dann gaben ihre Knie nach, und sie sank krank vor Entsetzen auf die Stufen.

Doch es dauerte nur einige Sekunden, bis sie sich wieder aufrappelte und zum Arbeitszimmer eilte. Sie betrat den Raum in königlicher Haltung, selbstsicher und mit einem Ausdruck fester Entschlossenheit.

Edmund saß hinter einem auf Hochglanz polierten Mahagoni-Sekretär. Als sie an der Tür erschien, blickte er mürrisch auf. »Wenn es dir nichts ausmacht«, sagte er kurzangebunden, »ich möchte jetzt lieber allein sein.«

»Oh, es macht mir etwas aus.« Die beiden Flügel der Tür schlossen sich hinter ihr. Mit vier Schritten war sie bei ihm. Aufrecht stand sie da.

Die Augen des Herzogs verengten sich. »Ich möchte, daß diese Türen bitte offen bleiben.«

Cassie blickte ihn ruhig an. Zum erstenmal hatte sie nicht das Gefühl, unter ihm zu stehen. Lord hin oder her, Herzog hin oder her, er war genauso ein Mensch wie sie … und in diesem Augenblick ein ganz gemeiner Mensch.

»Ich schlage vor, wir lassen die Tür zu, Euer Gnaden. Außer, es macht Ihnen nichts aus, wenn die Dienerschaft mitbekommt, was ich Ihnen zu sagen habe – ich glaube allerdings, man hat schon genug gehört. Ich zumindest habe das ganz sicher.«

Er sprang auf die Füße, hochnäsig und dünkelhaft wie immer. »Du gehst zu weit, Cassandra. Ich werde solche Unverschämtheiten nicht dulden.«

»Und Sie, Sir, werden mich nicht einschüchtern. Sie werden mich nicht zum Schweigen bringen. Ich werde sagen, was ich zu sagen habe. Und ich werde das jetzt tun.« Ihr Blick war genauso frostig wie seiner.

»Wenn ich Sie wäre, wüßte ich nicht, wie ich mir selbst je wieder in die Augen blicken könnte«, fuhr sie fort. »Dem eigenen Sohn den Tod zu wünschen … zu wünschen, er wäre nie geboren. Wenn ich Sie wäre, würde ich Gott auf Knien um Verzeihung bitten für meine Grausamkeit, für meine entsetzliche Herzlosigkeit!«

Edmund wurde kaum merklich blaß. Offensichtlich hatte das Mädchen die ganze unglückliche Auseinandersetzung mit Gabriel mitangehört. Doch sein Stolz zwang ihn, sich zu rechtfertigen.

»Du weißt nicht, wovon du sprichst, Cassandra.«

»Oh, ich weiß weit mehr, als Sie ahnen! Gabriel hat mir von seiner Kindheit erzählt. Wie sie ständig Stuart ihm vorgezogen haben, und zwar in allen Dingen. Wie er nicht die geringste Chance gegen Stuart hatte.«

Edmund warf die Hände hoch. »Da hast du's. Er war *immer* schon auf Stuart eifersüchtig!«

Cassies Augen sprühten Funken. Sie stand ihm aufrecht gegenüber und blickte ihm kühn ins Auge, obwohl sie innerlich sehr aufgewühlt war und zitterte. »Und wenn es so war? Er war noch ein kleiner Junge! Oh, ich zweifle nicht daran, daß Sie es vorziehen, es nicht zu glauben, aber Gabriel liebte Stuart, das weiß ich aus seinem eigenen Mund! Aber Sie gaben alles, wonach er sich so verzweifelt sehnte, seinem Bruder. Und er fühlte sich allein und verlassen.«

»Allein! Nein, der Junge war kaum allein! Die Dienstboten verwöhnten ihn! Und er hatte seine Mutter.«

»Seine Mutter war *das einzige,* was er hatte!« sagte sie anklagend. »Gabriel schaute zu Ihnen auf. Er vergötterte Sie. Aber Sie würdigten ihn keines Blickes, hatten keine Zärtlichkeit für ihn übrig, keinen Hauch von Wärme. Er hat mir erzählt, wie sie Stuart einmal ein Pony mitgebracht haben, und was hatten sie für ihn? *Nichts!* Rein gar nichts. Was für eine Art Mensch sind Sie, einem Kind so etwas anzutun, es so zu schneiden, so kalt und gleichgültig dem eigenen Sohn gegenüber zu sein? Sie sprechen von Pflichtgefühl. Aber wo blieb Ihr Pflichtgefühl Ihren *beiden* Söhnen gegenüber?«

»Du liegst falsch. Gabriel hat als Kind nichts entbehrt. Und täusch dich nicht, Cassandra. Er war ein ungezogenes Kind, aufmüpfig und starrköpfig. Und als Jüngling war er sogar noch rebellischer und trotziger. Stuart war nie so!«

»Der Grund dafür ist doch nicht schwer zu erraten. Ein Kind weiß, wenn es unerwünscht ist; keiner weiß das besser als ich. Gabriel war tief verletzt, weil sein Vater ihn so links liegen ließ, und seine Verletztheit kehrte sich in Wut um – in Rebellion. Und müssen Sie ihn denn immer mit Stuart vergleichen? Sie haben gestern abend gesagt, daß Gabriel ganz anders als Stuart ist, und Sie haben recht. Gabriel kann niemals Stuart ersetzen, und es ist einfach unfair von Ihnen, das von ihm zu erwarten! Und außerdem ist er auch kein Kind mehr, Sie können ihn nicht einfach herumkommandieren, als sei er ein kleiner Bengel.«

Edmund starrte sie stumm an. Er spürte in seiner Brust eine schreckliche Enge. Er war kein Egoist – nicht so, wie sie dachte. Der Tradition seines Geburtsrechtes verpflichtet, einer Tradition, in der sich eines Tages auch Gabriel einreihen würde, hatte er Farleigh immer an die erste Stelle gesetzt. Aber Cassandra ließ ihn wie ein Ungeheuer aussehen.

»Sie sind blind«, griff sie ihn an, und ihre Stimme zitterte vor Erregung. »Blind für alles außer für Ihre eigenen Belange. Sie halten sich für soviel besser als mich. Aber Sie verschwenden keinen Gedanken an die Gefühle der Menschen, die Sie umgeben. Gabriel hat mir gesagt, daß Sie ihn nie geliebt haben, und auch nicht seine Mutter. Dennoch war ich tief in meinem Herzen davon überzeugt, daß er unrecht hatte, daß er Sie mißverstanden hatte. Doch jetzt fällt es mir schwer zu glauben, daß Sie jemals gütig waren, daß Sie überhaupt fähig sind zu lieben!«

»Meine Mutter wünschte mir den Tod«, fuhr sie fort. »Meine Mutter versuchte mich umzubringen. Gott allein weiß, wer mein Vater war. Aber ich habe oft davon geträumt, daß er eines Tages zu mir zurückkehren würde, daß er mich mitnehmen würde und daß wir glücklich sein würden. Aber vielleicht war ich am Ende glücklicher dran als Gabriel. Vielleicht war es besser, ohne Vater aufzuwachsen, als ein Schicksal wie Gabriel zu erleiden – mit einem Vater wie Ihnen!«

Heiße Tränen rollten ihr über die Wangen. Sie wischte sie weg. »Sie können mich bestrafen, wie immer Sie wollen. Schlagen Sie mich, werfen Sie mich auf die Straße, es ist mir egal. Aber ich werde kein einziges Wort zurücknehmen – nie und nimmer!«

Sie raffte ihre Röcke zusammen und ließ ihn allein.

Langsam sank Edmund auf seinen Stuhl. Aus seinem Gesicht war jede Farbe gewichen. Glaubte das Mädchen im Ernst, er würde Mittel und Wege suchen, um sie zu bestrafen? Nein, dachte er. Er würde nichts dergleichen tun, denn sie hatte nichts verbrochen.

Rein gar nichts. Sie hatte nur die Wahrheit gesagt.

Wenn mir schon einer meiner Söhne genommen werden mußte, warum konntest du es dann nicht sein? O Gott, ich wünschte, du wärest nie geboren!

Er zuckte innerlich zusammen. Seine achtlos hingeworfene Bemerkung bohrte sich in sein Herz. Lieber Gott, dachte er benommen, sie hatte recht. Er *war* ein Ungeheuer …

Wie konnte er nur so etwas zu Gabriel sagen? Gütiger Gott, wie bloß? Er hatte einen schrecklichen Fehler begangen, einen Fehler, der vielleicht nie wieder gutzumachen war.

Zum erstenmal sah Edmund Sinclair, seines Zeichens Herzog von Farleigh, sich so, wie Cassandra ihn sah: kalt, unsensibel, arrogant und gefühllos. Er sah sich als den Mann, der er wirklich war.

Seine Schultern sackten herab. Von seinem Stolz war nichts

mehr übriggeblieben. Da war nur noch dumpfe Verzweiflung, die sich wie ein dunkler Schleier über seine Seele legte, tiefes Bedauern und Reue.

Erst jetzt schlich sich eine leise Ahnung von Gabriels Gefühlen in sein Herz. Was immer sein Sohn für ihn empfunden hatte, hatte sich wohl in Haß verwandelt. Er hatte durch seine eigene Vernachlässigung jede Liebe und jede Achtung in ihm abgetötet. Er fing an zu verstehen, jetzt erst … da es zu spät war.

Er hatte geglaubt, er habe noch wenigstens einen Sohn. Nun sah es so aus, als habe er beide verloren.

Cassie war zu wütend und ruhelos, um auf Farleigh zu bleiben. Sie hatte das dringende Bedürfnis, allein zu sein und den Kopf wieder klar zu bekommen, und so zog sie sich schnell ihren Reitdreß an und ging hinüber zu den Stallungen. Sie gab der kleinen Stute die Zügel frei und war bald schon auf der Auffahrt zum Warrenton-Herrenhaus. Obwohl das Haus selbst groß und herrschaftlich war, war das Gebäude lange nicht so schön angelegt und gepflegt wie das Farleigh-Anwesen.

Cassie wischte sich ein Stäubchen von den Kleidern und klingelte. Als der Butler sie einließ, schoß ihr reichlich spät der Gedanke durch den Kopf, daß sie vielleicht nicht ohne jede Einladung hätte kommen sollen. Aber Evelyn begrüßte sie mit ausgestreckten Armen und hieß sie in ihrer warmen, zuvorkommenden Art willkommen. Dennoch war Cassie insgeheim froh, als Evelyn beiläufig erwähnte, daß ihr Vater nicht zu Hause sei. Der Herzog war zwar immer sehr höflich und korrekt, aber an seiner hochmütigen Art hatte sich in den vergangenen Monaten kaum etwas geändert.

Die beiden tranken zusammen Tee und verbrachten den Nachmittag in angeregter Unterhaltung. Doch als Cassie damit anfing, sie wegen der vielen Verehrer zu necken, die sie mit Sicherheit in London zurückgelassen hatte, zog ein dunkler Schatten über Evelyns liebreizendes Gesicht.

Cassie runzelte die Stirn. »Was ist los?« murmelte sie.

Evelyn strich die Falten ihres Kleides glatt, bevor sie dem freundlich ermunternden Blick ihrer Freundin begegnete. »Es ist eben … oh, ich wünschte, Vater wäre nicht so versessen darauf, mich zu verheiraten.« Sie schüttelte den Kopf und fuhr dann bedrückt fort: »Es mag ja alles nur Einbildung sein, aber zumindest scheint es so, als könne er an nichts anderes mehr denken. Er fängt jetzt schon an, Pläne für einen großen Ball in der nächsten Saison zu schmieden, obwohl bis dahin noch fast ein halbes Jahr Zeit ist.«

Cassie sah sie einen Moment lang prüfend an. »Hat er denn schon irgendwelche Anträge?«

Evelyn nickte. »Vom Vicomte Ashton.«

»Aber er hat ihn nicht angenommen, oder?«

Evelyn erschauderte. »Nein. Ashton ist ein impertinenter Wüstling und obendrein ein Mitgiftjäger.« Sie seufzte. »Ich sollte wohl froh sein, daß Vater auch wieder nicht so wild hinter meiner Verheiratung her ist, daß ihm jeder recht ist. Es ist für ihn keine Frage, daß es zumindestens ein Graf sein müßte. Darunter läuft nichts.«

Sie machte eine Pause und starrte auf den inzwischen fast kalt gewordenen Tee in ihrer Tasse. Cassie hätte schwören können, daß ein Anflug von Wehmut und Traurigkeit ihre schönen Augen plötzlich verdunkelte. Doch er verschwand ebenso schnell, wie er gekommen war, und deshalb war sie sich doch nicht ganz sicher. Im nächsten Augenblick blickte Evelyn sie schon wieder offen an und lächelte.

»Genug von mir. Ich würde viel lieber über dich sprechen.«

Cassie konnte nichts dagegen tun. Die Erinnerung an all das, was Gabriel mit ihr die letzte Nacht getan hatte – und an das, was sie mit sich hatte tun lassen –, stand wieder lebendig vor ihr. Ihre Wangen überzogen sich mit einem zarten Rot.

Evelyn lachte herzlich auf und tätschelte ihr die Hand. »Du brauchst gar nichts zu sagen, Liebes. Ich werde das als gutes Zeichen deuten.«

Tief im Inneren meldete sich ein stechender Schmerz. Nun war Cassie an der Reihe, wehmütig zu lächeln. »Es wäre nicht klug, Hoffnungen zu nähren, wo keine sind«, murmelte sie.

»Unsinn«, erklärte Evelyn so überzeugt, daß Cassie sie überrascht anblickte. »Gabriel interessiert sich für dich. Da bin ich mir absolut sicher. Oh, er weiß es vielleicht noch nicht – Männer können so verbohrt sein! Aber ich habe ihn beobachtet, Cassie. Wenn du im Raum bist, kann er kaum seine Augen von dir losreißen, und wenn seine Augen und sein Kopf erst einmal Feuer gefangen haben, dann folgt mit Sicherheit auch bald das Herz.«

Cassie wollte nicht protestieren. Evelyn strahlte immer so viel Zuversicht und Freundlichkeit aus, war immer so blühend und heiter, daß sie es nicht ertragen hätte, sie enttäuscht zu sehen. Sie stellte ihre Tasse ab und sagte langsam: »Evelyn, wenn es dir nichts ausmacht, möchte ich mit dir gern über Gabriels Mutter reden.«

»Wieso sollte es mir etwas ausmachen? Aber ich fürchte, die Erinnerungen an sie sind ziemlich vage. Es ist schon eine Menge Zeit vergangen, seit sie starb.«

»Ich weiß«, sagte Cassie hastig. »Aber ihr Tod ist genau das, worüber ich sprechen möchte ... und für Gabriel ist das Thema so schmerzlich. Ich hasse es, ihn weiter zu bedrängen. Mrs. McGee hat einmal erwähnt, wie tragisch ihr Tod war, deshalb habe ich gedacht, daß Gabriel vielleicht bei ihrem Ende dabei war. War sie krank, bevor sie starb?«

»O nein. Ihr Tod war in der Tat tragisch. Aber es war ein Unfall – ein schrecklicher Unfall. Es ist an dem See von Farleigh passiert, wie du vielleicht weißt.«

Der See. Cassies Herz zog sich zusammen und begann heftig zu schlagen. »Nein«, erwiderte sie mit schwacher Stimme. »Das wußte ich nicht.«

Evelyn zog die Brauen zusammen und versuchte angestrengt, ihre Erinnerungen zu sortieren. »Ich glaube, sie war wohl ganz allein. Sie hatte ein kleines Boot, mit dem sie oft hinausruderte. Aber eines Tages, es war im Sommer, fand man das Boot, wie es mitten auf dem See trieb.« Sie machte eine Pause. »Ihre Leiche fand man einige Tage später.«

Cassie kämpfte gegen das Schwindelgefühl, das sie plötzlich überfiel und ihr das Atmen schwer machte. »Guter Gott.« Ihre Stimme klang halberstickt. »Sag jetzt bitte nicht, daß sie ... daß sie ...«

»Doch«, sagte Evelyn ruhig. »Sie ist ertrunken.«

Achtzehntes Kapitel

Obwohl Cassie versuchte, sich nichts anmerken zu lassen, war sie ziemlich verstört, als sie Warrenton verließ. Die Erkenntnis, wie Caroline Sinclair zu Tode gekommen war, ließ sie erschaudern.

Gleichzeitig fühlte sie sich aber auch irgendwie verletzt. Warum hatte Gabriel ihr nicht erzählt, daß seine Mutter ertrunken war? Daß er sie so wenig an seinem Leben teilhaben ließ, bereitete ihr Schmerzen.

Du Dummchen, schalt eine innere Stimme. *Er kennt doch deine entsetzliche Angst vor dem Wasser. Vielleicht wollte er dich schonen.*

Aber es hatte wenig Sinn, sich dabei aufzuhalten. Ganz gleich, was sein Motiv war, sie würde nichts verlauten lassen, denn solche Erinnerungen an seine Mutter ließ man besser ruhen.

Die weiche Linie ihres Mundes verhärtete sich plötzlich, als sie sich unter einem herabhängenden Ast duckte. Die Gedanken an Gabriel führten unweigerlich zu seinem Vater. Sie fürchtete sich, nach Farleigh zurückzukehren und mit Edmunds Zorn konfrontiert zu werden, an dem wohl kein Weg vorbeiführte. Aus welchem Grund auch immer er seine Zunge in Zaum gehalten haben mochte, während sie so gehörig vom Leder zog, eins stand für sie fest, diese Zurückhaltung würde nicht lange andauern.

Und dann spürte sie es … es war ein so starkes Gefühl, daß sich ihr die Nackenhaare sträubten … Irgendwelche unsichtbaren Augen beobachteten sie, lauerten und warteten ab …

Sie war nicht weit vom Pavillon entfernt, ging es ihr mit einem Schaudern durch den Kopf. So schön er auch war, seit jenem schrecklichen Tag, da man auf sie und Gabriel geschossen hatte, hatte sie sich nie mehr in seine Nähe gewagt.

Sie zog die Zügel an und kam mit Ariel zum Stehen. »Wer ist da?« rief sie scharf.

Keine Antwort. Um sie herum war der Boden mit orangegoldenem Laub übersät. Sonnenstrahlen zitterten durch das Gewirr der Äste und malten Kringel auf den Boden. Obwohl es ein klarer, sonniger Herbsttag war, zitterte sie. Kalte Angst kroch ihr über den Rücken und nahm ihr fast den Atem.

Sie gab Ariel die Sporen und wäre beinahe aus dem Sattel geflogen, als die Stute mit einem Satz nach vorne stob. Den ganzen Weg zurück nach Farleigh klammerte sie sich tief geduckt an die Stute. Der Schreck saß ihr immer noch in den Knochen, als sie schließlich aus dem Sattel glitt und dem Stallburschen die Zügel übergab.

Dann bemerkte sie, daß Edmunds schwarz-goldene Kutsche

weg war. Als sie in der Eingangshalle auf Mrs. McGee stieß, hielt sie sie zurück.

»Werden Seine Gnaden bald zurückerwartet?«

»Er ist zu seinem Haus in Bath gefahren, Mylady. Soweit ich verstanden habe, wird er dort mindestens einen Monat bleiben.« Mrs. McGee zuckte die Schultern und lächelte dann. »Ein bißchen überstürzt, seine Entscheidung, uns zu verlassen. Aber andererseits verbringt er diese Jahreszeit immer in Bath.«

Cassie biß sich auf die Lippen. Sie gab sich keinen Illusionen hin. Der Herzog war ihretwegen und Gabriels wegen abgereist. Obwohl sie äußerst erleichtert war, ihm nach ihrem Ausbruch nicht so bald gegenübertreten zu müssen, nagte ganz plötzlich irgendein unangenehmes Gefühl an ihr. Sie schämte sich ein bißchen.

Als sie beim Dinner so ganz allein an dem riesigen Eßtisch saß, fühlte sie sich jämmerlich verlassen.

Bald darauf stieg sie die Treppen zu ihrem Zimmer hinauf, völlig leer und ausgepumpt. Lange nachdem sie Gloria entlassen hatte, ging sie immer noch rastlos in ihrem Zimmer auf und ab und spitzte immer wieder angestrengt die Ohren, ob ihr nicht irgendein Geräusch verriet, daß Gabriel aus London zurückgekommen war. Es war schon lange nach Mitternacht, als die Leere zuerst in Verzweiflung und dann in Resignation umschlug. Schließlich schlüpfte sie unter die Steppdecke.

Aber an diesem Tag war viel zuviel vorgefallen, als daß sie so einfach hätte einschlafen können. Unruhig wälzte sie sich hin und her und wurde von schweren Träumen geplagt.

Sie war wieder in den Wäldern, aber diesmal ohne Ariel. Sie rannte. Allein, verzweifelt. Das Herz klopfte ihr vor lauter Entsetzen bis zum Hals.

Irgendeine dunkle Bedrohung lag in der Luft, lastete auf ihr wie dicker, schwerer Nebel. Schwarze Schatten von Phantomgestalten tanzten um sie herum, verfolgten sie, kamen immer näher. Um ihnen zu entkommen, lief sie noch schneller. Zweige peitschten ihr ins Gesicht und zerkratzten ihre Wangen. Ihre Muskeln brannten. Plötzlich stolperte sie und fiel hin.

Urplötzlich tauchte der See vor ihr auf. Still und unberührt lag das türkisblaue Wasser da. Sie konnte sich selbst sehen, so als sei sie aus ihrem Körper herausgeschlüpft. Mit angstverzerrtem Gesicht stand sie auf dem Anlegesteg, und als sie gerade um Hilfe schreien wollte, kam eine Hand aus dem Wasser und gab ihr einen Stoß.

Dann war sie wieder in ihrem Körper. Eisiges Wasser schlug über ihrem Kopf zusammen. Sie keuchte und rang nach Atem, um zu überleben. Umschlossen von einer dunklen, schmutzigtrüben Unterwasserwelt, rang sie die Hände nach oben, um sich irgendwo festzukrallen. Aber irgend etwas zog sie immer weiter nach unten, tiefer und tiefer und tiefer … Sie versuchte zu schreien. Wasser drang ihr in den Mund, erstickte sie und füllte ihre Lungen. Wie seltsam, dachte sie, denn plötzlich hörte sie sich doch schreien, schrill und voller Entsetzen.

»Cassie! Mach die Augen auf. Es ist nur ein Traum, Liebes, nur ein Traum.«

Die Stimme drang wie aus weiter Ferne in ihr Bewußtsein. Sie öffnete die Augen. Durch die Dunkelheit flackerte der goldene Schein einer Kerze. Über ihr schwebte das Gesicht Gabriels, ernst und entschlossen. Seine Arme lagen hart und fest um ihren Rücken. Mit einem Stöhnen sank sie an seine Brust und krallte ihre Finger in seine Hemdbrust. Sie holte tief Atem. Er roch frisch nach gestärktem Linnen und fühlte sich so gut, so warm, so kraftvoll an.

»Ich wußte nicht, daß du schon zurück bist«, flüsterte sie nach einer kleinen Weile.

»Ich bin auch gerade erst angekommen. Du hast mich zu Tode erschreckt. Ich dachte schon, irgendein Bösewicht ist hier bei dir im Zimmer.« Er streichelte mit seinen warmen Fingern beruhigend ihren Rücken. »Wovon hast du geträumt?«

Sie unterdrückte ein Schaudern. Sie konnte es ihm einfach nicht erzählen. Auf einmal fühlte sie sich töricht und kindisch. »Es ist nichts.« Sie hob den Kopf und versuchte, mit einem zittrigen Lächeln darüber hinwegzugehen. »Ich war heute nachmittag auf Warrenton, und als ich zurückritt, hatte ich das ungute Gefühl, beobachtet zu werden.«

»Du warst allein?«

Sie runzelte die Stirn, denn sie spürte an seiner sich lockernden Umarmung, daß etwas in der Luft lag. »Ja«, wisperte sie in seine Schulter hinein.

Mit einem leisen Fluch wich er zurück. Sein Mund war nur noch ein schmaler, weißer Strich, als er auf sie herabstarrte. »Verdammt noch mal, Cassie. Ich wünsche nicht, daß du ohne den Stallburschen ausreitest. Ich dachte, ich hätte mich klar genug ausgedrückt.«

Ihr Lächeln verschwand. Er war so geladen, so entsetzlich geladen. »Evelyn reitet auch ohne Stallknecht aus.«

»Bei Evelyn gab es in letzter Zeit auch nicht so viele, sagen wir einmal, Zufälle.«

Cassie hielt den Atem an. Ihr blieb fast das Herz stehen. Eine schaurige Vorstellung lief ihr über den Rücken. Sie suchte sein Gesicht. »Du glaubst nicht daran, daß es Zufall war?«

Gabriel hätte sich ohrfeigen können. Er hatte zuviel gesagt – viel zuviel in den Raum gestellt, obwohl er noch viel zu wenig wußte. Egal, vielleicht war es so das Beste.

»Aller Wahrscheinlichkeit waren es Zufälle, sowohl die Schießerei als auch der Überfall in London.« Er wollte sie nicht unnötig beunruhigen, aber vielleicht paßte sie jetzt noch besser auf. »Ich habe einen Detektiv damit beauftragt, den Mann zu suchen, der dich überfallen hat. Ich habe mich mit ihm heute nachmittag in London getroffen. Leider ist uns der Bandit entwischt.«

»Ich dachte, du seist überzeugt, daß es nur ein Wegelagerer war.«

»Oh, daran habe ich keinen Zweifel. Trotzdem möchte ich, daß man den Mann fängt.« Er machte eine Pause. »Cassie, ich möchte dir nicht unnötig Angst einjagen. Aber ich möchte, daß du einmal nachdenkst. Gibt es in Charleston irgend jemand, der dir möglicherweise schaden will? Irgend jemanden, der vielleicht etwas mit deiner Familie zu tun hat?«

Sie zögerte. »Ich habe dir doch erzählt, daß es niemanden gibt. Mein Vater, wo immer er auch sein mag, weiß nicht einmal, daß ich existiere. Und ich habe so meine Zweifel, ob meine Mutter sich noch an ihn erinnert.« Sie schüttelte den Kopf und murmelte dann leise: »Ich fürchte, von denen, die ich kenne, ist die einzige Person, die mir eventuell übel wollen könnte, dein Vater.«

Gabriel blickte Cassie scharf an. Sie biß sich auf die Lippen und war ganz offensichtlich etwas durcheinander. »Aber dein Vater ist heute nachmittag nach Bath abgereist.«

»Bath! Aber ich habe erst heute morgen seinen Terminkalender gesehen. Da stand nichts dergleichen.«

»Ich weiß.« Cassie wich seinem Blick aus. »Ich fürchte, das ist meine Schuld.«

»Deine Schuld?« Sein kurzes, trockenes Lachen unterstrich, wie abwegig das für ihn war. »Yank, ich zweifle daran, daß es auf Erden eine Menschenseele gibt, die meinen Vater dazu bringen könnte, etwas zu tun, was er nicht will.«

Sie zögerte, auch wenn sie wußte, daß ihr keine andere Wahl blieb, als mit der Wahrheit herauszurücken. »Ich habe euch beide heute morgen gehört«, sagte sie ruhig. »Ich habe mitbekommen, was für entsetzliche Dinge er dir an den Kopf geworfen hat. Ich war wütend – ganz furchtbar wütend darüber, daß jemand so hart sein kann. Und ich fürchte, ich konnte einfach nicht an mich halten und habe ihn schrecklich abgekanzelt.«

»Ich verstehe.« Sein Gesicht schien zu erstarren. Er löste sich von ihr, und Cassie kam sich auf einmal ganz verloren vor.

Er war offensichtlich wirklich ärgerlich. Das konnte sie ganz deutlich an der Art, wie er die Kiefer aufeinanderpreßte, sehen.

»Du brauchst mich nicht zu verteidigen, Yank. Ich versichere dir, daß ich durchaus in der Lage bin, meine Schlachten alleine zu schlagen.«

Er hatte sich inzwischen ganz von ihr zurückgezogen, sowohl geistig als auch körperlich. Wie konnte er nur in der einen Minute so warm und fürsorglich sein und in der nächsten schon wieder so kalt und herablassend? Sie war verletzt und empört. Stolz hob sie das Kinn.

»Laß uns Klartext reden, Eure Lordschaft.« Ihr kühler Ton stand seiner Kälte in nichts nach. »Willst du damit sagen, daß ich kein Recht habe, mich in dein Leben einzumischen?«

»Tja, Yank.« Er machte eine kurze Pause, und ein falsches Lächeln huschte über sein Gesicht. »Ich sehe, wir verstehen uns ausgezeichnet.«

Cassie ballte ihre kleinen Fäuste und sprang auf die Füße. Sie hatte ein seltsam beklemmendes Gefühl in der Brust.

»O ja, ich verstehe, Gabriel. Ich verstehe all das, was du nicht verstehst. Wie sehr du doch der Sohn deines Vaters bist, genauso blind und starrköpfig. Du glaubst, du stehst weit über ihm, ja? Du verurteilst ihn wegen seiner Fehler. Du verachtest deinen Vater, weil er deine Mutter vernachlässigt hat. Du verachtest ihn dafür, daß er ihr das angetan hat, was du auch mir antun würdest … und warum, frage ich dich? Um ihn zu ärgern, um ihn zu bestrafen? O nein, du bist nicht viel anders als dein Vater – und auf keinen Fall *besser* als er.«

Sie drehte sich um und schritt zu der Verbindungstür zwischen ihren beiden Zimmern. »Ich wäre dir dankbar, wenn du mich jetzt allein lassen würdest«, sagte sie schneidend.

Gabriels Augen flackerten. Er stand wie zur Salzsäule erstarrt da.

Aber Cassie war zu aufgebracht, um Angst zu haben. »Hast du mich nicht verstanden? Verschwinde.« Sie stampfte mit dem Fuß auf. »Verschwinde endlich!«

Ein gefährliches Lächeln spielte um seinen Mund. Er stand ihr breitbeinig gegenüber, die Daumen in die Taille seiner Breeches eingehakt, so daß sein Jackett die jadegrün bestickte Weste darunter freigab. Trotz seiner unbestrittenen Eleganz strahlte seine ganze Haltung knallharte Männlichkeit aus.

»Ich glaube, das werde ich nicht, Madam«, war alles, was er sagte. Aber tief im Innern saß der Stachel fest, daß sie ihn mit seinem Vater verglich – ausgerechnet mit seinem Vater! Aber er wagte es nicht, dem Zorn, der an seiner Oberfläche brodelte, freien Lauf zu lassen.

Sein Blick wanderte mit einer Schamlosigkeit ohnegleichen über ihre Gestalt. Die Kerze hinter ihr tauchte sie in ihren Schein und zeichnete die Konturen ihres Körpers unter dem zarten Batistnachthemd, das sie überflüssigerweise trug, scharf ab. Ihre Brüste waren voll und weich, ihre Brustwarzen dunkelrot blühende Knospen, ihre Scham ein dunkler Schatten.

Und in diesem Augenblick entzündete sich in ihm ein Feuer ganz anderer Art.

Cassie bemerkte zu spät, wie verletzlich und angreifbar sie ihr Aufzug machte. Das Glitzern in seinen Augen war ihr nur allzu bekannt. Als er langsam immer näher kam, umklammerte sie den Türknauf noch fester. Doch obwohl sie sich mit aller Kraft daran festhielt, entwand er ihn ihrer Hand und stieß die Tür mit dem Handballen zu.

Alles in ihr lehnte sich auf. »Du verdammter Mistkerl«, fluchte sie. »Du wirst deine Hände von mir lassen!«

Die Antwort war nur ein finsteres, maskulines Lachen. »Oh, das werde ich nicht, mein Schätzchen. Ich wage sogar zu behaupten, daß du heute nacht weit mehr als die Berührung meiner Hand spüren wirst.«

Sie straffte die Schultern und nahm Haltung an, denn nun versperrte er ihr den Weg. »O nein!«, schrie sie. »Du kannst mich nicht immer auf Abstand halten und dann erwarten, daß ich mich dir flugs unterwerfe, wann immer dich die Lust überkommt.«

Er machte einen Schritt nach vorne. Cassie wurde blaß und wich in dem Maße, in dem er ihr näher kam, immer weiter zurück. Doch schon stand sie mit dem Rücken an der Tür.

Er stemmte sich mit den Unterarmen gegen die Tür und nagelte sie auf diese Weise auf ihrem Platz förmlich fest. Panik überkam sie. Er stand so dicht vor ihr, daß ihre Brüste mit jedem Atemzug sein Hemd berührten.

Aus seinen Augen, die wie flüssiges Silber glitzerten, sprach unverhohlene Wut. »Du hast unrecht, Yank, denn zwischen meinem Vater und mir besteht in Wirklichkeit ein riesengroßer Unterschied. Ich habe mich immer gewundert, daß ich überhaupt geboren wurde, denn er empfand rein gar nichts für meine Mutter, nicht einmal die Leidenschaft eines Mannes zu einer Frau. Und ich muß gestehen, mein Schatz, ich brauche nur in deine Nähe zu kommen, und schon erinnert mich mein Körper mit Nachdruck an mein Verlangen nach dir.«

»Verlangen?« Innerlich zitterte sie, aber nach außen hin war sie nur voller Spott. »Ich weiß, was dich treibt. Du sitzt hier mit mir auf dem Land fest – ohne deine Mätresse. Also geh nach London zurück und wirf dich in die ausgestreckten Arme deiner Mätresse!«

»Meine Mätresse!«

»Ja! Lady Sarah, soviel ich weiß.«

»Ich habe sie seit Wochen nicht gesehen, Yank. Und ich hatte auch kein Bedürfnis danach. Außerdem, wozu brauche ich sie, wenn ich in *deinen* Armen so willkommen bin?«

»Du wirst nicht noch einmal so willkommen sein!« Sie stemmte sich gegen seine Brust, jedoch nur mit dem Effekt, daß er sich noch fester gegen sie lehnte und ihr damit endgültig jede Bewegungsfreiheit nahm.

»Es hat doch keinen Sinn, dich gegen mich zu wehren, Yank. Wir beide wissen das.«

»Oh«, schrie sie. »Jetzt willst du also deine männlichen Reize zu Markte tragen. Glaubst du, ich bin so verrückt, daß ich dich unwiderstehlich finde? Wenn du das glaubst, dann bist du vielleicht derjenige, der hier verrückt ist!«

»Vielleicht bin ich das ja auch«, gab er zurück. Seine Stimme war leise und eindringlich. »Und ich trage auch nicht meine männlichen Reize zu Markte, wie du es nennst. In Wirklichkeit betörst du mich doch mit deinen Reizen, Yank, du hast mich vom ersten Augenblick an verhext, du bist doch die Unwiderstehliche. Du erregst mich bis zum Wahnsinn. Jenseits aller Vernunft, jenseits des Erträglichen.«

Er beugte seinen Kopf hinab und preßte seine Lippen in die Beuge zwischen ihrem Hals und ihrer Schulter. Die Berührung seiner Lippen ging ihr durch Mark und Bein. »Und ich will auch keine Unterwerfung. Ich will dich nackt, will dich mit jeder Faser meines Körpers spüren, will, daß du dich mir hingibst, so wie letzte Nacht.«

Oh, welch eine Gemeinheit, sie daran zu erinnern! Seine Worte ließen ihre starre Haltung wie Glas zersplittern. Ihr Körper fing an zu beben, nicht vor Angst, oder womöglich vor Wut, nein, sondern weil sie das schleichende Gift seiner Nähe in ihren Adern spürte.

Noch ehe sie dazu kam, etwas zu entgegnen, ergriffen seine Lippen von ihrem Mund Besitz, hungrig und fordernd. Ihr Nachtkleid glitt von ihren Schultern, und seine Finger fingen an, mit ihren Brustwarzen zu spielen. Tief in ihrem Bauch begannen tausend Schmetterlinge zu tanzen.

In einem Taumel widerstreitender Gefühle ballte sie ihre Hände an seiner Brust zusammen und löste ihre Finger wieder, um mit hochempfindlichen Fingerkuppen die aufreizende Brustbehaarung unter dem Stoff seines Hemdes zu spüren. Eine Welle der Sehnsucht überrollte sie. Alles in ihr drängte danach, die Barriere seines Hemdes niederzureißen, drängte nach der süßen Intimität von Haut auf Haut. Und als er genau das tat, als er seinen Rock wegriß, sein Hemd über den Kopf zog und ihre Brüste in dem dunklen Dickicht seiner Brust vergrub, meinte sie vor Wollust sterben zu müssen. Sie mußte an sich halten, um ihre Arme nicht in bedingungsloser Hingabe um seinen Hals zu schlingen.

Nur der Widerstreit zwischen Geist, Seele und Körper hielt sie auf. Sie begehrte ihn mit allen Sinnen, doch das Wissen, wie unbeeindruckt er von ihrer tiefen Kränkung war, war unerträglich!

Irgendwie schaffte sie es, sich von seinem Mund loszureißen. »Gabriel, bitte«, flehte sie gequält. »Du tust das nur, weil ich gewagt habe, mich dir zu widersetzen.«

Er hob den Kopf. Seine Augen sprühten Silberfunken auf ihr Gesicht. »Nein«, entgegnete er heftig. »Ich habe dir letzte Nacht gesagt, daß diese Tür nie mehr für mich verschlossen sein würde, und das habe ich ernst gemeint. Und ich tue das, weil wir beide es wollen.«

Mit diesen Worten drückte er sie aufs Bett und entledigte sich seiner Breeches und seiner Stiefel. Nackt wie sie selbst, streckte er sich neben ihr aus.

Er hatte recht, so wahr ihr Gott helfe. Sie wollte ihn. Feuchte Hitze waberte zwischen ihren Schenkeln, denn allein schon der Gedanke, was er mit ihr tun würde – und von dem sie *wollte,* daß er es mit ihr tat, brachte sie beinahe um den Verstand.

Ihre Zungen verschlangen sich miteinander, erotisches Vorspiel, das auf die völlige Verschmelzung drängte, die bald folgen würde. Seine Finger spielten mit ihren Brustwarzen, bis sie hart und fest waren, sich schmerzhaft nach der heißen Glut seiner Lippen, nach dem leidenschaftlichen Spiel seiner Zunge sehnten. Und dann glitt er mit der Brust langsam hinab zu ihren Brüsten, rieb sich an ihnen und kam einem Verlangen entgegen, das sie selbst noch gar nicht kannte.

Aber es gab noch viel mehr, was sie nicht kannte … was sie noch entdecken mußte …

Und er war dabei, es sie zu lehren.

Gabriel ging nicht bewußt vor, ihn peitschte nur das überwältigende Bedürfnis voran, sie zu befriedigen, sie zu besitzen. Denn er begehrte sie, wie er noch nie zuvor eine Frau begehrt hatte, begehrte sie mit Haut und Haaren, und so bahnte er sich den uralten Weg der Geschlechter zu ihr, *seinen* Weg.

Er glitt ihren Körper hinunter, mit seiner flatternden Zunge eine glänzende Spur über die samtweiche Ebene ihres Bauches ziehend. »Gabriel«, keuchte sie. »Lieber Gott … was …«

Er preßte seine Schultern in ihre Schenkel, bis er spürte daß sie bereit war, sich zu öffnen. Hilflos schlugen ihre kleinen Hände gegen seine Arme, um ihre Klammer zu lockern. Aber er gab nicht nach, entschlossen, sein Ziel zu erreichen.

Sein heißer Atem loderte in einem wilderotischen Feuer gegen ihr bereits feuchtes, taubeperltes Fleisch. Er stöhnte. Sie war heiß und salzig-süß.

Cassie warf den Kopf auf ihrem Kissen hoch. Er hörte nicht auf, in kreisendem, huschendem Hin und Her nasse, geheimnisvolle Spalten zu erforschen. Sie krallte ihre Finger in sein dichtes Haar und erfüllte die Luft mit ihrem weichen, hechelnden Stöhnen, das ihn zur Raserei trieb. Unbewußt strebten ihre Hüften ihm entgegen, und er gab ihr im Rausch seines Blutes, was sie instinktiv so sehr suchte.

Dann berührte er sie, berührte ihr geschwollenes, weibliches Sein. Unter dem vollen, festen Druck seiner Zunge jagte die Perle der Empfindungen krampfartige Schauer durch ihren Körper. Er spürte, daß er seine männliche Begierde nicht mehr lange zurückhalten konnte, und rollte sich auf sie.

Cassie öffnete die Augen. Ihr Blick war verhangen. Schlanke Finger schoben sich durch ihr weiches goldenes Vlies und durchfurchten die feuchten rosa Lippen der Scham. Wollüstig aufstöhnend drang er tief in die Hitze ihres Körpers ein, zog sich selbst wieder heraus – harte, glänzende, ruhmreiche Manneskraft. Keiner von beiden konnte den Blick von dem anderen abwenden, als er kraftvoll und triebhaft immer wieder in ihr Innerstes vorstieß und die Raserei auf den Höhepunkt trieb.

Sein drängender Samen schien ihn von innen heraus zu verbrennen. Er war nur noch einen Herzschlag weit davon entfernt, sich zu ergießen. Doch er fieberte danach, das volle Ausmaß ihrer Befriedigung zu erleben, und deshalb hielt er sich zurück.

Cassie krallte ihre Fingernägel in seine Schultern. »Gabriel ...« keuchte sie. »Oh, bitte ...«

Ihr zerrissener Schrei hing zitternd in der Luft, und Gabriel schloß ihren Mund mit einem hungrigen, ungezügelten Kuß. Als Antwort auf ihr Flehen stieß er noch härter, noch tiefer, noch schneller zu. Besaß er sie? Oder besaß sie ihn? Er wußte es nicht mehr, und es interessierte ihn auch nicht mehr, denn plötzlich spürte er es – das pulsierende Zucken um sein pochendes Glied. Mit einem halberstickten Schrei explodierte er tief in ihr, ergoß sich in einem Orgasmus, der sich an ihrer Wonne entzündet hatte. Ein Höhepunkt, der nicht weniger befriedigend, nicht weniger strahlend war als der ihre.

Neunzehntes Kapitel

Der Herbst zog in strahlenden Farben ins Land und tauchte die Landschaft in ein Gesprenkel aus Rostrot und Gold. Die Tage wurden kürzer, die Nächte klamm und kühl. Doch mit der Kälte draußen zog auch ein Frösteln in Cassies Herz ein.

Die ganzen folgenden Wochen verfolgte sie ständig ein ungutes Gefühl. Sie konnte sich einfach nicht dagegen wehren, denn der Samen des Zweifels, den Gabriels Äußerungen gesät hatten, war in ihr aufgegangen. Was, wenn er recht hatte? Was, wenn wirklich jemand hinter ihr her war? Sie haßte sich wegen dieser Gedanken, die sie nicht abschütteln konnte. Edmund haßte die Amerikaner leidenschaftlich. Was, wenn er sich entschlossen hatte, sie loszuwerden, für immer und ewig?

Er war immer noch nicht aus Bath zurück, und dafür war Cassie dankbar. Etwas in ihr sperrte sich gegen die Möglichkeit, daß Edmund für die ›Zwischenfälle‹ verantwortlich sein sollte. Gabriel schien überzeugt, daß sein Vater ihr kein Leid antun würde. Doch Cassie fiel einfach niemand anderer ein, der Interesse daran haben könnte, ihr etwas anzutun. Aber es gab noch etwas anderes, das ihre Gedanken nicht losließ.

Gabriel und sie versagten sich nun nicht länger die sinnlichen Freuden, die sie miteinander fanden. Wenn sie sich liebten, forderte er von ihr alles, was sie bereit war zu geben – und mehr noch. In der ersten Zeit hatte ihr die stürmische Leidenschaft, die Gabriel in ihr entfachte, angst gemacht. Noch mehr erschreckte es sie, daß Gabriel sie allein schon mit einem Kuß, mit der kleinsten Liebkosung zur Kapitulation zwang. Aber sie konnte sich nicht widersetzen, und bald wollte sie es auch gar nicht mehr.

Seine Liebe war manchmal stürmisch und besitzergreifend, manchmal zärtlich und beschützend und unendlich süß. Aber während ihre Nächte damit vergingen, daß sie in Gabriels Arme geschmiegt die Fleischeslust entdeckte, waren ihre Tage mit Angst und Verwirrung erfüllt. Oh, erst in der vergangenen Nacht hatte er ihr immer und immer wieder voller Inbrunst versichert, wie sehr sie ihm gefiel, wie sehr ihn ihre scheue Art, seine Nacktheit zu erforschen, entzückte. Aber wenn der Morgen kam, war seine Wärme verschwunden, seine Leidenschaft nicht mehr spürbar.

In Wahrheit grämte sie sich insgeheim, denn er hielt seine Gefühle vor ihr weiterhin unter Verschluß, war distanziert wie eh und je, so als trüge er einen Eisenpanzer. Er wollte sie nicht an sich heranlassen, aber genau danach sehnte sie sich. Sie sehnte sich nach allem, was sie einst verachtet hatte – nach allem, von dem sie nie geahnt hätte, daß sie es von ihm begehren könnte.

Nie hatte sie nach Reichtum oder Besitz gehungert, auch wenn Gabriel in diesem Punkt wohl anderer Meinung sein würde, dachte sie bitter. Tatsächlich hatte sie geglaubt, daß sie mit einem Heim, einer gesicherten Zukunft ohne den Schrecken der Armut und des Überlebenskampfes vollauf zufrieden sein würde. Doch nun konnte sie sich nicht länger belügen. Tief in ihrem Herzen sehnte sie sich nach einer echten, glücklichen Ehe, nach einem Ehemann, der sie mit seiner ganzen Seele liebte, und nach Kindern, die Kinder der Liebe waren, Wunschkinder *beider* Elternteile.

Die Wirklichkeit lastete schwer auf ihrer Seele. Jeden Abend betete sie, Gabriel möge sie eines Tages lieben lernen, aber sie fürchtete, daß dies das einzige sein würde, was ihr für immer verwehrt bliebe. Doch während ihre Hoffnungen immer mehr dahinschwanden, nahm eine andere Gewißheit von Tag zu Tag deutlichere Züge an.

Sie erwartete ein Kind. Und sie wußte nicht, wie sie es ihm beibringen sollte.

Sie konnte nicht wissen, daß ihr die Sache bereits aus der Hand genommen war.

Es war ein grauer, diesiger Spätnovembertag. Gabriel arbeitete in seinem Arbeitszimmer. Ein schüchternes Klopfen drang von der Tür an sein Ohr. Er merkte auf und rief nach kurzem Zögern, den Federkiel noch in der Hand: »Herein.«

Mit einem Stirnrunzeln erkannte er, daß es Gloria war, die in sein Zimmer schlüpfte. Sie blieb einen Augenblick auf der Türschwelle stehen und erschien furchtsam und ängstlich.

»Kann ich Sie kurz sprechen, Sir?« fragte sie zaghaft.

»Ja, sicher, Gloria.« Er winkte sie heran und fragte sich leicht verwirrt, was das wohl zu bedeuten habe. Er konnte sich keinen Grund vorstellen, warum Gloria und nicht Cassie ihn sprechen wollte.

Gloria wand nervös ihre Hände, entschied dann aber, nachdem

sie sich schon so weit vorgewagt hatte, einfach mit der Sprache herauszukommen. »Ich weiß, daß es mir nicht zusteht, das zu sagen«, platzte sie heraus, »aber ich mache mir große Sorgen um meine Herrin.«

Gabriel legte den Federkiel auf das Hauptbuch, in dem er gerade geschrieben hatte. »Hm«, sagte er langsam, »erzähl mir, warum, Gloria, und bitte sei offen.«

»Ja, Mylord, mir scheint, als fühle sie sich seit etwa einem Monat erbärmlich. Oh, ich weiß, daß sie versucht, sich nichts anmerken zu lassen, aber in den vergangenen Wochen ist sie mehr als einmal kalkweiß geworden. Ich mußte ihr in einen Sessel helfen. Wirklich, ich hatte tatsächlich Angst, sie würde mir unter den Händen wegsterben!«

Gabriel runzelte die Stirn. Cassie war kein zimperliches junges Ding, daß bei der geringsten Kleinigkeit gleich in Ohnmacht fiel. Es fehlte ihr weder an Mumm noch an Stolz.

»Glaubst du, daß sie krank ist?«

»Das ist ja das Seltsame, Mylord. An manchen Tagen ist sie quicklebendig. Und dann ist sie wieder so mitgenommen, daß sie sich gerade mal noch aus eigener Kraft aus dem Bett schleppen kann.« Gloria kam langsam in Fahrt. »Verzeihen Sie, daß ich so kühn bin, Sir. Ich habe versucht, Mylady zu einem Arztbesuch zu bewegen, aber sie besteht darauf, daß nichts ist und daß das wieder vorübergeht.«

Gabriel erhob sich. »Ich weiß deine Sorge zu schätzen, Gloria – und es war richtig, mich davon zu unterrichten. Sei versichert, daß ich darauf achten werde, daß deine Herrin ihre Gesundheit nicht länger vernachlässigt.«

Gloria knickste und verließ erleichtert, wenn auch mit einigen Gewissensbissen das Zimmer. Obwohl sie sich sehr gut denken konnte, was ihrer Herrin zu schaffen machte, war sie doch in Sorge um sie und überzeugt, sie sollte einen Arzt konsultieren. Aber hatte sie auch den Grafen davon überzeugt? Leider konnte keiner der Dienerschaft je genau sagen, wie der Lord und die Lady zueinander standen. Natürlich hofften sie alle – aber sie hatten auch ihre Zweifel. Doch als sie Sekunden später um die Ecke lugte, lächelte sie glücklich. Der Graf stürmte mit großen Schritten, immer zwei Stufen auf einmal nehmend, die Treppe hinauf.

Oben saß Cassie in ihrem Zimmer in einem Sessel neben dem Fenster, mit einer Stickerei auf dem Schoß. Ihre Hände waren zwar müßig, doch ihre Gedanken waren dafür um so beschäftigter. Als Gabriel eintrat, blickte sie auf. Sein Gesicht stach braungebrannt gegen sein weißes Halstuch ab. Er sah so blendend aus, daß es ihr den Atem nahm. Der Anflug eines Lächelns stahl sich auf ihre Lippen.

Gabriel verschränkte die Arme vor der Brust und starrte sie feindselig an. »Gloria hat mir erzählt, daß du krank gewesen bist«, erklärte er ohne Umschweife.

Cassie blinzelte. Sie wußte nicht genau, welche Worte sie von ihm erwartet hatte, aber so etwas mit Sicherheit nicht. Mit einem Kopfschütteln legte sie die Stickerei auf den Tisch.

»Gloria«, erwiderte sie leichthin, »macht sich mehr Gedanken als nötig.«

Er zog arrogant eine Braue hoch. »Sie hat mir erzählt, daß du einige Male einer Ohnmacht nahe warst.«

»Aber ich bin nicht in Ohnmacht gefallen. Du siehst also, es gibt weder für sie noch für dich einen Grund, sich Sorgen zu machen.«

»Da bin ich absolut nicht deiner Meinung, Yank. Und ich glaube auch nicht, du solltest diese Attacken auf die leichte Schulter nehmen. Außerdem kann ich nicht verstehen, warum du mich nicht informiert hast.«

Cassies Lächeln wurde schief. Sie konnte den Anflug von Bitterkeit, den seine Worte in ihr auslösten, nicht unterdrücken. Wie würde er reagieren, wenn er erfuhr, daß sie deshalb nichts gesagt hatte, weil es einfach nicht von Interesse war – weil sie sich sehr wohl bewußt war, daß er sich um sie nicht sorgte?

Aber plötzlich begann ihr Herz wie wild zu klopfen. Was würde Gabriel sagen, wenn er die Wahrheit erfuhr? Sie fürchtete sich davor, wie er reagieren würde … und sie fürchtete sich davor, wie er nicht reagieren würde.

Das allein war Grund genug, ihm die Wahrheit so lange wie eben möglich zu verschweigen. Gott wußte, daß es nicht mehr lange sein würde. Dann ließ sich ihr Zustand ohnehin nicht mehr verheimlichen.

»Ich hatte ein paar Schwindelanfälle«, murmelte sie zögernd. »Ich habe nichts gesagt, weil sie ebenso schnell vorübergingen, wie sie gekommen waren.«

»Dennoch hättest du es mir erzählen sollen, denn offensichtlich leidest du auch weiterhin darunter, und man sollte nicht einfach so darüber hinweggehen. Deshalb werde ich einen Arzt zu Rate ziehen. Er kann dir sicherlich irgend etwas dagegen verschreiben.«

Panik ergriff sie. Abrupt sprang sie auf. »Nein! Ich brauche keinen Arzt. Da bin ich absolut sicher. Diese Anfälle werden wieder vorübergehen. Ich schwöre es, diese Unpäßlichkeit geht vorbei, glaub mir doch!«

»Woher willst du das wissen, Yank, wieso bist du …«

»Ich weiß es, ich schwöre, ich weiß es! Mir geht es gut, ganz ehrlich, mir geht es gut!«

Gabriels Augen verengten sich. »Du hast selbst zugegeben, daß du dich nicht wohl gefühlt hast. Wenn du dazu eine Erklärung abgeben willst, dann tu es. Aber tu es jetzt gleich, denn deine Sturheit stellt meine Geduld auf eine harte Probe.«

Cassie starrte auf die Spitzen ihrer Schuhe. Sie stand mit dem Rücken an der Wand, und es gab keinen Ausweg mehr.

Langsam hob sie den Kopf. »Ich bin nicht krank«, sagte sie noch einmal. Sie schluckte tapfer, aber ihr Mund war wie ausgedörrt. »Ich bin … schwanger.«

Es traf ihn wie ein Schock. Einen Augenblick lang zeichnete sich auf seinem Gesicht Erschrecken und Ungläubigkeit ab, die aber bald einem Ausdruck unverhohlener Wut wichen. Er musterte sie eindringlich. »Und du bist sicher«, preßte er zwischen den Zähnen hervor.

Sie nickte unglücklich.

»Seit wann?«

Cassie zögerte und hauchte schließlich: »Ich bin nicht sicher. Seit vier Monaten, glaube ich.«

Gabriel sagte nichts. Sein Schweigen sagte alles. Tränen glitzerten in ihren Augen, und es kostete sie all ihren Mut, die entscheidende Frage zu stellen, die eigentlich keine war. »Das gefällt dir nicht, oder?« flüsterte sie.

Mit zwei Schritten war er bei ihr. »Wie bitte? Hast du etwa geglaubt, ich wäre begeistert?« Er drehte ihr Kinn in das Licht und starrte auf ihr inzwischen tränennasses Gesicht. »Deine Tränen sprechen Bände, Yank. Dir gefällt es genauso wenig wie mir!«

Heiße Tränen brannten in ihrer Kehle. Sie streckte flehentlich eine Hand aus. »Bitte, Gabriel.« Ihre Stimme war belegt, kämpfte sich durch den Tränenstrom, den sie mit aller Gewalt zu unterdrücken suchte. »Bitte, sei nicht böse.«

»Sei nicht böse, sagte sie!« Immer wieder ballte er seine Hände zu Fäusten. Aus seinen Augen loderte der Zorn wie die Flammen des Fegefeuers. »Hast du überhaupt eine Vorstellung, was das bedeutet? Ich bin meinem Vater in die Hände gefallen. Denn in einem kannst du sicher sein, ihm wird es gefallen. Nun hat er endlich den Enkel, den ich ihm so unbedingt schenken sollte!«

Er drehte sich abrupt um und ging mit steifen Beinen in sein Zimmer. Cassie eilte ihm hinterher und blieb auf der Schwelle zwischen ihren Zimmern stehen, als sie sah, daß er einen Reisekoffer auf das Bett warf und anfing, Kleidungsstücke hineinzuwerfen.

Er redete kein Wort mehr mit ihr und würdigte sie nicht einmal mehr eines Blickes. Dennoch wußte sie, daß er schäumte. Seine kochende Wut lud die Atmosphäre bis an den Rand des Erträglichen auf, und erst als er zur Tür schritt, gelang es Cassie mit großer Überwindung, das entsetzliche Schweigen zu brechen.

»Gabriel ... du gehst fort?«

Er blieb stehen. Seine Augen schleuderten Blitze. »Ich werde nach London gehen, wo mich dein Anblick nicht ständig an meine Dusseligkeit erinnert.«

Cassie konnte nicht an sich halten. »Wohin?« Ein gequälter Schrei löste sich aus ihrer Brust und zerriß die Luft. »Zu deiner Mätresse?«

»Das wäre eine Idee, Yank, und dazu noch eine verlockende!« Seine Kinomuskeln spannten sich. Musternd sah er sie an. »Jesus Christus«, knirschte er, »wenn ich mir schon eine Frau aufladen mußte, warum dann nur ausgerechnet dich? Warum konntest du nicht unfruchtbar sein?« Er wirbelte herum und knallte die Tür hinter sich zu, daß die Wände wackelten.

Mit gebrochenem Herzen begann Cassie zu schluchzen. Nichts hätte sie mehr verletzen können ... *nichts.* Alles in ihr, ihr ganzes Sein, schien zu verdorren und abzusterben. Er hatte genauso reagiert, wie sie es sich vorgestellt hatte, wie sie befürchtet hatte.

Ihre Kraft verließ sie, und sie brach auf dem Boden zusammen, das Herz in Scherben.

Oh, wie dumm war sie gewesen, wie dumm und töricht! Viel

schlimmer noch, sie hatte sich selbst etwas vorgemacht. Gabriel hatte nie Zärtlichkeit, nie Wärme, nie Fürsorglichkeit für sie empfunden. Doch selbst in diesem erschütternden Moment konnte Cassie sich nicht länger vor der Wahrheit verschließen.

Sie liebte ihn. Trotz seiner Wut, trotz seiner Gleichgültigkeit. *Sie liebte ihn.*

Sie würde ihn immer lieben.

Zwanzigstes Kapitel

Obwohl der Morgen schon bald graute, begann sich die Menschenmenge in Lord Chesterfields elegantem Ballsaal nur langsam zu zerstreuen. Gabriel war einer von denen, die sich schon seit Stunden hier vergnügten. Er trank, er plauderte, er lachte.

Er wirbelte Lady Sarah über das Parkett und schaute in ihr lächelndes, glühendes Gesicht. Ergeben hörte er ihrem Geschnatter zu, obwohl er mit seinen Gedanken meilenweit weg war. Und in der Tat, er sah vor sich auch nicht Lady Sarah, sondern das Bild einer anderen, einer mit glänzendem Haar so golden wie die aufgehende Sonne, mit Augen so klar und funkelnd wie ein Topas, mit Lippen so weich und süß wie eine reife, saftige Frucht.

In ihm tobte und brandete ein Sturm der Gefühle. Verwirrung, Schmerz, Groll – und noch etwas anderes.

Bedauern und Reue.

Verstört bemerkte er, daß der Tanz schon zu Ende war. Lady Sarah berührte ihn am Unterarm. »Die vielen Leute hier gehen mir allmählich auf die Nerven, mein Lord. Vielleicht sollten wir verschwinden und uns in meinem Stadthaus eine ruhigere Umgebung suchen.«

In Lady Sarahs Augen schwelte eine dunkle, sinnliche Glut, ein unverhohlenes Angebot. Das verführerische Lächeln, das um ihren Mund spielte, war unmißverständlich und beredter als die Worte selbst. Aber Gabriel reizte das Angebot nicht, er fand die Aussicht weder verlockend noch erregend.

»Ich fürchte, es ist schon zu spät, Mylady«, murmelte er, ohne ihrem Blick auszuweichen. »Deshalb muß ich deine freundliche

Einladung leider ausschlagen.« Die Art, wie sie den Atem einzog, zeigte ihm, daß sie seine stille Botschaft verstanden hatte – und daß sie sich in diesen vielen Monaten wohl auch kaum nach ihm verzehrt hatte. Er küßte ihre Fingerspitzen zu einem letzten Lebewohl und gab sie mit einem Blick auf den Rand der Tanzfläche frei. »Ich glaube, Lord Waverly wartet schon auf den nächsten Tanz.« Er verbeugte sich, entschuldigte sich noch bei seinem Gastgeber und verschwand.

Die innere Unruhe, die ihn schon die ganze Zeit über quälte, legte sich auch nicht, als er die breite Steintreppe hinuntereilte. Er verzichtete auf die Kutsche, die der Diener ihm besorgen wollte, und ging statt dessen zu Fuß.

Nebelfetzen waberten um ihn herum. Die Straßen Londons waren wie ausgestorben. Der Saum seiner Pelerine wirbelte ihm um die Beine, und seine Schritte hallten gespenstisch auf dem Kopfsteinpflaster wieder.

Wenn ich mir schon eine Frau aufladen mußte, warum dann nur ausgerechnet dich?

Herrgott, hatte er das wirklich gesagt? Welcher Teufel hatte ihn nur geritten?

Warum konntest du nicht unfruchtbar sein?

Jedes Wort brannte sich unauslöschlich in sein Gehirn ein. Immer wieder peitschten diese rücksichtslosen, höhnischen Bemerkungen durch seinen Kopf, verfolgten und quälten ihn. Seine Seele schrie vor Pein auf. Wie hatte er nur so grausam sein können? Nein, nicht nur einfach grausam, sondern absichtlich grausam.

Er konnte sich einfach nicht erklären, was um aller Welt ihn dazu getrieben hatte. Er wußte nur, daß er ein Gefühl gehabt hatte, als packe ihn jemand an der Kehle – daß die hilflose Wut, die in seinen Adern raste, ihn angestachelt hatte. Er hatte sich ausgetrickst gefühlt, saß plötzlich in der Falle, als Opfer dieser Schönheit, die sich nun seine Frau nannte.

Er blieb stehen und preßte seine Fingerspitzen gegen die Stirn, so als könne er auf diese Weise die Dämonen austreiben, die von ihm Besitz ergriffen hatten.

Ein schlurfendes Geräusch ganz in seiner Nähe scheuchte ihn aus seinen Gedanken auf. Er hob den Kopf – und sah sie. An der Ecke eines verfallenen Ziegelgebäudes lehnte eine Frau.

Sie war arm und schwanger, kurz vor der Niederkunft, wie es schien. Obwohl sie jung war – weit jünger als er –, sprach aus ihren Augen das Elend und der Kummer von Generationen. In ihren zerlumpten Kleidern ohne wärmenden Mantel war sie schutzlos dem einsetzenden Nieselregen ausgeliefert.

Aber Gabriels Blick wurde vielmehr von ihrem dicken, schweren Bauch gefesselt. Auch Cassie würde bald ein Baby in ihren Armen wiegen, dachte er dumpf. Nein, nicht irgendein Baby, *sein* Baby.

Einen Augenblick lang bekam Gabriel keine Luft mehr. Seine Lungen brannten wie Feuer. Die Ungeheuerlichkeit dieser Erkenntnis traf ihn wie eine Keule, zerschmetterte ihn und ließ ihn fast auf die Knie sinken.

Warum konntest du nicht unfruchtbar sein … unfruchtbar …

Selbstekel fraß sich in seinen Magen wie scharfe Säure. Er hatte sie behandelt, als habe sie irgend etwas Unrechtes getan – als sei alles ihre Schuld! Aber wenn jemanden die Schuld traf, dann einzig und allein ihn.

Er preßte die Lippen zusammen. Er hatte sich nicht gerade übermäßig angestrengt, um seine Begierde in Schach zu halten. Nacht für Nacht hatte er sie begehrt. Nacht für Nacht hatte er sie genommen. Selbstsüchtig, ohne sich um die Konsequenzen zu scheren, ja ohne über diese Konsequenzen überhaupt einmal nachzudenken.

Dennoch hatte er sich dafür gehaßt, Liebe mit ihr zu machen. Denn jedesmal hatte er das Gefühl gehabt, er habe ein Stück von sich verloren.

Er fummelte unter seiner Pelerine herum. Die Frau beobachtete ihn argwöhnisch und wich einen Schritt zurück, als traue sie ihm nicht. Doch als er endlich einen kleinen Beutel voller Münzen hervorzog, weiteten sich ihre Augen.

Gabriel streckte ihr den Beutel entgegen. »Hier«, sagte er mit einem Nicken. »Nimm das.«

Sie starrte ihn mit aufgesperrtem Mund an. »Aber, Sir … das ist ein Vermögen.«

Er verzog seinen Mund zu einem kaum wahrnehmbaren Lächeln. »Ein Vermögen nun gerade nicht«, korrigierte er sie. »Aber wenn du es dir klug einteilst, kann kommt ihr beide die nächsten Monate gut über die Runden, du und dein Baby.« Er ließ das Säckchen in ihre Hand fallen.

Die Frau schaute zu ihm auf, ehrfürchtig und zutiefst bewegt. »Der Herr segne Sie, Sir.« Sie preßte den Beutel an ihre Brust. Tränen glitzerten in ihren Augen. »Sie sind ein Heiliger, ein echter Heiliger. Und ich werde Ihnen das nie vergessen!«

Er sah ihr noch nach, wie sie um die Ecke rannte, und setzte dann seinen Weg fort. Aber als er in seinem Stadthaus ankam, begab er sich nicht in sein eigenes Schlafzimmer, sondern suchte das seines Kutschers auf.

Thomas rieb sich schläfrig die Augen. »Mein Herr! Was ist los? Ist irgend etwas nicht in Ordnung?«

Gabriel schüttelte den Kopf. »Ich habe mich entschlossen, nach Farleigh zurückzukehren.«

Der junge Mann blinzelte. Durch das Fenster am Fuße seines Bettes sah er, wie der Himmel sich im ersten Morgengrauen langsam rot zu färben begann. »Jetzt, Mylord?«

Gabriel nickte. Thomas zögerte nicht länger und griff nach seiner Kleidung.

Kurze Zeit später zog Gabriel die Kutschentür hinter sich zu. Zweifelsohne hielt Thomas ihn für verrückt – nach Farleigh zurückzukehren, obwohl er gerade erst vor einem halben Tag in London angekommen war. Ein selbstgefälliges Lächeln spielte um seinen Mund. Vielleicht war er ja wirklich ein kleines bißchen verrückt.

Es war später Vormittag, als sie endlich durch die schweren Eisentore von Farleigh fuhren.

Er hatte noch kaum den Fuß in die Eingangshalle gesetzt, als er auch schon spürte, daß etwas nicht stimmte, daß etwas ganz und gar nicht stimmte. Etwas Entsetzliches mußte passiert sein.

Ein Dutzend Bedienstete drängten sich am anderen Ende der Galerie zusammen. Als erstes machte er Gloria aus. Ihre Augen waren rotgerändert und verquollen, als habe sie seit Stunden geweint. Mrs. McGee, die kaum weniger verheult aussah, tätschelte ihr beruhigend die Schulter.

Sie waren alle so benommen, daß keiner von ihnen sein Eintreten bemerkt hatte. »Was zum Teufel geht hier vor?«

Über die kleine Gesellschaft schien sich ein eigenartig bedrückender Schleier zu senken. Es war schließlich Davis, der mit einem seltsam gequälten Ausdruck einen Schritt vortrat. Der alte

Mann räusperte sich. »Mylord, ich fürchte, ich habe Ihnen eine entsetzliche Nachricht zu überbringen.«

»Rede nicht um den heißen Brei herum, Davis.« Gabriels Tonfall war schärfer als beabsichtigt. »Heraus mit der Sprache.«

»Also dann, Mylord. Mylady war heute früh nicht in ihrem Bett. Allem Anschein nach hat sie nicht einmal darin geschlafen. Unser erster Gedanke war, daß sie Ihnen nach London nachgereist war. Doch sie hat niemanden gebeten, sie zu kutschieren, und ihr Pferd steht auch noch im Stall. Deshalb hielten wir es für das Beste, weiterzusuchen.« Er schwankte. Ein Ausdruck der Verzweiflung huschte über sein Gesicht. »Mylord, wir haben sie nirgendwo gefunden.«

»Wie bitte? Aber das ist unmöglich.«

Davis' Miene wurde sehr ernst. »Nein, Mylord. Wir haben das ganze Haus auf den Kopf gestellt. Und wir haben auch gerade das Gebiet hier durchkämmt.« Er zögerte. »Nirgendwo ein Zeichen von ihr, Mylord. Wir wissen nur, daß … eine Anzahl von Kleidern fehlt. Und Gloria meint, dazu auch noch ein kleiner Koffer.«

Gabriel gerann das Blut in den Adern. Tausend Gedanken schossen ihm durch den Kopf. Sein Gesicht war aschfahl.

»Mylord, ist es möglich, daß Mylady vielleicht auf andere Weise nach London gekommen …«

»Ist sie nicht«, sagte er mit seltsam belegter Stimme. Sein Magen krampfte sich zusammen. Ein furchtbares Gefühl stieg in ihm hoch und würgte ihn, bis er kaum noch atmen konnte.

»Mylord …«

Vor den entsetzten Augen der Dienerschaft stürmte er die Treppen hinauf. Er stieß die Tür zu Cassies Zimmer mit solcher Wucht auf, daß der Knall im Treppenhaus widerhallte. Wer ihn jetzt gesehen hätte, hätte ihn wohl für geistesgestört gehalten. Aber es war niemand da, niemand, der vielleicht begreifen würde, wie entsetzlich allein er sich fühlte.

Einsam und allein wie nie zuvor.

Ein zartes Spitzentaschentuch lag neben ihrer Garderobe. Er hob es auf und starrte auf das Stückchen Stoff.

Er spürte ein schmerzhaftes Ziehen in seiner Brust. Immer wieder geisterte ihr Bild durch seinen Kopf. Er sah sie vor sich, wie sie, als er sie das letztemal gesehen hatte, vor ihm gestanden hatte –

entsetzt und bis ins Mark getroffen, bleich und blaß, mit flehenden Augen und einem Ausdruck tiefer Verletzung im Gesicht.

»Cassie«, schrie er. Seine Finger zerknüllten das Taschentuch in seiner Hand. *»Cassie!«*

Edmund kehrte drei Tage später zurück. Davis riß die Tür weit auf und verbeugte sich tief. »Euer Gnaden, wie gut, daß Sie zurückgekommen sind.«

»Es ist schön, wieder da zu sein, Davis.« Edmund reichte dem Butler seinen Hut und seinen Stock. »Ist Gabriel da?«

Es dauerte einen Moment, bis Davis antwortete. Zu Edmunds Überraschung schien der Butler irgendwie verunsichert. »Er ist oben in seinem Zimmer, Euer Gnaden.«

Edmund runzelte die Stirn, denn es war ungewöhnlich, daß dieser Mann etwas anderes als Sicherheit ausstrahlte. »Stimmt irgend etwas nicht, Davis?«

»Während Ihrer Abwesenheit, Euer Gnaden, ist nicht alles gut gelaufen. Aber ich glaube, Sie lassen sich das lieber von seiner Lordschaft erzählen ...«

Edmund war schon auf der Treppe, als der Butler ihm noch nachrief: »Euer Gnaden, Sie sollten vielleicht wissen ... Seine Lordschaft ist nicht er selbst ...«

Eine Untertreibung, wenn man es genau nahm.

Die Vorhänge waren zugezogen und dicht geschlossen, so daß nur ein schwacher Lichtschimmer in das dunkle Zimmer drang. Als Edmund auf der Türschwelle zum Zimmer seines Sohnes stand, brauchte er erst einige Sekunden, um seine Augen an die Dunkelheit zu gewöhnen.

Aber was sich dann seinen Augen darbot, verschlug ihm einfach die Sprache. Er hatte seinen Sohn wütend erlebt. Er hatte ihn wie einen Verrückten kämpfen gesehen. Aufsässig und rebellisch. Furchtlos gegenüber jedermann. Doch niemals hatte er Gabriel so wie jetzt gesehen.

Er lümmelte ohne seinen Rock in dem Sessel neben dem Fenster. Sein Hemd war verknauscht und schmutzig und nur halb in die Breeches gestopft. Es sah aus, als habe er nächtelang darin geschlafen. Ein stoppeliger, ungepflegter Bart überzog seine Wangen und seine Kinnpartie. In der Luft hing der schale Geruch von abgestandenem Brandy.

»Gabriel … Gabriel, mein Gott, du bist ja betrunken!«

Langsam hob Gabriel den Kopf und stierte mit glasigen, rotgeränderten Augen in Edmunds Richtung, bemüht, seinen Blick zu zentrieren. Mit seinem vom Brandy vernebelten Kopf erschien es ihm nur folgerichtig, daß sein Vater hier war, um Zeuge seines Elends zu werden.

Er verzog den Mund zu einem grimmigen Lächeln. »Das bin ich auch, Vater. Und das bleibe ich auch.«

Edmunds Augen verengten sich. »Was soll das alles bedeuten? Und wo ist Cassandra? In London?«

Cassie. Allein schon die Erwähnung ihres Namens schnitt Gabriel wie mit Messern ins Herz. Als er den Kopf schüttelte, bohrte sein Vater weiter. »Wo dann?«

Gabriel fletschte die Zähne. Er holte in einem weiten Bogen aus und wischte die leeren Flaschen und Gläser von dem Tisch, der neben ihm stand.

»Jesus Christus«, schrie er in einem plötzlichen Wutanfall. »Müssen Sie es unbedingt aus meinem eigenen Mund hören? Sie hat mich verlassen. Gott verdamm mich, sie hat mich verlassen!«

Edmund zuckte zusammen, als habe er einen schweren Haken in den Magen bekommen. »Lieber Gott«, keuchte er mühsam.

Gabriel sah ihn mit blitzenden Augen an. »Sie brauchen hier nicht rumzuheucheln«, grinste er höhnisch. »Das wollten Sie doch die ganze Zeit, oder?«

Nicht mehr, dachte Edmund benommen. Gott im Himmel, jetzt nicht mehr.

Mein Gott, er war so verstockt gewesen … zu stolz, um sich gleich einzugestehen, daß die Verkrustung seines Herzens Risse bekommen hatte. Edmund wußte nicht genau, wann es geschehen war. Aber die Wahrheit ließ sich nicht länger leugnen. Cassandras Geburtsland war nicht mehr von Bedeutung, und auch ihr Vorleben interessierte ihn nicht mehr. Irgendwie hatte das junge Mädchen einen Weg gefunden, sich in sein Herz einzuschleichen. Er hatte es einen Spaltbreit geöffnet, und sie war hineingeschlüpft.

Ein Gefühl der Scham fraß sich durch seine Adern. Er verdiente den Hohn und Spott seines Sohnes. Er verdiente es, von ihm verurteilt zu werden, und noch vieles mehr.

Gabriels Wut verrauchte so schnell, wie sie gekommen war. »Sie erwartet ein Kind«, sagte er schwer. »Das war der Auslöser von allem.«

Edmund holte tief Atem. »Gabriel, denk nach. Wo könnte sie hingegangen sein?«

»Ich weiß es nicht. Lieber Gott, ich … ich weiß es einfach nicht! Lady Evelyn hat nichts von ihr gehört. Und auch Christopher nicht.« Er neigte sich nach vorne und vergrub die Stirn in seinen Händen. Seine Stimme war brüchig und so leise, daß Edmund sich anstrengen mußte, um ihn zu verstehen. »Sie hat nur ein paar Sachen mitgenommen. Ich kann an nichts anderes mehr denken, als daß sie irgendwo da draußen herumirrt. Frierend und hungrig. Ohne einen Penny. Ohne Bleibe.«

»Gabriel, wir werden sie finden. Gib nicht auf.«

»Werden wir nicht«, sagte er heiser. »Ich habe es verdient, begreifen Sie das nicht? Sie wollte mich nicht heiraten.« Er verzog grimmig den Mund. »Sie meinte, sie wäre nicht gut genug, um einen Lord zu heiraten. Sie dachte, sie sei eines Lords nicht würdig. Aber sie hat uns alle an der Nase herumgeführt. Sie hat uns alle getäuscht.«

Langsam hob er den Kopf. »Sie hat geweint, als ich wegging. Aber es war mir egal. Ich herzloser Bastard hab' mich einen Teufel darum geschert.« Er machte eine Pause. Die Erinnerung lastete schwer auf ihm. »Ich höre immer noch ihr Weinen«, flüsterte er.

Edmund lief ein kalter Schauer über den Rücken, als er sah, wie Gabriel, von tiefer Verzweiflung gezeichnet, blicklos vor sich hinstarrte.

»Als sie mir eröffnete, daß sie ein Kind erwartete, war ich außer mir. Ich habe keinen Gedanken daran verschwendet, was sie empfand oder was ich damit zu tun hatte. Das einzige, woran ich denken konnte, war, daß Sie sich einen Enkel gewünscht haben …«

Edmund war sehr still geworden. Langsam nahmen die Dinge, die passiert waren, Konturen an, und er bekam eine klare Vorstellung von den Zusammenhängen.

»Ich habe … so entsetzliche Dinge gesagt, Dinge, die ich nicht so gemeint habe.« Seine Stimme wurde rauh. »Dinge, die ich nie hätte sagen dürfen …«

Edmund seufzte. Ohne sich bewußt zu sein, was er tat, war er mit ein paar Schritten bei Gabriel und legte seine Hand auf dessen

Schulter. »Das passiert uns allen, Junge«, sagte er ruhig. »Jedem passiert das.«

Gabriel sagte nichts. In Edmunds Gesicht stand Entschlossenheit, als er auf den Kopf seines Sohnes hinunterblickte. »Ich bin, weiß Gott, der letzte, der dir mit klugen Worten kommen kann. Du kannst nur hoffen, daß sie dir vergibt, Gabriel. Aber zuerst«, sagte er mit grimmiger Stimme, »mußt du sie finden.«

Einundzwanzigstes Kapitel

An diesem Abend Ende März war das Hare's Den gerammelt voll. Wie immer, wenn ein Fischerboot in den Hafen zurückkam, gab es in dem Gastraum kaum noch einen freien Sitzplatz. Die Luft war erfüllt von rauhen Männerstimmen und schmutzigem Gelächter, das bis in die Küche zu Cassie vordrang.

Sie stand da und massierte sich gerade das Kreuz, das nun fast ständig schmerzte. Die dünnen Schuhe, die sie trug, waren aufgeschnürt, um den geschwollenen Füßen ein bißchen Erleichterung zu gönnen. Obwohl sie Avery am liebsten gebeten hätte, sich frühzeitig in ihr Kämmerchen auf dem Dachboden zurückziehen zu dürfen, hielt sie sich zurück. Avery führte sein Etablissement mit eiserner Faust und zögerte auch nicht, sie einzusetzen.

Als sie Farleigh verließ, hatte sie nur das eine Ziel, möglichst schnell wegzukommen. Sie hatte sich auf den Weg nach London gemacht in der Hoffnung, dort eine Anstellung als Modistin zu finden. Aber ein Blick auf ihre mittlerweile unansehnliche, zerknitterte Kleidung hatte genügt, um sie abblitzen zu lassen. Und während das Baby in ihr immer größer wurde, wurden ihre Hoffnungen immer kleiner und zerstoben schließlich ganz. Sie sah sich gezwungen, die wenigen Habseligkeiten, die sie hatte mitnehmen können, zu verkaufen, um nicht zu verhungern.

London war genauso furchterregend gewesen, wie sie es sich vorgestellt hatte – und weit weniger freundlich, als sie es in Erinnerung hatte. Obwohl Cassie auch die niedrigsten Arbeiten angenommen hätte, wurde ihr mit einem verächtlichen Blick auf ihren Bauch immer wieder die Tür vor der Nase zugeknallt. Die ersten Januarwochen hatte sie sich schließlich mit Betteln über Wasser halten müssen.

Dann kam der Tag, an dem sie meinte, Gabriel in der Nähe des Hafens erkannt zu haben. Wieder floh sie. Erst viel später machte sie sich klar, wie töricht sie gewesen war. Glaubte sie etwa, Gabriel würde sich in irgendeiner Weise Sorgen machen, wenn er sie zufällig sehen sollte?

Zweifellos war er froh, sie endlich los zu sein.

Ihre Reise endete in einer Kneipe in einem kleinen Fischerdorf in der Nähe von Brighton. Der Küchenjunge war abgehauen, um sich der Crew eines Lastschiffes, das nach Indien ablegte, anzuschließen. Obwohl sie es nicht für möglich gehalten hätte, entpuppte sich Avery als noch schlimmer, als Black Jack es je gewesen war. Der Lohn, den er ihr zahlte, war nur ein Almosen. Doch erlaubte er ihr, auf dem Dachboden zu schlafen, und gestand ihr nach getaner Arbeit eine Mahlzeit pro Tag zu. Plötzlich zog sich ihr Bauch zusammen. Cassie holte tief Luft und klammerte sich an den Holztisch in der Mitte der Küche. Der Krampf ließ nach, und Cassie gelang ein leichtes Lächeln.

Es bewegte sich jetzt immer häufiger, das Kind unter ihrem Herzen. Es war ein Junge, dessen war sie sich ganz sicher. Doch der Gedanke, daß Gabriel nie seinen Sohn sehen würde, daß er nie seinen eigenen Sohn kennenlernen würde, ließ ihr Lächeln wieder schwinden.

Er *wollte* seinen eigenen Sohn nicht.

Unwillkürlich ließ sie die letzten Tage auf Farleigh noch einmal an sich vorbeiziehen. Was war sie doch für eine Närrin gewesen! Sie hatte tatsächlich geglaubt, Gabriel hatte angefangen, sich für sie zu interessieren, ja sie vielleicht sogar ein bißchen zu lieben. Und sie hatte so gehofft, daß das Baby für beide ein neuer Anfang werden könnte, daß sie beginnen würden, ein gemeinsames Leben aufzubauen, und endlich Rache und Mißtrauen hinter sich lassen würden.

Eines Tages, redete sie sich ein, ja, eines Tages würde der bittersüße Schmerz in ihrem Herzen nachlassen. Aber wann … *wann?*

Was die Zukunft betraf, so machte Cassie sich keine Illusionen. Sie war sich wohl bewußt, daß Avery sie nicht länger hier behalten würde, wenn das Baby erst einmal geboren war. Seine Habgier würde es ihm nicht erlauben, ein Paar müßige Hände zu dulden, und sei es auch nur für ein paar Tage. Er würde sie auf die Straße werfen, und was dann? Wer würde schon eine Frau mit einem Baby am Hals einstellen? So lasteten noch zusätzlich unendliche Angst und Sorge auf ihrer Seele, während ihr Körper Stunde um Stunde von der nicht enden wollenden Plackerei schmerzte.

Sie war so in Gedanken versunken, daß sie nicht bemerkt hatte, wie Avery in die Küche gekommen war.

»Hast du Bohnen in den Ohren, Mädchen?« Er stieß sie brutal in die Seite. »Wir brauchen draußen Hilfe, also hör auf herumzutrödeln! Irgendein junger Edelmann hat sich in den Kopf gesetzt, Brandy zu trinken, und will kein Bier – der Tisch in der hinteren Ecke. Kümmere dich drum und mach voran, aber dalli, dalli.«

Cassie beeilte sich zu gehorchen. Als sie eine Flasche Brandy auf das Tablett stellte, fiel ihr Blick zufällig auf ihre Hände. Die Kälte des Winters und das stundenlange Schrubben der Böden hatten sie aufgerissen und gerötet. Sie sahen genauso schlimm aus wie zu Black Jack's Zeiten. Sie lächelte traurig. Wahrlich nicht die Hände einer Lady. Evelyn wäre entsetzt gewesen.

Wenige Sekunden später bahnte sie sich, vorsichtig einen Schritt vor den anderen setzend, einen Weg durch die Gaststube zu dem hinteren Tisch in der Ecke. So schmerzhaft die Erinnerung auch war, Cassie konnte nicht verhindern, an jenen weit zurückliegenden Tag zu denken, als sie einem anderen reichen, gutgekleideten Herren eine Flasche Brandy gebracht hatte ...

Noch bevor sie ihr Ziel erreicht hatte, entdeckte sie ihn über die Menschenmenge hinweg. Er war allein und saß mit dem Rücken zu ihr. Plötzlich zog sich ihre Brust im Gefühl drohender Gefahr zusammen. Ihr stockte der Atem. Der Schwung seines Kopfes schien ihr so überaus vertraut, die stolze Haltung seiner breiten Schultern. Ihr Herz machte einen Satz. Welch grausames Spiel trieb ihre Einbildung mit ihr? Ganz sicher erlag sie einer optischen Täuschung ...

Dann drehte er den Kopf und zeigte sein makellos gemeißeltes, edles Profil.

Ihr Herz begann zu rasen. Sie spürte, wie alle Farbe aus ihrem Gesicht wich. Das Tablett entglitt ihren zitternden Finger. »Nein«, flüsterte sie schwach. »O nein ...«

In den Wochen nach Cassies Verschwinden lernte Gabriel eine Angst kennen, wie er sie nie zuvor gekannt hatte.

Er verachtete sich dafür, Cassie mit Worten auf diese brutale Weise gepeinigt zu haben. Die ganze Zeit über hatte er nur an sich gedacht – und daran, es seinem Vater heimzuzahlen. Er hatte sie unter herzloser Mißachtung ihrer Gefühle benutzt, ohne auch nur einen Gedanken darauf zu verschwenden, wie sehr sie das alles treffen mußte. Auch wenn sie noch so stark und erhaben war, auch ihre Kräfte versiegten einmal. Er hatte sie verletzt, maßlos verletzt.

Obwohl er mit all seiner Kraft dagegen ankämpfte, gab es Zeiten, da er seine Gedanken nicht steuern konnte. Zeiten, da seine Gedanken unvermeidlicherweise zu seiner Mutter wanderten. Die pure Verzweiflung hatte seine Mutter umgebracht – was, wenn er Cassie in dasselbe Schicksal getrieben hatte?

Diese Vorstellung reichte aus, um ihm den kalten Angstschweiß auf die Stirn zu treiben. Die Vorsehung konnte einfach nicht so grausam sein, ihm das gleiche *zweimal* anzutun.

Gabriel war kein Mann, der betete, aber jetzt betete er wie nie zuvor.

Vier Monate später war er an einem Punkt angelangt, wo er meinte, die verzweifelte Hoffnung, sie jemals wiederzufinden, aufgeben zu müssen.

In der Hoffnung, mehr Zeit für die Suche nach Cassie zu gewinnen, hatte er beschlossen, einen Teil seiner Schiffsgeschäfte zu verkaufen. Das hatte ihn in das kleine Dorf in der Nähe von Brighton gebracht. Der Eigner einer Fischereiflotte hatte von einem Onkel eine Menge Geld geerbt und sein Interesse an dem Kauf mehrerer seiner Schiffe bekundet. Nach einer Stunde Verhandlung hatten sie sich schließlich auf den Preis und die Konditionen geeinigt. Gabriels Anwalt wollte ihn aufsuchen, sobald die Papiere aufgesetzt waren.

Nun, da die Geschäfte unter Dach und Fach waren, saß er hier allein am Tisch und fühlte sich krank und elend, hing düster seinen Gedanken nach und hatte weder Auge noch Ohr für das, was um ihn herum vorging. Thomas war schon nach draußen gegangen und wartete auf ihn in der Kutsche, doch Gabriel konnte sich einfach nicht aufraffen, ihm zu folgen.

Plötzlich drang ein Knall, gefolgt von dem Geräusch splitternden Glases, an sein Ohr. Er blickte sich um, mehr aus einem Reflex heraus als aus wirklichem Interesse.

Plötzlich stockte ihm der Atem.

Seltsamerweise war es zuerst die Figur, die ihn zusammenfahren ließ – der dicke, runde, träge Bauch einer Schwangeren.

In Null Komma nichts war er auf den Beinen. Er schoß so schnell hoch, daß der Stuhl hinter ihm polternd auf den Boden kippte. »Cassie ... Cassie!«

In ihren Augen spiegelte sich blankes Entsetzen. Sie wirbelte herum und hatte nur den einen Gedanken im Kopf, möglichst schnell von ihm fortzukommen. Doch sie hatte kaum drei Schritte gemacht, als sie plötzlich herumgerissen wurde.

Es war Avery. Seine Finger krallten sich schmerzhaft in ihr Fleisch. Er schob sie brutal zurück gegen eine Tischkante. Wenn Cassie nicht instinktiv die Hände nach hinten gestreckt hätte, um sich abzustützen, hätte sie das Gleichgewicht verloren.

Avery holte mit der Faust aus. »Du trampliges Luder!« schnarrte er. »Dafür wirst du mir büßen, so wahr mir Gott helfe!«

Doch bevor er seine Drohung noch wahrmachen konnte, wurde sein Arm auf den Rücken gedreht. »Wenn du Hand an sie legst«, sagte hinter ihm eine Stimme mit tödlicher Ruhe, »dann verspreche ich dir, daß du den nächsten Morgen nicht mehr erleben wirst.« Gabriels Gesicht glühte vor Zorn und unmißverständlicher wilder Entschlossenheit.

»Schon gut, schon gut, lassen Sie mich erst mal los!« Avery fuhr herum und verzog seine dicken Lippen. Er hatte zwar einen Rückzieher gemacht, aber er war kaum bereit, klein beizugeben. »Was geht das Sie an, wenn ich der Dirne die Prügel verpasse, die sie verdient? Zufällig verdient sie hier nämlich meine Kröten.«

»Und zufällig bekommt sie von mir ein Kind. Du wärst also klug beraten, dir ein neues Barmädchen zu suchen. Sie kommt mit mir, und ich werde jeden Mann töten, der die Idee haben sollte, mich aufzuhalten.« Das klang keineswegs nach leerer Drohung, sondern war vielmehr eine sachliche Feststellung. Im Raum war es mucksmäuschenstill geworden, und alle schienen plötzlich sehr nüchtern zu sein.

Gabriel ließ den Blick durch den Raum schweifen. »Nein? Eine kluge Entscheidung, meine Herren.« Er warf Avery eine Goldmün ze hin, die zwischen seinen Füßen auf dem Boden landete. »Hier, das sollte mehr als genug für den Brandy sein.« Damit nahm er Cassie bei der Hand und zog sie zur Tür.

Cassie war wie in Trance. In ihrem Kopf drehte sich alles, und ihr Herz klopfte wie verrückt, als er sie in die Kutsche bugsierte und die Tür zuknallte. Gabriel gab Thomas ein Zeichen, und die Kutsche setzte sich in Bewegung.

Durch Cassies Körper lief ein Zittern, ob wegen der Kälte oder als Reaktion auf die sich überstürzenden Ereignisse, wußte sie nicht. Gabriel war hier ... *hier neben ihr.* Die unterschiedlichsten Gefühle brodelten in ihr – Zorn, Resignation, Enttäuschung ... aber vor allem das Gefühl abgrundtiefer Demütigung.

»Ich denke, du schuldest mir eine Erklärung. Was, zum Teufel, hast du an diesem Ort verloren?«

Er saß ihr wie ein Ankläger gegenüber, ein Richter, der sie verurteilte. Sein Gesichtsausdruck war ein einziger Vorwurf. Cassie senkte den Blick. Sie begann zu zittern. Warum hatte er sie auch finden müssen – warum mußte das ausgerechnet *hier* sein? Ihr Gesicht brannte vor Scham und Verlegenheit. Sie wollte nicht, daß er sie so sah. Sie wußte genau, wie schrecklich sie aussah. Ihr Haar hatte jeglichen Glanz verloren. Ihre Haut war blaß und grau und spannte sich über den Wangenknochen. Sie fühlte sich so häßlich und abstoßend. Sie spürte plötzlich einen Stich in ihrer Brust. Genau das war sie ja auch. Hatte Gabriel nicht schon vor langem gesagt, daß sie für ihn immer eine Last sein würde?

Sie konnte es einfach nicht aushalten, eine Bürde zu sein, an die man aus irgendeinem Pflichtgefühl heraus gekettet war. Wußte er nicht, daß sie ihn deshalb verlassen hatte?

»Antworte mir, Cassie. Was, um alles in der Welt, hast du hier zu suchen?«

Sie starrte auf ihre Hände und verschränkte sie in ihrem Schoß, um das Zittern unter Kontrolle zu bekommen. Ihre Lippen zuckten nervös, und sie brachte es einfach nicht fertig, seinem Blick zu begegnen.

»Verdammt, Cassie, schau mich an!«

Sie tat es. Ihr Untergang schien besiegelt. Um ihren Mund zuckte es. Tränen brannten in ihrer Kehle, und ihre Brust schmerzte von der Anstrengung, der es bedurfte, nicht zusammenzubrechen.

»Warum mußtest du mich bloß finden?« sagte sie gebrochen. »Warum bloß?«

Seine Kinnpartie spannte sich an. »Wie bitte? Willst du mir etwa erzählen, du wärst lieber hier geblieben? Du warst so versessen darauf, dem Leben im Black Jack's zu entrinnen – aber dieser Ort ist um keinen Deut besser als all das, was du in Charleston hinter dir gelassen hast! Ich kann es immer noch nicht glauben, daß du mich verlassen hast – und dann auch noch für das hier!«

»Hast du geglaubt, daß ich mir das ausgesucht habe? Ich habe versucht, in London eine Stelle als Näherin zu finden. Aber dann schien es mir, als hätte ich dich dort gesehen. Ich wußte, ich mußte fliehen ...«

Stockend erzählte sie ihre Geschichte. Gabriel wurde immer blasser. Schuld und Scham brannten wie glühendes Eisen in seiner Seele. Er konnte niemandem außer sich selbst die Schuld geben. Daran zu denken, wie sie mutterseelenallein auf den Straßen Londons herumgeirrt war, ohne jedes Geld, ohne Bleibe. Sie hätte überfallen, geschlagen, getötet werden können!

Er legte seine Hände auf ihre Schultern und zog sie neben sich auf den Sitz herüber. Seine Finger gruben sich in ihre Arme. »O Gott«, rief er aus. »Hast du wirklich geglaubt, ich würde mich nicht um dich kümmern? Wie konntest du nur so etwas denken – wie nur?«

Tränen stürzten aus ihren wunderschönen goldenen Augen. »Wie konnte ich nicht?« Die Narben all ihrer Wunden brachen auf und schwärten in diesen geflüsterten Worten.

Gabriel schüttelte den Kopf, seine Stimme klang genauso gequält wie ihre. »Ich war ein Idiot, Cassie. Ich hätte nicht sagen dürfen, was ich gesagt habe. Ich habe es nicht so gemeint, das schwöre ich! Ich bin noch am selben Abend nach Farleigh zurückgekommen, aber du warst schon weg. Ich weiß, daß ich dich verletzt habe, und ich würde alles darum geben, es ungeschehen zu machen. Aber ich habe auch gelitten. Mein Gott, hast du nie daran gedacht, wie ich fühlen würde, wenn ich dein Verschwinden entdeckte? All diese Wochen, in denen ich nach dir gesucht und mich ständig gefragt habe, wo du bist, ob es dir gutgeht ... Ich habe fast den Verstand verloren! Du hättest doch nach Hause kommen können, Cassie. Du hättest es *müssen*!«

Sie schlang die Arme um sich und versuchte mit aller Kraft, ihr Zittern und das elende Gefühl der Schwäche zu unterdrücken. »Wozu? Um deine Häme und Verachtung zu spüren? Du wolltest mich nicht«, weinte sie mit herzerweichender Offenheit. »Ich konnte nicht bleiben, nachdem ich wußte, was du fühltest … Ich mußte weggehen … verstehst du denn nicht, ich mußte!«

Ihre Verzweiflung erschütterte ihn bis ins Mark. Er versuchte sie an sich zu ziehen. Sie wehrte sich zwar dagegen, aber er achtete nicht darauf. Seine Arme umfingen sie, er drückte sie fest an sich und zog sie zu sich unter seine Pelerine.

Bei seiner Berührung schien etwas in ihr loszubrechen. Plötzlich strömte alles aus ihr heraus, all ihr Kummer und Leid, ihre Scham und ihre Angst.

»Ich wollte doch nichts weiter, als dir gefallen. Ich wollte eine Lady sein … die Lady, die ich deiner Meinung nach nie werden konnte.« Sie krallte ihre Finger in seinen Rock und löste sie wieder. »Ich hätte mich nicht an dummen Hoffnungen festklammern dürfen. Meine Mutter wollte mich nicht. Dein Vater wollte mich nicht. Du wolltest mich nicht.« Sie begann zu schluchzen. Hilflos. Hemmungslos. »Was stimmt mit mir nicht, Gabriel? Was stimmt mit mir nicht?«

Er drückte sie noch fester an sich. Ihre Arme waren so zerbrechlich, daß es ihm das Herz zerriß. »Mit dir ist alles in Ordnung, mein Liebes«, flüsterte er, und sein Atem strich sanft über ihre pfirsichzarten Schläfen. Er küßte die hervorstürzenden Tränen von ihren Wangen. »Du bist liebreizend und wunderbar. Schön und begehrenswert. Du bist alles, was sich ein Mann nur wünschen kann. Alles, was ich mir wünsche.«

Sie zeigte keine Reaktion, und er wußte nicht, ob sie seine Worte verstanden hatte. Sie lag an seiner Brust und weinte sich das Herz aus dem Leib, bis sie völlig erschöpft und ausgelaugt war und ihre Emotionen weggeschwemmt waren. Gabriel hielt sie fest in seinen Armen und spürte, wie auch seine eigene Kehle seltsam zugeschnürt war. Schließlich verlangten die Anspannung und die Müdigkeit ihren Preis; an seine Brust gekauert, schlief sie ein.

Es war schon sehr spät, als die Kutsche in die Auffahrt nach Farleigh Hall einbog und vor den Haupteingang rollte. Gabriels Miene war abgespannt, als er sie die Treppe zu ihrem Zimmer emportrug.

Er zog ihr das Kleid und die Schuhe aus, legte sie auf das Bett und schlug die Steppdecke über sie, sie bis zum Kinn warm einhüllend.

Sie bewegte sich und stöhnte leise. Gabriel war sofort neben ihr. »Psst, mein Liebes«, beruhigte er sie. Mit der Fingerspitze strich er behutsam eine goldene Haarsträhne von ihrer Wange. »Alles ist gut. Jetzt bist du in Sicherheit.«

Sie wurde ruhig und kuschelte ihre Wange in seine Handfläche. Sie sah so blaß und zerbrechlich aus, daß es ihn ins Herz schnitt. Mit einem müden Seufzer richtete er sich auf, zog sich dann im Dunkeln aus und schlüpfte neben sie. Vorsichtig, damit sie nicht aufwachte, streckte er die Arme aus und zog sie ganz sachte an sich. Sie kuschelte sich an ihn, unbewußt seine Wärme suchend.

Er beobachtete sie, während sie schlief, und spürte, wie sich ihre Brüste beim Atmen gegen ihn hoben und senkten. Mit den Fingerspitzen zog er ganz leicht und behutsam die Konturen ihres tränengezeichneten Gesichts und die Kurve ihrer Wangen nach. Sie sah so vertrauensvoll, so unschuldig aus.

Ich wollte doch nichts weiter als dir gefallen. Ich wollte eine Lady sein … die Lady, die ich deiner Meinung nach nie werden konnte.

Sein Herz zog sich zusammen.

Was stimmt mit mir nicht, Gabriel? Was stimmt mit mir nicht?

Er dachte daran, wie sie geweint hatte, völlig gebrochen, am Boden zerstört. Immer wieder machte er sich Vorwürfe. Wie hatte er nur so blind, so lieblos und hart sein können. Sie hatte nach Liebe und Zuneigung gehungert, und was hatte er ihr gegeben?

Cassie, dachte er, *Cassie, was habe ich dir nur angetan?*

Und dann spürte er plötzlich, daß sich dort, wo ihr Bauch gegen seine Taille drückte, etwas bewegte. In ihr wuchs Leben heran. Ein Teil von ihm … o Gott, ein Teil von *ihm.* Wie konnte er sich davon bloß abwenden? Wie konnte er sich von ihr abwenden? Ein Gefühl des Schmerzes überschwemmte ihn. Wie konnte er seinem eigenen Kind das antun, was sein Vater ihm angetan hatte?

Aber er wußte, wie tief er sie verletzt hatte. Die ganze Zeit über hatte er nichts anderes getan, als sie zu verletzen! Was sollte er jetzt nur tun? Sie aus seinem Leben werfen? Nein, das konnte er nicht, und das *wollte* er auch nicht.

Er legte sich ein bißchen zurück und spreizte seine Finger über der Wölbung ihres Bauches. Dann hielt er den Atem an und wartete te. Die Belohnung ließ nicht lange auf sich warten. Sekunden später regte sich sein ungeborenes Kind unter seiner Hand, genauso wach wie sein Erzeuger. Ein Lächeln huschte über sein Gesicht. Er war froh, daß Cassie schlief, denn ihm war klar, daß sie sonst seine Hand weggefegt hätte.

Lange Zeit blieb er so liegen, gab sich ganz den Empfindungen seiner forschenden Hand auf ihrem festen, warmen Bauch hin. Er fühlte und tastete, streichelte und staunte, dachte nach … und betete.

Schließlich hörten die Bewegungen des Babys auf. Gabriel zog Cassie in seine Arme und wiegte sie – wiegte ihrer beider Kind. Sehr behutsam küßte er ihren Bauch, ihre geschlossenen Augenlider, ihre weichen Lippen. Dann legte er sich zurück und schloß die Augen.

Aber es dauerte sehr lange, bis der Schlaf auch ihn umfing.

Zweiundzwanzigstes Kapitel

Die Erschöpfung ließ Cassie den ganzen Vormittag hindurch bis in den Nachmittag hinein schlafen. Als sie schließlich aufwachte, rieselte warmes Sonnenlicht durch die Vorhänge. Ein Feuer knisterte im Kamin und verbreitete mit seinem goldenen Schein eine warme, gemütliche Atmosphäre. Cassie fühlte sich trotz der vorgeschrittenen Tageszeit immer noch seltsam müde und mochte sich nicht bewegen. Ihr Rücken schmerzte.

In diesem Augenblick öffnete sich die Tür. »Mylady?« wisperte eine Stimme.

Es war Gloria. Cassie drehte den Kopf und sah, wie die kleine Zofe durch den Türspalt lugte. Als sie bemerkte, daß ihre Herrin inzwischen aufgewacht war, stürzte sie herein.

»Oh, Mylady«, rief sie. »Sie sind wieder zu Hause! Ach, ich kann Ihnen gar nicht sagen, wie froh ich bin, daß Sie zurückgekommen sind!« Sie fiel neben dem Bett auf die Knie und ließ ihren Tränen freien Lauf.

Cassie lächelte traurig und legte eine Hand auf den Kopf des Mädchens. Allein schon Glorias wegen hätte sie gern gesagt, daß es guttat, wieder zurückzusein. Doch sie spürte weder Freude noch Bedauern. Tatsächlich war es ziemlich seltsam, wieder auf Farleigh zu sein.

Minuten später stand schon ein Tablett mit Essen auf ihrem Schoß, einschließlich einer Kanne mit ihrer geliebten heißen Schokolade. Sie hatte zwar wenig Appetit, aber sie zwang sich zu essen. Unterdessen bereitete Gloria ihr ein Bad vor, wobei sie die Wanne direkt vor den Kamin zog, damit sie es besonders schön warm hatte. Cassie gönnte sich den Luxus, sich lange von dem weichen Wasser umschmeicheln zu lassen. Währenddessen schnatterte Gloria unentwegt vor sich hin, zog das Bett glatt und wischte Staub, geradeso als sei ihre Herrin niemals weg gewesen.

Schließlich erhob sich Cassie aus der Wanne und übergab sich Glorias geschickten Händen. Doch als Gloria zum Kleiderschrank ging, seufzte Cassie. »Ich fürchte, die Auswahl wird nicht sehr groß sein«, murmelte sie und betastete unsicher ihren Bauch. »Aller Wahrscheinlichkeit nach wird mir überhaupt keins dieser Kleider passen.«

Gloria zog ein voluminöses Flanellnachthemd aus einem Fach und sagte forsch: »Das macht nichts. Seine Lordschaft hat strikte Anweisung gegeben, daß Sie im Bett bleiben sollen und keinen Finger krumm machen dürfen.« Sie stülpte das Nachthemd über Cassies Kopf und zupfte es zurecht. Dann bürstete sie ihr Haar und ließ es offen in weichen Locken über ihre Schulter fallen. Als sie fertig war, drängte sie ihre Herrin wieder zurück ins Bett.

Obwohl sie eigentlich gegen diese törichte und völlig überflüssige Verhätschelung protestieren wollte, lehnte sie sich doch gegen das füllige Kopfkissen zurück, nur um sich noch ein paar Minuten, wie sie sich einredete, auszuruhen. Aber ihr Körper kannte seine Bedürfnisse weitaus besser. Und so fielen ihr schon bald die Augen zu, und sie döste ein.

Das Zimmer war in den graublauen Schleier des Zwielichts eingehüllt, als sie erneut erwachte. Bedrängt von dem unangenehmen Gefühl, beobachtet zu werden, schlug sie langsam die Augen auf.

Gabriel stand auf der Türschwelle. Offensichtlich war er gerade von einem Ausritt nach Hause gekommen. Ihr Herz machte einen kleinen Sprung. Sie hatte ganz vergessen, wie unerhört gut er aussah! Sein wie immer makellos sauberes Kragentuch war elegant um seinen Hals geschlungen. Er trug kniehohe Stiefel und hautenge Breeches, die fast schon schamlos seine muskulösen Schenkel zur Schau stellten.

Als er merkte, daß sie wach war, schloß er die Tür hinter sich und kam auf sie zu. Cassie stützte sich mit den Händen auf der Matratze ab und drückte sich zum Sitzen hoch. Sie fühlte sich schwerfällig und unbeholfen und in dieser Position sichtlich im Nachteil für ein Gespräch mit ihrem Ehemann. Sie fuhr sich schnell mit den Händen durch das zerzauste Haar und wünschte, sie hätte vorher noch Zeit gehabt, mit einem Kamm durch ihre Locken zu gehen.

Gabriel blieb nicht etwa an ihrem Bett stehen oder zog sich einen Sessel heran, wie sie es erwartet hatte, sondern setzte sich auf das Bett, und zwar so nah, daß sie selbst durch die dicke Steppdecke hindurch seine stahlharten Oberschenkelmuskeln spüren konnte.

Eine innere Unruhe überfiel Cassie. Die Erinnerung daran, wie sie am Abend zuvor in seinen Armen geweint hatte, machte ihr schwer zu schaffen. Verachtete er sie wegen ihrer Schwäche? Widerte es ihn an, daß sie die Fassung verloren hatte? Sie verknotete ihre Finger auf der Bettdecke und wußte nicht, was sie sagen oder tun sollte.

Er umschloß ihre Finger mit seiner festen, warmen Hand und drückte sie. Die Berührung ließ sie kaum merklich erbeben. Auch das hatte sie nicht erwartet.

»Besser heute, Cassie?«

Sie schluckte und nickte heftig. Er verzog keine Miene, lächelte nicht; aber er sah auch nicht ausgesprochen böse aus. Wieviel besser hätte sie doch mit seinem Zorn umgehen können – mit seiner Freundlichkeit wußte sie nichts anzufangen.

Gabriels Blick glitt über ihr Gesicht. Sie sah sehr jung und verletzlich aus. Das Haar fiel ihr wild und ungebändigt über die Schultern den Rücken hinunter. Wie dünn sie war. Er konnte die Zerbrechlichkeit ihrer Glieder förmlich fühlen. Ihre Haut war wie Pergament, blaß und fast durchsichtig. Trotz ihres Leibesumfangs schien sie so zart, als könne sie jeden Moment zerbrechen.

»Ich danke Gott, daß ich dich gefunden habe.« Seine Stimme war leise und eindringlich. »Mir läuft es kalt den Rücken hinunter, wenn ich daran denke, was alles hätte passieren können, wenn ich dich nicht gefunden hätte.«

Cassie machte sich steif. Er drückte ihre Hände fester, nachdrücklich, aber ohne ihr weh zu tun. »Nein«, bat er sanft, als sie sich von seinem Griff befreien wollte, »zieh sie nicht weg!«

Sie sagte nichts, sondern blickte ihn nur mit großen, kummervollen Augen an.

»Ich habe es ernst gemeint, was ich gestern abend gesagt habe«, sagte er ruhig. »Ich bedaure zutiefst, daß ich dir Schmerz zugefügt habe.« Er machte eine Pause und fuhr dann mit noch weicherer Stimme fort: »Ich hoffe von ganzem Herzen, daß wir die Vergangenheit hinter uns lassen und einen neuen Anfang machen können.«

Sie zitterte. Dies war ein ganz anderer Gabriel als der, den sie kannte. So ergeben, so zerknirscht hatte er sich ihr noch nie gezeigt. Und sie hätte schwören können, daß in seinen Augen ein Ausdruck von Zärtlichkeit lag, von Zärtlichkeit und Fürsorglichkeit.

Nein ... *nein.* Sie wagte nicht daran zu glauben. Sie glaubte es einfach nicht.

»Aus welchem Grund solltest du dir das wünschen?« sagte sie steif. Sie konnte ihre Bitterkeit weder verbergen noch verleugnen. Selbst jetzt spürte sie noch den Stachel seines Zorns, als sie sich getrennt hatten. »Ich trage zwar deinen Namen, aber sonst haben wir nichts gemeinsam.«

In seinen Augen blitzte es ärgerlich auf. »Da muß ich dir widersprechen, Cassie. Wir haben *dies* gemeinsam.« Mit einer heftigen Bewegung schob er die Decke beiseite und legte besitzergreifend beide Hände gespreizt auf die harte Wölbung ihres Bauches. »Du wirst bald mein Kind zur Welt bringen. Das ändert alles.«

»Das ändert gar nichts!« Sie versuchte, seine Hände wegzustoßen, doch sie hätte wissen müssen, daß das ein zweckloses Unterfangen war. Wenn er entschlossen war, konnte ihn nichts aufhalten. Und so blieb ihr am Ende nur ein böser Blick.

»Du hast aus deinen Gefühlen kein Hehl gemacht, du hast dich klar und deutlich ausgedrückt, mein Herr Graf, sehr deutlich sogar. Du hast zwar gesagt, daß du kein Kind, daß du keinen Erben willst. Aber in Wahrheit wolltest du bloß kein Kind von mir.« Mein Gott, wie weh es tat, das laut auszusprechen! »Ich habe es dir schon einmal gesagt, Gabriel. Unser Verhältnis zueinander ist nicht anders als das deines Vaters zu deiner Mutter!«

Seine Kiefer spannten sich an. »Du bist im Unrecht, Cassie. Du bist meine Frau. Ich will das Kind, und ich will *dich.*«

»Hör auf damit!« schrie sie. »Wenn zwischen uns schon sonst nichts ist, dann laß uns wenigstens ehrlich miteinander sein. Ich bin nichts weiter als eine Schachfigur, mit der du deinen Vater mattsetzen willst. Es gibt, denke ich, nur einen einzigen Grund dafür, warum du dieses Baby plötzlich haben willst. Du siehst in ihm nur eine weitere Waffe im Kampf gegen deinen Vater!«

Gabriels Gesicht lief rot an. »Sag mal, merkst du denn nicht, daß ich mich gerade bemühe, die Dinge, so gut ich kann, wieder ins Lot zu bringen?«

»Willst du mir etwa weismachen, daß Schuldgefühle der Grund für dein plötzliches Interesse sind? Ach ja, ich habe ja ganz vergessen, daß du eines Tages der Herzog von Farleigh sein wirst. Da mußt du natürlich an deine Pflichten denken. Und eine Frau und ein Erbe gehören auch dazu, ist es nicht so?«

Er riß seine Hände von ihrem Bauch. »Ich denke kaum, daß etwas dagegen einzuwenden ist, wenn ein Mann sich um seine Frau und sein Kind sorgt.«

Irgend etwas verkrampfte sich in ihr. Wenn es doch nur so einfach wäre. Sie wußte plötzlich nicht mehr ein noch aus. Sie war sich ihrer Gefühle nicht mehr sicher, aber vor allem war sie sich der Gefühle Gabriels nicht sicher.

»Du hast davon gesprochen, was du willst. Aber was ist damit, was ich will? Hast du auch an mich gedacht, als du mich hierher zurückbrachtest?«

»Das war mein einziger Gedanke!« Verärgert und enttäuscht stand er auf und blickte auf sie herab. »Mein Gott, Cassie, hast du mal in den Spiegel geschaut? Du siehst aus wie ein Gespenst!«

Sie holte tief Luft – eine solche Beleidigung aus seinem Mund war unerträglich. Aber sie wollte nicht, daß er Zeuge ihres Schmerzes wurde. Und es war ja schließlich auch so viel leichter, sich in einen Wutausbruch zu flüchten.

»Aber ich … ich wünschte, du hättest mich nie gefunden. Und ich will auch nicht hierbleiben, hörst du? Ich will nicht!«

»Du würdest lieber dahin zurückgehen, wo ich dich aufgespürt habe?«

»Ja … ja! Ich hasse dich … hörst du? Ich hasse dich!«

Gabriels Gesicht schien zu erstarren. »Ich werde dich auf keinen Fall in das Leben zurücklassen, das du geführt hast«, preßte er zwischen den Zähnen hervor. »Du *wirst* hierbleiben, Cassie, und wenn ich dich in deinem Zimmer einsperren muß! Du bist jetzt ganz offensichtlich überdreht, und ich halte es für sinnlos, diese Unterhaltung fortzusetzen. Ich komme wieder, wenn du wieder klarer denken kannst.«

Er drehte sich abrupt um und schritt zur Tür.

Cassie fegte die Bettücher beiseite und schwang die Beine aus dem Bett. »O ja, das sieht dir ähnlich, einfach abzuhauen! Aber ich will nicht wieder beiseite geschubst werden. Hörst du? Ich will das nicht!«

Gabriel trat festen Schrittes auf die Galerie hinaus. Sein Gang verriet nie die geringste Unsicherheit.

»Ich verfluche dich, Gabriel … *Gabriel*!«

Gabriel. In diesem Schrei schwang plötzlich so viel Verzweiflung mit, daß Gabriel das Blut in den Adern gefror. Er stürzte zurück in ihr Zimmer. Sie stand neben ihrem Bett, hielt sich mit einer Hand an dem Bettpfosten fest und preßte die andere auf ihren Bauch. Ihr Nachthemd war unterhalb der Taille völlig durchnäßt.

Cassie blickte ihn mit großen, tränenumflorten Augen an. »Die Fruchtblase ist geplatzt«, keuchte sie. »O Gott, das Baby kommt!«

Er beugte sich zu ihr hinunter und nahm sie behutsam auf seine Arme, um sie zurück auf das Bett zu legen. Cassie blickte zu ihm hoch und entdeckte in seinem Gesichtsausdruck etwas, das sie dort nie erwartet hätte: Angst.

Und dann begriff Cassie … sie begann zu schluchzen. »Nein, das kann noch nicht sein … es ist noch viel zu früh. Es ist noch zu früh!«

Gabriel versuchte sich aufzurichten. Sie griff nach seinen Händen. »Verlaß mich nicht, Gabriel, bitte, verlaß mich nicht!«

Ihr klägliches Flehen zerriß ihm das Herz. »Ist ja gut, mein Liebling.« Er drückte ihre Finger und beugte sich herab, um ihre bebenden Lippen zu küssen. »Ich muß Thomas nach einem Arzt schikken. Aber ich bin gleich wieder zurück, mein Liebes, ich verspreche es.«

Liebes. Es war, als legten sich riesige Hände wie eine Klammer um ihr Herz. Gabriel liebte sie nicht – er würde sie nie lieben. Doch seine Berührung war so zärtlich, seine Worte waren so süß. Sie hätte fast glauben können, er sorgte sich doch ein bißchen um sie, zumindest ein kleines bißchen.

Es dauerte nicht lange, und Gloria stürzte herein. »Mylady!« rief sie. »Der Graf hat gesagt, daß das Baby kommt!«

Cassie bemühte sich, zumindest äußerlich ruhig zu werden, auch wenn sie innerlich weit davon entfernt war. Obwohl sie sich danach sehnte, ihren Körper von seiner Last zu befreien, ängstigte sie sich vor den Qualen, die ihr bevorstanden. Sie versuchte zu lächeln. »Es wird ganz bestimmt noch Stunden dauern. Die erste Geburt dauert, glaube ich, immer etwas länger.«

Mit Glorias Hilfe wechselte sie ihr durchweichtes Hemd gegen ein frisches. Sie hatte sich gerade wieder in ihre Kissen zurückgelegt, als sie plötzlich ein krampfartiges Ziehen in ihrem Bauch spürte. Sie holte tief Atem und ließ ihn langsam wieder ausströmen. In diesem Augenblick tauchte Gabriel wieder auf. Ohne einen Moment zu zögern, zog er wie selbstverständlich einen Stuhl an das Kopfende ihres Bettes und griff nach den Händen seiner Frau.

Es dauerte eine Zeit, bis der Arzt eintraf. Dr. Hampton war ein kräftiger Mann mit einem Kugelbauch, der überaus gemütlich und freundlich wirkte. Die Wehen waren inzwischen stärker geworden, dauerten auch länger, und Cassie hatte damit begonnen, jedesmal dagegen anzuhecheln. Als der Arzt nun Gabriel, der wegen dessen Verspätung ohnehin schon innerlich kochte, höflich, aber bestimmt aufforderte, seinen Stuhl zu räumen und unten zu warten, setzte sich Gabriel zur Wehr.

»Ich werde mich nicht aus diesem Zimmer vertreiben lassen. Ich war dabei, als das Kind empfangen wurde, und ich sehe keinen Grund, warum ich nicht auch dabei sein sollte, wenn es geboren wird.«

Dr. Hampton rollte mit den Augen und schüttelte seinen fast kahlen Kopf. Seiner Erfahrung nach waren die meisten werdenden Väter dieser Situation nicht gewachsen und erwiesen sich als zusätzliche Belastung. Dasselbe erwartete er auch von diesem Vater. Doch als die Stunden verrannen, wurde klar, daß der Graf eine Ausnahme bildete. Seine Gegenwart schien sich obendrein auf die Ängste seiner Frau durchaus günstig auszuwirken.

Als die Wehen stärker wurden, fiel es Cassie immer schwerer, ihre Schreie zu unterdrücken. Als eine Kontraktion besonders schlimm war, konnte sie ein leises Stöhnen doch nicht vermeiden.

»Es tut mir leid«, flüsterte sie, als sie wieder zu Atem kam. »Ich bin ein ziemlicher Feigling, weißt du?«

Gabriel zog es das Herz zusammen. Ihre Augen waren zwei Seen unendlicher Pein. Er strich ihr die feuchten Strähnen aus der Stirn. »Ein Feigling?« tadelte er sie liebevoll. »Das glaube ich nicht, Cassie. Du bist eine außerordentliche Frau – stark und tapfer – die stärkste Frau, die ich kenne.«

Zärtlich wischte er ihr die Schweißperlen von den Augenbrauen. Doch das Gesicht, das sich über sie beugte und ihr beruhigende Worte zuflüsterte, war aschfahl. Wenn sie während der letzten Monate umhegt und umsorgt worden wäre, dann wäre er jetzt nicht ganz so beunruhigt gewesen. Aber sie war so dünn, so schwach, und man konnte fast zusehen, wie der harte Kampf ihre Kräfte langsam aufzehrte. Sie hatte so wenig Reserven.

Ihr Bauch krampfte sich in einer neuen Wehe zusammen, die stärker und länger war als die vorhergehenden. Ein nahezu unerträglicher Druck baute sich zwischen ihren Schenkeln auf. So sehr sie sich auch bemühte, sich ihre Qual nicht anmerken zu lassen, es gelang ihr nicht, den angstvollen Schrei, der sich von ihren Lippen löste, zu unterdrücken.

Ihre Fingernägel gruben sich in Gabriels Handflächen und ritzten seine Haut auf. Als die Wehe vorüber war, fiel ihr Kopf kraftlos zurück ins Kissen. Umrahmt von der wilden, zerzausten Pracht ihrer wunderschönen Haare, lag sie um Atem ringend da und wirkte unheimlich schwach – so schwach, daß Gabriel für einen Moment in Panik verfiel.

Er war bis ins Mark erschüttert. Er haßte sich wegen seiner Hilflosigkeit. Es gab nichts, was er für sie tun konnte. Angstschauer jagten ihm kalt über den Rücken. Er fluchte und betete, immer abwechselnd. Wie lange würde sie noch durchhalten können?

Doch schon bei der nächsten Wehe drang plötzlich die scharfe Stimme des Arztes an sein Ohr. »Da, ich kann den Scheitel sehen! Wenn die nächste Wehe kommt, dann müssen Sie pressen und dürfen nicht dagegen ankämpfen ... Ja, ja! Genauso ... Ich habe den Kopf ... noch einmal, und dann dürfen sie ein wenig ausruhen ...«

Ein dünnes, helles Schreien erfüllte die Luft. Gabriel bemerkte das winzige, strampelnde Wesen in den Händen des Arztes überhaupt nicht. All seine Sinne, sein ganzes Sein, konzentrierten sich einzig und allein auf die zarte Gestalt, die kraftlos in den Kissen lag. Er beugte sich vor und küßte sie voll auf den Mund. »Es ist vorbei, Liebes. Ich wußte, du schaffst es, ich wußte es.«

Gabriel stand auf. Er war wie betäubt und registrierte nur am Rande, daß Dr. Hampton Gloria das Kind überreichte, um sich um die Nachgeburt zu kümmern. Plötzlich zupfte ihn jemand am Ärmel. Über das ganze Gesicht strahlend, stand Gloria vor ihm und legte ihm schüchtern ein kleines Bündel in die Arme.

Langsam schob er die über das winzige neue Wesen gebreitete Flanellwindel weg. Er erblickte ein Miniaturgesicht mit klitzekleinen dunklen Augenbrauen, die mißmutig nach oben gezogen waren. Gabriel schluckte. Sein Blick glitt über die rosige, gesunde Haut des Winzlings, der nackt und bloß, mit den Ärmchen und Beinchen rudernd, in seinen Armen lag. Ehrfurchtsvoll und ungläubig starrte er ihn an. Ein Sturm der Gefühle brach in ihm los. Seine Knie schwankten, und seine Brust schien zu bersten – in demütigem Stolz. Er hätte am liebsten seine Freude laut hinausgeschrien, um dann auf die Knie zu fallen, zu beten und Dank zu sagen.

Statt dessen flüsterte er nur: »Wir haben einen Sohn, Cassie. Wir *haben einen Sohn.*«

Cassie schlug ganz langsam die Augen auf und drehte den Kopf. Sie nahm alles um sich herum nur wie durch einen düsteren grauen Schleier wahr. Zwischen Traum und Wirklichkeit schwebend, hatte sie Mühe, ihre Augen offen zu halten. Sie war todmüde, aber sie wünschte sich so sehnlich, einen Blick auf ihr Baby zu werfen.

Gabriel blickte in dem Augenblick auf, als sie versuchte, sich auf einen Ellbogen hochzuziehen. Sie zitterte vor Anstrengung, und in ihren Augen glänzten Tränen, als sie kraftlos wieder zurückfiel. Der Anblick ihrer Tränen brach ihm fast das Herz. Im Bruchteil einer Sekunde war er bei ihr. Er legte sein kostbares Bündel neben sie und zog die Flanellwindel weg, damit sie das Baby sehen konnte.

»Fehlt ihm … auch nichts?« Ihre Stimme war so schwach, daß er Mühe hatte, sie zu verstehen.

»Ich sehe zehn Finger, zehn Zehen … gut, es fehlt ihm sicherlich noch ein bißchen Speck auf den Rippen – und ein paar Haare auf dem Kopf – aber an sich sieht er wie ein gesunder kleiner Bursche aus.«

Ein winziges Lächeln erhellte ihr Gesicht. All ihre Ängste waren wie weggeblasen. Am Ende ihrer Kräfte, aber beruhigt schloß sie die Augen und schlief ein.

Als Cassie wieder aufwachte, schickte die Nachmittagssonne ihre wärmenden Strahlen durch die Fenster. Sie bewegte sich und drehte sich mit einem leisen Wimmern auf die Seite. Gloria eilte sofort mit einem Tablett in den Händen an ihr Bett.

»Ah, Sie sind wach, und genau rechtzeitig! Haben Sie Hunger, Mylady?«

»Soll ich dir was sagen, Gloria, ich sterbe vor Hunger.« Cassie war selbst erstaunt, daß sie so ausgehungert war. Sie aß das köstliche Lamm-Stew mit dem frischen knusprigen Brot bis zum letzten Happen auf. Anschließend brachte Gloria ihr eine Schüssel mit warmem Wasser ans Bett, damit sie sich frisch machen konnte. Nachdem sie dann noch ihr Nachtkleid gewechselt, und Gloria ihr Haar gebürstet und zusammengebunden hatte, fühlte sie sich wieder einigermaßen ansehnlich.

Als Gloria ihre Toilettenartikel zurück zum Frisiertisch brachte, räusperte sich Cassie. »Ist mein Mann zu Hause?«

»Ich glaube, er ist in seinem Arbeitszimmer.« Die Zofe brach in ein fröhliches Lachen aus. »Aber sie hätten ihn gestern abend sehen sollen, Mylady. Er wird mit Sicherheit ein großartiger, stolzer Vater. Der Doktor mußte ihm den Kleinen förmlich aus den Armen reißen, um ihn eingehend untersuchen zu können.«

Gabriel freute sich also über seinen Sohn … Das ließ sie ein bißchen aufatmen. Es war vielleicht dumm von ihr, aber tief im Innern hatte sie doch befürchtet, er könnte ihn vielleicht ablehnen. Cassie blickte sehnsüchtig in die Ecke, wo man eine Wiege hingestellt hatte, aus der ein winziger dunkler Haarschopf zwischen den Decken hervorlugte.

In diesem Augenblick bewegte sich etwas unter dem Berg von Flanell, und ein leises Wimmern setzte ein. Gloria lachte, als sie die Freude sah, die in den Augen ihrer Herrin aufblitzte. Cassie stützte sich auf den Ellbogen und sah sehnsüchtig zu, wie die Zofe das

Kind aus der Wiege hob und seine Windeln wechselte. Sie war fast fertig, als eine große Gestalt im Türrahmen erschien.

Es war Gabriel, allem Anschein nach frisch gebadet und rasiert. Cassies Puls beschleunigte sich. Sein Haar glänzte feucht und dunkel, und in ihre Nase stieg ein Hauch seines dezent duftenden Eau de Cologne. Gloria hatte sich aufgerichtet und das unruhige Kind an ihre Schulter gelegt. Gabriel winkte sie wortlos heran und nahm ihr das Kind ab. Wie durch ein Wunder beruhigte sich das Baby in den Armen seines Vaters sofort. Die Zofe knickste artig und zog sich dann leise zurück. Aber das bekam Cassie überhaupt nicht mit, denn ihr Blick hing wie gebannt an dem Paar, das jetzt näherkam.

Um Gabriels Mund lag ein sonderbarer Zug, als er sich an seinen Sohn wandte. »Ich glaube, deine Mutter hält es für an der Zeit, daß ihr beide euch offiziell bekanntmacht, mein kleiner Lord.« Aus seinen silbergrauen Augen sprach unmißverständlich Zärtlichkeit, als er sich zu ihr hinabbeugte, um ihrer beider Sohn in ihre wartenden Arme zu legen.

Als er ihr das Bündel übergab, spürte sie kaum, daß seine Hände sie streiften. Gabriel war vergessen – alles war vergessen für diesen einzigartigen Moment, da sie zum allerersten Mal das leichte Gewicht ihres Babys in der Armbeuge spürte. Ein königliches Gefühl der Freude, rein und unverfälscht, durchströmte sie.

Ihr Baby schaute sie mit der vertrauten Strenge seines Vaters an. Seine Augen waren von einem unergründlichen, tiefen Blau. Sie staunte über die fein gezeichneten Augenbrauen, die niedliche, kleine Stupsnase und über den zarten Flaum auf seinem Köpfchen. Aber selbst Cassie mit ihrem begrenzten Wissen über Säuglinge wußte, daß es kleiner als die meisten anderen Neugeborenen war.

Angst kroch ihr den Rücken hoch. Sie wiegte den kleinen Kopf in ihrer Hand und flüsterte: »Er ist so winzig. O Gabriel, was ist, wenn …«

Gabriel legte seinen Handrücken gegen ihre gerötete Wange. »Der Arzt hat versichert, daß er trotz der Frühgeburt ganz offensichtlich kerngesund ist.«

Cassie drückte die Augen ganz fest zu. Einen Moment lang war sie zu überwältigt, um sprechen zu können. Sie war glücklich, aufgewühlt und glücklich. Wenn dem Baby irgend etwas zugestoßen wäre, hätte sie sich für den Rest ihres Lebens schuldig gefühlt.

Sie öffnete wieder die Augen und betrachtete neugierig das ausgeblichene weiße Hemdchen, das es trug.

Gabriel hatte sich inzwischen auf die Bettkante gesetzt. »Ich fürchte, wir waren auf die überstürzte Ankunft eines Kindes in unserem Haus ziemlich schlecht vorbereitet«, sagte er mit einem schiefen Lächeln. »Wir haben uns einige Sachen von der Tochter des Kochs ausgeborgt, bis Vater und Mrs. McGee aus London zurück sind. Sie sind heute in aller Frühe losgefahren, um alles Notwendige zu besorgen.«

Cassie erinnerte sich plötzlich vage daran, daß Edmund mit einem fast strahlenden Lächeln an ihrem Bett gestanden hatte. Edmund und Lächeln? Sicher bildete sie sich das nur ein!

Cassies Blick blieb fragend an der Wiege aus dunklem, glänzendem Mahagoniholz hängen.

»Ich fürchte, die Wiege ist auch sehr alt. Stuart und ich haben darin gelegen. Mein Vater hat Davis auf den Boden geschickt, um sie hervorzukramen.« Gabriel machte eine Pause. »Aber wir können natürlich eine neue kaufen, wenn du möchtest.«

Schon wieder sein Vater. Cassie widerstand dem Bedürfnis, ihn genauer anzublicken. Im allgemeinen war Gabriels Ton schneidend, wenn er von seinem Vater sprach. Doch seltsamerweise war dies jetzt nicht der Fall. Konnte es sein, daß die beiden während ihrer Abwesenheit ihre Differenzen ausgeräumt hatten?

Doch das Baby ließ ihr keine Zeit, weiter darüber nachzugrübeln. Es hatte wohl entschieden, daß es nun lange genug geduldig gewesen und es jetzt an der Zeit war, nach seinem Abendessen zu verlangen, was es seinen Eltern auch lautstark kundtat.

Das plötzliche Geschrei ließ Cassie überrascht zusammenfahren. Gabriel seufzte und streckte widerstrebend seine Arme nach seinem Sohn aus. »Wir haben eine Amme aus dem Dorf bestellt«, sagte er zögernd. »Ich bringe ihn dir zurück, sobald er satt ist. Ich verspreche …«

Aber Cassie war keineswegs bereit, ihr kostbares Bündel loszulassen. »Eine Amme!« rief sie aufgebracht. »Wir brauchen keine Amme! Ich kann ihn selbst stillen!«

Gabriel zögerte. »Der Arzt hat gesagt, er muß vorerst alle zwei

Stunden gestillt werden, bis er etwas an Gewicht zugelegt hat«, sagte er langsam. »Und im allgemeinen ist es auch nicht üblich, daß eine Lady ihre eigenen Kinder …«

»Ich verstehe nicht, was das soll«, sagte sie hochmütig. »Wir beide wissen doch, daß ich keine Lady bin.«

Gabriel preßte die Lippen zusammen. »Ich habe nichts dagegen, daß du ihn stillst, Cassie. Ich mache mir nur um deine Gesundheit Sorgen, und ich dachte, du könntest so ein Ansinnen als zu belastend empfinden.« Plötzlich war seine alte Arroganz wieder da. »Doch abgesehen davon interessiert es mich nicht, was du bist, Lady hin oder her, du bist die Gräfin von Wakefield und die Mutter meines Sohnes, und deshalb werde ich nicht zulassen, daß dir irgend jemand Übles nachsagt, nicht einmal du selbst.«

Cassie neigte den Kopf über ihr Baby. Es schrie und jammerte nun ernsthaft. Auf einmal schämte sie sich wegen ihrer Kleinlichkeit. Gabriel machte keinerlei Anstalten, das Zimmer zu verlassen, um sie ungestört ihr Baby stillen zu lassen, aber nachdem sie so ein Aufhebens deshalb gemacht hatte, blieb ihr nichts anderes übrig, als zur Tat zu schreiten.

Gabriels unverwandter Blick machte sie nervös. Sie löste die Schleife an ihrem Ausschnitt und ließ den Ärmel heruntergleiten, um ihre runde, pralle Brust freizulegen. Peinlich berührt und etwas unbeholfen drehte sie vorsichtig ihren Sohn herum, der mehr zufällig ihre Brustwarze fand und sofort zu nuckeln begann.

Die plötzlich eintretende Ruhe zerrte in gewisser Weise noch mehr an ihren Nerven als das vorherige Geschrei des Babys. Cassie holte tief Luft. Es klang wie ein Seufzen. »Bitte sei mir nicht böse«, sagte sie mit leiser, erstickter Stimme.

Er strich mit der Daumenkuppe über ihre Wangenknochen und trat ganz dicht an sie heran. Er war ihr so nahe, daß sie die Wärme seines Körpers, seinen Atem spüren konnte, und einen winzigen Moment lang glaubte sie, er werde sie küssen. Sie sehnte sich nach diesem Kuß, wurde ihr plötzlich bewußt, sie sehnte sich so sehr danach, daß es ihr heiß und kalt den Rücken hinunterlief.

»Ich bin nicht böse«, sagte er sehr weich. »Ich bin nur sehr froh, daß du wieder zurück bist, daß du wieder dort bist, wo du hingehörst.« Sein warmer, unverhohlen gefühlvoller Blick berührte Cassie so sehr, daß sie ihren Blick nicht von ihm lösen konnte. Doch er ließ es dabei bewenden, mit dem Daumen sachte über ihre Unterlippe zu streichen.

Sein Blick fiel auf ihren Sohn. »Hast du schon darüber nachgedacht, was für einen Namen wir ihm geben könnten?«

Sie fühlte sich ein bißchen verloren und biß sich auf die Lippen, fest entschlossen, sich ihre Gefühle nicht anmerken zu lassen. »Ich habe mir tatsächlich schon einen Namen überlegt«, sagte sie sehr leise. Sie verschwieg ihm, daß sie nie daran gezweifelt hatte, ihm einen Sohn zu gebären. »Mir gefiel schon immer der Name Jonathan … und als zweiten Namen vielleicht Stuart …« Sie hielt den Atem an und wartete. Wie würde Gabriel wohl darauf reagieren?

»Jonathan Stuart.« Er murmelte den Namen versuchsweise vor sich hin, und plötzlich hellte sich seine Miene auf. Er blickte sie unglaublich warm an. »Das gefällt mir, mein Liebes. Er soll Jonathan Stuart heißen.«

Ihr Herz machte einen Freudensprung. Sie wußte nicht, wann sie in ihrem Leben jemals so ein Glücksgefühl, so ein Gefühl der Zufriedenheit empfunden hatte. Vielleicht hatte Gabriel doch richtig gehandelt, als er sie zurückbrachte. Er liebte seinen Sohn – daran hatte sie keinen Zweifel. Und das Wissen darum erfüllte sie mit tiefem Frieden. Selbst wenn er sie nie lieben würde, den Stolz auf ihren Sohn würden sie für immer teilen.

Mehr konnte sie nicht verlangen.

Dreiundzwanzigstes Kapitel

Es dauerte noch eine Woche, bis sie das Bett verlassen durfte. So sehr sie auch gegen die verordnete Einschränkung protestierte, weder Gabriel noch Gloria ließen in dieser Beziehung mit sich reden. Ihr ganzes Tun beschränkte sich in dieser Zeit eigentlich nur darauf, zu essen, zu schlafen und Jonathan zu stillen.

Tief in ihrem Herzen wußte sie, daß Gabriel das einzig Richtige getan hatte, indem er sie nach Farleigh zurückholte. Denn nun, da sie ihren Sohn in den Armen hielt, wollte sie alles für ihn. Alleine hätte sie für ihn nie so sorgen können, wie Gabriel es konnte. Jeden Abend dankte sie Gott dafür, denn Jonathan würde all das bekommen, was sie nie gehabt hatte. Er würde nie Hunger leiden, sich nie nach einem Dach über dem Kopf sehnen müssen. Aber sie war auch entschlossen, ihn mit dem Wissen aufwachsen zu lassen, geliebt zu werden und willkommen zu sein.

Zunächst hatte sie sich dagegen gesträubt, eine Kinderfrau einzustellen, doch Gabriels und Evelyns Argumente waren schließlich doch so überzeugend, daß sie am Ende nachgab. Sie bestand allerdings darauf, daß sie allein entschied, wer ihr helfen sollte.

Obwohl beide Frauen, die Cassie auf Empfehlung von Edmunds vertrauenswürdigen Ratgebern vorgestellt wurden, zweifellos äußerst fähig waren, fand Cassie, daß sie beide zu steif und unnahbar, ja geradezu eisig waren. Sie wollte jemanden, der warm und sensibel war, der auch mal lachen konnte – jemanden, dem Jonathan vertrauen und den er lieben konnte. Schließlich entschied sie sich für ein großes, grobknochiges Mädchen aus dem Dorf. Alice hatte strahlende braune Augen und ein warmes, offenes Lächeln. Mit ihren acht jüngeren Geschwistern verfügte sie darüber hinaus auch über einen reichen Erfahrungsschatz im Umgang mit Babys. Selbst Jonathan schien sie zu mögen. Mit einem zufriedenen Gurren war er in ihrem Arm sofort eingeschlafen, als seine Mutter das Einstellungsgespräch führte. Cassie argwöhnte, daß Edmund über ihre Wahl nicht besonders glücklich sein würde, aber sie war zuversichtlich, daß sie sich richtig entschieden hatte.

Doch was Gabriel anbelangte, so war die Beziehung immer noch sehr gespannt. Obwohl er sich ihr gegenüber nicht ausgesprochen kalt verhielt und ihr immer mit ausgewählter Höflichkeit begegnete, quälte Cassie das Verhältnis. Sie liebte ihn so sehr und suchte verzweifelt nach irgendeinem Hinweis darauf, daß er sich für sie interessierte, wenigstens ein bißchen.

Aber die Zeit ließ die Distanz zwischen ihnen nur größer werden. Die Tage vergingen; aus den Tagen wurden Wochen, und Cassie wurde das Herz schwer. Sie war hin- und hergerissen zwischen Verletztheit und Entrüstung, zwischen Hoffnung und Sehnsucht. Nicht einmal war er in der Zwischenzeit in ihr Bett zurückgekehrt, obwohl Dr. Hampton beiden taktvoll klargemacht hatte, daß inzwischen kein Grund mehr zur Abstinenz bestehe.

Doch Gabriel hatte durch nichts zu erkennen gegeben, daß er sie wollte. Cassie war am Boden zerstört. Hatte der Anblick ihres ungestalten, schwangeren Körpers seine Leidenschaft abgetötet? Aber sie war jetzt doch wieder schlank. Nur ihre Brüste waren sichtlich voller. Vielleicht begehrte er sie einfach nicht mehr. Der Gedanke, daß sie jetzt auch noch das verloren haben sollte, peinigte sie maßlos.

In dieser Zeit der inneren Zerrissenheit tauchte eines Tages an einem schönen Nachmittag Ende Juni plötzlich Christopher auf. Gabriel war gerade geschäftlich unterwegs und nicht zu Hause. In der Hoffnung, Gabriel werde bald zurückkehren, lud Cassie Christopher ein zu bleiben. Sie tranken im Empfangssalon Tee. Christopher kitzelte Jonathan unterm Kinn und freute sich, wie groß der Kleine seit seinem letzten Besuch vor einigen Wochen geworden war. Nachdem Alice das Kind geholt hatte, um ihn nach oben zu bringen, blickte Christopher auf die Uhr und erhob sich.

»Es wird Zeit, daß ich gehe. Ich habe schon lange genug herumgetrödelt, und offensichtlich dauert es doch noch länger, bis Gabriel zurückkommt.«

Cassie begleitete ihn nach draußen. Sie standen oben auf der Steintreppe und warteten darauf, daß der Stallknecht sein Pferd brachte. Christopher steckte seine Hände in die Taschen und wandte sich dann mit einem verlegenen Lächeln an Cassie.

»Ich habe übrigens aufregende Neuigkeiten, Cassie, und ich hatte vor, sie dir und Gabriel mitzuteilen.«

»Nun«, sagte Cassie leichthin, »da Gabriel offensichtlich nicht die Güte hat zu erscheinen, werden Sie sie mir wohl allein mitteilen müssen.«

Christopher gluckste in sich hinein. »Nun gut. Kennst du das alte Herrenhaus an der Landstraße nördlich von hier?«

»Natürlich kenne ich das! Ich komme da immer vorbei, wenn ich nach Warrenton reite. Es ist wirklich eine Schande, daß es unbewohnt ist. Ja, es könnte wirklich sehr hübsch sein, wenn es nicht so heruntergekommen wäre und sich jemand darum kümmern würde.«

»Da bin ich absolut deiner Meinung, aber ich wage zu behaupten, daß es schon sehr bald restauriert sein wird.«

Cassie blinzelte. »Nein, Sie meinen, daß Sie … aber wieso, Christopher …«

Er lachte über ihr erstauntes Gesicht. »Ja, Cassie, es stimmt. Du siebst vor dir den neuen Besitzer. Ich werde in der Tat schon diese Nacht dort verbringen.«

»Oh, Christopher, ich freue mich so!« Sie war ehrlich entzückt, konnte aber nicht widerstehen, ihn ein bißchen zu necken. »Hmm. Heißt das etwa, Sie wollen sich aus Ihrem wilden, schurkischen Leben zurückziehen, um ein gesetzter Gentleman zu werden?«

Sein Grinsen war ansteckend. »Ich muß sagen, wenn ich mir ansehe, wie Gabriel es geschafft hat, seßhaft und heimisch zu werden, was ihm noch vor einem Jahr kein Mensch zugetraut hätte, dann denke ich, alles ist möglich.«

Cassies Herz schlug ein bißchen schneller. Stimmte es denn, daß Gabriel zufrieden war? Wenn sie das nur glauben könnte! »Nun haben Sie also ein Landhaus, Christopher, und jetzt fehlt Ihnen nur noch eines.«

»Und das wäre?«

»Eine Frau, die Sie zähmt!«

Zu ihrer Überraschung schwand das Lächeln aus seinem Gesicht. »Es gibt nichts, was mir lieber wäre«, sagte er mehr zu sich selbst als zu Cassie. »Aber das ist das einzige, was ich nie haben werde.«

Seine Miene wurde düster. Eine fast melancholische Traurigkeit trat in seine Augen. Cassie runzelte die Stirn.

»Warum sagen Sie so etwas, Christopher? Sie sind noch jung und sehen gut aus. Ich kann mir nicht vorstellen, daß eine junge Dame Sie abweisen würde, wenn Sie ihr den Hof machten.«

Er war einen Augenblick still. »Daß mich die betreffende Dame abweist, ist nicht das Problem.« Mit dieser rätselhaften Andeutung wandte er seinen Blick in Richtung Norden, dorthin, wo sein neu erworbenes Herrenhaus ... und Warrenton lagen.

Cassie hielt den Atem an. Plötzlich hatte sie verstanden. »Es ist Evelyn, nicht wahr?« Er brauchte ihr gar nicht zu antworten. Natürlich war sie es. Sie erinnerte sich daran, wie oft sie die beiden zusammen in London gesehen hatte – beim Tanz. Manchmal hatten sie sich auch nur unterhalten. Damals hatte es vielleicht angefangen.

»Christopher, Sie und Evelyn!« Sie lachte voller Begeisterung. »Aber das ist ja wunderbar!«

Ein Anflug von Schmerz huschte über sein Gesicht. »Nein, Cassie. Das ist unmöglich.«

»Aber warum denn? Liebt sie Sie nicht?«

Er zögerte. »Doch«, gab er schließlich zu. »Ich habe das Herrenhaus gekauft, damit ich ihr näher bin, zumindest so lange, bis sie heiratet.«

Cassie war entsetzt. »Wenn Sie sie lieben, können Sie doch nicht zulassen, daß sie einen anderen heiratet! Warum erklären Sie sich nicht einfach?«

Er seufzte. »Ihr Vater ist so aufgeblasen und noch von der alten Garde, Cassie. Es ist ein offenes Geheimnis, daß er sich nicht zufrieden geben wird, wenn sie nicht ein Vermögen *und* einen Titel heiratet. Unter einem Grafen macht er's nicht. Ich bin nur von niederem Adel, bin es nicht wert, zur Kenntnis genommen zu werden. Wenn ich mich erklären würde, würde Warrenton dafür sorgen, daß ich sie *nie* wiedersehe.«

Cassies Herz flog ihm zu. »O Christopher, das ist so traurig für Sie beide. Aber Sie dürfen die Hoffnung nicht aufgeben, noch nicht. Evelyn hat noch keine ernsthaften Bewerber, und sie möchte auch keine.«

»Sie wird sich nicht vor ihrer Pflicht drücken, Cassie. Sie wird die Wünsche ihres Vaters respektieren und nicht gegen seinen Willen heiraten.« Er machte eine Pause. »Und ich will sie nicht in die Enge treiben, indem ich so ein Ansinnen an sie stelle.«

Cassie biß sich auf die Lippen. Eine innere Stimme flüsterte ihr zu, daß er recht hatte, dennoch wagte sie es nicht, ihm zuzustimmen. Statt dessen berührte sie seinen Ärmel und sagte weich: »Geben Sie nicht auf. Vielleicht gibt es doch noch einen Weg, daß Sie beide zusammen sein können. Vielleicht findet sich noch eine Lösung.« Aus einem inneren Impuls heraus legte sie ihre Hände auf seine Schultern und küßte ihn zum Abschied auf die Wange.

Das Gespräch mit Christopher ging ihr nicht aus dem Kopf und beschäftigte sie auch noch, als sie nach einiger Zeit wieder nach oben ging. Sie spähte kurz in das neu ausgestattete Kinderzimmer, in dem Jonathan offensichtlich ruhig in seiner Wiege schlief, und begab sich dann mit sorgenvoller Miene in ihr Zimmer.

Dort stand sie lange Zeit am Fenster und blickte durch den Spalt der Gardinen, die sie mit einer Hand zur Seite gedrückt hatte, nach draußen. Jenseits der ausgedehnten Rasenflächen lag der purpurne Schleier des Abendrots über den Baumkronen. Cassie seufzte und zerbrach sich den Kopf darüber, wie sie ihren Freunden helfen könnte, um ihnen ihr Los zu erleichtern. Christopher und Evelyn waren ihr so sehr ans Herz gewachsen. Wenn sie doch nur irgend etwas tun könnte, um den Herzog von Warrenton zu erweichen, damit er dem Glück seiner Tochter nicht im Wege stand.

Vielleicht konnte Gabriel seinen Vater überreden, mit Warrenton zu sprechen. Die beiden ritten immer noch oft zusammen aus und gingen gemeinsam auf die Jagd. Sie klammerte sich an diese Möglichkeit und faßte den Entschluß, ihn bei nächstbester Gelegenheit darauf anzusprechen. Etwas beruhigter drehte sie sich um – und zuckte zusammen. Denn plötzlich stand Gabriel vor ihr, nicht einmal einen Meter von ihr entfernt.

»Gabriel!« Ihr Lachen klang ziemlich gezwungen. »Wie hast du mich erschreckt! Ich habe dich gar nicht kommen hören.«

Offensichtlich war er gerade erst von seinen geschäftlichen Besuchen zurückgekehrt. Er hatte sich noch nicht umgezogen und trug immer noch seinen Reitdreß. Mit seinen breiten Schultern verdeckte er vollständig den Blick auf die Tür, und Cassie hatte plötzlich das Gefühl, als sei der Raum absurd klein. Die Tatsache, daß er ganz in Schwarz gekleidet war und dazu auch noch die Reitpeitsche in seinen behandschuhten Händen hielt, ließ ihn seltsam bedrohlich aussehen.

Doch womöglich war der Eindruck gar nicht so falsch.

Sein Gesichtsausdruck war düster und abweisend. Er fand keine Worte der Begrüßung und lächelte auch nicht. Statt dessen fixierte er sie mit stechenden Augen.

»Gabriel?« Irgend etwas in ihr schaltete auf Alarm. »Stimmt etwas nicht?«

»Ich habe euch gesehen, Yank. Ich habe euch beide gesehen, bevor er wegritt.«

Cassie sperrte den Mund auf. »Wen? Christopher?«

»Genau den. Also raus mit der Sprache, Schätzchen. Betrügt ihr beide mich unter meinem eigenen Dach?«

Sein Ton war zwar sanft, aber seine Augen funkelten. Cassie erschauderte. Er war eifersüchtig, schoß es ihr durch den Kopf. Doch während diese Erkenntnis sie einerseits freudig erregte, war sie andererseits auch wütend darüber, daß er so niedrig von ihr und seinem Freund denken konnte.

Sie straffte die Schultern und bemühte sich, soviel Würde an den Tag zu legen, wie es ihr möglich war. »Es hat sich nichts geändert, Gabriel. Du hast dich vor allem nicht geändert, denn ich habe nichts getan, womit ich das verdient hätte. Du beleidigst mich, indem du mir so etwas unterstellst – und du beleidigst ebenso Christopher.«

Plötzlich drang das Geschrei von Jonathan an ihr Ohr. Gabriel wirbelte herum und war schon auf dem Weg, dicht gefolgt von Cassie.

Als sie im Kinderzimmer angelangt waren, drängte Cassie sich vor, als Gabriel sich gerade über die Wiege beugte: »Halt, laß mich.«

»Glaube mir, ich kann das auch«, fertigte er sie kurzangebunden ab.

Cassie trat einen Schritt zurück, während Gabriels dunkle Hände sanft unter Jonathans kleinen Körper glitten. Auch wenn sie es nie für möglich gehalten hätte, Gabriels Zuneigung zu seinem Sohn stand außer Frage. Ihr Herz zog sich zusammen. Warum konnte er ihr nicht ein Quentchen davon abgeben?

Wie immer beruhigte Jonathan sich sofort, als er hochgenommen wurde. In Gabriels Arm geschmiegt, blickte er seinen Vater voller Vertrauen an. Gabriel strich zärtlich mit dem Finger über sein Musselin-Hemdchen und lachte leise, als Jonathan danach griff und ihn in seinen Mund zog, um daran zu nuckeln. Doch als er bemerkte, daß dieser Finger keineswegs ergiebig war, tat er seine Verärgerung darüber lauthals kund. Er fing an, sich zu drehen und zu wenden und drängte mit seinem Köpfchen an Gabriels Brust.

Gabriel hob die Augenbrauen. »Ich fürchte, damit kann ich dir leider nicht dienen, Jonathan.« Mit kühlen, grauen Augen suchte er Cassies Blick und legte ihr den Kleinen wortlos in die Arme.

Cassie setzte sich auf den Stuhl, von dem aus sie in den Garten blicken konnte. Jonathans Schreien wurde immer stärker und durchdringender. Heftig zappelnd suchte er ihre Brust. Um ihn zu beruhigen, wiegte sie ihn in ihren Armen hin und her. Zu ihrem Unbehagen spürte sie, wie prickelnd die Milch einschoß.

Gabriel sprach schließlich aus, was offensichtlich war. »Er hat Hunger, Yank.«

Der weiche Schwung ihrer Lippen hatte sich verhärtet, als sie zu ihm aufschaute. Sie wollte, daß er sie beim Stillen ihres Sohnes alleine ließ, und ließ ihren Blick für sich sprechen.

Doch er lächelte nur – ein teuflisches Lächeln, wie sie entrüstet feststellte, als er hinter sie trat. Schockiert setzte sie sich kerzengerade auf, als seine Hände von hinten nach der Kordel ihres Mieders griffen und wie selbstverständlich die Schleife lösten, so daß ihre Brüste freilagen.

Für einen winzigen Augenblick, nicht länger als ein Wimpernschlag, spürte sie seine festen, warmen Finger auf ihrer bloßen Haut. Doch schon schnappte Jonathan nach ihrer Brustwarze und fing gierig zu saugen an.

Cassie neigte den Kopf tief herab und versuchte sich ganz auf Jonathan zu konzentrieren. Er war ein süßes, gutgenährtes Baby, das nur schrie, wenn es Hunger hatte oder naß war. Es war kein kränkliches Kind, wie sie anfangs befürchtet hatte. Sein Bäuchlein war rund und fest geworden, und seine kleinen Pausbacken strotzten vor Gesundheit. Aber der Friede und die Zufriedenheit, die normalerweise beim Stillen in sie einkehrten, wollten sich dieses Mal nicht so recht einstellen.

Eine innere Unruhe nagte an ihr. Das geräuschvolle Nuckeln Jonathans schien ihr heute besonders laut und zerrte an ihren gespannten Nerven. Gabriel stand hinter ihr, spröde und in sich gekehrt. Cassie war sich schmerzhaft seiner Gegenwart bewußt. Er hatte vorher schon so oft beim Stillen zugeschaut, doch diesmal fühlte sie sich unter seinen Augen verletzlich und ausgeliefert wie nie zuvor. Er war ein Meister darin, seine Gefühle in Zaum zu halten, während ihre Gefühle plötzlich in alle Richtungen davonzugaloppieren schienen! Als sie Jonathan an die andere Brust legte, versuchte sie diskret, ein Tuch über die bloße Brust und Jonathans Köpfchen zu ziehen. Doch Gabriel griff sofort nach ihrer Hand und vereitelte mit kalter Arroganz ihr Vorhaben.

Nun wurde es ernst. Die Schlacht war eröffnet.

Inzwischen hatte er sich so hingestellt, daß sie ihn sehen konnte. Seine Augen glitzerten. »So eine hingebungsvolle Mutter«, stellte er mokant fest. »Schade, daß du nicht auch so eine hingebungsvolle Ehefrau bist.«

»Um Himmels willen, was soll das heißen?« Um Jonathan, der an ihrer Brust langsam einschlief, nicht wieder hochzuschrecken, durfte sie nur flüstern, obwohl ihr viel mehr danach war, wütend auf Gabriel einzustürmen. »Christopher wollte dich besuchen, um dir zu erzählen, daß er das Haus neben Warrenton gekauft hat!«

»Dann wird er also unser Nachbar. Wie bequem für euch beide.«

Nun, da Jonathan fertig war, schien kein Grund mehr zu bestehen, sich zurückzuhalten. Als Alice erschien, nahm Gabriel seinen Sohn aus Cassies Armen und übergab ihn dem Kindermädchen. Er blieb an der Tür stehen und wartete auf sie. Cassie strich ihren Rock glatt und ließ sich von ihm mit erhobenem Haupt am Arm hinausführen, wohl wissend, daß ihr im Augenblick nichts anderes übrigblieb, als ihn zu begleiten.

In der Halle versuchte sie, sich von seinem Griff zu befreien. Doch er packte nur noch fester zu. Erst als sie in ihrem Zimmer angelangt waren, ließ er sie wieder los. Er schloß die Tür, verschränkte die Arme vor der Brust und knüpfte nahtlos an ihr Gespräch an, als sei es gar nicht unterbrochen worden.

»Ich habe gesehen, wie du ihn geküßt hast, Yank. Ich muß zugeben, wirklich eine rührende Szene.«

Cassie holte tief Luft. »Auf die Wange, Gabriel. Das ist alles, ich schwöre es. Ich wollte ihm mit diesem Kuß nur Trost spenden – mehr nicht!«

Gabriel konnte die Zweifel, die ihn jagten, nicht abschütteln. Daß er so allergisch reagierte, war nicht nur der Tatsache zuzuschreiben, daß sie einen gemeinsamen Sohn hatten. Er konnte auch nicht vergessen, mit welcher Hitzigkeit sie behauptet hatte, daß sie ihn hasse. Ganz gleich, wie reizend sie ihn auch anlächeln mochte, das Wissen darum war ständig präsent und peinigte ihn wie Nadelstiche.

»Nun sag schon, Süße, bist du jetzt immer noch so unglücklich darüber, daß ich dich nach Farleigh zurückgebracht habe?«

Gabriel entging nicht der Schatten, der sich über ihr hübsches Gesicht legte. Plötzlich spürte er eine wilde Wut in sich aufsteigen. Er kochte vor Zorn.

Ohne jede Hast fing er an, sich zu entkleiden. Zuerst warf er das Jackett über die Armlehne eines Stuhles. »Du tröstest Christopher. Du bist zärtlich zu Jonathan. Nun, ich bin dein Ehemann, und ich sehe nicht ein, warum du mir nicht dieselbe Aufmerksamkeit zuteil werden lassen solltest.«

Oh, dieser arrogante Kerl! Ihr war schwindlig und heiß, obwohl ihre Hände eiskalt waren. Sie preßte sie fest zusammen, um ihrem inneren Aufruhr Herr zu werden.

Sein Hemd landete auf dem Jackett. »Ich würde mich an deiner Stelle ausziehen, Yank. Wenn du das nicht tust, wird es mir allerdings ein großes Vergnügen sein, das für dich zu erledigen.«

Beim Anblick seiner nackten behaarten Brust wurde ihr der Mund trocken. »Gabriel«, rief sie, »du mußt mir glauben! Es war ein rein freundschaftlicher Kuß. Es war nichts im Vergleich zu dem, was wir miteinander ausgetauscht haben!«

Er stand nun nackt vor ihr. »Nein? Dann zeig mir doch den Unterschied.«

Cassie schluckte. Ihre Brust war so eng, daß sie kaum noch Luft bekam. Sie schüttelte den Kopf, bemüht, ihm ihre Schwäche nicht zu zeigen.

Seine Hände lagen nun warm und beunruhigend auf ihren bloßen Armen. Weit beunruhigender für sie war allerdings seine Erektion, sein kühn vorgestrecktes Glied. Obwohl sie sich innerlich dagegen wehrte, wurde ihr Blick immer wieder magisch davon angezogen.

»Ich sag's noch mal, Süße. Bevor ich dir glaube, mußt du mich erst davon überzeugen.«

»Nein!« Ihre Kehle brannte. Sie holte tief Luft. »Nicht auf diese Weise – nein, wenn du so kalt und wütend bist!«

In Sekundenschnelle riß er ihr Stück für Stück die Kleider vom Leib, bis sie genauso nackt wie er war. »Hör auf!« schrie sie. »Du bekommst mich nicht freiwillig!« Sie trommelte mit den Fäusten gegen seine Brust, während er unbeirrt an seinem Vorhaben festhielt und sie auf ihr Bett warf. »Hörst du nicht, ich will nicht!« Dennoch legte sie ihre Arme um ihn – um ihn wegzustoßen, oder um ihn näher an sich heranzuziehen … sie wußte es nicht.

Ihre Weigerung, ihm zu Willen zu sein, machte ihn rasend vor Wut. Irgend etwas hakte in ihm aus. Vor seine Augen legte sich ein roter Schleier und schaltete jeden Gedanken, jede Vernunft aus. Mit einem wilden Stoß drang er in sie ein, trieb sein eisenhartes Glied brennend durch trockenes, zartes, nicht bereites Gewebe.

Ihr Körper bäumte sich auf, und ein erstickter Schmerzensschrei durchschnitt die Luft.

Vorgedrungen an sein Ziel, wurde Gabriel plötzlich ganz ruhig. Der markerschütternde Schrei bohrte sich in ihn wie die Spitze einer Lanze. Er stützte sich auf seine Ellbogen hoch und starrte sie an. Ihre Augen schwammen in Tränen, die sie nun nicht länger zurückhalten konnte. Sie stürzten hemmungslos hervor und rollten über ihre Wangen.

Schluchzend stieß sie hervor: »Christopher bedeutet mir nichts, ich schwöre es. Begreifst du denn nicht? Er liebt Evelyn und nicht mich. Er wollte nur in ihrer Nähe sein – in ihrer Nähe, Gabriel, nicht in meiner!«

Er kniff die Augen zusammen. Seine Gesichtszüge verzerrten sich vor Qual und ungestillter Begierde. »Cassie«, flüsterte er. »O Gott ... Cassie ...« Die blinde Wut war einer tiefen Scham gewichen. Jetzt nur noch von dem einen Gedanken durchdrungen, sie zu schonen, versuchte er, sich zurückzuziehen.

Doch sie wollte das nicht zulassen. Sie schlang die Arme um seinen Hals und klammerte sich an ihn. Sie haßte, was er gerade getan hatte. Sie haßte seine Wut, seine Bitterkeit, aber sie haßte nicht ihn. Und sie konnte den Gedanken nicht ertragen, daß er sich selbst hassen würde, wenn sie die schmerzvolle, böse Erinnerung an diese Begegnung nicht auslöschen und in etwas Wunderbares verwandeln würden.

»Nein«, flehte sie. *»Nein.«*

»Ich kann nicht. Cassie, *ich kann nicht.*« Seine Stimme war leise und angespannt. »Ich habe mich wie ein Tier benommen.«

»Du kannst. Liebe mich einfach, Gabriel. Du sollst mich nur ...« Ihre Stimme brach. »Du sollst mich nur lieben.« Sie nahm seine abgehärmten Wangen in beide Hände, spürte, wie er die Zähne fest aufeinanderbiß, und küßte ihn. Und in ihrem Kuß lag all die Sehnsucht, die in ihrer Brust geschwelt hatte; scheues, süßes Sehnen vermischte sich mit der salzigen Wärme der Tränen, die auf ihren Lippen brannten.

Noch hielt Gabriel seine Lippen fest verschlossen ... so verschlossen wie sein Herz, dachte sie voller Verzweiflung. Doch als er die Augen öffnete, verriet ihr sein Blick aufs neue all seinen Schmerz und seine Schuldgefühle, und sie drängte wieder ihren Mund gegen seine heißen, harten Lippen.

Ganz plötzlich warf er die Arme um ihren Körper und preßte

sie so stürmisch an sich, als wolle er sie fast zerbrechen. Und als sie ihm dieses Mal ihre sehnsuchtsvollen, zitternden Lippen darbot, nahm er in verzehrender Leidenschaft Besitz von ihrem Mund und schwelgte in der glutvollen Süße, die sie ihm zum Geschenk machte, gab ihr alles, was sie ihm darbot, in gleichem Maße zurück.

»Verlaß mich nicht noch einmal, Cassie.« In seiner Stimme, ein rauhes Flüstern nur, schwang dumpfe Verzweiflung mit. »Versprich mir, daß du mich nie mehr verlassen wirst.«

Cassies Herz machte einen wilden Sprung. Sie hätte vor Freude tanzen, weinen, lachen können, alles auf einmal. Sie bedeutete ihm etwas. Sie bedeutete ihm wirklich etwas. O großer, barmherziger Gott, er mochte sie. Sie schluchzte vor Freude auf, schlang die Arme ganz fest um seinen Hals und preßte ihren jungen, geschmeidigen Leib an seinen harten muskulösen Körper.

Sie spürte den Hunger in seinem Kuß, spürte die immer noch unglaublich pralle Männlichkeit in ihrem Schoß. Sein Rückzug hinterließ in ihr Leere und Schmerz. Sie klammerte sich an seine Hüften, doch er schüttelte nur den Kopf und preßte seine Lippen auf den elfenbeinfarbenen, schwellenden Ansatz ihrer Brust.

Die Zeit hörte auf zu existieren. Er küßte sie endlos – gierig, zärtlich, drängend, alles auf einmal. Mit ihren Brustwarzen spielend, bis sie so hart und fest waren, daß sie unter der Berührung seiner Lippen schmerzten, entzündete er in ihr ein fieberndes Feuer, das ihr den Atem nahm.

Seine Lippen wanderten tiefer, tasteten sich über die seidige Ebene ihres Bauches in die verheißungsvollen Regionen ihrer Weiblichkeit vor. Cassie schluckte. Ihre Augen waren weit geöffnet, ihr Blick war verhangen, als er für den Bruchteil einer Sekunde einzuhalten schien – bevor die feuchte Hitze seines Atems zwischen ihren weit geöffneten Schenkeln über sie strich. Und dann spürte sie die peitschende Glätte seiner Zunge. Unaufhörlich tanzte sie spielerisch zwischen den seidigen, sensiblen Falten hin und her, bis Cassie sich ächzend und keuchend hin- und herwand, darum flehend, er möge seine süße Folter beenden.

Als er sich schließlich auf sie legte, glänzten kleine Schweißperlen auf seiner Oberlippe, legten Zeugnis ab von seiner fast übermenschlichen Beherrschung. Obwohl sein Glied bis zum Zerbersten prall und hart war, drang er in das vorher geschundene Fleisch fast unerträglich langsam und überaus beherrscht ein.

Schließlich war er tief in ihr vergraben. Ihre Hitze, die wie ein samtener Mantel seine harte Männlichkeit fest umschloß, brachte ihn fast an den Rand des Wahnsinns. Er biß die Zähne zusammen. Plötzlich rollte er sich herum, so daß sie auf ihm lag.

Ihre Augen weiteten sich. Sie stützte sich mit einer Hand auf seiner Brust ab. Ihr Atem kam stoßweise, und mit jedem Atemzug brannte sich ihre Verschmelzung mit Gabriel noch tiefer in ihr Bewußtsein ein.

»Gabriel ...«

Seine Augen glühten dunkel. »Nimm mich!« raunte er mit belegter Stimme. Seine Hände glitten hinunter zu ihren Hüften, hoben sie hoch und senkten sie wieder, auf und nieder, auf und nieder.

»Genau so, Liebling ... ja, *ja!*« Er stöhnte und keuchte, als der Sturm der Leidenschaft beide hinwegriß und sie hoch und immer höher trug. Irgendwie schaffte er es, sich so lange zurückzuhalten, bis er sie kommen spürte. Und dann kam auch er, ließ sich gemeinsam mit ihr auf den Höhepunkt der Lust reißen. Mit einem Schrei sank sie an seine Brust.

Gabriel ließ sich zur Seite rollen und zog Cassie in seinen Arm. Zärtlich strich er ihr ein paar Strähnen aus dem Gesicht. Ein kleines Lächeln huschte über sein Gesicht, als er sah, wie benommen sie war. Er legte einen Finger an ihr Kinn und drehte ihr Gesicht zu sich, um sie lange und zärtlich zu küssen. Eng aneinandergeschmiegt schliefen sie schließlich gemeinsam ein.

Vierundzwanzigstes Kapitel

Das Knarren der Tür weckte Cassie am nächsten Morgen aus einem gesunden Schlaf. Ein leiser, überraschter Laut drang durch das Zimmer an ihr Ohr. Cassie mußte lächeln. Gloria hatte wohl gerade bemerkt, daß ihre Herrin nicht allein in ihrem Bett lag. Sie stützte sich auf ihren Ellbogen und beobachtete, wie Gloria das Tablett, das sie trug, auf dem Tisch neben der Tür abstellte.

»Gloria.« Beim Klang der männlichen Stimme drehte sich die Zofe um. Eine Hand lag auf Cassies bloßem Arm. Erst jetzt bemerkte sie, daß Gabriel auch schon wach war.

»Würdest du Cook bitte veranlassen, in Zukunft zusätzlich noch eine Kanne Tee auf das Morgentablett von Mylady zu stellen?«

»Natürlich, Mylord.« Mit einem hastigen Knicks suchte Gloria das Weite.

Gabriels Bitte hatte weitreichende Bedeutung – und beide wußten es.

Cassie kuschelte sich in seine Arme. Er fuhr ihr mit der Fingerspitze über den Nasenrücken. »Irgendwelche Einwände, Gräfin?«

Um seinen Mund spielte ein kleines Lächeln, das ihr Herz überlaufen ließ. Sein dunkles, unrasiertes Kinn und seine behaarte nackte Brust strahlten eine ungeheure Männlichkeit aus, doch das vom Schlaf zerzauste Haar und die tiefen Augen, die wie flüssiges Silber glänzten, ließen ihn jünger und weit weniger streng erscheinen, als er sich ihr bis dahin gezeigt hatte.

Cassie schüttelte verneinend den Kopf. Ein Gefühl übersprudelnden Glücks erfaßte sie. Denn wohl zum allerersten Mal hatte sie das Empfinden, die Rolle der Ehefrau und Lady voll auszufüllen.

Langsam neigte er den Kopf und strich mit den Lippen sachte über ihren Mund. Als er sich wieder zurücklegte, sah sie, daß seine Augen trotz des Lächelns, das um seinen Mund spielte, ernst waren.

»Ich hoffe, du kannst mir vergeben, daß ich gestern abend so ein Narr war«, sagte er ruhig. »Es ist ja nicht das erstemal, daß ich Christopher und dich so unfair behandelt habe.« Er schüttelte, von sich selber angewidert, den Kopf. »Ich hätte das mit Christopher und Evelyn wissen müssen.«

Cassie legte ihm den Finger auf den Mund. »Wie hättest du das wissen sollen?« mahnte sie freundlich. »Ich wußte es doch auch nicht und muß mich jetzt ebenfalls fragen, wie ich so blind sein konnte. Wenn ich nur daran denke, wie oft ich die beiden in all der Zeit zusammen gesehen habe.« Sie runzelte besorgt ihre zarte Stirn. »Christopher ist überzeugt, daß Evelyns Vater ihn auf keinen Fall als standesgemäßen Gemahl in Betracht ziehen wird. Christopher wird nicht einmal den Versuch unternehmen, einen Antrag zu machen, aus Angst, Warrenton würde ihm dann verbieten, Evelyn überhaupt noch zu sehen.«

Gabriel zögerte. »Ich weiß, wie sehr du Evelyn magst«, sagte er langsam. »Aber ich will ehrlich sein, Kleines. Christopher hat sicher recht. Für Warrenton hat der Titel, genauso wie für meinen Vater, absoluten Vorrang. Ich fürchte, er würde niemals zulassen, daß auch nur der leiseste Schatten auf seinen Namen fällt.«

Cassie sagte nichts. Der Gedanke, daß ihre Freundin niemals das Glück kennenlernen sollte, das sie gefunden hatte, erfüllte sie mit tiefer Traurigkeit. Nach einer Weile drückte Gabriel seine Lippen auf ihre Schläfe und ließ seinen warmen Atem über ihre Haut streichen.

»Manchmal«, sagte er mit leiser Stimme, »kommt eine Zeit, da man vergessen muß – eine Zeit, da man ganz von vorne beginnen muß.« Er drehte ihr Kinn mit dem Finger zu sich hin. »Ich wünsche mir für uns so sehr, daß wir unsere Ehe ganz neu beginnen, Liebes.«

Zu ihrer Überraschung schwang in seinem Ton eine ungewohnte Unsicherheit mit. Sie benetzte ihre Lippen mit der Zunge. »Ein Neuanfang?« flüsterte sie.

»Ja, ein Neuanfang.«

Ein Strahlen ging über ihr Gesicht. »Das wünsche ich mir von ganzem Herzen.« Sie schlang ihre Arme um seinen Hals, unfähig ihre Freude zurückzuhalten. »Ja, wirklich von ganzem Herzen!«

»Ja, aber du hast am eigenen Leib gespürt, wie eifersüchtig ich bin. Ich müßte eigentlich annehmen, daß du mit mir ganz schön geschlagen bist.«

Sie biß sich auf die Lippen. »Wie könnte ich so denken? Ich fürchte, ich … ich habe mich auch als ganz schön eifersüchtig entpuppt.«

Sein Blick wanderte über ihr Gesicht. »Du hast keinen Grund, eifersüchtig zu sein, mein Liebling.«

»Nein? Nicht einmal auf Lady Sarah?«

Seine Augen verdunkelten sich. Er drückte sie fester an sich. »Hör zu, mein Schatz. Ich habe seit dem Augenblick, da ich dir begegnet bin, mit keiner anderen Frau mehr geschlafen. Ich habe keine andere mehr gewollt.«

Ihre Augen tauchten in die seinen ein. »Wirklich nicht?«

»Wirklich nicht.«

Seine heisere Stimme und die Sprache seiner glutvollen Augen jagten ihr Schauer des Entzückens über den Rücken. Ihre Gefühle lagen offen und unverfälscht wie nie zuvor zwischen ihnen. Sie wollte ihm soviel sagen. Sie liebte ihn. Sie liebte ihn mit allen Fasern ihres Seins, und ihr Herz war so voll, daß es fast weh tat. Was würde er sagen, wenn er es wüßte? Sie öffnete die Lippen, nahm zitternd Anlauf für ihr Geständnis.

Doch bevor sie noch ein Wort sagen konnte, bemächtigte sich Gabriel ihrer Lippen – ein Kuß, in dem unendliche Zärtlichkeit lag. Cassie schlang ihre Arme noch fester um ihn, ergab sich ihm in süßem Glück mit ihrer ganzen Seele.

Draußen in der Halle erhob sich plötzlich lautes Geschrei. Es klopfte, und die Tür sprang auf. Vor ihnen stand Alice mit einem quengelnden, zappelnden Bündel im Arm.

»Er ist heute morgen ein bißchen ungeduldig«, verkündete das Mädchen fröhlich.

Gabriel löste sich widerstrebend von Cassie. Mit einem Anflug von Lachen flüsterte er ihr ins Ohr: »Die Zeiteinteilung unseres Sohnes läßt sehr zu wünschen übrig, nicht wahr?« Er lachte leise, als er sah, wie Cassies Wangen rot aufflammten.

Als Alice wieder weg war, bestand Cassie darauf, sich vor dem Stillen ihr Nachthemd überzuziehen, was Gabriel dazu herausforderte, sie unbarmherzig aufzuziehen. Derlei Hemmungen waren ihm offensichtlich absolut fremd. Er marschierte nackt durch die Verbindungstür in sein Zimmer und kam in demselben Zustand auch wieder zurück, machte an dem Tisch mit dem Tablett halt und goß sich eine Tasse Tee ein. Er war gerade dabei, auch für Cassie die Schokolade einzuschenken, als es erneut klopfte. Cassie brach in schallendes Gelächter aus, als er in wilder Hast wieder ins Bett hechtete.

»Mylady«, hörten sie Gloria sagen, »Lady Evelyn ist unten und läßt fragen, ob Sie heute vormittag mit ihr ausreiten wollen.«

Cassie biß sich auf die Lippen und blickte zu Gabriel hinüber. *»Macht es dir etwas aus?«* Ihre Lippen bewegten sich lautlos. Er schüttelte den Kopf.

»Bitte, sag Lady Evelyn, daß ich das Angebot gerne annehme«, rief Cassie. »Und sag ihr, daß ich gleich unten bin.«

Als Jonathan fertig war, übergab sie ihn Gabriel, der es sichtlich genoß, ihr vom Bett aus bei der Morgentoilette zuzusehen. Als sie fertig war, schlüpfte sie mit Gabriels Hilfe schnell in ihren Reitdreß und rückte hastig noch vor dem Spiegel ihre hübsche kleine Reitkappe auf dem Kopf zurecht. In diesem Augenblick bemerkte sie, daß Mittens, eine von Mrs. McGees Katzen, offensichtlich unbemerkt in das Zimmer geschlüpft war. Das kleine samtfellige Wesen war auf den Tisch gesprungen, auf dem Gabriel ihre Tasse Schokolade stehengelassen hatte, und schlabberte nun gierig das schmackhafte Getränk aus der Tasse.

Sie wirbelte herum. »Halt! Haaalt!« Doch das Tier leckte unbeeindruckt auch noch den letzten Tropfen aus der Tasse. Ohne die entsetzte Frau eines Blickes zu würdigen, leckte es sich die Pfoten ab und sprang dann zurück auf den Boden.

Diesmal brach Gabriel in schallendes Gelächter aus. Cassie versuchte eine ernste Miene aufzusetzen, doch sie scheiterte kläglich. Als sie unten das Frühstückszimmer betrat, gluckste sie immer noch vor sich hin.

Evelyn saß auf den dicken, golddurchwirkten Polstern des Sofas und gab sich dem warmen Sonnenlicht hin, das durch die Fenster flutete. Sie war so in Gedanken versunken, daß Cassie sich zweimal räuspern mußte, ehe sie sich umdrehte und sie entdeckte.

»Wirklich, Evelyn«, neckte sie sie, »ich würde liebend gern wissen, was dir im Kopf herumgeht, daß du heute morgen so abwesend bist – oder sollte ich vielleicht lieber fragen, *wer* deine Gedanken so beschäftigt.«

Evelyn wurde knallrot.

Cassie senkte die Stimme zu einem Flüstern. »Laß mich raten. Heißt er vielleicht Christopher?«

Evelyns große blaue Augen weiteten sich in Alarmbereitschaft. »O nein! Ist das denn so offensichtlich?«

»Überhaupt nicht!« Cassie beeilte sich, ihre Freundin zu beruhigen. Sie seufzte, und ihre Augen verdunkelten sich ein wenig. Sie streckte Evelyn die Hand entgegen und tätschelte sie liebevoll. »Keine Angst«, sagte sie sanft. »Ich werde dein Geheimnis bewahren, obwohl ich wünschte, Christopher ginge zu deinem Vater. Vielleicht wäre er einem Antrag Christophers gegenüber doch nicht so abgeneigt, wie du denkst.«

Evelyn sprach die schmerzliche Wahrheit aus. »Nein, Cassie. Ich bin von Herzen froh, daß Christopher das Herrenhaus gekauft hat, aber ich fürchte, es ist verlorene Liebesmüh'. Mein Vater ist mehr denn je entschlossen, mich mit einem Titel und einem Vermögen zu verheiraten.«

Da Cassie sah, wie sehr diese Angelegenheit ihre Freundin mitnahm, beschloß sie, lieber nichts mehr zu sagen. Nach einer Weile gelang es Evelyn, wieder ein klein wenig zu lächeln.

»Mein Vater ist heute vormittag mit mir herübergeritten. Er und Edmund haben beschlossen, heute auf die Jagd zu gehen. Kurz bevor du runterkamst, fragte Edmund mich noch, ob ich mich ihnen nicht anschließen will. Ich hoffe, es macht dir nichts aus, aber ich habe abgelehnt.«

»Ich bin froh darüber«, sagte Cassie trocken. »Ich konnte mich nie mit dem Gedanken anfreunden, euch drei auf der Jagd zu wissen.« Sie hatten sich gerade erhoben, als sie ein Schrei von draußen zusammenzucken ließ.

Evelyn und Cassie sahen sich erschrocken an. »Was um alles in der Welt …«

»Das klingt nach Mrs. McGee!« Cassie war bereits durch die Tür gestürmt.

Es war tatsächlich Mrs. McGee. Die Haushälterin lag in der Eingangshalle auf den Knien und starrte auf Mittens, ihren kleinen Kater, der zusammengekrümmt vor ihr lag.

»Oh, das arme Ding«, schluchzte sie. »Ich wollte ihn gerade nach draußen scheuchen, aber er ging so seltsam steifbeinig, und dann blieb er plötzlich stehen. Er schaute mich noch an – ganz glasig war sein Blick –, und dann knickten einfach seine Beine weg!« Sie rang die Hände. »Ich … ich glaube, er ist tot!«

Inzwischen waren auch Edmund, Evelyns Vater und Gabriel auf dem Schauplatz erschienen. Gabriel kniete sich neben Mrs. McGee und untersuchte behutsam den schlaffen Körper des Katers. Schließlich richtete er sich auf und schaute die Haushälterin an.

»Nach Ihrer Beschreibung«, murmelte er, »könnte man ja fast annehmen, er sei betrunken gewesen.« Er schüttelte den Kopf und legte eine Hand auf Mrs. McGees Schulter. »Es tut mir auf jeden Fall leid, Mrs. McGee. Es sieht tatsächlich so aus, als sei ihm nicht mehr zu helfen.«

Mittlerweile hatte sich auch Davis der kleinen Gruppe angeschlossen. »Sir, vielleicht hat sich das Tier in der Küche über irgendwelche Spirituosen hergemacht.«

Cassie hatte plötzlich das Gefühl, als würde ihr der Boden unter den Füßen weggezogen. *»Man könnte ja fast annehmen, er sei betrunken gewesen.«* Nein, dämmerte es ihr plötzlich, nicht betrunken ... vergiftet.

Völlig benommen stand sie da. Ein schrecklicher Verdacht schoß ihr durch den Kopf.

Langsam wich sie zurück. »Nein«, flüsterte sie und fixierte Gabriel mit starrem Blick. »Lieber Gott, nein ...« Sie wirbelte herum und raste die Treppen hinauf.

Gabriel sprang auf die Füße. Konsterniert blickte er Cassie nach. »Cassie! Was zum Teufel ...« Mit langen Schritten eilte er hinter ihr her.

In ihrem Zimmer angelangt, versuchte Cassie ihm die Tür vor der Nase zuzuschlagen. Doch er stemmte sich dagegen und schlüpfte mit ins Zimmer. Seine Miene verriet nichts Gutes.

»Cassie! Was zum Teufel ist in dich gefahren?« Er war besorgt, aber auch verärgert. Doch vor allem war er verwirrt, denn ihre Augen waren geweitet, und ihr Gesicht war kreidebleich. Verdammt! Wenn er es nicht besser gewußt hätte, hätte er geschworen, sie hatte Angst vor ihm ...

Er unterdrückte seinen Ärger und streckte ihr seine Hand entgegen. »Komm, mein Schatz, erzähl mir, was los ist.«

Sie stand in der Mitte des Zimmers und schlang die Arme um sich. Sie zitterte am ganzen Körper. Kalter Angstschweiß trat ihr auf die Stirn. »Als ob du das nicht wüßtest!« stieß sie halberstickt hervor.

»Cassie, ich schwöre dir, ich weiß es nicht. Bitte erzähl mir, was dich plötzlich so aufgebracht hat.«

Ihre Gedanken arbeiteten fieberhaft. War das der Grund, warum Gabriel an diesem Morgen so ausgesprochen guter Laune gewesen war? Vielleicht sollte dieser Tag nicht der Beginn ihrer Ehe sein. Vielleicht hatte er das Ende gemeint.

»Der Kater hat meine Schokolade getrunken!« rief sie. »Und nun ist er tot. Er trank die Schokolade, die für mich bestimmt war, und nun ist er *tot!*«

Gabriel zog hörbar die Luft ein. »Lieber Gott! Du glaubst doch nicht etwa, daß ich …«

»Du hast schon einmal ein Schlafmittel in meine Schokolade getan«, schrie sie. »Willst du das etwa leugnen?«

»Nein, aber das war doch nur, damit du besser einschlafen konntest!«

»Ich bin die einzige in diesem Haus, die Schokolade trinkt, Gabriel. Und nun sollte ich vielleicht für immer einschlafen!«

Sie war nicht mehr Herr ihrer Gedanken. Der Anflug von Wahnsinn in ihrer Stimme, die Wildheit in ihren Augen ließen keinen Zweifel daran. Er streckte die Hand nach ihr aus. Sie taumelte zurück und entzog sich seinem Griff. Dann riß sie einen Koffer aus dem Schrank und warf ihn zusammen mit ein paar Kleidungsstücken auf das Bett. Mit zitternden Händen fing sie an, die Sachen blindlings in den Koffer zu stopfen.

Gabriel packte sie mit grimmiger Miene an den Schultern, wirbelte sie herum und zog sie zu sich heran. »Cassie, sieh mich an!« Er schüttelte sie. »Sieh mich an und sag mir, ob du im Ernst glaubst, ich wollte dir etwas antun und würde womöglich sogar deinen Tod planen.« Seine Stimme war zwar hart, doch seine Augen flehten sie an, dem Alptraum ein Ende zu bereiten.

Tränen rollten ihr über die Wangen. »Ich bin angeschossen worden«, weinte sie. »Überfallen, und nun dies! Was soll ich da denken? Und Tatsache ist nun mal, daß du keine Ehefrau wolltest, Gabriel. Das weißt du besser als ich!«

»Aber das hat sich geändert, Cassie.« Seine Stimme war bewegt. »Mein Gott, du bist die Mutter meines Sohnes! Gott ist mein Zeuge – ich würde mir eher den Arm abschneiden, als dir ein Leid anzutun. Das mußt du mir glauben. Ich würde dir nie irgend etwas antun können.«

»Und was ist mit deinem Vater? Gabriel, wir haben das doch schon früher durchgekaut. Er verachtete mich, als du mich hergebracht hast. Ich habe seinen Vorstellungen von einer Ehefrau für dich ganz und gar nicht entsprochen, ich war nur eine Amerikanerin! Vielleicht reicht ihm dieser Grund ja schon, um mir den Tod zu wünschen!« Sie faßte sich mit der Hand an den Kopf. »Ich weiß nicht, was ich glauben soll. I-ich weiß es einfach nicht!«

In diesem Augenblick bemerkte sie Evelyn an der Tür. Sie riß sich los und lief mit ausgestreckten Händen auf sie zu. »O Evelyn, hilf mir, bitte hilf mir!« Fast hysterisch schluchzte sie sie an: »Ich-ich kann nicht hierbleiben. Wirst du mir helfen?«

»O Cassie, natürlich tue ich für dich alles, was in meiner Macht steht ... aber ...« Sie suchte Gabriels Blick über ihre Schulter hinweg. Er nickte nur stumm.

Evelyn griff nach Cassies Händen. Sie waren eiskalt. »Beruhige dich doch, Liebes. Ich sag dir was. Du kannst mit Jonathan nach Warrenton kommen und dort mit meinem Vater und mir so lange bleiben, bis sich hier alles geklärt hat ... Vater hat bestimmt nichts dagegen. Da bin ich mir sicher ...«

Eine Stunde später stand Gabriel wie versteinert oben auf der breiten Eingangstreppe von Farleigh Hall und beobachtete mit starrer Miene, wie die Kutsche durch die große efeubewachsene Einfahrt in Richtung Warrenton davonfuhr. Erst als sich auch das letzte Staubwölkchen hinter der Kutsche gelegt hatte, wandte er sich wieder dem Haus zu. Seine Frau und sein Sohn waren in der Kutsche.

Edmund war gerade in den Türrahmen des mit kunstvollen Schnitzereien verzierten Flügelportals getreten. »Guter Gott, Junge! Ich kann nicht glauben, daß du sie ziehen gelassen hast!«

Gabriel biß die Zähne so fest zusammen, daß sie schmerzten. Er schritt an seinem Vater vorbei, ohne ihm die geringste Beachtung zu schenken, und steuerte auf das Arbeitszimmer zu.

Edmund folgte ihm wie ein begossener Pudel. »Gabriel!« Als er sah, wie sein Sohn schnurstracks auf die Kristallkaraffe mit Brandy zuging, runzelte er mißbilligend die Stirn. »Hast du nichts dazu zu sagen?«

Gabriel knallte das Glas in seiner Hand mit solcher Heftigkeit auf das Tablett, daß es zersplitterte. »Nein«, fuhr er ihn wütend an, »aber Sie haben ganz offensichtlich etwas zu sagen, da ich ja wohl wieder mal nicht Ihren Erwartungen entsprochen habe!«

Edmund ließ sich nicht einschüchtern. »Ach, komm schon! Sie übertreibt wirklich. Ihre Anschuldigungen sind einfach absurd. Der Kater ist mit Sicherheit eines natürlichen Todes gestorben – und nicht, weil er Schokolade trank, die angeblich mit einer tödlichen Dosis Laudanum vergiftet war. Jeder weiß doch, daß Frauen nach der Niederkunft zu unkontrollierten Gefühlsausbrüchen neigen. Ich verstehe es auch, wenn du meinst, du mußt ihr ihren Willen lassen. Aber wenn du ihr gestattest wegzugehen, dann mußt du dir darüber im klaren sein, daß du ihre Ängste nur noch weiter verstärkst – abgesehen davon, daß sie völlig unbegründet sind!«

»So, sind sie das? Ich möchte Sie daran erinnern, daß auf Cassie geschossen wurde, daß man sie entführt hat, und jetzt kann jemand durchaus versucht haben, wieder einen Anschlag auf sie zu verüben! Ich habe sie von London hierher zurückgebracht, weil ich glaubte, ich könnte hier für ihre Sicherheit garantieren. Das kann ich offensichtlich nicht, denn es sieht so aus, als kenne jemand ihre Lebensgewohnheiten ganz genau. Könnten Sie ihr ernsthaft einen Vorwurf machen, wenn sie halbverrückt vor Angst ist? Jemand versucht, sie zu töten, vielleicht sogar jemand aus diesem Haus! Ich bin es nicht, und ich bezweifle sehr, daß irgendeiner der Dienstboten zu so einer Tat fähig wäre. Also, Vater, jetzt sagen Sie mir, wer bleibt denn dann noch übrig?«

Edmund stand da, als habe ihn der Blitz getroffen. »Das will ich nicht gehört haben, Gabriel. Wenn du nicht mein Sohn wärst, dann würde ich dich für diese ungeheuerliche Unterstellung wohl auf der Stelle hinauswerfen lassen. Ich würde mich nie in meinem Leben an jemandem vergreifen, der schwächer ist als ich – und schon gar nicht an meiner Schwiegertochter!«

»Ihre Schwiegertochter ist aber gleichzeitig auch eine Amerikanerin, Vater. Und Ihre Abneigung gegen Amerikaner ist weit und breit bekannt.«

Edmund schoß einen wütenden Blick auf seinen Sohn ab. »Trotzdem würde ich Cassandra kein Leid zufügen. Aber mir ist bei alledem immer noch schleierhaft, warum sie es für notwendig hielt, Farleigh zu verlassen.«

Gabriel verzog den Mund. »Schon gut, Vater. Vielleicht ist es ja wirklich besser, daß sie nicht geblieben ist. Meine Mutter ging nicht, und Sie wissen ja, was der Preis dafür war.«

»Deine Mutter!«

Edmund sah ihn überrascht an.

»Ich verstehe nicht, was sie mit dieser Sache hier zu tun haben soll.«

»Nein? Aber das überrascht mich nicht. Ich wollte damit nur sagen, ich glaube, ich könnte es nicht ertragen, wenn ich mitansehen müßte, wie Cassie sich hier elend und unglücklich fühlt – so wie damals meine Mutter. Sie müssen verstehen, Vater, ich möchte ihr nicht das antun, was Sie meiner Mutter angetan haben.«

»Was ich deiner Mutter angetan ... Ich habe nichts getan!«

»Das ist richtig. Sie haben sich nicht für sie interessiert. Sie haben sie nicht geliebt. Sie haben kaum wahrgenommen, daß sie überhaupt existiert. Was hat sie Ihrer Meinung nach wohl umgebracht?«

Edmund wurde blaß.

»Was willst du damit sagen, Gabriel? Sie ... sie ist in dem See ertrunken ... ein schrecklicher Unfall, sicherlich, aber eben ein Unfall ...«

»Nein, Vater. Ihr Tod war kein Unfall. Sie ist ertrunken, weil sie sterben wollte. Sie hat sich selbst umgebracht!«

Wie vom Blitz getroffen, starrte Edmund seinen Sohn an. Er schien plötzlich nur noch ein grauer Schatten seiner selbst zu sein.

»Woher willst du das wissen?« flüsterte er. »Woher?«

»Ich weiß es, weil sie mir eine Nachricht hinterlassen hat, Vater. Sie wußte, daß ich sie verstehen würde, so wie sie auch wußte, daß es Ihnen egal sein würde.«

Sein Tonfall war bitter.

»Sie hat Sie geliebt, wissen Sie. Sie liebte Sie trotz allem. Möchten Sie wissen, was auf dem Zettel stand? Sie schrieb, daß sie es nicht länger ertragen könne, mit Ihnen zu leben, ohne ein Teil Ihres Lebens zu sein. Und deshalb habe sie sich entschlossen, ihrem Leben ein Ende zu setzen.«

Edmund schrie auf. »Das wußte ich nicht, Gabriel. Mein Gott, das wußte ich nicht. Ich dachte, es sei ein Unfall gewesen! Warum hast du mir das nie erzählt?«

Gabriels Augen glitzerten wie Eissplitter. »Sie haben sich nicht für sie interessiert, als sie noch lebte. Warum sollten Sie sich plötzlich für sie interessieren, als sie tot war?« Er drehte sich auf dem Absatz um und verließ das Zimmer, wobei er die Tür mit solcher Wut hinter sich zuknallte, daß die Fenster klirrten.

Edmund hatte plötzlich das Gefühl, daß seine Knie nachgaben. Er konnte sich nicht länger auf den Beinen halten und schleppte sich zu einem Stuhl. Die erschütternde Wahrheit traf ihn wie ein

Keulenschlag. Auf einmal reimte sich alles zusammen. Alles ergab einen Sinn. Die Distanziertheit seines Sohnes, seine Ressentiments gegen ihn, alles …

Er vergrub das Gesicht in den Händen und weinte. Weinte darüber, was er angerichtet hatte, weinte um das, was er verloren hatte – weinte um alles, was er in seinem Leben versäumt hatte.

Fünfundzwanzigstes Kapitel

Bereits am nächsten Tag stand Gabriel vor der Tür der Warrentons, um mit Cassie zu sprechen. Er versuchte es vormittags, und dann noch einmal nachmittags. Beide Male lehnte sie es ab, ihn zu empfangen.

Am darauffolgenden Tag sprach er wieder vor, und auch den Tag darauf. Cassie weigerte sich weiterhin.

Sie hätte um alles in der Welt nicht sagen können was sie zurückhielt. Sie wußte nur, daß sein Anblick ihre Qual nur noch verstärkt hätte. Sie verbrachte die Tage in einem Schwebezustand zwischen Hoffen und Bangen, zwischen unglücklicher Resignation und fassungsloser Empörung, zwischen maßloser Wut und verzweifelter Sehnsucht. Abends weinte sie sich in den Schlaf, und morgens wachte sie mit Kopfschmerzen, verquollenen Augen … und wehem Herzen auf.

Sie wurde ständig hin- und hergerissen. Gabriel … oder Edmund? Der Vater … oder der Sohn?

Manchmal war sie überzeugt, sie hätte den Verstand verloren. Allein schon die *Erwägung*, Gabriel oder Edmund könnten zu einem Mord fähig sein, war absoluter Wahnsinn. So ein Gedanke konnte sicherlich nur einem kranken Hirn entspringen. Aber dann schlichen sich wieder Zweifel ein, und sie war überzeugt, es konnte nur einer von beiden sein, denn so sehr sie auch ihren Kopf zermarterte, ihr fiel sonst niemand ein, der ihr den Tod wünschen könnte.

Es war etwa eine Woche später. Sie stand oben in dem Zimmer, das sie mit Jonathan teilte, und blickte hinaus auf die blühende grüne Landschaft. Während draußen die Sonne alles in ihren heiteren Glanz tauchte, sah es in ihrem Inneren düster und traurig aus.

Evelyn hatte mitbekommen, daß sie nicht gut schlief, und deshalb in den letzten Tagen immer darauf bestanden, daß sie sich nachmittags ein bißchen Ruhe gönnte. Damit sie sich ungestört hinlegen konnte, hatte Evelyn Jonathan immer mit nach unten genommen. Aber heute war Cassie unruhig hin- und hergetrieben. Sie konnte ihre Gedanken nicht abschalten, und so gelang es ihr nicht, sich zu entspannen. Schließlich wandte sie sich vom Fenster ab. Es hatte keinen Sinn, in ihrem Zimmer zu bleiben. Ebensogut konnte sie sich Evelyn und Jonathan unten anschließen.

Sie warf einen kurzen Blick in das Arbeitszimmer, aber da waren sie nicht. Daß die Terrassentür weit offen stand, registrierte sie gar nicht. Sie wandte sich schon zum Gehen, als plötzlich das weiche Lachen einer Frau an ihr Ohr drang. Ohne zu zögern, machte sie kehrt.

Draußen auf der Terrasse saß Evelyn auf einer Holzbank – und ihr gegenüber Gabriel, die langen Beine lässig vor sich ausgestreckt. Jonathan hockte auf seinen Schenkeln und umklammerte – glücklich strahlend – seine Daumen mit seinen winzigen Fingerchen.

Evelyn bemerkte sie zuerst. Mit einem schuldbewußten Gesichtsausdruck sprang sie auf. Cassie machte kein Hehl daraus, wie ungehalten sie war. Sie fühlte sich schlichtweg hintergangen, verraten von ihrer besten Freundin!

»Laß mich raten«, sagte sie kühl. Ihr Blick wanderte zwischen Evelyn und ihrem Mann hin und her und ließ keinen Zweifel aufkommen, wie empört sie war. »Ist dieser Besuch vielleicht der Grund dafür, warum du mich jeden Nachmittag so bedrängst, mich hinzulegen?«

Gabriel hatte sich inzwischen auch erhoben und sich Jonathan an die Schulter gelegt, wobei er sorgfältig darauf achtete, sein Köpfchen und seinen Hals mit der Hand abzustützen. Während jedoch Evelyn einen sehr betrübten Eindruck machte, zeigte Gabriels Gesicht nahezu keine Regung.

»Nun«, sagte Evelyn zuvorkommend, »ihr beide wollt sicher allein sein.« Sie blickte Gabriel an. »Möchtest du, daß ich dir Jonathan abnehme?«

Gabriel nickte. Er drückte einen Kuß auf Jonathans dunkles Köpfchen und übergab ihn dann Evelyn, die mit ihm ins Haus eilte.

Er sprach kein Wort, bis sie allein waren. Sein Blick flackerte. »Du kannst auf mich böse sein, Cassie, aber es besteht kein Grund, Evelyn Vorwürfe zu machen. Das geht allein auf meine Kappe. Ich habe auf diesem Gespräch bestanden.«

Cassie reckte das Kinn vor. »Ja, das hätte ich mir denken können.«

Gabriels Blick war hart wie Stahl. »Daß du mich nicht sehen wolltest, habe ich noch akzeptiert. Aber mit welchem Recht verweigerst du mir die Möglichkeit, Jonathan zu sehen? Ich möchte dich daran erinnern, daß er auch mein Sohn ist.«

»Der Sohn, den du nicht wolltest – von einer Frau, die du nicht wolltest!«

Sein Gesicht war eine Maske aus Stein. »Ich rate dir, deine Zunge zu hüten, Cassie. Es war grausam von mir, dir einmal solche Dinge an den Kopf zu werfen. Ich habe dich verletzt und Sachen gesagt, die ich nicht so gemeint habe und die ich zutiefst bereue. Aber bist du in diesem Augenblick vielleicht weniger grausam? Ich glaube nicht.«

Er war nahe an sie herangetreten und stand so dicht vor ihr, daß sie die ursprüngliche, männliche Kraft seiner Gegenwart körperlich spüren konnte, so dicht, daß sein vertrauter Geruch sie umfing. Ihre Gedanken waren in wildem Aufruhr. Sie betete, er möge nicht merken, wie ihr Puls in seiner Nähe hochschnellte. Sie konnte keinen klaren Gedanken mehr fassen. Ihr Verstand hatte gegen ihre Gefühle und ihre Erinnerungen einfach keine Chance. Schmerzlich erinnerte sie sich daran, wie es war, als sie in seinen starken Armen gelegen und seine warmen, verheißungsvollen Lippen auf sich gespürt hatte. Wie sicher und geborgen hatte sie sich gefühlt!

Plötzlich fingen ihre Hände an zu zittern. Sie versteckte sie in den Falten ihres Rocks. »Was würdest du an meiner Stelle tun, Gabriel? Oder hatte ich mit der Katze unrecht? Stimmt es etwa nicht, daß die Schokolade vergiftet war?«

Gabriel antwortete nicht. Eine schier unerträgliche Spannung lag in der Luft. Endlich brach er das Schweigen. »Doch«, sagte er schließlich. »Aller Wahrscheinlichkeit nach hattest du recht. Der Arzt hat die Katze untersucht, und auch er meint, daß das Tier vergiftet wurde. Außerdem fand man ein leeres Röhrchen mit Laudanum vor der Küche. Gloria hat ausgesagt, daß sie das Tablett einige

Minuten unbeaufsichtigt in der Küche hat stehen lassen, bevor sie nach oben kam. Ich habe die Dienstboten immer und immer wieder verhört, aber abgesehen von diesem Hinweis hat niemand irgend etwas von Bedeutung bemerkt.«

Er hatte ihr das alles nicht erzählen wollen, und Cassie war nicht entgangen, wie sehr er mit sich kämpfte. »Die Dienstboten sind loyal«, fuhr sie hoch. »Sowohl dir als auch deinem Vater gegenüber! Und du hättest nach meinem Tod freie Hand, die Frau deiner Wahl zu heiraten!«

Er schüttelte sich voller Abscheu. »Wenn du dich erinnerst, hatte ich ursprünglich nicht die geringste Lust, überhaupt zu heiraten. Und was meinen Vater betrifft, ganz gleich, was du über ihn auch denken magst, er ist ein ehrenhafter, integrer Mann. Und du müßtest eigentlich wissen, daß ich der letzte wäre, der ihn in Schutz nehmen würde, wenn ich mir nicht absolut sicher wäre.«

Er marschierte nervös vor ihr auf und ab. »Glaub mir, Cassie, ich verstehe, warum du um deine Sicherheit fürchtest.« Es fiel ihm schwer, seine Ungeduld in Zaum zu halten. »Aber mir will einfach nicht in den Kopf, daß du ausgerechnet mich dafür verantwortlich machst. Du vergißt ganz, daß ich schließlich bei dir war, als man auf dich geschossen hat!«

»Aber du hättest ja leicht jemanden dafür anheuern können – und dasselbe gilt für diesen schrecklichen Mann in London! Und wenn du es nicht warst, Gabriel, wer dann? *Wer*, frage ich dich?«

»Ich habe keine Ahnung!« explodierte er. »Ich habe monatelang Detektive durch die Welt geschickt. Ich habe selbst *hier* meine Männer gehabt, die auf dich aufpassen sollten, auch wenn du mir das wahrscheinlich nicht abnehmen wirst. Ich habe es langsam satt, mich ständig zu verteidigen, Cassie. Ich kann meine Unschuld nur beweisen, wenn ich den wahren Übeltäter finde!«

»Und was wird aus mir?« rief sie mit tränenerstickter Stimme. »Ich fürchte, ich werde das nächstemal nicht mehr so viel Glück haben!«

Er streckte seine Hände nach ihr aus. Aber in ihrer Brust tobte ein Chaos. Sie war völlig durcheinander. Wie konnte sie einen Mann lieben, der womöglich auf ihren Tod aus war, fragte sie sich verzweifelt. Sie konnte einfach nicht zulassen, daß er sie berührte, nicht jetzt. Wenn er es täte, würde sie in tausend Splitter zerspringen. »Nein!« rief sie und wandte sich ab. »Faß mich nicht an! Faß mich nie wieder an!«

Gabriel wich zurück. Sein Gesicht verriet höchste Anspannung. Bitter legte sich der Geschmack der Niederlage auf seine Zunge. »Diese Ehe stand vom ersten Tag an unter einem schlechten Stern«, sagte er mit einer Stimme, die so furchterregend war, daß sie sie bis ans Ende ihrer Tage verfolgen würde.

»Vielleicht hast du recht. Vielleicht sollten wir jetzt einen Schlußstrich ziehen.«

Aus Cassies Gesicht wich alle Farbe. Sie starrte ihn kreidebleich an. »Wie meinst du das?«

Seine Lippen waren nur noch ein schmaler Strich. »Oh, du brauchst dir keine Sorgen zu machen. Ich habe dir versprochen, daß ich für dich sorgen werde, und daran halte ich mich auch. Wir brauchen von jetzt an nur nicht mehr die Gegenwart des anderen zu ertragen. Wir werden diesen fatalen Fehler, den wir Ehe nennen, endgültig aus der Welt schaffen. Du mußt dich nur entscheiden, wo du leben willst, und ich werde zusehen, daß ich dort für dich ein Haus bekomme.« Er verzog den Mund. »Ich bin, weiß Gott, der letzte, der den Edelmütigen spielt. Aber vielleicht ist es besser, wenn du gehst. Wenn du willst, werde ich dich sogar nach Charleston zurückschicken.«

Ein brennender Schmerz schnürte ihr die Kehle zu. Eine Zeitlang konnte Cassie überhaupt nicht sprechen. Sie hatte das Gefühl, der Boden, auf dem sie stand, bröckelte langsam unter ihren Füßen weg.

»Und was ist mit Jonathan?« hauchte sie schließlich mit letzter Kraftanstrengung.

»Jonathan ist mein Erbe, so wie ich jetzt der Erbe meines Vaters bin.« Sein Ton war so unnachgiebig wie seine Körperhaltung. »Als solcher muß er auch aufgezogen werden. Und als solcher *wird* er auch aufgezogen werden.«

Völlig fassungslos starrte sie ihn an. Ihr fehlten die Worte. Der Mann, der vor ihr stand, schien plötzlich ein Fremder. Er ließ nicht das geringste Mitgefühl erkennen, nicht den leisesten Funken.

»Du verlangst von mir, daß ich ihn hierlasse? Damit er von dir – und deinem Vater aufgezogen wird? Damit so etwas herauskommt wie ihr?« Rasende Wut flammte in ihren Augen auf. »Nein. Niemals!«

Aus dem Blick, den er ihr zuschleuderte, sprach finstere Entschlossenheit. »Es steht dir frei, dich mir zu verweigern, Cassie. Aber du wirst mir nicht meinen Sohn verweigern.«

Cassies Herz klopfte wie wild. »Du würdest mir das Baby wegnehmen?« flüsterte sie ungläubig. »Mein Gott, und du wagst es, *mich* der Grausamkeit zu bezichtigen!«

Sein Gesichtsausdruck bestätigte nur allzu deutlich, daß er in dieser Frage unerbittlich sein würde. »Wie es aussieht, hast du deine Entscheidung getroffen. Du glaubst mir nicht, und du vertraust mir nicht. Auch gut, denn, bei Gott, ich werde nicht länger auf den Knien vor dir rutschen.« Mit diesen Worten entfernte er sich von der Terrasse.

Minuten vergingen. Vielleicht waren es auch Stunden, Cassie wußte es nicht. Sie schlang die Arme um sich und stand wie ein Häufchen Elend da. Ihre Brust schmerzte wie unter einer Zentnerlast, und ihr war, als habe ihr jemand ein Messer mitten ins Herz gestoßen.

Plötzlich hörte sie ein trockenes Husten hinter sich. Sie fuhr herum und sah sich Reginald Latham gegenüber.

»Euer Gnaden«, murmelte sie. »Es … es tut mir leid, aber ich habe nicht gemerkt, daß Sie hier sind.«

Er neigte den Kopf. »Cassandra.« Er hatte die Hände hinter dem Rücken verschränkt und blickte starr auf sie herab. »Verzeihen Sie mir, wenn ich so direkt bin, aber ich habe ungewollt Ihr Gespräch mit Gabriel mitangehört.«

Er hatte alles mitangehört! Vor lauter Verlegenheit verschlug es ihr fast die Sprache. Wie um alles in der Welt sollte sie darauf bloß reagieren? Reginald lächelte zwar nicht, aber immerhin blickte er diesmal nicht ganz so finster drein wie sonst.

»Dann muß ich mich entschuldigen«, murmelte sie schließlich. »Als ich herkam, hatte ich nicht die Absicht, in Ihrem Haushalt Unruhe zu stiften.«

»Es besteht kein Grund, sich deshalb unnötig Sorgen zu machen. Wie mir scheint, gibt es für Sie weitaus wichtigere Probleme zu lösen. Ich meine Ihren Ehemann, der offensichtlich fest entschlossen ist, Ihnen Ihr Kind zu entreißen.«

Cassie schluckte schmerzerfüllt. »Ich weiß.« Es fiel ihr schwer, darüber zu sprechen. »Ich dachte, ich kenne ihn sehr viel besser.«

Sie schüttelte den Kopf. »Ich … ich verstehe nicht, wie er so etwas tun kann.«

Reginald seufzte. »Ich kenne ihn, seit er ein kleiner Junge war, wissen Sie. Er kann sehr … starrköpfig sein, um es einmal vorsichtig auszudrücken. Manch einer könnte ihn sogar für … rachsüchtig halten.«

Rachsüchtig. Eine Klammer schien sich um ihr Herz zu legen. War das nicht auch der Grund gewesen, weshalb er sie geheiratet hatte? Oh, Reginald hatte ja so recht. Sie konnte ein Lied von Gabriels Rücksichtslosigkeit singen. Sie erschauderte. Ja, kalt und herzlos war er gewesen!

»Meine Liebe, ich fürchte, ich muß Sie warnen. Gabriel ist kein Mann, der Drohungen nur so dahinsagt. Sie dürfen ihn nicht unterschätzen.«

Cassies Puls beschleunigte sich. Ihr Atem ging schneller. Mit weit aufgerissenen Augen versuchte sie, in Reginalds Gesicht zu lesen. »Was … was wollen Sie damit sagen?«

»Nur so viel. Sein Vater ist zwar mein bester Freund, trotzdem kann ich Gabriels Absichten nicht gutheißen. Es ist meine Überzeugung, daß ein Kind seine Mutter braucht.«

Cassie begann zu zittern. Sie sank auf die Bank. »Ich kann nicht zulassen, daß er mir Jonathan wegnimmt – ich kann nicht!« Sie vergrub das Gesicht in ihren Händen. »Was soll ich bloß tun?«

»Na, na, jetzt beruhigen Sie sich! So schlimm ist es nun auch wieder nicht.« Er drückte ihr ein feines Leinentaschentuch in die Hände. »Kommen Sie, jetzt trocknen Sie sich erst einmal Ihre Tränen ab, und dann hören Sie mir zu.«

Cassie wischte sich die Augen ab und hob, als sie sich wieder einigermaßen gefaßt hatte, den Kopf.

»Also ich denke folgendes, Cassandra. Wenn Sie hierbleiben, dann können Sie Gift darauf nehmen, daß Gabriel Ihnen Jonathan wegnehmen wird. Er kann sehr unversöhnlich sein, wissen Sie. Sie brauchen ja nur an seinen Vater zu denken, einen besseren Beweis kann es nicht geben.«

Cassie schrie auf. »Ich kann das nicht zulassen! Jonathan ist alles, was ich besitze – er ist mein Leben.«

»Oh, ich verstehe Sie sehr gut, mein Kind. Deshalb müssen Sie auch fliehen, solange Sie noch die Chance dazu haben.«

»Fliehen? Aber wo soll ich denn hin?« Sie stöhnte verzweifelte auf. »Gabriel würde mich mit Sicherheit in London aufspüren. Notfalls würde er in ganz England nach mir fahnden, bis er uns gefunden hätte!«

Reginald strich sich über sein feistes Doppelkinn. »Auf sich allein gestellt, hätten Sie zugegebenermaßen keine Chance, ihm zu entkommen. Aber ich habe in Irland eine Schwester – eine ungemein nette und großherzige Frau! Ich könnte Ihnen helfen, eine Schiffspassage dorthin zu bekommen. Und mit einem Empfehlungsschreiben von mir würde sie Sie mit Sicherheit so lange bei sich aufnehmen, bis Sie Fuß gefaßt haben.«

Cassie erschauderte. »Eine Schiffspassage?« murmelte sie vor sich hin. »Die Reise hierher war grauenvoll. Ich … ich fürchte mich vor Wasser zu Tode, und ich kann nicht schwimmen.«

»Es liegt natürlich ganz alleine bei Ihnen. Sie müssen wissen, was wichtiger ist.«

Cassie biß sich auf die Lippen. Noch eine Seereise. Aber war der Preis nicht geradezu lächerlich gering, verglichen mit der Aussicht, womöglich ihren Sohn zu verlieren? Sie dachte fieberhaft nach. Reginald hatte recht. Gabriel wäre ein gefährlicher Feind. Er war einflußreich und hatte Geld. Ihre einzige, verzweifelte Hoffnung bestand darin, jetzt zu fliehen, da sie noch die Chance dazu hatte.

»Sie haben recht«, sagte sie mit schleppender Stimme. Sie schluckte und sah ihm in die Augen. »Und ich nehme Ihre Hilfe dankbar an, Euer Gnaden, solange Sie sie mir gewähren.«

»Ausgezeichnet, meine Liebe! Ich denke, Sie werden es nicht bereuen. So, und nun zum praktischen Teil … Packen Sie vorerst nur eine kleine Tasche für sich und das Kind. Den Rest werde ich Ihnen nachschicken, bevor das Schiff ausläuft. Also dann, wir treffen uns in einer Stunde bei den Stallungen.«

Cassie runzelte die Stirn. »Was ist mit Evelyn? Was soll ich ihr sagen?«

»Machen Sie sich um Evelyn keine Sorgen. Ich werde ihr sagen, daß ich Sie und Jonathan zu einem Abendausflug über Land mitnehme, und zwar im Zweispänner. Da ist nicht soviel Platz, so daß sie nicht auf die Idee kommen kann, sich ans anzuschließen. Keine Angst, sie wird keinen Verdacht schöpfen. Und später erzähle ich ihr dann die Wahrheit. Jetzt wäre das zu riskant.«

So kam es, daß Cassie eine Stunde später Warrenton verließ. Jonathan, der kleine Engel, schlief tief und fest in ihrem Arm. Vorhin, als sie in fliegender Hast ihre Reisevorbereitungen getroffen hatte, war sie wie in Trance gewesen. Ohne irgendwelche Empfindungen hatte sie ihre Sachen zusammengepackt. Doch jetzt, noch keinen Kilometer von Warrenton entfernt, übermannte sie auf einmal ein unsagbarer Schmerz, ein Schmerz, der ihr Herz, ihre Seele, ihr ganzes Sein aufzufressen schien. Eine ungeheure Leere zog in ihre Brust ein, und plötzlich quälten sie entsetzliche Schuldgefühle.

Sie konnte Gabriel nicht verlassen, nicht auf diese Weise – nicht wie ein Dieb in der Nacht. Sie waren schon so weit gekommen und hatten zuviel durchgemacht, um jetzt so einfach aufzugeben. Jetzt, da die Zukunft in ihren Händen lag, erkannte sie plötzlich, daß die Wahrheit in der Tiefe ihres Herzens zu suchen war.

Erinnerungen stiegen unwillkürlich in ihr auf. In Sekundenschnelle rief sie sich jedes Wort, das sie gewechselt hatten, ins Gedächtnis zurück, durchlebte noch einmal jede Berührung – jede Zärtlichkeit, die sie ausgetauscht hatten. Sie wiegte Jonathans Köpfchen in ihrer Hand und zeichnete mit den Fingerspitzen liebevoll die Linie seiner Augenbrauen nach, die jetzt schon dem arroganten Schwung der Brauen seines Vaters ähnelten.

Ihr Herz zog sich zusammen. Gabriel hatte recht. Jonathan war auch sein Kind. Und sie liebte ihn gerade auch deswegen so inniglich, weil er so sehr der Sohn seines Vaters war.

Ja, sie liebte Gabriel genauso. Sie liebte ihn mit jeder Faser ihres Seins. Und der Gedanke, ohne ihn zu leben, war weitaus erschreckender als irgend etwas anderes auf der Welt.

Verlaß mich nie wieder, Cassie. Versprich mir, daß du mich nie wieder verlassen wirst.

Die Worte hallten in ihrem Kopf wie ein Echo wider.

Ich würde mir lieber den Arm abschneiden, als dir etwas anzutun.

Sie glaubte ihm. Diese Erkenntnis schwoll in ihr wie eine Flutwelle an, brach über sie mit ungeheurer Kraft herein und wurde zur unumstößlichen Gewißheit. Sie glaubte an ihn.

Und jetzt, da sie endlich die Antworten gefunden hatte, die sich ihr so lange entzogen hatten, konnte sie unmöglich die Marschrichtung, auf die sie so überstürzt eingeschwenkt war, fortsetzen.

Sie waren nicht mehr weit von Farleigh entfernt. Noch zehn Minuten, und sie würden an der Einfahrt vorbeifahren Sie reckte das Kinn empor und zupfte an Reginalds Ärmel.

»Halten Sie bitte an«, sagte sie, als er sich ihr zuwandte.

Mit einem kurzen Ruck an den Zügeln brachte Reginald die zweirädrige Kutsche zum Stehen.

»Was ist denn los, Mädchen?«

Cassie schüttelte den Kopf. »Es tut mir leid«, sagte sie entschuldigend. »Aber ich kann das nicht machen. Ich kann Gabriel nicht so verlassen. Das ist … das ist nicht recht.«

»Wie bitte? Wollen Sie damit sagen, Sie möchten nach Warrenton zurückkehren?«

»Nein, Euer Gnaden«, erwiderte sie sanft. »Ich möchte nach Hause. Nach Farleigh Hall.« Sie machte eine kurze Pause. »Zu meinem Mann.«

Über sein gerötetes Gesicht huschte – das hätte sie schwören können – ein Ausdruck verhaltener Wut.

Instinktiv preßte sie ihren Rücken fester gegen die lederbezogene Rücklehne ihres Sitzes. Reginald wandte langsam den Kopf und sah sie mit glühenden, dunklen Augen an, Augen, in denen ein Ausdruck von Wahnsinn flackerte.

»Vielleicht haben Sie recht …« Er warf den Kopf nach hinten und lachte. Ein irrwitziges schreckliches Lachen, ein bedrohliches Lachen, das sie bis ins Mark traf und ihr das Blut in den Adern gerinnen ließ.

»Sie möchten also nach Farleigh zurück, ja? Gut, ganz wie du willst, Mädchen. Ganz wie du willst.«

Gabriel kehrte nicht nach Farleigh zurück, sondern ritt statt dessen zu Christophers Herrenhaus. Wortlos schritt er im Arbeitszimmer zwischen den mit weißen Tüchern abgedeckten Möbeln auf und ab. Das rastlose Hin und Her machte Christopher ganz benommen.

Gabriel war wütend. Wütend auf sich selbst und auch wütend auf Cassie, weil sie ihn dazu gebracht hatte, Dinge zu sagen, die er niemals hatte sagen wollen – und sicherlich auch Dinge, die er nicht so gemeint hatte.

Am wütendsten war er jedoch über seine eigene Hilflosigkeit, über seine Unfähigkeit, das Übel an der Wurzel zu packen und den

Schuldigen an Cassies qualvoller Situation zu finden. Immer wieder schlug er mit einer Faust in die Handfläche der anderen Hand. Soviel Zeit war inzwischen vergangen, und er tappte immer noch im dunkeln. War er blind, oder war er nur ein Idiot? Den ganzen Tag über hatte er das nagende Gefühl nicht loswerden können, daß er irgend etwas übersehen hatte, irgend etwas direkt vor seiner Nase.

»Gabriel, dieses Hin- und Herwandern bringt doch nichts«, bemerkte Christopher schließlich trocken, »das einzige, was dabei rauskommt, ist, daß ich den Teppich schneller wieder erneuern muß, als mir lieb ist.« Als sein Freund trotzdem weiter auf- und abmarschierte, seufzte er. »Du hast die richtige Entscheidung getroffen. Nach dem, was auf Farleigh passiert ist, ist Cassie vorerst bei den Warrentons sicherer aufgehoben.«

Gabriel blieb endlich stehen. »Du hast recht.« Er fuhr sich mit der Hand übers Gesicht. »Wenn die Ereignisse der Vergangenheit überhaupt eine Vermutung zulassen, dann die, daß sie auf Farleigh sehr wahrscheinlich gefährdeter ist als bei den Warrentons. Wenn auch nur der leiseste Verdacht bestünde, daß ihr dort Gefahr droht, dann hätte ich sie nie dorthin gehen lassen. Trotzdem kann ich das Gefühl nicht loswerden, daß ...«

Er hielt plötzlich inne, und Christopher setzte sich abrupt in seinem Sessel auf. Gabriel starrte auf einen imaginären Punkt im Raum und sah so aus, als habe er einen Geist gesehen.

»Was ist los?« fragte Christopher scharf. »Was ist?«

Gabriel schüttelte den Kopf, als wolle er sich aus einer Betäubung lösen. »Cassie sagte heute etwas sehr Seltsames. Sie sagte, ich hätte nach ihrem Tod freie Hand, die Frau meiner Wahl zu heiraten.«

»Ein makabrer Gedanke.« Christopher verzog angewidert das Gesicht. »Das alles ist nicht spurlos an ihr vorübergegangen, Gabriel. Sie wird wieder zu Verstand kommen, ganz sicher.«

»Darum geht es nicht«, sagte Gabriel benommen. »Christopher, verstehst du denn nicht? Sie hatte recht. Wenn sie weg wäre, wäre ich Witwer – es wäre fast so«, seine Stimme war nur noch ein Flüstern, »als ob ich nie verheiratet gewesen wäre.«

Christophers Augen verengten sich. »Ich weiß nicht so recht, ob ich dich richtig verstehe. Willst du etwa damit sagen, du wärst dann wieder für Evelyn frei?«

»Ja ... ja!« Gabriels Stimme verriet Angst und höchste Anspannung. Christopher sprang auf die Füße und fuhr ihn hitzig an: »Bei Gott, Gabriel, jetzt gehst du wirklich zu weit. Wie kannst du es wagen, Evelyn zu unterstellen, sie würde Cassie nach dem Leben trachten, nur damit ihr beide heiraten könnt! Nein, Evelyn könnte niemandem etwas zuleide tun, am wenigsten Cassie!«

Gabriel packte Christopher an den Armen. »Nein«, bemerkte er mit grimmiger Miene. »Aber gilt das auch für den Herzog von Warrenton?«

Christopher zuckte zusammen. »Mein Gott«, keuchte er. »Ihr Vater ...«

»Denk doch mal nach, Christopher. Der Herzog war hier auf seinem Gut, als Cassie angeschossen wurde. Und als man sie entführte, war er mit Evelyn in London.«

»Und er war auf Farleigh, als ihre Schokolade vergiftet wurde.« Christopher wurde so blaß wie sein Freund. »Gabriel, wir müssen etwas unternehmen.«

Beide sprinteten los und schwangen sich fast gleichzeitig auf ihre Pferde.

Auf Warrenton war Evelyn noch nicht ganz die Treppe unten, als Gabriel auch schon vor ihr stand. »Ich muß Cassie sehen. Wo ist sie?«

Evelyns Lächeln wurde unsicher. »Mein Vater hat sie und Jonathan auf eine Kutschfahrt im Zweispänner mitgenommen. Sie sind jetzt ... na, ungefähr eine Viertelstunde weg.«

»Nein ... o Gott, nein!« Gabriels Gesicht war aschfahl geworden. »Wir müssen sie finden. Wir müssen sie finden, bevor es zu spät ist!«

Evelyn sah zu Christopher hinüber. »Offensichtlich stimmt irgend etwas nicht«, sagte sie langsam. »Bitte sag, was passiert ist!«

Christopher nahm sie am Ellbogen und blickte sie gequält an. »Evelyn«, begann er, »ich hoffe für dich, daß wir uns irren ...«

Sie war viel stärker, als er sie sich vorgestellt hatte. Ohne zu zögern, sattelte sie ihr Pferd und jagte mit ihnen Minuten später in halsbrecherischem Galopp durch das Tor von Warrenton. Sie war auch diejenige, die mit ihren scharfen Augen als erste die Kutsche am Rande des zerfurchten Weges erspähte.

Leer – bis auf einen Säugling, der jämmerlich schrie.

Sechsundzwanzigstes Kapitel

Warrenton riß Jonathan aus den Armen seiner Mutter und sprang schwerfällig auf den Boden. »Raus mit dir!« schnarrte er.

Mit wild klopfendem Herzen kletterte Cassie aus der Kutsche. Sie streckte die Arme aus und flehte: »Bitte, mein Baby!«

Warrentons Augen glitzerten böse. Kalt warf er Jonathan auf den Boden der Kutsche. Derart unsanft aus dem Schlaf gerissen, fing der Kleine jämmerlich an zu schreien. Cassie schoß nach vorne, doch Warrenton fiel ihr in den Arm und riß sie zu sich herum.

»Nein!« schrie sie. »O Gott, sind Sie verrückt? Mein Baby!«

Warrenton ließ sich nicht beeindrucken. Ungerührt umklammerte er mit seinen wulstigen Fingern ihren zarten Arm und zerrte sie zwischen die Bäume, die die Straße säumten. Cassie wehrte sich mit aller Kraft gegen den brutalen Griff, der ihr das Blut abschnürte, doch gegen seine Kraft und Stärke war sie machtlos. Zwischen Baumstämmen und Zweigen hindurch sah sie plötzlich Wasser glitzern. Eine entsetzliche Vorwarnung jagte ihr einen eiskalten Schauer über den Rücken. Ihre Lippen formten einen stummen Schrei – der See! Bitte, lieber Gott, nicht dorthin, nicht zum See! Ein erneuter verzweifelter Versuch, sich loszureißen, ließ sie stolpern und auf die Knie fallen. Warrenton riß sie mit solcher Gewalt hoch, daß sie Angst hatte, er würde ihr das Schultergelenk auskugeln.

Er macht erst halt, als sie das Ende des kleinen Anlegestegs, der in das Wasser hinausragte, erreicht hatten.

Warrenton ging einen Schritt zurück. »So, du kannst also nicht schwimmen, was? Sehr liebenswürdig von dir, mich aufzuklären«, spottete er mit einem hämischen Grinsen.

Cassie kämpfte verzweifelt gegen ihren Zusammenbruch an. Er hatte die Absicht, sie umzubringen. In seinen Augen glomm ein tödlicher Funke.

»*Sie* haben also auf mich geschossen, nicht wahr? Und der Mann in London … haben Sie den auch gedungen, um mich umzubringen? Ich erinnere mich, wie ich einmal allein nach Farleigh zurückritt – da haben Sie mich beobachtet, nicht wahr? Und die Schokolade – Sie waren es, der mir an jenem Morgen etwas hineingetan hat!«

»Jawohl, meine Liebe, und du hattest recht. Es war Laudanum.

Wirklich sehr bedauerlich, daß es den Kater erwischt hat. Und dann dieser Idiot in London!« Er stieß einen üblen Fluch aus. »Du hast mir eine Menge Ärger gemacht, weißt du. Ich wollte es schnell hinter mich bringen, aber als die beiden ersten Versuche fehlschlugen, mußte ich mich gedulden und einen günstigen Zeitpunkt abwarten. Es sollte wie ein Unfall aussehen, verstehst du. Und als du dann verschwunden warst, habe ich gehofft, man würde dich an irgendeinem Straßenrand tot auffinden. Aber dann mußtest du ja zurückkommen!« Sein Gesicht verzerrte sich zu einer bösen Fratze.

Ihre Kehle war wie zugeschnürt, und sie konnte nur mühsam sprechen. »Warum nur? Warum hassen Sie mich so sehr? Ich habe Ihnen doch nichts getan!«

»Nichts? Wenn du nicht gewesen wärst, wäre Gabriel jetzt mit Evelyn verheiratet!«

»Aber Evelyn war erleichtert, als sie erfuhr, daß Gabriel schon geheiratet hatte! Sie wollte gar nicht Gabriels Frau werden!«

Er schüttelte den Kopf. »Es geht hier nicht darum, was Evelyn will oder nicht will. Nein, das hier ist eine Frage der Notwendigkeit, der sie sich zu beugen hat. Versteh doch, es ist mein größter Herzenswunsch, Warrenton wieder zu seinem früheren Glanz zu verhelfen. Du hast ja sicher bemerkt, daß im Moment nicht viel Staat mit ihm zu machen ist. Ich habe noch andere Güter, die auch unterhalten werden wollen. Und ich fürchte, ich habe in den letzten Jahren ein bißchen zuviel Geschmack am Spielen gefunden. Leider hat mein Glück ein bißchen nachgelassen! Ja, meine Liebe, meine Schulden sind inzwischen horrend. Der Herzog von Warrenton womöglich im Armenhaus – kannst du dir das etwa vorstellen? Meine Vorfahren würden sich im Grabe umdrehen, wenn sie das wüßten. Tja, meine einzige Hoffnung besteht darin, daß Evelyn einen vermögenden Mann heiratet.«

Cassie hatte mit offenem Mund zugehört. »Das ist also der Grund, warum Sie alles daran gesetzt haben, zwischen ihr und Stuart eine Heirat zu arrangieren, und dann Gabriel in eine Ehe mit Evelyn drängen wollten.«

»Kluges Mädchen. Tja, ich habe meine Familienehre hochzuhalten, verstehst du. Ich kann es mir nicht leisten, meine Tochter mit irgendeinem Niemand zweiter Klasse zu verheiraten. Aber wenn du erst tot bist, kann alles wie vorher sein. Einer Heirat von Evelyn und Gabriel steht dann nichts mehr im Wege.«

Sein Blick wanderte von Cassies Gesicht auf die schimmernde Oberfläche des Sees und wieder zurück. »Ich muß sagen, das paßt irgendwie, daß du auf die gleiche Weise sterben wirst wie Caroline – und welch ein Glück, daß der See so weit von Farleigh Hall entfernt liegt. O ja, meine Liebe, ich fürchte, du wirst das Opfer eines Unfalls werden, genauso wie die arme Caroline.« Er seufzte dramatisch auf. »Und ich war leider, leider nicht in der Lage, dich noch zu retten, bevor dich die Fluten verschlungen haben! In der Tat, ein tragischer Verlust – aber dein Tod ist meine Rettung.«

Cassie trat der Angstschweiß auf die Stirn. Er hatte recht. Kein Mensch war zu sehen, kein Sterbenslaut zu hören. Die Geschichte, die er auftischen würde, würde absolut plausibel klingen, so plausibel, daß nie jemand den Verdacht schöpfen würde, er habe sie ermordet ...

Warrenton zog eine kleine Pistole aus der Tasche und winkte mit ihr in Richtung Wasser. »Nun, meine Liebe. Springst du jetzt, oder muß ich erst hierauf zurückgreifen?« Ein Ausdruck des Ekels zog über sein Gesicht. »Mir wäre es lieber, du entscheidest dich zu springen, denn um ehrlich zu sein, ich habe keine große Lust, die hier zu benutzen. Das ist so unappetitlich, weißt du.«

Cassie starrte ihn in fassungslosem Entsetzen an. Es war genauso wie in ihrem Traum, kam es ihr vage in den Sinn. Hinter ihr lag der See – still und friedlich. Doch unter der trügerischen Oberfläche lauerte eine Welt des Grauens und des Todes. In ihrem ganzen Leben hatte sie nichts mehr gefürchtet, als zu ertrinken, und genau das würde jetzt passieren ... ein langsamer Erstickungstod wartete auf sie.

Langsam schüttelte sie den Kopf. »Ich ... ich werde nicht springen. Sie müssen mich schon erschießen.« Nicht Tapferkeit legte ihr diese Worte in den Mund – ganz im Gegenteil.

Ein böses Lächeln erschien auf Warrentons Gesicht. Bevor ihr klar wurde, was er vorhatte, hatte er schon ihren Arm gepackt und sie herumgedreht. Sie spürte einen gewaltigen Stoß zwischen ihren Schulterblättern – und verlor den Halt unter den Füßen. Mit einem erstickten Schrei auf den Lippen kippte sie vornüber.

Das kalte Wasser schlug über ihrem Kopf zusammen. Sie sank

hinab … immer tiefer – in die Eiseskälte trüben, dunklen Wassers. Todesangst pulste durch ihre Adern, und es gelang ihr, noch ein mal an die Oberfläche zu gelangen, um ihre Lungen – vielleicht zum letztenmal – mit kostbarer Luft zu füllen. Dann tauchte sie wieder unter. Sie versuchte sich hochzustoßen, aber ihre Röcke schlangen sich so schwer um ihre Beine, daß sie sich nicht mehr bewegen konnte. Sie spürte, wie sie hinabgezogen wurde, tiefer und tiefer …

Gabriel, schrie ihr Innerstes. *Gabriel, hilf mir … hilf mir doch …*

Sie wußte nicht, daß in diesem Augenblick zwei Männer quer über die Wiese auf den See zugeprescht kamen, denen in einigem Abstand eine zarte, schlanke Gestalt mit einem kleinen schreienden Bündel in den Armen folgte.

Warrenton warf den Kopf zurück und lachte. Doch sein teufliches Lachen verwandelte sich bald in ein ungläubiges Keuchen, als der Steg, auf dem er stand, plötzlich durch kräftige Schritte hinter ihm erschüttert wurde.

Christopher erreichte ihn als erster. Er sprang auf ihn zu und schlang die Arme um den alten Mann. »Beeil dich!« schrie er Gabriel zu. »Sie ist gerade wieder untergegangen!«

Gabriel riß sich – den Blick starr auf die Stelle gerichtet, wo er Cassie zuletzt gesehen hatte – die Stiefel von den Füßen und schleuderte sie beiseite. »Jesus Christus«, hauchte er, »laß es nicht zu spät sein!« Im nächsten Augenblick durchschnitt er messerscharf die Wasseroberfläche.

Daß plötzlich etwas heftig am Rückenteil ihres Kleides zog, drang überhaupt nicht in Cassies Bewußtsein. In totaler Panik schlug sie wild um sich. Ihre Lungen brannten wie Feuer, aber sie wußte, daß sie den Mund auf keinen Fall öffnen durfte, um Atem zu holen. Ihr Kopf surrte seltsam unwirklich und tauchte ganz langsam in den Nebel der Bewußtlosigkeit. Ein letzter Gedanke schoß ihr noch durch den Kopf. So war es also, wenn man auf diese Weise starb …

Gabriel schaffte es irgendwie, sie um die Taille zu fassen. Mit fast übermenschlicher Kraftanstrengung strampelte er sich hoch und schoß durch die Wasseroberfläche. Sorgsam darauf bedacht, ihren Kopf über Wasser zu halten, stieß er sich mit kraftvollen Beinschlägen vorwärts und zog seine kostbare Last in Richtung Ufer.

Das Herz schlug ihm bis zum Hals, seine Lungen schienen zu bersten und seine Muskeln brannten wie Feuer, aber er schaffte es.

Er sank auf die Knie und wiegte sie in seinen Armen. Mit zitternden Händen strich er ihr die nassen Haarsträhnen aus dem Gesicht. Es war schneeweiß und eiskalt. Ihre Augen waren geschlossen, und die langen Wimpern glänzten dunkel auf ihren Wangen. Eine unheimliche Angst schnürte ihm die Kehle zu.

»Cassie«, stieß er heiser hervor. »Cassie, mach die Augen auf, Liebes. Öffne die Augen!«

Plötzlich bewegte sie sich leicht. Ihre Brust hob sich. Mit einem glucksenden, hustenden Geräusch erbrach sie einen Schwall Wasser und fing dann röchelnd an zu atmen. Langsam schlug sie die Augen auf.

»Was ist passiert?« keuchte sie. »Bin ich jetzt tot?«

Halb lachend, halb schluchzend stöhnte er auf. »Ach, Yank, fühlst du dich wieder einmal wie im Himmel?« Er drückte sie fest an seine Brust.

Plötzlich war sie wieder voll bei Bewußtsein. Obwohl es für sie einer ungeheuren Kraftanstrengung bedurfte, hob sie die Arme und zog seinen Kopf an ihr Gesicht. »Weißt du was?« flüsterte sie gegen seine Lippen. »Ich glaube ja.«

Doch dieser Augenblick der Innigkeit währte nicht lange. Ein gewaltiger Knall, gefolgt von einem durchdringenden Schrei, zerriß die Luft. Gabriel riß den Kopf hoch, während Cassie versuchte, sich aufzurichten. »Nein! Schau nicht hin, schau bitte nicht hin!« Er versuchte ihren Kopf in seine Halsbeuge zu drücken, um ihren Blick abzuschirmen.

»Was ist passiert? Sag es! Ich muß es wissen«, schrie sie verzweifelt auf.

»Es ist Warrenton, mein Liebes. Er … Er hat die Pistole gegen sich selbst gerichtet.«

»Nein, o nein! Die arme Evelyn …« Sie ließ den Kopf sinken und fing an zu weinen. Unendlich zärtlich und sanft zog er sie an sich heran. Der Alptraum hatte ein Ende. Es war Zeit heimzukehren.

In ihrem Zimmer auf Farleigh nahm Cassie erst einmal ein langes heißes Bad, um die Kälte aus ihren schmerzenden Gliedern zu vertreiben und die Verspannungen ihrer Muskeln zu lösen. Anschließend zog sie sich den Morgenmantel über, denn an Schlaf war im Augenblick nicht zu denken. Dazu war sie immer noch viel zu aufgewühlt.

In Gedanken ließ sie noch einmal die Ereignisse des Abends Revue passieren. Trotz allem, was passiert war, konnte sie den Herzog von Warrenton einfach nicht hassen. Statt dessen spürte sie nur ein tiefes Bedauern, und die Sorge um Evelyn zerriß ihr fast das Herz. Immerhin war Evelyn zu alledem auch noch Zeugin gewesen, wie ihr Vater seinem Leben ein Ende bereitet hatte. Und dennoch hatte Cassie das Gefühl, daß die Gegenwart Christophers viel dazu beigetragen hatte, den Kummer ihrer Freundin zu lindern. Er hatte sie getröstet, und in seinen Armen hatte sie sich ihrem Schmerz hingegeben und ihren Tränen freien Lauf gelassen. Christopher liebte sie, und Cassie hatte keinen Zweifel daran, daß seine Liebe ihre Wunden heilen würde.

Auch Edmund hatte das Ableben seines Freundes und dessen gemeine Absichten zutiefst schockiert. In stummem Entsetzen hatte er Gabriel zugehört, als er ihm berichtete, was geschehen war und was er aus Cassies Erzählungen wußte. Anschließend hatte er sich wortlos in sein Arbeitszimmer zurückgezogen.

Cassie hatte Jonathan vor dem Bad noch gestillt. Doch eine innere Unruhe, von der sie nur der Anblick ihres Kindes befreien konnte, trieb sie nach unten in die Halle. Sie mußte sich noch einmal persönlich davon überzeugen, daß es Jonathan auch wirklich gutging.

Zu ihrer Überraschung brannte in Jonathans Zimmer noch eine Kerze, die einen flackernden Lichtkegel in die Halle warf. Leises Stimmengemurmel drang an ihr Ohr. Etwas verunsichert blieb sie seitlich vor der Tür stehen.

»Er ähnelt dir ungeheuer, weißt du das?«

Cassie hielt den Atem an. Es war Edmund. Sie drehte sich halb um und erblickte in dem Spiegel, der an der gegenüberliegenden Wand hing, Gabriel und Edmund, die sich beide über die Wiege beugten.

Als nächstes hörte sie Gabriels Stimme. »Ich hoffe nur, daß er nicht meine Veranlagung geerbt hat.«

»Und meine hoffentlich auch nicht«, erwiderte Edmund trocken mit einem Anflug von Lachen.

Cassie blieb an ihrem Platz stehen, nahe genug, um mitzubekommen, was drinnen gesprochen wurde, aber außerhalb des Blickfelds der beiden.

»Wenn er Glück hat«, fügte Edmund hinzu, »wird er wie seine Mutter.«

Cassie blinzelte. Gabriel sagte nichts, und Cassie hatte das seltsame Gefühl, daß Edmunds Bemerkung ihn genauso überrascht hatte wie sie.

Aber das war noch nicht alles.

»Weißt du«, fuhr Edmund mit sanfter Stimme fort. »Ich hatte mich so in die Idee verrannt, daß sie eine Außenseiterin werden würde, ich war mir so absolut sicher, daß ich nie eine Frau ihres Standes akzeptieren könnte, zumal noch eine Amerikanerin! Aber im Laufe der Wochen fing ich an, etwas für sie zu empfinden, was ich nie für möglich gehalten hätte.«

Eine kurze Pause trat ein. »Und was?« fragte Gabriel zögernd.

»Stolz«, sagte Edmund ruhig. »Es ist schon seltsam, in der Tat. Denn obwohl sie Angst hatte, hat es ihr nie an Mut gefehlt. Und sie hatte auch keine Angst, ihre eigenen Fehler einzugestehen. Aber was das Wichtigste ist, sie hatte keine Angst, Gefühle zu zeigen. Und irgendwie … ja, irgendwie brachte sie mich dazu, mich selbst so zu sehen, wie ich bin.«

Vor der Tür preßte Cassie sich mit dem Rücken an die Wand. Sie biß sich auf die Knöchel ihrer Faust, um nicht laut aufzuschreien. Vor Rührung schnürte sich ihr die Kehle zu, und ein Gefühl unglaublicher Erleichterung durchströmte sie. Endlich von Edmund akzeptiert zu werden, hätte sie einst nicht einmal im Traum zu hoffen gewagt.

»Erinnerst du dich noch an den Abend, als du sie hergebracht hast? Ich weiß noch genau, wie ich dich angeschnauzt habe, daß ein neues Kleid keine Lady aus ihr machen würde.« Edmund lachte. Es war ein trockenes, etwas steifes Lachen, aber es war ein Lachen. »Weißt du, sie war schon eine Lady. Und soll ich dir noch etwas sagen, ich glaube wirklich, sie hat uns beide beschämt.«

Edmund schien zu zögern. Seine Worte kamen stockend, als er weitersprach. »Du hattest übrigens recht mit deiner Mutter, Gabriel. Ich … ich habe sie nicht so geliebt, wie ich es hätte tun sollen – und wie ich es auch gekonnt hätte, wenn ich mich nur bemüht hätte. Aber ich habe wirklich nicht erkannt, daß ihr Tod kein Unfall war – daß sie sich meinetwegen … das Leben genommen hat.« Seine Stimme wurde schwer. »Ich wünschte nur, du hättest es mir schon vor Jahren erzählt, auch wenn ich verstehen kann, daß du es nicht gemacht hast.«

Cassies Herz zog sich zusammen. Caroline hatte also den Freitod gewählt! Sie hatte immer schon vermutet, daß noch mehr hinter ihrem Tod steckte, und jetzt wußte sie es. Doch bevor sie noch weiter darüber nachdenken konnte, sprach Gabriel wieder.

»Es gibt keinen Grund, weiter darüber …«

»Doch Gabriel, es gibt jede Menge Gründe. Du kannst nicht wissen, wie sehr ich mich schäme, wenn ich daran denke, wie ich sie behandelt habe – und wie ich dich behandelt habe, dich, meinen eigenen Sohn! Ich glaubte immer, daß deine Aufsässigkeit und deine Quertreiberei deine Fehler waren und nicht meine. Aber ich weiß jetzt, daß ich die Verantwortung dafür trage, wenn du so hart geworden bist. Es ist meine Schuld, wenn du starrköpfig und renitent bist. Du bist so geworden, weil du … weil du mein Sohn bist. Und ich weiß jetzt auch, daß … du dich nicht aus freien Stücken von mir abgekehrt hast. Ich … ich habe dich fortgetrieben, Gabriel. Mit meiner eigenen Arroganz. Mit meiner Selbstgefälligkeit und meiner Ignoranz.«

Er machte eine Pause. »Ich möchte so gerne meinen Sohn zurückhaben, wenn ich nur wüßte, wie. Ich habe so viele Fehler gemacht, Fehler, die ich nie wieder gutmachen kann.« Cassie zuckte zusammen. Seine Stimme wurde plötzlich sehr brüchig und schwankte so verräterisch, daß es einem das Herz zerriß. »Ich wünsche dir – und ebenso meinem Enkelsohn – das, was wir als einziges nie wirklich hatten, Gabriel. Eine Familie – eine Familie, in der ihr glücklich werdet. Einen Hort des Vertrauens, der Liebe und der gegenseitigen Achtung. Und ich glaube, daß sich diese Hoffnung für dich und Jonathan mit Cassie erfüllen kann.«

Cassie. Scheinbar nur eine Kleinigkeit, aber für Cassie bedeutete sie alles. Sie unterdrückte ein Schluchzen und schüttelte, immer noch ungläubig, den Kopf. Im Spiegel sah sie, wie Gabriel Jonathan auf den Arm nahm, ihn liebevoll an seine Schulter drückte und mit seiner großen Hand winzige Kringel auf seinen Rücken malte.

Mit ernster Miene blickte er forschend seinen Vater an. »Sie sind nicht mehr der Mann, den ich einst gekannt habe«, sagte er ruhig.

Auf Edmunds Gesicht erschien ein kleines Lächeln. »Du aber auch nicht.«

Für einen Moment war es still. Cassie kniff die Augen zusammen. Als sie sie wieder öffnete, bot sich ihr ein völlig unerwartetes Bild.

Gabriel legte seinen Sohn mit einer freundlichen Geste in die Arme seines Vaters. »Ich glaube«, sagte er sanft, »es wird höchste Zeit, daß Sie Ihren Enkelsohn besser kennenlernen.«

Diese einfache, herzliche Szene war für Cassie endgültig zuviel. Tränen strömten aus ihren Augen, und um sie herum verschwamm alles. Schnell machte sie sich davon, um nicht doch noch entdeckt zu werden.

In ihrem Zimmer wischte sie sich die Tränen mit dem Handrücken ab und dachte über den Tag nach, der so gar nichts Gutes versprochen hatte. Aber dann war alles ganz anders gekommen, Gott sei Dank. Denn Gabriel und sein Vater hatten endlich das Kriegsbeil begraben ... Vielleicht war es nun auch für sie an der Zeit, sich mit ihrem Mann auszusprechen und auszusöhnen.

Es hatte sich an diesem Abend noch keine Gelegenheit ergeben, mit ihm allein zu sprechen. Und es gab doch noch soviel, was unausgesprochen zwischen ihnen stand ...

Plötzlich wurde ihre Aufmerksamkeit auf ein raschelndes Geräusch in ihrer Nähe gelenkt. Sie hob den Kopf und sah, daß Gabriel gerade durch die Verbindungstür ihrer beider Zimmer getreten war. Ihr Herz zog sich schmerzlich zusammen. In dem Kerzenschein, der über seine edlen, männlichen Züge flackerte, sah er so überwältigend schön aus, wie sie ihn noch nie zu sehen geglaubt hatte.

Nie hatte sie ihn mehr geliebt.

»Gabriel, ich ... ich muß dir etwas sagen. Ich hätte nie an dir zweifeln dürfen. Ich ... ich weiß einfach nicht, wie ich auf den Gedanken kommen konnte, daß du mir etwas antun könntest. Was auch kommen mag, ich werde es mein Leben lang bereuen ... Aber da ist noch etwas ... o ja, ich weiß, ich verdiene keine zweite Chance, aber ich muß es einfach wissen. Willst du mich wirklich verlassen?« Ohne es zu wollen, war ihr die Frage auf einmal herausgerutscht.

Gabriel antwortete nicht sofort. Die Spannung wuchs ins Unerträgliche, und Cassie hatte das Gefühl, alles in ihr verknotete sich langsam. Es dauerte eine Ewigkeit, bis Gabriel endlich sprach.

Seine Antwort war so leise, daß sie sich anstrengen mußte, um sie zu verstehen. »Wenn du klug bist, sagt dir dein Verstand, daß du das willst, Cassie.« Er machte eine kleine Pause, bevor er freundlich fortfuhr: »Du brauchst keine Angst zu haben. Ich werde dir Jonathan nicht wegnehmen, wenn ich auch hoffe, ihn weiterhin sehen zu können. Aber ich habe dir gesagt – ich werde für dich sorgen, werde immer für dich sorgen. Du wirst nie etwas entbehren müssen.«

Nichts, außer dir. Er hätte ihr auch gleich den Todesstoß versetzen können. Sie spürte einen dicken Kloß im Hals. Was ihr die Kraft gab, sich weiter auf den Beinen zu halten, wußte sie nicht.

»Das habe ich dich nicht gefragt.« Sie haßte sich dafür, wie sehr ihre Stimme schwankte. »Möchtest du mich verlassen, Gabriel? Möchtest du das?«

Wie ein Häufchen Elend stand sie vor ihm. Ihre zarten Schultern bebten, und über ihre Wangen rollten heiße Tränen. Gabriels Blick glitt über ihr blasses, schönes Gesicht. Nein, er durfte nichts mehr von ihr erwarten. Er verdiente es nicht, dessen war er sich voll bewußt. Er hatte sie schon wieder verletzt ... er verletzte sie immer wieder ...

Er schloß die Augen, um ihre Tränen nicht sehen zu müssen. »Nein«, flüsterte er. »Aber, so wahr mir Gott helfe, ich sollte es tun. Es wäre das beste für dich.«

»Wenn du es nicht willst, warum muß ich dann gehen? O bitte, Gabriel, sag mir doch nur, was du fühlst. Nicht, was ich deiner Meinung nach hören will. Du mußt es mir sagen, auch wenn du glaubst, daß ich es *nicht* hören will. Du brauchst mich nicht zu schonen. Ich will nur wissen, wie es in deinem Herzen aussieht.« Zögernd machte sie ein paar Schritte auf ihn zu.

Gabriel öffnete wieder die Augen. Ein Sturm der Gefühle brach in ihm los, eine Urgewalt, gegen die er machtlos war und die er nicht länger leugnen konnte.

»In meinem Herzen lebst *du,* Cassie ... Nur du allein und niemand anderer sonst ...«

Seine Stimme war unsagbar sanft, und dennoch sprach er mit einer Festigkeit und einem Ernst, der über jeden Zweifel erhaben war. Ein unglaubliches Glücksgefühl stieg in ihr auf. Ihre Augen strahlten. Sie legte die Fingerspitzen an seine Brust und stieß einen kleinen, erstickten Schrei aus.

»Gabriel!«

Er flocht seine Finger in ihr Haar und bog ihren Kopf zurück. Mit nie geahnter Zärtlichkeit glitt sein Blick über ihr Gesicht.

»Ich liebe dich«, sagte er ruhig. »Du bist meine Lady, meine Braut ... mein Leben.«

In seiner Stimme, in seinen Augen, in der Berührung seiner Hände, die sie in seine Arme zogen, lag alles, was sie sich je ersehnt hatte, lag die Verheißung des Glücks »O Gabriel, ich liebe dich auch. Ich liebe dich schon so lange! O bitte, sag es noch einmal!« Sie schluchzte und lachte und weinte vor Glückseligkeit – noch nie war die Welt so in Ordnung gewesen.

»Ich liebe dich«, raunte er gegen ihre Lippen.

»Noch einmal«, bat sie schamlos.

Seine Arme schlossen sich fester um sie. »Ich liebe dich. Mein Gott, wie sehr ich dich liebe!« flüsterte er. Und dann verging eine sehr lange Zeit, bevor einer von ihnen wieder in der Lage war zu sprechen.

Viel später, als der Mond den nächtlichen Himmel mit seinem Glanz erstrahlen ließ, fielen Cassie wieder die Worte ein, die Gabriel erst ein paar Tage zuvor gesprochen hatte.

»Manchmal«, hatte er geflüstert, *»kommt eine Zeit, da man vergessen muß – eine Zeit, da man ganz von vorne beginnen muß.«*

Cassie lächelte.

Diese Zeit war schon angebrochen.